『孤島の鬼』初刊本
(改造社、昭和5年5月18日)

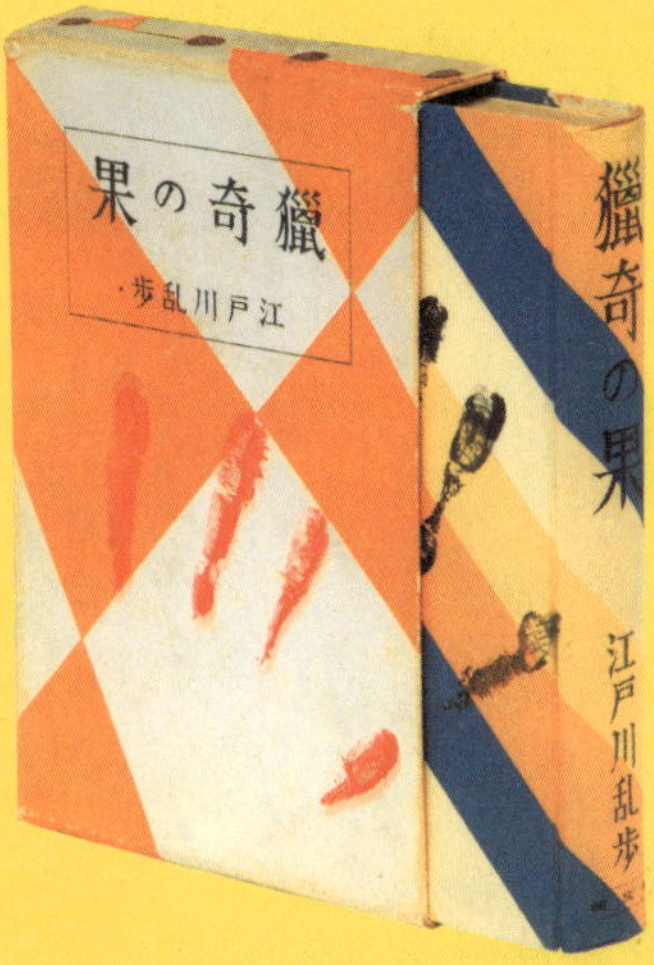

『猟奇の果』初刊本
(博文館、昭和6年1月15日)

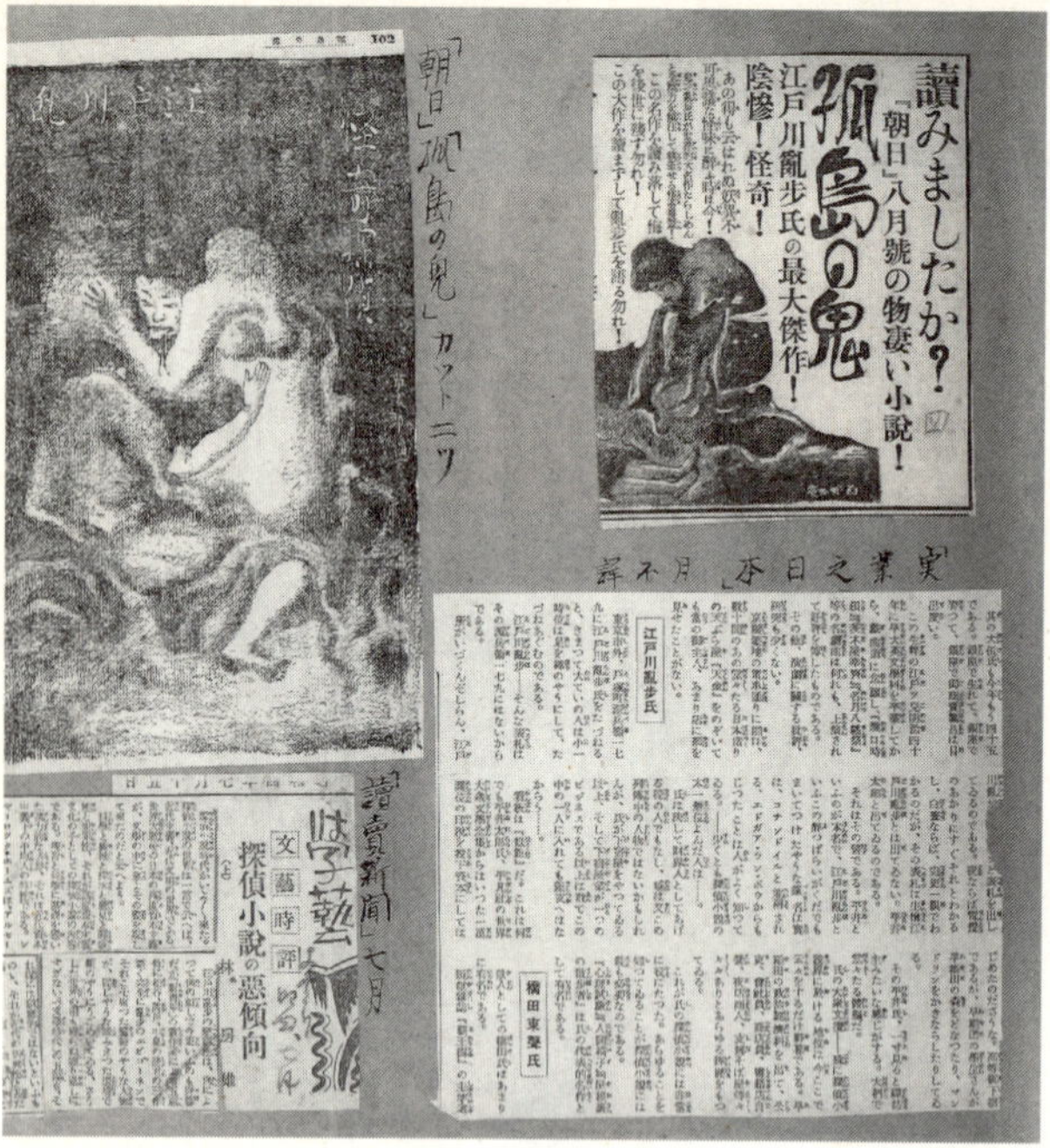

「孤島の鬼」広告と連載中の扉など。
右下は乱歩邸訪問記、左下は林房雄による批判記事
（『貼雑年譜 第2巻』より）

光文社文庫

江戸川乱歩全集　第4巻

孤島の鬼

江戸川乱歩

光　文　社

孤島の鬼

目次

孤島の鬼 9

猟奇の果

後篇 白蝙蝠

孤島の鬼

はしがき

　私はまだ三十にもならぬに、濃い髪の毛が、一本も残らず真白《まっしろ》になっている。この様《よう》な不思議な人間が外《ほか》にあろうか。嘗《かつ》て白頭宰相《はくとうさいしょう》と云《い》われた人にも劣らぬ見事な綿帽子が、若い私の頭上にかぶさっているのだ。私の身の上を知らぬ人は、私に会うと第一に私の頭に不審の目を向ける。無遠慮な人は、挨拶《あいさつ》がすむかすまぬに、先《ま》ず私の白頭についていぶかしげに質問する。これは男女に拘《かかわ》らず私を悩ます所の質問であるが、その外にもう一つ、私の家内《かない》と極《ご》く親しい婦人丈《だ》けがそっと私に聞きに来る疑問がある。少々無躾《ぶしつけ》に亙《わた》るが、それは私の妻の腰の左側の腿《もも》の上部の所にある、恐ろしく大きな傷の痕《あと》についてである。そこには不規則な円形の、大手術の跡《あと》かと見える、むごたらしい赤あざがあるのだ。

　この二つの異様な事柄は、併《しか》し、別段私達の秘密だと云う訳《わけ》ではないし、私は殊更《ことさら》にそれらのものの原因について語ることを拒《こば》む訳でもない。ただ、私の話を相手に分《わか》らせることが非常に面倒なのだ。それについては実に長々しい物語があるのだし、又仮令《たとえ》その煩《わずらわ》しさを我慢して話をして見た所で、私の話のし方が下手なせいもあろうけれど、聞手《ききて》は私の話を容易に信じてはくれない。大抵の人は「まさかそんなことが」と頭から相手にしない。私が大《おお》法螺《ぼらふ》吹きか何ぞの様に云《い》う。私の白頭と、妻の傷痕という、れっきとした証拠物があるにも拘らず、人々は信用しない。それ程私達の経験した事柄というのは奇怪至極《しごく》なものであったのだ。

私は、嘗て「白髪鬼」という小説を読んだことがある。それには、ある貴族が早過ぎた埋葬に会って、出るに出られぬ墓場の中で死の苦しみを嘗《な》めた為《ため》、一夜にして漆黒《しっこく》の頭髪が、悉《ことごと》く白毛《しらが》と化した事が書いてあった。又、鉄製の樽《たる》の中へ入ってナイヤガラの滝《たき》へ飛込《とびこ》んだ男の話を聞いたことがある。その男は仕合《しあわ》せにも大した怪我《けが》もせず、瀑布《ばくふ》を下ることが出来たけれど、その一刹那《せつな》に、頭髪がすっかり白くなってしまった由《よし》である。凡《およ》そ、人間の頭髪を真白にしてしまう程《ほど》の出来事は、この様に、世にためしのない大恐怖か、大苦痛を伴っているものだ。三十にもならぬ私のこの白頭も、人々が信用し兼《か》ねる程の異常事を、私が経験した証拠にはならないだろうか。妻の傷痕にしても同じことが云える。あの傷痕を外科医に見せたならば、彼はきっと、それが何故《なにゆえ》の傷であるかを判断するに苦しむに相違ない。あんな大きな腫物《はれもの》のあとなんてある筈《はず》がないし、筋肉の内部の病気にしても、これ程大きな切口を残す様な藪《やぶ》医者は何所《どこ》にもないのだ。焼《や》けどにしては、治癒《ちゆ》のあとが違うし、生れつきのあざでもない。それは丁度《ちょうど》そこからもう一本足が生えていて、それを切り取ったら定《さだ》めしこんな傷痕が残るであろうと思われる様な、何かそんな風な変てこな感じを与える傷口なのだ。これとても亦《また》、並大抵の異変で生じるものではないのである。

そんな訳で、私は、このことを逢《あ》う人毎《ごと》に聞かれるのが煩しいばかりでなく、折角《せっかく》身の上話をしても、相手が信用してくれない歯痒《はがゆ》さもあるし、それに実を云うと私は、世人《せじん》が嘗《かつ》て想像もしなかった様な、あの奇怪事を、——私達の経験した人外境《じんがいきょう》を、この世にはこんな恐ろしい事実もあるのだぞと、ハッキリと人々に告げ知らせ度《た》い慾望もある。そこで、例の質問をあびせられた時には、「それについては、私の著書に詳しく書いてあります。どうかこれを読んで御疑いをはらして下さい」と云って、その人の前に差出すことの出来る様な、一冊の書物に、私の経験談を書き上げて見ようと、思立《おもいた》った訳である。

だが、何を云うにも、私には文章の素養がない。小説が好きで読む方は随分《ずいぶん》読んでいるけれど、実業学校の初年級で作文を教わった以来、事務的な手紙の文章などの外《ほか》には、文章というものを書いたことがないのだ。なに、今の小説を見るのに、ただ思ったことをダラダラと書いて行けばいいらしいのだから、私にだってあの位の真似《まね》は出来よう。それに私のは作り話でなく、身を以《もっ》て経験した事柄なのだから、一層《いっそう》書き易《やす》いと云うものだ、などと、たかを括《くく》って、さて書き出して見た所が、仲々《なかなか》そんな楽なものでないことが分って来た。第一予想とは正反対に、物語が実際の出来事である為《ため》に、却《かえ》って非常に骨が折れる。文章に不馴《ふな》れな私は、文章を駆使《くし》するのでなくて文章に駆使されて、つい余計《よけい》なことを書いてしまったり、必要なことが書けなかったりして、折角の事実が、世のつまらない小説よりも、一層作り話みたいになってしまう。本当のことを本当らしく書くことさえ、どんなに難しいかということを、今更《いまさら》の様に感じたのである。

私は二十回も、書いては破り書いては破りした。そして、結局、私の物語の発端《ほったん》丈《だ》けでも、自分の恋人と木崎初代《きざきはつよ》との恋物語から始めるのが一番穏当だと思う様になった。実を云うと、自分の恋の打開《うちあ》け話を、書物にして衆人の目にさらすというのは、小説家でない私には、妙に恥しく、苦痛でさえあるのだが、どう考えて見ても、それを書かないでは、物語の筋道《すじみち》を失うので、初代との関係ばかりではなく、その外の同じ様な事実をも、甚《はなはだ》しいのは、一人物との間に醸《かも》された同性恋愛的な事件までをも、恥を忍んで、私は暴露《ばくろ》しなければなるまいかと思う。

際立《きわだ》った事件の方から云うと、この物語は二月《ふたつき》ばかり間《あいだ》を置いて起《おこ》った二人の人物の変死事件――殺人事件を発端とするので、この話が世の探偵小説、怪奇小説という様なものに類《るい》似《じ》していながら、その実甚だしく風変りであることは、全体としての事件が、まだ本筋に入らぬ内に、主人公（或《あるい》は副主人公）である私の恋人木崎初代が殺されてしまい、もう一人は、私の尊敬する素人《しろうと》探偵で、私が初代変死事件の解決を依頼した深山木幸吉《みやまぎこうきち》が、早くも殺されてしまうのである。しかも私の語ろうとする怪異談は、この二人物の変死事件を単に発端とするばかりで、本筋は、もっともっと驚嘆すべく、戦慄《せんりつ》すべき大規模な邪悪、未《いま》だ嘗《かっ》て何人《なんぴと》も想像しなかった罪業《ざいごう》に関する、私の経験談なのである。

素人の悲しさに、大袈裟《おおげさ》な前ぶればかりしていて、一向《いっこう》読者に迫る所がない様であるから、(だが、この前ぶれが少しも誇張でないことは、後々《あとあと》に至って読者に合点《がってん》が行くであろう)前置きはこの位に止《とど》めて、さて、私の拙《つたな》い物語を始めることにしよう。

思出《おもいで》の一夜

当時私は二十五歳の青年で、丸《まる》の内《うち》のあるビルディングにオフィスを持つ貿易商、合資会社S・K商会のクラークを勤めていた。実際は、僅《わず》かばかりの月給なぞ殆《ほとん》ど私自身のお小遣《こづか》いになってしまうのだが、と云ってW実業学校を出た私を、それ以上の学校へ上げてくれる程、私の家は豊《ゆたか》ではなかったのだ。

二十一歳から勤め出して、私はその春で丸四年勤続した訳であった。受持ちの仕事は会計の帳簿の一部分で、朝から夕方まで、パチパチ算盤玉《そろばんだま》をはじいていればよいのであったが、実業学校なんかやった癖に、小説や絵や芝居や活動写真がひどく好きで、一《いっ》ぱし芸術が分る積《つも》りでいた私は、機械みたいなこの勤務を、外《ほか》の店員達よりも一層いやに思っていたことは事実であった。同僚達は、夜《よ》な夜なカフェ廻りをやったり、ダンス場へ通《かよ》ったり、そうでないのは暇《ひま》さえあればスポーツの話ばかりしていると云った派手《はで》で勇敢で現実的な人々が大部分であったから、空想好きで内気者《うちきもの》の私には、四年もいたのだけれど、本当の友達は一人もないと云ってよかった。それが一際《ひときわ》私のオフィス勤めを味気《あじき》ないものにしたのだった。

ところが、その半年ばかり前からというものは、私は朝々の出勤を、今迄程《いままで》はいやに思わぬ様になっていた。と云うのは、その頃十八歳の木崎初代が初めて、見習《みならい》タイピストとして

S・K商会の人となったからである。木崎初代は、私が生れるときから胸に描いていた様な女であった。色は憂鬱《ゆううつ》な白さで、と云って不健康な感じではなく、身体《からだ》は鯨骨《くじらぼね》の様にしなやかで弾力に富み、と云ってアラビヤ馬みたいに勇壮《ゆうそう》なのではなく、女にしては高く白い額に左右不揃いな眉《まゆ》が不可思議な魅力をたたえ、切れの長い一《ひと》かわ目に微妙な謎を宿し、高からぬ鼻と薄過ぎぬ唇が、小さい顎《あご》を持った、しまった頰《ほお》の上に浮彫《うきぼ》りされ、鼻と上唇の間が人並《ひとな》みよりは狭くて、その上唇が上方にややめくれ上った形をしていると、細かに書いてしまうと、一向初代らしい感じがしないのだが、彼女は大体その様に、一般の美人の標準にはずれた、その代りには私丈けには此上《このうえ》もない魅力を感じさせる種類の女性であった。

内気者の私は、ふと機会を失って、半年もの間、彼女と言葉も交わさず、朝顔を見合わせても目礼さえしない間柄であった。（社員の多いこのオフィスでは、仕事の共通なものや、特別に親しい者の外は、朝の挨拶などもしない様な習わしであった）それが、どういう魔（？）がさしたものか、ある日、私はふと彼女に声をかけたのである。後になって考えて見ると、この事が、いや私の勤めているオフィスに彼女が入社して来たことすらが、誠に不思議なめぐり合せであった。彼女と私との間に醸《かも》された恋のことを云うのではない。それよりも、その時彼女に声をかけたばっかりに、後に私を、この物語に記《しる》す様な、世にも恐ろしい出来事に導いた運命について云うのである。

その時木崎初代は、自分で結《ゆ》ったらしい、オールバックまがいの、恰好《かっこう》のいい頭を、タイプライターの上にうつむけて、藤色セルの仕事着の背中を、やや猫背にして、何か熱心にキイを叩《たた》いていた。

HIGUCHI　HIGUCHI　HIGUCHI　HIGUCHI　HIGUCHI……

見ると、レタペーパの上には、樋口《ひぐち》と読むのであろう、誰かの姓らしいものが、模様みたいにベッタリと並んでいた。

私は「木崎さん、御熱心ですね」とか何とか云うつもりであったのだ。それが、内気者の常として、私はうろたえてしまって、愚かにも可成頓狂《かなりとんきよう》な声で、

「樋口さん」

と呼んでしまった。すると、響《ひびき》に応じる様に、木崎初代は私の方をふり向いて、

「なあに?」

と至極《しごく》落ちついて、だが、まるで小学生みたいなあどけない調子で答えたのである。彼女は樋口と呼ばれて少しも疑う所がないのだ。私は再びうろたえてしまった。木崎というのは私の飛《と》んでもない思違《おもいちが》いだったのかしら。彼女は彼女自身の姓を叩いていたに過ぎないのかしら。この疑問は少しの間私に羞恥《しゆうち》を忘れさせ私は思わず長い言葉を喋《しやべ》った。

「あなた、樋口さんて云うの? 僕は木崎さんだとばかり思っていた」

すると、彼女も亦《また》ハッとした様に、目のふちを薄赤くして、云うのである。

「マア、あたしうっかりして。……木崎ですのよ」

「じゃあ、樋口っていうのは？」

あなたのラヴ？ と云いかけて、びっくりして口をつぐんだ。

「何《な》んでもないのよ。……」

そして木崎初代は慌《あわ》てて、レタペーパを器械からとりはずし、片手で、もみくちゃにするのであった。

私はなぜこんなつまらない会話を記したかというに、それには理由があるのだ。この会話が私達の間にもっと深い関係を作るきっかけを為《な》したという意味ばかりではない。彼女が叩いていた「樋口」という姓には、又彼女が樋口と呼ばれて何の躊躇《ちゅうちょ》もなく返事をした事実には、実はこの物語の根本《こんぽん》に関する大きな意味が含まれていたからである。

この書物《かきもの》は、恋物語を書くのが主眼でもなく、そんなことで暇どるには、余りに書くべき事柄が多いので、それからの、私と木崎初代との恋愛の進行については、ごくかいつまんで記すに止《とど》めるが、この偶然の会話を取交《とりか》わして以来、どちらが待ち合わせるともなく、私達はちょくちょく帰りが一緒になる様になった。そして、エレベーターの中と、ビルディングから電車の停留所までと、電車にのってから、彼女は巣鴨《すがも》の方へ、私は早稲田《わせだ》の方へ、その乗換場所までの、僅《わず》かの間を、私達は一日中の最も楽しい時間とする様になった。間もなく、私達は段々大胆になって行った。帰宅を少しおくらせて、事務所に近い日比谷《ひびや》公園に立寄り片隅《かたすみ》のベンチに、短い語らいの時間を作ることもあった。又、小川町《おがわまち》の乗換場で降りて、その辺のみすぼらしいカフェに這入《はい》り、一杯ずつお茶を命じる様なこともあった。だが、うぶな私達は、非常な勇気を出して、ある場末《ばすえ》のホテルへ這入って行くまでには、殆ど半年もかかった程であった。

私が淋《さび》しがっていた様に、木崎初代も淋しがっていたのだ。お互《たがい》に勇敢なる現代人ではなかったのだ。そして、彼女の容姿が私の生れた時から胸に描いていたものであった様に、嬉しいことには、私の容姿も亦《また》彼女が生れた時から恋する所のものであったのだ。変なことを云う様だけれど、容貌については、私は以前からややたのむ所があった。諸戸《もろと》道雄《みちお》というのは矢張《やは》りこの物語に重要な役目を演ずる一人物であって、彼は医科大学を卒業して、そこの研究室である奇妙な実験に従事している男であったが、その諸戸道雄が、彼は医学生であり、私は実業学校の生徒であった頃から、この私に対して、可成《かなり》真剣な同性の恋愛を感じているらしいのである。

彼は私の知る限りに於《お》いて、肉体的にも精神的にも、最も高貴《ノーブル》な感じの美青年であり、私の方では決して彼に妙な愛着を感じている訳ではないけれど、彼の気難しい撰択に適《かな》ったかと思うと、少くとも私は私の外形について聊《いささ》かの自信を持ち得《う》る様に感じることもあったのである。だが、私と諸戸との関係については、後に屢々《しばしば》述べる機会があるであろう。

それは兎《と》も角《かく》、木崎初代との、あの場末のホテルに於《お》ての最初の夜は、今も猶《なお》私の忘れ兼《か》ねる所のものであった。それはどこかのカフェで、その時私達はかけおち者の様な、いやに涙っぽく、やけな気持ちになっていたのだが、私は口馴れぬウィスキイをグラスに三つも重ねるし、初代も甘いカクテルを二杯ばかりもやって、二人共真赤《まっか》になって、やや正気を失った形で、それ故《ゆえ》、大した羞恥を感じることもなく、そのホテルのカウンタアの前に立つことが出来たのであった。私達は巾《はば》の広いベッドを置いた、壁紙にしみのある様な、いやに陰気な部屋に通された。ボーイが一隅の卓《テーブル》の上に、ドアの鍵と渋茶《しぶちゃ》とを置いて、黙って出て行った時、私達は突然非常な驚きの目を見交わした。初代は見かけの弱々しい割には、心《しん》にしっかりした所のある娘であったが、それでも、酔《よい》のさめた様な青ざめた顔をして、ワナワナと唇の色をなくしていた。

「君、怖いの？」

私は私自身の恐怖をまぎらす為に、そんなことを囁《ささや》いた。彼女は黙って、目をつぶる様にして、見えぬ程に首を左右に動かした。だが云うまでもなく、彼女も怖がっているのだった。それは誠に変てこな、気拙《きまず》い場合であった。二人とも、まさかこんな風になろうとは予期していなかった。もっとさりげなく、世の大人達の様に、最初の夜を楽しむことが出来るものと信じていた。それが、その時の私達には、ベッドの上に横になる勇気さえなかったのだ。着物を脱いで、肌を露《あらわ》すことなど思いも及ばなかった。一口に言えば、私達は非常な焦慮《しょうりょ》を感じながら、已《すで》に度々《たびたび》交わしていた唇をさえ交わすことなく、無論その外の何事をもしないで、ベッドの上に並んで腰をかけて、気拙さをごまかす為に、ぎこちなく両足をブラブラさせながら、殆ど一時間もの間、黙っていたのである。

「ね、話しましょうよ。私何だか小さかった時分のことが話して見たくなったのよ」

彼女が低い透き通った声でこんなことを云った時、私は已《すで》に肉体的な激しい焦慮を通り越して、却《かえ》って、妙にすがすがしい気持になっていた。

「アア、それがいい」私はよい所へ気がついたと云う意味で答えた。「話して下さい。君の身の上話を」

彼女は身体を楽な姿勢《しせい》にして、すみ切った細い声で、彼女の幼少の頃からの、不思議な思《おも》い出《で》を物語るのであった。私はじっと耳をすまして、長い間、殆ど身動きもせずそれに聞き入っていた。彼女の声は半《なか》ばは子守歌の様に、私の耳を楽しませたのである。

私は、それまでにも又それから以後にも、彼女の身の上話は、切れ切れに、度々《たびたび》耳にしたのであったが、この時程感銘《かんめい》深くそれを聞いたことはない。今でも、その折の彼女の一語一語を、まざまざと思い浮《うか》べることが出来る程である。だが、ここには、この物語の為には、彼女の身の上話を悉《ことごと》くは記す必要がない。私はその内から、後にこの話に関係を生じるであろう部分丈けを極く簡単に書きとめて置けばよい訳である。

「いつかもお話した様に、私はどこで生《ご》れた誰の子なのかも分らないのよ。今のお母さん――あなたはまだ逢わないけれど、私はそのお母さんと二人暮《ぐら》しで、お母さんの為にこうして働いている訳なの――その私のお母さんが云うのです。初代や、お前は私達夫婦が若かった時分、大阪の川口《かわぐち》という船着場《ふなつきば》で、拾って来て、たんせいをして育て上げた子なのだよ。お前は汽船待合所の、薄暗い片隅に、手に小さな風呂敷包《ふろしきづつみ》を持って、めそめそと泣いていたっけ。あとで、風呂敷包みを開けて見ると、中から多分お前の先祖のであろう、一冊の系《けい》図書《ずがき》と、一枚の書《か》きつけとが出て来て、その書きつけで初代というお前の名も、その時丁度《ちょうど》お前が三つであったことも分ったのだよ。でもね、私達には子供がなかったので、神様から授《さず》った本当の娘だと思って、警察の手続《てつづき》もすませ、立派にお前を貰《もら》って来て、私達はたんせいをこらしたのさ。だからね、お前も水臭い考えを起したりなんぞしないで、私を——お父さんも死んでしまって、一人ぼっちなんだから——本当のお母さんだと思っていておくれよ。とね。でも、私それを聞いても、何だかお伽噺《とぎばなし》でも聞かせて貰っている様で、夢の様で、本当は悲しくもなんともなかったのですけれど、それが、妙なのよ。涙が止めどもなく流れて仕様がなかったの」

　彼女の育ての父親が在世《ざいせい》の頃、その系図書きを色々調べて、随分本当の親達を尋《たず》ね出そうと骨折ったのだ。けれど系図書きに破けた所があって、ただ先祖の名前や号やおくり名が羅《ら》列《れつ》してあるばかりで、そんなものが残っている所を見れば相当の武士《さむらい》の家柄には相違ないのだが、その人達の属した藩《はん》なり、住居なりの記載が一つもないので、どうすることも出来なかったのである。

「三つにもなっていて、私馬鹿ですわねえ。両親の顔をまるで覚えていないのよ。そして、人混みの中で置き去りにされてしまうなんて。でもね。二つ丈け、私、今でもこう目をつむると、闇の中へ綺麗《きれい》に浮き出して見える程、ハッキリ覚えていることがありますわ。その一つは、私がどこかの浜辺の芝生の様な所で、暖かい日に照らされて、可愛い赤《あか》さんと遊んでいる景色なの。それは可愛い赤さんで、私は姉《ねえ》さまぶって、その子のお守《も》りをしていたのかもしれませんわ。下の方には海の色が真青に見えていて、そのずっと向うに、紫色に煙《けむ》って、丁度牛の臥《ね》た形で、どこかの陸《おか》が見えるのです。私、時々思うことがありますわ。この赤さんは、私の実の弟か妹で、その子は私みたいに置去りにされないで、今でもどこかに両親と一緒に仕合せに暮しているのではないかと。そんなことを考えると、私何だか胸をしめつけられる様に、懐しい悲しい気持になって来ますのよ」

彼女は遠い所を見つめて、独言《ひとりごと》の様に云うのである。そして、もう一つの彼女の幼い時の記憶と云うのは、

「岩ばかりで出来た様な、小山があって、その中腹から眺めた景色なのよ。少し隔《へだ》った所に、誰かの大きなお邸《やしき》があって、万里《ばんり》の長城《ちょうじょう》みたいにいかめしい土塀《どべい》や、母屋《おもや》の大鳥《おおとり》の羽根を拡《ひろ》げた様に見える立派な屋根や、その横手にある白い大きな土蔵なんかが、日に照《てら》されて、クッキリと見えているの。そして、それっ切りで、外《ほか》に家らしいものは一軒もなく、そのお邸の向うの方には、やっぱり青々とした海が見えているし、その又向うには、やっぱり牛の臥た様な陸地がもやにかすんで、横《よこた》わっているのよ。きっと何ですわ。私が赤さんと遊んで

いた所と、同じ土地の景色なのね。私、幾度その同じ場所を夢に見たでしょう。夢の中で、アア又あすこへ行くんだなと思って、歩いていると、きっとその岩山の所へ出るに極《きま》っていますわ。私、日本中を隅々まで残らず歩き廻って見たら、きっとこの夢の中の景色と寸分違わぬ土地があるに違いないと思いますわ。そしてその土地こそ私の懐しい生れ故郷なのよ」

「ちょっと、ちょっと」私はその時、初代の話をとめて云った。「僕、まずいけれど、その君の夢に出て来る景色は、何だか絵になり相《そう》だな。書いて見ようか」

「そう、じゃあもっと詳しく話しましょうか」

そこで、私は机の上の籠《かご》に入れてあったホテルの用箋《ようせん》を取出して、備《そな》えつけのペンで、彼女が岩山から見たという海岸の景色を描いた。その絵が丁度手元に残っていたので、版にしてここに掲《かか》げて置くが、この即席《そくせき》のいたずら書きが、後に私にとって甚だ重要な役目をつとめてくれ様などとは、無論その時には想像もしていなかったのである。

「マア、不思議ねえ。その通りですのよ。その通りですのよ」

初代は出来上った私の絵を見て、喜ばしげに叫んだ。

「これ、僕貰《もら》って置いてもいいでしょう」

私は、恋人の夢を抱《いだ》く気持で、その紙を小さく畳《たた》み、上衣《うわぎ》の内ポケットにしまいながら云った。

初代は、それから又、彼女が物心ついてからの、様々の悲しみ喜びについて、尽きぬ思出を語ったのである。が、それはここに記す要はない。兎《と》も角《かく》も、私達はそうして、私達の最初の夜を、美しい夢の様に過《すご》してしまったのである。無論私達はホテルに泊りはしないで、夜更《よふ》けに、銘々《めいめい》の家に帰った。

異様なる恋

私と木崎初代との間柄は日と共に深くなって行った。それから一月《ひとつき》ばかりたって、同じホテルに二度目の夜を過した時から、私達の関係はさきの少年の夢の様に、美しいばかりのものではなくなっていた。私は初代の家を訪ねて、彼女のやさしい養母とも話をした。そして、間もなく、私も初代も、銘々の母親に、私達の意中を打開《うちあ》ける様にさえなった。母親達にも別段積極的な異議があるらしくなかった。だが、私達は余りに若かった。結婚という様な事柄は、もやを隔てて遠い遠い向岸《むこうぎし》にあった。

若い私達は、子供が指切りをする様な真似をして、幼い贈物を、取交《とりかわ》したものである。私は一ケ月の給料をはたいて、初代の生れ月に相当する、電気石[*1]をはめた指環を買求《かいもと》めて、彼女に贈った。それを、私は活動写真で覚えた手つきで、ある日、日比谷公園のベンチの上で、彼女の指にはめてやったのである。すると、初代は子供みたいに、それを嬉《うれ》しがって（貧乏な彼女の指にはまだ一つの指環さえなかったのだ）暫《しばら》く考えていたが、

「アア、私思いついたわ」彼女はいつも持っている、手提《てさ》げの口を開きながら云うのであった。

「分る？　私今、何をお返しにすればいいかと思って、心配していたのよ。指環なんて、私買えないでしょう。でも、いいものがあるわ。ホラ、いつかもお話した私の知らないお父さまやお母さまの、たった一つのかたみの、あの系図書きよ。私大切にして、外出する時にも、私の御先祖から離れない様に、いつもこの手提《てさげ》に入れて持っていますのよ。でも、これ一つが私と、どっか遠い所にいらっしゃるお母さまを、結びつけているのかと思うと、どんなことがあっても、手離《てばな》す気がしないのだけれど、外にお贈りするものがないのですから、私の命から二番目に大切なこれを、あなたに御預けしますわ。ね、いいでしょ。つまらない反古《ほご》の様なものですけど、あなたも大切にしてね」

　そして、彼女は手提の中から、古めかしい織物の表紙のついた、薄い系図帳を取り出して、私に渡したのである。私はそれを受取って、パラパラとくって見たが、そこには、昔風な武《ぶ》張《ば》った名前が、朱線でつらねてあるばかりであった。

「そこに樋口って書いてあるでしょ。分って、いつか私がタイプライターでいたずらしていて、あなたに見つかった名前、ね、私木崎っていうよりも、樋口の方が本当の私の名前だと思っているものですから、あの時、あなたに樋口って呼ばれて、つい返事してしまったのよ」

彼女はそんなことを云った。

「これつまらない反古の様ですけれど、でも、いつか随分高い値をつけて買いに来た人があるのよ。近所の古本屋さんですの。お母さんがふと口をすべらせたのを、どっからか聞き込んで来たのでしょう。でも、どんなにお金になっても、これぱかりは譲れませんって、お断りしましたの。ですから、まん更《ざら》値打のないものでもありませんわねえ」

彼女は又、そんな子供らしい事も云った。

謂《い》わば、それがお互の婚約の贈物であったのだ。

だが、間もなく、私達に取って少々面倒な事件が起った。それは、地位にしろ、財産にしろ、学殖《がくしょく》にしろ、私とは段違いの求婚者が、突然初代の前に現れたことであった。彼は、有力な仲人《なこうど》を介し、初代の母親に対して、猛烈な求婚運動を始めたのである。

初代がそれを母親から聞き知ったのは、私達が例の贈物を取交わした、丁度翌日であったが、実はと云って母親が打開けた所によると、親戚関係をたどって、求婚の仲介者が母親の所へ来始めたのは、已に一ケ月も以前からのことだというのであった。私はこれを聞いて、云うまでもなく驚いた。だが、私の驚いたのは、求婚者が私よりは数段立勝《たちまさ》った人物であったことよりも、又、初代の母親の心がどうやらその人物の方へ傾いているらしいことよりも、初代に対する求婚者というのが、私と妙な関係を持っている、彼の諸戸《か》道雄その人であったことである。この驚きが、他の諸々《もろもろ》の驚きや、心痛を打消してしまった程も、ひどかったのだ。

何《な》ぜそんなに驚いたかというに、それについては、私は少しばかり恥かしい打開け話をしなければならないのであるが……。

先にも一寸《ちょっと》述べた様に、科学者諸戸道雄は、私に対して、実に数年の長い間、ある不可思議な恋情を抱いていた。そして、私はと云うと、無論その様な恋情を理解することは出来なかったけれど、彼の学殖なり、一種天才的な言動なり、又異様な魅力を持つ容貌なりに、決して不快を感じてはいなかった。それ故《ゆえ》彼の行為が、ある程度を越えない限りに於ては、彼の好意を、単なる友人としての好意を、受けるに吝《やぶさか》でなかったのである。

私は実業学校の四年生であった頃、家の都合もあったのだが、寧《むし》ろ大部分は私の幼い好奇心から、同じ東京に家庭を持ちながら、私は神田《かんだ》の初音館《はつねかん》という下宿屋に泊っていたことがあって、諸戸とはそこの同宿人として知合ったのが最初であった。年齢《とし》は六つも違って、その時私は十七歳、諸戸は二十三歳であったが、彼の方から誘うままに、何しろ彼は大学生で而《しか》も秀才として聞えていた程だから、私は寧ろ尊敬に近い気持ちで、喜んで彼とつき合っていた訳である。

私が彼の心持を知ったのは、初対面から二ケ月ばかりたった頃であったが、それは直接彼からではなく、諸戸の友人達の間の噂《うわさばなし》話からであった。「諸戸と蓑浦《みのうら》は変だ」と盛んに云いふらす者があったのだ。それ以来注意して見ると、諸戸は私に対する時に限って、その白い頰のあたりに微《かす》かな羞恥の表情を示すことに気づいた。私は当時子供であったし、私の学校にも、遊戯に近い感じでは、同じような事柄が行われていたので、諸戸の気持を想像して、独《ひと》りで顔を赤くするようなこともあった。それはそんなにひどく不快な感じではなかった。

彼がよく私を銭湯に誘ったことを思い出す。そこでは、きっと背中の流しっこをしたものであるが、彼は私の身体を石鹼のあぶくだらけにして、まるで母親が幼児に行水《ぎょうずい》でも使わせる様に、丹念に洗ってくれたものである。最初の間は、私はそれを単なる親切と解していたが、後には彼の気持を意識しながら、それをさせていた。それほどの事は、別段私の自尊心を傷つけなかったからである。

散歩の時に手を引合ったり、肩を組み合う様なこともあった。それも私は意識してやっていた。時とすると、彼の指先が烈《はげ》しい情熱を以《も》って私の指をしめつけたりするのだけれど、私は無心を装《よそお》って、併《しか》しやや胸をときめかしながら、彼のなすがままに委《まか》せた。と云って、決して私は彼の手を握り返すことはしなかったのである。

又、彼がそのような肉体的な事柄ではなく私に親切を尽《つく》したことは云うまでもなかった。彼は私に色々贈物をした。芝居や活動写真や運動競技などに連れて行ってくれた。私の語学を見て呉《く》れた。私の試験の前などには、我事の様に骨折ったり心配したりしてくれた。その様な精神的な庇護《ひご》については、今も猶《なお》彼の好意を忘れ兼ねる程である。

だが私達の関係が、いつまでもその程度に止《とど》まっている筈はなかった。ある期間を過ぎるているようになってしまって、黙って溜息ばかりついていると、暫《しばら》くの間、彼は私の顔さえ見れば憂欝になってしまって、黙って溜息ばかりついているような時期が続いたが、やがて彼と知合って半年もたった頃、私達の上に遂《つい》にある危機が来たのだった。

その夜、私達は下宿の飯がまずいと云って、近くのレストランへ行って、一緒に食事をしたのだが、彼はなぜかやけのようになって、したたか酒をあおり、私に呑めと云って聞かぬのだ。無論私は酒なんか呑めなかったけれど、勧《すす》められるままに、二三杯口にしたところが、忽《たちま》ちカッと顔が熱くなり、頭の中にブランコでもゆすっているような気持で、何かしら放《ほう》縦《じゅう》なものが心を占めて行くのを感じ始めた。

私達は肩を組み合い、もつれるようにして、一高《いちこう》の寮歌《りょうか》などを歌いながら、下宿に帰った。

「君の部屋へ行こう。君の部屋へ行こう」

諸戸はそう云って、私を引きずるようにして、私の部屋へ這入った、そこには私の万年床《まんねんどこ》が敷き放しになっていた。彼につき倒されたのであったか、私が何かにつまずいたのであったか、私はいきなり、その万年床の上に転がったのである。

諸戸は私の傍に突立って、じっと私の顔を見下していたが、ぶっきら棒に、

「君は美しい」

と云った。その刹那、非常に妙なことを云うようだけれど、私は女性に化して、そこに立っている、酔《よい》の為に上気はしていたけれど、それ故に一層魅力を加えた、この美貌の青年は、

私の夫であるという、異様な観念が、私の頭をかすめて通過《とおりす》ぎたのである。

諸戸はそこに膝《ひざ》まずいて、だらしなく投出された私の右手を捉えて云った。

「あつい手だね」

私も同時に、火のような相手の掌を感じた。

私が真青になって、部屋の隅に縮込《ちぢこ》んでしまった時、見る見る諸戸の眉間《みけん》に、取返しのつかぬことをしたという、後悔の表情が浮んだ。そして喉につまった声で、

「冗談だよ。冗談だよ、今のは嘘だよ。僕はそんなことはしないよ」

と云った。

それから暫くの間、私達は各々《めいめい》そっぽを向いて、黙り込んでいたが、突然カタンという音がして、諸戸は私の机の上に俯伏《うつぶ》してしまった。両腕を組合せて、その上に顔をふせて、じっとしている。私はそれを見て、彼は泣いているのではないかと思った。

「僕を軽蔑しないで呉《く》れ給《たま》え。君は浅間《あさま》しいと思うだろうね。僕は人種が違っているのだ。凡《すべ》ての意味で異人種なのだ。だが、その意味を説明することが出来ない。僕は時々一人で怖《こわ》くなって慄《ふる》え上るのだ」

やがて彼は顔を上げてこんなことを言った。併《しか》し、彼は何をそんなに怖がっているのか、私にはよく理解出来なかった、ずっと後になってある場面に遭遇するまでは。

私が想像した通り、諸戸の顔は、涙に洗われたようになっていた。

「君は分っていてくれるだろうね。分ってさえいてくれればいいのだよ。それ以上望むのは僕の無理かも知れないのだから。だが、どうか僕から逃げないでくれ給《たま》え。僕の話相手になってくれ給え。そして僕の友情丈《だ》けなりとも受入れてくれ給え。僕が独《ひとり》で思っている。せめてもそれ丈けの自由を僕に許してくれないだろうか。ねえ、蓑浦君、せめてそれ丈けの……」

私は強情に押黙《おしだま》っていた。だが、かき口説《くど》きながら、頰《ほお》に流れる諸戸の涙を見ている内に、私も亦まぶたの間に熱いものが、もり上って来るのをどうすることも出来なくなってしまった。

私の気まぐれな下宿生活は、この事件を境にして、中止された。あながち諸戸に嫌悪を感じたのではなかったが、二人の間に醸《かも》された妙な気拙《きまず》さや、内気な私の羞恥心が、私をその下宿にいたたまれなくしたのである。

それにしても、理解し難きは諸戸道雄の心持であった。彼はその後も彼の異様な恋情を棄《す》てなかったばかりか、それは月日がたつに従って、愈々濃《いよいよこまや》かに、愈々深くなりまさるかと思われた。そして、会々逢《たまたま》う機会があれば、それとなく会話の間に、多くの場合は、世にためしなき恋文の内に、彼の切ない思いをかき口説くのであった。しかもそれが私の二十五歳の当時までも続いていたというのは、余りにも理解し難き彼の心持ではなかったか。仮令《たとえ》、私のなめらかな頰に少年のおもかげが失《う》せなかったにもしろ、私の筋肉が世の大人達のように発達せず、婦女子の如く艶《つやや》かであったにもしろ。

そういう彼が、突如として、人もあろうに私の恋人に求婚したというのは、私に取って、甚《はなは》だしい驚きであった。私は彼に対して恋の競争者として敵意を抱く前に、寧《むし》ろ一種の失望に似たものを感じないではいられなかった。

「若《も》しや……若しや彼は、私と初代との恋を知って、私を異性に与えまい為に、私を彼の心の内に、いつまでも一人で保って置きたい為に、自《みず》ら求婚者となって、私達の恋を妨げようと企《くわだ》てたのではあるまいか」

自惚《うぬぼれ》の強い私の猜疑心《さいぎしん》は、そんな途方《とほう》もないことまでも、想像するのであった。

怪老人

これは甚だ奇妙な事柄である。一人の男がもう一人の男を愛する余り、その男の恋人を奪おうとする。普通の人には想像も出来ない様な事柄である。私は先に述べた諸戸の求婚運動を、若しや私から初代を奪わんが為ではあるまいかと邪推《じゃすい》した時、私自身私の猜疑心を嗤《わら》った位である。だが、この一度《ひとたび》きざした疑いは、妙に私を捉えて離さなかった。私は覚えていた。諸戸はいつか、私に彼の異様な心持を、比較的詳しく打開けた折、「僕は婦人には何の魅力をも感ずることが出来ないのだ。寧《むし》ろ憎悪を感じ、汚くさえ思われるのだ。君には分るかしら。これは単に恥かしいという丈けの心持ちではないのだよ。恐ろしいのだ。僕は時々居ても立ってもいられぬ程恐ろしくなることがある」と述懐したことを覚えていた。

その性来女嫌いの諸戸道雄が、突然結婚する気になり、しかもあんなに猛烈に求婚運動を始めたというのは、誠に変ではないか。私は今、「突然」という言葉を使ったが、実を云うと、その少し前までは、私は絶えず諸戸の一種異様な併《しか》し甚だ真剣な恋文を受取ってもいたし、丁度一ケ月ばかり以前、諸戸に誘われて、一緒に帝国劇場を見物したことさえあった。そして、無論、諸戸のこの観劇勧誘の動機は、私に対するあの愛情にあったことは申すまでもない。それはその折の彼の様子で疑う余地はないのだ。それが僅か一ケ月かそこいらの間に、豹変《ひょうへん》して私を捨《す》て(というと、二人の間に何かいまわしい関係でも出来ていたようだが、決してそんなことはない)木崎初代に対して求婚運動を始めたのであるから全く「突然」に相違ないのである。しかも、その相手に選ばれたのが、申し合せた様に私の恋人の木崎初代であったというのは偶然にしては少々変に感じられるではないか。

という様に、段々説明して見ると、私の疑いも満更《まんざ》ら無根の猜疑ばかりでなかったことが分るのである。だが、この諸戸道雄の奇妙な行動なり心理なりは、世の正常な人々には一寸《ちょっと》会得《えとく》しにくいかも知れぬ。そして、私のつまらぬ邪推を長々と述立てることを非難するかも知れぬ。私の様に直接諸戸の異様な言動に接していない人々にはそれも尤《もっと》もだ。では、私は順序を少し逆にして、後に至って分った事を、ここで読者に打開けてしまった方がよいかも知れぬ。つまり、この私の疑いは決して邪推ではなかったのだ。諸戸道雄は、私の想像した通り、私と初代との仲を裂く目的で、あんな大騒ぎの求婚運動を始めたのであった。

どんなに大騒ぎな求婚運動であったかというと、

「そりゃ、うるさいのよ。毎日の様に世話人がお母さんを口説きに来るらしいのよ。そして、あなたの事もちゃんと知っていて、あなたの家《うち》の財産だとか、あなたの会社の月給まで、お母さんに告口《つげぐち》して、とても初代さんの夫となりお母さんを養って行けるような人柄じゃない。なんて、それはひどい事まで云うのですって。それに口惜《くや》しいのは、お母さんが向うの人の写真を見たり、学歴や暮し向きなんか聞いて、すっかり乗気になっているのですわ。お母さんはいい人なんですけれど、今度ばかりは、私本当にお母さんがにくらしくなった。浅間《あさま》しいわ。近頃お母さんと私はまるで敵《かたき》同士よ。物を云えば、すぐその事になって、喧嘩《けんか》なんですもの」

初代はそんな風に訴えるのだ。彼女の口裏から、私は諸戸の運動がどんなに烈《はげ》しいものだかを察すること出来た。

「あんな人のお蔭で、お母さんと私の間が、変になってしまったことは、一月前には想像さえ出来なかった程ですわ。例えばね、お母さんたら、近頃はしょっちゅう、私の留守中に、私の机や手文庫なんかを検《しら》べるらしいの。あなたの手紙を探して、私達の間がどこまで行っているかを探るらしいのよ。私几帳面《きちょうめん》なたちですから、抽斗《ひきだし》の中でも文庫の中でも、キチンとして置くのに、それがよく乱れていますの。本当にあさましいと思うわ」

そんな事さえあったのだ。大人しい、親思いの初代ではあったが、彼女はこの母親との戦いには決して負けていなかった。あくまでも意地を張り通して、母親の機嫌を損じる事等《など》はかえりみていなかった。

だがこの思いがけぬ障碍《しょうがい》は、却《かえ》って私達の関係を一層複雑にも、濃厚にもしたことであった。私は一時恐れを為《な》した私の恋の大敵を見向きもせず、ひたすら私を慕って来る初代の真心を、どんなにか感謝したであろう。丁度それは晩春の頃であったが、私達は、初代が家《うち》に帰って母親と顔を合わすことを避けたがるので、会社がひけてから、長い時間、美しく燈《ともしび》の入った大通りや、若葉の匂《におい》のむせ返る公園などを、肩を並べて歩いたものである。休日には郊外電車の駅で待合わせて、よく緑の武蔵野《むさしの》を散歩した。こう目をつむると、小川が見えて来る。土橋《どばし》が見えて来る。鎮守《ちんじゅ》の森とでも云う様な、高い老樹の樹立《こだち》や、石垣が見えて来る。それらの景色の中を、二十五歳の子供子供した私が、派出《はで》な銘仙《めいせん》に、私の好きな岩《いわ》絵具《えのぐ》の色をした織物の帯を、高く結んだ初代と、肩を並べ歩いているのだ。幼いと笑って下さるな。これが私の初恋の最も楽しい思出なのだ。僅々《きんきん》八九ケ月の間柄ではあったが、二人はもう決して離れることの出来ない関係になっていた。私は会社の勤めも、家庭のこともすっかり忘れてしまって、ただもう桃色の雲の中に、無我夢中で漂っていたのである。私は諸戸の求婚などはもう少しも恐れなかった。初代の変心《へんしん》を気遣《きづか》う理由は少しもなかったからである。初代も今はたった一人の母親の叱責《しっせき》をさえ気にかけなかった。彼女は私以外の求婚に応ずる心など微塵《みじん》もなかったからである。

私は今でも、あの当時の夢の様な楽しさを忘れることが出来ない。だが、それは本当に束《つか》の間《ま》の喜びであった。私達が最初口を利《き》き合ってから丁度九ケ月目、私ははっきりと覚えている、大正十四年の六月二十五日であった。その日限り私達の関係は打断《うちた》たれてしまったのである。諸戸道雄の求婚運動が成功したのではない。当の木崎初代が死んでしまったからだ。それも普通の死方《しにかた》ではなく、世にも不思議な殺人事件の被害者として、無残にこの世を去ってしまったからである。

だが、木崎初代の変死事件に入るに先だって、私は少しく読者の注意を惹いて置き度《た》い事がある。それは初代が死の数日前《ぜん》に、私に訴えた所の奇妙な事実についてである。これは後々《のちのち》にも関係のあることだから、読者の記憶の一隅《ぐう》に留《とど》めて置いて貰《もら》わねばならぬのだ。

ある日のこと、その日は会社の勤務時間中も初代は終日青ざめて、何かしらおびえている風に見えたのだが、会社が退《ひ》けて、丸ノ内の大通りを並んで歩きながら、私がそれについて聞訊《ききただ》した時、初代はやっぱり、うしろを振返るようにしながら、私の脇にすりよって、次の様な事柄を訴えたのである。

「昨夜《ゆうべ》でもう三度目なのよ。いつもそれは私がおそくお湯に行く時なんですが、あなたも知っていらっしゃる通り淋しい町でしょう、夜なんぞはもう真暗なのよ。何の気なしに格子戸《こうしど》を開けて表へ出ると、丁度私の家《うち》の格子窓の所に、変なお爺《じい》さんが立止っていますの。三度とも同じことなのよ。私が格子を開けると、何だかハッとした様に、姿勢を変えて、何食わぬ顔で通過ぎてしまうのですけれど、でも、その瞬間まで、じっと窓の所から、家の中の様子を窺っていたらしいそぶりですの。二度目までは、私の気のせいかも知れないと思ってましたけれど、昨夜《ゆうべ》又それなんでしょう。決して偶然な通りすがりの人じゃありませんわ。と云って御近所にあんなお爺さんは見たこともないし、私何だか悪い事の前兆の様な気がして、気味が悪くて仕様がないのよ」

私が危《あやう》く笑い相《そう》になるのを見ると、彼女はやっきとなって続けるのだ。

「それが普通のお爺さんじゃないのよ。私あんな不気味なお爺さんて、見たことがありませんわ。年も五十や六十じゃなさそうなの。どうしたって八十以上のお爺さんよ。まるで背中の所で二つに折れたみたいに、腰が曲っていて、歩くにも、杖《つえ》にすがって、鍵のように折れ曲って、首だけで向うを見て歩くのよ。だから遠くから見ると、背の高さが、普通の大人の半分位に見えますの。何だか気味の悪い虫が這《は》ってでもいる様なの。そして、その顔と云ったら、皺《しわ》だらけで、目立たなくなっていますけれど、あれじゃ若い時分だって、普通の顔じゃないわ。私恐いものだから、それに暗いので、よく見なかったけれど、でも、私の家の軒燈《けんとう》の光で、チラッと口の所だけ見てしまったのよ。上唇が丁度兎《うさぎ》のように二つに割れていて、私と目を合わせた時、てれ隠しに、ニヤッと笑った口と云うものは、私今でも思い出すと、寒気がする様よ。あんな化物みたいな、八十以上にも見えるお爺さんが、しかも夜更《よふ》けに、三度も私の家の前に立止っているなんて、変ですわ。ねえ、何か悪い事の起る前兆じゃないでしょうか」

私は初代の唇が色を失って、細かく震えているのを見た。余程怖かったものに相違ない。私はその時無理にも、彼女の思過しだと云って、笑って見せた事であるが、仮令《たとえ》この初代の見た所が真実であったとしても、それが何を意味するのか少しも分らなかったし、八十以上の腰の曲ったお爺さんに危険な企らみがあろうとも思えなんだ。私はそれを少女の馬鹿馬鹿しい恐怖として、殆《ほとん》ど気にも止めなかったのである。だが、後《のち》になって、この初代の直覚《ちょっかく》が、恐ろしい程当っていた事が分って来たのであるが。

入口のない部屋

さて、私は大正十四年六月二十五日の、あの恐ろしい出来事を語らねばならぬ順序となった。

その前日、いやその前夜七時頃までも、私は初代と語り合っていたのだった。晩春の銀座の夜を思出す。私は滅多に銀座など歩くことはなかったのだが、その夜は、どうしたのか初代が銀座へ行って見ましょうと云い出した。初代は見立てのいい柄の、仕立卸《したておろ》しの黒っぽい単衣物《ひとえもの》を着ていた。帯はやっぱり黒地に少し銀糸を混《ま》ぜた織物であった。臙脂《えんじ》色の鼻緒《はなお》の草《ぞう》履《り》も卸したばかりだった。私のよく磨《みが》いた靴と彼女の草履とが、足並を揃えて、ペーヴメントの上を、スッスッと進んで行った。私達はその時、遠慮勝ちに、新時代の青年男女の流行風俗を真似て見たのであった。恰度《ちょうど》月給日だったので、私達は少しおごって、新橋のある鳥料理へ上ったものだ。そして、七時頃まで少しお酒も飲みながら、私達は楽しく語り合った。酔って来ると、私は諸戸なんか、今に御覧なさい私だって、という様な気焔《きえん》を上げた。そして、今頃諸戸はきっとくしゃみをしているでしょうね、と云って思上った笑い方をしたのを覚えている。アア、私は何という愚ものであったのだろう。

私はその翌朝、昨夜《ゆうべ》別れる時、初代が残して行った、私のすきでたまらない彼女の笑顔と、ある懐《なつか》しい言葉とを思い出しながら、春の様にうららかな気持で、S・K商会のドアを開けた。そして、いつもする様に、先ず第一に初代の席を眺めた。毎朝どちらが先に出勤するかという様なことさえ、私達の楽しい話題の一つになるのであったから。

だが、もう出勤時間が少し過ぎていたのに、そこには初代の姿はなく、タイプライターの覆いもとれてはいなかった。変だなと思って、自分の席の方へ行こうとすると、突然横合《よこあい》から、昂奮《こうふん》した声で呼びかけられた。

「蓑浦君、大変だよ。びっくりしちゃいけないよ。木崎さんが殺されたんだって」

それは人事を扱っている、庶務主任のK氏だった。僕はこれから見舞に行こうと思うんだが、君も一緒に行くかい」

「今し方、警察の方から知らせがあったんだ。僕はこれから見舞に行こうと思うんだが、君も一緒に行くかい」

K氏は幾分《いくぶん》は好意的に、幾分はひやかし気味に云った。私達の関係は殆ど社内に知れ渡っていたのだから。

「エエ、御一緒に参りましょう」

私は何も考えることが出来なくて、機械的に答えた。私は一寸同僚に断って（S・K商会は非常に自由な制度だった）K氏と同道して、自動車に乗った。

「どこで、誰に殺されたのですか」

車が走り出してから、私は乾いた唇で、かすれた声で、やっとそれを訊ねることが出来た。

「家《うち》でだよ。君は行ったことがあるんだろう。下手人《げしゅにん》はまるで分らないと云うことだよ。とんだ目に遭ったものだね」

好人物のK氏は、人事《ひとごと》でないという調子で答えた。

痛さが余り烈《はげ》しい時には、人はすぐに泣き出さず、却《かえっ》て妙な笑顔《わらい》をするものだが、悲しみの場合も同じことで、それが余りひどい時は、涙を忘れ、悲しいと感じる力さえ失った様になるものである。そして、やっとしてから、余程日数がたってから、本当の悲しさというものがわかって来るのだ。私の場合も丁度それで、私は自動車の上でも、先方について、初代の死体を見た時でさえも、何だか他人のことの様で、ボンヤリと普通の見舞客みたいに振舞って いたことを記憶している。

初代の家は巣鴨宮仲《すがもみやなか》の表通りとも裏通りとも判別のつかぬ、小規模な商家《しょうか》としもうた家《や》と

が軒を並べている様な、細い町にあった。彼女の家と隣の古道具屋と丈《だ》けが平屋建てで、屋

根が低くなっているので、遠くからでも目印になった。初代はその三間《ま》か四間の小さな家に

彼女の養母とたった二人で住んでいたのである。

私達がそこに着いた時には、もう死体の調べなども済んで、警察の人達が附近の住人達を

取調べている所であった。初代の家の格子戸の前には、一人の制服の巡査《じゅんさ》が、門番みたいに

立《たち》はだかっていたが、K氏と私とは、S・K商会の名刺を見せて、中へ入って行った。

六畳の奥の間に、初代はもう仏《ほとけ》になって横わっていた。全身に白い布が覆われ、その前に

白布《はくふ》をかけた机を据えて、小さな蠟燭《ろうそく》と線香が立ててあった。一度逢ったことのある、小柄

な彼女の母親が、仏の枕元に泣き伏していた。その側《そば》に、彼女の亡夫の弟だという人が、憮《ぶ》

然《ぜん》として坐っていた。私はK氏の次に母親に悔《くや》みを述べて、机の前で一礼すると仏の側へ寄

ってそっと白布をまくり、初代の顔を覗いた。心臓を一抉《えぐ》りにやられたということであった

が、顔には苦悶《くもん》の痕《あと》もなく、微笑しているのかと思われる程、なごやかな表情をしていた。

生前から赤味の少い顔であったが、それが白蠟の様に白けて、じっと目をふさいでいた。胸

の傷痕には、丁度彼女が生前帯をしめていた恰好で、厚ぼったく繃帯《ほうたい》が巻いてあった。それ

を見ながら、私は、今からたった十三四時間前に、新橋の鳥屋で差向いに坐って笑い興じていた初代を思出した。すると、内臓の病気ではないかと思った程、胸の奥がギュウと引締められる様な気がした。その刹那《せつな》、ポタポタと音を立てて、仏の枕元の畳の上に、続けざまに私は涙をこぼしたのであった。

いや、私は余りに帰らぬ思出に耽《ふけ》り過ぎた様である。こんな泣言《なきごと》を並べるのがこの書物の目的ではなかったのだ。読者よ、どうか私の愚痴《ぐち》を許して下さい。

K氏と、私とは、その現場《げんじょう》でも、また後日役所に呼び出されさえして、色々と初代の日常に関して取調べを受けたのであるが、それによって得た知識、又初代の母親や近所の人達から聞知った所などを綜合《そうごう》すると、この悲《かなし》むべき殺人事件の経過は、大体次の様なものであった。

初代の母親は、その前夜、やっぱり娘の縁談のことについて相談する為に、品川の方にいる彼女の亡夫の弟の所へ出向いて、遠方の事故《ことゆえ》、帰宅したのはもう一時を過ぎていた。戸締りをして、起きて来た娘と暫《しばら》く話をして、彼女の寝室に定《き》めてある方の、玄関ともいうべき四畳半へ臥《ふせ》った。ここで一寸《ちょっと》、この家の間取を説明して置くと、今云った玄関の四畳半の奥に六畳の茶の間があり、それが横に長い六畳で、そこから奥の間の六畳と三畳の台所と両方へ行ける様になっている。奥の間の六畳というのは、客座敷と初代の居間との兼用になっていて、初代は勤めに出て家計を助けているので、主人格として一番上等の部屋を当てがわれていたのである。玄関の四畳半は、南に面していて、冬は日当りがよく、夏は涼しく、明るくて気持がよいというので、母親が居間の様にして、そこで針仕事などすることになっていた。中の茶の間は、広いけれど障子《しょうじ》一重《ひとえ》で台所だし、光線が入らず、陰気でじめじめしているので、母親はそこを嫌って寝室にも玄関を撰《えら》んだ訳であった。何故私はこんなにこまごまと間取を説明したかというに、実はこの部屋の関係が初代変死事件をあれ程面倒なものにした、一つの素因をなしていたからである。事の序《ついで》にもう一つ、この事件を困難にした事情を述べて置くが、初代の母親は少し耳が遠くなっていた。それに、その夜は夜更《よふか》しをした上に一寸昂奮する様な出来事もあったので、寝つきが悪かった代りには、僅の間であったが、ぐっすりと熟睡してしまって、朝六時頃に目を覚ましたまでは何事も知らず、少々の物音には気のつかぬ状態であった。

母親は六時に目を覚ますと、いつもする様に、戸を開ける前に、台所へ行って、仕かけて置いた竈《かまど》の下をたきつけて、少し気掛りなことがあったものだから、茶の間の襖《ふすま》をあけて、初代の寝間《ねま》を覗いて見たのだが、雨戸の隙間からの光と、まだつけたままの机の上の置《おき》電燈の光によって、一目でその場の様子が分った。布団《ふとん》がまくれて、仰臥《ぎょうが》した初代の胸が真赤に染まり、そこに小さな白鞘《しらさや》の短刀が突立《つきた》ったままになっていた。格闘の跡もなく、さしたる苦悶の表情もなく、初代は一寸暑いので、布団から乗出したという恰好で、静かに死んでいた。曲者《くせもの》の手練《しゅれん》が、たった一突きで心臓を抉《えぐ》ったので、殆ど苦痛を訴える隙もなかったのであろう。

　母親はあまりの驚きに、そこにベッタリ坐ったまま、「どなたか、来て下さいよ」と連呼した。耳が遠いのでふだんから大声であったが、それが思切り叫んだのであるから、忽《たちま》ち壁一重《ひとえ》の隣家を驚かせた。それから大騒ぎになって、一寸の間に近所の人達が五六人も集って来たが、入ろうにも戸締りをしたままなので、家の中へ入ることが出来ない。人々は「お婆さんここを開けなさい」と叫んでドンドン入口の戸を叩いた、もどかしがって裏へ廻る者もあったが、そこも締りのままで開くことが出来ない。でも暫くすると、母親が気が顛動《てんどう》していたのでという意味の詫言《わびごと》をして、締《しまり》をはずしたので、人々はやっと屋内に入り、恐ろしい殺人事件が起ったことを知ったのである。それから警察に知らせるやら、母親の亡夫の弟の所へ使《つかい》を走らせるやら、大騒ぎになったが、もうその頃は町内中総出の有様で、隣家の古道具屋の店先などは、そこの老主人の言葉を借りると、「葬式なんかの折の休憩所」といった観を呈していた。町内が狭い所へ、どの家からも、二三人の人が門口へ出て居るので、一入《ひとしお》騒ぎが大きく見えた。

　兇行のあったのは、後に警察医の検診によって、午前の三時頃ということが分ったが、兇行の理由と見做《みな》すべき事柄は、やや曖昧《あいまい》にしか分らなかった。初代の居間は、大して取乱した様子もなく、箪笥《たんす》なんかにも異状はなかったが、段々検べて行くと初代の母親は二つの品物の紛失していることに気附いた。其《その》一つは初代がいつも持っていた手提袋で、その中には丁度貰ったばかりの月給が入っていた。その前夜少しごたごたしたことがあったので、それを袋から出す隙《ひま》もなく、初代の机の上に置いたままになっていた筈だと母親は云うのだ。

これだけの事実によって判断すると、この事件は、何者かが、多分夜盗《やとう》の類《たぐい》であったに相違ないが、初代の居間に忍び込んで、予《あらかじ》め目星をつけ置いた月給入の手提袋を盗み去ろうとした時、初代が目を覚まして声を立てるか何かしたので、うろたえた賊《ぞく》が所持の短刀で初代を刺し、そのまま手提袋を持って逃亡した。という風に想像することが出来た。母親がその騒ぎに気附かなんだのは少々変であるが、前にも述べた通り初代の寝間と母親の寝間とが離れていたこと、母親は耳が遠い上にその夜は殊《こと》に疲れて熟睡していたことなど考えると、無理もないことであった。それは又、初代が大声で叫び立てる隙を与えず、咄嗟《とっさ》の間《ま》に賊が彼女の急所を刺した為だとも考えることが出来た。

読者は、私はそんな平凡な月給泥棒の話を、何ぜ細々《こまごま》と記《しる》しているのかと、定《さだ》めし不審に思われるでありましょう。成程以上の事実は誠に平凡である。だが事件全体は決して決して平凡ではなかった。実を云うと、その平凡でない部分を、私はまだ少しも、読者に告げていないのである。物には順序があるからだ。

では、その平凡でない部分とは何であるかと云うに、先《ま》ず第一は月給泥棒が、何故チョコレートの罐《かん》を一緒に盗んで行ったかということである。母親が発見した二つの紛失物の内の一つが、そのチョコレートの罐であったのだ。チョコレートと聞いて私は思い出した。その前夜私達が銀座を散歩した時、私は初代がチョコレートが好きなことを知っていたものだから、彼女と一緒に一軒の菓子屋に入って、ガラス箱の中に光っていた、美しい宝石のような模様の罐に入ったのを買ってやったのである。丸く平べったい、掌《てのひら》位の小罐であったが、非常に綺麗に装飾がしてあって、私は、中味よりも罐が気に入って、それを選んだ程であった。初代の死体の枕元に、銀紙が散らばっていたというのだから、彼女は昨夜、寝ながら、その幾《いく》つかをたべたものに相違ない。人を殺した賊が、危急な場合、何の余裕があって、又何の物好きから、そんな下らない、お金にして一円足らずのお菓子などを、持って行ったのであろうか。母親の思い違いではないか、どっかにしまい込んであるのではないかと、色々検べて見たが、その綺麗な罐は何処《どこ》からも出て来なかった。だが、チョコレートの罐位は、なくなろうとどうしようと、大した問題ではなかった。この殺人事件の不思議さは、もっともっと外の部分にあったのである。

一体、この賊はどこから忍入《しのびい》り、どこから逃出したのであろう。先ず、この家には普通に人の出入する箇所が三つあった。第一は表の格子戸、第二は裏の二枚障子になった勝手口、第三は初代の部屋の縁側《えんがわ》である。その外《ほか》は壁と厳重にとりつけた格子窓ばかりだ。この三つの出入口は、前夜充分に戸締りがしてあった。縁側の戸にも一枚一枚クルルがついていて、中途からはずすことは出来ない。つまり泥棒は普通の出入口から入ることは絶対に不可能だったのである。それは母親の証言ばかりでなく、最初叫声《さけびごえ》を聞きつけて現場に入った、近隣の五六人の人達が、充分認めていた、と云うのは、その朝彼等が初代の家に這《はい》ろうとして、戸を叩いた時、已《すで》に読者にも分っている通り、表口も裏口も、中から錠が卸してあって、どうしても開《あけ》ることが出来なかったからである。又初代の部屋に這入《はい》って、光線を入れる為に、二三人でそこの縁側の雨戸をくった時にも、雨戸には完全に締りがしてあったのだ。とすると、賊はこの三つの出入口の外《ほか》から忍込み又逃去ったものと考える外はないのだが、そんな箇所がどこにあったであろうか。

先ず最初気がつくのは、縁の下であるが、縁の下と云っても、外に現われている部分は、この家には二箇所しかない。玄関の靴脱ぎの所と、初代の部屋の縁側の内庭に面した部分である。だが、玄関の方は完全に厚い板が張りつけてあるし、縁側の方は犬猫の侵入を防ぐ為に、一面金網張りになっている。そして、その何《いず》れにも、最近取りはずした様な形跡はなかったのである。

少し汚い話をする様だが、便所の掃除口はどうかというに、その便所は丁度初代の部屋の縁側の所にあったのだが、掃除口は昔風の大きなものでなく、近い頃用心深い家主がつけ換えたという話であったが、やっと五寸角位の小さなものであった。これも疑う余地はないのだ。又、台所の屋根についている明りとりにも、異状はなかった。それの締りをする細引きはちゃんと折釘《おれくぎ》に結びつけたままになっていた。その外、縁側の外《そと》の内庭のしめった地面にも、足跡などは見当らず、一人の刑事が天井板の取りはずしの出来る部分から、上に昇って検べて見たが、厚く積ったほこりの上には、何の痕跡も発見することは出来なかった。とすると、賊は壁を破るか、表の窓の格子をとりはずして、出入りする外には、全く方法がないのである。云うまでもなく、壁は完全だし、格子は厳重に釘づけになっていた。

更に、この盗賊は、彼の出入の跡を留めなかったばかりでなく、屋内にも、何等の証拠物を残していないのであった。兇器の白鞘の短刀は、子供のおもちゃにも等しいもので、どこの金物屋にも売っている様な品であったし、その鞘にも、初代の机の上にも、その他検べ得た限りの場所に、一つの指紋さえ残っていなかった。無論遺留品はなかった。妙な云い方をすれば、これは入らなかった泥棒が、人を殺し、物を盗んだのである。殺人と窃盗《せっとう》ばかりがあって、殺人者、窃盗者は影も形もないのである。

ポウの「モルグ街の殺人事件」やルルウの「黄色の部屋」などで、私はこれと似た様な事件を読んだことがある。共に内部から密閉された部屋での殺人事件なのだ。だが、そういう事は外国の様な建物でなければ起らぬもの。日本流のヤワな板と紙との建築では起らぬものと信じていた。それが今、そうばかりも云えぬことが分って来たのだ。仮令《たとえ》ヤワな板にもしろ、破ったり取はずしたりすれば跡が残る。だから、探偵という立場から云えば、四分板も一尺のコンクリート壁も、何の変りがないのである。

だが、ここで、ある読者は一つの疑問を提出されるかも知れない。「ポウやルルウの小説では密閉された部屋の中に被害者丈けがいたのである。それ故《ゆえ》誠に不思議であったのだ。所が君の場合では、君が一人で、この事件をさも物々しく吹聴しているに過ぎないではないか。仮令家は君の云う様に密閉されていたにもしろ、その中には、被害者ばかりではなくて、もう一人の人物がちゃんといたのではないか」と。洵《まこと》に左様である。当時、裁判所や警察の人々も、その通りに考えたのであった。

盗賊の出入した痕跡が絶無だとすると、初代に近づき得た唯一の人は、彼女の母親であった。盗まれた二品《ふたしな》というのも、ひょっとしたら彼女の偽瞞《ぎまん》であるかも知れない。小さな二品を人知れず処分するのはさして面倒なことではない。第一、おかしいのは、仮令一間隔《ま》たっていたとは云え、耳が少し位遠かったとは云え、目ざとい筈《はず》の老人が、人一人殺される騒ぎを、気附かなんだという点である。この事件の係りの検事は、定めしそんな風に考えたことであろう。

その外、検事は色々な事実を知っていた。彼女等《ら》が本当の親子でなかったこと、最近は結婚問題で、絶えず争いのあったこと。

丁度殺人のあった夜も、母親は亡夫の弟の力を借りる為に彼を訪問したのだし、帰ってから二人の間に烈しいいさかいがあったらしいことも、隣家の古道具屋の老主人の証言で明かになっている。私が陳述した所の、母親が初代の留守中に、彼女の机や手文庫を、ソッと検べていたなどと云う事も、可也《かなり》悪い心証を与えた様子であった。

可哀想な初代の母親は、初代の葬儀の翌日、遂にその筋の呼出しを受けたのである。

恋人の灰

私はそれから二三日、会社も休んでしまって、母親や兄夫婦に心配をかけた程も、一間にとじ籠《こも》った切りであった。たった一度、初代の葬儀に列した外には、一歩も家を出なかった。一日二日とたつに従って、ハッキリと本当の悲しさが分って来た。初代とのつき合いは、たった九ケ月でしかなかったけれど、恋の深さ烈しさは、そんな月日で極《き》まるものではない。私はこの三十年の生涯にそれは色々な悲しみも味《あじわ》って来たけれど、初代を失った時程の、深い悲しみは一度もない。私は十九の年に父親を、その翌年に一人の妹をなくしたが、生来柔弱《にゅうじゃく》な質《たち》の私は、その時も随分悲しんだけれど、でも、初代の場合とは比べものにはならぬ。恋は妙なものだ。世に比《たぐ》いなき喜びを与えてもくれる代りには、又人の世の一番大きな悲しみを伴って来る場合もあるのだ。私は幸か不幸か失恋の悲しみというものを知らぬのだが、どの様な失恋であろうとも、それはまだ耐えることが出来るであろう。失恋という間は、まだ相手は他人なのだ。だが、私達の場合は、双方から深く恋し合って、あらゆる障碍《しょうがい》を物ともせず、そうだ、私のよく形容する様に、どことも知れぬ天上の、桃色の雲に包まれて、身も魂も、溶け合って、全く一つのものになり切ってしまっていた。どんな肉親もこうまで一つになり切れるものではないと思う程、初代こそは、一生涯に、たった一度巡り合った、私の半身であったのだ。その初代がいなくなってしまった。病死なればまだしも看病する隙《ひま》もあったであろうに、私と機嫌よく分れてから、たった十時間余りの後に、彼女はもう物云わぬ悲しい蠟人形となって、私の前に横《よこた》わっていたのだ。しかも、無残に殺されて、どこの誰とも分らぬ奴に、あの可憐な心臓を、むごたらしく抉られて。

私は彼女の数々の手紙を読み返しては泣き、彼女から贈られた彼女の本当の先祖の系図帳を開いては泣き、大事に保存してあった、いつかホテルで描いた彼女の夢に出て来るという浜辺の景色を眺めては泣いた。誰に物を云うのもいやだった。誰の姿を見るのもいやだった。私はただ、狭い書斎にとじ籠って、目をつむって、今はこの世にない初代と丈け逢っていたかった。心の中で、彼女と丈け話がしていたかった。

彼女の葬式の翌朝、私はふとある事を思いついて、外出の用意をした。嫂《あによめ》が「会社へいらっしゃるの」と聞いたけれど、返事もしないで外に出た。無論会社へ出る為ではなかった。初代の母親を慰問《いもん》する為でもなかった。私は丁度その朝は、なき初代の骨上《こつあ》げが行われることを知っていた。アア、私は嘗《かつ》ての恋人の悲しき灰を見る為に、いまわしい場所を訪れたのである。

私は丁度間に合って、初代の母親や親戚の人達が、長い箸《はし》を手にして、骨上げの儀式を行っている所へ行合《ゆきあ》わした。私は母親にその場にそぐわぬ悔みを述べて、ボンヤリ竈《かまど》の前に立っていた。そんな際誰も私の無躾《ぶしつけ》をとがめる者はなかった。隠亡が、金火箸《かなひばし》で乱暴に灰の塊《かたまり》をたたき割るのを見た。そして、彼はまるで冶金家《やきんか》が、坩堝《るつぼ》の金糞《かなくそ》の中から何かの金属でも探し出す様に、無雑作に、死人の歯を探し出して、別の小さな容器に入れていた。私は、私の恋人が、そうして、まるで「物」の様に取扱われるのを、殆ど肉体的な痛みをさえ感じて、眺めていた。だが、来なければよかったなどとは思わなんだ。私には最初から、ある幼い目的があったのだから。

私はある機会に、人々の目をかすめて、その鉄板の上から、一握《にぎ》りの灰を、無残に変った私の恋人の一部分を盗みとったのである。（アア、私は余りに恥かしいことを書き出してしまった）そして、附近の広い野原へ逃れて、私は、気違いみたいに、あらゆる愛情の言葉をわめきながら、それを、その灰を、私の恋人を、胃の腑《ふ》の中へ入れてしまったのであった。

私は草の上に倒れて、異常なる昂奮にもがき苦しんだ。「死にたい、死にたい」とわめきながら、転げまわった。長い長い間、私は、そこにそうして横わっていた。だが私は、恥かしいけれど死ぬ程強くはなかった。或は、死んで恋人と一体になるという様な、古風な気持ちにはなれなんだ。その代りに、私は死の次に、強く、死の次に古風な、一つの決心をしたのである。

私は、私から大切《だいじ》な恋人を奪った奴を憎んだ。初代の冥福《めいふく》の為にというよりは、私自身の為に恨んだ。腹の底から、そいつの存在を呪った。私は検事が如何《いか》に疑おうと、警察官が何と判断しようと、初代の母親が下手人だとは、どうしても信じられなかった。だが、初代が殺された以上、仮令賊の出入した形跡が絶無であろうとも、そこには、下手人が存在しなければならぬ。何者だか分らぬもどかしさが、一層私の憎しみをあおった。私は、その野原に仰臥《ぎょうが》して、晴れた空にギラギラと輝いていた太陽を、目のくらむ程見つめながら、それを誓った。

「俺はどうしたって、下手人を見つけ出してやる。そして、俺達の恨《うら》みをはらしてやる」

私が陰気で内気者であった事は、読者も知る通りであるが、その私が、どうしてその様な強い決心をすることが出来たのであるか、又其後《そののち》のあらゆる危険に突進んで行った、あの私に似《に》げなき勇気を獲得することが出来たのであるか、私は顧《かえり》みて不思議に思う程であるが、それは凡《すべ》て亡《ほろ》びた恋のさせる所であったろう。恋こそ奇妙なものである。それは時には人を喜びの頂点に持上げ、時には悲しみのどん底につきおとし、又時には、人に比類《ひるい》なき強力を授けさえするのだ。

やがて、昂奮から醒めた私は、やっぱり同じ場所に横わったまま、やや冷静に、それから私の為《な》すべき事を考えた。そして、様々に考え巡らす内に、ふと一人物のことを思出した。その名は読者も已に知っている、私が素人探偵と名づけた所の、深山木幸吉のことである。警察は警察でやるがいい、私は私自身で犯人を探し出さないでは、承知が出来ぬのだ。「探偵」という言葉はいやだけれど、私は甘んじて「探偵」をやろうと決心した。それについては、私の奇妙な友人の深山木幸吉程、適当な相談相手はないのである。私は立上ると、その足で附近の省線《しょうせん》電車の駅へと急いだ。鎌倉《かまくら》の海岸近くに住む深山木の家を訪ねる為であった。

読者諸君、私は若かった。私は恋を奪われた恨みに我を忘れた。前途にどれ程の困難があり、危険があり、この世の外《ほか》の活地獄《いきじごく》が横わっているかを、まるで想像もしていなかった。その内のたった一つをすら、予知することが出来たなら、私のこの向見《むこうみ》ずな決心が、やがて私の尊敬すべき友人、深山木幸吉の生命《いのち》をさえ奪うものであることを、予知し得たならば、私は或《あるい》は、あの様な恐ろしい復讐の誓いをしなかったかも知れないのだ。だが、私はその時、何のその様な顧慮《こりょ》もなく、成否は兎《と》も角《かく》も、一つの目的を定め得た事が、やや私の気分を清々《すがすが》しくしたのであったか、足並みも勇ましく、初夏の郊外を、電車の駅へと急いだのである。

奇妙な友人

私は内気者で、同年輩の華やかな青年達には、余り親しい友達を持たなかった代りに、年長の、しかも少々風変りな友達にめぐまれていた。諸戸道雄もその一人に相違なかったし、これから読者に紹介しようとする深山木幸吉なども、中でも風変りな友達であった。そして、私のまわり気かも知れぬけれど、年長の友達は殆ど凡て、深山木幸吉とても例外ではなく、多かれ少かれ、私の容貌に一種の興味を持つ様に思われた。仮令いやな意味ではなくとも、何かしら私の身内に彼等を引きつける力があるらしく見えた。そうでなくて、あの様にそれぞれ一方の才能に恵まれた年長者達が、青二才の私などに構ってくれる筈はなかったのだ。

それは兎も角、深山木幸吉というのは、私の勤め先の年長の友人の紹介で知合いになった間柄であったが、当時四十歳を大分過ぎていたにも拘らず、妻もなく子もなくその外血縁らしいものは、私の知る限り一人もなく、本当の独り者であった。独り者といっても諸戸の様に女嫌いという訳ではなく、これまでに、随分色々な女と夫婦みたいな関係を結んだらしく、私の知る様になってからでも、二三度そういう女を換えているのだが、いつも長続きがしないで、暫く間を置いて訪ねて見ると、いつの間にか女がいなくなっている、といった調子であった。「俺のは刹那的一夫一婦主義だ」と云っていたが、つまり極端に惚《ほれ》っぽく、飽きっぽいたちなのである。誰しも感じたり云ったりはするけれど、それを彼の様に傍若無人《ぼうじゃくむじん》に実行したものは少いであろう。こういう所にも彼の面目《めんもく》が現われていた。

彼は一種の雑学者で、何を質問しても知らぬと云った事がなかった。別に収入の道はなさそうであったが、幾らか貯《たくわ》えがあると見え、稼《かせ》ぐということをしないで、本を読む間々《あいだあいだ》には、世間の隅々に隠れている、様々な秘密をかぎ出して来るのを道楽《どうらく》にしていた。中にも犯罪事件は彼の大好物であって、有名な犯罪事件で、彼の首を突込まぬはなく、時々は其筋《そのすじ》の専門家に有益な助言を与える様なこともあった。

独り者の上に彼の道楽がそんな風であったから、何所へ行くのか、三日も四日も家を開《あ》けている様なことが、ちょくちょくあって、うまく彼の在宅の折に行合わせるのは、仲々難しいのだ。その日も、又留守を食うのではないかと、心配しながら歩いていると、幸なことには、彼の家の半丁も手前から、もう彼の在宅であることが分った。というのは、可愛らしい子供等の声に混って、深山木幸吉の聞覚《ききおぼえ》のある胴間声《どうまごえ》が、変な調子で当時の流行歌を歌っていたからである。

近づくと、チャチな青塗り木造の西洋館の玄関を開《あけ》っ放しにして、そこの石段に四五人の腕白《わんぱく》小僧が腰をかけ、一段高いドアの敷居《しきい》の所に深山木幸吉があぐらをかき、みんなが同じ様に首を左右に振りながら、大きな口をあいて、

「どこから私ゃ来たのやら[*2]
　いつまたどこへ帰るやら」

とやっていたのである。彼は自分に子供がないせいか、非常な子供好きで、よく近所の子供を集めては、餓鬼《がき》大将となって遊んでいた。妙なことには子供等《ら》も亦《また》、彼等の親達とは反対に、近所ではつまはじきのこの奇人のおじさんになついていたのである。

「サア、お客さんだ。美しいお客さまがいらしった。君達、又遊ぼうね」

私の顔を見ると、深山木は敏感に私の表情を読んだらしく、いつもの様に一緒に遊ぼうなどとは云わないで、子供等を帰し、私を彼の居間に導くのであった。

西洋館と云っても、アトリエか何かのお古と見えて、広間の外《ほか》に小さな玄関と台所の様なものがついている切りで、その広間が、彼の書斎、居間、寝室、食堂を兼ねていたのだが、そこには、まるで古本屋の引越しみたいに書物の山々が築かれ、その間に、古ぼけた木製ベッドや、食卓や、雑多の食器や、罐詰や、蕎麦《そば》屋の岡持《おかもち》などが、滅茶苦茶に放り出してあった。

「椅子がこわれてしまって、一つきゃない。マア、それにかけて下さい」

と云って、彼自身は、ベッドの薄汚れたシーツの上にドッカとあぐらをかいたものである。

「用事でしょう。何か用事を持って来たんでしょう」

彼は乱れた長い頭髪を、指でうしろへかきながら、一寸はにかんだ表情をした。彼は私に逢うと、きっと一度はこんな表情をするのだ。

「エエ、あなたの智恵をお借りし度《た》いと思って」

私は、相手の西洋乞食みたいな、カラもネクタイもない皺《しわ》くちゃの洋装を見ながら云った。

「恋、ね、そうでしょう。恋をしている目だ。それに、近頃とんと僕の方へは御無沙汰だからね」

「恋、エエ、マア、……その人が死んじまったんです。殺されちまったんです」

私は甘える様に云った。云ってしまうと、どうしたことか止めどなく涙がこぼれた。私は目の所へ腕を当てて、本当に泣いてしまったのだ。深山木はベッドから降りて来て、私の側に立って、子供をあやす様に、私の背中を叩きながら、何か云っていた。悲しみの他に、不思議に甘い感触があった。私のそうした態度が、相手をワクワクさせていることを、私は心の隅で自覚していた。

深山木幸吉は実に巧《たくみ》な聞手であった。私は順序を立てて話をする必要はなかった。一語一語、彼の問うに従って答えて行けばよいのであった。結局私は何もかも、木崎初代と口を利き初《はじ》めた所から、彼女の変死までの、あらゆることを喋ってしまった。深山木が見せよと云うものだから、例の初代の夢に出て来る海岸の景色の見取図も、彼女から預かった系図書きさえも、丁度内隠しに持っていたので、取出して彼に見せた。彼はそれらを、長い間見ていた様であったが、私は涙を隠す為に、あらぬ方を向いていたので、その時の彼の表情などには、少しも気づかなんだ。

私は云う丈け云ってしまうと、黙り込んでしまった。深山木も異様に押黙っていた。私はうなだれていたのだが、余り長い間相手が黙っているので、ふと彼の方を見上ると、彼は妙に青ざめた顔をして、じっと空間を見つめていた。

「僕の気持を分って下さるでしょう。僕は真面目《まじめ》に敵討《かたきうち》ちを考えているのです。せめて下手人を僕の手で探し出さないでは、どうにも我慢が出来ないんです」

私が相手を促《うなが》す様に云っても、彼は表情も変えず黙り込んでいた。何かしら妙なものがあった。日頃の東洋豪傑《ごうけつ》風な、無造作な彼が、こんな深い感動を示すというのは、ひどく意外に思われた。

「僕の想像が誤りでなけりゃ、これは君が考えているよりは、つまり表面に現われた感じよりは、ずっと大袈裟な、恐ろしい事件かも知れないよ」

やっとしてから、深山木は考え考え、厳粛な調子で云った。

「人殺しよりもですか」

私はどうして彼がそんな事を口走ったのか、まるで判断もつかず、漫然《まんぜん》と聞返した。

「人殺しの種類がだよ」深山木はやっぱり考え考え、彼の平常《へいぜい》に似ず陰気に答えた。「手提げがなくなったからと云って、ただの泥棒の仕業《しわざ》でないことは、君も分っているだろう。かと云って、単なる痴情の殺人にしては、余り考え過ぎている。この事件の蔭には、非常にかしこい、熟練な、しかも、残忍刻薄《こくはく》な奴が隠れている。並々の手際《てぎわ》ではないよ」

彼はそう云って、一寸言葉を切ったが、何故か、少し色のあせた唇が、興奮の為にワナワナと震えていた。私は彼のこんな表情を見るのは初めてだった。彼の恐怖が伝わって、私も妙にうしろを顧みられる様な気がし始めた。だが、愚《おろか》な私は、彼がその時、私以上に何事を悟っていたか、何がかくも彼を興奮させたか、その辺の事には、まるで気がつかなんだ。

「心臓の真中をたった一突きで殺していると云ったね。泥棒が見とがめられた為の仕業にしては、手際がよすぎる。ただ一突で人間を殺すなんて、何でもない様だが、余程の手練がなくては出来るものではないのだよ。それに、出入りした跡の全くないこと、指紋の残っていないこと、何というすばらしい手際だ」彼は讃嘆《さんたん》する様に云った。「だが、そんなことよりも、もっと恐ろしいのは、チョコレートの罐のなくなっていた事だ。俺にもまだ、何故そんなものが紛失したのだか、はっきり見当がつかぬけれど、何だかただ事でない感じがするんだ。そこにゾーッとする様なものがあるんだ。それに初代の三晩も見たというよぼよぼの老人……」

彼は言葉尻をにごして、黙ってしまった。

私達はてんでの考えに耽って、じっと目を見合わせていた。窓の外には、昼過ぎたばかりの日光がキラキラと輝いていたが、室《しつ》の中は、妙にうそ寒い感じだった。

「あなたも、初代の母親には疑うべき点はないと思いますか」

私は一寸深山木の考えをただして置きたかったので、それを聞いて見た。

「一笑の価値もないよ。なんぼ意見の衝突があったところで、思慮のある年寄りが、たった一人のかかり子《ご》を、殺す奴があるものかね。それに、君の口ぶりで察するに、母親という人は、そんな恐ろしい事の出来る柄ではないよ。手提げ袋は人知れず隠せるにしてもだ、母親が下手人だったら、何の必要があって、チョコレートの罐が紛失したなんて、変な嘘をつくものかね」

深山木はそう云って立上ったが、一寸腕時計を見ると、

「まだ時間がある。明るい内に着けるだろう。兎も角、その初代さんの家《うち》へ行って見ようじ

やないか」

彼は室《しつ》の一隅のカーテンの蔭へ入って、何かゴソゴソやっていたかと思うと、間もなく少しばかり見られる服装に変って出て来た。「さあ行こう」無造作に云って、帽子とステッキを摑むと、もう戸外へ飛出していた。私もすぐ様彼のあとを追った。私は深い悲しみと、一種異様の恐れと、復讐の念の外には何もなかった。例の系図帳や私のスケッチなどを、深山木がどこへ始末したのかも知らなんだ。初代の死んでしまった今となって、私にそんな物の入用《いりよう》もなく、てんで念頭にも置いてなかった。

汽車と電車の二時間余りの道中を、私達は殆ど黙り込んでいた。私の方では何かと話しかけるのだけれど、深山木が考え込んでいて、取合ってくれぬのだ。でもたった一言、彼が妙なことを云ったのを覚えている。これは後々にも関係のある大切な事柄だから、ここに再現して置くと、

「犯罪がね、巧妙になればなる程、それは上手な手品に似て来るものだよ。手品師はね、密閉した箱の蓋を開《あけ》ないで、中の品物を取出す術を心得ている。ね、分るだろう。だが、それには種があるんだ。御見物様方には、全く不可能に見えることが、彼には何の造作もありはしないのだ。今度の事件が丁度密閉された手品の箱だよ。実際見た上でないと分らぬけれど、警察の人達は、大事な手品の種を見落しているに相違ない。その種が仮令目の前に曝《さら》されていても、思考の方向が固定してしまうと、とんと気のつかぬものだ。手品の種なんて、大抵

見物の目の前に曝されているんだよ。多分それはね、出入口という感じが少しもしない箇所なのだ。それでいて考え方を換えると非常に大きな出入口なんだよ。まるで開っぱなし見たいなもんだ。錠がかからねば、釘を抜いたり、破壊したりする必要もない。そういう箇所は開け放しのくせに誰もしまりなんてしないからね。ハハハハハ僕の考えている事柄は、実に滑稽《こっけい》なんだよ。馬鹿馬鹿しい事だよ。だが、案外当っていないとは極《き》まらない。手品の種はいつも馬鹿馬鹿しいものだからね」

探偵家というものが、何故そんな風に思わせぶりなものであるか、幼稚なお芝居気《しばいぎ》に富んでいるものであるかということを、今に至っても、私は時々考える。そして、腹立たしくなるのだ。若《も》し、深山木幸吉が、彼の変死に先だって、彼の知っていたことを、凡《すべ》て私に打開けてくれたならば、あんなにも事を面倒にしないで済んだのである。だが、それは、シャーロックホームズがそうであった様に、又はデュ－パンがそうであった様に、優れた探偵家の免《まぬが》れ難い衒気《げんき》であったのか、彼も亦、一度首を突込んだ事件は、それが全く解決してしまうまで、気まぐれな思わせぶりの外には、彼の推理の片影《へんえい》さえも、傍人《ぼうじん》に示さぬのを常としたのである。

私はそれを聞くと、彼が已に何事か、事件の秘密を摑《つか》んでいる様に思ったので、もっと明瞭に打開けてくれる様に頼んだけれど、かたくなな探偵家の虚栄心から、彼はそれ切り口をつぐんでしまって、何事をも云わなかった。

七宝《しっぽう》の花瓶

木崎の家は、もう忌中《きちゅう》の貼紙《はりがみ》も取れ、立番の巡査もいなくなって、何事もなかった様にひっそりと静まり返っていた。あとで分ったことであるが、丁度その日、初代の母親は骨上げから帰ると間もなく、検事局の呼出しを受けて、巡査につれて行かれたというので、彼女の亡夫の弟という人が、自分の家から女中を呼び寄せて、陰気な留守番をしていたのであった。

私達が格子戸を開けて入ろうとすると、出会頭《であいがしら》に、中から意外な人物が出て来た。私とその男とは、非常な気拙《きまず》い思いで、ぶつかった目をそらす事も出来ず、暫く無言で睨み合っていた。それは、求婚者であったに拘らず、初代の在世中には、一度も木崎家を訪れなかった諸戸道雄が、何故かその日になって、悔みの挨拶に来ているのだった。彼はよく身に合ったモーニングコートを着て、暫く見ぬ間に、少しやつれた顔をして、どうにも目のやり場がないという様子で、立ちつくしていたが、やっとの思いらしく私に言葉をかけた。

「ア、蓑浦君、しばらく。お悔みですか」

私は何と返事をしていいのか分からなかったので、乾いた唇で一寸笑って見せた。

「僕、君に少しお話したいことがあるんだが、外《そと》で待ってますから、御用が済んだら、一寸その辺までつき合ってくれませんか」

実際用事があったのか、その場のてれ隠しに過ぎなかったのか、諸戸はチラと深山木の方を見ながら、そんなことを云った。

「諸戸道雄さんです。こちらは深山木さん」

私は何の気であったか、どぎまぎして二人を紹介してしまった。双方とも私の口から噂《うわさ》を聞合っていた仲なので、名前を云った丈けで、お互に名前以上の種々《いろいろ》なことが分ったらしく、二人は意味ありげな挨拶を交《かわ》した。

「君、僕に構わずに行って来給え。僕はここの家《うち》へ一寸紹介さえしといて呉《く》れりゃいいんだ。どうせ暫くこの辺にいるから、行って来給え」

深山木は無造作に云って、私を促すので、私は中に這入って、見知り越しの留守居の人々に、ソッと私達の来意を告げ、深山木を紹介して置いて、外に待合せていた諸戸と一緒に、遠方へ行く訳にも行かぬので、近くのみすぼらしいカフェへ這入った。

諸戸としては、私の顔を見れば彼の異様な求婚運動について、何とか弁解しなければならぬ立場であっただろうし、私の方では、そんな馬鹿なことがと打消しながらも、心の奥の奥では、諸戸に対して、ある恐ろしい疑念を抱いていて、それとなく彼の気持を探って見たい、と云う程ハッキリしていなくても、何かしらこの好機会に彼を逃がしてはならぬという様な心持があって、それに深山木が私に行くことを勧めた調子も、何だか意味ありげに思われたので、お互の不思議な関係にも拘らず、私達はつい、そんなカフェなどへ這入ったものであろう。

私達はそこで何を話したか、今ではひどく気拙《きま》ずかったという感じの外は、ハッキリ覚えていないのだが、恐らく殆ど話らしい話をしなかったのではないかと思われる。それに、深山木が用事を済ませて、そのカフェを探し当てて、這入って来たのが余りに早かったのだ。私達は飲物を前にして、長い間うつむき合っていた。私は相手を責めたい気持、彼の真意を探り度い気持で一杯ではあったが、何一つ口に出しては云えなんだ。諸戸の方でも妙にもじもじしていた。先に口を開いた方が負けだといった感じであった。奇妙な探り合いであった。だが、諸戸がこんなことを云ったのを覚えている。

「今になって考えると、僕は本当に済まぬことをした。君はきっと怒っているでしょう。僕はどうして謝罪していいか分らない」

彼はそんなことを、遠慮勝《がち》に、口の中で、くどくどと繰返していた。そして、彼が一体何について謝罪しているのか、ハッキリしない内に、深山木がカーテンをまくって、つかつかとそこへ這入って来た。

「お邪魔じゃない？」

彼はぶっきら棒に云って、ドッカと腰を卸《おろ》すと、ジロジロ諸戸を眺め始めるのだった。諸戸は深山木の来たのを見ると何であったかは分らぬが、彼の目的を果しもせず、突然分れの挨拶をして、逃げる様に出て行ってしまった。

「おかしな男だね。いやにソワソワしている。何か話したの？」

「イイエ、何だか解らないんです」

「妙だな。今木崎の家の人に聞くとね。あの諸戸君は初代さんが死んでから、三度目なんだって、訪ねて来るのが。そして妙に色々なことを尋ねたり、家の中を見て廻ったりするんだって。何かあるね。だが、かしこ相《そう》な美しい男だね」

深山木はそう云って、意味ありげに私を見た。私はその際ではあったけれど、でも顔を赤くしないではいられなかった。

「早かったですね。何か見つかりましたか」

私はてれ隠しに質問した。

「色々」彼は声を低めて真面目な顔になった。彼の鎌倉を出る時からの興奮は、増しこそすれ決してさめていない様に見えた。彼は何かしら、私の知らない色々なことを、心の奥底に隠していて独りでそれを吟味しているらしかった。「俺は久しぶりで、大物にぶつかった様な気がする。だが、俺一人の力では、少し手強いかも知れぬよ。兎に角、俺は今日からこの事件にかかり切るつもりだ」

彼はステッキの先で、しめった土間にいたずら書をしながら、独言《ひとりごと》の様に続けた。

「大体の筋道は想像がついているんだが、どうにも判断の出来ない点が一つある。解釈の方法がないではないが、そして、どうもそれが本当らしく思われるのだが、若しそうだとすると、実に恐ろしいことだ。前例のない極悪非道だ。考えても胸が悪くなる。人類の敵だ」

彼は訳の分らぬことを呟《つぶや》きながら、半ば無意識にステッキを動かしていたが、ふと気がつくと、そこの地面に妙な形が描かれていた。それは燗徳利《かんどくり》を大きくした様な形で、花瓶《かびん》を描いたものではないかと思われた。彼はその中へ、非常に曖昧《あいまい》な書体で、「七宝《しっぽう》」と書いた。

それを見ると、私は好奇心にかられて、思わず質問した。

「七宝の花瓶じゃありませんか。七宝の花瓶が何かこの事件に関係があるのですか」

彼はハッとした顔を上げたが、地面の絵模様に気づくと、慌ててステッキでそれを掻き消してしまった。

「大きな声をしちゃいけない。七宝の花瓶、そうだね。君も仲々鋭敏だね。これだよ分らないのは。俺は今その七宝の花瓶の解釈で苦しんでいたのだよ」

だが、それ以上は、私がどんなに尋ねても、彼は口を緘《かん》して語らぬのであった。

間もなく私達はカフェを出て巣鴨の駅へ引返した。方向が反対なので、私達がそこのプラットフォームで別れたのだが、別れる時、深山木幸吉は「四日ばかり待ち給え。どうしてもその位かかる。五日目には、何か吉報がもたらせるかも知れないから」と云った。私は彼の思わせぶりが不服ではあったけれど、でも、ひたすら、彼の尽力《じんりょく》を頼む外はなかったのである。

古道具屋の客

　家人《かじん》が心配するので、私はその翌日から、進まぬながらS・K商会へ出勤することにした。探偵のことは深山木に頼んであるのだし、私にはどう活動のして見ようもなかったので、一週間と云った彼の口約を心頼みに、空ろな日を送っていた。会社がひけると、いつも肩を並べて歩いた人の姿の見えぬ淋《さび》しさに、私の足はひとりでに、初代の墓地へと向うのであった。私は毎日、恋人にでも贈る様な、花束を用意して行って、彼女の新しい卒塔婆《そとば》の前で泣くのを日課にした。そしてその度毎《たびごと》に、私の復讐《ふくしゅう》の念は強められて行く様に見えた。私は一日一日不思議な強さを獲得して行く様に思われた。

　二日目にはもう辛抱《しんぼう》が出来なくて、私は夜汽車に乗って、鎌倉の深山木の家を訪ねて見たが、彼は留守だった。近所で聞くと、「一昨日出かけた切り、帰らぬ」ということであった。あの日巣鴨で別れてから、そのまま彼はどこかへ行ったものと見える。私はこの調子だと、約束の五日目が来るまでは訪ねて見ても無駄足を踏むばかりだと思った。

　だが、三日目になって私は一つの発見をした。それが何を意味するのだか、全く不明ではあったけれど、兎も角も一つの発見であった。私は三日おくれてやっと、深山木の想像力のほんの一部分を摑むことが出来たのだ。

あの謎の様な「七宝の花瓶」という言葉が、一日として私の頭から離れなかった。その日も、私は会社で仕事をしながら、算盤《そろばん》を弾きながら「七宝の花瓶」のことばかり思っていた。妙なことに、巣鴨のカフェで、深山木のいたずら書きを見た時から、「七宝の花瓶」というものが、私には何だか初めての感じがしなかった。どこかにそんな七宝の花瓶があった。それを見たことがあるという気がしていた。しかも、それは死んだ初代を聯想する様な関係で、私の頭の隅に残っているのだ。それが、その日、妙なことには、算盤に置いていたある数に関聯して、ヒョッコリ私の記憶の表面に浮び出した。

「分った。初代の家の隣の古道具屋の店先でそれを見たことがあるのだ」

私は心の中で叫ぶと、その時はもう三時を過ぎていたので、早びけにして、大急ぎで古道具屋へ駈けつけた。そして、いきなりそこの店先へ這入って行って、主人の老人を捉えた。

「ここに大きな七宝の花瓶が、確かに二つ列《なら》べてありましたね。あれは売れたんですか」

私は通りすがりの客の様に装って、そんな風に尋ねて見た。

「ヘエ、ございましたよ。ですが、売れちまいましてね」

「惜しいことをした。欲しかったんだが、いつ売れたんです。二つとも同じ人が買ってったんですか」

「対《つい》になっていたんですがね。買手は別々でした。こんなやくざな店には勿体《もったい》ない様な、いい出物でしたよ。相当お値段も張っていましたがね」

「いつ売れたの？」

「一つは、惜しいことでございました。昨夜《ゆうべ》でした。遠方のお方が買って行かれましたよ。もう一つは、あれはたしか先月の、そうそう二十五日でした。丁度お隣に騒動のあった日で、覚えて居りますよ」

という様な具合で、話好きらしい老人は、それから長々と所謂《いわゆる》お隣の騒動について語るのであったが、結局、そうして私の確め得た所によると、第一の買手は商人風の男で、その前夜約束をして金を払って帰り、翌日の昼頃使いの者が来て風呂敷に包んであった花瓶を担《かつ》いで行った。第二の買手は洋服の若い紳士で、その場で人力車を呼んで、持帰ったということであった。両方とも通りかかりの客で、何所《どこ》の何という人だか勿論分らない。

云うまでもなく、第一の買手が花瓶を受取りに来たのが、丁度殺人事件の発見された日と一致していたことが、私の注意を惹《ひ》いた。だが、それが何を意味するかは少しも分らない。深山木もこの花瓶のことを考えていたに相違ないが、（老人は深山木らしい人物が三日前に同じ花瓶のことを尋ねて来たのを、よく覚えていた）どうして彼は、あんなにもこの花瓶を重視したのであろう。何か理由がなくては叶《かな》わぬ。

「あれは確かに揚羽《あげは》の蝶の模様でしたね」

「エ、エエその通りですよ。黄色い地に沢山の揚羽の蝶が散らし模様になっていましたよ」

私は覚えていた。くすんだ黄色い地に、銀の細線《ほそせん》で囲まれた黒っぽい沢山の蝶が、乱れとんでいる、高さ三尺《じゃく》位の一寸大きな花瓶であった。

「どこから出たもんなんです」

「何ね、仲間から引受けたものですが、出は、何でもある実業家の破産処分品だって云いましたよ」

この二つの花瓶は、私が初代の家に出入りする様になった最初から飾ってあった。随分長い間だ。それが初代の変死後、引続いて僅か数日の間に、二つとも売れたというのは、偶然であろうか。そこに何か意味があるのではないか。私は第一の買手の方にはまるで心当りがなかったが、第二の買手には少し気附いた点があったので、最後にそれを聞いて見た。

「そのあとで買いに来た客は、三十位で、色が白くて、髭《ひげ》がなく、右の頬に一寸目立つ黒子《ほくろ》のある人ではなかったですか」

「そうそう、その通りの方でしたよ。優しい上品なお方でした」

果してそうであった。諸戸道雄に相違ないのだ。その人なら隣の木崎の家へ二三度来た筈だが、気附かなんだかと尋ねると、丁度そこへ出て来た老人の細君が、加勢をして、それに答えてくれた。

「そう云えば、あのお人ですわ。お爺さん」幸なことには彼女も亦、老主人に劣らぬ饒舌《にょうぜつ》家《か》であった。

「二三日前に、ホラ、黒いフロックを着て、お隣へいらっしった立派な方。あれがそうでしたわ」

彼女はモーニングとフロックコートとを取違えていたけれど、もう疑う所はなかった。私は尚念《なお》の為に、彼が傭《やと》ったという人力車の宿を聞いて、尋ねて見たところ、送り先が、諸戸の住居のある池袋《いけぶくろ》であったことも分った。

それは余りに突飛な想像であったかも知れない。だが、諸戸の様な、謂わば変質者を、常軌《じょうき》で律《りつ》することは出来ぬのだ。彼は異性に恋し得ない男ではなかったか。彼は同性の愛の為に、その恋人を奪おうと企てた疑いさえあるではないか。あの突然の求婚運動がどんなに烈しいものであったか。彼の私に対する求愛がどんなに狂おしいものであったか。それを思い合わせると、初代に対する求婚に失敗した彼が、私から彼女を奪う為に、綿密に計画された、発見の恐れのない殺人罪を敢《あえ》て犯《おか》さなかったと、断言出来るであろうか。彼は異常に鋭い理智の持主である。彼の研究はメスを以《もっ》て小動物を残酷にいじくり廻すことではなかったか。彼は血を恐れない男だ。彼は生物の命を平気で彼の実験材料に使用している男だ。

私は彼が池袋に居を構えて間もなく、彼を訪ねた時の無気味な光景を思出さないではいられぬ。

彼の新居は池袋の駅から半里《はんみち》も隔《へだた》った淋しい場所に、ポッツリと建っている陰気な木造洋館で、別棟の実験室がついていた。鉄の垣根がそれを囲んでいた。家族は独身の彼と十五六歳の書生と飯炊きの婆《ばあ》さんの三人暮しで、動物の悲鳴の外には、人の気配もしない様な、物淋しい住いであった。彼はそこと、大学の研究室の両方で、彼の異常な研究に耽《ふけ》っていた。彼の研究題目は、直接病人を取扱う種類のものではなくて、何か外科学上の創造的な発見という様な事にあるらしく思われた。

それは夜のことであったが、鉄の門に近づくと、私は可哀想な実験用動物の、それは主として犬であったが、耐えられぬ悲鳴を耳にした。それぞれ個性を持った犬共の叫び声が、物狂わしき断末魔《だんまつま》の聯想を以て、キンキンと胸にこたえた。今実験室の中で、若しやあのいまわしい活体解剖ということが行われているのではないかと思うと、私はゾッとしないではいられなかった。

門を這入ると、消毒剤の強烈な匂《におい》が鼻をうった。私は病院の手術室を思出した。刑務所の死刑場を想像した。死を凝視した動物共のどうにも出来ぬ恐怖の叫びに、耳が被い度《た》くなった。一層のこと、訪問を中止して帰ろうかとさえ思った。

夜も更けぬに、母屋《おもや》の方は、どの窓も真暗だった。僅かに実験室の奥の方に明りが見えていた。怖《こわ》い夢の中での様に、私は玄関にたどりついて、ベルを押した。暫くすると、横手の実験室の入口に電燈がついて、そこに主人の諸戸が立っていた。ゴム引きの濡れた手術衣を着て、血のりで真赤によごれた両手を前に突き出した。電燈の下で、その赤い色が、怪しく光っていたのを、まざまざと思い出す。

恐ろしい疑いに胸をとざされて、併《しか》しそれをどう確めるよすがもなくて、私は夕闇せまる郊外の町を、トボトボと歩いていた。

明正午限り

深山木幸吉との約束の「五日目」は、七月の第一日曜に当っていた。よく晴れた、非常に暑い日であった。朝九時頃、私が鎌倉へ行こうと着換えをしている所へ、深山木から電報が来た。逢い度いというのだ。

汽車は、その夏最初の避暑客で可成混雑していた。海水浴には少し早かったけれど、暑いのと、第一日曜というので、気の早い連中が、続々湘南の海岸へ押《おし》かけるのだ。深山木の家の前の往来は、海岸への人通りが途絶えぬ程であった。空地にはアイスクリームの露店などが、新しい旗を立てて商売を始めていた。

だが、これらの華やかな、輝かしい光景に引換えて、深山木は例の書物の山の中でひどく陰気な顔をして、考え込んでいた。

「どこへ行っていたのです。僕は一度お訪ねしたんだけど」

私が這入って行くと、彼は立上りもしないで、側の汚いテーブルの上を指《ゆびさ》しながら、

「これを見給え」

と云うのだ。そこには、一枚の手紙様のものと、破った封筒とが放り出してあったが、手

紙の文句は、鉛筆書きのひどく拙《まず》い字で、次の様に記されてあった。

貴様はもう生かして置けぬ。明正午限り貴様の命はないものと思え。併《しか》し、貴様の持っている例の品物を元の持主に返し（送り先は知っている筈だ）今日《こんにち》以後かたく秘密を守ると誓うなら、命は助けてやる。だが、正午までに書留小包にして貴様が自分で郵便局へ持って行かぬと、間に合わぬよ。どちらでも好きな方を選べ。警察に云ったとて駄目だよ。証拠を残す様なへまはしない俺だ。

「つまらない冗談をするじゃありませんか。郵便で来たんですか」

私は何気なく尋ねた。

「いや、昨夜、窓から放り込んであったんだよ。冗談じゃないかも知れない」

深山木は案外真面目な調子で云った。彼は本当に恐怖を感じているらしく、ひどく青ざめていた。

「だって、こんな子供のいたずらみたいなもの、馬鹿馬鹿しいですよ。それに正午限り命をとるなんて、まるで活動写真みたいじゃありませんか」

「いや、君は知らないのだよ。俺はね、恐ろしいものを見てしまったんだ。俺の想像がすっかり適中してね。悪人の本拠を確めることは出来たんだけれど、その代り変なものを見たんだ。それがいけなかった。俺は意気地《いくじ》がなくて、逃出してしまった。君はまるで何も知らないのだよ」

「いや、僕だって、少し分ったことがありますよ。七宝の花瓶ね。何を意味するのだか分らないけれど、あれをね諸戸道雄が買って行ったんです」

「諸戸が？　変だね」

深山木は、併し、それには一向気乗りのせぬ様子だった。

「七宝の花瓶には、一体どんな意味があるんです」

「俺の想像が間違っていなかったら、まだ確めた訳ではないけれど、実に恐ろしい事だ。前例のない犯罪だ。だがね、恐ろしいのは花瓶丈けじゃない、もっともっと驚くべき事がある。悪魔の呪いといった様なものなんだ。想像も出来ない邪悪だ」

「一体、あなたには、もう初代の下手人が分っているのですか」

「俺は、少くとも彼等の巣窟をつき止めることは出来た積《つも》りだ。もう暫く待ち給え。併し俺はやられてしまうかも知れない」

深山木は、彼の謂う所の悪魔の呪いにでもかかったのであるか、馬鹿に気が弱くなっていた。

「変ですね。併し、万一にもそんな心配があるんだったら、警察に話したらいいじゃありませんか。あなた一人の力で足りなかったら、警察の助力を求めたらいいじゃありませんか」

「警察に話せば、敵を逃がしてしまう丈けだよ。それに、相手は分っていても、そいつを上げる丈けの確かな証拠を摑んでいないのだ。今警察が入って来ては、却《かえ》って邪魔になるばかりだ」

「この手紙にある例の品物というのは、あなたには分っているのですか。一体何なのです」

「分っているよ、分っているから怖いのだよ」

「これを先方の申出通り送ってやる訳には行かぬのですか」

「俺はね、それを敵に送り返す代りに」彼はあたりを見廻す様にして、極度に声を低め「君に宛てて書留小包で送ったよ。今日帰ると、変なものが届いている筈だが、それを傷つけたり毀《こわ》したりしない様に大切に保管してくれ給え。俺の手元に置いては危いのだ。君なら幾分安全だから、非常に大切なものなんだから間違いなくね。そして、それが大切なものだっていうことを、人に悟られぬ様にするんだよ」

私は深山木のこれらの、余りにも打とけぬ、秘密的な態度が、何だか馬鹿にされている様で、快くなかった。

「あなたは、知っている丈けのことを、僕に話して下さる訳には行かぬのですか。一体この事件は、僕からあなたにお願いしたので、僕の方が当事者じゃありませんか」

「だが、必らずしもそれがそうでなくなっている事情があるんだ。併し、話すよ。無論話す積りなんだけれど、では、今夜ね、夕飯《ゆうめし》でもたべながら話すとしよう」

彼は何だか気が気でないといった風で、腕時計を見た。「十一時だ。海岸へ出て見ないか。変に気が滅入っていけない。一つ久しぶりで海につかって見るかな」

私は気が進まなんだけれど、彼がどんどん行ってしまうものだから、仕方なく彼のあとに従って、近くの海岸に出た。海岸には目がチロチロする程も、けばけばしい色合の海水着が群っていた。

深山木は波打際へ駈けて行って、いきなり猿股《さるまた》一つになると、何か大声にわめいて、海の中へ飛込んで行った。私は小高い砂丘に腰をおろして、彼の強《し》いてはしゃぎ廻る様子を、妙な気持で眺めていた。

私は見まいとしても、時計が見られて仕様がなかった。まさかそんな馬鹿なことがと思うものの、何となく例の脅迫状の「正午限り」という恐ろしい文句が気にかかるのだ。時間は容赦《ようしゃ》なく進んで行く、十一時半、十一時四十分と、正午に近づくにしたがって、ムズムズと不安な気持が湧上って来る。それに、その頃になって、私を一層不安にした事柄が起った。と云うのは、果然《かぜん》、私は果然という感じがした。彼《か》の諸戸道雄が、海岸の群衆に混って、遥《はる》か彼方《かなた》に、チラリとその姿を見せたのである。彼が丁度この瞬間、この海岸に現われたのは、単なる偶然であっただろうか。

深山木はと見ると、子供好きの彼は、いつの間にか海水着の子供らに取囲まれて、鬼ごっこか何かをして、キャッキャッとその辺を走り廻っていた。

空は底知れぬ紺青《こんじょう》に晴れ渡り、海は畳の様に静かだった。飛込台からは、うららかな掛声と共に、次々と美しい肉団が、空中に弧を描いていた。砂浜はギラギラと光り、陸に海に喜戯《きぎ》する数多《あまた》の群衆は、晴々とした初夏《はつなつ》の太陽を受けて、明るく、華やかに輝いて見えた。そこには、小鳥の様に歌い、人魚の様にたわむれ、小犬の様にじゃれ遊ぶものの外は、つまり、幸福以外のものは何もなかった。この開《あ》けっ放しな楽園に、闇の世界の罪悪という様なものが、どこの一隅を探しても、ひそんでいようとは思えなんだ。まして、そのまっただ中で、血みどろな人殺しが行われようなどとは、想像することも出来なかった。

だが、読者諸君、悪魔は彼の約束を少しだってたがえはしなかったのだ。彼は先には、密閉された家の中で、人を殺し、今度は、見渡す限り開けっ放しの海岸で、しかも数百の群衆の真中でその中のたった一人にさえ見とがめられることなく、少しの手掛りをも残さないで見事に人殺しをやってのけたのである。悪魔ながら、彼は何という不可思議な腕前を持っていたことであろうか。

理外の理

私は小説を読んで、よく、その主人公がお人好しで、へまばかりやっているのを見ると、自分であったら、ああはしまいなどと、もどかしく、歯痒《はがゆ》く思うことがあるが、この私の書物を読む人も、主人公である私が、何か五里霧中《ごりむちゅう》に迷った形で、探偵をやるのだといいながら、一向《いっこう》探偵らしいこともせず、深山木幸吉のいやな癖《くせ》の思わせぶりに、いい気になって引《ひき》ずられている様子を見て、きっとじれったく思っていらっしゃることでしょう。私とても、こんな風にありのままに記して行くのは、自分の愚かさを吹聴する様なもので実は余り気が進まぬのだけれど、当時、私は実際お坊ちゃんであったのだから、どうも致方《いたしかた》がない。読者を歯《は》痒《が》ゆがらせる点については、事実談ならこうもあろうかと、大目に見て貰う外はないのである。

さて、前章に引続いて、私は深山木幸吉の気の毒な変死の顛末を書綴《かきつづ》らなければならぬ。

深山木はその時猿股一つで、砂浜の上を海水着の子供等と、キャッキャと云って走り廻っていた。彼が子供好きで、腕白共《わんぱくども》の我鬼大将になって、無邪気に遊ぶのを好んだことは、已《すで》に屢々《しばしば》述べた所であるが、その時の彼の馬鹿なはしゃぎ方には、子供好きという様なことの外に、もっと深い原因があった。彼は怖がっていたのだ。例の下手な字の脅迫状の「正午限り」という文句におびえていたのだ。四十男の非常に聡明《そうめい》な彼が、あの様な子供だましの脅迫状を真に受けるというのは、何か滑稽な感じがしたけれど、彼にしてはあんなものでも、真面目に怖がるだけの充分の理由があったことに相違ない。

彼はこの事件について彼の知り得たことを、殆ど全く私に打開けていなかったので、彼の様な磊落《らいらく》な男を、これ程まで恐怖させた所の、蔭の事実の恐ろしさは、想像だも出来なかったけれど、彼の真《しん》から怖がっている様子を見ると、私もついつり込まれて、華やかな海水浴場の、何百という群衆に取囲まれながらも、何だか変な気持ちになって来るのを、どうにも出来なかった。誰かの云った「[*3]本当にかしこい人殺しは、淋しい場所よりも、却って大群集の真中を選ぶ」という言葉なぞも思出されるのであった。

私は深山木を保護する気持で、砂丘をおりて、彼の喜戯していた方へ近づいて行った。彼等は鬼ごっこにも飽きたと見えて、今度は、波打際に近い所に大きな穴を掘って、三四人の十歳前後の無邪気な子供等が、深山木をその中に埋《うず》め、上からせっせと砂をかけていた。

「サア、もっと砂をかけて、足も手もみんな埋めちまわなくちゃ。コラコラ顔はいけないぞ。顔だけは勘弁してくれ」

深山木はいいおじさんになって、しきりとわめいていた。

「おじさん。そんなに身体を動かしちゃ、ずるいや。じゃ、もっとどっさり砂をかけてやるから」

子供らは両手で砂をかき寄せては、かぶせるのだけれど、深山木の大きな身体は仲々隠れぬ。

そこから一間《けん》ばかり隔った所に、新聞紙を敷いて、洋傘《こうもり》をさして、きちんと着物をつけた二人の細君《さいくん》らしい婦人が、海に這入っている子供を見守りながら休んでいたが、時々深山木達の方を見て、アハアハと笑っていた。その二人の細君連が深山木の埋まっている場所からは一番近かった。反対の側のもっと隔った所には、派手な海水着の、美しい娘さんがあぐらをかいて、てんでに長々と寝そべった青年達と笑い興じていた。その外《ほか》には、近くでは、一ケ所に腰をすえている人は見当らなんだ。

深山木の側を通り過ぎる者は、絶え間もなくあったけれど、たまに一寸立止って笑って行く人がある位で、誰も彼の身近かに接近したものはなかった。それを見ていると、こんな所で人が殺せるものだろうかと、やっぱり深山木の恐怖が馬鹿馬鹿しく思われて来るのだった。

「蓑浦君、時間は？」

私が近づくと、深山木は、まだそれを気にしているらしく、尋ねるのだ。

「十一時五十二分。あと八分ですよ。ハハハ……」

「こうしていれば安全だね。君、君を初め近所に沢山人が見ていてくれるし、手元にこう、四人の少年軍が護衛してらあ。その上砂のとりでだ。どんな悪魔だってこれじゃ近寄れないね。ウフフ」

彼はやや元気を恢復《かいふく》している様に見えた。

私はその辺を行ったり来たりしながら、さっきチラッと見た諸戸のことが気になるので、広い砂浜を、あちらこちらと、物色したが、どこへ行ったのか、彼の姿はもう見えなんだ。

それから、私は深山木の所から二三間離れた場所に立止って、暫くの間ボンヤリと、飛込台の青年達の妙技を眺めていたが、少したって、深山木の方を振向くと、彼は子供等のたんせいでもうすっかり埋められていた。砂の中から首だけ出して、目をむいて空を睨んでいる様子は、話に聞く印度《インド》の苦行者を思出させた。

「おじさん、起きてごらんよ。重いかい」

「おじさん、滑稽な顔をしてらあ。起きられないのかい。助けて上げようか」

子供等はしきりと深山木をからかっていた。だが、いくら「おじさん」「おじさん」と連呼しても、彼は意地悪く空を睨んだままそれに応じようともしなかった。ふと時計を見るともう十二時を二分ばかり過ぎていた。

「深山木さん。十二時過ぎましたよ。とうとう悪魔は来なかったですね。深山木さん、深山……」

ハッとして、よく見ると、深山木の様子が変だった。顔が段々白くなって行く様だし、大きく見開いた目が、さっきから長い間瞬《またた》きをしないのだ。それに、彼の胸の辺《あたり》の砂の上に、どす黒い斑紋《はんもん》が浮出して、それがジリジリと、少しずつ拡がっている様に見えるではないか。子供等もただならぬ気配を感じたのか、妙な顔をして黙り込んでしまった。

私はいきなり深山木の首に飛びついて、両手でそれを揺り動かして見たが、まるで人形の首みたいに、グラグラするばかりだった。急いで、胸の斑紋の所を掻き分けて見ると、厚い砂の下から、小型の短刀の白鞘が現われて来た。その辺《へん》の砂が血のりでドロドロになっていたが、なお掻きのけると、短刀は丁度心臓の部分に、根元までグサリと突きささっていた。

それからの騒動は、極《きま》り切っていることだから、細叙《さいじょ》を省くけれど、何しろ日曜日の海水浴場での出来事だったから、深山木の変死は、誠にはれがましいことであった。私は何百とという若い男女の、好奇の目を浴びながら、蓆《むしろ》をかぶせた死体のそばで、警官と問答したり、検事の一行が来て、現場《げんじょう》の検証が済むと、死体を深山木の家《うち》へ運ぶのに附添ったり、ひどく恥しい思いをしなければならなかった。だが、そんな際にも拘らず、私は、その群衆の折り重なった顔の間に、ふと諸戸道雄の、やや青ざめた顔を発見して、何かしら強い印象を受けた。彼は黒山の様に群がった弥次馬《やじうま》のうしろから、じっと深山木の死体に目を注いでいた。死体を運んでいる時にも、私は絶えずうしろの方にもののけの様な彼の気配を感じていた。諸戸が殺人の行われた際、現場附近にいなかったことは明かなのだから、彼を疑うべき何等《なんら》の理由もなかったのだけれど、それにしても、諸戸のこの異様な挙動は、一体何を意味したのであろうか。

それから、もう一つ記して置かねばならぬのは、さして意外な事でもないが、深山木を運んで彼の家に這入った時、ただでさえ乱雑な彼の居間が、まるで嵐のあとみたいに、滅茶苦茶《めちゃくちゃ》に取散らされているのを発見したことである。云うまでもなく、曲者が例の「品物」を探す為に、彼の留守宅へ忍込んだものに相違なかった。

無論私は検事の詳細な取調べを受けたが、その時私は凡ての事情を正直に打開けたけれども、虫が知らせたとでも云うのか（この意味は後に読者に明かになるであろう）深山木が脅迫状に記された「品物」を私に送ったことだけは、態《わざ》と黙って置いた。その「品物」について質問されても、ただ知らぬと答えた。

取調べがすむと、私は近所の人の助けを借りて、死者と親しい友人達に通知を出したり、葬儀の準備をしたり、色々手間取ったので、あとを隣家の細君に頼んで、やっと汽車に乗ったのは、もう夜の八時頃であった。自然、私は諸戸がいつ帰ったのか、彼がその間にどんなことをしていたのか、少しも知らなかった。

取調べの結果、下手人は全く不明であった。死者と遊んでいた子供等は（彼等の内三人は、海岸近くに住んでいる中流階級の子供で、一人は当日姉につれられて海水浴に来ていた東京のものであった）砂に埋まっていた深山木の身辺へは、誰も近寄ったものがないと明言した。十歳前後の子供であったとは云え、人一人刺殺《さしころ》されるのを見逃がす筈はなかった。又、彼から一間ばかりの所に腰をおろしていた、彼《か》の二人の細君達も、彼女等は深山木の身辺に近づいたものがあれば、気のつかぬ筈はない様な地位にいたのだが、そんな疑わしい人物は一度も見なかったと断言した。その外彼の附近にいた人で、下手人らしい者を見かけたものは一人もなかった。

私とても同様に、何の疑わしき者をも見なかった。彼から二三間はなれた所に立ち、暫く若者たちのダイヴィングに見とれていたとは云え、若し彼に近づき、彼を刺したものがあったとすれば、それを目の隅に捉え得ぬ筈はなかった。誠に夢の様に不可思議な殺人事件と云わねばならぬ。被害者は衆人に環視されていたのである。しかも何人《なんぴと》も下手人の影をさえ見なかったのである。深山木の胸深く、かの短刀を突きたてたのは、人間の目には見ることの出来ぬ妖怪の仕業であったのだろうか。私はふと、何者かが短刀を遠方から投げつけたのではないかと考えて見た。だが、その時の凡《すべ》ての事情は、全くそんな想像を許さなかった。注意すべきことは、深山木の胸の傷口が、そのえぐり方の癖とも云うべきものが、曾《か》つての初代の胸のそれと酷似していたことが、のちに取調べの結果分って来た。のみならず、兇器の白鞘の短刀が、両方とも同じ種類の安物であったことも明かにされた。つまり、深山木殺しの下手人は、恐らく初代殺しの下手人と、同一人物であろうという推定がついた訳である。

それにしても、この下手人は、一体全体、どの様な魔法を心得ていたのであろうか。一度は全く出入口のない、密閉された家《うち》の中へ、風のように忍び込み、一度は衆人環視の雑踏《ざっとう》の場所で、数百人の目をかすめて、通り魔の様に逃れ去った。迷信がかったことの嫌いな私であったが、この二つの理外の理を見ては、何かしら怪談めいた恐怖をさえ感じないではいられなかった。

鼻欠けの乃木大将[*4]

私の復讐《ふくしゅう》、探偵の仕事は、今や大切な指導者を失ってしまった。残念なことには、彼は生前彼の探り得た所、推理した事柄を、少しも私に打開けて置かなんだので、私は彼の死に会って、全く途方に暮れてしまった。尤《もっと》も彼は二三暗示めいた言葉を洩らさぬではなかったが、不敏《ふびん》な私には、その暗示を解釈する力はないのだ。

それと同時に、一方では、私の復讐事業は、一層重大さを加えて来た。今や私は、私の恋人のうらみを報《むく》いると共に、私の友人であり、先輩であった深山木の敵《かたき》をも討たねばならぬ立場に置かれた。深山木を直接殺したものは、かの目に見えぬ不思議な下手人であったけれど、彼をその様な危険に導いた者は、明かに私であった。私が今度の事件を依頼さえせねば、彼は殺されることはなかったのである。私は深山木に対する申訳の為丈けにでも、何が何でも、犯人を探し出さないでは済まぬ事になった。

深山木は殺される少し前に、脅迫状に書いてあった彼の死の原因となった所の「品物」を、書留小包にして私に送ったと云ったが、その日帰って見ると、果して小包郵便が届いていた。だが、厳重な荷造りの中から出て来たものは、意外にも、一個の石膏像であった。

それは石膏の上に、絵具を塗って、青銅のように見せかけた、どこの肖像屋にもころがってい相《そう》な、乃木大将の半身像だった。随分古いものらしく、所々絵具がはげて白い生地が現われ、鼻などは、この軍神に対して失礼なほど、滑稽にかけ落ちていた。鼻かけの乃木大将なのだ。ロダンに、似たような名前の作品があったことを思出して、私は変な気持がした。

無論、私はこの「品物」が何を意味するのか、何故《なぜ》人殺しの原因となる程大切なのか、まるで想像もつかなんだ。深山木は、「毀《こわ》さぬように大切に保管せよ」と云った。又「それが大切な品だと云うことを、他人に悟られるな」とも云った。私はいくら考えても、この半身像の意味を発見することが出来ぬので、兎も角死者の指図に従って、人に悟られぬ様に態《わざ》とがらくた物の入れてある押入の行李《こうり》の中へ、それをソッとしまって置いた。この品のことは、警察では何も知らぬのだから、急いで届けるにも及ばなかったのだ。

それから一週間ばかりの間、心はイライラしながらも、私は深山木の葬儀の為に一日つぶした外は何の為す所もなく、いやな会社勤めを続けた。会社がひけると欠かさず初代の墓地に詣《もう》でた。そこで私は相ついで起った不思議な殺人事件の顚末《てんまつ》を、私のなき恋人に報告したことであったが、すぐ家《うち》へ帰っても寝られぬものだから、私は墓詣りをすませると、町から町を歩き廻って、時間をつぶしたものである。

その間、別段の事変もなかったが、二つ丈け、甚だつまらぬ様な事ではあるが、読者に告げて置かねばならぬ出来事があった。その一つは、二度ばかり、誰かが私の留守中に私の部屋に這入って、机の抽斗や本箱の中の品物を、取乱した形跡のあったことである。私はそんなに几帳面なたちではなかったから、はっきりしたことは云えぬのだが、何となく部屋の中の品物の位置、例えば本箱の棚の書物の並べ方などが、私の部屋を出る時の記憶とは違っている様に思われたのだ。家内の者に尋ねても、誰も私の持物をなぶった覚えはないと云うことであったが、私の部屋は二階にあって、窓の外《そと》は、他家の屋根に続いているのだから、誰かが屋根伝いに忍込もうと思えば、全く出来ぬことではないのだ。神経のせいだと打消して見ても、何となく安からぬ思いがするので、若しやと、押入の行李を検べて見たが、例の鼻かけの乃木将軍はその都度別状なく元の所に納まっていた。

それからもう一つは、ある日、初代の墓参を済ませて、いつも歩き廻る場末《ばすえ》の町を歩いていた時、それは省線の鶯谷《うぐいすだに》に近い処《ところ》であったが、とある空地に、テント張りの曲馬団[*5]がかかっていて、古風な楽隊や、グロテスクな絵看板が好ましく、私はその以前にも一度そこの前にたたずんだことがあったのだが、その夕方、何気なく曲馬団の前を通りかかると、意外なことには、かの諸戸道雄が、木戸口から急ぎ足で出て行く姿を認めたのである。先方では私に気づかぬ様であったが、恰好のよい背広姿は、まぎれもなく私の異様な友人諸戸道雄であったのだ。

そんなことから、何の証拠もないことであったが、私の諸戸に対する疑いは、益々《ますます》深められて行った。彼は何故初代の死後、あんなに度々木崎の家を訪れたのであるか。何の必要があって、問題の七宝の花瓶を買取ったのであるか。又彼が丁度深山木の殺人現場にまで来合わせていたのは、偶然にしては少々変ではなかったか。その折の彼のいぶかしい挙動はどうであったか。それに、気のせいか、彼が彼の家とはまるで方角の違う鶯谷の曲馬団を見に来ていたというのも、何となく異様な感じがするではないか。

そうした外面に現われた事柄ばかりではなく、心理的にも諸戸を疑うべき理由は充分あった。私としては非常に云い悪《にく》いことではあるが、彼は私に対して常人には一寸想像も出来ない程強い恋着《れんちゃく》を感じているらしかった。それが彼をして、木崎初代に心にもない求婚運動を為さしめた原因であったとしても、さして意外ではないのである。更に、この求婚に失敗した彼が、初代は彼に取って正しく恋の敵《かたき》だったのだから、感情の激するまま、その恋敵を人知れず殺害したかも知れないという想像も、全く不可能ではなかった。果して彼が初代殺しの下手人であったとすると、その殺人事件の探偵に従事し、意外に早く犯人の目星をつけた深山木幸吉は、彼に取って一日も生かして置けぬ大敵であったに相違ない。かくして諸戸は、第一の殺人罪を隠蔽《いんぺい》する為に引続いて第二の殺人を犯さねばならなかったと想像することも出来るではないか。

深山木を失った私は、こんな風にでも諸戸を疑って見る外には、全然探偵の方針が立たなかった。私は熟考を重ねた末、結局、もう少し諸戸に接近して、この私の疑いを確めて見る外はないと、心を定めた。そこで、深山木の変死事件があってから、一週間ばかりたった時分、会社の帰りを、私は諸戸の住んでいる池袋へと志《こころざ》したのである。

再び怪老人

私は二晩続けて諸戸の家を訪れたのであったが、第一の晩は諸戸が不在の為、空《むな》しく玄関から引返す外はなかったけれど、第二の晩には私は意外の収穫を得たのである。

もう七月の中旬に入っていて、変にむし暑い夜であった。当時の池袋は今の様に賑かではなく、師範学校*6の裏に出ると、もう人家もまばらになり、細い田舎道を歩くのに骨が折れる程、まっ暗であったが、私は、その一方は脊《せ》の高い生垣《いけがき》、一方は広っぱといった様な、淋しい所を、闇の中に僅《わず》かにほの白く浮き上っている道路を、目を据えて見つめながら、遠くの方にポッツリ、ポッツリと見えて居る燈火をたよりに、心元《こころもと》なく歩いていた。まだ暮たばかりであったが、人通りは殆どなく、たまさかすれ違う人があったりすると、却って、何かものの**け**の様で、不気味な感じがした程であった。

先に記した通り、諸戸の邸は仲々遠く、駅から半里《はんみち》もあったが、私は丁度その中程までたどりついた頃、行手に当って、不思議な形のものが歩いているのを気附いた。脊の高さは常人の半分位しかなくて、横幅は常人以上にも広い一人物が、全身をエッチラオッチラ左右に振り動かしながら、そして、その度に或《あるい》は右に或は左に、張子《はりこ》の虎《とら》の様に、彼の異常に低い所についている頭をチラチラと見せながら、難儀相《なんぎそう》に歩いて行くのである。と云っては一寸法師の様に思われるが、それは一寸法師ではなく、上半身が、腰の所から四十五度の角度で曲っている為に、うしろからは、そんな脊の低いものに見えたのだ。つまりひどく腰の曲った老人なのである。

その異様な老人の姿を見て、当然私は曾《か》つて初代が見たという不気味なお爺さんを思い出した。そして、時が時であったし、所が丁度私が疑っていた諸戸の家の附近であったので、私は思わずハッとした。

注意して、悟《さと》られぬように尾行して行くと、怪老人は、果して諸戸の家の方へ歩いて行く。一つ枝道《えだみち》を曲ると、一層道巾《みちはば》が狭くなった。その枝道《えだみち》は、諸戸の邸で終っているのだから、もう疑う余地はなかった。向うにボンヤリと諸戸の家の洋館が見えて来たが、今夜はどうしたことか、どの窓にも燈火が輝いている。

老人は、門の鉄の扉《ドア》の前で一寸立止って、何か考えている様であったが、やがて、扉を押して中へ這入って行った。私は急いであとを追って門内に踏み込んだ。玄関と門の間に一寸茂った灌木《かんぼく》の植込みがあって、その蔭に隠れたのか、私は老人を見失った。暫く様子を窺っていたが、老人の姿は現われぬ。私が門にかけつける間に、彼は玄関に這入ってしまったのか、それとも、まだ植込みの辺《あたり》にうろうろしているのか、一寸見当がつかなんだ。

私は先方から見られぬ様に気をつけて、広い前庭《ぜんてい》をあちこちと探して見たが、老人の姿は消えたかの様に、どこの隅にも発見出来なかった。彼は已《すで》に屋内に這入ってしまったのであろう。そこで、私は思い切って、玄関のベルを押した。諸戸に逢って、直接彼の口から何事かを探り出そうと決心したのだ。

間もなく扉《ドア》が開いて、見知り越しの若い書生が顔を出した。諸戸に逢い度《た》いと云うと、彼は一寸引込んで行ったが、直ぐ引返《ひっかえ》して来て、私を玄関の次の応接間へ通した。壁紙なり、調度なり、仲々調和がよく、主人の豊かな趣味を語っていた。柔かい大椅子《おおいす》に腰かけていると、諸戸は、酒に酔っているのか、上気した顔をして、勢いよく這入って来た。

「ヤア、よく来てくれましたね。この間、巣鴨では本当に失敬しました。あの時は何だか工《ぐ》合《あい》が悪くってね」

諸戸は快い中音《ちゅうおん》で、さも快活らしく云うのだった。

「そのあとでもう一度お逢いしていますね。ホラ、鎌倉の海岸で」

決心をしてしまうと、私は存外ズバズバと物が云えた。

「エ、鎌倉？　アア、あの時君は気がついていたのですか、あんな騒動の際だったので、態《わざ》と遠慮して声をかけなかったのだが、あの殺された人、深山木さんとか云いましたね。君、あの人とは余程懇意《こんい》だったのですか」

「エエ、実は木崎初代さんの殺人事件を、あの人に研究して貰っていたんです。あの人はホームズみたいな優れた素人探偵だったのですよ。それが、やっと犯人が分りかけた時に、あの騒動なんです。僕、本当にがっかりしちゃいました」

「僕も大方《おおかた》そうだとは想像していたが、惜しい人を殺したものですね。それはそうと、君食事は？　丁度今食堂を開いた所で、珍らしいお客さんもいるんだが、何だったら、一緒にたべて行きませんか」

諸戸は話題を避ける様に云った。

「イイエ、食事は済ませました。お待ちしますからどうか御遠慮なく。ですが、お客さんと云うのは、若しやひどく腰の曲ったお爺さんの人じゃありませんか」

「エ、お爺さんですって。大違い、小さな子供なんですよ。ちっとも遠慮のいらないお客だから、一寸食堂へ行く丈けでも行きませんか」

「そうですか。でも、僕来る時、そんなお爺さんがここの門を這入るのを見かけたのですが」

「へエ、おかしいな。腰の曲ったお爺さんなんて、僕はお近づきがないんだが、本当にそんな人が這入って来ましたか」

諸戸は何故か非常に心配相な様子を見せた。それから、彼はなおも、私に食堂へ行くことを勧めたが、私が固辞するので、彼はあきらめて例の書生を呼び出してこんなことを命じた。

「食堂にいるお客さんにね、ごはんをたべさせて、退屈しない様に、君と婆《ばあ》やとで、よくお守《も》りをしてくれ給え。帰るなんて云い出すと困るからね。何かおもちゃがなかったかしら。……ア、それから、このお客さまにお茶を持ってくるのだ」

書生が去ると、彼は強《し》いて作った様な笑顔で、私の方に向き直った。その間に、私は部屋の一方の隅に置いてあった問題の七宝の花瓶に気づいて、こんな場所にそれを放り出して置く彼の大胆さに、いささか呆れた。

「立派な花瓶ですね。あれ、僕どこかで一度見た様な気がするんですが」

私は諸戸の表情に注意しながら尋ねた。

「アア、あれですか。見たかも知れませんよ。初代さんの家の隣の道具屋で買って来たんだから」

彼は驚くべき平静さで答えた。それを聞くと私は一寸太刀打《たちう》ちが出来ない気がして、やや心臆《こころおく》するを覚えた。

意外な素人探偵

「僕は逢いたかったのですよ。久しく君と打ちとけて話をしないんだもの」諸戸は酔にまぎらせて、少しく甘い言葉遣いをした。上気した頰が美しく輝き、長いまつ毛に覆われた目が、なまめかしく見えた。「この間巣鴨では、何だか恥かしくて云えなんだけれど、僕は君にお詫びしなければならないのです。君が許してくれるかどうか分らぬ程、僕は済まぬことをしているんです。でも、それは、僕の情熱がさせた業《わざ》、つまり僕が君を他人にとられたくなかったのです。イヤ、こんな自分勝手なことを云うと、君はいつもの様に怒るだろうけれど、君にだって僕の真剣な気持ちは分っていてくれる筈だ。僕はそうしないではいられなかったのです。……君は怒っているでしょう。ね、そうでしょう」

「あなたは初代さんのことを云っているのですか」

私はぶっきら棒に聞き返した。

「そうです。僕は君とあの人とのことが、ねたましくて堪《た》えられなかったのです、それまでは、仮令《たとえ》君は僕の心持を本当に理解して呉《く》れぬにもせよ、少くとも君の心は他人のものではなかった。それが、初代さんと云うものが君の前に現われてから、君の態度が一変してしまった。覚えていますか、もう先々月になりますね。一緒に帝劇を見物した夜のことを。僕は君のあの絶えず幻を追っているような眼の色を見るに堪えなかった。その上、君は残酷にも平気で、さも嬉しそうに、初代さんの噂をさえ聞かせたではありませんか。僕があの時どんな心持だったと思います。恥しいことです。いつも云う通り、僕はこんなことで君を責める権利なぞあろう道理はないのです。でも、僕はあの君の様子を見て、この世の凡ての望みを失ってしまったような気がした。本当に悲しかった。君の恋も悲しかったが、それよりも一層、僕のこの人並でない心持が恨《うら》めしくて仕様がなかった。それ以来というもの、僕が幾度手紙を上げても、君は返事さえ呉れなかったでしょう。以前はどんなにつれない返事にせよ、返事丈けはきっと呉れたものだったのに」

いつになく、酔っている諸戸は雄弁家であった。彼の女々《めめ》しくさえ見えるくり言は、黙っていれば、果しがないのである。

「それで、あなたは、心にもない求婚をなすったのですか」

私は憤《いきどお》ろしく、彼の饒舌《じょうぜつ》を中断した。

「君はやっぱり怒っている。無理はありません。僕はどんなことをしてでも、このつぐないをしたいと思います。君は土足で僕の顔を踏んづけてくれても構わない。もっとひどいことでもいい。全く僕が悪かったのだから」

諸戸は悲しげに云った。だがそんなことで、私の怒りがやわらげられるものではなかった。

「あなたは自分のことばかり云っていらっしゃる。あなたはあまり自分勝手です。初代さんは僕の一生涯にたった一度出逢った僕に取ってかけ換えのない女性なんです。それを、それを」

喋っている内に、新たな悲しみがこみ上げて来て、私はつい涙ぐんでしまった。そして、暫く口を利くことが出来なかった。諸戸は私の涙にぬれた目をじっと見ていたが、いきなり両手で、私の手を握って、

「堪忍して下さい。堪忍して下さい」

と叫びつづけるのであった。

「これが勘弁出来ることだとおっしゃるのですか」私は彼の熱した手を払いのけて云った。「初代は死んでしまったのです。もう取返しがつかないのです。私は暗闇の谷底へつき落されてしまったのです」

「君の心持は分り過ぎる程分っている。でも、君は僕に比べれば、まだ仕合せだったのですよ。何故と云って、僕があれ程熱心に求婚運動をしても、義理のあるお母さんがあれ程勧めても、初代さんの心は少しもゆるがなんだ。初代さんはあらゆる障碍《しょうがい》を見むきもせず、あ

くまで君を思いつづけていた。君の恋は充分すぎる程報われていたのです」

「そんな云い方があるもんですか」私はもう泣き声になっていた。「初代さんの方でも、僕をあんなに思っていてくれたればこそ、あの人を失った今、僕の悲しみは幾倍するのです。そんな云い方ってあるもんですか。あなたは求婚に失敗したものだから、それ丈けでは、あきたりないで、その上、その上」

だが、私はさすがに、その次の言葉を云いよどんだ。

「エ、何ですって。ああ、やっぱりそうだった。君は疑っているね。そうでしょう。僕に恐ろしい嫌疑をかけている」

私はいきなりワッと泣き出して、涙の下から途切れ途切れに叫んだ。

「僕はあなたを殺してしまい度《た》い。殺し度い、殺し度い。本当のことを云って下さい。本当のことを云って下さい」

「ああ、僕は本当に済まないことをした」諸戸は再び私の手をとってそれを静かにさすりながら、「恋人を失った人の悲しみが、こんなだとは思わなんだ。だが、蓑浦君、僕は決して嘘は云わない。それはとんだ間違いですよ。いくらなんだって、僕は人殺しの出来る柄《がら》じゃない」

「じゃ、どうしてあんな気味の悪い爺さんがここの家へ出入りしているんです。あれは初代さんの見た爺さんです。あの爺さんが現われてから間もなく初代さんが殺されてしまったんです。それから、なぜあなたは丁度深山木さんの殺された日に、あすこにいたんです。そして、疑いを受ける様なそぶりを見せたんです。あなたはなぜ鶯谷の曲馬団へ出入りしたんです。僕はあなたがあんなものに嗜好《しこう》を持っているなんて、一度も聞いたことがない。あなたはどうして、その七宝の花瓶を買ったんです。この花瓶が初代さんの事件に関係あることを、僕はちゃんと知っているんです。それから、それから」

　私は狂気の様に洗いざらい喋り立てた。そして、言葉が途切れるとまっ青になって、激情の余りおこりみたいにブルブルと震え出した。

　諸戸は急いで、私の側《そば》へ廻って来て、私と椅子を分けてかける様にして、両手で私の胸をしっかりと抱きしめ、私の耳に口を寄せて、優しく囁くのだった。

「色々な事情が揃っていたのですね。君が僕に疑いをかけたのも、満更《まんざ》ら無理ではない様です。でも、それらの不思議な一致には、全く別の理由があったのですよ。アア、僕はもっと早くそれを君に打開ければよかった。そして、君と力を協《あわ》せて事に当ればよかったのだ。僕はね、蓑浦君、やっぱり君や深山木さんと同じ様に、この事件を一人で研究して見たのですよ。何故そんなことをしたか、分りますか。それはね、君へのお詫び心なんです。無論僕は殺人事件には、少しも関係がないけれど、僕は初代さんに結婚を申込んで君を苦しめた。その上当の初代さんが死んでしまったのでは、君があんまり可哀想だと思ったのです。せめて、下手人を探し出して、君の心を慰め度いと考えたのです。そればかりではない。初代さんのお母さんは、あらぬ嫌疑を受けて検事局へ引っぱられた。その嫌疑を受けた理由の一つは結婚問題について娘と口論したことだったではありませんか。つまり間接には僕がお母さんを嫌疑者にした様なものです。だから、その点からも、僕は下手人を探し出して、あの人の疑いをはらして上げる責任を感じたのですよ。併し、それは今ではもう必要がなくなった。君も知っているでしょうが、初代さんのお母さんは証拠が不充分の為に、事なく帰宅を許されたのです。昨日《きのう》お母さんがここへ見えられてのお話でした」

だが疑い深い私は、この彼の誠《まこと》しやかな、さも優しげな弁解を、容易に信じようとはしなかった。恥しいことだけれど、私は諸戸の腕の中で、まるで駄々子《だだっこ》の様に振舞った。これはあとで考えて見ると、人の前で声を出して泣いたりした恥しさをごまかす為と、意識はしていなかったけれど、私をさ程迄《まで》も愛してくれていた諸戸に、幽《かす》かに甘える気持ちもあったのではないかと思われる。

「僕は信じることが出来ません。あなたがそんな探偵の真似をするなんて」

「これはおかしい。僕に探偵の真似が出来ないと云うのですか」諸戸は幾らか静まった私の様子に、少しく安心したらしく、「僕はこれで仲々名探偵かも知れないのですよ。法医学だって一通りは学んだことがあるし、アア、そうだ、これを云ったら、君も信用するでしょう。さっき君はこの花瓶が殺人事件に関係あると云いましたね。実に明察ですよ。君が気づいたのですか、それとも深山木さんに教わったものですか。その関係がどういう物だか、君はまだ知らない様ですね。その問題の花瓶というのはここにあるのではなくて、これと対になっていたもう一つの方なんですよ。ホラ、初代さんの事件のあった日にあの古道具屋から誰かが買って行った、あれなんです。分りましたか。とすると、僕がこの花瓶を買ったのは、僕が犯人でなくて、寧ろ探偵であることを証拠立てているではありませんか。つまり、これを買って来て、この花瓶というものの性質を極《き》わめようとしたんですからね」

ここまで聞くと、私は諸戸の云う所を、やや傾聴する気持になった。彼の理論は偽りにしては余りに誠しやかであったから。

「若しそれが本当ならば僕はお詫びしますけれど」私は非常に極《きま》りの悪いのを我慢して云った。「でも、あなたは全くそんな探偵みたいなことをやったのですか。そして何か分ったのですか」

「エエ、分ったのです」諸戸はやや誇らしげであった。「若し僕の想像が誤っていなかったら、僕は犯人を知っているのです。いつだって警察につき出すことが出来るのです。ただ残念なことには、彼がどういう訳で、あの二重の殺人を犯したかが、全く不明ですけれど」

「エ、二重の殺人ですって」私は極りの悪さも忘れて、驚いて聞返した。「ではやっぱり、深山木さんの下手人も、同一人物だったのですか」

「そうだと思うのです。若し僕の考え通りだったら、実に前代未聞の奇怪事です。この世の出来事とは思えない位です」

「では聞かせて下さい。そいつはどうしてあの出入口のない密閉された家《うち》の中へ忍込むことが出来たのです。どうしてあの群衆の中で、誰にも姿を見とがめられず、人を殺すことが出来たのです」

「アア、本当に恐ろしいことです。常識で考えては全く不可能な犯罪が、易々《やすやす》と犯されたという事が、この事件の最も戦慄《せんりつ》すべき点なのです。一見不可能に見えることが、どうして可能であったか。この事件を研究する者は、先ずこの点に着眼すべきであったのです。それが凡ての出発点なのです」

私は彼の説明を待ち切れなくて、性急《せっかち》に次の質問に移って行った。

「一体下手人は何者です。我々の知っている奴ですか」

「多分君は知っているでしょう。だが、一寸想像がつき兼ねるでしょう」

ああ、諸戸道雄は、果して何事を云《い》い出でんとはするぞ。私には、今や、朦朧《もうろう》とその正体が分りかけて来たような気がする。彼の怪《か》老人は全体何者なれば諸戸の家を訪れたりしたのであろう。彼は今どこに隠れているのであるか。諸戸が曲馬団の木戸口に姿を見せたのは、何故であったか。七宝の花瓶は如何なる意味でこの事件に関係を持っていたのであるか。今や諸戸に対する疑いは全くはれたのであるが、彼を信用すればする程、私は種々雑多の疑問が、雲の如《ごと》く私の脳裏に浮び上って来るのを、感じないではいられなかった。

盲点の作用

局面が俄《にわ》かに一変した。

私が前章に述べた様な様々な理由によって、この犯罪事件に関係があるに相違ないと睨んで、その為態々詰問に出掛けて行った諸戸道雄が、段々話して見ると、意外にも犯人どころか、彼も亦、亡き深山木幸吉と同じく、一箇の素人探偵であったことが分って来たのである。のみならず、諸戸は已にこの事件の犯人を知っていると云い、それを今私に打開けようとさえしているのだ。生前の深山木の鋭い探偵眼に驚いていた私は、ここにその深山木以上の名探偵を発見して、更らに一驚《いっきょう》を喫《きっ》しなければならなかった。長い間の交際を通じて、性慾倒錯者として、無気味な解剖《かいぼう》学者として、諸戸が甚だ風変りな人物であることは知っていたけれど、その彼に、かくの如き優れた探偵能力があろうとは誠に想像だもしなかった所である。意外なる局面の転換に私はあっけにとられた形であった。

これまでの所では、読者諸君にも多分そうである様に、当時私にとっても、諸戸道雄は全く謎の人物であった。彼には何かしら、世の常の人間と違った所があった。彼の従事していた研究の異様なこと（その詳しいことは後に説明する機会がある）性慾倒錯者であったこと等が、彼をそんな風に見せたのかも知れないが、併し、どうもそれ丈けではなかった。表面善人らしく見えていて、その裏側に、えたいの知れぬ悪がひそんでいる。彼の身辺には、陽炎《かげろう》の様に、不気味な妖気が立昇っている、と云った感じなのである。それと、彼が素人探偵として私の前に現われたのが、余りにも突然であったのとで、私は彼の言葉を信じ切れない気持であった。

だが、それにも拘らず、彼の探偵としての推理力は、以下に記述するが如く、実にすばらしいものであったし、又彼の人間としての善良さは、表情や言葉の端々《はしばし》にも見て取ることが出来た程で、私は、心の奥底には、まだ一片の疑いを残しながらも、ついつい彼の言葉を信じ、彼の意見に従うことにもなって行ったのである。

「私の知っている人ですって、おかしいな。少しも分らん。教えて下さい」

私は再びそれを尋ねた。前章の続きである。

「突然云ったのでは、君にはよく飲込めないかも知れぬ。でね、少し面倒だけれど、僕の分析の径路を聞いて呉れないだろうか。つまり、僕の探偵苦心談だね。尤も冒険をしたり歩き廻ったりの、所謂《いわゆる》苦心談じゃないけれど」

「ええ、聞きます」諸戸はすっかり安心した調子で答えた。

「この二つの殺人事件は、どちらも一見不可能に見える。一つは密閉された屋内で行われ犯人の出入《でいり》が不可能だったし、一つは白昼群集の面前で行われて、しかも何人《なんぴと》も犯人を目撃しなかったというのだから、これも殆ど不可能な事柄です。だが、不可能なことが行われる筈はないのだから、この二つの事件は、一応その『不可能』そのものについて吟味して見ることが最も必要でしょう。不可能の裏側を覗いて見ると、案外つまらない手品の種がかくされているものだから」

諸戸も手品という言葉を使った。私は深山木も嘗つて同じ様な比喩を用いたことを思い合わせて、一層諸戸の判断を信頼する気持になった。

「非常に馬鹿馬鹿しいことです。（深山木も同じことを云った）余り馬鹿馬鹿しい想像なので、僕は容易に信じられなんだ。一つ丈けでは信じられなんだ。だが、深山木さんの事件が起ったので、やっぱり僕の想像が当っていたことが、確められたのです。馬鹿馬鹿しいというのはね、偽瞞《ぎまん》の方法が子供だましみたいだということで。だが、そのやり方は実にずば抜けて大胆不敵なのです。それが為に、この犯罪人は却って安全であったとも云い得《う》る。サア何と云っていいかこの事件には一寸人間世界では想像出来ない程の、醜い、残忍な、野獣性がひそんでいる。一見馬鹿馬鹿しい様ではあるが、人間の智恵でなくて悪魔の智恵でなければ、考え出せない種類の犯罪なのです」

諸戸はやや興奮して、さも憎々《にくにく》しげに喋って来たが、一寸押黙って、じっと私の目を覗き込んだ。私はその時、彼の目の中には、いつもの愛撫の表情が失《う》せて、深い恐怖の色が漂っているのを感じた。私もつり込まれて、同じ目つきになっていたに相違ない。

「僕はこんな風に考えた。初代さんの場合はね、皆が信じている様に、犯人は全く出入りが不可能な状態であった。どの戸口も中から錠が卸してあった。犯人が内部に残っているか、それとも共犯者が家《うち》の中にいたとしか考えられない事情だった。それがつまり初代さんのお母さんを被疑者にして了《しま》った訳なんだが、併し、僕の聞いていた所では、お母さんが下手人だとも共犯者だとも考えられぬ。どんなことがあったって、一人娘を殺す親なんてある筈がない。そこで、僕はこの一見『不可能』に見える事情の裏には、何か一寸人の気づかぬカラクリが隠されていると睨んだのです」

諸戸の熱心な話しぶりを聞いていると、私はふと変てこな、何かそぐわぬものを感じないではいられなかった。私は初めて、ハテナと思った。諸戸道雄は、一体どうして、こんなにも初代さんの事件に力こぶを入れているのであろう。恋人を失った私への同情からであろうか、或《あるい》は又、彼の生来の探偵好きのさせた業であろうか。だが、どうも変だ、ただそれ丈けの理由で、彼はこんなにも熱心になれたのであろうか。そこには、何かもっと別の理由があったのではないかしら。後に思い当ったことであるが、私は何となく、そんな風に感じないではいられなかった。

「例えばね、代数の問題を解く時に、いくらやって見ても解けない。一晩かかっても書きつぶしの紙がふえるばかりだ。これは不可能な問題に違いないと思うね。だが、どうかした拍子に、同じ問題をまるで違った方角から考えて見ると、ヒョッコリ、何の雑作もなく解けることがある。それが解けないというのは、謂《い》わば呪文にかかっているんですね。思考力の盲点といった様なものに禍《わざわい》されているんですね。初代さんの事件でも、この見方を全く換えてみるということが必要だったと思う。あの場合、出入口が全然なかったというのは、屋外からの出入口がなかったということです。戸締りも完全だったし、庭に足跡もなかったし、天井も同様、縁の下へは外部から這入れない様に網が張ってあった。つまり外《そと》から入る箇所は全くなかった。この『外から』という考え方が禍したのですよ。犯人は外から這入って、外へ出るものという先入主がいけなかったのですよ」

学者の諸戸は、変に思わせぶりな、学問的な物の云い方をした。私は彼の意味がいくらか分った様でもあり、又まるで見当がつかぬ様でもあり、あっけにとられた形で、併し非常な興味を以て聞入っていた。

「では、外からでなければ、一体どこから這入ったのだと云うでしょう。中にいたのは被害者とお母さん丈けなんだから。犯人が外から這入らなんだというのは、では、下手人はやっぱりお母さんだったという意味かと、反問するでしょう。それではまだ盲点にひっかかっているのです。何でもないことですよ。これはね、謂わば日本の建築の問題ですよ。ホラ覚えていますか。初代さんの家《うち》はお隣りと二軒で一棟《むね》になっている。あの二軒丈けが平屋だから、すぐ気づくでしょう……」

諸戸は妙な笑いを浮べて私を見た。

「じゃ、犯人はお隣から這入って、お隣から逃げ出したと云うのですか」

私は驚いて尋ねた。

「それがたった一つの可能な場合です。一棟になっているのだから、日本建築の常として、天井裏と縁《えん》の下は二軒共通なんです。僕はいつも思うのだが、戸締り戸締りとやかましく云っても、長屋建てじゃ何にもならない。おかしいね。裏表の戸締りばかり厳重にして、天井裏と縁の下の抜け道をほったらかして置くんだから、日本人は呑気ですよ」

「併し」私はムラムラと湧起《わきおこ》る疑問を押え兼ねて云った。「お隣りは人のいい老人夫婦の古道具屋で、しかも、あなたも多分御聞きでしょうが、あの朝は初代さんの死体が発見されたあとで、近所の人に叩き起されたんですよ。それまではあの家もちゃんと戸締りがしてあったのです。それから老人が戸を開けた時分には、もう大分弥次馬《やじうま》が出ていて、あの古道具屋が休憩所みたいになってしまったのだから、犯人の逃げ出す暇はなかった筈ですが、まさかあの老人達が共犯者で犯人を匿《かくま》ったと思えませんからね」

「君の云う通りですよ。僕もそんな風に考えた」

「それから、もっと確かなことは、天井裏を通抜けたとすれば、そこのちりの上に足跡か何か残っている筈なのに、警察で調べて何の痕跡もなかったではありませんか。又縁の下にしても、皆金網張りなんかで通れない様になっていたではありませんか。まさか犯人が根太板《ねだいた》を破り、畳を上げて這入ったとも考えられませんからね」

「その通りです。だが、もっといい通路があるのです。まるでここから御這入りなさいと云わぬばかりの、極《ご》く極くありふれた、それ故に却って人の気づかぬ大きな通路があるのです」

「天井と縁の下以外にですか。まさか壁からではないでしょう」

「いや、そんな風に考えてはいけない。壁を破ったり、根太をはがしたり、小細工《こざいく》をしないで、何の痕跡も残さず、堂々と出入り出来る箇所があるのです。エドガア・ポオの小説にね、『盗まれた手紙』というのがある。読んだことがありますか。あるかしこい男が手紙を隠すのだが、最もかしこい隠し方は隠さぬことだという考えから、無雑作に壁の状差しへ投込んで置いた所、警察が家探《やさが》しをしても発見することが出来なんだ話です。これを一方から云うと、誰も知っている様な極く極くあからさまな場所は、犯罪などの真剣な場合には、却って閑却《かんきゃく》され気附かれぬものだということになります。僕の云い方にすれば、一種の盲点の作用なのです。初代さんの事件でも、云って了《しま》えば、どうしてそんな簡単なことを見逃したのかと馬鹿馬鹿しくなる位だが、それが先に云った賊は『外から』という観念に禍された為ですよ。一度『中から』とさえ考えたなら、直ちに気づく筈なんだから」

「分りませんね。一体どこから出入りしたのですか」

私は相手にからかわれている様な気がして多少不快でさえあった。

「ホラ、どこの家でも、長屋なんかには、台所の板の間に、三尺四方位、上げ板になった所がある。ね、炭や薪《まき》なんかを入れて置く場所です。あの上げ板の下は、大抵仕切りがなくて、ずっと縁の下へ続いているでしょう。まさか内部から賊が這入るとは考えぬので、外に面した所には金網を張る程用心深い人でも、あすこ丈けは一向《いっこう》戸締りをしないものですよ」

「じゃ、その上げ板から初代さんを殺した男が出入りしたというのですか」

「僕は度々あの家へ行って見て、台所に上げ板のあること、その下には仕切りがなくて全体の縁の下と共通になっていることを確めたのです。つまり、犯人はお隣の道具屋の台所の上げ板から這入って、縁の下を通り、初代さんの家の上げ板から忍込み、同じ方法で逃去ったと考えることが出来ます」

この方法によれば、神秘的にさえ見えた初代殺しの秘密を、実にあっけなく解くことが出来た。私はこの諸戸の条理《じょうり》整然たる推理に、一応は感服したのであるが、ただ、よく考えて見ると、そうして通路丈けが解決された所で、もっと肝要な問題が、色々残っている。古道具屋の主人がどうしてその犯人を気づかなんだのか。沢山の弥次馬の面前を犯人は如何にして逃去ることが出来たのか。一体犯人とは何者であるか。諸戸は犯人は私の知っている者だと云った。それは誰のことであろう。私は諸戸の余りにも迂回《うかい》的な物の云い方に、イライラしないではいられなかった。

「マア、ゆっくり聞いて呉れ給え。実は僕は初代さんなり深山木氏なりの敵討ちに、君に御手伝いして、犯人探しをやってもいいとさえ思っているのだから、僕の考《かんがえ》をすっかり順序立てて話をして、君の意見を聞こうじゃないですか。何も僕の推察が動かすことの出来ぬ結論だという訳じゃないんだから」

諸戸は私の矢つぎ早やな質問を押えて、彼の専門の学術上の講演でもする様な調子で、誠に順序正しく彼の話を続けるのであった。

「僕も無論その点は、あとから近所の人に聞合わせてよく知っている。古道具屋の主人なり弥次馬なりの目をかすめて犯人が逃去ったと考えることは出来ない様な状態でした。古道具屋の戸締りが開けられた時には、已に近所の人達が往来に集っていた。だから、仮令犯人が縁の下を通って古道具屋の台所の上げ板から、そこの店の間《ま》なり裏口なりへ達したとしても、主人夫妻や弥次馬達に見とがめられずに戸外へ出ることは、全く不可能だったのです。彼はこの難関をどうして通過することが出来たか。僕の素人探偵はそこでハタと行詰《ゆきつま》ってしまった。何かトリックがある。台所の上げ板に類した、人の気づかぬ偽瞞があるに相違ない。で、多分御存じだろうが、僕は度々初代さんの家の附近をうろついて、近所の人の話などを聞廻ったのです。そして、ふと気がついたのは、事件の後《のち》、例の古道具屋から、何か品物が持出されなかったか。商売柄、店先には色々な品物も陳列してある。その内何か持出されたものはないかと云うことです。そこで、調べて見ると、事件の発見された朝、警察の取調べなどでゴタゴタしている最中に、ここにあるこれと一対の花瓶ですね、あれを買って行った者があることが分った。その外には何も大きな品物は売れていない。僕にこの花瓶が怪しいと睨んだのです」

「深山木さんも、同じことを云いましたよ。だが、その意味が僕には少しも分らないのです」

私は思わず口をはさんだ。

「左様、僕にも分らなんだ。併し、何となく疑わしい気がしたのです。何故かと云うと、その花瓶は、丁度事件の前夜、一人の客が来て代金を払い、品物はちゃんと風呂敷包みにして帰り、次の朝使いの者が取りに来て担いで行ったというのが、時間的にうまく一致している。何か意味がありそうです」

「まさか、花瓶の中に犯人が隠れていた訳じゃありますまいね」

「イヤ、所が意外にも、あの中に人が隠れていたと想像すべき理由があるのです」

「エ、この中に、冗談を云ってはいけません。高さはせいぜい二尺四五寸、さし渡しも広い所で一尺余りでしょう。それに第一この口を御覧なさい。僕の頭丈けでも通りやしない。こに笑い出して了った。

私は部屋の隅に置いてあった花瓶の所へ行ってその口径を計って見せながら、余りのことの中に大きな人間が這入っていたなんて、御伽噺《おとぎばなし》の魔法の壺《つぼ》じゃあるまいし」

「魔法の壺。そう、魔法の壺かも知れない。誰にしたって、僕だって最初は、そんな花瓶に人間が這入れようとは思わなんだ。それが、実に不思議千万なことだけれど、確かに隠れていたと想像すべき理由があるのです。僕は研究の為にその残っていた方の花瓶を買って来たんですが、いくら考えても分らない。分らないでいる内に第二の殺人事件が起った。あの深山木さんの殺された日には、僕は別の要件があって偶然鎌倉へ行ったんですが、途中で君の姿を見かけたものだから、つい君のあとをつけて海岸へ出てしまった。そして、計らず第二の殺人事件を目撃する様なことになったのです。あの事件について、僕は色々と研究した。深山木さんが初代さんの事件を探偵していたことは分っていたから。その深山木さんが殺された、しかも初代さんの時と同じ様な謂わば神秘的な方法でやられた。とすると、この二つの事件には何か聯絡があるのではないかと考えたからです。そして、僕は一つの仮説を組立てた。仮説ですよ。だから、確実な証拠を見るまでは、空想だと云われても仕方がない。併し、その仮説が考え得べき唯一のものであり、この一聯の事件のどの部分に当てはめて見ても、しっくり適合するとしたら、我々はその仮説を信用しても差支ないと思うのです」

諸戸は酔と興奮との為に、充血したまなざしをじっと私の顔に注ぎ、乾いた唇を嘗《な》め嘗め、段々演説口調になりながら、益々雄弁に語り続けるのであった。

「ここで初代さんの事件は一寸お預りにして、第二の殺人事件から話して行くのが便利です。僕の推理がそういう順序で組立てられて行ったのだから。深山木さんは衆人環視の中で、何時《いつ》、誰に殺されたのか全く分らない様な、不思議な方法で殺害された。ごく近く丈けでも、絶えずあの人の方を見ていた人が数人ある。君もその一人でしょう。その外、あの海岸には、数百の群集が右往左往《うおうさおう》していた。殊《こと》に深山木さんの身辺には四人の子供が戯れていた。それらの内のたった一人さえ、下手人を見なかったというのは、実に前例のない奇怪事じゃないですか。全く想像の出来ない事柄です。不可能事です。だが、被害者の胸に短刀が突き刺っていたという事実が厳存する以上は、下手人がなければならぬ。彼は如何にしてこの不可能事を為しとげることが出来たか。僕はあらゆる場合を考えて見た。だがどんなに想像をたくましくして見ても、たった二つの場合を除いては、この事件は全く不可能に属します。二つの場合というのは、深山木さんが人知れず自殺をしたと見るのが一つ、もう一つは、非常に恐ろしい想像だけれど、戯れていた子供の一人、あの十歳にも足らないあどけない子供の一人が、砂遊びにまぎれて、深山木さんを殺したという考えです。子供は四人いたけれど、深山木さんを埋める為に、てんでんの方角から砂を集めることで夢中になっていたでしょうから、その中の一人が、外《ほか》の子供に気づかれぬ様に、砂をかぶせる振りをして、隠し持ったナイフを深山木さんの胸にうち込むのはさして困難な仕事ではありません。深山木さん自身も、相手が子供なので、ナイフを突刺されるまでは全く油断していたであろうし、突刺されてしまっては、もう声を立てる隙《ひま》もなかったのでしょう。下手人の子供は、何喰わぬ顔をして、血や兇器をかくす為に、上から上からと砂をかぶせてしまったのです」

私は諸戸のこの気違いめいた空想に、ギョッとして、思わず相手の顔を見つめた。

「この二つの場合の内、深山木氏の自殺説は、種々の点から考えて、全く成立たない。とすると仮令それがどれ程不自然に見えようとも、下手人はあの四人の子の内にいたと考える外には、我々には全く解釈の方法がないのです。しかもこの解釈による時は、同時にこれまでの凡ての疑問が、すっかり解けて了《しま》う。一見不可能に見えた事柄が、少しも不可能ではなくなって来る。と云うのは、例の君の所謂『魔法の壺』の一件です。あんな小さな花瓶の中へ人が隠れるというのは悪魔の神通力でも借りないでは不可能なことに思われた。だが、そう考えたのは、やっぱり我々の考え方の方向が固定していたからで、普通我々は殺人者というものを、犯罪学の書物の挿絵《さしえ》にある様な、獰猛《どうもう》な壮年の男子に限るものの如く、迷信している為に、幼い子供などの存在には全く不注意であった。この場合、子供という観念は全く盲点によって隠されてしまっていたのです。だが、一度子供というものに気づくと、花瓶の謎は立所《たちどころ》に解決する。あの花瓶は小さいけれど、十歳の子供なら隠れることが出来るかも知れない。そして大風呂敷で包んで置けば、花瓶の中は見えないし、風呂敷の結び目のたるみから出入りすることが出来る。入ったあとでそのたるみを、中から直して花瓶の口を隠す様にして置けばいいのですからね。魔法は花瓶そのものにあったのではなくて、中へ這入る人間の側にあったのです」

諸戸の推理は、一糸の乱れもなく、細かい順序を追って、誠に巧妙に進められて行った。だが、私はここまで聞いても、まだ何となく不服である。その心が表情に現れたのか、諸戸は私の顔を見つめて、更らに語り続けるのであった。

「初代さんの事件には、犯人の出入口の不明なことの外に、もう一つ重大な疑問があったね。忘れはしないでしょう。何故犯人が、あんな危急の場合に、チョコレートの罐なぞを持去ったかということです。ところが、この点も、犯人が十歳の子供であったとすると、訳なく解決出来る。美しい罐入りのチョコレートは、その年頃の子供にとって、ダイヤモンドの指環や、真珠の首飾りにもまして、魅力のある品ですからね」

「どうも僕には分りません」私はそこで口をはさまずにはいられなかった。「チョコレートの欲しい様な、あどけない幼児が、どうして罪もない大人を、しかも二人まで殺すことが出来たのでしょう。お菓子と殺人との対照が余り滑稽じゃありませんか。この犯罪に現われた極度の残忍性、綿密な用意、すばらしい機智、犯行のすぐれた正確さなどを、どうしてそんな小さな子供に求めることが出来ましょう。あなたのお考えは余りうがち過ぎた邪推ではないでしょうか」

「それは、子供自身がこの殺人の計画者であったと考えるから変なのです。この犯罪は勿論子供の考え出したことではなく、その背後に別の意志がひそんでいる。本当の悪魔が隠れている。子供はただ、よく仕込まれた自動機械に過ぎないのです。何という奇抜な、併し身の毛もよ立つ思いつきでしょう。十歳の子供が下手人だとは、誰も気がつかぬし、仮令分った所で大人の様な刑罰を受けることはない。丁度、かっ払いの親分が、いたいけな少年を手先に使うのと、同じ思いつきを極度に押拡めたものと云えましょう。それに子供だからこそ、花瓶の中へ隠して安全に担ぎ出すことも出来たし、用心深い深山木氏を油断させることも出来たのです。いくら教え込まれたにしろ、チョコレートに執着する様な無邪気な子供に、果して人が殺されるかと云うかも知れぬが、児童研究者は、子供というものは、案外にも、大人に比べて非常に残忍性を持っていることを知っています。蛙《かえる》の生皮《なまかわ》をはいだり、蛇を半殺しにして喜ぶのは大人の同感し得ない子供特有の趣味です。そして、この殺生には全然何の理由もないのです。進化論者の解説に従うと子供は、人類の原始時代を象徴していて、大人より野蛮で残忍なものです。そういう子供を、自動殺人機械に選んだ蔭の犯人の悪智恵には実に驚くじゃありませんか。君は十歳やそこいらの子供を、如何《いか》に訓練したところで、か程まで巧みな殺人者に仕上げることは不可能だと考えているかも知れない。なる程、非常に難しいことです。子供は全く物音を立てぬ様に縁の下をくぐり、上げ板から初代さんの部屋に忍込み、相手が叫び声を立てる暇もない程手早く、しかも正確に彼女の心臓を刺し、再び、道具屋に戻って、一晩中、花瓶の中で、窮屈な思いに耐えなければならなかった。又海岸では、三人の見知らぬ子供と戯れながら、その子供等に少しも気づかれぬ間に、砂の中の深山木氏を刺殺《さしころ》さなければならなかった。十歳の子供に、果してこの難事が為しとげられたであろうか。又、仮令為しとげたにしても、あとで誰にも悟られぬ様に、固く秘密を守ることが出来たであろうか。と考えるのは一応尤もです。併《しか》し、それは常識に過ぎません。訓練というものがどれ程偉い力を持っているか、この世にはどんな常識以上の奇怪事が存在するかを知らぬ人の言草です。支那《しな》の曲芸師は五六歳の子供に、股の間から首を出す程もそり返る術を教え込むことが、出来るではありませんか。*7チャリネの軽業師《かるわざし》は、十歳に足らぬ幼児に、三丈も高い空中で、鳥の様に撞木《とまりぎ》から撞木へ渡る術を教え込むことが出来るではありませんか。ここに一人の極悪人がいて、あらゆる手段をつくしたならば、十歳の子供だって、殺人の奥義《おうぎ》を会得《えとく》しないと、どうして断言することが出来ましょう。又嘘をつくことだって同じです。通行人の同情を惹く為に、乞食に傭われた幼児《おさなご》が、どんなに巧みにひもじさを装い、側に立っている大人乞食を、さも自分の親であるかの如くに装うことが出来るか。君はあの驚くべき幼年者の技巧を見たことがありますか。子供というものは、訓練の与え方によっては、決して大人にひけをとるものではないのですよ」

諸戸の説明を聞くと、成程尤《もっと》もだとは思うけれど、私は無心の子供に血みどろな殺人罪を犯させたという、この許すべからざる極悪非道を、俄《にわか》に信じたくはなかった。何かまだ抗弁の余地があり相に思われて仕方がないのだ。私は悪夢から逃れようともがく人の様に、当てもなく部屋中を見廻した。諸戸が口をつぐむと、俄にシーンとしてしまった。比較的賑かな所に住みなれた私には、その部屋が異様な別世界みたいに思われ、暑いので窓は少しずつ開けてあったけれど、風が全くないので、外の闇夜が、何か真黒な、厚さの知れぬ壁の様に感じられるのであった。

私は問題の花瓶に目を注いだ。これと同じ花瓶の中に、少年殺人鬼が、一晩の間身をかくしていたのかと想像すると、何ともいえぬいやな暗い感じに襲われた。同時に、何とかして諸戸のこのいまわしい想像を打破る方法はないものかと考えた。そして、じっと花瓶を眺めている内に、私はふとある事柄に気づいた。私は俄に元気な声で反対した。

「この花瓶の大きさと、海岸で見た四人の子供の背丈とを比べて見ると、どうも無理ですよ。二尺四五寸の壺の中へ、三尺以上の子供が隠れるということは、不可能です。中でしゃがむとしては、幅が狭すぎるし、第一この小さな口から、いくら痩せた子供にもしろ、一寸這入れ相に見えぬではありませんか」

「僕も一度は同じ事を考えた。そして実際同じ年頃の子供を連れて来て、試して見さえした。すると、予想の通り、その子供にはうまく這入れなんだが、子供の身体の容積と、壺の容積とを比べて見ると、若し子供がゴムみたいに自由になる物質だとしたら、充分這入れることが確められた。ただ人間の手足や胴体が、ゴムみたいに自由に押曲げられぬ為に完全に隠れてしまうことが出来ぬのです。そして、子供が色々にやっているのを見ている内に、僕は妙なことを聯想した。それはずっと前に、誰かから聞いた話なんですが、牢破りの名人と云うものがあって、頭だけ出し入れする隙間さえあれば、身体を色々に曲げて、無論それには特別の秘術があるらしいのだが、とも角もその穴から全身抜け出すことが出来るのだ相です。そんなことが出来るものとすれば、この花瓶の口は、十歳の子供の頭よりは大きいのだし、中の容積も充分あるのだから、ある種の子供にはこの中へ隠れてしまうことも、全く不可能ではあるまいと考えた。では、どんな種類の子供にそれが出来るかと云うと、直ちに聯想するのは、小さい時から毎日酢を飲ませられて、身体の節々が、水母《くらげ》みたいに自由自在になっている、軽業師の子供です。軽業師と云えば、妙にこの事件と一致する曲芸がある。それはね、足芸で、足の上に大きな壺をのせ、その中へ子供を入れて、クルクル廻す芸当です。見たことがありましょう。あの壺の中へ這入る子供は、壺の中で、色々に身体を曲げて、まるで鞠《まり》みたいにまんまるになってしまう。腰の所から二つに折れて、両膝の間へ頭を入れている。あんな芸当の出来る子供なら、この花瓶の中へ隠れることも、さして困難ではあるまい。ひょっとしたら、犯人は、丁度そんな子供があったので、この花瓶のトリックを考えついたのかもしれない。僕はそこへ気づいたもんだから、友達に軽業の非常に好きな男があるので、早速聞会《ききあ》わせて見ると、丁度鶯谷の近くに曲馬団がかかっていて、そこで同じ足芸もやっていることが分った」

そこまで聞くと、私は悟る所があった。この会話の初めの方で、諸戸が子供の客があると云ったのは、多分その曲馬団の少年軽業師であって、私がいつか鶯谷で諸戸を見たのは、彼がその子供の顔を見極める為に行っていたのだということである。

「で、僕はすぐその曲馬団を見物に行って見た所が、足芸の子供が、どうやら鎌倉の海岸にいた四人の内の一人らしく思われる。ハッキリした記憶がないので断定は出来ぬけれど、兎も角この子供を調べて見なければならないと思った。目的の子供が東京にいたと云うのは、あの四人の内で一人丈け東京から海水浴に来ていた子供のあったことと一致する訳ですからね。だが、うっかり手出しをしては、相手に要心させて、真の犯人を逃がして了う虞《おそ》れがあるので、非常に迂遠《うえん》な方法だけれど、僕は自分の職業を利用して、子供だけを外へつれ出すことを考えた。つまり、医学者として軽業師の子供の畸形的に発育した生理状態を調べるのだから、一晩借《か》してくれと申込んだのです。それには、興行界に勢力のある親分を抱き込んだり、座主《ざしゅ》に多分のお礼をしたり、子供には例の好物のチョコレートを沢山買ってやる約束をしたり、仲々骨が折れたのですが」と諸戸は云いながら、窓際の小卓《テーブル》にのせてあった紙包みを開いて見せたが、その中にはチョコレートの美しい罐や紙函が三つも四つも這入っていた。「やっと今晩その目的を果して、軽業少年を単独でここへ引っぱって来ることが出来た。食堂にいるお客さんと云うのは、即《すなわ》ちその子供なんですよ。だがさっき来たばかりで、まだ何も尋ねていない。海岸にいたと同じ子供かどうかも、ハッキリは分っていないのです。丁度幸《さいわい》だ。君と二人でこれから調べて見ようではありませんか。君ならあの時の子供の顔を見覚えているだろうから。それに、この花瓶の中へ這入れるかどうかを、実際にためして見ることも出来ますしね」

語り終って諸戸は立ち上った。私を伴って食堂へ行く為である。諸戸の探偵談は、この世にあり相もない、洵《まこと》に異様な結論に到達したのであったが、併し、私は非常に複雑でいながら、実に秩序整然たる彼の長談義《ながだんぎ》に、すっかり堪能した形で、今は最早《もはや》異議を挟む元気も失せていた。私達は小さいお客さまを見る為に、椅子を離れて、廊下へと出て行った。

少年軽業師

私は一目見て、それが、鎌倉の海岸にいた子供の一人であることを感じた。そのことを諸戸に合図すると、彼は満足らしく肯《うなず》いて、子供のそばへ腰を卸した。私も食卓をはさんで席についた。丁度その時、子供は食事を終えて書生に絵雑誌を見せて貰っていたが、私達に気がつくと、ただニヤニヤ笑って、私達の顔を眺めた。薄汚れた小倉*8の水兵服を着て、何か口をもぐもぐさせている。一見白痴の様に見えてその奥底に何とも云えぬ陰険な相がある。

「この子は芸名を友之助《とものすけ》って云うのですよ。年は十二だそうだけれど発育不良で小柄だから十位《とおぐらい》にしか見えない。それに義務教育も受けていないのです。言葉も幼稚だし、字も知らない。ただ芸が非常にうまくて、動作がリスの様に敏捷な外は、智恵のにぶい一種の低能児ですね。併し動作や言葉に、妙に秘密的な所がある。常識はひどく欠乏しているが、その代りには、悪事にかけては普通人の及ばぬ、畸形な感覚を持っているのかも知れない。所謂先天的犯罪者型《タイプ》に属する子供かも知れないのです。今までの所、何を聞いても曖昧な返事しかしない。こちらの云うことが分らない様な顔をしているのですよ」

諸戸は私に予備知識を与えて置いて、少年軽業師友之助の方へ向直った。

「君、この間鎌倉の海水浴へ行っていたね。あの時伯父《おじ》さんは君のすぐ側にいたのだよ。知らなかった?」

「知らねえよ。おいら、海水浴なんか行ったことねえよ」

友之助は、白い眼で諸戸を見上げながら、ぞんざいな返事をした。

「知らないことがあるもんか。ホラ、君達が砂の中へ埋めていた、肥《ふと》った伯父さんが殺されて、大騒ぎがあったじゃないか。知っているだろう」

「知るもんか。おいら、もう帰るよ」

友之助は怒った様な顔をして、ピョコンと立上ると、実際帰り相な様子を示した。

「馬鹿をお云い、こんな遠い所から一人でなんか帰れやしないよ。君は道を知らないじゃないの」

「道なんか知ってらい。分らなかったら大人に聞くばかりだい。おいら、十里位歩いたことがあるんだから」

諸戸は苦笑して、暫らく考えていたが、書生に命じて、例の花瓶とチョコレートの包みを持って来させた。

「もう少しいておくれ、伯父さんがいいものをやろう。君は何が一番好き？」

「チョコレート」

友之助は立ったまま、まだ怒った声で、しかし正直な所を答えた。

「チョコレートだね。ここにチョコレートが沢山あるんだよ。君はこれがほしくないの。欲しくなかったら帰るがいいさ。帰ればこれが貰えないのだから」

子供は、チョコレートの大きな包みを見ると、一瞬間さも嬉しそうな表情になったが、しかし、強情に欲しいとは云わぬ。ただ、元の椅子に腰を下して、黙って諸戸を睨んでいる。

「それ見たまえ、君は欲しいのだろう。じゃあ上げるからね、伯父さんの云うことを聞かなければ駄目だよ。一寸この花瓶を御覧。綺麗だろう。君はこれと同じ花瓶を見たことがあるね」

「ウウン」

「見たことがないって。どうも君は強情だね。じゃあ、それはあとにしよう。ところで、この花瓶と、君がいつも這入る足芸の壺とどちらが大きいと思う？　この花瓶の方が小さいだろう。この中へ這入れるかい。いくら君が芸がうまくっても、まさかこの中へは這入れまいね。どうだね」

と云っても子供が黙り込んでいるので、諸戸は更らに言葉を続けて、

「どうだね、一つやってみないかね。御褒美《ごほうび》をつけよう。君がその中へうまく這入れたら、チョコレートの函《はこ》を一つ上げよう。ここで食べていいんだよ。だが、気の毒だけれど、君には迚《とて》も這入れ相もないね」

「這入れらい。きっとそれを呉れるかい」

友之助は、何と云っても子供だから、つい諸戸の術中に陥ってしまった。

彼はいきなり七宝の花瓶に近づくと、その縁に両手をかけてヒョイと花瓶の朝顔形の口の上に飛乗った。そして、先ず片足を先に入れ、残った足は、腰の所で二つに折って、お尻の方から、クネクネと不思議な巧みさで、花瓶の中へ這入って行った。頭が隠れてしまっても、さし上げた両手が、暫く宙にもがいていたが、やがてそれも見えなくなった。実に不思議な芸当であった。上から覗いて見ると、子供の黒い頭が、内側から栓の様に、花瓶の口一杯に見えている。

「うまいうまい。もういいよ。じゃあ御褒美を上げるから出ておいで」

出るのは、這入るよりも難しいと見えて、少し手間取った。頭と肩は難なく抜けたけれど、這入る時と同じ様に、足を折り曲げて、お尻を抜くのに、一番骨が折れた。友之助は花瓶を出てしまうと、一寸得意らしく微笑して、下へ下りたが、別に褒美を催促するでもなく、やっぱり押黙ったまま、ジロジロと私達の顔を眺めて突立っている。

「じゃ、これを上げるよ。構わないからおたべなさい」

諸戸がチョコレートの紙函に入ったのを渡すと、子供はそれを引ったくる様にして、無遠慮に蓋《ふた》を開き、一箇の銀紙をはがして、口に抛《ほう》り込んだ。そして、さもおいし相に、ペタペタ云わせながら、目では、諸戸の手に残っている、一番美しい罐入りの分を、残念そうに眺めている。彼の貰ったのが、粗末な紙函入りなのを、甚だ不服に思っているのだ。これらの様子によっても、チョコレートやその容器に対して、彼が誠に並々ならぬ魅力を感じていたことが分る。

諸戸は彼を膝の上にかけさせて、頭を撫でてやりながら、

「おいしいかい。君はいい子だね。だが、そのチョコレートはそんなに上等のではないのだよ。この金色の罐に入った奴は、それの十倍も美しくって、おいしいのだよ。ホラこの罐の綺麗なことを御覧。まるでお陽様みたいに、キラキラ輝いているじゃないか。今度は君にこれを上げるよ。だが、君が本当のことを云わなければ駄目だ。私の尋ねることに本当のことを云わなければ、上げることは出来ない。分ったかい」

諸戸は丁度催眠術者が暗示を与える時の様に、一語一語力を入れながら、子供に言い聞かせた。友之助は、驚く程の早さで、次から次と銀紙をはがしては、チョコレートを口に運ぶのが忙しくて、諸戸の膝から逃げようともせず、夢中で肯いている。

「この花瓶はいつかの晩、巣鴨の古道具屋にあったのと、形も模様も同じでしょう。君は忘

れはしないね。その晩にこの中へ隠れていて、真夜中時分、そっとそこから抜け出し、縁の下を通ってお隣の家へ行ったことを。そこで君は何をしたんだっけな。よく寝ている人の胸の所へ、短刀を突きさしたんだね。ホラ、忘れたかい。その人の枕下《まくらもと》に、やっぱり美しい罐入りのチョコレートがあったじゃないか。そいつを君は持って来たじゃあないか。あの時君が突きさしたのは、どんな人だったか覚えているかい。さあ答えて御覧」

「美しい姉やだったよ。おいら、その人の顔を忘れちゃいけないいて、おどかされたんだ」

「感心感心、そういう風に答えるものだよ。それから、君はさっき鎌倉の海岸なんか行ったことがないと云ったけれど、あれは嘘だね。砂の中の伯父さんの胸へも、短刀をつき刺したんだね」

友之助は相変らず、たべることで夢中になっていて、この問に対しても無心に頷いたが、突然、何事かに気づいた体《てい》で、非常な恐怖の表情を示した。そして、いきなり、たべかけのチョコレートの函を投げ出すと、諸戸の膝をとびのこうとした。

「怖《こ》わがることはないよ。僕達も君の親方の仲間なんだから、本当のことを云ったって、大丈夫だよ」諸戸は慌ててそれを止めながら云った。

「親方じゃない、『お父《とっ》つぁん』だぜ。お前も『お父つぁん』の仲間なんかい。おいら、『お父つぁん』が怖わくってしようがねえんだ。内密《ないしょ》にしといとくれよ。ね」

「心配しないだって、大丈夫だよ。さあ、もう一つ丈けでいい、伯父さんの尋ねることに答えておくれ。その『お父つぁん』は今どこにいるんだね。そして、名前は何とかいったね。君は忘れちまったんじゃあるまいね」

「馬鹿云ってら。『お父つぁん』の名前を忘れるもんか」

「じゃ云って御覧。何といったっけな。伯父さんは胴忘《どうわす》れしてしまったんだよ。さあ云って御覧。ホラ、そうすれば、このお陽さまの様に美しいチョコレートの罐がお前のものになるんだよ」

この子供に対して、チョコレートの罐は、まるで魔法みたいな作用をした。彼は、丁度大人達が莫大な黄金の前には、凡ての危険を顧みないのと同じに、このチョコレートの罐の魅力に、何事をも忘れてしまう様に見えた。彼は今にも諸戸に答えそうな様子を示した。その刹那、異様な物音がしたかと思うと、諸戸は「アッ」と叫んで、子供をつき離して飛びのいた。変てこな、あり相もない事が起ったのだ。次の瞬間には、友之助はそこの絨氈の上に転っていた。白い水兵服の胸の所が、赤インキをこぼした様に、真赤に染まっていた。

「蓑浦君危い。ピストルだ」

諸戸は叫んで、私をつき飛ばす様に、部屋の隅へ押しやった。だが用心した第二弾は発射されなかった。たっぷり一分間、私達は黙ったまま、ぼんやりと立ちつくしていた。

何者かが、開いてあった窓の外の暗闇から、少年を沈黙させる為に発砲したのである。云うまでもなく友之助の告白によって危険を感じる者の仕業であろう。ひょっとしたら、友之助の所謂「お父つぁん」であったかも知れない。

「警察へ知らせよう」

諸戸はそこへ気がつくと、いきなり部屋を飛出して行ったが、やがて彼の書斎から、附近の警察署を呼び出す電話の声が聞えて来た。

それを聞きながら、私は元の場所に立ちつくして、ふとさっきここへ来る時見かけた、無気味な、腰の所で二つに折れた様な老人の姿を思い出していた。

乃木将軍の秘密

何者かは知らねど、相手が飛《とび》道具を持っていて、しかもそれが単なるおどかしでないことが分っていたものだから、私達は犯人を追跡するどころか、私も書生も婆やも、青くなってその部屋を逃げ出し、期せずして警察へ電話をかけている諸戸の書斎へ集ってしまった。

併し諸戸丈けは、比較的勇敢であって、電話をかけ終ると、玄関の方へ走って行って、大声で書生の名を呼び、提灯《ちょうちん》をつけてこいと命じた。そうなると、私もじっとしている訳にも行かず、書生を手伝って、提灯を二つ用意し、已に門の外へかけ出している諸戸のあとを追ったが、闇夜の為見通しがつかぬので、犯人がどちらへ逃げ去ったのか、全く分らない。それから、若しやまだ庭内に潜伏しているのではないかと、提灯をたよりに、ザッと探して見たが、どこの茂みの蔭にも、建物の窪みにも、人の姿を見出すことは出来なかった。無論犯人は、私達が電話をかけたり提灯をつけたり、ぐずぐず手間取っていた間《ま》に、遠く逃去ったものに相違ないのだ。私達は手を束《つか》ねて、巡査の来着を待つ外はなかった。

暫くすると管轄の警察署から数名の警官が駈けつけて呉れたが、田舎道を徒歩でやって来たので、大分時間が経過していて、直《ただ》ちに犯人を追跡する見込みは立たなんだ。近くの電車の駅へ電話をかけて手配するにしても、もうおそ過ぎた。

第一に到着した人達が、友之助の死体を調べたり、庭内を念入りに捜索したりしている間に、やがて、裁判所や警視庁からも人が来て、私達は色々と質問を受けた。止むなく凡ての事情を打開けると、其筋《そのすじ》をさしおいて、要らぬおせっかいをするものでないと、ひどく叱りつけられたばかりか、其後度々呼出しを受けて、何人もの人に同じ答えを繰り返さねばならなかった。云うまでもなく、私達の陳述によって、警察を通じて、鶯谷の曲馬団に変事が伝えられ、そこから死体引取りの人がやって来たが、曲馬団の方では、この事件の犯人については全く心当りがないとのことであった。

諸戸は例の異様な推理――少年軽業師友之助が、二つの事件の下手人だという推理を、警察の人達にも、一応物語らねばならぬ羽目となったものだから、警察では一応は曲馬団にも手入れをして、厳重に取調べを行った模様であるが、座員には一人として疑わしい者もなく、やがて曲馬団が鶯谷の興行を打上げて、地方へ廻って行ってしまうと同時に、この曲馬団に対する疑いも、そのまま立消えとなった様子であった。又、警察は、私の陳述によって、八十位に見える例の怪老人のことも知ったのであるが、その様な老人は、如何程《いかほど》探索しても、発見することが出来なかった。

十歳のいたいけな少年が二度も殺人罪を犯したり、八十歳のよぼよぼの老翁が、最新式のブローニングを発射して、その十歳の少年を殺したなどという考《かんがえ》は、余りに荒唐無稽《こうとうむけい》で且《か》つ幻想的であった為か、常識に富む其筋の人々の満足を買うことが出来なかった様である。それには、諸戸が、帝国大学の卒業生ではあったけれど、官途《かんと》にもつかず、開業もせず、奇怪千万な研究に没頭していたからでもあろうし、又、私はといえば、恋に狂った文学青年みたいな男だったものだから、警察では、私達を、一種の妄想狂——復讐や犯罪探偵に夢中になった変り者——という風に解釈したらしく、邪推かも知れぬけれど、諸戸のかの条理整然たる推理をも、妄想狂の幻として、真面目には聞いてくれなかった様に思われた。(十歳やそこいらの子供の、チョコレートに引かされての自白などは、警察ではまるで問題にしなかった)つまり、警察は警察自身の解釈によって、この事件の犯人を探したらしいのだが、併し、結局これという容疑者さえもあがらず、そのままに一日一日と日がたって行くのであった。

曲馬団からは、損害賠償という様な意味で、多額の香奠《こうでん》をまき上げられるし、警察からはひどく叱られた上に、探偵狂扱いにされるし、諸戸はこの事件にかかり合ったばっかりに、散々な目に会わされたのであるが、併し、彼はその為に元気を失う様なことはなく、却って一層熱心を増したかに見えた。

のみならず警察が幻想的な諸戸の説を信じなかったと同じ程度に、諸戸の方でもかかる事件に対しては余りにも実際的過ぎる警察の人々を度外視しているらしく思われた。その証拠には、私はその後、深山木幸吉の受取った脅迫状に記されてあった「品物」の事、それを深山木が私に送るといったこと、送って来たのは意外にも一箇の鼻かけの乃木将軍であったことなどを、諸戸に打開けたのだが、諸戸は取調べの時それについて一言《いちごん》も陳述せず、私にも云ってはならぬと注意を与えた程である。つまり、この一聯の事件を、彼自身の力で、徹底的に調べ上げようとしているらしく見えた。

当時の私の心持というと、初代殺しの犯人に対する復讐の念は、当初と少しも変らなんだが、一方では事件が次々と、複雑化し、予想外に大きなものになって行くのを茫然見守っている形であった。殺人事件が一つずつ重なって行くに従って、真相が分って来るどころか、反対に益々不可解なものになって行くのを、余りのことに、空恐ろしくさえ感じていた。

又諸戸道雄の思いがけぬ熱心さも、私にとっては理解しがたき一つの謎であった。先にも一寸述べたことであるが、彼が如何に私を愛していたからと云って、又探偵ということに興味を持っていたからと云って、これ程迄熱心になれるものではなく、それには何かもっと別の理由があったのではないかと疑われさえしたのである。

それは兎も角、少年惨殺事件があってから数日というものは、私達の周囲もゴタゴタしていたし、正体の分らぬ敵に対する恐れに、私達の心も騒いでいたので、無論私は度々諸戸を訪問してはいたのだけれど、ゆっくり善後策を相談する程、お互に落ちついた気持になれなかった。私達が次に執《と》るべき手段について語り合ったのは、そんな訳で、友之助が殺されてから数日も経過した時分であった。

其日も私は会社を休んで（事件以来、会社の方は殆どお留守になっていた）諸戸の家を訪ねたのであるが、私達が書斎で話し合っていた時、彼は大体次の様な意見を述べたのであった。

「警察の方では、どの程度まで進んでいるのか知らぬが、余り信頼出来相もないね。この事件は、僕の考えでは、警察の常識以上のものだと思う。警察は警察のやり方で進むがいいし、僕達は僕達で一つ研究して見ようじゃないか。友之助が真犯人の傀儡《かいらい》に過ぎなんだ様に、友之助を射った曲者も同じ傀儡の一人かも知れない。元兇は遠いもやの中に全く姿を隠している。だから、漫然と元兇を尋ねたところで多分無駄骨《むだぼね》に終るだろう。それよりも、近道は、この三つの殺人事件の裏には、どんな動機が潜んでいるか。何がこの犯罪の原因となったか。ということを確めることだと思う。君の話によると、深山木氏が殺される前受取った脅迫状に、『品物』を渡せという文句があった。恐らく犯人にとっては、この『品物』が、何人《なんぴと》の命に換えても大切なものであって、それを手に入れる為に今度の事件が起ったと見るべきであろう。初代さんを殺したのも、深山木さんを殺したのも、君の部屋へ何者かが忍込んで、家探しをしたらしいのも、凡てこの『品物』の為だよ。友之助を殺したのは、無論元兇の名前を知られない為だ。ところで、その『品物』は仕合せと今我々の手に這入っている。鼻かけの乃木将軍にどれ程の値打があるのか、全く分らぬけれど、兎も角彼等の『品物』というのは、その乃木将軍の石膏《せっこう》像に違いないらしい。だから、我々はさしずめ、この変てこな石膏像を調べて見なくてはなるまいね。この『品物』については警察は何も知らないのだから、僕等は非常な手柄を立てることが出来ぬものでもない。それについてね、僕の家《うち》や君の家は、もう敵に知られていて危険だから、別に人知れず僕等の探偵本部を作る必要がある。実はその為に、僕は神田《かんだ》のある所に、ちゃんと部屋を借りて置いたよ。明日、君は例の石膏像を、古新聞に包んで、つまらない品の様に見せかけ、用心の為車に乗って、そこの家へ来てくれ給え。僕は先に行って待っているから、そこでゆっくり石膏像を調べて見ようじゃないか」

私は云うまでもなく、この諸戸の意見に同意して、その翌日打合わせた時間に、自動車を傭って、神田の教えられた家へ行った。それは神保町《じんぼうちょう》近くの学生町の、飲食店のゴタゴタと軒を並べた、曲りくねった細い抜け裏の様な所にある、一軒のみすぼらしいレストランで、二階の六畳が貸間になっていたのを諸戸が借り受けたものであった。私が急な梯子《はしご》を上《あが》って行くと、大きな雨漏りのあとのついた壁を背にして、赤茶けた畳の上に、いつになく和服姿の諸戸が、ちゃんと坐って待っていた。

「汚い家ですね」

と云って私が顔をしかめると、

「態《わざ》とこんな家を選んだのさ、下は西洋料理屋だから、出入《ではい》りが人目につかぬし、このゴタゴタした学生町なら、一寸気がつくまいと思ってね」

諸戸はさも得意らしく云った。

私はふと、小学生の時分によくやった探偵遊戯というものを思い出した。それは普通の泥棒ごっこではなくて、友達と二人で、手帳と鉛筆を持って、深夜、さも秘密らしく近くの町々を忍び歩き、軒並の表札を書留めて廻り、何町《まち》の何軒目には、何という人が住んでいるということを諳《そら》んじて、何か非常な秘密を握った気になって悦《よろこ》んでいたものである。その時の相棒の友達というのが、馬鹿にそんな秘密がかったことが好きで、探偵遊びをするにも、彼の小さな書斎を探偵本部と名づけて、得意がっていたのだが、今諸戸がこの様な所謂「探偵本部」を作って得意がっているのを見ると、三十歳の諸戸が、当時の秘密好きな変り者の少年みたいに思われ、私達のやっていることが子供らしい遊戯の様にも感じられるのであった。

そして、そんな真剣の場合であったにも拘らず、私は何だか愉快になって来た。諸戸を見ると、彼の顔にも、どうやら浮き浮きとした、子供らしい興奮が現われている。若い私達の心の片隅には、確かに秘密を喜び、冒険を楽しむ気持があったのだ。それに、諸戸と私との間柄は、単に友達という言葉では云い表わせない種類のものであった。諸戸は私に対して不思議な恋愛を感じていたし、私の方でも、無論その気持を本当には理解出来なかったけれど、頭丈けでは分っていた。そして、それが普通の場合の様に、ひどくいやな感じではなかった。彼と相対《あいたい》していると、彼か私かどちらかが、異性ででもある様な、一種甘ったるい匂《におい》を感じた。ひょっとすると、その匂が、私達二人の探偵事務を一層愉快にしたのかも知れないのである。

それは兎も角、諸戸はそこで、例の石膏像を私から受取って、暫く熱心に検べていたが、雑作もなく、謎を解いてしまった。

「僕は石膏像そのものには、何の意味もないことを、予め知っていた。何故と云って、初代さんは、こんなものを持っていなかったけれど、殺されたのだからね。初代さんが殺された時盗まれたのは、チョコレートを別にすれば、手提袋丈けだが、手提げの中へこの石膏像は這入らない。とすると、何かもっと小さなものだ。小さなものなれば、石膏像の中へ封じこむことが出来るからね。ドイルの小説に『六個のナポレオン像』というのがある。ナポレオンの石膏像の中へ宝石を隠す話だ。深山木さんは、きっとこの小説を思出して、例の『品物』を隠すのに応用したものだよ。ホラ、ナポレオン、乃木将軍、非常に聯想的じゃないか。で、今検べて見るとね。汚れているので目立たぬけれど、この石膏は確かに一度二つに割って、又石膏で継ぎ合わせたものだよ。ここの所に、その新しい石膏の細い線が見えている」

云いながら、諸戸は石膏のある個所を、指先に唾をつけて、擦って見せたが、なる程その下に継目《つぎめ》がある。

「破《わ》って見よう」

諸戸は、そう云ったかと思うと、いきなり石膏像を柱にぶっつけた。乃木将軍の顔が、無惨にもこなごなになってしまった。

「弥陀《みだ》の利益《りやく》」

さて、破《こわ》れた石膏像の中には、綿が一杯詰っていたが、綿を取りのけると、二冊の本が出て来た。その一つは、思いもかけぬ木崎初代の実家の系図帳で、嘗つて彼女が私に預け、思い出して見ると、私が最初深山木を訪ねた時、彼に渡したままになっていたものである。もう一つは、古い雑記帳様のもので、殆ど全頁、鉛筆書きの文字で埋まっていた。それが如何に不思議千万な記録であったかは追々に説明する。

「アア、これが例の系図帳だね。僕の想像していた通りだ」諸戸はその系図帳の方を手に取って叫んだ。

「この系図帳こそ曲者なんだ、賊が命がけで手に入れようとした『品物』なんだ。それはね、今までのことをよく考えて見れば分ることなんだよ。先ず最初、初代さんが手提袋を盗まれた。尤も当時已《すで》に系図帳は君の手に渡っていたけれど、その以前には初代さんはこれをいつも手提げに入れて側から離さなんだというのだから、賊はその手提げさえ奪えばいいと思ったのだよ。ところが、それが無駄骨に終ったので、今度は君に目をつけたが君は偶然にも賊の手出しをする前に、深山木氏に系図帳を渡してしまった。深山木氏がそれを持ってどこかへ旅行をした。そして、恐らく有力な手掛りを摑むことが出来た。間もなく例の脅迫状が来て、深山木氏は殺されたのだが、今度も又、当の系図帳は已にこの石膏像の中に封じて君の手に返っていたので、賊は空しく深山木氏の書斎をかき乱したに過ぎなかった。それで再び君が狙われることになった。だが、賊も石膏像とは気づかぬものだから、君の部屋を度々探しはしたけれど、遂に目的を果さなんだ。おかしいことに、賊はいつもあとへあとへと廻っていたのだよ。という順序を想像すると、賊の命がけで狙っていたものは、確かにこの系図帳なんだよ」

「それで思い当ることがありますよ」私は驚いて云った。「初代さんがね、僕に話したことがあります。近所の古本屋が、いくら高くてもいいから、その系図帳を譲ってくれと、度々申込んだ相です。そんなつまらない系図帳に大した値打がある訳はないのですから、考えて見ると、古本屋は恐らく賊に頼まれたのですね。古本屋に尋ねたら、賊の正体が分るのじゃないでしょうか」

「そんなことがあったとすると、愈々《いよいよ》僕の想像が当る訳だが、併し、あれ程の考え深い奴だから、古本屋にだって、決して正体を摑まれちゃいまいよ。先ず古本屋を手先に使って、穏かに系図帳を買い取ろうとした。それが駄目と分ると、今度はひそかに盗み出そうとした。君がいつか話したね、初代さんが例の怪しい老人を見た頃、初代さんの書斎の物の位置が変っていたって。それが盗み出そうとした証拠だよ。だが、系図帳はいつも初代さんが肌身離さず持って歩くことが分ったものだから、次には……」

諸戸はそこまで云って、ハッと何事かに気づいた様子で、真青になった。そして、黙り込んで、大きく開いた目でじっと空間を見つめた。

「どうかしたの?」

と私が尋ねても、彼は返事もしないで、長い間押黙っていたが、やがて、気をとり直して、何気なく話の結末をつけた。

「次には……とうとう初代さんを殺してしまった」

だが、それは何か奥歯に物のはさまった様な、ハキハキしない云い方であった。私は、その時の、諸戸の異様な表情をいつまでも忘れることが出来なかった。

「ですが、僕には、少し分らない所がありますよ。初代にしろ、深山木さんにしろ、何故殺さなければならなかったのでしょう。殺人罪まで犯さなくても、うまく系図帳を盗み出す方法があったでしょう」

「それは、今の所僕にも分らない。多分別に殺さねばならぬ事情があったのでしょう。そういう所に、この事件の単純なものでないことが現われている。だが、空論はよして、実物を検べて見ようじゃないか」

　そこで、私達は二冊の書き物を検べたのだが、系図帳の方は、嘗つて私も見て知っている様に、何の変りとてもない普通の系図帳に過ぎなかったけれど、もう一冊の雑記帳の内容は、実に異様な記事に満たされていた。私達は一度読みかけたら、余りの不思議さに、中途で止すことが出来ない程、引いれられて、最初にその雑記帳の方を読んでしまったのだが、記述の便宜上、その方はあと廻しにして、先ず系図帳の秘密について書き記すことにしよう。

「封建時代の昔なら知らぬこと、系図帳などが、命がけで盗み出す程大切なものだとは思えない。とすると、これには、表面に現われた系図帳としての外に、もっと別の意味があるのかも知れぬ」

　諸戸は、一枚一枚念入りに、頁《ページ》をめくりながら云った。

「九代、春延《はるのぶ》、幼名又四郎《またしろう》、享和《きようわ》三年家督《かとく》、賜《たまわる》二百石《こく》、文政《ぶんせい》十二年三月二十一日没《ぼつ》、か。この前はちぎれていて分らない。藩主《はんしゆ》の名も初めの方に書いてあったのだろうが、あとは略して禄高《ろくたか》丈けになっている。二百石の微禄じゃ、姓名が分ったところで、何藩の臣下だか容易に調べはつくまいね。こんな小身者の系図に、どうしてそんな値打があるのかしら。遺産相続にしたって、別に系図の必要もあるまいし、仮令必要があったところで、盗み出すというのは変だからね。盗まないまでも、系図が証拠になることなら、堂々と表だって要求出来る訳だから」

「変だな。ごらんなさい。この表紙の所が、態とはがしたみたいになっている」

私はふと、それに気附いた。先に初代から受取った時には、確かに完全な表紙だったのが、苦心をしてはがした様に、表面の古風な織物と、芯の厚紙とが別々になって、めくって見ると、織物の裏打ちをした何かの反古《ほご》の、黒々とした文字さえ現われて来た。

「そうだね。確かに態々《わざわざ》はがしたんだ。無論深山木氏がしたことだ。とすると、これには何か意味がなくてはならないね。深山木氏は何もかも見通していたらしいのだから、無意味にこれをはがす筈はない」

私は何気なく、裏打ちの反古の文字を読んで見た。すると、その文字がどうやら異様に感じられたので、諸戸にそこを見せた。

「これは何の文句でしょうね。和讃《わさん》かしら」

「おかしいね。和讃の一部分でもなし、まさかこの時分お筆先でもあるまいし。物ありげな文句だね」

で、文句というのは、次の様に誠に奇怪なものであった。

神と仏がおうたなら
巽《たつみ》の鬼をうちやぶり
弥陀《みだ》の利益《りやく》をさぐるべし
六道《ろくどう》の辻《つじ》に迷うなよ

「何だか辻褄《つじつま》の合わぬまずい文句だし、書風もお家流まがいの下手な手だね。昔の余り教養のないお爺さんでも書いたものだろう。だが、神と仏が会ったり、巽の鬼を打やぶったり、何となく意味ありげでさっぱり分らないね。併し、云うまでもなく、この変な文句が曲者だよ。深山木氏が、態々はがして検べた程だからね」

「呪文みたいですね」

「そう、呪文の様でもあるが、僕は暗号文じゃないかと思うよ。命がけで欲しがる程値打のある暗号文だね。若しそうだとすると、この変な文句に、莫大な金銭的価値がなくてはならぬ。金銭的価値のある暗号文と云えば、すぐ思いつくのは、例の宝の隠し場所を暗示したものだが、そう思ってこの文句を読んで見ると、『弥陀の利益を探るべし』とあるのが、何となく『宝のありかを探せ』という意味らしくも取れるじゃないか。隠された金銀財宝は、如何にも弥陀の利益に相違ないからね」

「アア、そう云えばそうも取れますね」

えたいの知れぬ蔭の人物が（それはかの八十以上にも見える怪老人であろうか）あらゆる犠牲を払って、この表紙裏の反古を手に入れようとしている。それは反古の文句が宝の隠し場所を暗示しているからだ。それをどうかして嗅ぎつけたのだ。とすると、事件は非常に面白くなって来る。我々にこの古風な暗号文が解けさえすれば、ポオの小説の「黄金虫」の主人公の様に、たちまちにして百万長者になれるかも知れないのだ。

だが、私達はそこで随分考えて見たのだが、「弥陀の利益」が財宝を暗示することは想像し得ても、あとの三行の文句は、全く分らない。その土地なり、現場の地形なりに、大体通じている人でなくては、全然解き得ないものかも知れぬ。とすると、私達はその土地を全く知らないのだから、この暗号文は、(仮令暗号だったとしても) 永久に解く術《すべ》がない訳である。

だがこれが果して、諸戸の想像した様に、宝のありかを示す暗号だったであろうか。それは余りにも浪漫的《ロマンチック》な、虫のいい空想ではなかったか。

人外境便り

さて私は、奇妙な雑記帳の内容を語る順序となった。系図帳の秘密が、若し諸戸の想像した通りだとすれば、寧《むし》ろ景気のよい華やかなものであったに反して、雑記帳の方は誠に不思議で、陰気で薄気味の悪い代物であった。我々の想像を絶した、人外境の便りであった。その記録は今も私の手文庫の底に残っているので、肝要な部分部分をここに複写して置くが、部分部分と云っても、相当長いものになるかも知れない。だが、この不思議な記録こそ、私の物語の中心をなす所の、ある重大な事実を語るものなのだから、読者には我慢をしても読んで貰わねばならぬ。

それは一種異様な告白文であって、細《こまか》い鉛筆書きの、仮名や当て字沢山の、ひどい田舎訛《いなかなま》りのある、文章そのものが、已に一種異様な感じを与えるものであったが、読者の読み易い為に、文章に手を入れて訛りを東京言葉に直し、仮名や当て字は、正しい漢字に書き換えて、写して置いた。文中の括弧や句読点も全部私が書入れたものである。

歌の師匠にねだって、内しょで、この帳面とエンピツを持って来てもらいました。遠くの方の国では、誰でも、心に思ったことを、字に書いて楽しんでいるらしいですから、私も(半分の方の私ですよ)書いて見ようと思うのです。

不幸(これは近頃覚えた字ですが)ということが、私にもよくよく分って来ました。本当に不幸という字が使えるのは、私だけだと思います。遠くの方に世界とか日本とかいうものがあって、誰でもその中に住んでいるそうですが、私は生れてから、その世界や日本というものを見たことがありません。これは不幸という字に、よくよくあてはまると思います。私は、不幸というものに、辛抱し切れぬ様に思われて来ました。本に『神様助けてください』という言葉が、よく書いてありますが、私はまだ神様という物を見たことがありませんけれど、やっぱり『神様助けて下さい』と云いたいのです。そうすると、いくらか胸が楽になるのです。

私は悲しい心が話したいです。けれども、話す人がありません。ここへ来る人は、私よりもずっと年の多い、毎日歌を教えに来る助八《すけはち》さんという、この人は自分のことを「お爺《じじ》」と云っています。お爺《じい》さんです。それから、物の云えない、(啞というのです)三度ずつ、御飯を運んでくれるおとしさんと、(この人は四十歳です)二人丈けで、おとしさんは駄目にきまっているし、助八さんもあんまり物を云わない人で、私が何か聞くと、目をしょぼしょぼさせて、涙ぐんでばかりいますから、話しても仕方がありません。その外には自分丈けです。自分でも話せるけれど、自分では気が合わないので、云い合いをしている程、腹が立って来ます。もう一つの顔が何《な》ぜこの顔と違っているのか、なぜ別々の考え方をするのか、悲しくなるばかりです。

助八さんは、私を十七歳だと申します。十七歳とは、生れてから、十七年たったことですから、私はきっと、この四角な壁の中に十七年住んでいたのでしょう。助八さんが来るたんびに、日を教えて下さいますから、一年の長さは少し分りますが、それが十七年です。随分悲しい長い間です。その間のことを、思い出し思い出し書いて見ようと思います。そうすれば私の不幸がみんな書けるに違いないのです。

子供は母の乳を吞んで大きくなるものだそうですが、私は悲しいことに、その時分のことを少しも覚えていないのです。母というのは女のやさしい人だということですが、私には母というものが、少しも考えられません。母と似たもので、父というのがあることも知ってますが、父の方は、あれがそうだとすると二三度逢《あ》ったことがあります。その人は、「わしはお前のお父つぁんだよ」と申しました。怖い顔の片輪者でした。

〔註、ここにある片輪者とは、普通の意味の片輪者に非《あら》ず。読進むに従い判明すべし〕

私が一番初めに覚えているのは、今から考えると、四歳か五歳の時のことでしょうと思います。それより前は、真暗で分りません。その時分から私は、この四角な壁の中に居りました。厚い壁で出来た戸の外へは、一度も出たことがありません。その厚い戸は、いつでも外から錠がかけてあって、押しても叩いても動きません。

私の住んでいる四角な壁の中のことを、一度よく書いて置きましょう。長さの計り方をハッキリ知りませんから、私の身体の長さを元にして云いますと、四方の壁はどれでもおよそ私の身体の長さを四つ位にした程あります。高さは私の身体を二つ重ねた程です。天井には板が張ってあって、助八さんに聞くと、その上に土をのせて、瓦《かわら》が並べてあるのだそうです。その瓦の端《はし》の方は窓から見えて居ります。

今私の坐っている所には畳が十枚敷いてあって、その下は板になって居ります。板の下には、もう一つ四角い所があります。梯子を降りて行くのです。そこも広さは上と同じですが、畳がなくて、色々な形の箱がゴロゴロところがっています。私の着物を入れた箪笥《たんす》もあります。お手水《ちょうず》もあります。この二つの四角な所を部屋とも云い、ドゾウ（土蔵）とも云う様です。助八さんは時々クラとも云っています。

クラにはさっきの壁の戸の外《ほか》に、上に二つと下に二つの窓があります。皆私の身体の半分位の大きさで、太い鉄の棒が五本ずつはめてあります。それだから、窓から外へ出ることは出来ません。

畳の敷いてある方には、隅に蒲団が積んであるのと、私のおもちゃを入れた箱があるのと、(今その箱の蓋《ふた》の上で書いて居ります) 壁の釘に三味線《しゃみせん》がかけてある丈けで、外にはなんにもありません。

私はその中で大きくなりました。世界というものも、人の沢山かたまって歩いている町というものも、一度も見たことがありません。町の方は本の絵で見たきりです。でも山と海は知って居ります。窓から見えるのです。山は土が高く重なった様なものですし、海は青くなったり白く光ったりする真直ぐな長いものです。それがすっかり水なのだそうです。みんな助八さんに教えてもらいました。

四歳か五歳かの時を思い出して見ますと、今よりはよっぽど楽しかった様に思われます。何も知らなんだからでしょう。その時分には、助八さんやおとしさんはいないで、おくみというお婆さんがいました。皆片輪者です。この人がひょっとしたら母ではないかと、よく考えて見ますが、乳もなかったし、どうもそんな気がしません。ちっともやさしい人ではなかった様です。でもあまり小さい時分だったので、よく分りません。顔や身体の形も知りません。あとで名前を聞いて覚えている位です。

その人が時々私を遊ばせてくれました。お菓子やご飯もたべさせてくれました。物を云うことも教えてくれました。私は毎日、壁を伝《つた》わって歩き廻ったり、蒲団の上によじ登ったり、おもちゃの石や貝や木切れで遊んだりして、よくキャッキャと笑っていた様に覚えて居ります。アア、あの時分はよかった。何ぜ私はこんなに大きくなったのでしょう。そして、色々なことを知ってしまったのでしょう。

（中略）

おとしさんが、何だか怒った様な顔をして、今お膳を持って降りて行った所です。お腹が一杯の時は、吉《きっ》ちゃんがおとなしいので、この間に書きましょう。吉ちゃんと云ってもよその人ではないのです。私の一つの名前なのです。

書き始めてから五日《いつか》になります。字も知らないし、こんなに長く書くのは初めてですから、なかなかはかどりません。一枚書くのに一日かかることもあります。

今日は、私が初めてびっくりした時のことを書きましょう。

私や外《ほか》の人達は、みんな人間というもので、魚や虫や鼠などとは別の生きたものであって、みんな同じ形をしているものだということを、長い間知りませんでした。人間には色々な形があるのだと思い込んで居りました。それは、私が沢山の人間を見たことがないものだから、そんな間違った考えになったのです。

七歳位の時だと思います。その時分まで、私はおくみさんとおくみさんの次に来る様になったおよねさんの外には人間を見たことがなかったものですから、あの時およねさんが、難儀をして私の巾の広い身体を抱き上げて、鉄棒《てつのぼう》のはまった高い窓から、外の広い原っぱを見せてくれた時、そこを一人の人間が歩いて行くのを見て、私はアッとびっくりしてしまったのです。それまでにも、原っぱを見たことは度々ありましたが、人間が通るのは一度も見ませんからです。

およねさんは、きっと「馬鹿」という片輪だったのでしょう。何にも私に教えてくれなんだものですから、その時まで、私は、人間の極《きま》った形を、ハッキリ知らなんだのです。

原っぱを歩いている人は、およねさんと、同じ形をして居りました。そして、私の身体は、その人とも、およねさんとも、まるで違うのです。私は怖くなりました。

「あの人や、およねさんは、どうして顔が一つしかないの」と云って私がたずねますと、およねさんは「アハハハハ知らねえよ」と云いました。

その時は、なんにも分らずにしまいましたが、私は怖くって仕様がないのです。寝ている時、一つしか顔のない、妙な形の人間が、ウジャウジャと現われて来るのです。夢ばっかり見ているのです。

片輪という言葉を覚えたのは、助八さんに歌を習う様になってからです。十歳位の時です。「馬鹿」のおよねさんが来なくなって、今のおとしさんに代って間もなく、私は歌や三味線を習い始めたのです。

おとしさんが物を云わないし、私が云っても聞えないらしいので、妙だ妙だと思っていますと、助八さんが、あれは啞という片輪者だと教えてくれました。片輪者というのは、あたりまえの人間と違う所のあるものだと教えてくれました。

それで、私が「そんなら、助八さんも、およねさんも、おとしさんも、みんな片輪じゃないか」と、云いますと、助八さんはびっくりした様な大きな目で私を睨みつけましたが、「アア秀《ひで》ちゃんや吉ちゃんは気の毒だね。何にも知らなかったのか」と云いました。

今では、私は三冊本をもらって、その小さな字の本を、何べんも何べんも読みました。助八さんはあまり物を云いませんけれど、それでも長い間には色々なことを教えて下さいました、この本は助八さんの十倍も又色々のことを教えて下さいました。それで外《ほか》のことは知りませんが、本に書いてあることはハッキリ知って居ります。その本には沢山人間や何かの絵もかいてありました。それですから、人間というもののあたり前の形も今では分りますが、その時は妙に思うばかりでした。

考えて見ますと、私もずっと小さい時から、何だか妙に思っていたことはいたのです。私には二つの、違った形の顔があって、一つの方は美しくて、一つの方は汚いのです。そして、美しい方は、私の思う通りになって、物を云うことでも、心に思った通りに云うのですが、汚い方のは、私が少しも心に思わないことを、うっかりしている時に、喋り出すのです。止めさせようとしても、少しも私の思う通りにならないのです。

くやしくなって、引搔《ひっか》いてやりますと、その顔が、怖い顔になって、呶鳴《どな》ったり、泣きだしたりします。私は少しも悲しくないのに、ポロポロ涙をこぼしたりします。そのくせ、私が悲しくて泣いている時でも、汚い方の顔は、ゲラゲラ笑っていることがあります。

思う通りにならないのは、顔ばかりでなくて、二本の手と二本の足もそうです。（私には四本の手と四本の足があります）私の思う通りになるのは右の方の二本ずつの手足だけで、左の方のは、私にさからってばかりいます。

私は考えることが出来る様になってから、ずっと、何かしばりつけられている様な、思う様にならない気持ばかりしていました。それはこの汚い顔と、云う事を聞かぬ手足があったからです。だんだん言葉が分る様になってからは、私に二つ名前のあること、美しい顔の方が秀ちゃんで、汚い顔の方が吉ちゃんだということが、どうしても妙で仕方がなかったのです。

その訳が、助八さんに教えてもらって、ようよう分りました。助八さん達が片輪ではなくて、私の方が片輪だったのです。

不幸という字は、まだ知らなんだけれど、本当に不幸という心になったのは、その時からです。私は悲しくて悲しくて、助八さんの前でワーワー泣きました。

「可哀相に、泣くんじゃないよ。わしはね、歌の外は何も教えてはならんと、言いつけられているので、詳しいことは云えぬが、お前達はよくよく悪い月日のもとに生れ合わせたんだよ。ふたごと云ってね。お前達はお母さんの腹の中で、二人の子供が一つにくっついてしまって、生れて来たんだよ。だが、切り離すと死んでしまうから、そのままで育てられたのだよ」

助八さんがそう云いました。私はお母さんの腹の中ということが、よく分らないので、尋ねましたが、助八さんは、黙って涙ぐんでいるばかりで、何も云わないのです。私は今でも、お母さんの腹の中の言葉をよく覚えていますが、その訳は教えてくれないので、少しも知りません。

片輪者というのは、ひどく人に嫌われるものに違いありません。助八さんとおとしさんの外には、きっとその外にも人がいるのですが、誰も私の側へ来てくれません。そして私も外《そと》へ出られないのです。そんなに嫌われる位なら、いっそ死んだ方がいいと思います。死ぬということは、助八さんは教えてくれませんけれど、本で読みました。辛抱出来ない程痛いことをすれば、死ぬのだと思います。

向うで、そんなに私を嫌うなら、こちらでも嫌ってやれ憎んでやれという考《かんがえ》が、つい近頃出来て来ました。それで、私は、近頃は、私と違った形の、あたり前の人を、心の内で片輪者と云ってやります。書く時にもそう書いてやります。

鋸《のこぎり》と鏡

〔註、この間に幼年時代の思出《おもいで》数々記しあれど略す〕

助八さんは、よいお爺さんだと云うことがだんだん分って来ました。けれども、よいお爺さんではありますけれども、誰か外の人から（ひょっとしたら神さまかも知れません。それでなければ、あの怖い「お父つぁん」かも知れません）やさしくしてはならんと、いいつけられているのだということが、よくよく分って来ました。

私は（秀ちゃんも吉ちゃんも）話がしたくて仕様がないのに、助八さんは歌を教えてしまうと、私が悲しんでも、知らん顔をして行ってしまいます。長い間ですから、時々話をすることもありますが、少し少し喋ると、何か目に見えないものが、口をふさぎに来た様に、黙ってしまいます。「馬鹿」のおよねさんの方が、よっぽど沢山喋りました。けれども、私の聞き度いことは、少ししか云いませなんだ。

字や物の名や、人間の心のことを覚えたのは、たいがい助八さんに教えてもらったのですが、助八さんは「わしは学問がないのでいかぬ」と申されましたから、字も沢山は教えてもらいません。

ある時助八さんが三冊本を持って上って来て、「こんな本がわしの行李《こうり》の中に残っていたから、絵でも見るがいい。わしにも読めぬから、お前にはとても字を読むことは出来ないけれど、わしが色々な話をすると、ひどい目に合わされるから、この本を読めなくても、読んでいる間には、お前のよい話相手になるだろうから」と云って、三冊の本を下さいました。

本の名は「子供世界」[*9]と「太陽」[*10]と「思出の記」[*11]です。表紙に大きな字で書いてありますから、本の名だと思います。「子供世界」というのは面白い、絵の沢山ある本で、一番よく読めました。「太陽」は色々なことが並べて書いてあります。半分位は今でもむずかしくて分りません。「思出の記」というのも、悲しい楽しい本です。度々読むと、この本が一番好きになりました。それでも沢山分らない所があります。助八さんに尋ねても、分ることも、分らぬこともあります。

絵も、字で書いてあることも、遠い遠い所の、まるで私とは違ったことばかりですから、分る所でも本当に分っているのではありません。夢みたいに思えるばかりです。それから、遠い所にある世界には、もっともっと、私の知っている百倍も、色々な物や考え方や字などがあるのだそうですが、私は三冊の本と、助八さんの少しの話丈けしか知りませんから、「子供世界」に書いてある太郎という子供でさえ知っていることで、私の少しも知らない様なことが、沢山沢山あるでしょうと思います。世界では、学校というものがあって、小さい子供にでも沢山沢山教えて下さるのだそうですから。

本を貰いましたのは、助八さんが来る様になってから、二年位あとでしたから、私の十二位の年かも知れません。けれども、貰ってから二年か三年は、読んでも読んでも、分らぬことばかりでした。助八さんに訳をたずねても、教えて下さる時は少しで、あとはたいがいおとしさんの唖みたいに、返事をしなさいませんでした。

本が少し読める様になったのと、本当に悲しい心が分る様になったのと、同じでした。片輪というものが、どの位悲しいものかということが、一日ずつ、ハッキリハッキリ分って来ました。

私が書いているのは、秀ちゃんの方の心です。吉ちゃんの心は、私の思っている様に別々なものとすると、秀ちゃんには分りません。書いているのは、秀ちゃんの方の手なのですから。けれども、壁の向うの音が聞える位には吉ちゃんの心も分ります。

私の心は、吉ちゃんの方が、秀ちゃんよりも、よっぽど片輪です。吉ちゃんは本も秀ちゃんの様に読めませんし、お話をしても、秀ちゃんの知っていることを、沢山知りません。吉ちゃんは力だけ強いのです。

それですけれども、吉ちゃんの心も、私が片輪者だということを、ハッキリハッキリ知って居ります。吉ちゃんと秀ちゃんは、そのことを話しする間は、喧嘩をしません。悲しいことばかり話します。

一番悲しかったことを書きます。

ある時御飯のお菜《かず》に、知らぬお肴《さかな》がついて居りましたので、あとで助八さんにお肴の名を聞きましたら、章魚《たこ》と申しました。章魚というのは、どんな形ですかと尋ねますと、足の八つあるいやな形の魚だと申しました。

そうすると、私は人間よりも章魚に似ているのだと思いました。私は手足が八つあります。章魚の頭は幾つあるか知りませんが、私は頭の二つある章魚の様なものです。

それから章魚の夢ばかり見ました。本当の章魚の形を知りませんものですから、小さい私の様な形のものだと思って、その形の夢を見ました。その形のものが、沢山沢山、海の水の中を歩いている夢を見ました。

それから少しして、私の身体を二つに切ることを考え始めました。よくしらべて見ますと、私の身体の右の方の半分は、顔も手も足も腹も秀ちゃんの思う様になりますが、左の半分は顔も手も足も少しも秀ちゃんの思う様になりません。左の方には、吉ちゃんの心が這入っているからだと思います。それですから、身体を半分に切ってしまったら、一人の私が、二人の別々の人間になれると思いました。助八さんとおとしさんの様に、別々の秀ちゃんと吉ちゃんになって、勝手に動いたり、考えたり、眠ったり出来ると思いました。そうなれたらどんなに嬉しいでしょうと思いました。

秀ちゃんと吉ちゃんを別の人間としますと、秀ちゃんのお尻の左側と、吉ちゃんのお尻の右側とが、一つになってしまっているのです。そこを切ればちょうど二人の人間になれます。

ある時、秀ちゃんが吉ちゃんに、この考えを話しましたら、吉ちゃんも喜んでそうしようと申しました。けれども、切る物がありません。のこぎりとか庖丁《ほうちょう》とかいうものを知って居りますが、まだ見たことがありません。そうすると、吉ちゃんが、喰いついて切ろうと申しました。秀ちゃんが、そんなことは出来ませんと云うのに、吉ちゃんは、えらい力で喰いつきましたが、私はキャッと云って、大きな声でなき出しました。秀ちゃんの顔も、吉ちゃんの顔も、一っしょに泣き出しました。それで、吉ちゃんは一ぺんだけでこりてしまいました。一ぺんこりても、又片輪者のことを思い出したり、喧嘩をしたりして、悲しくなりますと、又切ろうと思いました。ある時、助八さんにのこぎりを持って来て下さいと申しましたら、助八さんは、何をするのかと聞きましたから、私を二つに切ると申しましたら、助八さんはびっくりして、そんなことをしたら死んでしまうと申しました。死んでもいいからと云って、ワアワア泣いて頼んでも、どうしても聞いて下さいませんでした。

（中略）

本がよく読める様になった時分に、私は（秀ちゃんの方です）お化粧という言葉を覚えました。「子供世界」の絵の女の子の様に、身体や着物を美くしくすることと思いましたので、助八さんに聞きますと、頭の髪を結んだり、おしろいという粉をつけることだと申しました。それを持って来て下さいと申しますと、助八さんは笑いました。そして、可愛想にお前もやっぱり女の子だからなあと申しました。又、けれども、風呂に這入ったことがない様では、おしろいなんてつけられぬと申しました。

私は風呂というものを聞いて知って居りましたけれど、見たことがありません。一月《ひとつき》に一度位、おとしさんが（それも内しょだということですが）たらいにお湯を入れて、下の板敷きへ持って来て下さいますので、私はそのお湯で身体を洗うばかりです。

助八さんはお化粧するには、鏡というものが要ることも教えて下さいましたが、助八さんは鏡を持っていないから、見せて貰うことは出来ませなんだ。

けれども、私があんまり頼むものですから、助八さんは、これでも鏡の代りになるからと云って、ガラスというものを持って来て下さいました。それを壁に立てて覗いて見ますと、水に映るよりも、よっぽどハッキリと、私の顔が見えました。

秀ちゃんの顔は、「子供世界」の絵の女の子よりも、ずっと汚いけれども、吉ちゃんよりは、よっぽど綺麗ですし、助八さんや、おとしさんや、およねさんよりも、よっぽど綺麗です。それですから、ガラスを見てから、秀ちゃんは大層嬉しくなりました。顔を洗って、おしろいをつけて、髪を綺麗に結んだら、絵の女の子位になれるかも知れんと思いました。

おしろいはなかったけれど、朝水で顔を洗う時、一生懸命にこすって、顔を綺麗にしようと思いました。頭の髪も、ガラスを見て、自分で考えて、絵に書いてある様な風に結ぶことを習いました。初めは下手でしたけれど、だんだん髪の形が絵に似て来るようになりました。私が髪を結んでいる時に唖のおとしさんが来ると、おとしさんも手伝って下さいました。秀ちゃんがだんだん綺麗になって行くのが、嬉しくて嬉しくて仕様がありませなんだ。

吉ちゃんは、ガラスを見ることも、綺麗になることも好きでないものですから、秀ちゃんの邪魔ばかりしましたが、それでも時々「秀ちゃんは綺麗だなあ」と云って、ほめました。けれども、綺麗になる程、秀ちゃんは、前よりももっと片輪者が悲しくなりました。いくら秀ちゃんだけ綺麗にしても、半分の吉ちゃんが汚いし、身体の巾があたり前の人の倍もありますし、着物も汚いし、秀ちゃんの顔だけ綺麗にしても、悲しくなるばかりです。それでも、吉ちゃんの顔だけでも、綺麗にしようと思って、秀ちゃんが水でこすったり、髪を結んだりしてやりますと、吉ちゃんは怒り出すのです。何という分らない吉ちゃんでしょうか。

（中略）

恐ろしき恋

秀ちゃんと吉ちゃんの心のことを書きます。

前に書いたように、秀ちゃんと吉ちゃんは、身体は一つです、心は二つです。切り離してしまえば、別々の人間になれる程です。私は、だんだん色々なことが分って来たものですから、今までの様に、両方とも自分だと思うことが少しになって、秀ちゃんと吉ちゃんは、本当は別々の人間だけれど、ただお尻の所でくっついている丈けですと思う様になって来ました。

それで、主に秀ちゃんの心の方を書きますが、その心を隠さずに書くと、吉ちゃんの方が怒るに極《きま》って居ります。吉ちゃんは、字が秀ちゃんの様に読めませんから、少しはいいけれど、それでもこの頃は疑い深いから心配です。それで、秀ちゃんは、吉ちゃんが眠っている間に、そっと身体を曲げて、内しょで書くことにしました。

先ず初めから書きます。小さい時分は、片輪ですから、思うようにならないものですから、それが腹が立って、我儘《わがまま》を云い合って、喧嘩ばかりして居りましたが、心が苦しかったり悲しかったりすることはありませなんだ。

片輪ということが、ハッキリ分ってからは、喧嘩をしても今までのように、ひどい喧嘩はしませなんだ。それでも、だんだん違った、心の苦しいことが出来て来ました。秀ちゃんは、片輪というものが汚くて憎いと思いました。それですから自分が汚くて憎いのです。そして、一番一番汚くて憎いのは、吉ちゃんです。吉ちゃんの顔や身体が、いつでもいつでも、秀ちゃんの横にちゃんと食《く》ついているかと思うと、いやでいやで、憎らしくて憎らしくて、何ともいえない気持になりました。吉ちゃんの方でも同じでしょうと思います。それで、ひどい喧嘩はしません代りに、心の中では、今までの何倍も喧嘩をして居りました。

（中略）

私の身体の半分ずつが、どこやら違っていることを、ハッキリ心に思うようになったのは、一年位前からです。たらいで身体を洗う時に、一番よく分りました。吉ちゃんの方は、顔が汚いし、手も足も力が強くてゴツゴツしています。色も黒いのです。秀ちゃんの方は色が白くて、手や足が柔かいし、二つの丸い乳……………………………
吉ちゃんの方が「男」で、秀ちゃんの方が「女」ということは、ずっと前から助八さんに聞いて知っていましたが、その訳が一年位前から、分りかけて来ましたのです。「思出の記」の今まで分らなんだ所が、沢山分って来る様に思われました。
〔註、所謂暹羅《シャム》の兄弟に類する癒合双体《ゆごうそうたい》の生存を保ちし例は、間々《まま》なきにあらねど、この記事の主人公の如きは、医学上甚だ解《かい》し難き点あり。賢明なる読者は、已にある秘密を推し給いしならん〕
二人の人間のくっついた片輪だものですから、私は一日に五度も六度も、あたり前の人の倍も梯子《はしご》をおりて、（中略）
そのうちに、秀ちゃんの方に今までと違ったことが起って来ました。（中略）私はびっくりして、死ぬのではないかと思って、ワーワー泣き出しました。助八さんが来て、訳を云って下さるまでは、心配でしっかりと吉ちゃんの首にしがみついて居りました。
吉ちゃんの方にも、もっともっと違ったことが起って来ました。吉ちゃんの声が太くなって、助八さんの声の様になって来たのもそうですが、吉ちゃんの心がひどく変って来たのです。
吉ちゃんは手の指でも、力は強いけれど、細かいことは出来ません。三味線でも、秀ちゃんみたいに、かん所《どころ》がよく分りませんし、歌でも、声が大きいばかりで、ふしが妙です。その訳は、吉ちゃんの心があらくて、細かいことが、よく分らないためでしょうと思います。それですから、秀ちゃんが十《とお》ものを考える間に、吉ちゃんは一つ位しか考えられません。その代りに、考えたことを、すぐ喋ったり、手でやったりいたします。

吉ちゃんはある時「秀ちゃんは、今でも別々の人間になりたいか。ここの所を切り離したいか。吉ちゃんは、もうそんなことはしたくないよ。こんな風にくっついている方が、よっぽど嬉しいよ」と申しました。そして、涙ぐんで、赤い顔をいたしました。

なぜか知りませんが、その時秀ちゃんも顔があつくなって来ました。そして、今まで一度も知らなんだ様な、妙な妙な気持がしました。

吉ちゃんは、少しも秀ちゃんをいじめぬ様になりました。ガラスの前でお化粧する時にも、朝、顔を洗う時にも、夜蒲団を敷く時にも、少しも邪魔をしませんで、お手伝いをいたしました。何かすることは、みんな「吉ちゃんがするからいいよ」と申して、秀ちゃんが楽な様に楽な様にといたしました。

秀ちゃんが、三味線を弾いて、歌を歌って居りますと、吉ちゃんは、今までの様に、あばれたり呶鳴ったりしませんで、じっとして、秀ちゃんの口の動くのを、見つめて居りました。秀ちゃんが髪を結ぶ時でも、同じでした。そして、うるさい程、「吉ちゃんは秀ちゃんが好きだよ。本当に好きだよ。秀ちゃんも吉ちゃんが好きだろう」と、いつもいつも申しました。

今まででも、左側の吉ちゃんの手や足が、右側の秀ちゃんの身体に触ることは沢山ありましたが、同じ触るのでも、違った触り方をする様になりました。ゴツゴツと触るのではありませんが、虫が這っている様に、ソッと撫でたり、摑んだりいたします。それですけれども、そこの所が熱くなって、トントンと血の音が分るのです。

秀ちゃんは、夜びっくりして、眼をさますことがあります。暖い生きものが、身体中を這い廻っている様な気持がして、ゾッとして眼を醒すのです。夜はまっ暗で分りませんから、「吉ちゃん起きていたの」と聞きますと、吉ちゃんは、じっとしてしまって、返事もいたしません。左側に寝ている吉ちゃんの、いきや血の音が、肉を伝《つたわ》って、秀ちゃんの身体に響いてくるばかりです。

ある晩、寝ている時、吉ちゃんがひどいことをいたしました。秀ちゃんは、それから、吉ちゃんが嫌いで嫌いで仕様がない様になりました。殺してしまい度い位嫌いになりました。

秀ちゃんは、その時寝ていていきがつまり相《そう》になって、死んでしまうのではないかと思って、びっくりして眼を醒しました。そうしますと、吉ちゃんの顔が秀ちゃんの顔の上に重なって、吉ちゃんの唇が秀ちゃんの唇をおさえつけて、いきが出来ぬ様になっていたのです。けれども、吉ちゃんと秀ちゃんとは、腰の横の所でくっついて居りますので、身体を重ねることが出来ません。顔を重ねるのでも、よっぽどむずかしいのです。それを、吉ちゃんは、骨が折れてしまう程、身体をねじまげて、一生懸命に顔を重ねて居りました。秀ちゃんの胸が横の方からひどく押されるのと、腰の所の肉が、ちぎれる程引ぱっているので、死ぬ程苦しいのです。秀ちゃんは「いやだいやだ吉ちゃん嫌いだ」と申して、めちゃくちゃに、吉ちゃんの顔を引掻きました。それでも、吉ちゃんは、いつもの様に、喧嘩をしませんで、黙って顔をはなして寝てしまいました。

朝になりますと、吉ちゃんの顔が傷だらけになっていましたが、それでも吉ちゃんは怒りませんで、一日悲しい顔をして居りました。（中略）

〔註、この不具者は羞恥を知らざるが故に、以下露骨なる記事多ければ、凡て略しつ〕

私一人丈けで勝手に寝たり起きたり考えたり出来たら、どんなに気持がいいでしょうと、あたり前の人間を羨ましく羨ましく思いました。

せめて、本を読む時と、字を書く時と、窓から海の方を見ている時丈けでも、吉ちゃんの身体が離れてほしいと思いました。いつでもいつでも、吉ちゃんのいやな血の音が響いていますし、吉ちゃんの匂《におい》がしていますし、身体を動かすたんびに、ああ私は悲しい片輪者だと思い出すのです。此頃《このごろ》では、吉ちゃんのギラギラした目が、顔の横から、いつでも秀ちゃんを見て居ります。鼻いきの音がうるさく聞えますし、怖いような匂がしますし、私はいやでいやでたまりません。

ある時吉ちゃんが、オンオン泣きながら、こんなことを申しました。それで、私は少し吉ちゃんが可愛想になりました。

「吉ちゃんは秀ちゃんが好きで好きでたまらんのに、秀ちゃんは吉ちゃんが嫌いだもの、どうしよう、どうしよう。いくら嫌われても、離れることは出来んし、離れなんだら、秀ちゃんの綺麗な顔やいい匂がいつでもしているし」と申して泣きました。

吉ちゃんは、しまいに無茶苦茶になって、私がいくらいやいやと申しても、力ずくで、秀ちゃんを抱きしめようといたしますが、身体が横にくっついているものですから、どうしても思う様になりません。それで私はいい気味だと思いますが、吉ちゃんはよっぽど腹が立つと見えて、顔に一杯汗を出して、ギャアギャア呶鳴《どな》って居ります。

それですから、よく考えて見ますと、秀ちゃんも吉ちゃんも、同じ様に、片輪者を悲しく悲しく思って居るのです。

吉ちゃんの一番いやなことを二つ書きます。吉ちゃんは此頃毎日位…………………癖になりました。見るのが胸がむかむかする位いですから、見えぬ様にして居りますが、吉ちゃんのいやな匂や無茶苦茶な動き方が伝わって来ますので、死ぬ位いやに思います。

又、吉ちゃんは、力が強いものですから、いつでも好きな時に、力ずくで、吉ちゃんの顔と秀ちゃんの顔と重ねて、秀ちゃんが泣出そうとしても、口を押えて声の出ぬ様にいたします。吉ちゃんのギラギラする大きな目が、秀ちゃんの目にくっついてしまって、鼻も口もいきが出来ぬ様になって、死ぬ程苦しいのです。

それですから、秀ちゃんは、毎日毎日、泣いてばっかり居ります。（中略）

奇妙な通信

毎日一枚か二枚ほか書けませんので、書き始めてから、もう一月《ひとつき》位になりました。夏になりましたので、汗が流れて仕方がありません。

こんなに長く書くのは生れてから始めてですし、思い出すことや、考えることが下手ですからずっと前のことや近頃のことが、あべこべになってしまいます。

これから、私の住んでいる土蔵が、牢屋《ろうや》というものに似ていることを書きます。

「子供世界」の本の中に、悪いことをせぬ人が、牢屋というものに入れられて、悲しい思いをすることが書いてありました。牢屋というものはどんなものか知りませんが、私の住んでいる土蔵と似ている様に思いました。

あたり前の子供は、父や母と同じ所に住んで、一しょに御飯をたべたり、お話をしたり、遊んだりするものではないかと思いました。「子供世界」にそのような絵が沢山書いてありました。これは遠い所にある世界だけのことでしょうか。私にも父や母があるなら、同じ様に、楽しく一しょに住むことが出来るのではありませんでしょうか。

助八さんは、父や母のことを聞いても、ハッキリ教えて下さいません。怖い「お父つぁん」に逢わせて下さいとたのんでも、逢わせて下さいません。

男と女ということが、ハッキリ分らない前には、吉ちゃんと、よくこのことをお話いたしました。私はいやな片輪者ですから、父も母も、私を嫌って、こんな土蔵の中へ入れて、私の形が、外《ほか》の人に見えぬ様になさったのかも知れません。それでも、目の見えぬ片輪者や、唖の片輪者が、父や母と一しょに住んでいることが、本に書いてあります。父や母は、片輪者の子供は、あたり前の子供よりも、可哀想ですから、大層大層やさしくして下さいますことが、書いてあります。なぜ私だけはそうして下さいませんのでしょうか。助八さんにたずねましたら、助八さんは涙ぐんで「お前の運が悪いのだよ」と申しました。外のことは少しも教えて下さいませなんだ。

土蔵の外《そと》へ出たい心は、秀ちゃんも吉ちゃんも同じでしたが、土蔵の厚い壁の様な戸を、手が痛くなる程叩いたり、助八さんやおとしさんの出る時に、一しょに出るといって、あばれ廻るのは、いつでも吉ちゃんの方でした。そうすると、助八さんは、吉ちゃんの頬をひどく叩いて、私を柱にしばりつけてしまいました。その上に、外へ出ようと思って、あばれた時には、御飯が一ぺんだけたべられないのです。

それで、私は助八さんやおとしさんに内しょで、外へ出ることを、一生懸命に考えました。吉ちゃんとそのことばかり相談いたしました。

ある時、私は窓の鉄の棒をはずすことを考えました。棒のはまっている、白い土を掘って、鉄棒をはずそうとしたのです。吉ちゃんと、秀ちゃんと、代り番こに、指の先から血が出る程、長い間土を掘りました。そして、とうとう一本の棒の片方丈《かたっぽう》けはずしてしまいましたが、すぐ助八さんに見つかって、一日ご飯がたべられませんでした。

（中略）

どうしても、こうしても、土蔵の外へ出ることは出来ないと、思ってしまいましたら、悲しくて、悲しくて、暫くの間は、私は毎日毎日、背のびをして、窓の外ばかり見て居りました。

海はいつもの様に、キラキラと光って居りました。原っぱには、何もなくて、風が草を動かして居りました。海の音がドウドウと、悲しく聞えて居りました。あの海の向うに世界があるのかと思いますと、鳥の様に飛んで行けたらいいでしょうと思いました。けれども、私みたいな片輪者が、世界へ行きましたら、どんな目に合わされるか知れないと思いますと、怖くなりました。

海の向うの方に、青い山の様なものが見えて居ります。助八さんがいつか、「あれは岬というもので、ちょうど牛が寝ている形だ」と申しました。牛の絵は見たことがありますが、牛が寝たらあんな形になるのかしらんと思いました。又、あの岬という山が、世界の端っこか知らんと思いました。遠くの遠くの方を、いつまでもじっと見ていますと、目がぼうっとかすんで来て、知らぬ間に涙が流れています。

（中略）

父も母もなく、牢屋の様な土蔵におしこめられて、生れてから一度も、外の広い所へ出たことがないという「不幸」だけでも、悲しくて悲しくて、死んでしまいたい程ですのに、近頃では、その外に、吉ちゃんがいやないやなことをしますので、時々、吉ちゃんを絞め殺してやろうかと思うことがあります。吉ちゃんが死ねば、きっと秀ちゃんも一しょに死んでしまいますでしょうから。

ある時、本当に吉ちゃんの首をしめて、吉ちゃんが死に相になったことがありますから、そのことを書きます。

ある晩寝ていますと時、吉ちゃんが、百足《むかで》が半分にちぎられた時の様に、本当に、無茶苦茶にはね廻りました。あんまりひどくあばれるので、病気になったのかと思った位です。秀ちゃんが好きで好きで仕様がないと云って、秀ちゃんの首や胸をしめつけたり、足をねじまげたり、顔を重ねたりして、無茶苦茶にもがき廻るのです。そして（中略）私はゾッとする程汚い嫌な気持がしました。そして、吉ちゃんが、憎らしくて憎らしくてたまらない様になりました。それで、私は本当に殺すつもりで、ワッと泣き出して、吉ちゃんの首を、二つの手で、グングン締めつけました。

吉ちゃんは苦しがって、前よりもひどくあばれました。私は蒲団をはねのけてしまって、畳の上を、端から端へ転げ廻りました。四つの手と四つの足を、めちゃくちゃに、振り廻しながら、ワーワー泣きながら、転がりました。助八さんが来て、私を動かぬ様に押えてしまうまで、そうして居りました。

そのあくる日から、吉ちゃんは、少しおとなしくなりました。

（中略）

私はもうもう、死んでしまいたい。死んでしまいたい。神様助けて下さい。神様どうか私を殺して下さい。

（中略）

今日、窓の外に音がしたものですから、覗いて見ますと、窓のすぐ下の塀の外に、人間が立って、窓の方を見上げて居りました。大きい、肥えた男の人間です。「子供世界」の絵にある様な、妙な着物を着て居りましたから、遠くの世界の人間かも知れないと思いました。

私は大きな声で「お前は誰だ」と云いましたが、その人間は何も云わず、じっと私を見て居りました。何となくやさし相《そう》な人に見えました。私は色々な事が話したいと思いましたが、吉ちゃんが怖い顔をして邪魔をしますし、大きな声を出して助八さんに聞えると大変ですから、ただその人の顔を見て笑ったばかりです。そうしますと、その人も私の顔を見て笑いました。

その人が行ってしまうと、私は俄《にわ》かに悲しくなりました。そして、どうかもう一度来て下さいと、神様にお願いしました。

それから、私はいいことを思い出しました。若しあの人がもう一度来て下さったら、話は出来ませんけれども、遠くの世界の人間は、手紙というものを書くことが本に書いてありましたから、私は字を書いて、あの人に見せようと思いました。けれども、手紙を書くのには長い間かかりますから、この帳面をあの人の側《そば》へ投げてやる方がいいと思いました。あの人はきっと字がよめましょうから、この帳面を拾って、私の不幸な不幸なことを知って、神様の様に助けて下さるかも知れません。

どうかもう一度、あの人が来て下さいますように。

雑記帳の記事は、そこでポッツリと切れていた。

読者に解り易いために、原文の仮名違いや当て字や、どこの訛りかはしらぬけれど、ひどい田舎訛りを大体東京弁に訂正したので、原文の無気味な調子を、そのまま伝えていないかも知れぬ。読者は、一行一行当て字や仮名違いだらけで、文字も殆ど体を為さず、何か別世界の人類からの通信ででもある様な、汚い鉛筆書きの雑記帳を想像して下さればよい。

この雑記帳を読み終った時、私達（諸戸道雄と私と）は、暫く言葉もなく、顔を見合わせていた。

私は俗に暹羅《シャム》の兄弟と云われる、奇妙な双生児の話を聞いていないではなかった。暹羅兄弟と云うのは、シャン、エンという名前で、両方共男で、剣状軟骨部癒合双体《けんじょうなんこつぶゆごうそうたい》と名付ける畸形双生児であったが、そうした畸形児は、多くの場合死んで生れるか、出生後《しゅっしょうご》間もなく死亡するものであるのに、シャン、エンはその不思議な身体で六十三歳まで長命し、両方とも別々の女と結婚して、驚いたことには二十二人の完全な小児の父となったと云うことである。

だが、そういう例は、世界でも珍らしい程だから、まさか吾々の国に、そんな無気味な両頭生物が存在しようとは、想像もしていなかった。しかも、それが一方は男で、一方は女で、男の方が女に執念深い愛着を感じ、女は男を死ぬ程嫌い抜いているという様な、不思議千万な状態は、悪夢の中でさえも、嘗《か》つて見ぬ地獄と云わねばならぬ。

「秀ちゃんという娘は実に聡明ですね。如何に熟読したといっても、たった三冊の本から得た知識で、誤字や仮名違いはあっても、これ丈けの長い感想文を書いたのですからね。この娘は詩人でさえありますね。だが、それにしても、こんなことが、果してあり得るでしょうか。罪の深いいたずら書きじゃないでしょうね」

私は医学者諸戸の意見を聞かないではいられなかった。

「いたずら書き？　いや、恐らくそうじゃあるまいよ。深山木氏がこうして大切にしていた所を見ると、これには深い意味があるに違いない。僕はふと考えたのだが、この終りの方に書いてある、窓の下へ来たという人物は、よく肥えた、洋服姿だったらしいから、深山木氏のことじゃあるまいか」

「アア、僕も一寸そんな気がしましたよ」

「そうだとすると、深山木氏が殺される前に旅行した先というのは、この双児《ふたご》のとじこめられている土蔵のある地方だったに相違ない。そして、土蔵の窓の下へ深山木氏が現われたのは、一度ではなかった。なぜと云って、深山木氏が二度目に窓の下へ行かなんだら、双児はこの雑記帳を窓から投げなかっただろうからね」

「そう云えば、深山木さんは、旅行から帰った時、何だか恐ろしいものを見たと云っていましたが、それはこの双児のことだったのですね」

「アア、そんなことを云っていたの？　じゃ愈々《いよいよ》そうだ。深山木氏は僕達の知らない事実を握っていたのだ。そうでなければ、こんな所へ見当をつけて、旅行をする筈がないからね」

「それにしても、この可哀想な不具者を見て、何故救出《すくいだ》そうとしなかったのでしょう」

「それは分らないけれど、直ぐぶっつかって行くには、手強《てごわ》い敵だと思ったかも知れぬ。それで一度帰って、準備をととのえてから、引返す積りだったかも知れぬ」

「それは、この双児をとじこめている奴のことですね」私はその時、ふとある事に気附いて、驚いて云った。「アア、不思議な一致がありますよ。死んだ軽業少年の友之助ね、あれが、『お父つぁん』に叱られるといってましたね。この雑記帳にも『お父つぁん』という言葉がある。そして、両方とも悪い奴の様だから、若しやその『お父つぁん』というのが、元兇なんじゃありますまいか。そう考えると、この双児と今度の殺人事件との聯絡がついて来ますからね」

「そうだ。君もそこへ気がついたね。だが、それればかりじゃない。この雑記帳は、よく注意して見ると、色々な事実を語っているのだよ。実に恐ろしい」諸戸は、そう云って真底から恐ろし相な表情をした。

「若し僕の想像が当っているならば、この全体の邪悪に比べては、初代さん殺しなんか、殆ど取るに足らない程の、小さな事件なんだよ。君はまだ悟っていない様だが、この双児そのものに、世界中の誰もが考えなかった程の、恐ろしい秘密が伏在しているんだよ」

諸戸が何を考えているのか、ハッキリは分らなんだけれど、次々と現われて来る事実の奇怪さに、私は何か奥底の知れぬ不気味なものを感じないではいられなかった。諸戸は青い顔をして考え込んでいた。その様子が、彼自身の心の中を、深く深く覗き込んでいると云った感じであった。私も雑記帳を弄《もてあそ》びながら、黙想に耽っていた。だが、そうしている内に、私はある驚くべき聯想にぶっつかって、ハッとして我に返った。

「諸戸さん。どうも妙ですよ。又一つ不思議な一致を思いつきましたよ。それはね。あなたにはまだ話さなかったか知らんが、初代さんがね、捨て子になる前の、二つか三つの時分の、夢の様な思出話をしたことがあるんです。何だか荒れ果てた淋しい海辺に、妙な古めかしい城みたいな邸があって、そこの断崖になった海岸で、初代さんが生れたばかりの赤ちゃんと遊んでいる景色なんです。そういう景色を夢の様に覚えているというのです。私はその時そこの景色を想像して絵に描いて初代さんに見せたところが、そっくりだというものですから、その絵を大切にしていたんですが、いつか深山木さんに見せて、そのまま忘れて来てしまったのです。でも、僕はハッキリ覚えてますから、今でも書くことが出来ますよ。ところで、不思議な一致というのは、初代さんの話では、その海の遥か向うの方に、牛の寝た形の陸地が見えていた相ですが、この雑記帳にも、土蔵の窓から海を見ると、向うに牛の寝た姿の岬があると書いてあるじゃありませんか。牛の寝た様な岬はどこにでもあるでしょうから、偶然の一致かも知れないけれど、海岸の荒れ果てた様子といい、海の形容と云い、この文章は、初代さんの話そっくりなんです。暗号文を隠した系図帳を初代さんが持っていた。それを盗もうとした賊とこの双児とは何か関係があるらしい。そして、初代さんも双児も、同じ様な牛の形の陸地を見たという。とすると、それは何となく同一の場所の様に思われるじゃありませんか」

この私の話の半《なか》ばから、諸戸はまるで幽霊にでも出逢った人みたいな、一種異様な恐怖の表情を示したが、私が言葉を切ると、ひどくせき込んだ調子で、その海岸の景色をここで描いて見せてくれと云った。そして、私が鉛筆と手帳を出して、ザッとその想像図を描くと、それを引《ひっ》たくる様にして、長い間画面に見入っていたが、やがて、フラフラと立上って、帰り支度をしながら、云った。

「僕は今日は頭がメチャメチャになって、考えが纏《まと》まらぬ。もう帰る。明日《あす》僕の家へ来てくれ給え。今ここでは、怖くて話せないことがあるんだから」そう云い捨てて、彼は私の存在を忘れたかの如く、挨拶も残さず、ヨロヨロとよろめきながら、階段を降りて行くのであった。

北川刑事と一寸法師

私は諸戸の異様な挙動を理解することが出来なくて、独り取残されたまま、暫くはぼんやりしていたが、諸戸は、「明日来てくれ、その時すっかり話をする」と云ったのだから、兎も角、私は一先《ひとま》ず帰宅して明日を待つ外はなかった。

だが、この神田の家へ来る道さえ、乃木将軍の像を古新聞などに包んで、用心に用心を重ねた位だから、その中に入っていた大切な二品を、私の自宅へ持帰るのは、非常に危険なことに相違ない。私は左程《さほど》にも感じぬけれど、死んだ深山木といい、諸戸といい、曲者はただこの品物を手に入れたいばっかりに、人を殺したのだと云っている。それにも拘らず、今諸戸が、この品物の処分法を指図もしないで、喪心《そうしん》の体《てい》で立去ったというのは、よくよくの事情があったことであろう。そこで、私は色々考えた末、曲者はまさかこのレストランの二階まで感づいていないだろうと思ったので、二冊の帳面を、そこの長押《なげし》に懸けてあった、古い額の、表装の破れ目から、ぐっと押こんで、一寸見たのでは少しも分らぬ様にして置いて、何食わぬ顔で、そのまま自宅に立帰ったのである。(だが、この私の即興的な――内心いさ

さか得意であった隠し場所が、決して安全なものでなかったことが、あとで分った）
それから翌日のお昼頃、私が諸戸を訪問するまで、別段のお話もない。その間を利用して、一寸変った書き方をして、私が直接見聞したことではないけれど、ずっと後になって、本人の口から聞知った所の、北川《きたがわ》という刑事巡査の苦心談を、ここにはさんで置くことにする。時間的にも、丁度この辺の所で、起った出来事なのだから。
北川氏は先日の友之助殺しに関係した池袋署の刑事であったが、他の警察官達とは少しばかり違った考え方をする男であったから、この事件に対する諸戸の意見をも真に受けた程で、署長の許しを乞い、警視庁の人達さえ手を引いてしまったあとまでも、根気よく尾崎《おざき》曲馬団（例の鶯谷に興行していた友之助の曲馬団のこと）のあとをつけ廻して、困難な探偵を続けていた。
その時分尾崎曲馬団は、逃げる様に鶯谷を打上げて、遠方の静岡県のある町で興行していたが、北川刑事は、殆ど曲馬団と一緒に、その地へ出張して、みすぼらしい労働者に風を変えて、もう一週間ばかりも、探索に従事していた。一週間といっても、引越しや、小屋組みで四五日もかかったので、客を呼ぶようになったのはつい二三日前であったが、北川氏は臨時傭いの人足になって、小屋組みの手伝いまでして、座員と懇意《こんい》になることを努《つと》めたから、若し彼等の間に秘密があれば、とっくに知れていなければならぬ筈なのに、不思議と何の手掛りを掴むことも出来なかった。「友之助が七月五日に鎌倉へ行ったことがあるか」「その時誰が連れて行ったか」「友之助の背後に八十位の腰の曲った老人がいないか」などということを、一人一人に当って、それとなく尋ねて見たけれど、誰もかれも知らぬと答えるばかりであった。しかもその様子が決して嘘らしくはなかったのである。

一座の道化役《どうけやく》に、一人の小人がいた。三十歳の癖に七八歳の少年の背丈《せい》で、顔ばかりが、本当の年よりもふけて見える様な、無気味な片輪者で、そんな男にあり勝ちの低能者であった。北川氏は最初この男丈けは別物にして、懇意になろうとも、物を尋ねようともしなかったが、段々日がたつにつれて、この小人は低能には相違ないけれど、仲々邪推深く、嫉妬もすれば、ある場合には、普通人も及ばぬ悪戯もする。ひょっとしたら、態と低能を装って、それを一種の保護色なり擬態なりにしているのではないかしら、ということが分って来たので、却ってこんな男に尋ねて見たら、案外何かの手掛りが掴めるかも知れぬと思う様になった。そこで、北川氏は根気よくこの小人を手なずけて、もう大丈夫と思った時分に、ある日次の様な問答を交したのだが、私がここへはさんで、記して置き度いというのは、この変てこな問答のことなのである。

それはよく晴れた星の多い晩であったが、打出しになって、あと片づけも済んだ時分、小人は話相手もないものだから、テントの外に出て、一人ぼっちで涼んでいた。北川氏はこの好機をのがさず、彼に近寄り、暗い野天で無駄話を始めたものである。つまらぬ世間話から、深山木氏が殺された、問題の日の出来事に移って行った。北川氏はその日、鶯谷で曲馬団の客になって、見物していたと偽《いつわ》り、出鱈目《でたらめ》にその時の感想などを話したあとで、こんな風に要点に入って行った。

「あの日足芸があって、友之助ね、ホラ池袋で殺された子供ね、あの子が甕《かめ》の中へ入ってグルグル廻されるのを見たよ、あの子は本当に気の毒なことだったね」

「ウン、友之助かい。可哀想なはあの子でございよ、とうとうやられちゃった。ブルブルブルブル。だがね、兄貴、その日に友之助の足芸があったてえな、おまはんの思い違いだっせ。俺はこう見えても、物覚えがいいんだからな。あの日はね、友之助は小屋にいなかったのさ」

小人はどこの訛《なま》りとも分らない言葉で、併し仲々雄弁に喋った。

「一両[*12]賭けてもいい。俺は確かに見た」

「駄目駄目、兄貴そりゃ日が違うんだぜ。七月五日は、特別の訳があって、俺ぁちゃんと覚えているんだ」

「日が違うもんか。七月の第一日曜じゃないか。お前こそ日が違うんだろ」

「駄目駄目」

一寸法師は闇の中で、おどけた表情をしたらしかった。

「じゃあ、友之助は病気だったのかね」

「あの野郎、病気なんぞするものかね。親方の友達が来てね、どっかへ連れてかれたんだよ」

「親方って、お父つぁんのことだね。そうだろ」と北川氏は例の友之助の所謂「お父つぁん」をよく記憶していて、探りを入れたものである。

「エ、何だって?」一寸法師は突然、非常な恐怖を示した。「お前どうしてお父つぁんを知っている」

「知らなくってさ。八十ばかりの、腰の曲ったよぼよぼのお爺さんだろ。お前達の親方ってな、そのお爺さんのことさ」

「違う違う。親方はそんなお爺《やじ》じゃありゃしない。腰なんぞ曲っているものか。お前見たことがないんだね。尤も小屋へは余り顔出しをしないけど、親方ってのは、こう、ひどい傴僂のまだ三十位の若い人さ」

北川氏は、なる程傴僂だったのか、それで老人に見えたのかも知れないと思った。

「それがお父つぁんかい」

「違う違う。お父つぁんが、こんな所へ来ているものか、ずっと遠くにいらあね。親方とお父つぁんとは、別々の人なんだよ」

「別々の人だって。するとお父つぁんてのは、一体全体何者だね。お前達の何に当る人なんだね」

「何だか知らないけど、お父つぁんはお父つぁんさ。親方と同じ様な顔で、やっぱり傴僂だから、親方と親子かも知れない。だが、俺ぁ止すよ。お父つぁんのことを話しちゃいけないんだ。お前は大丈夫だと思うけど、若しお父つぁんに知れたら、俺はひどい目に合わされるからね。又箱ん中へ入れられてしまうからね」

箱の中と聞いて、北川氏は現代の一種の拷問具《ごうもんぐ》とも云うべき、ある箱のことを聯想したが、それは同氏の思違いで、一寸法師の所謂「箱」というのは、そんな拷問道具なんかより幾層倍も恐ろしい代物であったことが、あとで分った。それは兎に角、北川氏は相手が案外組しやすくて、段々話が佳境《かきよう》に入るのを、ゾクゾク嬉しがって、胸を躍らせながら、質問を進めて行った。

「で、つまり何だね。七月五日に友之助を連れてったのは、お父つぁんでなくて、親方の知合なんだね。どこへ行ったね、お前聞かなかったかね」

「友のやつ、俺と仲よしだったから、俺丈けにそっと教えてくれたよ。景色のいい海へ行って、砂遊びをしたり泳いだりしたんだって」

「鎌倉じゃないの」

「そうそう、鎌倉とかいったっけ。友のやつ親方の秘蔵っ子だったからね。ちょくちょく、いい目を見せて貰ったよ」

ここまで聞くと、北川氏は諸戸の突飛《とつぴ》な推理（初代殺しも、深山木氏を殺したのも、直接の下手人は友之助であったという）が、案外当っていることを、信じない訳には行かなかった。だが、迂闊《うかつ》に手出しをするのは考え物だ。親方というのを拘引《こういん》して、実《じつ》を吐かせるのもいいが、それでは却って、元兇を逸する様な結果になるまいものでもない。その前に彼の背後の「お父つぁん」という人物を、もっと深く研究して置く必要がある。元兇はその「お父つぁん」の方かも知れないのだから。それに、この事件は単なる殺人罪ではなくて、もっともっと複雑な恐ろしい犯罪事件かも知れぬ。北川氏は仲々の野心家であったから、すっかり自分の手で調べ上げてしまうまで、署長にも報告しない積りであった。

「お前さっき、箱の中へ入れられるって云ったね。箱って一体何だね。そんなに恐ろしいものかい」

「ブルブルブルブル、お前達の知らない地獄だよ。人間の箱詰めを見た事があるかい。手も足もしびれちまって、俺みたいな片輪者は、みんなあの箱詰めで出来るんだよ。アハハ……」

一寸法師は謎みたいなことを云って、気味悪く笑った。だが、彼は馬鹿ながらも、どこかに正気が残っていると見えて、いくら尋ねても、それ以上は冗談にしてしまって、ハッキリしたことを云わないのだ。

「お父つぁんが怖いんだな。意気地なし。だが、そのお父つぁんてな、どこにいるんだい。遠い所って」

「遠い所さ。俺ぁどこだか忘れちまった。海の向うの、ずっと遠い所だよ。地獄だよ。鬼ケ島だよ。俺ぁ思い出してもゾッとするよ。ブルブルブルブル」

という訳で、その晩は何と骨折っても、それから先へ進むことが出来なかったけれど、北川氏は自分の見込みが間違っていなかったことを確めて、大満足であった。同氏はそれから数日の間、根気よく一寸法師を手なずけ、相手が気を許して、もっと詳しい話をするのを待った。

そうしている内に、段々「お父つぁん」という人物の、えたいの知れぬ恐ろしさが、一寸法師や友之助が、あんなに恐れ戦《おのの》いた訳が、北川氏にも少しずつ分って来る様な気がした。一寸法師の物の云い方が不明瞭なので、確《たしか》な形を摑むことは出来なかったけれど、ある場合には、それは人間ではなくて、一種の不気味な獣類という感じがした。伝説の鬼というのは、こんな生物《いきもの》をさして云ったのではないかとすら思われた。一寸法師の言葉や表情が、おぼろげに、そんな感じを物語っているのだった。

又「箱」というものの意味も、ぼんやりと分って来る様であった。ほんの想像ではあったけれど、その想像にぶっつかった時、流石《さすが》の北川氏も余りの恐ろしさに、ゾッと身震いしないではいられなかった。

「俺は、生れた時から、箱の中に這入っていたんだよ。動くこともどうすることも出来ないのだよ。箱の穴から首丈け出して、ご飯をたべさせて貰ったのだよ。そしてね、箱詰めになって、船にのって、大阪へ来たんだ。大阪で箱から出たんだよ。その時俺ぁ、生れて始めて広々した所へ出されたんで、怖くって、こう縮み上ってしまったよ」

一寸法師はある時、そう云って、短い手足を生れたばかりの赤ん坊みたいに、キューッと縮めて見せるのだった。

「だけど、これは内証だよ。お前丈けに話すんだよ。だからね、お前も内証にして置かないと、ひどい目に合わされるよ。箱詰めにされっちまうよ。箱詰めにされたって俺ぁ知らないよ」

一寸法師は、さもさも怖わそうな表情で、附加えた。

北川刑事が、お上《かみ》の威力を借りず、少しも相手に感づかせぬ穏和な方法によって、「お父つぁん」という人物の正体をつきとめ、ある島に行われていた想像を絶した犯罪事件を探り出したのは、それから更に十数日《じつ》の後であったが、それはお話が進むに従って、自然読者に分って来ることだから、ここでは、警察の方でも、こうして、特志《とくし》なる一刑事の苦心によって、曲馬団の方面から探偵の歩を進めていたことを読者にお知らせするに止め、北川刑事の探偵談はこれで打切り、話を元に戻して、諸戸と私との其後の行動を書き続けることにする。

諸戸道雄の告白

神田の洋食屋の二階で、不気味な日記帳を読んだ翌日、私は約束に従って池袋の諸戸の家を訪ねた。諸戸の方でも、私を待ち受けていたと見え、書生がすぐ様例《さま》の応接間へ通した。

諸戸は室の窓や扉《ドア》を凡《すべ》て開けはなして、「こうして置けば立聞きも出来まい」と云いながら、席につくと、青ざめた顔をして、低い声で、次の様な奇妙な身の上話を始めたのである。

「僕の身の上は誰にも打あけたことがない。実を云うと僕自身でさえハッキリは分らない位だ。何故ハッキリ分らないかということを、君丈けに話して置こうと思う。そして、僕のある恐ろしい疑いをはらす仕事に、君にも協力して貰いたいのだ。その仕事というのは、つまり初代さんや深山木氏の敵《かたき》を探すことでもあるんだから。

君はきっと、今まで僕の心持ちに不審を抱いていたに違いない。例えば、何故僕が今度の事件に、こんなに熱心にかかり合っているか、何故君の競争者になって、初代さんに結婚を申込んだか、（君を慕って、君達の恋をさまたげようとしたのは本当だが、併しそれ丈けの理由ではなかったのだ。もっと深い訳があったのだ）何故僕が女を嫌って男性に執着を覚える様になったか、又、僕は何が為に医学を修《おさ》め、現にこの研究室で、どんな変てこな研究を続けているか、という様なことだ。それが、僕の身の上を話しさえすれば、凡て合点《がってん》が行くのだ。

僕はどこで生れたか、誰の子だか、まるで知らない。育ててくれた人はある。学資をみついでくれた人はある。だがその人が僕の親だか何だか分らない。少くともその人が親の心で僕を愛しているとは思えない。僕が物心を覚えた時分には、紀州《きしゅう》のある離れ島にいた。漁師の家が二三十軒ポツリポツリ建っている様な、さびれ果てた部落で、僕の家《うち》も、その中では、まるでお城みたいに大きかったけれど、ひどいあばら家だった。そこに、僕の父母と称する人がいたが、どう考えても本当の親とは思えない。顔もちっとも似ていないし、二人とも醜い傴僂の片輪者で、僕を愛してくれなかったばかりか、同じ家にいても広いものだから、父などとは殆ど顔を合わすこともない位だったし、それにひどく厳格で、何かすれば、必ず叱られる、むごい折檻《せっかん》を受けるという有様だった。

その島には小学校がなくて、規則では、一里も離れた向岸の町の学校へ通うことになっていたけれど、誰もそこまで通学するものはなかった。僕はだから、小学教育を受けていないのだ。その代り、家に親切な爺やがいて、それが僕に「いろは」の手ほどきをしてくれた。家庭がそんなだから、僕は勉強を楽しみにして、少し字が読める様になると、家にある本を手当り次第に読んだし、町へ出る序《ついで》にはそこの本屋で色々な本を買って来て勉強した。

十三の年に、非常な勇気を出して、怖い父親に、学校に入れてくれる様に頼んだ。父親は僕が勉強好きで、仲々頭のいいことを認めていたから、僕の切なる願いを聞くと、頭から叱ることをしないで、少し考えて見ると云った。そして、一月ばかりたつと、やっと許しが出た。だが、それには実に異様な条件がついていたのだ。先ず第一は、学校をやる位なら、東京に出て大学までみっしりと勉強すること、それには、東京の知合いに寄寓《きぐう》して、そこで中学校に入る準備をし、うまく入学出来たら、そのあとはずっと寄宿舎と下宿で暮すこと、というので、僕にとっては願ってもない条件だった。ちゃんと東京の知合いの松山《まつやま》という人に相談をして、その人から引受けるという手紙まで来ていた。第二の条件は、大学を出るまで国に帰らぬこと、というので、これは少々変に思ったけれど、そんな冷い家庭や、片輪者の両親などに未練はなかったから、僕はさして苦痛とも感じなかった。第三は学問は医学を勉強すること、なお医学のどの方面をやるかは、大学に入る時分に指図するが、若しその指図にそむいた場合は直ちに学資の送金を中止することというので、当時の僕にとっては大していやな条件ではなかった。

だが、段々年がたつに従って、この第二第三の条件には、非常に恐ろしい意味を含んでいたことが分って来た。第二の、僕を大学を出るまで帰らせまいとしたのは、僕の家に何かしら秘密があって、大きくなった僕に、それを感づかれまい為であったに相違ないのだ。僕の家は荒れすさんだ古城の様な感じの建物で、日のささない陰気な部屋が沢山あって、何となく気味の悪い因縁話でもあり相な感じであったし、その上、幾つかの明かずの部屋というものがあって、そこにはいつも厳重に錠前が卸《おろ》してあって、中に何があるのだか少しも分らない。庭に大きな土蔵が建っていたが、これも年中あけたことがない。僕は子供心にも、この家には、何かしら恐ろしい秘密が隠されていると感じていた程であった。又、僕の家族は、親切な爺やを除くと、一人残らず片輪者だったことも、変に薄気味が悪かった。傴僂の両親の外に、召使だか居候《いそうろう》だか分らない様な男女が四五人もいたが、それが申合せた様に、盲人だったり、唖だったり、手足の指が二本しかない低能児だったり、立つことも出来ない、水母《くらげ》の様な骨無しだったりした。それと今の明かずの部屋と結びつけて、僕は何とも云えない、ゾッとする様な不快な感じを抱いたものだ。僕が親の膝元へ帰れなくなるのを、寧ろ喜んだ気持が君にも分るでしょう。親の方でも、その秘密を感づかれない為に、僕を遠ざけようとしたのだ。それには、僕がそんな家庭にも似合わず、敏感な子供で、親達がおそれを為したせいもあるのだと思うがね。

だが、もっと恐ろしいのは第三の条件だった。僕が首尾よく大学の医科に入学した時、国の父親からの云いつけだといって、以前寄寓《きぐう》した松山という男が僕の下宿を訪ねて来た。僕はその人にある料理屋へ連れて行かれ、一晩みっしりと説法された。松山は父親の長い手紙を持っていて、その文面に基《もとづ》いて意見を述べた訳だが、一口に云えば、僕は普通の意味の医者になって金を儲けるにも及ばぬし、学者となって名をあげる必要もない。それよりも、外科学の進歩に貢献《こうけん》する様な大研究を為しとげて欲しいということであった。当時欧州大戦がすんだばかりで、滅茶苦茶になった負傷兵を、皮膚や骨の移殖によって、完全な人間にしたとか、頭蓋骨を切開して、脳髄の手術をしたり、脳髄の一部分の入替えにさえ成功したという様な、外科学上の驚くべき報告が盛んに伝えられた時分で、僕にもその方面の研究をしろという命令なのだ。これは両親が不幸な不具者である所から、一層痛切にその必要を感じる訳で、例えば手や足のない片輪者には、義手義足の代りに、本物の手足を移殖して、完全な人間にすることも出来るという様な、素人考えも混っていたのだ。

別段悪いことでもないし、若しそれを拒絶したら学資が途絶《とだ》えるので、僕は何の考えもなくこの申出《もうしいで》を承諾した。そうして、僕の呪われた研究が始まったのだ。基礎的な学課を一通り終ると、僕は動物実験に入って行った。鼠だとか兎だとか犬などを、むごたらしく傷《きず》つけたり殺したりした。ギャンギャン悲鳴を上げ、もがき苦しむ動物を、鋭いメスで切りさいなんだ。僕の研究は主として、活体解剖学という部類に属するものだった。生きながら解剖するのだ。そうして、僕は沢山の動物の片輪者を作ることに成功した。ハンタア*13という学者は鶏《にわとり》のけづめを牡牛《おうし》の首に移植したし、有名なアルゼリアの「犀《さい》の様な鼠」と云うのは、鼠の尻尾《しっぽ》を鼠の口の上に移植して成功したのだが、僕もそれに似た様々の実験をやった。蛙の足を切断して、別の蛙の足を継いで見たり、二頭のモルモットを拵《こしら》えて見たりした。脳髄の入替えをする為に、僕は何匹の兎を無駄に殺したことだろう。

人類に貢献する筈の研究が、裏から考えると、却って、飛んでもない片輪の怪物を作り出すことでもあった。そして、恐ろしいことには、僕はこの片輪者の製造に、不可思議な魅力を感じる様になって行った。動物試験に成功する毎に、父親の元にほこらしげに報告した。すると、父親からは、僕の成功を祝し、激励する長い手紙が来た。大学を卒業すると、父親はさっき云った松山を介して、僕にこの研究室を建ててくれた上、研究費用として、月々多額の金を送る様にしてくれた。それでいて、父親は僕の顔を見ようとはしないのだ。学校を卒業しても、先の条件を堅く守って、僕の帰省も許さず、自分で東京へ出て来ようともしない。僕は、この父親の一見親切らしい仕打ちが、その実、微塵《みじん》も子に対する愛から出たものでないことを感じないではいられなかった。いやそればかりではない。僕は父親のある極悪非道な目論見《もくろみ》を想像して身慄《みぶる》いした。あれは僕に顔を見られることさえ恐れているのだ。

僕が親を親と感じない訳はまだある。それは僕の母親と称する女に関してだが、その傴僂の醜悪極まる女が、僕を子としてでなく、一個の男性として愛したことだ。それを云うのは、非常に恥しい丈けでなく、ムカムカと吐き気を催す程いやなのだが、僕は十歳を越した時分から、絶間《たえま》なく母親の為に責めさいなまれた。お化けの様な大きな顔が、僕の上に襲いかかって、所嫌わず嘗《な》め廻した。その唇の感触を思出した丈けで、今でも総毛立つ程だ。あるむず痒い不快を感じて目を醒すと、いつの間にか母親が僕の寝床に添寝《そいね》していた。そして、「ね、いい子だからね」と云いながら、ここで云えない様なことを要求した。僕はあらゆる醜悪なものを見せつけられた。その堪え難い苦痛が三年も続いた。僕が家庭を離れたく思った一半《いっぱん》の理由は、実はこれなのだ。僕は女というものの汚さを見尽《みつく》した。そして、母親と同時に、あらゆる女性を汚く感じ憎悪する様になった。君も知っている僕の倒錯的な愛情はこんな所から来ているのではないかと思うのだよ。

それから、君は驚くかも知れないが、僕が初代さんに結婚を申込んだのも、実は親の命令なのだよ。君と初代さんが愛し合う前から、僕は木崎初代という女と結婚しろと命じられていた。父の手紙と例によって松山が父の使いみたいに頻々《ひんぴん》とやって来るのだ。偶然の一致とは云え、不思議な因縁だね。だが、今云う通り僕は女を憎みこそすれ、少しも結婚の意志が無かったので、親子の縁を切り、送金を絶つとさえおどかされたけれど、何とかごまかして、結婚の申込みをしないでいた。ところが、間もなく、君と初代さんの関係が分って来た。そこで、僕はガラリと気が変って、君等の邪魔をする意味で、父の命令に従う気になった。僕は松山の家へ行って、その決心を伝え、結婚の運動を進めてくれる様に頼んだ。それからのことは、君も知っている通りだ。

今これ丈けの事実を話せば、君はそこからある恐ろしい結論を引き出して来ることが出来るかも知れない。現在僕達の知っている丈けの材料があれば、おぼろげながら、一つの筋道を組立てることも不可能ではないのだ。だが、昨日あの双生児《ふたご》の日記を読むまでは、そして、君から初代さんの幼時の記憶にあったという景色のことを聞くまでは、流石《さすが》に僕も、そこまで邪推する力はなかった。それが、アア、恐ろしいことだ。昨日君の描いて見せた、荒れ果てた海岸の景色が、僕にとって、どんなに手ひどい打撃であったか。君、あの海岸の城の様な家は、この僕が十三の年まで育ったいまわしい場所に相違ないのだよ。

思い違いや偶然の符合にしては、三人の見た景色が、余りに一致し過ぎているじゃないか。初代さんは、牛の寝た形の岬を見た。城の様な廃屋を見た。壁のはげ落ちた大きな土蔵を見た。双生児も、牛の形の岬も見た。そして、彼等は大きな土蔵に住んでいた。それはどちらも、僕の育った家の景色にピッタリと一致しているのだ。しかし、この三人は別の方面でも不思議なつながりを持っている。僕に初代さんと結婚することを強要したからには、僕の父は初代さんを知っていたに相違ない。その初代さんの下手人を探偵した深山木氏が、双生児の日記を持っていた所を見ると、初代さんの事件と双生児との間には、直接か間接か、いずれにもしろ何かのひっかかりがなければならぬ。しかも、その双生児は、僕の父の家に住んでいるとかしか考えられないのだ。つまり我々三人は（その一人は双生児だから、正しく云えば四人だが）目に見えぬ悪魔の手にあやつられた、哀れな人形でしかないのだ。そして、恐ろしい邪推をすれば、その悪魔の手の持主は、外ならぬ僕の父と称する人物であるかも知れないのだよ」

諸戸はそう云って、恐怖に満ちた表情で、丁度怪談を聞いている子供がする様に、ゾッとうしろを振返るのであった。私は彼の所謂結論というのが、どんな恐ろしい事柄だか、まだまだ飲込めなかったが、諸戸の奇怪至極《しごく》な身の上話と、それを話している彼の一種異様の表情から、何かしら世の常ならぬ妖気を受けて、よく晴れた夏の真昼であったのに、ゾッと寒気を覚え、全身が鳥肌立って来るのを感じたのである。

悪魔の正体

諸戸は更らに語りつづけた。私は、蒸しあつい日であったのと、異様な昂奮の為に、全身ビッショリと、あぶら汗を流していた。

「君、今僕がどんな変てこな心持でいるか、想像出来るかい。この僕の父親がね、殺人犯人かも知れないのだ。それも二重三重の殺人鬼なんだ。ハハハハハハ、こんな変てこなことって、世の中にあるものかね」

諸戸は、気違いみたいな笑い方をした。

「だって、僕にはまだよく分らないのですが、それは君の想像に過ぎないかも知れませんよ」

私は慰める意味でなく、諸戸の云う事を信じ兼ねた。

「想像は想像だけれど、外に考え様がないのだ。僕の父は何故僕と初代さんと結婚させようとしたのだろう。それは初代さんのものが、夫である僕のものになるからだ。つまり例の系図帳が我が子のものになるからだ。そればかりではない。もっと邪推することが出来る。父は系図帳の表紙裏の暗号文を手に入れる丈けでは満足しなかったのだ。若しあの暗号文が、財宝のありかを示すものだとしたら、それ丈けを手に入れた所で、本当の所有者である初代さんはまだ生きているのだから、どんなことで、それが分って取戻されないものでもない。そこで、僕と初代さんと結婚させれば、そんな心配がなくなってしまう。財宝も、その所有権も父の家のものになる。僕の父はそんな風に考えたのではないだろうか。あの熱心な求婚運動は、そうとでも考える外に、解釈の下しようがないじゃないか」

「でも、初代さんが、そんな暗号を持っていることが、どうして分ったのでしょう」

「それはまだ、僕等に分っていない部分だ。だが、初代さんの記憶にあった例の海岸の景色から想像すると、僕の家と初代さんとは、何かの因縁で結ばれていることは確かだ。若しかしたら、僕の父は小さい時分の初代さんを知っているのだ。それが、初代さんは三つの時に大阪で捨てられたので、多分父にも最近までは行方が分らないでいたのだろう。と考えると、初代さんが暗号文を持っていることを、父が知っていたとしても、少しも不合理ではない。

まあ聞き給え。それから、あらゆる手段を尽して求婚運動を試みた。けれども母親を口説き落すことは出来ても、当の初代さんを承知させることは不可能だった。初代さんは、君に身も心も捧げ尽していたからだ。それが分ると、間もなく、初代さんは殺された。同時に手提袋が盗まれた。何故だろう。手提袋の中に何か外に大切なものが入っていただろうか。一ケ月分の給料を盗む為に、誰があんな手数のかかる方法で殺人罪など犯すものか。目的は系図帳にあったのだ。その中に隠された暗号文にあったのだ。同時に、求婚運動が失敗したからには、後日の禍《わざわい》の種である初代さんをなきものにしようと、深くも企んだ犯罪なのだ」

聞くに従って、私は諸戸の解釈を信じない訳には行かなかった。そして、その様な父を持った諸戸の心持を想像すると、何と慰《なぐさ》めてよいのか、口を利くさえ憚《はばか》られた。

諸戸は熱病患者の様に、無我夢中に喋り続けた。

「深山木氏を殺したのも、同じ悪業の延長だ。深山木氏は恐るべき探偵的才能の持主だ。その名探偵が系図帳を手に入れたばかりか、態々紀州の端《はじ》の一孤島まで出掛けて来た。もう捨てて置けない。探偵の進行を妨げる為にも、系図帳を手に入れる為にも、深山木氏を生かして置けない。犯人は（アア、それは僕の親爺のことだ）当然こんな風に考えたに違いない。そこで、深山木氏が一たん鎌倉に引上げるのを待って、初代さんの場合と同じ、誠に巧妙な手段によって、白昼群集のまっただ中で、第二の殺人罪を犯したのだ。何故島にいる間に殺さなかったか。それは、父が東京にいたからだ、とは考えられないだろうか。蓑浦君、僕の父はね、僕にちっとも知らさないで、此間《このあいだ》からずっと、この東京のどこかの隅に隠れているかも知れないのだよ」

諸戸は、そう云ったかと思うと、ふと気がついた様に、窓の所へ立って行って、外の植込みを見廻した。つい目の先の繁みの蔭に、彼の父親がうずくまってでもいるかの様に。だが、どんよりと薄曇った真夏の庭には、木の葉一枚微動するものはなく、物音も、いつもやかましく鳴続《なきつづ》ける蟬の声さえも、死に絶えた様に静まり返っていた。

「どうして僕がそんなことを考えるかと云うとね」諸戸は席に戻りながら続けた。「ホラ、友之助の殺された晩ね、君がここへ来る道で腰の曲った不気味な爺さんに会ったと云った。しかも、その爺さんが僕の家の門内へ這入ったと云った。だから、友之助を殺したのはその老人かも知れないのだ。僕の父はもう随分の年だから腰も曲っているかも知れない。そうでなくても、ひどい傴僂だから、歩いていると、君が云った様に、八十位の老人に見えるかも知れない。その老人がアレだとすると、僕の父は初代さんの家の前をうろうろした時分から、ずっと東京にいたと考えることも出来るじゃないか」

諸戸は、救《すくい》を求めでもする様に、目をキョトキョトさせて、ふと押し黙ってしまった。私も、云うべきことが非常に沢山ある様でいて、つい口を切る言葉が見出せず、ムッツリと黙り込んでいた。長い沈黙が続いた。

「僕は決心をした」やっとしてから、諸戸が低い声で云った。

「昨夜《ゆうべ》一晩考えて極めたのだ。僕は十何年ぶりで、一度国へ帰って見ようと思う。国というのは和歌山県の南端の、Kという船着場から、五里程西へ寄った海岸にある俗称岩屋島《いわやじま》という、ろくろく人も住んでいない荒れ果てた小島で、これが嘗つては初代さんが住み、現にあの怪しい双生児の監禁されている孤島なのだ。(伝説によれば、そこは昔、八幡船《ばはんせん》の海賊共の根拠地であった相だ。僕が、暗号文が財宝の隠し場所を示すものではないかと疑ったのも、そういう伝説があるからだよ)そこは父母の家ではあるけれど、実の所、僕は二度と帰るまいと思っていた。廃墟みたいな薄暗い邸を想像した丈けでも、何とも云えぬ淋しい様な怖い様な、いやあないやあな感じがする。だが、僕はそこへ帰ろうと思うのだ」

諸戸は重々しい決心の色を浮べて云った。

「今の僕の心持では、そうする外に途《みち》がないのだ。この恐ろしい疑いを抱いたまま、じっとしていることは、一日だって出来ない。僕は父親が島へ帰るのを待って、いや、もうとっくに帰っているかも知れないが、父親と会って一か八か極めたいのだ。が、考えても恐ろしい、若し僕の想像が当って、父があの兇悪無残な殺人犯人であったら、アア、僕はどうすればいいのだ。僕は人殺しの子と生れ、人殺しに育てられ、人殺しの金で勉強し、人殺しに建ててもらった家に住んでいるのだ。そうだ、父が犯人と極ったら、僕は自首して出ることを勧めるのだ。どんなことがあったって、父親に打勝って見せる。若しそれが駄目だったら、凡てを滅ぼすのだ。悪業の血を絶やすのだ。傴僂の父親と差し違えて死んでしまえば事が済むのだ。

だが、その前に、して置かねばならぬことがある。系図帳の正統な持主を探すことだ。系図帳の暗号文では、三人もの命が失われているのだから、恐らく莫大な値打があるに相違ない。それを初代さんの血族に手渡す義務がある。父の罪亡《ほろ》ぼしの為丈けにでも、僕は初代さんの本当の血族を探出して、幸福にして上げる責任を感じる。それも、一度岩屋島へ帰れば、何とか手懸りが得られぬこともなかろう。いずれにせよ、僕は明日にも、東京を立つ決心なのだ。蓑浦君、君はどう思う。僕は少し昂奮し過ぎているかも知れない。局外者の冷静な頭で、この僕の考えを判断してはくれないだろうか」

諸戸は私を「冷静な局外者」と云ったが、どうしてどうして冷静どころではなかった。神経の弱い私は、寧ろ諸戸よりも昂奮していた位である。

私は諸戸の異様な告白を聞いている内に、一方では彼に同情しながらも、段々と正体を現わして来た初代の敵《かたき》に、暫らく余事にまぎれて忘れていた恋人の痛ましい最後をまざまざと思い浮べ世界中でたった一つのものを奪われた恨みが、焔となって心中に渦巻いていた。私は初代の骨上げの日、焼き場の側《そば》の野原で、初代の灰を啖《くら》い、ころげ廻って、復讐を誓ったことを、まだ忘れてはいなかった。若し諸戸の推察通り、彼の父親が、真犯人であったとしたら私は、私が味《あじわ》った丈けの、身も世もあらぬ歎きを、彼奴《きゃつ》にも味わせた上で、彼奴の肉を啖い、骨をえぐらねば気が済まなんだ。

考えて見ると、殺人犯人を父親に持った諸戸も因果であったが、恋人の敵が親しい友達の父親だと分り、しかも、その友達は私に親友以上の愛着と好意をよせている、この私の立場も実に異様なものであった。

「僕も一緒に連れて行って下さい。会社なんか首になったって、ちっとも構やしない。旅費は何とでもして都合しますから、連れて行って下さい」

私は咄嗟に思立って叫んだ。

「じゃ、君も僕の考えが間違っていないと思うのだね。だが、君は何の為に行こうというの」

諸戸は我身にかまかけて、私の心持など推察する余裕は少しもなかった。

「あなたと同じ理由です。初代さんの敵を確める為です。それから、初代さんの身内を探出して系図帳を渡す為です」

「それで、若し初代さんの敵が僕の父親だと分ったら君はどうする積り？」

この問いに会って、私はハッと当惑した。だが、私は嘘を云うのは厭《いや》だ。思切って、本当の心持を打ちあけた。

「そうなれば、あなたともお別れです。そして……」

「古風な復讐がしたいとでも云うの？」

「ハッキリ考えている訳じゃないけれど、僕の今の心持では、そいつの肉を啖《くら》ってもあきたりないのです」

諸戸はそれを聞くと、黙り込んで、怖い目でじっと私を見つめていたが、ふっと表情がやわらぐと、突然ほがらかな調子になって云った。

「そうだ、一緒に行こうよ。僕の想像が当っているとすると、僕は君に取って謂わば敵の子だし、そうでなくても、人か獣か分らない様な僕の家族を見られるのは、実に恥しいけれど、若し君が許してくれるなら、僕は父や母に対して肉親の愛なんて少しも感じないのみか、却って憎悪を抱いている位なのだから、いざとなれば、君の味方をしてもいい。君と君の愛した初代さんの為なら、肉親はおろか、僕自身の命をかけても惜しくは思わぬ。蓑浦君、一緒に行こう。そして、力を協《あわ》せて、島の秘密を探ろうよ」

諸戸はそう云って、目をパチパチさせたかと思うと、ぎこちない仕草《しぐさ》で私の手を握り、昔の「義を結ぶ」といった感じで、手先に力を入れながら子供の様に目の縁を赤らめたのである。

さて、かようにして、私達は愈々《いよいよ》、諸戸の故郷である紀州の端《はじ》の一孤島へと旅立つことになったのだが、ここで一寸書添えて置かねばならぬことがある。

諸戸が父親を憎む気持には、その時口に出して云わなんだけれど、あとになって思い合わせると、もっともっと深い意味があったのだ。それは如何なる犯罪にもまして、恐るべく憎むべき事柄だった。人間ではなくて獣《けだもの》の、この世ではなくて地獄でしか想像出来ない様な、悪鬼の所業だった。諸戸は流石に、その点に触れることを恐れたのである。

だが、私の弱い心は、その時、三重の人殺しという血腥《ちなまぐさ》い事柄丈けでヘトヘトに疲れ果ててそれ以上の悪業を考える余地がなかったのか、これまでの凡ての事情を綜合すれば、当然悟らねばならぬその事を、不思議と少しも気附かなんだ。

岩屋島

相談が纏《まと》まると、私達は何よりも先ず、神田の洋食屋の二階の、額の中へ隠して置いた、系図帳と双生児《ふたご》の日記のことが気掛りであった。

「日記にしろ系図帳にしろ、僕達が持っていては非常に危険だ。暗号文さえ覚え込んで置けば、外のものに別段値打ちがある訳ではないから、一層《いっそ》二つとも焼き捨ててしまう方がいい」

諸戸は、神田へ走る自動車の中で、こんな意見を持出した。私も無論賛成であった。

だが、洋食屋の二階に上って、心覚えの額の破れ目から手を入れて探って見ると、どうした事か、その中は空っぽで、何の手答えもない。下の人達に尋ねても、誰も知らぬ。第一昨日からその部屋へ這入った者は一人もないとの答えであった。

「やられたんだ。彼奴《あいつ》は我々の一挙一動を、少しも目を離さず見張っているんだ。あんなに注意したんだがなあ」

諸戸は賊の手並に感嘆して云った。

「だが、暗号文が敵の手に渡っては、一刻も猶予出来ませんね」

「愈々明日立つ事に極《き》めた。もうこうなっては、逆にこちらからぶっつかって行く外に手段はないよ」

その翌日、忘れもせぬ大正十四年七月二十九日、私達は旅支度も軽やかに、南海の一孤島を目ざして、いとも不思議な鹿島[*14]立ちをやったのである。

諸戸はただ旅をすると云い残して、留守は書生と婆やに預け、私は神経衰弱を治す為に、友達の帰省に同行して、田舎へ行くとの理由で、会社を休み、家族の同意をも得た。丁度七月の末で、暑中休暇に間もなかったので、家族も会社の人達も、別段私の申出を怪しみはしなかった。

ろう。諸戸は父の膝元へ帰るのだ。併し、父の顔を見る為ではない。父の罪業を審《さば》き父と闘う為に帰るのだ。

「友達の帰省に同行する」事実夫《そ》れに相違なかった。だが、何という不思議な帰省であった

志州《ししゅう》の鳥羽《とば》までは汽車、鳥羽から紀伊《きい》のK港までは定期船、それから先は所の漁師にでも頼んで渡して貰う外には、便船とてもないのである。定期船と云っても、現在では三千噸《トン》級の立派な船が通《かよ》っているが、その時分のは、二三百噸のボロ汽船で旅客も少く、鳥羽を離れると、もう何だか異郷の感じで、非常に心細くなったものである。そのボロ汽船に一日ゆられて、やっとK港に着くとK港そのものがうら淋しい漁師村に過ぎないのに、更らに断崖になった人も住まぬ海岸を、海上五里、言葉さえ通じ兼ねる漁師の小舟で、殆ど半日を費して、漸《ようや》く岩屋島へ着くのである。

途中別段のこともなく、私達は七月三十一日の昼頃、中継ぎのK港に上陸した。

桟橋《さんばし》は即《すなわ》ち魚市場の荷上所で、魚形水雷みたいな鰹《かつお》だとか、腸《はらわた》の飛び出した、腐りかかった鮫《さめ》だとかが、ゴロゴロと転《ころが》り、磯の香《か》と腐肉の臭《におい》がムッと鼻をついた。

桟橋を上った所に、旅館料理と看板を出した、店先に紙障子の目立つ様な、汚らしい家がある。私達はとりあえずそこへ這入って、材料丈けは新鮮な、鰹のさしみで昼食《ちゅうじき》をやりながら、女房をとらえて、渡舟の世話を頼んだり、岩屋島の様子を尋ねたりした。

「岩屋島かな。近いとこやけど、まだ行って見たこともありませんけど、何や気味の悪いと

こでのんし。諸戸屋敷を別にして六七軒も漁師のうちがありますやろか。見るとこも何もない、岩ばっかりの、離れ島やわな」

女房は分り悪《にく》い言葉でこんなことを云った。

「その諸戸屋敷の旦那が、近頃東京へ行ったという噂を聞かないかね」

「聞かんな。諸戸屋敷の傴僂さんが、ここから汽船に乗りなしたら、じき分るさかいに、滅多に見逃しやしませんがのんし。そやけど、傴僂さんとこには、帆前船《ほまえせん》があるさかいにのんし。勝手にどこへでも舟を着けて、わしらの知らん内に、東京へ行ったかも知れんな。あんた方、諸戸屋敷の旦那を御存知かな」

「いや、そういう訳じゃないが、一寸岩屋島まで行って見たいと思うのでね。あすこまで舟を渡してくれる人はないだろうかね」

「サア、天気がええのでのんし、生憎《あいにく》皆漁に行ってるさかいになあ」

だが、私達が頻《しき》りに頼むものだから、方々尋ね廻って、結局一人の年とった漁師を傭ってくれた。それから賃銭の交渉をして、サアお乗りなさいと用意が出来るまでには、気の長い田舎のことで、小一時間もかかった。

舟はチョロと称する小さい釣舟で、二人乗るのがやっとであった。「こんな舟で大丈夫か」と念を押すと、老漁夫は「気遣《きづか》いない」と云って笑った。

沿岸の景色は、どこの半島にもよく見る様な、切り立てた断崖の上部に、こんもりと森の端が縁《ふち》どり、山と海とが直ちに接している感じであった。幸い海はよく凪《な》いでいたけれど、断崖の裾は、一帯に白く泡立って見えた。諸所に胎内くぐりめいた穴のある奇巌がそそり立っていた。

日の暮れぬ内に島に着かぬと、今夜は闇だからというので、老漁夫は船足を早めたが、大きく突出した岬を一つ廻ると、岩屋島の奇妙な姿が眼前に現われた。

全島が岩で出来ているらしく、青いものはほんの少ししか見えず、岸は凡て数丈もある断崖でこんな島に住む人があるかと思われる程であった。

近づくに従って、その断崖の上に、数軒の人家が点在するのが見えて来た。一方の端に何となく城廓《じょうかく》を思わせる様な大きな屋根があって、その側に白く光っているのが、問題の諸戸屋敷の土蔵らしかった。

舟は間もなく島の岸に達したが、安全な舟着場へ這入る為には、断崖に沿って暫く進まなければならなかった。

その間に一箇所、断崖の裾が、海水の為に浸蝕されて出来たものであろう、真暗な奥行きの知れぬ洞穴《ほらあな》になっている所があった。舟は洞穴の半町ばかり沖を進んでいたのだが、老漁夫は、それを指差して、こんなことを云った。

「この辺の者は、あの洞穴の所を、魔の淵《ふち》と云いますがのんし、昔からちょいちょい人が呑まれるので、何やらの祟《たた》りや云うてのんし、漁師共が恐れて近寄りませんのじゃ」

「渦でもあるの」

「渦という訳でもないが、何やらありますのじゃ。一番近くでは、十年ばかり前にのんし、こんなことがありましたげな」

と云って、老漁夫は次の様な、奇妙な話をしたのである。

それはこの老漁夫ではなくて、知合いの別の漁師の実見談なのだが、ある日、目のギョロギョロしたみすぼらしい風体の男が、飄然《ひょうぜん》とK港に現われて、丁度今の私達の様に、岩屋島へ渡った。その時頼まれたのがその漁師であった。

四五日たって、同じ漁師が夜網の帰りがけ、夜のしらじら明けに、偶然岩屋島の洞穴の前を通りかかると、丁度引汐時《ひきしお》で、朝凪《あさな》ぎの小波《さざなみ》が、穴の入口に寄せては返す度毎に、中から海草やごもくなどが、少しずつ流れ出していたが、それに混って、何だか大きな白いものが動いているので鮫の死骸かと見直すと、驚いたことには、それが人間の溺死体であることが分った。身体全体はまだ穴の中にあって、頭部からソロソロと流れ出しているのだ。

漁師はすぐ様舟を漕ぎ寄せて、そのお客様を救上げたが、救上げて二度びっくりしたことにはその溺死体は、まぎれもなく、先日K港から渡してやった旅の者であった。

多分崖から飛込んで自殺をしたのだろうということで、そのままになってしまったが、古老の話を聞くと、その洞穴は昔からの魔所で、いつの場合も、溺死体は半分身体を洞穴に入れて、丁度その奥から流れ出した格好をしている。こんな不思議なことはない、恐らく奥の知れない洞穴の中に、魔性《ましよう》のものが住んでいて、人身御供《ひとみごくう》を欲しがるのだろうという伝説さえある位で、魔の淵という名前も、そんな所から起ったのではあるまいかということであった。

老漁夫は語り終って、

「それでのんし、こんな廻り道をして、なるだけ穴のそばを通らぬ様にしますのじゃ。旦那方も、魔物に魅入られぬ様にのんし、気をつけんといかんな」

と、気味の悪い注意をしてくれた。だが、私達はそれを、何気なく聞流してしまった。後日、この老漁夫の物語を思出して、ギョッとしなければならぬ様な場合があろうとは、まさか想像しなかったのである。

話している間に、舟は島の一隅の一寸した入江になった所に這入っていた。その部分丈け、岸は一間位の低さになって、天然の岩に刻んだ石段が、形ばかりの舟着場になっていた。見ると、入江の中には五十噸《トン》位に見える伝馬《てんま》の親方みたいな帆かけ船が繋《つな》いであり、外にも、汚い小舟が二三見えたが、人間は一人もいなかった。

私達は上陸すると、老漁夫を帰して、一種異様の感じに胸躍らせながら、ダラダラ坂を登って行った。

登り切ると、眼界が開けて、草もろくろく生えていない、だだっ広い石ころ道が島の中心をなす岩山を囲んで、見渡す限り続いていた。その向《むこう》に、例の城廓みたいな諸戸屋敷が、荒廃の限りを尽してそびえていた。

「成る程、ここから見ると、向うの岬が、丁度牛の寝ている恰好だ」

云われてその方を振向くと、如何にも、今舟で廻って来た岬の端が、牛の寝た形に見えた。いつか初代さんが話した、赤ちゃんのお守りをして遊んでいたというのは、この辺ではないかしらと思って、私は妙な気持になった。

その時分には、もう島全体が夕闇に包まれて、諸戸屋敷の土蔵の白壁が、段々鼠色にかすんで行くのだった。何とも云えぬ淋しさだ。

「無人島みたいだね」私が云うと、

「そうだね。子供心に覚えているよりは、一層荒れ果てて、すさまじくなっている。よくこんな所に人が住んでいられたものだ」諸戸が答えた。

私達はザクザクと小石を踏んで、諸戸屋敷を目当てに歩いて行ったが、少し行くと、妙なものを発見した。一人の老いさらぼうた老翁《ろうおう》が、夕闇の切岸《きりぎし》の端に腰かけて、遠くの方を見つめたまま、石像の様にじっとしているのだ。

私達は思わず立止って、異様な人物を注視した。

すると、足音で気づいたのか、海の方を見ていた老翁が、ゆっくりゆっくり首をねじまげて、私達を見返した。そして、老翁の視線が諸戸の顔にたどりつくと、そこでピッタリ止って、動かなくなってしまった。老翁はいつまでもいつまでも、穴のあくほど諸戸を見つめていた。

「変だな、誰だろう。思い出せない。きっと僕を知っている奴だよ」

一町もこちらへ来てから、諸戸は老翁の方を振返りながら云った。

「偏僂ではなかった様だね」

私は怖々《こわごわ》それを云って見た。

「僕の父のことかい。まさか、何年たった所で、父を見忘れはしないよ。ハハハハハハ」

諸戸は皮肉な調子で低く笑うのだった。

諸戸屋敷

近寄ると、諸戸屋敷の荒廃の有様は、一層甚《はなはだ》しいものであった。くずれた土塀、朽ちた門、それを這入ると、境もなくてすぐ裏庭が見えているのだが、不思議千万なことには、その庭が、まるで耕した様に、一面に掘り返されて、少しばかりの樹木も、あるものは倒れ、あるものは根こそぎにして放り出してあるといった鹽梅《あんばい》で、目も当てられぬ乱脈であった。それが屋敷全体の感じを、実際以上に荒れすさんだものに見せていた。

怪物の真黒な口みたいに見える玄関に立って、案内を乞うと、暫くは何のいらえもなかったが、再三声をかけている内に、奥の方から、ヨタヨタと一人の老婆が出て来た。

夕暮の薄暗い光線のせいではあったが、私は生れてから、あんな醜怪な老婆を見たことがなかった。背が低い上に、肉が垂れ下る程もデブデブ肥《こ》え太っていて、その上傴僂で、背中に小山の様な瘤《こぶ》があるのだ。顔はと云うと、皺《しわ》だらけの渋紙色《しぶかみいろ》の中に、お玉じゃくしの恰好をした、キョロンとした目が飛出し、唇が当り前でないと見えて、長い黄色い乱杭歯《らんぐいば》が、いつでも現われている。その癖上歯《うわば》は一本もないらしく、口を塞《ふさ》ぐと、顔が提灯の様に不気味に縮まってしまうのだ。

「誰だえ」

老婆は、私達の方をすかして見て、怒った様な声で尋ねた。

「僕ですよ。道雄ですよ」

諸戸が顔をつき出して見せると、老婆はじっと見ていたが、諸戸を認めると、びっくりして、頓狂《とんきょう》な声を出した。

「オヤ、道かえ。よくまあお前帰って来たね。あたしゃもう、一生帰らないのかと思っていたよ。そして、そこの人はえ」

「これ、僕の友達です。久し振りで家の様子が見たくなったものですから、友達と一緒に、はるばるやって来たんですよ。丈五郎《じょうごろう》さんは?」

「マアお前、丈五郎さんだなんて。お父つぁんじゃないか。お父つぁんとお云いよ」

この醜怪な老婆は諸戸の母親だった。

私は二人の会話を聞いていて、諸戸が父親のことを丈五郎という名で呼んだのも異様に感じたが、それよりも、もっと不思議なことがあった。と云うのは、老婆が「お父つぁん」と云った。その調子が、気のせいか、軽業少年友之助が死ぬ少し前口にした「お父つぁん」という呼声と、非常によく似ていたことである。

「お父つぁんはいるよ。でもね、此頃《このごろ》機嫌が悪いから、気をつけるがいいよ。まあ兎に角、そんな所に立っていないで、お上りな」

私達は黴臭《かびくさ》い真暗な廊下を幾曲《いくまが》りかしてとある広い部屋に通された。外観の荒廃している割には、内部は綺麗に手入れがしてあったけれど、それでも、どこやら廃墟といった感じをまぬがれなんだ。

その座敷は庭に面していたので、夕闇の中に広い裏庭と、例の土蔵のはげ落ちた白壁の一部がぼんやり見えたが、庭にはやっぱり、無残に掘返したあとが歴々《ありあり》と残っていた。

暫くすると、部屋の入口に、物の怪の気配がして、諸戸の父親の怪老人が、ニョイと姿を現わした。それが、もう暮れ切った部屋の中を、影の様に動いて、大きな床の間を背にして、フワリと坐ると、いきなり、

「道、どうして帰って来た」

と、とがめる様に云った。

そのあとから、母親が這入って来て、部屋の隅にあった行燈《あんどん》を持ち出し、老人と私達の間

に置いて、火をともしたが、その赤茶けた光の中に浮上った怪老人の姿は、梟《ふくろう》の様に陰険で醜怪なものに見えた。傴僂で背の低い点は、母親とそっくりだったが、その癖、顔丈けは異様に大きくて顔一面の女郎蜘蛛《じょろうぐも》が足を拡げた感じの皺と、兎みたいに真中で裂けている醜い上唇とが、一目見たら一生涯忘れることが出来ない程の深い印象を与えた。

「一度家が見たかったものだから」

と、諸戸はさい前母親に云った通りを答えて、傍《かたわら》の私を紹介した。

「フン、じゃあ貴様は約束を反古《ほご》にした訳だな」

「そういう訳じゃないけれど、あなたに是非尋ねたいことがあったものだから」

「そうか。実は俺の方にも、ちと貴様に話したい事がある。マア、いいから逗留《とうりゅう》して行け。本当を云うと、俺も一度貴様の成人した顔が見たかったのだよ」

私の力では、その時の味を出すことが出来ないけれど、十何年ぶりでの、親子の対面は、ざっとこんな風な、誠に変てこなものであった。肉体ばかりでなくて、精神的にも、どこか片輪な所があると見えて、言葉や仕草や、親子の情という様なものまで、まるで普通の人間とは違っている様に見えた。

そんな変てこな状態のままで、この不思議な親子は、ポツリポツリと、それでも一時間ばかり話をしていた。その内今でも記憶に残っているのは、次の二つの問答である。

「あなたは近頃どこかに旅行をなすったのじゃありませんか」

諸戸が何かの折に、その点に触れて云った。

「いんや、どこへも行かない。のうお高」

老人は傍にいた母親の方を振向いて助勢《じょせい》を求めた。気のせいかその時老人の目が、ある意味をこめてギョロリと光った様に見えた。

「東京でね、あなたとそっくりの人を見かけたんですよ。若しかしたら、私に知らせないで、こっそり東京へ出られたのかと思って」

「馬鹿な。そんな、この年で、不自由な身体で、東京なんぞへ出て行くものかな」

だが、そう云う老人の目が、やや血走って、額が鉛色に曇ったのを、私は見逃さなんだ。諸戸は強いて追及せず、話頭を転じたが、暫くすると、又別の重要な質問を発した。

「庭が掘返してある様ですが、どうしてこんなことをなすったのですか」

老人は、この不意撃ちに会って、ハッと答えに窮《きゅう》したらしく長い間押黙っていたが、

「ナニ、これはね、のうお高《たか》、六《ろく》めの仕業だよ。ホラお前も知っている通り、家には可哀想な一人前でない連中を養ってあるが、その内に六という気違いがいるのだよ。その六が、何の為だか庭をこんなにしてしまった。気違いのことだから、叱る訳にも行かぬのでね」と答えた。私にはそれが、出まかせの苦しい言訳《いいわけ》だとしか思えなんだ。

その夜は、同じ座敷に床を取って貰って、私達は枕を並べて寝《しん》についた。でも、二人とも昂奮の為に仲々眠れない。と云って迂闊な話も出来ぬので、まじまじと押黙っていたが、静

かな夜に心がすんで行くにつれて、寝静まった広い屋敷のどこかで、細々と異様な人声が、切れては続いているのが、聞えて来た。

「ウウウウウ」

と細くて甲高い唸り声だ。誰かが悪夢にうなされているのかとも思ったが、それにしてはいつまでも続いているのが変である。

ボンヤリした行燈《あんどん》の光で、諸戸と目を見交しながら、じっと耳をすましている内に、私はふと例の、土蔵の中にいるというあわれな双生児のことを思出した。そして、若しやあの声は、一つ身体に連《つな》り合った男女の、世にも無残な闘争を語るものではないかと、思わずゾッと身をすくめた。

あけ方にウトウトとして、ふと目を醒《さま》すと、隣の床《とこ》に諸戸の姿が見えぬので、私は寝過したかと慌てて飛び起きて、洗面所を尋ねる為に廊下の方へ出て行った。

不案内の私が、広い家の中を、まごまごしていると、廊下の曲り角から、母親のお高がひょいと飛出して、私の行手をさえぎる様に立はだかった。猜疑心の強い、不具の老婆は、私が何か家の中を見廻りでもするかと疑《うたぐ》ったものらしい。だが、私が洗面所を尋ねると、やっと安心した様子で、「アアそれならば」と云って、裏口から井戸の所へ案内してくれた。

顔を洗ってしまうと、私はふと昨夜の唸り声とそれに関聯して土蔵の中の双生児のことを思出し、嘗つて深山木氏が覗いたという、塀外《へいそと》の窓を一度見たくなった。あわよくば双生児が、その窓の所に出ているかも知れないのだ。

私はそのまま朝の散歩という体《てい》を装い、何気なく邸内を忍び出し、土塀に沿って裏の方へ廻って行った。外は大きな石塊《いしころ》のでこぼこ道で、僅かの雑草の外には、樹木らしいものもない、焼野原の感じであったが、表門から土蔵の裏手に行く途中に、一箇所丈け、丁度砂漠のオアシスの様に、丸く木の茂った所があった。枝を分けて覗いて見ると、その中心に古井戸らしく、苔蒸《こけむ》した石の井桁《いげた》がある。今は使用していないけれど、この淋しい孤島には立派過ぎる程の井戸である。昔は、諸戸屋敷の外《ほか》に、ここにも別の屋敷があったのかも知れない。

それは兎も角、私は間もなく、問題の土蔵のすぐ下に達した。無論土塀はあったけれど、土蔵が土塀に接して建っているので、外からでも極く間近く見える。予期した通り、土蔵の二階には、裏手に向って小さな窓が開いていた。鉄棒のはまった所まで、例の日記の通りである。私は胸を躍らせながら、その窓を見上げて、辛抱強く立ちつくしていた。はげ残った白壁に、朝日が赤々と照映えて、開放的な海の香《かおり》が、ソヨソヨと鼻をうつ。凡てが明るい感じで、この土蔵の中に例の怪物が住んでいるなどとは、どうにも考えられないのだ。

だが、私は見た。暫く傍見《わきみ》をしていて、ひょいと目を元に戻すと、いつの間にか、窓の鉄棒のうしろに、胸から上の、二つの顔が並び、四本の手が鉄棒を摑んでいた。

一つの顔は青黒く、頰骨の立った、醜い男性であったが、もう一つのは、赤味はなかったけれど、きめの細《こまか》い真白な若い女性の顔であった。

少女の一杯に見開いた目が、私の見上げる目とパッタリ出会うと、彼女は此世の人間には見る事の出来ない様な、一種不思議な羞恥の表情を示して、隠れる様に首をうしろに引いた。だが、それと同時に、何ということだ。この私も亦《また》、ハッと顔を赤らめて、思わず目をそらしたのである。私は愚かにも、双生児の娘の異様なる美しさに、不意を撃たれて、つい胸を躍らせたのであった。

三日間

諸戸の想像した通りだとすれば、彼の父の丈五郎は、その身体《しんたい》の醜さに輪をかけた鬼畜《きちく》である。世に比類なき極重悪人である。悪業成就《じょうじゅ》の為には恩愛の情なぞを顧る暇《いとま》はないであろう。又道雄の方でも、已に度々述べた様に、決して父を父とは思っていない。父の罪業をあばこうとさえしている。この世の常ならぬ親子が、一つ家に顔を見合わせていたのだから、遂にあの様な恐ろしい破綻《はたん》が来たというのは、誠に当然のことであった。

平穏な日は、我々が島に到着してから、たった三日間であった。四日目には私と諸戸とはもう口を利くことさえ叶わぬ状態になっていた。そして、その同じ日、岩屋島の住民が二人、悪鬼の呪いにかかって、例の人食いの洞穴、魔の淵の藻屑《もくず》と消える様な悲惨事さえ起った。だがその平穏無事な三日間にも、記すべき事柄がなかったのではない。

その一つは、土蔵の中の双生児についてである。私が諸戸屋敷に最初の夜を過した翌朝、土蔵の窓の双生児を垣間見《かいま》見て、その一方の女性（つまり日記にあった秀ちゃん）の美貌にうたれたことは前章に記した通りだが、異様なる環境がこの片輪娘の美しさを際立《きわだ》たせたとしても、その垣間見の印象が、あれ程強く私の心を捉えたというのは何とやらただごとではない感じがした。

読者も知る様に、私はなき木崎初代に全心の愛を捧げていた。彼女の灰を飲みさえした。そして、諸戸と一緒にこの岩屋島へ来たのも、初代の敵を確かめたいばっかりではなかったか。その私がたった一目見たばかりの、しかも因果な片輪娘の美しさにうたれた。美しさにうたれたというのは、別の言葉を使えば、愛情を感じたことである。恋しく思ったことである。そうだ、私は白状するが、片輪娘秀ちゃんに恋を感じたのである。アア、何という情ないことだ。初代の復讐を誓ったのは、まだ昨日の様に新らしい事ではないか。現に今お前は、その誓いを実行する為に、この孤島へ来ているのではないか。それが、到着するかしないに、人もあろうに人外の片輪娘を恋するとは、知らなんだ。私は、こうも見下げ果てた男であったのかと、その時はそんな風に我と我身を恥じた。

併し、如何に恥しいからと云って、恋する心は、どうにも出来ぬ真実である。私は何かと口実を設け、我が心に言訳をしながら、隙《ひま》さえあれば、ソッと邸を抜け出して例の土蔵の裏手へ廻るのであった。

ところが、二度目にそこへ行った時、それは最初秀ちゃんを垣間見た日の夕方であったが、私にとって、一層困ったことが起った。と云うのは、その時、秀ちゃんの方でも、一方ならず私を好いていることが分ったのだ。何と云う因果なことだ。

たそがれの霞の中に、土蔵の窓がバックリと黒い口を開いていた。私はその下に立って、辛抱強く娘の顔の覗くのを待っていた。待っても待っても、黒い窓にはいつまでたっても何の影もささぬので、もどかしさに、不良少年みたいに、私は口笛を吹いたものだ。すると、寝そべっていたのが、いきなり飛び起きた感じで、秀ちゃんのほの白い顔が、チラと覗き、アッと思う間に、何かに引ぱられでもした様に、引込んでしまった。一瞬間ではあったが、私は秀ちゃんの顔が、私に向ってニッコリ笑いかけたのを見逃がさなんだ。そして、「吉ちゃんの方がやいていて秀ちゃんを覗かせまいとするんだな」と想像すると、何とやらくすぐったい感じがした。

秀ちゃんの顔が引込んでしまっても、私はその場を立去る気にはなれず、未練らしくじっと同じ窓を見上げていたが、ややあって、窓から私を目がけて、白いものが飛出して来た。紙つぶてだ。足元に落ちたのを拾い上げて、開いて見ると、次の様な鉛筆書きの手紙であった。

ワタシノコトワ、本ヲヒロウタ人ニキイテ下サイ、サウシテワタシヲ此所《ココ》カラダシテ下サイ、アナタワ、キレイデ、カシコイ人デスカラ、キット助ケテ下サイマス。

非常に読み悪《にく》い字だったけれど、私は幾度も読直してやっと意味を取ることが出来た。「アナタワ、キレイデ」というあからさまな表現には驚いた。例の日記帳の記事から想像しても、秀ちゃんの綺麗という意味は、我々のとは少し違って、必ずしもいやらしい言葉ではないのだが、でも、それを判読した時には私は独りで赤くなった。

それから、同じ土蔵の窓に、実に意外なものを発見するまでの三日間、私は五六度もそこへ行って（たった五六度の外出に私はどんな苦心をしたことだろう）人知れず秀ちゃんと会った。家人に悟られるのを恐れて、お互に言葉を交わすことは控えたが、私達は一度毎に、双方の目使いの意味に通暁《つうぎょう》して行った。そして、随分複雑な微妙な眼の会話を取交すことが出来た。秀ちゃんは字は下手だったけれど、又世間知らずであったけれど、生れつき非常にかしこい娘であることが分った。

目の会話によって、吉ちゃんが秀ちゃんをどんなにひどい目に合わせるかが分った。殊に私が現われてからは、やきもちを焼いて、一層ひどくするらしい。秀ちゃんはそれを目と手真似で私に訴えた。

ある時は秀ちゃんをつきのけて、吉ちゃんの青黒い醜い顔が、恐ろしい目で長い間私の方を睨む様なこともあった。その顔の不快な表情を、私は今でも忘れない、ひがみとねたみと無智と不潔との、獣の様に醜悪無類な表情であった。それが、まるで睨みっこみたいに、瞬きもせず、執念深く私の方を見つめているのだ。

双生児の片割れが醜悪な獣《けだもの》であることが、秀ちゃんへの憐みの情を一倍深めた。私は一日一日と、この片輪娘が好きになって行くのをどうすることも出来なんだ。それが私には何だか前世からの不幸なる約束事の様にも感じられた。顔を見交わす度毎に、秀ちゃんは早く救出して下さいと催促した。私は何の当てがあるでもないのに、「大丈夫大丈夫、今にきっと救って上げるから、もう少し辛抱して下さい」と胸を叩いて、可哀想な秀ちゃんを安心させる様にした。

諸戸屋敷には幾つかの開かずの部屋があった。土蔵は云うまでもなく、その外《ほか》にも、入口の板戸に古風な錠前のかかった座敷があちこちに見えた。諸戸の母親や男の召使などが、それとなく、絶えず私達の行動を見張っていたので、自由に家の中を歩き廻ることも出来なんだが、私はある時、廊下を間違った体に装って、ソッと奥の方へ踏み込んで行き、開かずの部屋のあることを確めることが出来た。ある部屋では、気味の悪い唸り声が聞えた。ある部屋では、何かが絶えずゴトゴト動いている気配がした。それらは凡て、動物の様に檻禁された人間共の立てる物音としか考えられなんだ。

薄暗い廊下に佇《たたず》んで、じっと聞き耳を立てていると、云い知れぬ鬼気に襲われた。諸戸はこの屋敷には片輪者がウジャウジャしていると云ったが、開かずの部屋には、土蔵の中の怪物（アア、その怪物に私は心を奪われているのだ）にもました、恐ろしい片輪共が檻禁されているのではなかろうか。諸戸屋敷は片輪屋敷であったのか。だが、丈五郎氏は、何故《な》ぜなれば、その様に片輪者ばかり集めているのであろう。

平穏であった三日間には、秀ちゃんの顔を見たり、開かずの部屋を発見した外、もう一つ変った事があった。ある日私は諸戸が父親の所へ行った切り、いつまでも帰らぬ退屈さに、少し遠出をして、海岸の船着場まで散歩したことがあった。

来た時には夕闇の為に気づかなんだが、その道の中程の岩山の麓《ふもと》に、一寸した林があって、その奥に、一軒の小さなあばら家が見えていた。この島の人家は凡て離れ離れに建っているのだが、そのあばら家は、殊に孤立している感じだった。どんな人が住んでいるのかと、ふと出来心で、私は道をそれて林の中へ這入って行った。

その家は、家というよりも小屋と云った方がふさわしい程の小さな建物で、しかも、到底住むに耐えぬ程荒れすさんでいた。その小屋の所は小高くなっていたので、海も、例の対岸の牛の寝た形の岬も、さては、魔の淵と云われる洞窟さえも、凡て一望の内にあった。岩屋島の断崖は複雑な凸凹を為していて、その一番出張《でば》った部分に魔の淵の洞穴があった。奥底の知れぬ洞穴は、魔物の黒い口の様で、そこに打寄せる波頭が、恐ろしい牙に見えた。見つめていると、上部の断崖に魔物の目や鼻さえも想像されて来る。都に生れ都に育った世間知らずの私には、この南海の一孤島は、余りにも奇怪なる別世界であった。数える程しか人家のない離れ島、古城の様な諸戸屋敷、土蔵にとじ籠められた双生児、開かずの部屋に監禁された片輪者、人を呑む魔の淵の洞窟、凡てこれらのものは、都会の子には、奇怪なるお伽噺でしかなかったのだ。

単調な浪の音の外には、島全体が死んだ様に静まり返って、見渡す限り人影もなく、白っぽい小石道に、夏の日がジリジリと焦げついていた。

その時、極《ご》く間近い所で咳払いの音がして、私の夢見心地を破った。振向くと、小屋の窓に一人の老人が寄りかかって、じっと私の方を見つめていた。思い出すと、それは、私達《あ》がこの島に着いた日、この辺の岸にうずくまって、諸戸の顔をジロジロと眺めていた、彼の不思議な老人に相違なかった。

「お前さん、諸戸屋敷の客人かな？」

老人は私が振向くのを待っていた様に話しかけた。

「そうです。諸戸道雄さんの友達ですよ。あなたは道雄さんを御存じでしょうね」

私は老人の正体が知り度くて、聞返した。

「知ってますとも、わしはな、昔諸戸屋敷に奉公して居って、道雄さんの小さい時分抱いたり負んぶしたりした程じゃもの、知らいでか。じゃが、わしも年をとりましたでな。道雄さんはすっかり見忘れておいでの様じゃ」

「そうですか。じゃ、なぜ諸戸屋敷へ来て、道雄さんに逢わないのです。道雄さんもきっと懐かしがるでしょうに」

「わしは御免じゃ。いくら道雄さんに逢い度うても、あの人畜生《にんちくしょう》の屋敷の敷居を跨《また》ぐのは御免じゃ。お前さんは知りなさるまいが、諸戸の傴僂夫婦は、人間の姿をした鬼、けだものやぞ」

「そんなにひどい人ですか。何か悪いことでもしているのですかね」

「いやいや、それは聞いて下さるな、同じ島に住んでいる間は、迂闊なことを云おうものなら、我身が危い、あの傴僂さんにかかっては、人間の命は、塵芥《ちりあくた》やでな。ただ、用心をすることや、旦那方はこれから出世する尊《たっと》い身体や。こんな離れ島の老人に構って、危い目を見ぬ様に、用心が肝腎やな」

「でも丈五郎さんと道雄さんは親子の間柄だし、私にしても、その道雄さんの友達なんだから、いくら悪い人だと云って、危いということはありますまい」

「いや、それがそうでないのじゃ。現に今から十年ばかり前に、似た様なことがありました。その人も都から遥々《はるばる》諸戸屋敷を尋ねて来た。聞けば丈五郎の従兄弟《いとこ》とかいうことであったが、まだ若い老先の長い身で、可哀想に、見なされ、あの洞穴の側の魔の淵という所へ、死骸になって浮上りました。わしはそれが丈五郎さんの仕業だとは云わぬ。じゃが、その人は諸戸屋敷に逗留していられたのや。屋敷の外へ出たり、舟に乗ったりしたのを見たものは、誰もないのや。分ったかな。老人の云うことに間違いはない。用心しなさるがよい」

老人はなおも、諄々《じゅんじゅん》として諸戸屋敷の恐怖を説くのであったが、彼の口ぶりは何となく、私達も、十年以前の丈五郎の従兄弟という人と、同じ運命に陥るのだ、用心せよ、と云わぬばかりであった。まさかそんな馬鹿なことがと思う一方では、都での三重の人殺しの手並を知っている私は、若しやこの老人の不吉な言葉が讖《しん》を為《な》すのではあるまいかと、いやな予感に、目の先が暗くなって、ゾッと身震いを感じるのであった。

さて、その三日の間、当の諸戸道雄はどうしていたかと云うと、私達は、毎晩枕を並べて寝たが、彼は妙に無口であった。口に出して喋るには、心の苦悶が余りに生々し過ぎたのかも知れない。昼間も、彼は私とは別になって、どこかの部屋で、終日傴僂の父親と睨み合っているらしかった。長い用談をすませて、私達の部屋へ帰って来る度にゲッソリと、窶《やつ》れが見え、青ざめた顔に、目ばかりが血走っていた。そして、ムッツリと黙り込んで、私が何を尋ねても、ろくろく返事もしないのだ。

だが、三日目の夜、遂に耐え難くなったのか、彼はむずかった子供みたいに蒲団の上をゴロゴロ転りながら、こんなことを口走った。

「アア、恐ろしい。まさかまさかと思っていたことが本当だったのだ。もう愈々《いよいよ》おしまいだ」

「やっぱり、僕達が疑っていた通りだったの」

私は声を低めて尋ねて見た。

「そうだよ。そして、もっとひどい事さえあったのだよ」

諸戸は土色の顔を歪《ゆが》めて、悲しげに云った。私は、色々と彼の所謂「もっとひどい事」に

ついて尋ねたけれど、彼はそれ以上何も云わなかった。ただ、

「明日はキッパリと断ってやる。そうすれば愈々破裂だ。蓑浦君、僕は君の味方だよ。力を協せて悪魔と戦おうよ。ね、戦おうよ」

と云って、手を延ばして私の手首を握りしめるのだった。だが、勇ましい言葉に引きかえて、彼の姿の何とみじめであったことか。無理もない、彼は実の父親を悪魔と呼び、敵に廻して戦おうとしているのだ。やつれもしよう。青ざめもしよう。私は慰める言葉もなく、僅かに彼の手を握り返して、千万の言葉にかえた。

影武者

その翌日とうとう恐ろしい破滅が来た。

お昼過ぎ、私が独で唖の女中の御給仕で（これが秀ちゃんの日記にあったおとしさんだ）御飯をすませても、諸戸が父親の部屋から帰って来ぬので、独で考えていても気が滅入るばかりだものだから、食後の散歩旁々《かたがた》、私は又しても土蔵の裏手へ秀ちゃんと目の話をしに出掛けた。

窓を見上げて暫く立っていても、秀ちゃんも吉ちゃんも顔を見せぬので、私はいつもの合図の口笛を吹いた。すると、黒い窓の鉄格子の所へ、ヒョイと一つの顔が現われたが、私は

それを見て、ハッとして、自分の頭がどうかしたのではないかと疑った。何ぜと云って、そこに現われた顔は、秀ちゃんのでも吉ちゃんのでもなくて、父親の部屋にいるとばかり思っていた、諸戸道雄の引き歪《ゆが》んだ顔であったからだ。

何度見直しても、私の幻ではなかった。まぎれもない道雄が、双生児の檻《おり》に同居しているのだ。それが分った刹那、私は思わず大声に叫び相になったのを、素早く諸戸が口に指を当てて注意してくれたので、やっと食い止めることが出来た。

私の驚き顔を見て、諸戸は狭い窓の中から、しきりと手真似で何か話すのだが、秀ちゃんの微妙な目とは違って、それに話す事柄が複雑過ぎるものだから、どうも意味が取れぬ。諸戸はもどかしがって、一寸待てという合図をして首を引込めたが、やがて、丸めた紙切れを私の方へ投げてよこした。

拾い上げて拡げて見ると、多分秀ちゃんのを借りたのであろう、鉛筆の走り書きで、次の様に認《したた》めてあった。

少しの油断から丈五郎の奸計《かんけい》に陥り、双生児と同じ監禁の身の上となった。非常に厳重な見張りだから、到底急に逃げ出す見込みはない。だが、僕よりも心配なのは君だ。君は他人だから一層危険だ。早くこの島から逃げ出し給え。僕はもう諦《あきら》めた、凡てを諦めた。探偵も、復讐も、僕自身の人生も。

君との約束にそむくのを責めないでくれ給え、最初の意気込みに似ず気の弱い僕を笑わないでくれ給え。僕は丈五郎の子なのだ。

懐かしい君とも、永遠におさらばだ。諸戸道雄を忘れてくれ給え。岩屋島を忘れてくれ給え。そして、無理な願いだけれど、初代さんの復讐などということも。

本土に渡っても警察に告げる事丈けは止して下さい。長年の交誼《こうぎ》にかけて、僕の最後の御頼みだ。

読終って顔を上げると、諸戸は涙ぐんだ目で、じっと私を見おろしていた。悪魔の父は、遂にその子を監禁したのだ。私は道雄の豹変《ひょうへん》を責めるよりも、丈五郎の暴虐を恨むよりも、形容の出来ない悲愁に打たれて、胸の中が空虚《うつろ》になった感じだった。

諸戸は親子という苟且《かりそめ》の絆《きずな》に、幾度心を乱したことであろう。遥々《はるばる》この岩屋島を訪れたのも、深く思えば、私の為でもなく、初代の復讐などの為では無論なく、その実は、親子という絆のさせた業であったかも知れないのだ。そして、最後の土壇場になって、彼は遂に負けた。異様なる父と子の戦いは、かくして終局をつげたのであろうか。

長い長い間、土蔵の窓の諸戸と目を見交していたが、とうとう彼の方から、もう行けという合図をしたので、私は別段の考えもなく、殆ど機械的に諸戸屋敷の門の方へ歩いて行った。立去る時、諸戸の青ざめた顔のうしろの薄暗い中に、秀ちゃんの怪訝《けげん》な顔がじっと私を見つめているのに気づいた。それが一層私を果敢《はか》ない気持にした。

だが、私は無論帰る気になれなんだ。道雄を救わねばならぬ。秀ちゃんを助け出さねばならぬ。仮令道雄が如何《いか》に反対しようとも、私は初代の敵を見捨ててこの島を立去ることは出来ぬ。そして、あわよくば、なき初代の為に、彼女の財宝を発見してやらねばならぬ。（不思議なことに、私は何の矛盾をも感じないで、初代と秀ちゃんとを、同時に思うことが出来た）諸戸の頼みがなくても、警察の力を借りるのは最後の場合だ。私はこの島に踏み止まって、もっと深く探って見よう。滅入《めい》っている諸戸を力づけて、正義の味方にしよう。そして、彼の優れた智恵を借りて、悪魔と戦おう。私は諸戸屋敷の自分の居間に帰るまでに、雄々《おお》しくもこの様に心を定《き》めた。

部屋に帰って暫くすると、久しぶりで傴僂の丈五郎が醜い姿を現わした。彼は私の部屋に這入ると、立ちはだかったまま、

「お前さんは、直ぐに帰る支度をなさるがいい、もう一時でもここの家には、いや、この岩屋島には置いておけぬ。サア、支度をなさるがいい」

と呶鳴った。

「帰れとおっしゃれば帰りますが、道雄さんはどこにいるのです。道雄さんも一緒でなければ」

「息子は都合があって逢わせる訳には行かぬ。が、あれも無論承知の上じゃ。サア、用意を

するのだ」

争っても無駄だと思ったので、私は一先ず諸戸屋敷を引上げることにした。無論この島を立去る積りはない。島のどこかに隠れていて、道雄なり秀ちゃんなりを、救出《すくいだ》す手だてを講じなければならぬ。

だが、困ったことには、丈五郎の方でも抜目なく、一人の屈強な下男をつけて、私の行先を見届けさせた。

下男は私の荷物を持って先に立って歩いて行った。先日私に話しかけた不思議な老人の小屋の所へ来ると、いきなりそこへ這入って行って、声をかけた。

「徳《とく》さん。おるかな。諸戸の旦那の云いつけだ。舟を出しておくれ。この人をKまで渡すのや」

「この客人が一人で帰るのかな」

老人はやっぱり、此間《このあいだ》の窓から半身を出して、私の顔をジロジロ眺めながら、答えた。

そこで結局、下男は私を、その徳さんと云う老人に預けて帰ってしまったのだが、丈五郎が、謂わば彼の裏切者であるこの老人に私を托《たく》したのは、意外でもあり、薄気味悪くもあった。

とは云え、この老人が選ばれたことは、私にとって非常な好都合である。私は大略事《たいりやくこと》の仔細《しさい》を打あけて、老人の助力を乞うた。どうしても今暫く、この島に踏止《ふみとど》まっていたいと云い張った。

老人は、先日と同じ筆法で、私の計画の無謀なことを説いたが、私があくまでも自説をまげぬので、遂に我を折って、私の乞いを容れてくれたばかりか、丈五郎をたばかる一つの名案をさえ持出した。

その名案というのは。

疑深い丈五郎のことだから、私がこのまま島に留まったのでは、承知する筈もなく、引いては私を預った老人が恨みを買うことになるから、兎も角一度本土まで舟を渡して見せなければならぬ。

それも、徳さんが一人で舟を漕いで行ったのでは、何の利目《ききめ》もないのだが、幸《さいわい》、徳さんの息子が私と年齢も、背恰好も似寄りだから、その息子に私の洋服を着せ、遠目には私に見える様に仕立てて、本土へ渡すことにしよう。私は息子の着物を着て徳さんの小屋に隠れていればよいというのであった。

「お前さんの用事が済むまで、息子にはお伊勢《いせ》参りでもさせてやりましょうわい」

徳さんは、そんなことを云って笑った。

夕方頃徳さんの息子は私の洋服を着込んで、そり身になって徳さんの持舟に乗り込んだ。

私の影武者を乗せた小舟は、徳さんを漕ぎ手にして、行手にどの様な恐ろしい運命が待構えているかも知らず、夕闇迫る海面を、島の切岸に沿って進んで行った。

殺人遠景

今や私は一篇の冒険小説の主人公であった。

二人を送り出して、今まで徳さんの息子が着ていた磯臭いボロ布子《ぬのこ》を身につけると、私は小屋の窓際にうずくまって、障子の蔭から目ばかり出して、小舟の行手を見守っていた。

牛の寝た姿の岬は、夕もやに霞んで、黒ずんだ海が、鼠色の空と溶け合い、空には一つ二つ星の光さえ見えた。風が凪《な》いで海面は黒い油の様に静かであったが、丁度満ち潮時で、例の魔の淵の所は、遠目にも渦を為して、海水が洞穴の中へ流れ込んでいるのが見えた。

小舟は凹凸《おうとつ》の烈しい断崖に沿って、隠れたかと思うと、又切岸の彼方《かなた》に現われて、段々魔の淵へ近づいて行った。数丈の断崖は、真黒な壁の様で、その下を、おもちゃみたいな小舟が、あぶなげに進んで行く。時たま海面を伝って、虫の鳴く様な櫓《ろ》の音が聞えて来た。徳さんも、息子の洋服姿も、夕闇にぼかされて、もう豆の様な輪廓丈けしか見えなかった。

もう一つ岩鼻を曲ると、魔の淵の洞穴にさしかかる丁度その角に達した時、私はふと小舟の真上の切岸の頂に何かしら蠢《うごめ》くもののあるのに気附いた。ハッとして見直すと、それはまぎれもなく一人の男、しかも背中が瘤の様にもり上った傴僂の老人であることが分った。あの醜い姿をどうして見違えるものか。丈五郎だ。だが、諸戸屋敷の主人公が、今頃何用あって、あんな断崖の縁へ出て来たのであろう。

その傴僂男は、鶴嘴《つるはし》様のものを手にして、うつむいて、熱心に何事かやっている。鶴嘴に力をこめる度に、鶴嘴の外《ほか》に、動くものがある。よく見ると、それは断崖の端に危く乗っている一つの大岩であることが分った。

アア、読めた。丈五郎は、徳さんの舟が丁度その下を通りかかる折を見計らって、あの大岩を押し落し、小舟を顚覆《てんぷく》させようとしているのだ。危い。もっと岸を離れなければ危い。だがここから叫んだ所で、徳さんに聞える筈もない。私はみすみす丈五郎の恐ろしい企らみを知りながら、犠牲者を救う道がないのだ。天運を祈る外にはせんすべがないのだ。

傴僂の影が一つ大きく動いたかと見ると、大岩がグラグラと揺れて、アッと思う間に、非常な速度で、岩角に当っては、無数のかけらとなって飛び散りながら、小舟を目がけて転落して行った。

大きな水煙が上って、暫くすると、ガラガラという音が、私の所まで伝わって来た。

小舟は丈五郎の図に当って顚覆した。二人の乗り手は影もない。岩に当って即死したのか。それとも舟を捨てて泳いでいるのか、残念ながら遠目にはそこまでは分らぬ。

丈五郎はと見ると、執念深い傴僂男は、ただ舟を顚覆した丈けではあきたらぬと見え、恐ろしい勢《いきおい》で鶴嘴を使い、次から次とその辺の大岩小岩を押し落している。すると、まるで海戦の絵でも見る様に、海面一帯に幾つもの水煙が立っては崩れるのだ。

やがて、彼は鶴嘴の手をやめて、じっと下の様子を窺っていたが、犠牲者の最後を見届けて安心したのか、そのまま向うへ立去った。

凡ては一瞬間の出来事だった。そして、余りに遠いので、何かしらおもちゃの芝居みたいで、可愛らしい感じがして、二人の生命を奪ったこの悲惨事が、それ程恐ろしいこととは思えなんだ。だが、これは夢でも幻でもない、厳然たる事実なのだ。徳さんとその息子とは、人鬼の奸計によって、恐らくは魔の淵の藻屑《もくず》と消えてしまったのだ。

今こそ丈五郎の悪企《わるだく》みが分った。彼は最初から私をなきものにする積りだったのだ。それを屋敷内で手を下しては何かと危険だものだから、舟にのせて、島との縁を切って置いて、舟の通路になっている断崖の上に待伏せ、魔の淵の迷信を利用して、徳さんの舟が、人間以上のものの魔力によって転覆した如く装おうとしたのだ。それ故《ゆえ》彼は便利な銃器を使わず、難儀をして大岩を押し落したりしたのである。

渡船《とせん》を外《ほか》の漁師に頼まず、不仲《ふなか》の徳さんを選んだのにも理由があった。彼は一石にして二鳥を落そうとしたのだ。彼の悪事を感づいている私をなきものにすると同時に、以前の召使で彼に反旗を飜《ひるがえ》した、それ故彼の所業をある程度まで知っている徳さんを、事の序《ついで》に殺してしまおうと企らんだのだ。そして、それが見事図に当ったのだ。

丈五郎の殺人は、私の知っている丈けでも、これで丁度五人目である。しかもよく考えて見ると、恐ろしい事に、その五つの場合は、悉《ことごと》く、間接ながら、この私が殺人の動機を作ったと云ってもよいのだ。初代さんは私がなかったなら諸戸の求婚に応じたかも知れない。諸戸と結婚さえすれば彼女は殺されなくて済んだのだ。深山木氏は、いうまでもなく、私さえ探偵を依頼しなければ、丈五郎の魔手にかかる様なことはなかった。少年軽業師もそうだ。又徳さんにしろ、その息子にしろ、私がこの島へ来なかったら、又影武者なぞを頼まなかったら、まさかこんなみじめな最後をとげることはなかったであろう。

考える程、私は空恐ろしさに身震いした。そして、殺人鬼丈五郎を憎む心が、昨日に幾倍するのを覚えた。もう初代さんの為ばかりではない、外の四人の霊の為にも、私はあくまでこの島に踏み止まって、悪魔の所業をあばき、復讐の念願をとげないでは置かぬ。私の力は余りに弱いかも知れない。警察の助力を乞うのが万全の策かも知れない。だが、この稀代の悪魔が、ただ国家の法律で審かれたのでは満足が出来ぬ。古めかしい言葉ではあるが、目には目を、歯には歯を、そして、彼奴《きやつ》の犯した罪業と同じ分量の苦痛を嘗《な》めさせないでは、此の私の腹が癒えぬのだ。

それには、丈五郎が私をなきものにしたと思い込んでいるのを幸《さいわい》、先ず出来る丈け巧みに、徳さんの息子に化けおおせて、彼の目を逃れることが肝要だ。そして、ひそかに土蔵の中の道雄としめし合わせて、復讐の手段を考えるのだ。道雄とても、今度の殺人を聞いたなら、それでも親の味方をしようとは云わぬであろう。又、仮令道雄が不同意でも、そんなことに構ってては居られぬ。私はあくまでも念願を果す為に努力する決心だ。

仕合せなことに、その後《のち》幾日たっても、徳さんの死骸も、息子の死骸も発見されなかった。恐らく、魔の洞穴の奥深く吸込まれてしまったのでもあろう。それ故、私は首尾よく徳さんの息子に化けおおせることが出来た。尤も、いつまでたっても徳さんの舟が帰らぬので、不審がって私の小屋を見舞いに来る漁師もないではなかったが、私は病気だといって、部屋の隅の薄暗い所に二つ折の屏風を立てて、顔をかくしてごまかしてしまった。

昼間は大抵小屋にとじ籠《こも》って人目を避け、夜になると闇にまぎれて私は島中を歩き廻った。土蔵の窓の道雄や秀ちゃんを訪ねるのは勿論、島の地理に通暁して、何かの折に役に立てることを心掛けた。諸戸屋敷の様子に心を配ったのは云うまでもないが、時には、人なき折を見すまして、門内に忍び入り、開かずの部屋の外側に廻って、密閉された戸の隙間から、内部の物音の正体を窺いさえした。

さて読者諸君、私は斯様《かよう》にして、無謀にも世に類なき殺人魔を向うに廻して、戦《たたかい》の第一歩を踏み出したのである。私の行手にどの様な生き地獄が存在したか。どの様な人外境が待ち構えていたか。この記録の冒頭に述べた、一夜にして私の頭髪を雪の様にした、あの大恐怖について書き記すのも、左程遠いことではないのである。

屋上の怪老人

私は影武者のお蔭で危く難を逃れたが、少しも助ったという気持はしなかった。徳さんの息子に化けている私は、うっかり小屋の外へ姿を現わすことも出来ず、まして舟を漕いで島を抜け出すなんて思いも寄らぬことであった。私はまるで、私の方が犯罪人ででもある様に、昼間はじっと徳さんの小屋の中に隠れて、夜になるとコソコソと外気を呼吸したり、縮んでいた手足を伸ばす為に小屋を這い出すのであった。

食物は、まずいのさえ我慢すれば、当分しのぐ丈けのものはあった。不便な島のことだから、徳さんの小屋には、米も麦も味噌も薪《まき》も、たっぷり買い溜めてあったのだ。私はそれから数日の間、えたいの知れぬ干魚を噛《かじ》り、味噌を嘗めて暮した。

私は当時の経験から、どんな冒険でも苦難でも、実際ぶっつかって見ると、そんなでもない、想像している方がずっと恐ろしいのだ、ということを悟った。

東京の会社で算盤を弾《はじ》いていた頃の私には、まるで想像もつかない、架空のお話か夢の様な境遇である。真実私は一人ぼっちで、徳さんのむさくるしい小屋の隅に寝転んで天井板のない屋根裏を眺め、絶間ない波の音を聞き、磯の香を嗅ぎながら、此間《このあいだ》からの出来事を、みんな夢ではないかと変な気持になったことも度々であった。それでいて、そんな恐ろしい境遇にいながら、私の心臓はいつもの通り、しっかりと脈うっていたし、私の頭は狂った様にも思われぬ。人間は、どんな恐ろしい事柄でも、いざぶつかって見ると、思った程でなく、平気で堪えて行けるものである。兵士が鉄砲玉に向って突貫出来るのも、これだなと思って、私は陰気な境遇にも拘らず、妙に晴々した気持ちにさえなるのであった。

それは兎も角、私は先ず第一に諸戸屋敷の土蔵の中に幽閉されている、諸戸道雄に事の仔細《しさい》を告げて、善後の処置を相談しなければならなかった。昼間が怖いと云って、暮れ切ってしまっては、電燈もない島の事だから、どうすることも出来ない。私は黄昏時《たそがれどき》の、遠目には人顔もさだかに分らぬ時分を見計らって、例の土蔵の下へ行った。心配した程のこともなく、島中の人が死絶えたかと思う様に、どこにも人影はなかった。でも、私は目的の土蔵の窓の下にたどりつくと、丁度その土塀の際《きわ》にあった一つの岩を小楯《こだて》に身を隠して、じっと、あたりの様子を窺った。塀の中や土蔵の窓から人声でも洩《も》れはせぬかと聞き耳を立てた。

夕闇の中に、蔵の窓は、ポッカリと黒い口を開けて、黙りこんでいる。遠くの波打際から響いて来る単調な波の音の外には何の物音もない。「やっぱり夢を見ているのではないか」と思う程、凡てが灰色で、声も色もない、うら淋しい景色であった。

長い躊躇《ちゅうちょ》の後、私はやっと勇気を出して、用意して来た紙つぶてを、狙いを定めて投げると、白い玉が、うまく窓の中へ飛込んだ。その紙に、私は昨日からの出来事をすっかり書き記し、私達はこれからどうすればいいのかと、諸戸の意見を聞いてやったのである。

投げてしまうと、又元の岩の蔭に隠れて、じっと待っていたが、諸戸の返事は仲々戻って来ぬ。若しかしたら、彼は私がこの島を立去らなかったのを怒《いか》っているのではないかと心配し始めた頃、もう殆んど暮れ切って、土蔵の窓を見分けるのもむずかしくなった時分に、やっと、その窓の所へボンヤリと白い物が現われ、紙つぶてを私の方へ投げてよこした。

その白いものは、よく見ると諸戸ではなくて、懐しい双生児の秀ちゃんの顔らしかったが、それが、闇の中でも、何となく悲しげに打沈んでいるのが察しられた。秀ちゃんは已に諸戸から委細のことを聞知ったのであろうか。

紙つぶてを拡げて見ると、薄闇の中でも読める様に、大きな字の鉛筆書きで、簡単にこんなことが記してあった。云うまでもなく諸戸の筆蹟である。

「今は何も考えられぬ。明日もう一度来て下さい」

それを読んで、私は黯然《あんぜん》とした。諸戸は彼の父親ののっぴきならぬ罪状を聞かされて、どんなにか驚き悲しんだことであろう。私と顔を合わせることさえ避けて、秀ちゃんに紙つぶてを投げさせたのを見ても、彼の気持が分るのだ。

私は、土蔵の窓からじっと、私の方を見つめているらしいボンヤリと白い秀ちゃんの顔に、うなずいて見せて、夕闇の中を、トボトボと徳さんの小屋に帰った。そして、燈火《ともしび》もつけず、獣の様に、ゴロリと横になったまま、何を考えるともなく考えつづけていた。

翌日の夕方、土蔵の下へ行って合図をすると、今度は諸戸の顔が現われて、左《き》の様な文句を認めた紙切れをひょいと投げてよこした。

「こんなになった私を見捨てないで、色々苦労をしてくれたのは、感謝の言葉もない。本当のことを云うと、僕は、君がこの島を去ったものと思って、どんなにか失望していただろう。僕は君と離れては、淋しくて生きていられないことが、しみじみ分った。丈五郎の悪事もはっきりした。僕はもう親子という様な事は考えないことにしよう。父は憎いばかりだ。愛情なんて少しも感じない。却って他人の君に烈しい執着を覚える。君の助けを借りてこの土蔵を抜け出そう。そして、可哀想な人達を救わねばならぬ。初代さんの財産も発見せねばならぬ。それはつまり君を富ませることだからね。土蔵を抜け出すについては僕に考えがある。少し時期を待たねばならぬ。その計画については、追々《おいおい》に知らせることにしよう。毎日人目のない折を見計らって、出来る丈け度々土蔵の下へ来て下さい。昼間でもここへは滅多に人も来ないから大丈夫です。併し、丈五郎に君の生きていることを悟られては一大事です。用心の上にも用心して下さい。それから不健康な生活で、病気などせぬ様に、くれぐれも祈ります」

諸戸は一度ぐらついた決心を翻《ひるがえ》して、親子の義理を断ったのである。だが、その裏には、私に対する不倫なる愛情が、重大な動機となっていることを思うと、私は非常に変てこな気持になった。諸戸の不思議な熱情は、私には到底理解出来なかった。寧ろ怖い様にさえ思われた。

それから五日の間、私達はこの不自由な逢瀬《おうせ》を続けた。（逢瀬とは変な言葉だが、その間の諸戸の態度は、何となくこの言葉にふさわしかった）その五日間の私の心持なり行動なりを詳しく思出せば、随分書くこともあるけれど、全体のお話には大して関係のないことだから、凡て略すことにして、要点丈けを摘《つま》んで見ると、

あの謎の様な出来事を発見したのは、三日目の早朝、諸戸と紙つぶての文通をする為に、私が何気なく土蔵に近づいた時であった。

まだ朝日の昇らぬ前で、薄暗くもあったし、それに島全体を朝もやが覆っていて、遠目が利かなんだせいもあるが、何よりもそれが余り意外な場所であった為に、私は例の塀外の岩の五六間《けん》手前まで、まるで気附かないでいたが、ふと見ると、土蔵の屋根の上に、黒い人影がモゴモゴと蠢いているではないか。

ハッとして、矢庭《やにわ》にあと戻りをして、土塀《どべい》の角になった所へ身を隠して、よく見ると、屋根の上の人物というのは、外ならぬ傴僂の丈五郎であることが分った。顔を見ずとも、身体全体の輪廓で忽《たちま》ちそれと分るのだ。

私はそれを見ると、諸戸道雄の身の上を気遣わないではいられなかった。この片輪の怪物が姿を見せる所、必ず兇事が伴った。初代が殺される前に怪老人を見た。友之助が殺された晩には、私がその醜い後姿を目撃した。そしてつい此間は、彼が断崖の上で鶴嘴を揮《ふる》うと見るや、徳さん親子が魔の淵の藻屑と消えたではないか。

だが、まさか息子を殺すことはあるまい。殺し得ないからこそ、土蔵に幽閉する様な手ぬるい手段をとったのではないか。

いやいや、そうではない、道雄の方でさえ親に敵対しようとしているのだ。それをあの怪物が我子の命を奪う位、何躊躇するものか。道雄があくまで敵対すると見極めがついたものだから、愈々彼をなきものにしようと企らんでいるに相違ない。

私が塀の蔭に身を隠して、やきもきとそんなことを考えている間に、怪物丈五郎は、少しずつ薄らいで行く朝もやの中に段々その醜怪な姿をハッキリさせながら、屋根の棟の一方の端に跨って、頻《しき》りと何かやっていた。

アア、分った。彼奴《きゃっ》鬼瓦をはずそうとしているのだ。

そこには、土蔵の大きさにふさわしい、立派な鬼瓦が、屋根の両端に、いかめしく据えてあった。東京あたりでは一寸見られぬ様な、古風な珍らしい型だ。

土蔵の二階には天井が張ってないだろうから、あの鬼瓦をはがせば、屋根板一枚の下はすぐ、諸戸道雄の幽閉された部屋である。危い危い、頭の上で恐ろしい企らみが行われているとも知らず、諸戸はあの下でまだ眠っているかも知れない。と云って、あの怪物のいる前で、口笛を吹いて合図をすることも出来ず、私はイライラするばかりで、何とせん術《すべ》もないのである。

やがて、丈五郎はその鬼瓦をすっかりはずして小脇に抱えた。二尺以上もある大瓦なので、片輪者には、抱えるのもやっとのことである。

さて、次には鬼瓦の下の屋根板をめくって、道雄と双生児の真上から、丈五郎の醜い顔がヒョイと覗いて、ニヤニヤ笑いながら、愈々残虐な殺人にとりかかる。

私はそんな幻を描いて、脇の下に冷汗を流しながら、立竦《たちすく》んでいたのだが、意外なことには、丈五郎は、その鬼瓦を抱えたまま、屋根の向側へおりて行ってしまった。邪魔な鬼瓦をどこかに運んで置いて、身軽になって元の所へ戻って来るのだろうと、いつまで待っても、そんな様子はないのである。

私はオズオズと塀の蔭から例の岩の所まで進んで、そこに身を隠して、なおも様子を窺っていたが、その内に朝もやはすっかりはれ渡り、岩山の頂から大きな太陽が覗き、土蔵の壁を赤々と照らす頃になっても、丈五郎は、遂に再び姿を見せなかったのである。

神と仏

先程から、たっぷり三十分はたっているので、もう大丈夫だろうと、私は岩蔭に身を潜めたまま、思い切って、小さく口笛を吹いて見た。諸戸を呼出す合図である。

すると待構えていた様に、蔵の窓に諸戸の顔が現われた。

岩蔭から首を出して、大丈夫かと目で尋ねると、諸戸が肯《うなず》いて見せたので、私は用意の手帳を裂いて、手早く丈五郎の不思議な仕草について書き記し、その辺の小石を包んで、窓を目がけて投込んだ。

暫く待つと諸戸の返事が来た。その文句は大体左《さ》の様なものであった。

「僕は君の手紙を見て、非常な発見をした。喜んで呉れ給え。僕等の目的の一つは、間もなく成就することが出来相だ。又、僕の身にさし当り危険はないから安心し給え。詳しく書いている暇はないから、ただ君にして貰い度いこと丈け書く。それによって、君は充分僕の考を察することが出来よう。

1、危険を冒《おか》さぬ範囲で、この島のあらゆる隅々を歩き廻り、何か祭ってあるもの、例えば稲荷《いなり》様の祠《ほこら》とか、地蔵様とか、神仏に縁あるものを探し出して、知らせて下さい。

2、近い内に諸戸屋敷の傭人《やといにん》達が、何かの荷物を積んで、舟を出す筈だ。それを見つけたら、すぐに知らせて下さい。その時の人数も検《しら》べて下さい」

私はこの異様な命令を受取って、一応は考えて見たけれど、無論諸戸の真意を悟ることは出来なんだ。と云って、又紙つぶてで、尋ね返していては、時間をとるばかりだし、いつ丈五郎が土蔵の中へ這入って来ぬとも限らぬので、諸戸の思慮を信頼して、私はすぐ様その場を立去った。

それから諸戸の命令に従って、なるべく人家のない所、人通りのない所と、まるで泥棒の様に隠れ廻って、終日島の中を歩き廻った。仮令人に出会っても化けの皮がはげぬ様、深く頬冠りをし、着物は無論徳さんの息子の古布子《ふるぬのこ》で、手先や足に泥を塗って、一寸見たのでは分らぬ様にしてはいたが、それでも、昼日中、野外を歩き廻るのだから、私の気苦労は一通りではなかった。それに、海辺とは云え、もう八月に入っていたので、炎天を歩き廻るのは随分苦しかったけれど、この様な非常の場合、暑さなど気にしている隙《ひま》はなかった。だが、そうして歩いて見て分ったことだが、この島は何という寂れ果てた場所であろう。人家はあっても、人がいるのかいないのか、長い間歩いていて、遠目に二三人の漁師の姿を見た外には、終日誰にも出会わないのだ。これなら何も用心することはないと、私はいささか安堵《あんど》することが出来た。

私はその日の夕方までに、島を一周してしまったが、結局神仏に縁のあるらしいものを二つ丈け発見した。

岩屋島の西側は海岸で、それは諸戸屋敷とは、中央の岩山を隔てて反対の側なのだが、殆ど人家はなく、断崖の凹凸が殊に烈しくて、波打際に様々の形の奇巖が、そそり立っている。その中に一際目立つ烏帽子《えぼし》型の大岩があって、その大岩の頂に、丁度二見《ふたみ》ケ浦《うら》の夫婦《めおと》岩の様に、石で刻んだ小さな鳥居が建ててある。何百年前かこの島がもっと賑かであった時分、諸戸屋敷の主《あるじ》が城主の様な威勢をふるっていた時分、その海岸の平穏を祈る為に建てられたものであろう。御影石《みかげいし》の鳥居は薄黒い苔に覆われて、今ではその大岩の一部分と見誤る程に古びていた。

もう一つは、同じ西側の海岸の、その烏帽子岩と向き合った小高い所に、これも非常に古い石地蔵が立っていた。昔はこの島を一周して完全な人道が出来ていたらしく、所々その跡が残っているのだが、石地蔵はその人道に沿って、道しるべの様に立っているのだ。無論お詣《まい》りをする人などはないものだから、奉納物もなく、地蔵尊と云うよりは、人間の形をした石塊《いしころ》であった。目も鼻も口も、磨滅して、のっぺらぼうで、それが無人の境にチョコンと立っている姿を見た時は、私はギョッとして思わず立止った程である。台座に可成《かなり》大きな石が使ってあるので、転びもせずに、幾年月を、元の位置に立尽していたものであろう。

あとで考えたことだけれど、この石地蔵は、昔は島の諸所に立っていたものらしく、現に北側の海岸などには、石地蔵の台座と覚しきものが残っていた程である。それが、子供の悪戯などで、いつとなく姿を消して行き、最も不便な場所であるこの西側の海岸の分丈けが、幸運にも今だに取残されていたものに相違ない。

私の歩き廻った所では、島中に、神仏に縁のあるものと云っては、右の二つ丈けで、その外には、諸戸屋敷の広い庭に、何様の祠だか知らぬけれど、可成立派なお社《やしろ》が建ててあったのを覚えている位のものである。だが、諸戸が私に探せと云ったのは、諸戸屋敷の内部のものでなかったのは云う迄もない。

烏帽子岩の鳥居は「神」である。石地蔵は「仏」である。神と仏。アア、私は何だか諸戸の考えが分り出して来た様だ。それは云うまでもなく、例の呪文の様な暗号文に関聯しているのだ。私はその暗号文を思出して見た。

神と仏がおうたなら
巽の鬼をうちやぶり
弥陀の利益をさぐるべし
六道の辻に迷うなよ

この「神」とは烏帽子岩の鳥居を指し「仏」とは例の石地蔵を意味するのではあるまいか。それから、アア、段々分って来たぞ。この「鬼」というのは、今朝丈五郎が取りはずして行った土蔵の屋根の鬼瓦に一致するのではないかしら。そうだ。あの鬼瓦は土蔵の東南の端にのせてあった。東南は巽の方角に当るのではないか。あの鬼瓦こそ「巽の鬼」だ。

呪文には、「巽の鬼を打破り」とある。ではあの鬼瓦の内部に財宝が隠してあったのかしら。若しそうだとすれば、丈五郎はもうとっくに、あの鬼瓦を打割って、中の財宝を取出してしまったのではあるまいか。

だが、諸戸がそこへ気のつかぬ筈はない。丈五郎が鬼瓦を持去ったことは、私がちゃんと通信したのだし、その通信を読んで、彼は初めて何事かに気附いたらしいのだから、この呪文にはもっと別の意味があるに相違ない。鬼瓦を割る丈けならば、第一の文句は不必要になってしまうのだから。

それにしても「神と仏と会う」というのは一体全体何の事だろう。仮令その「神」が烏帽子岩の鳥居であり、「仏」が石地蔵であったとした所で、その二つのものが、どうして会うことが出来るのだろう。やっぱりこの「神仏」というのは、もっと全く別なものを意味しているのではあるまいか。

私は色々と考えて見たが、どうしてもこの謎を解くことは出来なんだ。ただ今日の出来事でハッキリしたのは、私達が嘗つて東京の神田の西洋料理店の二階へ隠して置いた、暗号文と双生児の日記帳とを盗んだ奴は、当時想像した通り、やっぱり怪老人丈五郎であったということである。そうでなければ、彼が鬼瓦をはずした意味を解くことが出来ない。彼はそれまでは、庭を掘り返したりして、無闇に諸戸屋敷を屋探ししていたのだが、暗号文を手に入れると、一生懸命にその意味を研究して、遂に「巽の鬼」が土蔵の鬼瓦に一致することを発見したものに相違ない。

若しや丈五郎の解釈が図に当って、彼は已に財宝を手に入れてしまったのではあるまいか。それとも、彼の解釈には、非常な間違いがあって、鬼瓦の中には何も入っていなかったかも知れない。諸戸は果してあの暗号文を正しく理解しているのかしら。私はやきもきしないではいられなかった。

同じ日の夕方、私は土蔵の下へ行って、例の紙つぶてによって、私の発見した事柄を諸戸に通信した。その紙切れには、念の為に烏帽子岩と石地蔵の位置を示す略図まで、書加えて置いた。

暫く待つと、諸戸が窓の所に顔を出して、左《さ》の様な手紙を投げた。

「君は時計を持っているか、時間は合っているか」

突飛な質問である。だが、いつ私の身に危険が迫るかも知れないし、不自由極まる通信なのだから、前後の事情を説明している暇のないのも無理ではない。私はそれらの簡単な文句から彼の意のある所を推察しなければならないのだ。

幸い私は腕時計を、二の腕深く隠し持っていた。捻子《ねじ》も注意して捲いていたから、多分大した時間の違いはなかろう。私は窓の諸戸に腕をまくって見せて、手真似で時間の合っていることを知らせた。

すると、諸戸は満足らしく肯いて、首を引込めたが、暫く待つと、今度は少し長い手紙を投げてよこした。

「大切なことだから、間違いなくやってくれ給え。大方察しているだろうが、宝の隠し場所が分り相なのだ。丈五郎も気附き始めたけれど、大変な間違いをやっている。僕等の手で探し出そう。確かに見込みがある。僕がここを抜け出すまで待っていられない。明日空が晴れていたら、午後四時頃（もっと早く行く方が確かだ）烏帽子岩へ行って、石の鳥居の影を注意してくれ給え。多分その影が石地蔵と重なる筈だ。重なったら、その時間を正確に記憶して帰ってくれ給え」

私はこの命令を受取ると、急いで徳さんの小屋へ帰ったが、その晩は呪文のことの外は何も考えなかった。

今こそ私は、呪文の「神と仏が会う」という意味を明かにすることが出来た。本当に会うのではなくて、神の影が仏に重なるのだ。鳥居の影が石地蔵に射すのだ。何といううまい思いつきだろう。私は今更らの様に、諸戸道雄の想像力を讃嘆しないではいられなかった。だが、そこまでは分るけれど、「神と仏が会うたなら、巽の鬼を打破り」という巽の鬼が、今度は分らなくなって来る。丈五郎が大間違いをやっているというのだから、土蔵の鬼瓦ではないらしい。と云って、その外に「鬼」と名のつくものが、一体どこにあるのだろう。

その晩は、つい疑問の解けぬままに、いつか眠ってしまったが、翌朝、この島には珍らしいガヤガヤという人声に、ふと目を覚ますと、小屋の前を、船着場の方へ、聞き覚えのある声が通り過ぎて行く。疑いもなく諸戸屋敷の傭人達だ。

私は諸戸に命じられていたことがあるものだから、急いで起上って、窓を細目に開いて覗くと、遠ざかって行く三人の後姿が見えた。二人が大きな木箱を吊って、一人がその脇につき添って行く。それが双生児の日記にあった助八爺さんで、あとの二人は、諸戸屋敷で見かけた屈強な男達だ。

諸戸が先日「近い内に諸戸屋敷の傭人達が、荷物を積んで、舟を出す筈だ」と書いたのはこれだなと思った。私はその人数を彼に知らせることを頼まれているのだ。

窓を開いてじっと見ていると、三人連れは段々小さくなって遂に岩蔭に隠れてしまったが、待つ程もなく、舟着場の方から一艘《そう》の帆前船《ほまえせん》が、帆を卸したまま、私の眼界へ漕ぎ出して来た。遠いけれど、乗っているのはさっきの三人と、荷物の木箱であることはよく分った。少し沖に出ると、スルスルと帆が上って舟は朝風に追われ、見る見る島を遠ざかって行った。

私は約束に従って、早速このことを諸戸に知らせなければならぬ。もうその頃は、昼間出歩くことに馴れてしまって、滅多に人通りなぞありはしないと、多寡《たか》を括《くく》っていたので、何の躊躇もなく、私は直様《すぐさま》小屋を出て、土蔵の下へ行った。

紙つぶてで事の仔細を告げると、諸戸から、勇ましい返事が来た。

「彼等は一週間程帰らぬ筈だ。彼等が何をしに行ったかも分っている。もう邸の中には手強い奴はいない。逃げるのは今だ。助力を頼む。君は一時間ばかりその岩蔭に隠れて僕の合図を待ってくれ給え。僕がこの窓から手を振ったら、大急ぎで表門へ駈けつけ、邸内を逃げ出す奴があったら引捉えてくれ給え。女と片輪ばかりだから、大丈夫だ。愈々戦争だよ」

この不意の出来事の為に、私達の宝探しは一時中止となった。私は諸戸の勇ましい手紙に胸を躍らせながら、窓の合図を待ち構えた。諸戸の計画がうまく行けば、私達は間もなく、久し振りで口を利き合うことが出来るのだ。そして、私がこの島に来たときからあこがれていた秀ちゃんの顔を、間近に見、声を聞くことさえ出来るのだ。この日頃の奇怪なる経験は、いつの間にか、私を冒険好きにしてしまった。戦争と聞いて肉が躍った。東京にいた頃の私には、思いも及ばなかった気持である。

諸戸は親達と戦おうとしている。世の常のことではない。彼の気持はどんなだろうと思うと、その刹那の来るのをじっと待っている私も、心臓が空っぽになった様な感じである。それにしても、彼は腕力で親達に手向う積りなのであろうか。

長い長い間、私は岩蔭にすくんでいた。暑い日だった。岩の日蔭ではあったけれど、足下の砂が触れない程焼けていた。いつもは涼しい浜風も、その日はそよともなく、波の音も、私自身が聾になったのではないかと怪しむ程、少しも聞えて来なかった。何とも底知れぬ静寂の中に、ただジリジリと夏の日が輝いていた。

クラクラと眩暈《めまい》がしそうになるのを、こらえこらえして、じっと土蔵の窓を見つめていると、とうとう合図があった。鉄棒の間から、腕が出て、二三度ヒラヒラと上下するのが見えた。

私は矢庭に駈け出して、土塀を一廻りすると、表門から諸戸屋敷へ踏み込んで行った。

玄関の土間へ這入って、奥の方を覗いて見たが、ヒッソリとして人気《ひとけ》もない。仮令対手《あいて》は片輪者とは云え、奸智《かんち》にたけた兇悪無残な丈五郎のことだ、諸戸の身の上が気遣われた。あべこべにひどい目に会っているのではあるまいか、邸内が静まり返っているのが何となく不気味である。

私は玄関を上って、曲りくねった長い廊下を、ソロソロとたどって行った。

一つの角を曲ると、十間程も続いた長い廊下に出た。巾は一間以上もあって、昔風に赤茶けた畳が敷いてある。屋根の深い窓の少い古風な建物なので、廊下は夕方の様に薄暗かった。

私がその廊下へヒョイと曲った時、私と同時に、やっぱり向うの端に現われたものがあった。それが恐ろしい勢《いきおい》で、もつれ合いながら私の方へ走って来るのだ。余り変な恰好をしているので、私は急にはその正体が分らなんだが、そのものが、見る見る私に接近して、私にぶっつかり妙な叫声をたてた時、初めて私は双生児の秀ちゃんと吉ちゃんであることを悟った。

彼等はボロボロになった布切を身に纏《まと》い、秀ちゃんは簡単に髪をうしろで結んでいたが、吉ちゃんの方は、時々は散髪をして貰うのか、百日鬘*15の様な不気味な頭であった。二人共檻禁を解かれたことを、無性に喜んで、子供の様に踊っていた。私の前で、私の方に笑いかけながら、踊り狂う二人を見ていると、妙な形の獣《けだもの》みたいな感じがした。

私は知らぬ間に秀ちゃんの手を掴んでいた。秀ちゃんの方でも、無邪気に笑いかけながら、懐かし相に私の手を握り返していた。あんな境遇にいながら、秀ちゃんの爪が綺麗に切ってあったのが、非常にいい感じを与えた。そんな一寸した事に、私はひどく心を動かすのだ。

野蛮人の様な吉ちゃんは、私と秀ちゃんが仲よくするのを見て、忽《たちま》ち怒り出した。教養を知らぬ生地《きじ》のままの人間は、猿と同じことで、怒った時に歯をむきだすものだということを、私はその時知った。吉ちゃんはゴリラみたいに歯をむき出して、身体全体の力で、秀ちゃんを私から引離そうと、もがいた。

そうしている所へ、騒ぎを聞きつけたのか、私のうしろの方の部屋から、一人の女が飛び出して来た。唖のおとしさんである。彼女は双生児が土蔵を抜け出したことを知ると、真青になって矢庭に秀ちゃん達を奥の方へ押し戻す恰好をした。

私はこの最初の敵を、苦もなく取押えた。対手は手をねじられながら、首を曲げて私を見、忽ち私の正体を悟ると、ギョッとして力が抜けてしまった。彼女は何が何だか少しも訳が分らぬらしく、従ってあくまで抵抗しようともしなかった。

そこへ、さっき双生児が走って来た方角から、奇妙な一団が現われて来た。先頭に立っているのは、諸戸道雄、そのあとに不思議な生物が五六人、ウヨウヨと従っていた。

私は諸戸屋敷に片輪者がいることは聞いていたが、皆明かずの部屋にとじ籠められていたので、まだ一度も見たことがなかった。多分諸戸は、今その明かずの部屋を開いて、この一群の生物に自由を与えたのであろう。彼等は夫々《それぞれ》の仕方で、喜びの情を表わし、諸戸になついている様に見えた。

顔半面に墨を塗った様に毛の生えた、俗に熊娘《くまむすめ》という片輪者がいた。手足は尋常であったが、栄養不良らしく、細々と青ざめていた。何か口の中でブツブツ云いながら、それでも嬉し相に見えた。

足の関節が反対に曲った蛙の様な子供がいた。十歳ばかりで可愛い顔をしていたが、そんな不自由な足で、活潑にピョンピョンと飛び廻っていた。

小人島が三人いた。大人の首が幼児の身体に乗っている所は普通の一寸法師であったが、見世物などで見かけるのと違って、非常に弱々しく、くらげの様に手足に力がなくて、歩くのも難儀らしく見えた。一人などは、立つことが出来ず、可哀想に三つ子の様に畳の上を這っていた。三人共、弱々しい身体で大きな頭を支えているのがやっとであった。

薄暗い長廊下に、二身一体の双生児を初めとして、それらの不具者共が、ウジャウジャとかたまっているのを見ると、何とも云えぬ変な感じがした。見た目は寧ろ滑稽であったが、滑稽な丈けに、却ってゾッとする様な所があった。

「アア、蓑浦君、とうとうやっつけた」

諸戸が私に近寄って、つけ元気みたいな顔で云った。

「やっつけたって、あの人達をですか」

私は諸戸が丈五郎夫婦を殺したのではないかと思ったのだ。

「僕達の代りにあの二人を土蔵の中へ締込んでしまった」

彼は両親に話しがあると偽って、蔵の中へおびき寄せ、咄嗟《とっさ》の間に双生児と共に外へ出て、うろたえている二人の片輪者を、土蔵の中へとじ籠めてしまったのである。丈五郎がどうして易々と、彼の策略に乗ったかというに、それには充分理由があったのだ。私は後になってそのことを知った。

「この人達は」

「片輪者さ」

「だが、どうして、こんなに片輪者を養って置くのでしょう」

「同類だからだろう、詳しいことはあとで話そうよ。それより僕達は急がなければならない。三人の奴等が帰るまでにこの島を出発したいのだ。一度出て行ったら五六日は大丈夫帰らない。その間に、例の宝探しをやるのだ。そして、この連中をこの恐ろしい島から救い出すのだ」

「あの人達はどうするのです」

「丈五郎かい。どうしていいか分らない。卑怯《ひきょう》だけれど、僕は逃げ出す積りだ。財産を奪い、この片輪の連中を連れ去ったらどうすることも出来ないだろう。自然悪事を止すかも知れない。兎も角僕にはあの人達を訴えたり、あの人達の命を縮めたりする力はない。卑怯だけれど、置去りにして逃げるのだ。これ丈けは見逃してくれ給え」

諸戸は黯然《あんぜん》として云った。

三角形の頂点

片輪者は皆おとなしかったので、その見張りを秀ちゃんと吉ちゃんに頼んだ。性悪《しようわる》の吉ちゃんも、自由を与えてくれた諸戸の云いつけには、よく従った。

啞のおとしさんには、秀ちゃんの手真似で、諸戸の命令を伝えた。おとしさんの役目は、土蔵の中の丈五郎夫婦と、片輪者達の為に三度三度の食事を用意することだった。土蔵の扉は決して開いてはならぬこと、食事は庭の窓から差入れることなどを繰返し命じた。彼女は丈五郎夫婦に信服していた訳ではなく寧ろ暴虐な主人を恐れ憎んでいた位だから、訳を聞くと少しも反抗しなかった。

諸戸がテキパキと事を運んだので、午後にはもう、この騒動のあと始末が出来てしまった。諸戸屋敷には、男の傭人は三人しかいず、それが皆出払っていたので、私達はあっけなく戦いに勝つことが出来たのだ。丈五郎にして見れば、私は已にないものと思っているし、土蔵の中の道雄は、まさか親に対してこんな反抗をしようとは思いがけぬものだから、つい油断をして肝腎の護衛兵を皆出してやったのであろうが、その虚《きょ》に乗じた諸戸の思い切ったやり口が、見事に効《こう》を奏《そう》した訳である。

三人の男が何をしに出掛けたのか、どうして五六日帰って来ないのか、私が尋ねても、諸戸は何故かハッキリした答えをしなかった。そして、「奴等の仕事が五六日以上かかることは、ある理由で僕はよく知っているのだ。それは確かだから安心し給え」と云うばかりであった。

その午後、私達は連立って、例の烏帽子岩の所へ出掛けた。宝探しを続ける為である。

「僕は二度とこのいやな島へ来たくない。と云って、このまま逃出してしまっては、あの人達に悪事の資金を与える様なものだ。若し宝が隠してあるものなら、僕達の手で探出し度《た》い。そうすれば、東京にいる初代さんの母親も仕合せになるだろうし、また沢山の片輪者を幸福にする道も立つ。僕としてもせめてもの罪亡ぼしだ。僕が宝探しを急いでいるのは、そういう気持からだよ。一体なれば、これを世間に公表して、官憲の手を煩《わずら》わすのが本当だろうが、それは出来ない。そうすれば僕の父親を断頭台へ送ることになるんだからね」

烏帽子岩への道で、諸戸は、弁解する様に、そんなことを云った。

「それは分ってますよ。外に方法のないことは僕にもよく分っていますよ」

私は真実その様に思っていた。暫くして私は当面の宝探しの方へ話題を持って行った。

「僕は宝そのものよりも、暗号を解いて、それを探し出すことに、非常な興味を感じているのです。だが、僕にはまだよく分りません。あなたはすっかり、あの暗号を解いてしまったのですか」

「やって見なければ分らないけれど、何だか解けた様に思うのだが、君にも、僕の考えていることが大体分っているでしょう」

「そうですね。呪文の『神と仏が合うたなら』というのは、鳥帽子岩の鳥居の影と石地蔵とが一つになる時という意味だ。という位のことしか分らない」

「そんなら、分っているんじゃないか」

「でも、巽の鬼を打破りってのが、見当がつかないのです」

「巽の鬼というのは、無論、土蔵の鬼瓦の事さ。それは君が僕に教えて呉れたんじゃありませんか」

「すると、あの鬼瓦を打破れば、中に宝が隠されているのですか。まさか、そうじゃないでしょう」

「鳥居と石地蔵の場合と同じ考え方をすればいいのさ。つまり、鬼瓦そのものでなくて、鬼瓦の影を考えるのだ。そうでなければ、第一句が無意味になるからね。それを丈五郎は、鬼瓦そのものだと思って、屋根へ上《あが》ってとりはずしたりしたんだ。僕は蔵の窓からあの人が鬼瓦を割っているのを見たよ。無論何も出やしなかった。併し、そのお蔭で僕は、暗号を解く手がかりが出来たんだけれど」

　私はそれを聞くと、何だか自分が笑われている様に感じて、思わず赤面した。

「馬鹿ですね。僕はそこへ気づかなかったのです。すると丁度鳥居の影が石地蔵に一致した時、鬼瓦の影の射す場所を探せばいい訳ですね」

私は、諸戸が私の時計について尋ねたことを思い出しながら云った。

「間違っているかも知れないけれど、僕にはそんな風に思われるね」

私達は長い道をこんな、会話を取交わした他は、多く黙り込んで歩いた。諸戸が非常に不愛相で、私を黙らせてしまったのだ。彼は父親を押籠めた不倫について考えていたに相違ない。父という言葉を使わないで、丈五郎と呼び捨てにしていた彼ではあるが、それが親だと思うと、打沈むのはすこしも無理ではなかった。

私達が目的の海岸へ着いた時は、少し時間が早過ぎて、烏帽子岩の鳥居の影は、まだ切岸の端にあった。

私達は時計の捻子を捲いて、時の移るのを待った。日蔭を選んで腰を卸していたけれど、珍らしく風のない日でジリジリと背中や胸を汗が流れた。

動かない様《よう》でも、鳥居の影は、目に見えぬ早さで、地面を這って、少しずつ少しずつ、丘の方へ近づいて行った。

だが、それが石地蔵の数間手前まで迫った時、私はふとある事に気づいて、思わず諸戸の顔を見た。すると、諸戸も同じことを考えたと見えて、変な顔をしているのだ。

「この調子で進むと、鳥居の影は石地蔵には射さない様じゃありませんか」

「二三間横にそれているね」諸戸はがっかりした調子で云った。「すると僕の考え違いかしら」

「あの暗号の書かれた時分には、神仏に縁のあるものが、外にもあったかも知れませんね。現に別の海岸にも、石地蔵の跡がある位だから」

「だが、影を投げる方のものは、高い所にある筈だからね、外の海岸にこんな高い岩はないし、島の真中の山には神社の跡らしいものも見えない。どうも、「神」というのはこの鳥居としか思えないのだが」

諸戸は未練らしく云った。

そうしている内に、影の方はグングン進んで、殆ど石地蔵と肩を並べる高さに達した。見ると、丘の中腹に投じた鳥居の影と、石地蔵との間には、二間ばかりの隔たりがある。

諸戸はそれをじっと眺めていたが、何を思ったか、突然笑い出した。

「馬鹿馬鹿しい。子供だって知っていることだ。僕達は少しどうかしているね」云いさして彼は又ゲラゲラ笑った。「夏は日が長い。冬は日が短い。君、これは何だね。ハハハハハ、地球に対して太陽の位置が変るからだ。つまり、物の影は、正確に云えば、一日だって同じ場所へ射さないということだ。同じ場所へ射す時は、夏至《げし》と冬至《とうじ》の外は、一年に二度しかない。太陽が赤道へ近づくとき、赤道を離れる時、その往復に一度ずつ。ね、分り切ったことだ」

「成程、本当に僕達はどうかしていましたね。すると、宝探しの機会も一年に二度しかないということでしょうか」

「隠した人はそう思ったかも知れない。そして、それが宝を掘出しにくくする屈強の方法だと誤解したかも知れない。だが、果してこの鳥居と石地蔵が、宝探しの目印なら、何も実際影の重なるのを待たなくても、いくらも手段はあるよ」

「三角形を書けばいい訳ですね。鳥居の影と石地蔵を頂点にして」

「そうだ。そして、鳥居の影と石地蔵との開きの角度を見つけて、鬼瓦の影を計る時にも、同じ角度丈け離れた場所に見当をつければいいのだ」

私達はそんな小さな発見にも、目的が宝探し丈けに、可成昂奮していた。そこで、鳥居の影が、正しく石地蔵の高さに来た時の時間を見ると、私の腕時計は丁度五時二十五分を差していたので、私はそれを手帳に控えた。

それから、私達は崖を伝い降りたり、岩によじ昇ったり、色々骨を折った末、鳥居と石地蔵の距離を計り、鳥居の影と石地蔵との隔りも正確に検べて、その三つのものの作りなす三角形の縮図を、手帳に書き記した。この上は明日の午後五時二十五分、諸戸屋敷の土蔵の屋根の影がどこに射すかを確め、今日検べた角度によって、誤差を計れば、愈々《いよいよ》宝の隠し場所を発見することが出来る訳である。

だが、読者諸君、私達はまだ完全に例の呪文を解読していた訳ではなかった。呪文の最後には「六道の辻に迷うなよ」という不気味な一句があった。六道の辻とは一体何を指すのか、私達の行手には、若しやその様な地獄の迷路が待ち構えているのではあるまいか。

古井戸の底

私達は、その夜は諸戸屋敷の一間に、枕を並べて寝たが、私は度々諸戸の声に目を覚さなければならなかった。彼は夜中《やちゅう》悪夢にうなされ続けていたのだった。親と名のつく人を、監禁しなければならぬ様な、この日頃の心痛に、彼の神経が平静を失っていたのは無理もないことである。寝言の中で、彼は度々私の名を口にした。私というものが、彼の潜在意識中に、そんなにも大きな場所を占めているのかと思うと、私は何だか空恐ろしくなった。仮令同性にもしろ、それ程私のことを思い続けている彼と、こうして、そしらぬ顔で行動を共にしているのは、余りに罪深い業《わざ》ではあるまいか。と、私は寝られぬままに、そんなことを真面目に考えていた。

翌日も、例の五時二十五分が来るまでは、私達は何の用事もない身体であった。諸戸には、却ってそれが苦痛らしく、一人で海岸を行ったり来たりして時間をつぶしていた。彼は土蔵の側《そば》へ近寄ることすら恐れている様に見えた。

土蔵の中の丈五郎夫婦は、あきらめたのか、それとも三人の男の帰るのを心待ちにしているのか、案外おとなしくしていた。私は気になるものだから、度々土蔵の前へ行って、耳をすましたり、窓から覗いて見たりしたが、彼等の姿も見えず、話声さえしなかった。啞のおとしさんが窓から御飯を差入れる時には、母親の方が、階段をおりて、おとなしく受取りに来た。

片輪者達も一間に寄り集って、おとなしくしていた。ただ私が時々秀ちゃんと話をしに行くものだから、吉ちゃんの方が腹を立てて、訳の分らぬことを吹鳴る位のものであった。秀ちゃんは、話して見ると、一層優しくかしこい娘であることが分って、私達は段々仲よしになって行った。秀ちゃんは智恵のつき始めた子供の様に、次から次と、私に質問をあびせた。私は親切にそれに答えてやった。私は獣みたいな吉ちゃんが、小面憎いものだから、態と秀ちゃんと仲よくして、見せびらかしたりした。吉ちゃんはそれを見ると、真赤に怒って、身体を捻《ひね》って、秀ちゃんに痛い目を見せるのだ。

秀ちゃんはすっかり私になついてしまった。私に逢いたさに、えらい力で吉ちゃんを引ずって、私のいる部屋へやって来たことさえある。それを見て、私はどんなに嬉しかったであろう。だが、あとで考えると、秀ちゃんが私をこんなに慕う様になったことが、とんだ禍の元となったのである。

片輪者の中では、蛙みたいに四足で飛んで歩く、十歳ばかりの可愛らしい子供が、一番私になついていた。シゲという名前だったが、快活な奴で、一人ではしゃいで、廊下などを飛び廻っていた。頭には別状ないらしく、片言まじりで仲々ませたことを喋った。

余談はさて置き、夕方の五時になると、私と諸戸とは、塀外の、いつも私が身を隠した岩蔭へ出かけて、土蔵の屋根を見上げながら、時間の来るのを待った。心配していた雲も出ず、土蔵の屋根の東南の棟は、塀外に長く影を投げていた。

「鬼瓦がなくなっているから、約二尺丈け余計に見なければいけないね」

諸戸は私の腕時計を覗きながら云った。

「そうですね。五時二十分。あと五分です。だが、一体こんな岩で出来た地面に、そんなものが隠してあるんでしょうか。何だか嘘みたいですね」

「併し、あすこに、一寸した林があるね。どうも、僕の目分量では、あの辺に当りやしないかと思うのだが」

「アア、あれですか。あの林の中には、大きな古井戸があるんですよ。僕はここへ来た最初の日に、あすこを通って覗いて見たことがあります」

私はいかめしい石の井桁《いげた》を思い出した。

「ホウ、古井戸、妙な所にあるんだね。水はあるの」

「すっかり涸れている様です。随分深いですよ」

「以前あすこに別に邸があったのだろうか。それとも、昔はあの辺もこの邸内《やしきうち》だったのかも知れないね」

私達がそんなことを話し合っている内に、時間が来た。私の腕時計が五時二十五分を示した。

「昨日と今日では、幾分影の位置が違うだろうけれど、大した間違が生じることもあるまい」

諸戸は影の地点へ走って行って、地面に石で印をつけると、独言の様に云った。

それから私達は手帳を出して、土蔵の影の地点との距離を書入れ、角度を計算して、三角形の第三の頂点を計って見ると、諸戸が想像した通り、そこの林の中にあることが分った。

私達は茂った枝をかき分けて、古井戸の所へ行った。四方をコンモリと樹枝が包んでいるのでその中はジメジメとして薄暗かった。石の井桁によりかかって、井戸の中を覗くと、真暗な地の底から、気味の悪い冷気が頬をうった。

私達はもう一度正確に距離を測って、問題の地点は、その古井戸に相違ないことを確めた。

「こんなあけっ放しの井戸の中なんて、おかしいですね。底の土の中にでも埋めてあるのでしょうか。それにしても、この井戸を使っていた時分には、井戸浚《さら》いもやったでしょうから、井戸の中なんて、実に危険な隠し場所ですね」

私は何となく腑に落ちなかった。

「さあそこだよ。単純に井戸の中では、あんまり曲《きょく》がなさ過ぎる。あの用意周到な人物が、そんなたやすい場所へ隠して置く筈がない。君は呪文の最後の文句を覚えているでしょう。

ホラ、六道の辻に迷うなよ。この井戸の底には横穴があるんじゃないかしら。その横穴が所謂『六道の辻』で、迷路みたいに曲りくねっているのかも知れない」

「あんまりお話みたいですね」

「いや、そうじゃない。こんな岩で出来た島には、よくそんな洞穴があるものだよ。現に魔の淵の洞穴だってそうだが、地中の石灰岩の層を、雨水が浸蝕して、とんでもない地下の通路が出来て、この井戸の底は、その地下道への入口になっているんじゃないかしら」

「その自然の迷路を、宝の隠し場所に利用したという訳ですね。若しそうだとすれば、実際念に念を入れたやり方ですね」

「それ程にして隠したとすれば、宝というのは、非常に貴重なものに相違ないね。だが、それにしても、僕はあの呪文にたった一つ分らない点があるのだが」

「そうですか。僕は、今のあなたの説明で全体が分った様に思うのだけれど」

「ほんの一寸したことだがね。ホラ、巽の鬼を打破りとあっただろう。この『打破り』なんだ。地面を掘って探すのだったら、打破ることになるけれど、井戸から這入るのでは、何も打破りやしないんだからね。それが変なんだよ。あの呪文は一寸見ると幼稚の様で、その実仲々よく考えてあるからね。あの作者が不必要な文句などを書く筈がない。打破る必要のない所へ、『打破り』なんて書く筈がない」

私達は薄暗い木の下で、暫くそんなことを話し合っていたが、考えていても仕様がないから、兎も角、井戸の中へ這入って、横穴があるかどうかを検べて見ようということになり、諸戸は私を残して置いて、邸に取って返し、丈夫な長い縄を探し出して来た。漁具に使われていたものである。

「僕が這入って見ましょう」

私は、諸戸より身体が小さくて軽いので、横穴を見届ける仕事を引受けた。

諸戸は縄の端で私の身体を厳重にしばり、縄の中程を井桁の石に一捲《ひとま》きして、その端を両手で握った。私が降りるに従って、縄をのばして行く訳である。

私は諸戸が持って来てくれたマッチを懐中すると、しっかりと縄を掴んで、井戸端へ足をかけて、少しずつ真暗な地底へと下《くだ》って行った。

井戸の中は、ずっと下まで、でこぼこの石畳になっていたが、それに一面苔《こけ》が生えていて、足をかけると、ズルズルと辷《すべ》った。

一間程下った時、私はマッチを擦って、下の方を覗いて見たが、マッチの光位では深い底の様子は分らなかった。燃え糟《かす》を捨てると、一丈余り下の方で、光が消えた。多少水が残っているのだ。

更らに四五尺下ると、私は又マッチを擦った。そして、底を覗こうとした途端、妙な風が起ってマッチが消えた。変だなと思って、もう一度マッチを擦ると、それが吹き消されぬ先に、私は風の吹き込む箇所を発見した。横穴があったのだ。

よく見ると、底から二三尺の所で、二尺四方ばかり石畳が破れて、奥底の知れぬ真暗な横穴があいている。不恰好な穴の様子だが、以前はその部分にもちゃんと石畳があったのを、何者かが破ったものに相違ない。その辺一体に石畳がゆるんで、一度はずしたのを又差込んだ様に見える部分もある。気がつくと、井戸の底の水の中から、楔型《くさびがた》の石塊が三つ四つ首を出している。明かに横穴の通路を破ったものがあるのだ。

諸戸の予想は恐ろしい程適中した。横穴もあったし、呪文の「打破る」という文句も、決して不必要ではなかったのだ。

私は大急ぎで縄をたぐって、地上に帰ると、諸戸に事の次第を告げた。

「それはおかしいね。すると僕達の先《せん》を越して、横穴へ這入った奴があるんだね。その石畳のとれた跡は新しいの」諸戸がやや昂奮して尋ねた。

「イヤ、大分以前らしいですよ。苔なんかの具合が」

私は見たままを答えた。

「変だな。確かに這入った奴がある。まさか呪文を書いた人が、態々石畳を破って這入る訳はないから、別の人物だ。無論丈五郎ではない。これはひょっとすると、僕達より以前に、あの呪文を解いた奴があるんだよ。そして、横穴まで発見したとすると、宝はもう奪い出されてしまったのではあるまいか」

「でも、こんな小さな島で、そんなことがあればすぐ分るでしょうがね。船着場だって一箇所しかないんだし、他国者が入り込めば、諸戸屋敷の人達だって、見逃す筈はないでしょうからね」

「そうだ。第一丈五郎程の悪者が、ありもしない宝の為に、あんな危い人殺しまでする筈がないよ。あの人には、きっと宝のある事丈けは、ハッキリ分っていたに相違ない。何にしても、僕にはどうも宝が取出されたとは思えない」

私達はこの異様な事実をどう解くすべもなく、出ばなをくじかれた形で、暫く思い惑っていた。だが、その時、私達が若しいつか船頭に聞いた話を思出したならば、そして、それとこれとを考え合わせたならば、宝が持出されたなどと心配する事は少しもなかったのだが、私は勿論、流石の諸戸も、そこまでは考え及ばなんだ。

船頭の話というのは、読者は記憶せられるであろう。十年以前、丈五郎の従兄弟と称する他国人が、この島に渡ったが、間もなくその死骸が魔の淵の洞穴の入口に浮上ったという、あの不可思議な事実である。

併し、そこへ気づかなんだのが、結句《けっく》よかったのかも知れない。なぜといって、若しその他国人の死因について、深く想像を廻《めぐ》らしたならば、私達はよもや地底の宝探しを企てる勇気はなかったであろうから。

兎も角横穴へ這入って、宝が已に持出されたかどうかを確かめて見る外はなかった。私達は一度諸戸屋敷に帰って、横穴探険に必要な品々を取揃えた。数挺の蠟燭、マッチ、漁業用の大ナイフ、長い麻縄（網に使用する細い麻縄を、出来るだけつなぎ合わせて、玉を拵えた）等の品々である。

「あの横穴は存外深いかも知れない。『六道の辻』なんて形容してある所を見ると、深いばかりでなく、枝道があって、[*16]八幡の藪不知みたいになっているのかも知れない。ホラ[*17]『即興詩人』にローマのカタコンバへ這入る所があるだろう。僕はあれから思いついて、この麻縄を用意したんだ。フェデリゴという画工の真似なんだよ」

諸戸は大げさな用意を弁解する様に云った。

私はその後「即興詩人」を読み返して、彼の隧道《トンネル》の条《じょう》に至る毎に、当時を回想し、戦慄を新たにしないではいられぬのだ。

「深きところには、軟《やはらか》なる土に掘りこみたる道の行き違ひたるあり。その枝の多き、その様の相《あひ》似《に》たる、おもなる筋を知りたる人も踏み迷ふべきほどなり。われは穉心《おさなごころ》に何ともおもはず。画工はまた予《あらかじ》め其心《そのこころ》して、我を伴ひ入《い》りぬ。先づ蠟燭一つ点《とも》し、一つをば猶衣《なほころも》のかくしの中に貯《たくは》へおき、一巻《ひとまき》の絲《いと》の端を入口に結びつけ、さて我手を引きて進み入りぬ。忽ち天井低くなりて、われのみ立ちて歩まるゝところあり……」

画工と少年とは、斯様《かよう》にして地下の迷路に踏み入ったのであるが、私達も丁度その様であった。

私達はさっきの太い縄にすがって次々と井戸の底に降り立った。水はやっと踝《くるぶし》を隠す程しかなかったけれど、その冷さは氷の様である。横穴は、そうして立った私達の、腰の辺《あたり》に開いているのだ。

諸戸はフェデリゴの真似をして、先ず一本の蠟燭をともし、麻縄の玉の端を、横穴の入口の石畳の一つに、しっかりと結びつけた。そして、縄の玉を少しずつほぐしながら、進んで行くのだ。

諸戸が先に立って、蠟燭を振りかざして、這って行くと、私が縄の玉を持って、そのあとに続いた、二匹の熊の様に。

「やっぱり、仲々深そうだよ」

「息がつまる様ですね」

私達はソロソロと這いながら、小声で話し合った。

五六間行くと穴が少し広くなって、腰をかがめて歩ける位になったが、すると間もなく、洞穴の横腹に又別の洞穴が口を開いている所に来た。

「枝道だ。案の定八幡の藪不知だよ。だが、しるべの縄を握ってさえいれば、道に迷うことはない。先ず本通りの方へ進んで行こうよ」

諸戸はそう云って、横穴に構わず、歩いて行ったが、二間も行くと、又別の穴が真黒な口を開いていた。蠟燭をさし入れて覗いて見ると、横穴の方が広そうなので、諸戸はその方へ曲って行った。

道はのたうち廻る蛇の様に、曲りくねっていた。左右に曲る丈けではなくて、上下にも、或時は下り、或時は上った。低い部分には、浅い沼の様に水の溜っている所もあった。

横穴や枝道は覚え切れない程あった。それに人間の造った坑道などとは違って、這っても通れない程狭い部分もあれば、岩の割目の様に縦に細長く裂けた部分もあり、そうかと思うと、突然非常に大きな広間の様な所へ出た。その広間には、五つも六つもの洞穴が、四方から集って来て、複雑極まる迷路を作っている。

「驚いたね。蜘蛛手の様に拡がっている。こんなに大がかりだとは思わなかった。この調子だと、この洞穴は島中端から端まで続いているのかも知れないよ」

諸戸はうんざりした調子で云った。

「もう麻縄が残《のこり》少なですよ。これが尽きるまでに行止まりへ出るでしょうか」

「駄目かも知れない。仕方がないから、縄が尽きたらもう一度引返して、もっと長いのを持って来るんだね。だが、その縄を離さない様にし給えよ。大切《だいじ》の道しるべをなくしたら、僕等はこの地の底で迷子になってしまうからね」

諸戸の顔は赤黒く光って見えた。それに、蠟燭の火が顎の下にあるものだから、顔の陰影が逆になって、頬と目の上に、見馴れぬ影が出来、何だか別人の感じがした。物云う度に、黒い穴の様な口が、異様に大きく開いた。

蠟燭の弱い光はやっと一間四方を明るくする丈けで、岩の色も定かには分らなんだが、真白な天井が気味悪くでこぼこになって、その突出《とっしゅつ》した部分から、ポタリポタリと雫《しずく》が垂れている様な箇所もあった。一種の鐘乳洞である。

やがて道は下り坂になった。気味の悪い程、いつまでも下へ下へと降りて行った。

私の目の前に、諸戸の真黒な姿が、左右に揺れながら進んで行った。左右に揺れる度に彼の手にした蠟燭の焰がチロチロと隠顕した。ボンヤリと赤黒く見えるでこぼこの岩肌が、あとへあとへと、頭の上を通り越して行く様に見えた。

暫くすると、進むに従って、上も横も、岩肌が段々眼界から遠ざかって行く様に見えた。地底の広間の一つにぶっつかったのである。ふと気がつくと、その時、私の手の縄の玉は殆どなくなっていた。

「アッ、縄がない」

私は思わず口走った。そんなに大きな声を出したのではなかったのに、ガーンと耳に響いて、大きな音がした。そして、直ぐ様、どこか向うの方から、小さな声で、

「アッ、縄がない」

と答えるものがあった。地の底の谺《こだま》である。

諸戸はその声に、驚いてうしろをふり返って、「エ、なに」と私の方へ蠟燭をさしつけた。焔がユラユラと揺れて、彼の全身が明るくなった。その途端、「アッ」という叫声がしたかと思うと、諸戸の身体が、突然私の眼界から消えてしまった。蠟燭の光も同時に見えなくなった。そして、遠くの方から、「アッ、アッ、アッ……」と諸戸の叫声が段々小さく、幾つも重なり合って聞えて来た。

「道雄さん、道雄さん」

私は慌てて諸戸の名を呼んだ。

「道雄さん、道雄さん、道雄さん」と谺が馬鹿にして答えた。

私は非常な恐怖に襲われ、手さぐりで諸戸のあとを追ったが、ハッと思う間に、足をふみはずして、前へのめった。

「痛い」

私の身体の下で、諸戸が叫んだ。

なんのことだ。そこは、突然二尺ばかり地面が低くなっていて、私達は折重なって、倒れたのである。諸戸は転落した拍子に、ひどく肘をうって、急に返事をすることが出来なかったのだ。

「ひどい目にあったね」

闇の中で諸戸が云った。そして、起上る様子であったが、やがて、シュッという音がしたかと思うと、諸戸の姿が闇に浮いた。

「怪我しなかった？」

「大丈夫です」

諸戸は蠟燭に火を点じて、又歩き出した。私も彼のあとに続いた。

だが、一二間進んだ時、私はふと立止ってしまった。右手に何も持っていないことに気づいたからだ。

「道雄さん、一寸蠟燭を貸して下さい」

私は胸がドキドキして来るのを、じっと堪《こら》えて、諸戸を呼んだ。

「どうしたの」

諸戸が、不審そうに、蠟燭をさしつけたので、私はいきなりそれを取って、地面を照らしながら、あちこちと歩き廻った。そして、

「何でもないんですよ。何でもないんですよ」

と云い続けた。

だがいくら探しても、薄暗い蠟燭の光では、細い麻縄を発見することが出来なかった。

私は広い洞窟を、未練らしくどこまでも、探して行った。

諸戸は気がついたのか、いきなり走り寄って、私の腕を掴むと、ただならぬ調子で叫んだ。

「縄を見失ったの？」

「エエ」

私はみじめな声で答えた。

「大変だ。あれをなくしたら、僕達はひょっとすると、一生涯この地の底で、どうどうめぐりをしなければならないかも知れぬよ」

私達は段々慌て出しながら、一生懸命探し廻った。

地面の段になっている所で転んだのだから、そこを探せばよいというので、蠟燭で地面を見て歩くのだが、段々になった箇所は、方々にあるし、その洞窟に口を開いている狭い横穴も一つや二つではないので、つい、どれが今来た道だか分らなくなってしまって、探し物をしている内にも、何時《いつ》路をふみ迷うか知れない様な有様なので、探せば探す程、心細くなるばかりであった。

後日、私は「即興詩人」の主人公も、同じ経験を嘗めたことを思い出した。鷗外《おうがい》の名訳が、少年の恐怖をまざまざと描き出している。

「この時われ等《ら》が周囲には寂《せき》として何の声も聞えず、唯《た》ゞ忽ち断へ忽ち続く、物寂しき岩間の雫《しづく》の音を聞くのみなりき。……ふと心づきて画工の方を見やれば、あな訝《いぶ》かし、画工は大息つきて一つところを馳せめぐりたり。……その気色《けしき》たゞならず覚えければ、われも立ちあがりて泣き出《いだ》しつ。……われは画工の手に取りすがりて、最早《もはや》登りゆくべし、こゝには居《を》りたくなしとむつかりたり。画工は、そちは善《よ》き子なり、画《えか》きてや遣《や》らむ、果子をや与へむ、こゝに銭もあり、といひつゝ衣のかくしを探して、財布を取り出し、中なる銭をば、ことごとく我に与へき。我はこれを受くる時、画工の手の氷の如く冷《ひややか》になりて、いたく震ひたるに心づきぬ。……さて俯《ふ》してあまたゝび我に接吻し、かはゆき子なり。そちも聖母に願へ、といひき。絲をや失ひ給ひし、と我は叫びぬ」

即興詩人達は、間もなく糸の端を発見して、無事にカタコンバを立出でることが出来たのである。だが、同じ幸運が私達にも恵まれたであろうか。

麻縄の切口

画工フェデリゴと違って、私達は神を祈ることをしなかった。その為であるか、彼等の様に、たやすく糸の端を見つけることは出来なんだ。

一時間以上も、私達は冷やかな地底にも拘らず、全身に汗を流して、物狂わしく探し廻った。私は絶望と、諸戸に対する申訳なさに、幾度も、冷い岩の上に身を投げて、泣き出したくなった。諸戸の強烈な意志が、私を励ましてくれなかったら、恐らく私は探索を思い切って、洞穴の中に坐ったまま、餓死を待ったかも知れない。

私達は何度となく、洞窟に住む大蝙蝠の為に、蠟燭の光を消された。奴等は不気味な毛むくじゃらの身体を、蠟燭ばかりではなく、私達の顔にぶっつけた。

諸戸は辛抱強く、蠟燭を点じては、次から次と、洞窟の中を、組織的に探し廻った。

「慌ててはいけない。落ちついていさえしたら、ここにあるに相違ないものが、見つからぬという道理はないのだから」

彼は驚くべき執拗さで、捜索を続けた。

そして、遂に、諸戸の沈着のお蔭で、麻縄の端は発見された。だが、それは何という悲しい発見であったろう。

それを摑んだ時、諸戸も私も、無上の歓喜に、思わず小躍りした。「万歳」と叫び相《そう》にさえなった。私は喜びの余り、摑んだ縄をグングンと手元へたぐり寄せた。そして、それが何《い》時《つ》までもズルズルと伸びて来るのを、怪しむ暇もなかった。

「変だね。手答えがないの？」

側で見ていた諸戸が、ふと気附いて云った。云われて見ると変である。私はそれがどの様な不幸を意味するかも知らないで、勢いこめて、引き試みた。すると、縄は蛇の様に波うって、私を目がけて飛びかかり、私ははずみを食って、尻餅《しりもち》をついてしまった。

「引っぱっちゃいけない」

私が尻餅をついたのと、諸戸が叫んだのと同時だった。

「縄が切れているんだ。引張っちゃいけない。そのままソッとして置いて、縄を目印にして入口の方へ出て見るんだ。中途で切れたんでなければ、入口の近くまで行けるだろう」

諸戸の意見に従って、蠟燭を地につけ、横わっている縄を見ながら、元の道を引かえした。だが、アア、何という事だ。二つ目の広間の入口の所で、私達の道しるべは、プッツリと断ち切れていた。

諸戸はその麻縄の端を拾って、火に近づけて暫く見ていたが、それを私の方へ差出して、

「この切口を見給え」

と云った。私が彼の意味を悟り兼ねて、もじもじしていると、彼はそれを説明した。

「君は、さっき君が転んだ時、縄を強く引張った為に、中途で切れたと思っているだろう。そして、僕に済まなく思っているだろう。安心し給え、そうではないのだ。だが、我々にとっては、もっと恐ろしいことなんだ。見給え。この切口は決して岩角で擦り切れたものじゃない。鋭利な刃物で切断した跡だ。第一、引張った勢いで擦り切れたものなら、我々から一番近い岩角の所で切れている筈だ。ところが、これは殆ど入口の辺で切断されたものらしい」

切口を検べて見ると、成程、諸戸の云う通りであった。更らに私達は、入口の所で、つまり私達がこの地底に這入る時、井戸の中の石畳に結びつけて来た、その近くで切断されたものであるかどうかを確める為に、縄を元の様な玉に巻き直して見た。すると、丁度元々通り

の大きさになったではないか。最早や疑う所はなかった。何者かが、入口の近くで、この縄を切断したのである。

最初私がたぐり寄せた部分がどれ程あったか、ハッキリしないけれど、恐らく八間位であっただろう。だが、私達が転ぶ以前に切断されたものとすると、私達は端の止っていない縄を、ズルズルと引ずって歩いていたかも知れないのだから、現在の位置から入口まで、どれ程の距離があるか、殆ど想像がつかなんだ。

「だが、こうしていたって仕様がない。行ける所まで行って見よう」

諸戸はそう云って、蠟燭を新しいのと取換え、先に立って歩き出した。その広い洞窟には幾つもの枝道があったが、私達は縄の終っていた所からまっすぐに歩いて、つき当りに開いている穴に這入って行った。入口は多分その方角であろうと思ったからである。

私達は度々枝道にぶっつかった。穴の行止りになっている所もあった。そこを引返すと、今度は以前に通った路が分らなくなった。

広い洞窟へも一度ならず出たが、それが最初出発した洞窟かどうかさえ分らなんだ。

一つの洞窟を一週しさえすれば、必ず見つかる麻縄の端を発見するのでも、あんなに骨を折ったのだ。それが枝道から枝道へと、八幡の藪知らずに踏み込んでしまっては、もうどうすることも出来なんだ。

諸戸は「少しでも光を発見すればいいのだ。光のさす方へ向いて行けば、必ず入口へ出られるのだから」と云ったが、豆粒程の幽かな光さえ発見することが出来なかった。

そうして滅茶苦茶に一時間程も歩き続けている内に、現在入口に向っているのだか、反対に奥へ奥へと進んでいるのだか、島のどの辺をさまよっているのだか、さっぱり分らなくなってしまった。

又しても、ひどい下り坂であった。それを降り切ると、そこにも地底の広間があった。広間の中程から、少しつまさき上りになって来たが、構わず進んで行くと、小高く段になった所があって、それを登ると行止りの壁になっていた。私達はあきれ果てて、その段の上に腰をおろしてしまった。

「さっきから同じ道をグルグル廻っていたのかも知れませんね」私は本当にそんな気がした。「人間て実に腑甲斐《ふがい》ないもんですね。多寡がこんな小さな島じゃないか、端から端まで歩いたって知れたものです。又僕達の頭のすぐ上には、太陽が輝いて、家もあれば人もいるんだ。十間あるか二十間あるか知らないが、たったそれ丈けの所を突き抜ける力もないんですからね」

「そこが迷路の恐ろしさだよ。八幡の藪不知っていう見世物があるね。せいぜい十間四方位の竹藪なんだが、竹の隙間から出口が見えていて、いくら歩いても出られない。僕等は今、あいつの魔法にかかっているんだよ」諸戸はすっかり落着いていた。「こんな時には、ただあせったって仕方がない。ゆっくり考えるんだね。足で出ようとせず、頭で出ようとするんだ。迷路というものの性質をよく考えて見るんだ」

彼はそう云って、穴へ這入って初めて煙草を銜《くわ》えて、蠟燭の火をうつしたが、「蠟燭も倹約しなくっちゃあ」と云って、そのまま吹き消してしまった。文目《あやめ》もわかぬ闇の中に、彼の煙草の火が、ポッツリと赤い点を打っていた。

煙草好きの彼は、井戸へ這入る前、トランクの中に貯えてあったウェストミンスタアを一箱取出して、懐中して来たのだ。一本目を吸ってしまうと、彼はマッチを費さず、その火で二本目の煙草をつけた。そして、それがなかば燃えてしまうまで、私達は闇の中で、黙っていた。諸戸は何か考えているらしかったが、私は考える気力もなく、ぐったりとうしろの壁へよりかかっていた。

魔の淵の主

「この外《ほか》に方法はない」闇の中から、突然諸戸の声がした。「君はこの洞穴の、凡ての枝の長さを合せると、どの位あると思う。一里か二里か、まさかそれ以上ではあるまい。若し二里あるとすれば、我々はその倍の四里歩けばよいのだ。四里歩きさえすれば確実に外《そと》へ出ることが出来るのだ。迷路という怪物を征服する方法は、この外にないと思うのだよ」

「でも、同じ所をどうどうめぐりしていたら、何里歩いたって仕様がないでしょう」私はもう殆ど絶望していた。

「でも、そのどうどうめぐりを防ぐ手段があるのだよ。僕はこういうことを考えて見たんだ。長い糸で一つの輪を作る。それを板の上に置いて、指で沢山のくびれを拵えるのだ。つまり糸の輪を紅葉の葉みたいに、もっと複雑に入組んだ形にするのだ。この洞穴が丁度それと同じことじゃないか。謂わばこの洞穴の両側の壁が、糸に当る訳だ。そこで、若しこの洞穴が糸みたいに自由になるものだったら、凡ての枝道の両側の壁を引きのばすと、一つの大きな円形になる。ね、そうだろう。でこぼこになった糸を元の輪に返すのと同じことだ。で若し、僕等が、例えば右の手で右の壁に触りながら、どこまでも歩いて行くとしたら、右側を伝《つたわ》って行って行止まれば、左側を、やっぱり右手で触って、一つ道を二度歩く様にして、どこまでもどこまでも伝って行けば、壁が大きな円周を作っている以上は、必ず出口に達する訳だ。糸の例で考えると、それがハッキリ分る。で、枝道の凡ての延長が二里あるものなら、その倍の四里歩きさえすれば、ひとりでに元の出口に達する。迂遠な様だが、この外に方法はないのだよ」

　殆ど絶望に陥っていた私は、この妙案を聞かされて、思わず上体をしゃんとして、いそいそと云った。

「そうだそうだ。じゃ、今からすぐそれをやって見ようじゃありませんか」

「無論やって見る外はないが、何も慌てる事はないよ。何里という道を歩かなければならないのだから、充分休んでからにした方がいい」諸戸はそう云いながら、短くなった巻煙草を、威勢よく投げ捨てた。

赤い火が鼠花火の様に、クルクルと廻って二三間向うまで転って行ったかと思うと、ジュッといって消えてしまった。

「オヤ、あんな所に水溜《みずたまり》があったかしら」

諸戸が不安らしく云った。それと同時に、私は妙な物音を聞きつけた。ゴボッゴボッという、瓶《かめ》の口から水の出る時の様な、一種異様の音であった。

「変な音がしますね」

「何だろう」私達はじっと耳をすました。音は益々大きくなって来る。諸戸は急いで蠟燭を点し、それを高く掲げて、前の方をすかして見ていたが、やがて驚いて叫んだ。

「水だ、水だ、この洞穴は、どっかで海に通じているんだ。潮が満ちて来たんだ」

考えて見ると、さっき私達はひどい坂を下って来た。ひょっとすると、ここは水面よりも低くなっているのかも知れない。若し水面より、低いとすると、満潮の為《た》め、海水が侵入すれば、外の海面と平均するまでは、ドシドシ水嵩《みずかさ》が増すに相違ない。

私達の坐っていた部分は、その洞窟の中で一番高い段の上であったから、つい気附かないでいたけれど、見ると、水はもう一二間の所まで迫って来ていた。

私達は段を降りると、ジャブジャブと水の中を歩いて、大急ぎで元来た方へ引返そうとしたけれど、アア已に時機を失していた。諸戸の沈着が却って禍を為したのだ。水は進むに従って深く、もと来た穴は、已に水中に埋没してしまっていた。

「別の穴を探そう」私達は、訳の分らぬことを、わめきながら、洞窟の周囲を駈け廻って、別の出口を探したが、不思議にも、水上に現われた部分には、一つの穴もなかった。私達は不幸なことには、偶然寒暖計の水銀溜《だめ》の様な、袋小路へ入り込んでいたのだ。想像するに、海水は、我々の通って来た穴の向う側から曲折して流れ込んで来たものであろう。その水の増す勢が非常に早いことが、私達を不安にした。潮の満ちるに従って這入って来る水なら、こんなに早く増す筈がない。これはこの洞窟が海面下にある証拠だ。引潮の時僅かに海上に現われている様な、岩の裂目から、満潮になるや否や、一度にドッと流れ込む水だ。

そんなことを考えている間に、水は、いつか私達の避難していた段のすぐ下まで押し寄せていた。

ふと気がつくと、私達の周囲を、ゴソゴソと不気味に這い廻るものがあった。蠟燭をさしつけて見ると、五六匹の巨大な蟹《かに》が、水に追われて這い上って来たのであった。

「アア、そうだ、あれがきっとそうだ。蓑浦君、もう僕等は助からぬよ」

何を思い出したのか、諸戸が突然悲しげに叫んだ。私はその悲痛な声を聞いただけで、胸が空っぽになった様に感じた。

「魔の淵の渦がここに流れ込むのだ。この水の元はあの魔の淵なんだ。それですっかり事情が分ったよ」諸戸はうわずった声で喋りつづけた、「いつか船頭が話したね、丈五郎の従兄弟という男が諸戸屋敷を尋ねて来て、間もなく魔の淵へ浮上ったって。その男がどうかしてあの呪文を読んで、その秘密を悟り、私達の様にこの洞穴へ這入ったのだ。井戸の石畳を破ったのもその男だ。そして、やっぱりこの洞窟へ迷い込み、我々と同じ様に水攻めにあって、死んでしまったのだ。それが引潮と共に、魔の淵へ流れ出したんだ。船頭が云っていたじゃないか、丁度洞穴から流れ出した恰好で浮上っていたって。あの魔の淵の主というのは、つまりは、この洞窟のことなんだよ」

そう云う内にも、水は早や私達の膝を濡らすまでに迫って来た。私達は仕方なく、立上って、一刻でも水におぼれる時をおくらそうとした。

暗中の水泳

私は子供の時分、金網の鼠取り器にかかった鼠を、金網の中に這入ったまま、盥《たらい》の中へ入れ、上から水をかけて殺したことがある。外の殺し方、例えば火箸《ひばし》を鼠の口から突き刺す、という様なことは恐ろしくて出来なかったからだ。だが、水責めも随分残酷だった。盥に水が満ちて行くに従って、鼠は恐怖の余り、狭い網の中を、縦横無尽に駈け廻り、昇りついた。「あいつは今、どんなにか鼠取りの餌にかかったことを後悔しているだろう」と思うと、云うに云えない変な気持ちになった。

でも、鼠を生かして置く訳には行かぬので、私はドンドン水を入れた。水面と金網の上部とがスレスレになると、鼠は薄赤い吻《くちさき》を、亀甲《きっこう》型の網の間から、出来る丈け上方に突き出して、悲しい呼吸を続けた、悲痛な惶《あわただ》しい鳴声を発しながら。

私は目をつむって、最後の一杯を汲み込むと、盥から眼をそらしたまま、部屋に逃げ込んだ。十分ばかりして、恐々《こわごわ》行って見ると、鼠は網の中で、ふくれ上って浮いていた。

岩屋島の洞窟の中の私達は、丁度この鼠と同じ境涯であった。私は洞窟の小高くなった部分に立上って、暗闇の中で、足の方から段々這い上ってくる水面を感じながら、ふとその時の鼠のことを思い出していた。

「満潮の水面と、この洞穴の天井と、どちらが高いでしょう」

私は手探りで、諸戸の腕を摑んで叫んだ。

「僕も今それを考えていた所だよ」諸戸は静かに答えた。「それには、僕達が降《くだ》った坂道と、昇った坂道と、どちらが多かったか、その差を考えて見ればいいのだ」

「降った方が、ずっと多いじゃありませんか」

「僕もそんなに感じる。地上と海面との距離を差引いても、まだ降った方が多い様な気がする」

「すると、もう助かりませんね」

諸戸は何とも答えなかった。私達は墓穴の様な暗闇と沈黙の中に茫然と立ちつくしていた。水面は、徐々に、だが、確実に高さを増して、膝を越え、腰に及んだ。

「君の智恵で何とかして下さい。僕はもう、こうして死を待っていることは、耐えられません」

私は寒さにガタガタ震えながら、悲鳴を上げた。

「待ち給え、まだ絶望するには早い。僕はさっき、蠟燭の光でよく調べて見たんだが、ここの天井は上に行く程狭く、不規則な円錐形になっている。この天井の狭いことが、若しそこに岩の割目なんかがなかったら、一縷《いちる》の望みだよ」

諸戸は考え考えそんなことを云った。私は彼の意味がよく分らなんだけれど、それを問い返す元気もなく、今はもう腹の辺までヒタヒタと押し寄せて来た水に、ふらつきながら、諸戸の肩にしがみついていた。うっかりしていると、足が辷《すべ》って、横ざまに水に浮き相な気がするのだ。

諸戸は私の腹の所に手をまわして、しっかり抱いていて呉れた。真の闇で、二三寸しか隔っていない相手の顔も見えなんだけれど、規則正しく強い呼吸が聞え、その暖かいいきが頰に当った。水にしめった洋服を通して、彼のひきしまった筋肉が暖く私を抱擁《ほうよう》しているのが感じられた。諸戸の体臭が、それは決していやな感じのものではなかったが、私の身近かに漂っていた。それらの凡てが、闇の中の私を力強くした。諸戸のお蔭で私は立っていることが出来た。若し彼がいなかったら私はとっくの昔に水におぼれてしまったかも知れないのだ。

だが、増水はいつやむとも見えなかった。またたく間に、腹を越し、胸に及び、喉に迫った。もう一分もすれば、鼻も口も水につかって、呼吸を続ける為には、我々は泳ぎでもする外はないのだ。

「もう駄目だ。諸戸さん僕達は死んでしまう」

私は喉のさける様な声を出した。

「絶望しちゃいけない。最後の一秒まで、絶望しちゃいけない」諸戸も不必要に大きな声を出した。「君は泳げるかい」

「泳げることは泳げるけれど、もう僕は駄目ですよ。僕はもう早く一思いに死んでしまいたい」

「何を弱いことを云っているんだ。何でもないんだよ。暗闇が、人間を臆病にするんだ。しっかりし給え。生きられる丈け生きるんだ」

そして、遂に私達は水に身体を浮かして、軽く立泳ぎをしながら呼吸を続けねばならなかった。

その内に手足が疲れて来るだろう。夏とは云え地底の寒さに、身体が凍えて来るだろう。そうでなくても、この水が天井まで一杯になったら、どうするのだ。私達は水ばかりで生きられる魚類ではないのだ。愚かにも私はそんな風に考えて、いくら絶望するなと云われても、絶望しない訳には行かなんだ。

「蓑浦君、蓑浦君」

諸戸に手を強く引かれて、ハッと気がつくと、私はいつか夢見心地に、水中にもぐっているのであった。

「こんなことを繰返している内に、だんだん意識がぼんやりして、そのまま死んでしまうのに違いない。ナアンだ。死ぬなんて存外呑気な楽なことだな」

私はウツラウツラと、寝入ばなの様な気持で、そんなことを考えていた。

それから、どの位時間がたったか、非常に長い様でもあり、又一瞬間の様にも思われるのだが諸戸の狂気の様な叫声に私はふと目を醒《さま》した。

「蓑浦君、助かった。僕等は助かったよ」

だが、私は返事をする元気がなかった。ただ、その言葉が分ったしるしに、力なく諸戸の身体を抱きしめた。

「君、君」諸戸は水中で、私を揺り動かしながら、「いきが変じゃないかね。空気の様子が普通とは違って感じられやしないかね」

「ウン、ウン」

私はぼんやりして、返事をした。

「水が増さなくなったのだよ。水が止まったのだよ」

「引潮になったの」

　この吉報に、私の頭はややハッキリして来た。

「そうかもしれない。だが、僕はもっと別の理由だと思うのだ。空気が変だもの。つまり空気の逃げ場がなくて、その圧力でこれ以上水が上れなくなったのじゃないかと思うのだよ。そら、さっき天井が狭いから、若し裂け目がないとしたら、助るって言っただろう。僕は初めからそれを考えていたんだよ。空気の圧力のお蔭だよ」

　洞窟は私達をとじ籠めた代りには、洞窟そのものの性質によって、私達を助けてくれたのだ。

　その後の次第を詳しく書いていては退屈だ。手っ取り早く片付けよう。結局私達は水責めを逃れて、再び地底の旅行を続けることが出来たのだ。

　引潮までは暫く間があったけれど、助かると分れば、私達は元気が出た。その間水に浮いていること位なんでもなかった。やがて引潮が来た。増した時と同じ位の速度で、水はグングン引いて行った。尤も、水の入口は、洞窟よりも高い箇所にあるらしく（それがある水準まで潮が満ちた時、一度に水が這入って来たのだが）その入口から水が引くのではなかったけれど、洞窟の地面に、気附かぬ程の裂け目が沢山あって、そこからグングン流れ出して行くのだ。若しそれがなかったら、この洞窟には絶えず、海水が満ちていたであろう。さて数十分の後、私達は水のかれた洞窟の地面に立つことが出来た。助ったのだ。だが、講釈師ではないけれど、一難去って又一難だ。私達は今の水騒ぎで、マッチをぬらしてしまった。蠟燭はあっても、点火することが出来ない。それに気づいた時、闇の為見えはしなかったけれど、私達はきっと真青になったことに相違ない。

「手さぐりだ。ナアニ、光なんかなくったって、僕等はもう闇になれてしまった。手さぐりの方が却って、方角に敏感かも知れない」

諸戸は泣き相な声で、負けおしみを云った。

絶望

そこで、私達はさい前の諸戸の考案に従って、右手で右側の壁に触りながら、突当ったら又反対側の壁を後戻りする様にして、どこまでも右手を離さず、歩いて見ることにした。これが最後に残された、唯一の迷路脱出法であった。

私達ははぐれぬ為に、時々呼び合う外には、黙々として果知れぬ暗闇をたどって行った。私達は疲れていた。耐えられぬ程の空腹に襲われていた。そして、いつ果つべしとも定めぬ旅路である。私は歩きながら、（それが闇の中では、一箇所で足踏みをしているときと同じ感じだったが）ともすれば夢見心地になって行った。

春の野に、盛花《もりばな》の様な百花が乱れ咲いていた。空には白い雲がフワリと浮んで、雲雀《ひばり》がほがらかに鳴き交していた。そこで地平線から浮上る様な、鮮かな姿で、花を摘んでいるのは、死んだ初代さんである。双生児の秀ちゃんである。秀ちゃんには、もうあのいやな吉ちゃんの身体がついていない。普通の美しい娘さんだ。

幻というものは、死に瀕した人間への、一種の安全弁であろうか。幻が苦痛を中絶してくれたお蔭で、私の神経はやっと死なないでいた。殺人的絶望がやわらげられた。だが、私がそんな幻を見ながら歩いていたということは、とりも直さず、当時の私が、死と紙一重であったことを語るものであろう。

どれ程の時間、どれ程の道のりを歩いたか、私は何も分らなんだ。絶えず壁に触っていたので右手の指先が擦りむけてしまった程だ。足は自動機械になってしまった、自分の力で歩いているとは思えなんだ。この足が、止めようとしたら、止まるのかしら、と疑われる程であった。

恐らく、まる一日は歩いたであろう。ひょっとしたら二日も三日も歩き続けていたのかも知れない。何かにつまずいて、倒れる度に、そのままグーグー寝入ってしまうのを、諸戸に起されて又苦行を続けた。

だが、その諸戸でさえ、とうとう力の尽きる時が来た。突然彼は「もう止そう」と叫んで、そこへ蹲ってしまった。

「とうとう死ねるんだね」

私はそれを待ちこがれていた様に尋ねた。

「アア、そうだよ」諸戸は、当り前の事みたいに答えた。「よく考えて見ると、僕等は、いくら歩いたって、出られやしないんだよ。もうたっぷり五里以上歩いている。いくら長い地下道だって、そんな馬鹿馬鹿しいことはないよ。これには訳があるんだ。その訳を、僕はやっと悟ることが出来たんだよ。何て馬鹿野郎だろう」

彼は、烈しい息づかいの下から、瀕死の病人みたいな哀れな声で話しつづけた。

「僕は大分前から、指先に注意を集中して、岩壁の恰好を記憶する様にしていた。そんなことがハッキリ分る訳もないし、又僕の錯誤かも知れぬけれど、何だか、一時間程間を置いては、全ぐ同じ恰好の岩肌に触る様な気がするのだ。と云うことは、僕達は余程以前から、同じ道をグルグル廻っているのではないかと思うのだよ」

私は、もうそんなことはどうでもよかった。言葉は聞取るけれど、意味なんか考えていなかった。でも、諸戸は遺言みたいに喋っている。

「この複雑な迷路の中に、突当りのない、つまり完全な輪になった道がないと思っているなんて、僕はよっぽど間抜けだね。謂わば迷路の中の離れ島だ。糸の輪の例えで云うと、大きなギザギザの輪の中に、小さい輪があるんだ。で、若し僕達の出発点が、その小さい方の輪の壁であったとすると、その壁はギザギザにはなっているけれど、結局行き止まりというものがないのだ。僕達は離れ島のまわりをどうどう廻りしているばかりだ。それじゃ、右手を離して、反対の左側を左手で触って行けばいい様なものだけれど、だが、離れ島は一つとは限っていない。それが又別の離れ島の壁だったら、やっぱり果しもないどうどう廻りだ」

こうして書くと、ハッキリしている様だけれど、諸戸は、それを考え考え、寝言みたいに、喋っていたのだし、私は私で、訳も分らず、夢の様に聞いていたのだから、今考えて見ると、滑稽である。

「理論では、百に一つは出られる可能性はある。まぐれ当りで一番外側の大きな糸の輪にぶつかればいいのだからね。併し、僕達はもうそんな根気がありゃしない。これ以上一足だって歩けやしない。愈々絶望だよ。君一緒に死んじまおうよ」

「アア死のう。それが一番いいよ」

私は寝入ばなのどうでもなれという気持で、呑気な返事をした。

「死のうよ、死のうよ」

諸戸もその同じ不吉な言葉を繰返している内に、麻酔剤の利いて来る様に、段々呂律《ろれつ》が廻らなくなってきてそのままグッタリとなってしまった。

だが、執念深い生活力は、その位のことで私達を殺しはしなかった。私達は眠ったのだ。穴へ這入ってから一睡もしなかった疲れが、絶望と分って、一度に襲いかかったのだ。

復讐鬼

どれ程眠ったのか、胃袋が焼ける様な夢を見て、目を醒した。身動きすると、身体の節々が、神経痛みたいにズキンズキンした。

「目がさめたかい。僕等は相変らず、穴の中にいるんだよ。まだ生きているんだよ」

先に起きていた諸戸が、私の身動きを感じて、物優く話しかけた。

私は、水も食物もなく、永久に抜け出す見込のない闇の中に、まだ生きていることをハッキリ意識すると、ガタガタ震い出す程の恐怖に襲われた。睡眠の為に思考力が戻って来たのが、呪わしかった。

「怖い。僕、怖い」

私は諸戸の身体をさぐって、擦り寄って行った。

「蓑浦君、僕達はもう再び地上へ出ることはない。誰も僕達を見ているものはない。僕達自身だって、お互の顔さえ見えぬのだ。そして、ここで死んでしまってからも、僕等のむくろは、恐らく永久に、誰にも見られはしないのだ。ここには、光がないと同じ様に、法律も、道徳も、習慣も、なんにもない。人類が絶滅したのだ。別の世界なのだ。僕は、せめて死ぬまでの僅かの間でも、あんなものを忘れてしまいたい。今僕等には羞恥も、礼儀も、虚飾も、猜疑も、なんにもないのだ。僕達はこの闇の世界へ生れて来た二人切りの赤坊《あかんぼう》なんだ」

諸戸は、散文詩でも朗読する様に、こんなことを喋りつづけながら、私を引寄せて、肩に手を廻して、しっかりと抱いた。彼が首を動かす度に、二人の頬と頬とが擦れ合った。

「僕は君に隠していたことがある。だが、そんなことは人類社会の習慣だ、虚飾だ。ここでは隠すことも、恥しいこともありゃしない。親爺のことだよ。アン畜生の悪口だよ。こんなに云っても、君は僕を軽蔑する様なことはあるまいね。だって、僕達に親だとか友達だとかあったのは、ここでは、みんな前世の夢みたいなもんだからね」

そして、諸戸はこの世のものとも思われぬ、醜悪怪奇なる大陰謀について、語り始めたのであった。

「諸戸屋敷に滞在していた時、毎日別室で、丈五郎の奴と口論していたのを、君も知っているだろう。あの時、すっかり奴の秘密を聞いてしまったのだよ。

諸戸家の先代が、化物みたいな、傴僂の下女に手をつけて生れたのが、丈五郎なのだ。無論正妻はあったし、そんな化物に手をつけたのは、ほんの物好きな出来心だったから、因果と母親に輪をかけた片輪の子供が生れると、丈五郎の父親は、彼等母子をいとい憎んで、金をつけて島の外へ追放してしまった。母親は正妻ではないので、親の姓を名乗っていた。それが諸戸なのだ。丈五郎は今では樋口家《ひぐちけ》の主《あるじ》だけれど、あたりまえの人間を呪うの余り、姓までも樋口を厭《きら》い、諸戸で押し通しているのだ。

母親は生れたばかりの丈五郎をつれて、本土の山奥で乞食みたいな生活をしながら、世を呪い人を呪った。丈五郎は幾年月この呪いの声を子守歌として育った。彼等はまるで別の獣でもある様に、あたり前の人間を恐れ憎んだ。

丈五郎は成人するまでの、数々の悩み苦しみ、人間共の迫害について、長い物語を聞かせてくれた。母親は彼に呪いの言葉を残して死んで行った。成人すると、彼はどうしたきっかけでか、この岩屋島へ渡ったが、丁度その頃樋口家の世継ぎ、つまり丈五郎の異母兄に当る人が、美しい妻と生れた許りの女の子を残して死んでしまった。丈五郎はそこへ乗込んで行って、とうとう居坐ってしまったのだ。

丈五郎は因果なことに、この兄の妻に恋をした。後見役といった立場に在るのを幸い、手を尽してその婦人を口説いたが、婦人は『片輪者の意に従うなら、死んだ方がましだ』という、無情な一言を残して、子供をつれ、ひそかに島を逃げ出してしまった。丈五郎は真青になって、歯を食いしばって、ブルブル震えながら、その話をした。それまでとても片輪のひがみから、常人を呪っていた彼は、その時から、本当に世を呪う鬼と変ってしまった。

彼は方々探し廻って、自分以上にひどい片輪娘を見つけ出し、それと結婚した。全人類に対する復讐の第一歩を踏んだのだ。その上、片輪者と見れば、家に連れ戻って、養うことを始めた。若し子供が出来るなら、当り前の人間でなくて、ひどいひどい片輪者が生れます様と、祈りさえした。

だが、何という運命のいたずらであろう。片輪の両親の間に生れたのは僕だった。似もつかぬ、極く当り前の人間だった。両親はそれが通常の人間であるという丈けで、我子をさえも憎んだ。

僕が成長するにつれて、彼等の人間憎悪は益々深まって行った。そして、遂に身の毛もよだつ陰謀を企らむ様になったのだ。彼等は手を廻して、遠方の生れたばかりの貧乏人の子を買って歩いた。その赤坊が美しくて可愛い程、彼等は歯をむき出して喜んだ。

蓑浦君、この死の暗闇の中だから、打開けるのだけれど、彼等は不具者製造を、思い立ったのだよ。

君は支那の虞初新志[*18]という本を読んだことがあるかい。あの中に見世物に売る為に赤坊を箱詰めにして不具者を作る話が書いてある。又、僕はユーゴーの小説に、昔仏蘭西《フランス》の医者が同じ様な商売をしていた様に書いてあるのを読んだ覚えがある。不具者製造というのは、どこの国にもあったことかも知れない。

丈五郎は無論そんなことを知りゃしない。人間の考え出すことを、あいつも考え出したに過ぎない。だが、丈五郎のは金儲《かねもう》けが主眼ではなく、正常人類への復讐なんだから、そんな商売人の何層倍も執拗で深刻な筈だ。子供を首丈け出る箱の中に入れて、成長を止め、一寸法師を作った。顔の皮をはいで、別の皮を植え、熊娘を作った。指を切断して三つ指を作った。そして出来上ったものを、興行師に売出した。此の間三人の男が、箱を舟につんで出帆したのも、人造不具者輸出なんだ。奴等は港でない荒磯へあの舟をつけ、山越しに町に出て、悪人共と取引をするのだ。僕が奴等は数日帰って来ないと云ったのは、それを知っていたからだよ。

そう云うことを始めている所へ、僕が東京の学校へ入れてくれと云い出したんだ。親爺は外科医者になるならという条件で僕の申出を許した。そして、僕が何も気づいていないのを幸、不具者の治療を研究しろなんて、体のいいことを云って、その実不具者の製造を研究させていたのだ。頭の二つある蛙や、尻尾が鼻の上についた鼠を作ると、親爺はヤンヤと手紙で激励して来たものだ。

奴が何ぜ僕の帰省を許さなかったかというに、思慮の出来た僕に不具者製造の陰謀を発見されることを恐れたんだ。打開けるのにはまだ早過ぎると思ったんだ。又、曲馬団の友之助少年を手先に使った順序も容易に想像がつく。奴は不具者ばかりでなく、血に餓えた人間獣をさえ製造していたのだ。

今度僕が突然帰って来て、親爺を人殺しだと云って責めた。そこで、奴は初めて、不具者の呪いを打ちあけて、親の生涯の復讐事業を助けてくれと、僕の前に手をついて、涙を流して頼んだ。僕の外科医の知識を応用してくれと云うのだ。

恐ろしい妄想だ。親爺は日本中から健全な人間を一人もなくして、片輪者ばかりで埋めることを考えているんだ。不具者の国を作ろうとしているのだ。それが子々孫々の遵守《じゅんしゅ》すべき諸戸家の掟《おきて》だと云うのだ。上州辺《じようしゆうへん》で天然の大岩を刻んで、岩屋ホテル[*19]を作っている親爺さんみたいに、子孫幾代の継続事業として、この大復讐を為しとげようと云うのだ。悪魔の妄想だ。鬼のユートピアだ。

そりゃ、親爺の身の上は気の毒だ。併し、いくら気の毒だって、罪もない人の子を、箱詰めにしたり、皮をはいだりして、見世物小屋に曝《さら》すなんて、そんな残酷な、地獄の陰謀に加担出来ると思うか。それに、あいつを気の毒だと思うのは、理窟の上丈けで、僕はどういう訳か真から同情出来ないのだ。変だけれど、親の様な気がしないのだ。母にしたって同じことだ。我子をいどむ母親なんて、あるものか。あいつら夫婦は生れながらの鬼だ。畜生だ。身体と同じに心まで曲りくねっているんだ。

蓑浦君、これが僕の親の正体だ。僕は奴等の子だ。人殺しよりも幾層倍も残酷なことを、一生の念願にしている悪魔の子なのだ。僕はどうすればいいのだ。悲しむのか。だが悲しむには余りに大きな悲しみだ。怒るのか。だが怒るには余りに深い憎みだ。

本当のことを云うとね。この穴の中で道しるべの糸を見失った時、僕は心の隅でホッと重荷を卸した様に感じた。もう永久にこの暗闇から出なくてすむかと思うと、いっそ嬉しかった」

諸戸はガタガタ震える両手で、私の肩を力一杯抱きしめて、夢中に喋り続けた。しっかりと押しつけ合った頬に、彼の涙がしとど降りそそいだ。

余りの異常事に、批判力を失った私は、諸戸の為すがままに任せて、じっと身を縮めている外はなかった。

生地獄

私は尋ねたくてウズウズする一事があった。だが、自分のことばかり考えている様に思われるのがいやだったから、暫く諸戸の昂奮の鎮まるのを待った。

私達は闇の中で、抱き合ったまま、黙り込んでいた。

「馬鹿だね、僕は。この地下の別世界には、親もないし、道徳も羞恥もなかった筈だね。今更ら昂奮して見た所で、始まらぬことだ」

やっとして、冷静に返った諸戸が、低い声で云った。

「すると、あの秀ちゃん吉ちゃんの双生児も」私は機会を見出して尋ねた。「やっぱり作られた不具者だったの」

「無論さ」諸戸ははき出す様に云った。「そのことは、僕には、例の変な日記帳を読んだ時から分っていた。同時に、僕はあの日記帳で、親爺のやっている事柄を薄々感づいたのだ。何故僕に変な解剖学を研究させているかって云うこともね。だが、そいつを君に云うのはいやだった。親を人殺しだと云うことは出来ても、人体変形のことは、どうにも口に出せなかった。言葉に綴《つづ》るさえ恐ろしかった。

秀ちゃん吉ちゃんが、生れつきの双生児でないことはね、君は医者でないから知らぬけれど、僕等の方では常識なんだよ。癒合双体は必ず同性であるという動かすことの出来ない原則があるんだ。同一受精卵の場合は男と女の双生児なんて生れっこないのだよ。それにあんな顔も体質も違う双生児なんてあるものかね。

赤坊の時分に、双方の皮をはぎ、肉をそいで、無理にくっつけたものだよ。条件さえよければつかぬことはない。運がよければ素人にだってやれぬとも限らぬ。だが、当人達が考えている程、芯からくっついているのではないから、切離そうと思えば、造作もないのだよ」

「じゃ、あれも見世物に売る為に作ったのだね」

「そうさ。ああして三味線を習わせて、一番高く売れる時期を待っていたのだよ。君は秀ちゃんが片輪でないことが判って嬉しいだろうね。嬉しいかい」

「君は嫉妬しているの」

人外境が私を大胆にした。諸戸の云った通り礼儀も羞恥もなかった。どうせ今に死んじまうんだ。何を云ったって構うものかと思っていた。

「嫉妬している。そうだよ。アア、僕はどんなに長い間嫉妬し続けて来ただろう。初代さんとの結婚を争ったのも、一つはその為だった。あの人が死んでからも、君の限りない悲歎を見て僕はどれ程せつない思いをしていただろう。だが、もう君は、初代さんも秀ちゃんも、その外のどんな女性とも、再び逢うことは出来ないのだ。この世界では、君と僕とが全人類なのだ。

アア、僕はそれが嬉しい。君と二人でこの別世界へとじ籠めて下すった神様が有難い。僕は最初から、生きようなんてちっとも思っていなかったんだ。親爺の罪亡ぼしをしなければならないという責任感が僕に色々な努力をさせたばかりだ。悪魔の子としてこの上生恥《いきはじ》を曝そうより、君と抱き合って死んで行く方が、どれ程嬉しいか。蓑浦君、地上の世界の習慣を忘れ、地上の羞恥を棄てて、今こそ、僕の願いを容《い》れて、僕の愛を受けて」

諸戸は再び狂乱の体となった。私は、彼の願いの余りのいまわしさに、答える術を知らなかった。誰でもそうであろうが、私は恋愛の対象として、若き女性以外のものを考えると、ゾッと総毛立つ様な、何とも云えぬ嫌悪を感じた。友達として肉体の接触することは何でもない。快くさえある。だが、一度それが恋愛となると、同性の肉体は、吐気を催す種類のものであった。排他的な恋愛というものの、もう一つの面である。同類憎悪だ。

諸戸は友達として頼もしくもあり、好感も持てた。だが、そうであればある程、愛慾の対象として彼を考えることは、堪え難いのだ。死に直面して棄鉢《すてばち》になった私でも、この憎悪丈けはどうすることも出来なんだ。

私は迫って来る諸戸をつき離して逃げた。

「アア、君は今になっても、僕を愛してくれることは出来ないのか。僕の死にもの狂いの恋を受入れる情《なさけ》はないのか」

諸戸は失望の余り、オイオイ泣きながら、私を追駈けて来た。アア、何という浅間しい場面であったろう。

恥も外聞もない、地の底のめんないい千鳥[*20]が始まった。

そこは、左右の壁の広くなった、彼の洞窟の一つであったが、私は元の場所から五六間も逃げのびて、闇の片隅に蹲り、じっと息を殺していた。

諸戸もひっそりしてしまった。耳をすまして人間の気配を聞いているのか、それとも、壁伝いに盲目蛇みたいに、音もなく餌物に近づきつつあるのか、少しも様子が分らなんだ。それ丈けに気味が悪い。

私は闇と沈黙の中に、目も耳もない人間の様に、独りぼっちで震えていた。そして、

「こんなことをしている隙があったら、少しでもこの穴を抜け出す努力をした方がよくはないのか。若しや諸戸は、彼の異様な愛慾の為に、万一助かるかも知れぬ命を、犠牲にしようとしているのではあるまいか」

などと考えていた。とは云え、私も独りぼっちで、又闇の旅行を続ける気にはなれなんだ。

ハッと気がつくと、蛇は既に私に近づいていた。彼は一体闇の中で私の姿が見えるのであろうか。それとも五感の外の感覚を持っていたのであろうか。驚いて逃げようとする私の足は、いつか彼の黐《もち》の様な手に摑まれていた。

私ははずみを食って岩の上に横ざまに倒れた。蛇はヌラヌラと私の身体に這い上って来た。私は、このえたいの知れぬけだものが諸戸なのかしらと疑った。それは最早や人間と云うよりも不気味な獣類でしかなかった。

私は恐怖の為にうめいた。

死の恐怖とは別の、だがそれよりも、もっともっといやな、何とも云えぬ恐ろしさであった。

人間の心の奥底に隠れている、ゾッとする程不気味なものが今や私の前に、その海坊主みたいな、奇怪な姿を現わしているのだ。

地獄絵だ。闇と死と獣性の生地獄だ。

私はいつかうめく力を失っていた。声を出すのが恐ろしかったのだ。

火の様に燃えた頬が、私の恐怖に汗ばんだ頬の上に重なった。ハッハッと云う犬の様な呼吸、一種異様の体臭、そして、ヌメヌメと滑かな、熱い粘膜が、私の唇を探して、蛭《ひる》の様に、顔中を這い廻った。

諸戸道雄は今はこの世にいない人である。だが、私は余りに死者を恥しめることを恐れる。もうこんなことを、長々と書くのは止そう。

丁度その時、非常に変な事が起った。そのお蔭で、私は難を逃れることが出来た程に、意外な椿事《ちんじ》であった。

洞窟の他の端で、変な物音がしたのだ。蝙蝠《こうもり》や蟹《かに》には馴れていたが、その物音はそんな小動物の立てたものではなかった。もっとずっと大きな生物が蠢いている気配なのだ。

諸戸は私を摑んでいる手をゆるめて、私は反抗を中止して、じっと聞耳を立てた。

意外な人物

諸戸は私を離した。私達は動物の本能で、敵に対して身構えをした。耳をすますと、生き物の呼吸が聞える。

「シッ」

諸戸が犬を叱る様に叱った。

「やっぱりそうだ。人間がいるんだ。オイ、そうだろう」

意外にも、その生き物が人間の言葉を喋った。年とった人間の声だ。

「君は誰だ。どうしてこんな所へ来たんだ」

諸戸が聞返した。

「お前は誰だ。どうしてこんな所にいるんだ」

相手も同じことを云った。

洞窟の反響で、声が変って聞えるせいか、何となく聞覚えのある声の様でいて、その人を思い出すのに骨が折れた。暫くの間、双方探り合いの形で、黙っていた。

相手の呼吸が段々ハッキリ聞える。ジリジリと、こちらへ近寄って来る様子だ。

「若しや、お前さん方は、諸戸屋敷の客人ではないかね」

一間ばかりの近さで、そんな声が聞えた。今度は低い声だったので、その調子がよく分った。

私はハッとある人を思出した。だが、その人は已に死んだ筈だ。丈五郎の為に殺された筈だ。……死人の声だ。一刹那、私はこの洞窟が本当の地獄ではないか、私達は已に死んでしまったのではないか、という錯覚を感じた。

「君は誰だ。若しや……」

私が云いかけると、相手は嬉し相に叫び出した。

「アア、そうだ。お前さん蓑浦さんだね。もう一人は、道雄さんだろうね。わしは徳だよ。丈五郎に殺された徳だよ」

「アア、徳さんだ。君、どうしてこんな所に」

私達は思わず声を目当に走り寄って、お互の身体を探り合った。

徳さんの舟は魔の淵の所で、丈五郎の落した大石の為に顚覆した。だが、徳さんは死ななかったのだ。丁度満潮の時だったので、彼の身体は、魔の淵の洞窟の中へ吸い込まれた。そして、潮が引き去ると、ただ一人闇の迷路にとり残された。それから今日まで、彼は地下に生きながらえていたのだった。

「で、息子さんは？　私の影武者を勤めてくれた息子さんは？」

「分らないよ、大方鮫にでも食われてしまったのだろうよ」

徳さんはあきらめ果てた調子であった。無理もない。徳さん自身、再び地上に出る見込もない、まるで死人同然の身の上なんだから。

「僕の為に、君達をあんな目に合わせてしまって、さぞ僕を恨んでいただろうね」

私は兎も角も詫言《わびごと》を云った。だが、この死の洞窟の中では、そんな詫言が、何だか空々しく聞えた。徳さんはそれについては、何とも答えなかった。

「お前達、ひどく弱っている鹽梅だね。腹が減っているんじゃないかね。それなら、ここにわしの食い残りがあるから、たべなさるがいい。食い物の心配は要らないよ、ここには大蟹がウジャウジャいるんだからね」

徳さんが、どうして生きていたかと、不審に耐えなんだが、成程、彼は蟹の生肉で飢《うえ》をいやしていたのだ。私達はそれを徳さんに貰って、たべた。冷くドロドロした、鹽《しよ》っぱい寒天みたいなものだったが、実にうまかった。私はあとにも先にも、あんなうまい物をたべたことがない。

私達は徳さんにせがんで、更らに幾匹かの大蟹を捕えて貰い、岩にぶつけて甲羅を割って、ペロペロと平げた。今考えると不気味にも汚くも思われるが、その時は、まだモヤモヤと動いている太い足をつぶして、その中のドロドロしたものを啜《すす》るのが、何とも云えずうまかったものだ。

飢餓《きが》が恢復すると、私達は少し元気になって、徳さんとお互の身の上を話し合った。

「そうすると、わしらは死ぬまでこの穴を出る見込みはないのだね」私達の苦心談を聞いた徳さんが、絶望の溜息を吐いた。

「わしは残念なことをしたよ。命がけで、元の穴から海へ泳ぎ出せばよかったのだ。それを、渦巻《うずまき》に巻き込まれて、迚《とて》も命がないと思ったものだから、海へ出ないで、穴の中へ泳ぎ込んでしまったのだよ。まさかこの穴が、渦巻よりも恐ろしい、八幡の藪知らずだとは思わなかったからね。あとで気がついて引返して見たが、路に迷うばかりで、迚も元の穴へ出られやしない。だが、何が幸になるか、そうしてわしが、さ迷い歩いたお蔭で、お前さん達に逢えた訳だね」

「こうして食物が出来たからには、僕達は何も絶望してしまうことはないよ。百に一つ、まぐれ当りで外に出られるものなら、九十九へんまで、無駄に歩いて見ようじゃないか、何日かかろうとも、何月《いくつき》かかろうとも」

人数がふえたのと、蟹の生肉のお蔭で、私は俄に威勢がよくなった。

「アア、君達はもう一度娑婆《しゃば》の風に当りたいだろうね。僕は君達が羨ましいよ」

諸戸が突然悲しげに云った。

「変なことを云いなさるね。お前さんは命が惜しくはないのかね」

　徳さんが不審そうに尋ねた。

「僕は丈五郎の子なんだ。人殺しの、片輪者製造人の、悪魔の子なんだ。僕はお陽様が怖い。娑婆に出て、正しい人達に顔を見られるのが恐ろしい。この暗闇の地の底こそ悪魔の子にはふさわしい住家かも知れない」

　可哀想な諸戸。彼はその上に、私に対する、さっきのあさましい所業を恥じているのだ。

「尤もだ。お前さんは何にも知らないだろうからね。わしはお前さん達が島へ来た時に、よっぽどそれを知らせてやろうかと思った。あの夕方、わしが海辺にうずくまって、お前さん達を見送っていたのを覚えていなさるかね。だが、わしは丈五郎の返報が恐ろしかった。丈五郎を怒らせては、一時もこの島に住んではいられなくなるのだからね」

　徳さんが妙なことを言い出した。彼は以前諸戸屋敷の召使であったから、ある点まで丈五郎の秘密を知っている筈だ。

「僕に知らせるって、何をだね」

　諸戸が身動きをして、聞返した。

「お前さんが、丈五郎の本当の子ではないということをさ。もうこうなったら何を喋っても構わない。お前さんは丈五郎が本土から、かどわかして来た、よその子供だよ。考えても見るがいい、あの片輪者の汚らしい夫婦に、お前さんの様な綺麗な子供が生れるものかね。あいつらの本当の子は、見世物を持って方々巡業しているんだよ。丈五郎に生写しの傴僂だ」

読者は知っている、嘗って北川刑事が、尾崎曲馬団を追って静岡県のある町へ行き、一寸法師に取入って、「お父つぁん」のことを尋ねた時、一寸法師が「お父つぁんとは別の若い傴僂が曲馬団の親方である」と云った。その親方が、丈五郎の実の子だったのだ。

徳さんは語りつづける。

「お前さんも、どうせ片輪者に仕込むつもりだったのだろうが、あの傴僂のお袋がお前さんを可愛がってね、あたり前の子供に育て上げてしまった。そこへ持って来て、お前さんが、中々利口者だと分ったものだから、丈五郎も我を折って、自分の子にして、学問を仕込む気になったのだよ」

何ぜ自分の子にしたか。彼は悪魔の目的を遂行する上に、真実の親子という、切っても切れぬ関係が必要だったのだ。

諸戸道雄は悪魔丈五郎の実子ではなかったのである。驚くべき事実だ。

霊の導き

「もっと詳しく、もっと詳しく話して下さい」

諸戸がかすれた声で、せき込んで尋ねた。

「わしは親爺からの、樋口家の家来で、七年前に、傴僂さんの遣り方を見るに見兼ねて暇《いとま》を取るまで、わしは今年丁度六十だから、五十年と云うもの、樋口一家のいざこざを見て来た訳だよ。順序を追って話して見るから、聞きなさるがいい」

そこで、徳さんは思い出し思出し、五十年の過去に遡《さかのぼ》って樋口家、即ち今の諸戸屋敷の歴史を物語ったのであるが、それを詳しく書いていては退屈だから、左《さ》に一目で分る表にして掲げて置く。

（慶応《けいおう》年代）樋口家の先代万兵衛《まんべえ》、醜き片輪の女中に手をつけ海二《かいじ》が生れた。これが母に輪をかけた傴僂の醜い子だったので、万兵衛は見るに耐えず、母子を追放した。彼等は本土の山中に隠れて獣の様な生活を続けていた。母は世を呪い人を呪ってその山中に死亡した。

（明治十年）万兵衛の正妻の子春雄《はるお》が、対岸の娘琴平梅野《ことひらうめの》と結婚した。

（明治十二年）春雄梅野の間に春代《はるよ》生る。間もなく春雄病死す。

（明治二十年）海二が諸戸丈五郎という名で島に帰り、樋口家に入って、梅野が女主人であるを幸、ほしいままに振舞った。その上梅野に不倫なる恋を仕掛けるので彼女は春代を伴って、実家に逃げて帰った。

（明治二十三年）恋に破れ世を呪う丈五郎は、醜い傴僂娘を探し出して結婚した。

(明治二十五年) 丈五郎夫妻の間に一子生る。因果とその子も傴僂であった。丈五郎は歯をむき出して喜んだ。彼は同じ年当歳の道雄をどこからか誘拐して来た。

(明治三十三年) 実家に帰った梅野の子春代(春雄の実子樋口家の正統) 同村の青年と結婚す。

(明治三十八年) 春代長女初代を生む。これが後の木崎初代である。丈五郎に殺された私の恋人木崎初代である。

(明治四十年) 春代次女 緑《みどり》を生む。同年春代の夫死亡し、実家も死に絶えて身寄りなき為、彼女は母の縁をたよって、岩屋島に渡り、丈五郎の屋敷に寄寓することになった。丈五郎の甘言《かんげん》にのせられたのである。この物語の初めに、初代が荒れ果てた海岸で、赤ちゃんをお守りしていたと語ったのは、この間の出来事で、赤ちゃんというのは次女緑であった。

(明治四十一年) 丈五郎の野望が露骨に現われて来た。彼は梅野に敗れた恋を、その子の春代によって満たそうとした。春代は遂に居たたまらず、ある夜初代を連れて島を抜け出した。その時次女の緑は丈五郎の為に奪われてしまった。

春代は流れ流れて大阪に来たが、糊口《ここう》に窮して遂に初代を捨てた。それを木崎夫妻が拾ったのである。

以上が徳さんの見聞に私の想像を加えた簡単な樋口家の歴史である。これによって初代さんこそ樋口家の正統であって、丈五郎は下女の子に過ぎないことが分った。若しこの地底に宝が隠されてあるものとすれば、それは当然なき初代さんのものであることが、愈々明かになった。

諸戸道雄の実の親が何所の誰であるかは、残念ながら少しも分らなんだ。それを知っているのは丈五郎丈けだ。

「アア、僕は救われた。それを聞いては、どんなことがあっても、僕はもう一度地上に出る。そして、丈五郎を責めて、僕の本当の父や母の居所を白状させないではおかぬ」

道雄は俄かに勇み立った。

だが、私は私で、ある不思議な予感に胸をワクワクさせていた。私はそれを徳さんに聞きたださなければならぬ。

「春代さんに二人の女の子があったのだね、初代と緑。その妹の緑の方は、春代さんが家出をした時、丈五郎に奪われたというのだね。数えて見ると、丁度十七になる娘さんだ。その緑はそれからどうしたの。今でも生きているの」

「アア、それを話すのを忘れたっけ」徳さんが答えた。「生きています。だが、可哀想に生きているという丈けで、まともな人間じゃない。生れもつかぬ双生児の片輪にされちまってね」

「オオ、若しやそれが秀ちゃんでは？」

「そうだよ。あの秀ちゃんが緑さんのなれの果ですよ」

何という不思議な因縁であろう。私は初代さんの実の妹に恋していたのだ。私の心持を地下の初代さんは恨むだろうか、それとも、このめぐり合わせは、凡て初代さんの霊の導きであって、彼女は私をこの孤島に渡らせ、蔵の窓の秀ちゃんを見せて、私に一目惚れをさせたのではないだろうか。アア、何だかそんな気がしてならぬ。若し初代さんの霊にそれ程の力があるのだったら我々の宝探しも首尾よく目的を果すかも知れない。そして、この地下の迷路を抜出して、再び秀ちゃんに逢う時が来るかも知れない。

「初代さん、初代さん、どうか私達を守って下さい」

私は心の中の懐しい彼女の俤《おもかげ》に祈った。

狂える悪魔

それから又、地獄巡りの悩ましい旅が始まった。蟹の生肉に餓をしのぎ、洞窟の天井から滴り落ちる僅かの清水に渇《かつ》を癒して、何十時間、私達は果しもしらぬ迷路の旅を続けた。その間の苦痛恐怖色々あれど、余り管々《くだくだ》しければ凡て省く。

地底には夜も昼もなかったけれど、私達は疲労に耐えられなくなると、岩の床に横わって睡った。その幾度目かの眠りから目覚めた時、徳さんが頓狂に叫び立てた。

「紐がある。紐がある。お前さん達が見失ったという麻縄は、これじゃないかね」

私達は思いがけぬ吉報に狂喜して、徳さんの側へ這い寄ってさぐって見ると、確かに麻縄だ。それでは、私達はもう入口間近かに来ているのであろうか。

「違うよ、これは僕達が使った麻縄ではないよ。蓑浦君、君はどう思う。僕達のはこんなに太くなかったね」

道雄が不審相に云った。云われて見ると、成程私達の使用した麻縄ではなさそうだ。

「すると、僕達の外にも、誰かしるべの紐を使って、この穴へ這入ったものがあるのだろうか」

「そうとしか考えられないね。しかも、僕達のあとからだ。なぜと云って、僕達が這入った時には、あの井戸の入口に、こんな麻縄なんて括りつけてなかったからね」

私達のあとを追って、この地底に来たのは、全体何者であろう。敵か味方か。だが、丈五郎夫妻は土蔵にとじ籠められている。あとは片輪者ばかりだ。アア、若しや先日舟出した諸戸屋敷の使用人達が帰って来て、古井戸の入口に気づいたのではあるまいか。

「兎も角、この縄を伝って、行ける所まで行って見ようじゃないか」

道雄の意見に従って、私達はその縄をしるべにして、どこまでも歩いて行った。

やっぱり、何者かが地底に入り込んでいたのだ、一時間も歩くと、前方がボンヤリと明るくなって来た。曲りくねった壁を反射して来る蠟燭の光だ。

私達はポケットのナイフを握りしめて、足音の反響を気にしながら、ソロソロと進んで行った。一曲りする毎に、その明るさが増す。

遂に最後の曲り角に達した。その岩角の向側に、はだか蠟燭がゆらいでいる。吉か凶か、私は足がすくんで、最早や前進する力がなかった。

その時、突然、岩の向側から異様な叫び声が聞えて来た。よく聞くと単なる叫び声ではない。歌だ。文句も節も滅茶滅茶の、嘗つて聞いたこともない兇暴な歌だ。それが、洞窟に反響して、一種異様の獣の叫び声とも聞えたのだ。思いがけぬ場所で、この不思議な歌を聞いて、私はゾッと身の毛もよだつ思いがした。

「丈五郎だよ」

先頭に立った道雄が、ソッと岩角を覗いてびっくりして、首を引込めると、低い声で私達に報告した。

土蔵にとじ籠めて置いた筈の丈五郎が、どうしてここへ来たか。なぜ妙な歌を歌っているのか。私はさっぱり訳が分らなんだ。

歌の調子は益々高く、愈々兇暴になって行く。そして、歌の伴奏の様にチャリンチャリンと、冴返った金属の音が聞えて来る。

道雄は又ソッと岩角から覗いていたが、やがて、

「丈五郎は気が違っているのだ。無理もないよ。見給え、あの光景を」

と云いながら、ずんずん岩の向側へ歩いて行く。気違いと聞いて、私達も彼のあとに従った。

アア、その時私達の目の前に開けた、世にも不思議な光景を、私はいつまでも忘れることが出来ない。

醜い傴僂親爺が、赤い蠟燭の光に半面を照らされて、歌とも叫びともつかぬことをわめきながら、気違い踊りを躍っている。その足下は、銀杏《いちょう》の落葉の様に、一面の金色《こんじき》だ。

丈五郎は洞窟の片隅にある幾つかの甕《かめ》の中から、両手に掴み出しては、踊り狂いながら、キラキラとそれを落す。落すに従って、金色の雨はチャリンチャリンと、微妙な音を立てる。

丈五郎は私達の先廻りをして、幸運にも地底の財宝を探り当てたのだ。しるべの縄を失わなんだ彼は、私達の様に同じ道をどうどう巡りすることなく、案外早く目的の場所に達することが出来たのであろう。だが、それは彼にとって悲しい幸運であった。驚くべき黄金の山が、遂に彼を気違いにしてしまったのだから。

私達は駈け寄って彼の肩を叩き、正気づけようとしたが、丈五郎は空《うつろ》な目で私達を見返すばかり、敵意さえも失って、訳の分らぬ歌を歌い続けている。

「分った、蓑浦君。僕達のしるべの麻縄を切ったのは、この親爺だったのだ。奴はそうして僕達を路に迷わせて置いて、自分は別のしるべ縄で、ここまでやって来たのだよ」

道雄がそこへ気づいて云った。

「だが、丈五郎がここへ来ているとすると、諸戸屋敷に残して置いた片輪達が心配だね。若しやひどい目に合わされているじゃないだろうか」

その実私は、ただ恋人秀ちゃんの安否を気遣っていたのだ。

「もう、この麻縄があるんだから、外へ出るのは訳はない。兎も角一度様子を見に帰ろう」

道雄の指図で、気違い親爺の見張番には徳さんを残して置いて、私達はしるべの縄を伝って、走る様に出口に向った。

刑事来《きた》る

私達は無事に井戸を出ることが出来た。久し振りの日光に、目がくらみ相になるのを、こらえこらえ、手を取り合って諸戸屋敷の表門の方へ走って行くと、向から見馴れぬ洋服紳士がやってくるのにぶつかった。

「オイ、君達は何だね」

その男は私達を見ると、横柄《おうへい》な調子で呼び止めた。

「君は一体誰です。この島の人じゃない様だが」

道雄が反対に聞返した。

「僕は警察のものだ。この家を取調べにやって来たのだ。君達はこのうちと関係があるのかね」

洋服紳士は思いがけぬ刑事巡査であった。丁度幸である。私達は銘々《めいめい》名を名乗った。

「嘘を云い給え。諸戸、蓑浦の両人がここへ来ていることは知っている。だが、君達の様な老人ではない筈だよ」

刑事は妙なことを云った。私達をとらえて「君達の様な老人」とは一体何を勘違いしているのだろう。

私と道雄とは不審に堪えず、思わずお互の顔を眺め合った。そして、私達はアッと驚いてしまった。

私の目の前に立っているのは、最早や数日以前までの諸戸道雄ではなかった。乞食みたいなボロボロの服、垢《あか》づいた鉛色の皮膚、おどろに乱れた頭髪、目は窪《くぼ》み、頬骨の突出た骸骨の様な顔、成程刑事が老人と見違えたのも無理ではない。

「君の頭は真白だよ」

道雄はそう云って妙な笑い方をした。それが私には泣いている様に見えた。

私の変り方は道雄よりもひどかった。肉体の憔悴《しょうすい》は彼と大差なかったが、私の頭髪は、あの穴の中の数日間に、全く色素を失って、八十歳の老人の様に真白に変っていた。

私は極度の精神上の苦痛が、人間の頭髪を一夜にして白くしたという不思議な現象を知らぬではなかった。その実例も二三読んだことがある。だが、そんな稀有《けう》の現象が、かく云う私の身に起ろうとは、全く想像の外であった。

だが、この数日間、私は幾度死の、或は死以上の恐怖に脅かされたことであろう。よく気が違わなんだと思う。気が違う代りに頭髪が白くなったのだ。まだしも、それが仕合せと云わねばならぬ。

同じ人外境を経験しながら、諸戸の頭髪に異常の見えぬは、流石に彼は私よりも強い心の持主であったからであろう。

私達は刑事に向って、この島に来るまでの、又来てからの、一切の出来事を、かいつまんで話した。

「何ぜ警察の助けを借りなかったのです。君達の苦しみは自業自得というものですよ」

私達の話を聞いた刑事が、最初に発した言葉はこれであった。だが、無論微笑しながら。

「悪人の丈五郎が、僕の父だと思い込んでいたものですから」

道雄が弁解した。

刑事は一人ではなかった。数人の同僚を従えていた。彼はその中《うち》の二人に命じて、地底に這入り、丈五郎と徳さんとを連れてくる様に命じた。

「しるべの縄はそのままにして置いて下さい。金貨を取出さなければなりませんから」

道雄がその二人に注意を与えた。

池袋署の北川という刑事が、例の少年軽業師友之助の属していた、尾崎曲馬団を探る為に、静岡県まで出掛け、苦心に苦心を重ね、道化役の一寸法師に取入って、ある秘密を聞出したことは先に読者に告げて置いた。その北川刑事の苦心が効を奏し、私達とは全く別の方面から、遂にこの岩屋島の巣窟をつき止め、かくは諸戸屋敷調査の一団が乗込むことになったのであった。

刑事達が来て見ると、諸戸屋敷で、男女両頭の怪物が烈しい争闘を演じていた。云うまでもなく、それは秀ちゃん吉ちゃんの双生児だ。

兎も角、その怪物を取り鎮めて、様子を聞くと、秀ちゃんの方が雄弁に事の仔細を語った。私達が井戸に這入ったあとで、私と秀ちゃんの間を嫉妬した吉ちゃんが、私達を困らせる為に、丈五郎に内通して、土蔵の扉を開いたのだ。無論秀ちゃんは極力それを妨害したが、男の吉ちゃんの馬鹿力には敵わなんだ。

自由の身になった丈五郎夫妻は、鞭を振って忽ち片輪者の一群を、反対に土蔵に押しこめてしまった。吉ちゃんが功労者なので、双生児丈けは、その難を免れた。

それから、丈五郎は吉ちゃんの告口で私達の行方を察し、不自由な身体で自から井戸に下り、私達の麻縄を切断して置いて、別の縄によって迷路に踏み込んだのであろう。丈五郎の傴僂女房と啞のおとしさんがその手助けをしたに相違ない。

それ以来秀ちゃんと吉ちゃんは、敵同士であった。吉ちゃんは秀ちゃんを自由にしようとする。秀ちゃんは吉ちゃんの裏切りをののしる。口論が嵩じて、身体と身体の争闘が始まる。そこへ刑事の一行が来合わせた訳である。

秀ちゃんの説明によって、事情を知った刑事達は、直ちに丈五郎の女房とおとしさんに縄をかけ、土蔵の片輪者達を解放し丈五郎を捕える為に地底に下ろうと、その用意を始めている所へ、丁度私達が現われたのだ。

刑事の物語によって以上の仔細が分った。

大団円

さて、木崎初代（正しくは樋口初代）を初め深山木幸吉、友之助少年の三重の殺人事件の真犯人は明かとなり、私達の復讐をまつまでもなく、彼は已に狂人となり果ててしまった。又、その殺人事件の動機となった樋口家の財宝の隠し場所も分った。私の長物語もこの辺で幕をとじるべきであろう。

何か云い残したことはないかしら。そうそう、素人探偵深山木幸吉氏のことがある。彼はあの系図帳を見た丈けで、どうして岩屋島の巣窟を見抜くことが出来たのだろう。いくら名探偵と云っても、あんまり超自然な明察だ。

私は事件が終ってから、どうもこのことが不思議で堪らぬものだから、深山木氏の友人が保管していた故人の日記帳を見せて貰って、丹念に探して見た所、あったあった。大正二年の日記帳に、樋口春代の名が見える。云うまでもなく初代さんの母御だ。

読者も知っている通り、深山木氏は一種の奇人で、妻子がなかった代りには、随分色々な女と親しくなって、夫婦みたいに同棲していたことがある。春代さんもその内の一人だった。深山木氏は旅先で、困っている春代さんを拾ったのだ。（初代さんを捨て子にした後の話だ）同棲二年程で、春代さんは深山木氏の家で病死している。定めし死ぬ前に、捨て児のことも、系図帳のことも、岩屋島のことも、すっかり深山木氏に話したことであろう。これで、後年深山木氏が例の樋口家の系図帳を見るや否や、岩屋島へ駈けつけた訳が分る。

系図帳は樋口春雄（丈五郎の兄）からその妻の梅野に、梅野からその子の春代に、春代から初代にと伝えられたものであろう。無論彼等はこの系図帳の真価については何事も知らなかった。ただ正統の子が持ち伝えよという先祖の遺志を守ったに過ぎない。

では丈五郎はどうして、あの呪文がその中に隠してあることを知ったか。彼の女房の告白によれば、丈五郎がある日先祖の書遺した日記を読んでいて、ふとその一節を発見したのだ。そこには家に伝わる財宝の秘密が系図帳に封じこめられてあるという意味が記してあった。だが、それは春代の家出後だったので、折角の発見が何にもならなんだ。それ以来丈五郎は傴僂息子に命じて、春代の行衛《ゆくえ》探しに努めたが、当てのない探し物故仲々目的を達しなかった。大正十三年頃に至って、やっと今では初代がその系図帳を持っていることが分った。それから丈五郎がその系図帳を手に入れる為に、どれ程骨を折ったかは、読者の知っている通りである。

樋口家の先祖は、広く倭寇《わこう》と云われている海賊の一類であった。大陸の海辺《かいへん》を掠《かす》めた財宝を夥《おびただ》しく所有していた。それを領主に没収されることを恐れて、深く地底に蔵し、代々その隠し場所を云い伝えて来たが、春雄の祖父に当る人がそれを呪文に作って系図帳にとじこめたまま、どういう訳であったか、その子に呪文のことを告げずして死んだ。徳さんの聞き伝えた所によると、その人は、卒中で頓死《とんし》をしたらしいということである。

それ以来、丈五郎が古い日記帳の一節を発見するまで、樋口の一族はこの財宝について何事も知らなかった訳である。

だが、この秘密は、却って樋口一族以外の人に知られていたと考うべき理由がある。それは十年程以前、K港から岩屋島に渡り、諸戸屋敷の客となって、後に魔の淵の藻屑と消えたあの妙な男があるからだ。彼は明かに古井戸から地底に這入り込んだ。私達はその跡を見た。丈五郎の女房は、その男を想い出して、あれは樋口家の先祖に使われていた者の子孫であったと語った。それでは多分、その男の先祖が財宝の隠し場所を感づいていて、書遺しでもしたものであろう。

過去のことはそれ丈けにして、さて最後に、登場人物の其後を、ごく簡単に書き添えて、この物語を終ることにしよう。

先ず第一に記すべきは、私の恋人秀ちゃんのことである。彼女は初代の実妹の緑に相違なく、樋口家の唯一の正統であることが分ったので、地底の財宝は悉《ことごと》く彼女の所有に帰した。時価に見積って、百万円に近い財産である。

秀ちゃんは百万長者だ。しかも、現在ではもう醜い癒合双体《ゆごうそうたい》ではない。野蛮人の吉ちゃんは、道雄のメスで切離されてしまった。元々本当の癒合双体ではなかったのだから、無論両人とも何の故障もない一人前の男女である。秀ちゃんの傷口が癒えて、ちゃんと髪を結い、お化粧をし、美しい縮緬《ちりめん》の着物を着た彼女が、私の前に現われた時、そして、私に東京弁で話しかけた時、私の喜びがどれ程であったか、ここに管々しく述べるまでもなかろう。云うまでもなく、私と秀ちゃんとは結婚した。百万円は、今では、私と秀ちゃんの共有財産である。

私達は相談をして、湘南片瀬《しょうなんかたせ》の海岸に立派な不具者の家を建てた。樋口一家に丈五郎の様な悪魔が生れた罪亡ぼしの意味で、そこには自活力のない不具者を広く収容して、楽しい余生を送らせる積りだ。第一番のお客様は諸戸屋敷から連れて来た、人造片輪者の一団であった。丈五郎の女房や啞のおとしさんもその仲間だ。

不具者の家に接して、整形外科の病院を建てた。医術の限りを尽して片輪者を正常な人間に造り変えるのが目的だ。

丈五郎、彼の傴僂息子、諸戸屋敷に使われていた一味の者共は、凡てそれぞれの処刑を受けた。初代さんの養母木崎未亡人は、私達の家に引取った。秀ちゃんは彼女をお母さんお母さんと云って、大切にしている。

道雄は丈五郎の女房の告白によって、実家が分った。紀州の新宮《しんぐう》に近いある村の豪農で父も母も兄弟も健在であった。彼は直ちに見知らぬ故郷へ、見知らぬ父母の下へ、三十年振りの帰省をした。

私は彼の上京を待って、私の外科病院の院長になってもらう積りで、楽しんでいた所、彼は故郷へ帰って一月もたたぬ間に、病を発してあの世の客となった。凡て凡て好都合に運んだ中で、ただ一事、これ丈けが残念である。彼の父からの死亡通知状に左の一節があった。

「道雄は最後の息を引取る間際まで、父の名も母の名も呼ばず、ただあなた様の御手紙を抱きしめ、あなた様のお名前のみ呼び続け申候《もうしそうろう》」

自作解説

I「探偵小説十年」より

博文館の『朝日』の創刊は昭和四年一月号からであったと思う。平凡社から『平凡』という雑誌が創刊されたのと殆ど同時であった。やり口の大がかりであったのも似ている。夫々《それぞれ》講談社の『キング』の向うをはって、百万の大衆読者を獲得せん意気込で華々しい宣伝戦が演じられた。

『平凡』の方は三号か四号で廃刊になったけれど『朝日』はそういうこともなく、初めの意気込み程ではないが、博文館の謂わば代表雑誌として、現在まで続刊されている。

丁度その頃長谷川天渓《はせがわてんけい》氏に代って博文館編輯《へんしゅう》部長の重職についた森下雨村《もりしたうそん》氏は、『陰獣』の掲載された『新青年』が非常によく売れた（確か売切れの為に再版を印刷したのだと記憶する）ことを知っているものだから、この創刊雑誌にも私に書かせようとして、可成《かなり》熱心に勧めてくれた。当時の博文館専務取締役の星野《ほしの》〔準一郎《じゅんいちろう》〕氏にも逢ったりして、同氏からも勧誘を受けた。私は前年続きものにはこりているものだから、筋の見通しもつかないのに引受けるのでは、又同じことをくり返すばかりだと思って、一応は辞退したけれど、何分《なにぶん》恩人筋の森下氏には頭の上らない関係もあって、自信がないながら引受けてしまった。

そして第一回を書く時分には、もう寒い期節になっていたので、寒さの嫌いな私は三重県の南の方の不便な、併し非常に暖い漁村へ旅行して、そこで筋を考えた。近くの鳥《と》羽《ば》の岩田準一《いわたじゅんいち》君に、その宿へ来て貰って、毎日舟に乗ったり、村はずれを散歩したり、寝ころんで話しをしたりして日を暮らした。その岩田君が、『鷗外全集』を持って来ていて、その中に何かのついでに二三行書いてあった片輪者製造の話を読んで、非常に面白く感じた。それがマアあの小説の出発点になったのだ。第一回分を書いたあとで、東京へ帰って、古本屋を探して『虞初新誌《ぐしょしんし》』を買ったり、西洋の不具者に関する書物を猟《あさ》ったりした。

へんぴな村の宿屋へ、変な都会風の男が二人泊り込み、何をするでもなくブラブラ暮らしている上に毎晩夜更かしをして、お昼頃まで寝ているものだから、宿屋でも妙に思ったのかも知れない。それがお巡りさんの耳に入って、丁度その頃陛下が伊勢神宮へ行《い》幸のことがあったので、一時は不逞《ふてい》の徒ではないかと怪しまれさえした様子だ。私は何時《つ》も宿屋へ泊る時は、筆名も職業も云わないことにしているが、そのうさん臭い態度が余《よ》けい疑わしく見えたことに相違ない。だがじきに雑誌の写真かなんかで筆名が分って嫌疑がはれたらしい。らしいというのは、私はそのことを、滞在中少しも知らなかったからである。ずっとあとになって、岩田君の兄さんがその土地へ行った時、知合いの巡査から聞いて来た話を、伝聞して分ったのだ。という様な事もあった。

この小説には同性愛がある。同性愛なんて、ギリシャ、ローマの昔か元禄時代ならいざ知らず、現代では関心を持つ人は殆どないのだから、娯楽雑誌にそんなことを書くのは見当違いだと思ったけれど、その時分岩田君と東西の同性愛の史実について語り合うことが多かったものだから、ついそれが影響したのかもしれない。だが探偵小説のこと故《ゆえ》、この異様な恋愛を思う様に書く機会がなかった。それが筋を運ぶ上の邪魔物にさえなった。

私の幾つかの長篇小説の内では、『パノラマ島』とこの『孤島の鬼』の二つが、前以《まえもっ》てやや筋が出来ていたのであるが、いざ書いて見ると、朧《おぼろ》げに考えていたのが、間違いであったりして、やっぱり毎月の締切ごとに困らなければならなかった。そして、結局あんなものしか出来なかった。

（昭和七年五月）

Ⅱ桃源社版『江戸川乱歩全集』の「あとがき」より

昭和四年、森下雨村さんが博文館の総編集長となり、講談社の「キング」に対抗して出した大部数の大衆雑誌「朝日」の同年一月創刊号から一年余り連載したもの。この小説は鷗外全集の随筆の中に、シナで見世物用に不具者を製造する話が書いてあったのにヒントを得て、筋を立てた。その後、私は通俗娯楽雑誌に多くの連載小説を書いたが、「孤島の鬼」はそういう種類の第一作といってもよいものであった。或る人は、私の長篇のうちでは、これが一番まとまっていると言った。この小説に同性愛が取り入れてあるのは、そのころ、岩田準一君という友人と、熱心に同性愛の文献あさりをやっていたので、ついそれが小説に投影したのであろう。この作は昭和十三、四年に出した新潮社の「江戸川乱歩選集」にも入れたのだが、そのころはもうシナ事変にはいっていて、小説の検閲もきびしく、何カ所も削除を命ぜられ、それが戦後の版にもまぎれこんで、削除のままになっている部分があったので、昭和六、七年の平凡社の私の全集と照らし合わせて、すべて元の姿に直した。また、終りの方の樋口家の年表に間違いがあることを気づいたので、それも訂正しておいた。

（昭和三十六年十一月）

猟奇の果

前篇　猟奇《りょうき》の果《はて》

はしがき

彼は余りにも退屈屋で且《か》つ猟奇者であり過ぎた。

ある探偵小説家は（彼も又退屈の余り、此世《このよ》に残された唯一の刺戟物として、探偵小説を書き始めた男であったが）この様な血腥《ちなまぐさ》い犯罪から犯罪へと進んで行って、遂《つい》には小説では満足出来なくなり、実際の罪を、例えば殺人罪を、犯す様《よう》なことになりはしないかと虞《おそ》れた由《よし》であるが、この物語の主人公は、その探偵作家の虞れたことを、実際にやってしまった。猟奇が嵩《こう》じて、遂に恐ろしい罪を犯してしまった。

猟奇の徒《と》よ、卿等《けいら》は余りに猟奇者であり過ぎてはならない。この物語こそよき戒《いましめ》である。猟奇の果《はて》が如何《いか》ばかり恐ろしきものであるか。

この物語の主人公は、名古屋市のある資産家の次男で、名を青木愛之助《あおきあいのすけ》と云《い》う、当時三十歳になるやならずの青年であった。

パンの為《ため》に勤労の必要もなく、お小遣《こづかい》と精力はあり余り、恋は、美しい意中の人を妻にして三年、その美しさに無感覚になってしまった程で、つまり、何一つ不足なき身であったが故《ゆえ》に彼は退屈をしたのである。そして、所謂《いわゆる》猟奇の徒となり果てたのである。

彼はあらゆる方面でいかものの食いを始めた。見るものも、聞くものも、たべるものも、そして女さえも。だが、何物も彼の根強い退屈を癒《いや》してくれる力はなかった。

その様な彼であったから、当然探偵小説という文学中でのいかものを耽読《たんどく》した。犯罪に興味を持った。そして、猟奇の徒が犯罪の一つ手前の刺戟物として、好んで試みる所の、例の猟奇倶楽部《くらぶ》という、変な遊戯をさえ始めた。だが、これとても、結局は彼の退屈を一層救い難きものにしたばかりである。刺戟が強くなればなる程、一方ではそれを感じる神経の方で、麻痺《まひ》して行くのだ。

とは云え、犯罪以外の刺戟剤としては、この猟奇倶楽部が最後のものであった。

そこでは、考え得《う》るあらゆる奇怪なる遊戯が行われた。パリのグランギニョルにならった、血みどろで淫猥《いんわい》な小劇、各種の試胆会《したんかい》風な催し物、犯罪談、ｅｔｃ、ｅｔｃ。会合毎に当番が定められ、当番の者は、例えば「自分は今人を殺して来た」という様なことを、真面目くさって告白して、会員達を戦慄《せんりつ》させ、仰天《ぎょうてん》させ、アッと云わせる趣向を立てなければならぬのだ。

段々種が切れて来ると、しまいには、会員を真底《しんそこ》から戦慄させたものに、巨額の懸賞金をつける申合わせさえした。青木愛之助は殆《ほとん》ど彼一人でその資金を提供した。

だが、この様な趣向には限りがある。青木愛之助が、如何《いか》に刺戟に餓《かつ》えていたからとて、又彼がどれ程の賞金を懸《か》けたとて、金ずくで自由になる事柄ではないのだ。

遂に猟奇倶楽部も、趣向が尽きると共に、一人抜け二人抜け、いつ解散したともなく、解散してしまった。そして、そのあとには、前よりも一層耐え難い退屈丈けが取残された。

作者が思うのに、これは当然のことなのだ。猟奇者が猟奇者である間は、永久に彼の猟奇心を満足させることは出来ないのだ。彼はあくまでも第三者であり傍観者だからである。犯罪談をしたり聞いたりしているのでは、真底からの恐怖や戦慄が味《あじわ》えるものではない。若《も》しそれを味いたかったなら、彼自《みず》から犯罪当事者となる外はないのだ。極端な例で云えば、人に殺されるか、人を殺すかするより外はないのだ。

それが猟奇の果である。だが、如何な猟奇の徒と雖《いえど》も、(我が青木愛之助と雖も) どれ程刺戟に餓えたからと云って、まさか自から進んで本当の犯罪者に身を落し「猟奇の果」を極《き》わめる程の勇気はないのである。

品川四郎熊娘の見世物に見とれること

青木愛之助は東京に別宅を持っていて、月に一度位ずつ、交友や芝居や競馬の為に出京《しゅっきょう》して、一週間なり十日なり滞在して行く例であった。愛妻の芳江《よしえ》は同伴することもあり、しないこともあった。

先《ま》ず最初は東京での出来事である。

大学以来の友達に（愛之助は東京大学を出たのだ）品川四郎《しながわしろう》という男があった。貧乏人の息子であったから、大学を出るとすぐ職を求め、ある通俗科学雑誌社へ這入《はい》ったが、いつの間にかその雑誌を自分のものにして、自分の計算で発行する様になっていた。相当利益も上るらしい。

彼も商売が商売だから、猟奇を好まぬではなかったが、どちらかと云えば正常な男で、青木の出鱈目《でたらめ》な生活を非難していた。殊《こと》に猟奇倶楽部という様なものには反対で、そんな馬鹿馬鹿しいことをいくらやったって、退屈が治るものかと、軽蔑していた。彼は実際家であった。

彼の猟奇は実際談であって、青木とレストランで飯を食う時など、よく検《しら》べた最近の犯罪談などを話して聞かせた。

愛之助の方では、品川のその実際的な所を軽蔑した。犯罪実話なんて退屈だからよせと云った。そして彼の好きな、荒唐無稽《こうとうむけい》な怪奇の夢を語るのであった。つまり彼等はお互《たがい》に軽蔑し合いながら、どこかしら合う所があって、変らぬ交《まじわ》りを続けていたのである。

ところが、ここに、そう云う性質の彼等の、どちらもが、非常に昂奮して、夢中になってしまう様な、怪事件が起《おこ》った。青木にはそれの神秘で奇怪な所が気に入った。品川はそれが生々しい現実の出来事であったが故に心をひかれた。何と不思議なことには、その事件と云うのは、非常に現実的であって、しかも、同時に探偵小説家の夢も及ばぬ、奇怪千万なものであった。

先ず順序を追ってお話ししましょう。

秋、招魂祭[*21]で九段《くだん》の靖国《やすくに》神社が、テント張りの見世物で充満している、ある昼過ぎのことであった。

青木愛之助は、例のいかもの食いで、招魂祭と云うと、九段へ行って見ないでは承知の出来ぬ男であったから、（彼はこの九段の見世物も、その月の上京中のスケデュルの一つに加えていた程だ）時候としては蒸し暑く、ほこりっぽい、いやな天気であったけれど、薄いインバネスにステッキという支度で、電車を降りると、九段坂をブラブラと上って行った。

一寸余談に亙《わた》るが、彼はこの九段坂というものに、変な興味を抱いていた。と云うのは、彼の非常に好きな村山槐多[*22]という死んだ画家があって、その槐多に探偵小説の作が三つばかりあるのだが、ある探偵小説の主人公は、舌に肉食獣の様なギザギザのある、異様な男で、その男が遺言状か何かを、この九段坂の石垣の石のうしろへ隠して、その場所を暗号で書いて、誰かに渡すという様な筋なのだ。

で、青木は、九段坂を上る度に、槐多の小説を思い出し、現在では当時とはまるで変っているけれど、道路のわきの石垣を、変な感じで眺めないではいられぬ次第であった。

「あの石の形が、少し他のと違う様だが、若《も》しや今でもあの下に何か隠してあるんじゃないかな」

愛之助は事実と小説を混同して、そんな妄想を楽しむ体《てい》の男なのである。

九段の見世物風景は、誰でも知っていることだから細叙《さいじょ》することもないが、現在ではすたれてしまって、どこかの片田舎で僅《わず》かに余命を保っている様な、古風な見世物を日本中の隅々を探し廻って寄せ集めた、と云う感じであった。

地獄極楽からくり人形、大江《おおえ》山酒天童子《やましゆてんどうじ》電気人形、女剣舞、玉乗り、猿芝居、曲馬、因果物、熊娘、牛娘、角男《つのおとこ》、それらの大天幕《てんと》張りの間々《あいだあいだ》には、おでんや、氷屋、みかん水《すい》、薄《はっ》荷水《かすい》、十銭均一のおもちゃ屋に、風船屋などの小屋台が、ウジャウジャとかたまっている。その中を、何の気か、ほこりを吸って、上気して、東京中の人間が、ウロウロ蠢《うごめ》いているのである。

ある因果物の小屋の前、そこには、時々幕を上げてチラリと中を見せるものだから、黒山の人だかりで、その群集の一番うしろの列が、反対側の食物《くいもの》屋台とすれすれにまで、ふくれているので、そこの道は、人一人、やっと通れる程の隙間しかない。その間を、右から左からと、肩で押し合って、絶え間なく人通りが続くのだから、実に不愉快である。

青木愛之助が、その親不知《おやしらず》みたいな細道を通り抜けようとした時だ。

実に不思議なことに、そのほこりっぽい群集の中に、冬物の黒い中折《なかおれ》をあみだに冠《かぶ》って、真赤に上気した顔を汗に光らせて、背広服の品川四郎が、人にもまれているのが見えた。

何故《なぜ》不思議だと云うと、品川四郎は決して愛之助の様ないかもの食いでなく、古風な見世物なんかに興味を持たぬ男なのだ。独身者故《ゆえ》、子供に連れられて来た訳でもない。そうかと云って商売物の雑誌の種を取りに来たにしては、編輯《へんしゅう》の人を同伴している様にも見えぬ。どうも、社長様が種取りをする筈《はず》はないのだ。

しかも、びっくりしたことには、品川四郎は、見世物の熊娘にひきつけられた体《てい》で、くしゃまきに、唐桟《とうざん》の半纏《はんてん》で、咽喉《のど》に静脈をふくらませて、真赤になって口上《こうじょう》を喋《しゃべ》っている、汚い姉御《あねご》の弁舌に、じっと聞き惚れているんだ。不思議なこともあるものだ。

よく見直したが、決して人違いではない。

科学雑誌社長スリを働くこと

青木愛之助は、そういう場合、無邪気に相手の名を呼んだりしない男であった。

彼は品川が、この人込みの中で、どんなことをするか、ソッと、見ていてやろうと思った。猟奇心のさせる罪の深い業である。

それから殆ど半日を浪費して、彼は品川のあとを、探偵みたいに尾行した。随分根気の要る仕事だったが、この猟奇者は、そういう根気は多分に持合わせていた。

何も知らぬ品川四郎は、人込みから人込みと、縫って歩いた。電気人形の前でも、地獄極楽の前でも、女剣舞の前でも、長い間、田舎者みたいにポカンと立尽《たちつく》していた。

「こいつ、こっそりいかもの食いに来ていやぁがる。恥しい趣味だものだから、僕にも内密《ないしょ》にしていたんだな。大きなことを云っていて、お前もやっぱり同類じゃないか」

愛之助は、友達の弱味を摑《つか》んだ気持で、嬉しくなってしまった。

品川は多くの見世物は、口上を聞く丈《だ》けで素通りしたが、一番大きなテントの娘曲馬団へは、場代を払って這入って行った。

彼はそこの、蓆《むしろ》の座席で田舎の兄さんの脛《すね》や、娘さんのお尻にもまれながら、窮屈な思いをして、曲馬と軽業を一巡《ひとめぐり》見物した。青木愛之助も相手に発見されぬ様に行動を共にしたことは云うまでもない。

そこを出たのは、もう夕方であった。見世物にはアセチリン瓦斯《ガス》が、甘い匂《におい》を立ててともされた、昼と夜との境、見世物のイルミネーションと、太陽の残光とが、チロチロ入混《いりまじ》って、群集の顔が、ボンヤリとうすれて行く、夢の様に美しい一時である。

品川四郎は、いかものの見物にグッタリと疲れた体《てい》で、九段坂を降りて行く。坂の半程《なかほど》に、オランダ渡りと云った風で、お月様の顔を覗かせる、遠眼鏡《とおめがね》屋が商売をしていた。安物の天体望遠鏡を据えて一覗き十銭で客を呼んでいるのだ。見ると、いつの間にか、中天に楕円形《だえんけい》に見えるお月様が姿を現わしていた。

品川は、その人だかりに、足を止めて、暫《しばら》く眼鏡屋の口上を聞いていたが、ふと妙なことを始めた。

眼鏡屋のすぐうしろは石垣になっている。槐多の小説の主人公が遺言状を隠した石垣だ。そこの、人だかりで一際《ひときわ》薄暗くなった箇所へ、石垣の方を向いて、品川がヒョイとしゃがんだのである。

「オヤオヤ、しゃがんで小便でもするのかな。益々品の悪い男だ」

と思って、ソッと見ていると、品川はしゃがんだまま、ウロウロあたりを見廻していたが、丁度人だかりの蔭で、人通りもなく、見ている人もないので、安心したのか、石垣の一つの石に両手をかけると、ズルズルと、それを抜き出したのである。そのあとには、五六寸四方に、薄闇の中でもクッキリと分る程、真黒な穴が出来た。

彼は妙な夢を見ているんじゃないかと疑った。品川四郎と云えば歴《れき》とした科学雑誌の社長様である。その品川四郎が、夕闇と群集に隠れて、泥棒みたいにあたりを見廻しながら、九段坂の石垣を抜いている。あり得べからざる光景だ。

「アア、そうか、そうだったのか」青木は腹の中で妙な独言《ひとりごと》を云った。「槐多の小説は本当だったのだ。あすこの石のうしろに、何か隠してあるのだ。その隠し場所を品川が発見して、今中のものを取出そうとしているのだ」

だが、無論それは彼の瞬間的狂気で、そんな馬鹿なことがあろう道理はない。のみならず、品川は何かを取出すのではなくて、反対に、今抜いた石垣の穴へ、何かしら投入《なげい》れて、手早く石を元の通りに差込むと、そ知らぬ振りで、又スタスタと坂道を降りて行くのであった。むらむらと湧上《わきあが》る好奇心が、人の悪い尾行慾に打勝った。それに相手はもう帰ろうとしているのだ。

青木愛之助は小走りに坂を降りて、品川四郎に追いつくと、彼の背中をポンと叩いて、

「品川君じゃないか」

と声をかけた。

相手はギョッとして振返った。間近で見ても間違いもなく品川四郎である。だが、彼はとぼけた顔をして、俄《にわ》かには返事をしなかった。

「オイ、どうしたんだ。見世物見物かね」

愛之助はもう一度言葉をかけた。

ところが、品川の方では、やっぱりキョロンとして、解《げ》せぬ顔をしている。そして、変なことを云い出すのだ。

「あなたは誰です。今品川とかおっしゃった様ですが、僕はそんな者じゃありませんよ」

愛之助はポカンとしてしまった。

その隙に相手は、

「人違いでしょう。失礼」

と捨ぜりふで、ドンドン向うへ行ってしまった。

青木は、「やっぱり俺は夢を見ているのか」と思った程、びっくりした。生れて初めての不思議な経験だった。

断じて人違いではない。あれ程長い間尾行したんだから、よく似た別人なら、気がつく筈《はず》である。と同時に、彼が品川四郎その人でないことも、当人がキッパリ云い切ったのだから、これ程確かなことはない。変だ。

愛之助はこの奇妙な出来事に、何だか胸が、ドキドキして来た。

「そうだ。あの石垣を調べて見よう。何か分るかも知れない」

猟奇者は、彼の日頃熱望する猟奇の世界へ、今や一歩を踏み入れた訳である。

急いで元の遠眼鏡屋のうしろへ戻って、人に見られぬ様に注意しながら、石垣の石を、あれこれと動かして見た。一つ丈け動くのがある。

両手でその石を抜いて、真黒な穴の中へ怖々《おずおず》手を入れて見た。案の定、手に触るものがあった。

取出す。一つ二つ三つ……合計六個の、なんと、蟇口《がまぐち》が這入っていたではないか。一つ一つあけて見たが、中はいずれも空っぽだ。

愛之助は慌てて、それを元へ戻し、石で蓋《ふた》をした。そして、彼自身泥棒ででもある様に、ビクビクしてあたりを見廻した。

さっきの男が、(品川四郎とそっくりの人物が)この様なものを、ここへ隠したからには、彼はスリであったのだ。しかも中々玄人《くろうと》のスリだ。空財布の処置にまで、周到な注意をして、共同便所へ捨てる様なことはしないで、先ず絶対に発見の虞《おそ》れなき、石垣の石のうしろへ隠す程の奴だから、どうして素人《しろうと》の出来心ではない。それに何百円の収穫か知らぬが、財布が六個だ。

道理で、彼奴《きゃつ》、人込みばかり選《よ》って歩くと思った。見世物に気をとられている様な風をして、その実隣近所の人の財布を狙っていたのだ。

「実に滑稽《こっけい》だぞ。品川の奴、いやがらせてやらなくてはならぬ。僕が君と間違えて声をかけた奴が、スリだった。顔から形から君と寸分違わぬスリだった。間違って捕縛《ほばく》されぬ用心をしたまえってね」

愛之助は見世物以外の、予期せぬ収穫に興じながら、停留所の方へ歩いた。

「だが待てよ」

彼はふとある事に気づいて、立止った。

「馬鹿馬鹿しい、マッカレイ[*23]の小説じゃあるまいし、あんなに寸分も違わぬ人間が、この世に二人いるものだろうか。それに、品川四郎が双生児《ふたご》だという話も聞かぬ。こいつは、ひょっとしたら」

と、そこで彼は、友達の悪事を喜ぶ、人の悪い微笑を漏《も》らした。

「やっぱり、あれは品川四郎だったに違いない。雑誌社の社長だって、スリを働かぬと極《きま》った訳ではない。品川の奴聖人ぶっているが、その実あんな病気があるのかも知れぬ。夜半《よなか》に行燈《あんどん》の油をなめたお姫様さえあるんだからな。そう考えると、貧乏人の品川が、今の雑誌を自分のものにしたのもおかしいぞ。飛んでもない所から資金が出ているのじゃないかな。奴はスリばかりでなく、外にも、もっともっと悪事を働いているのかも知れぬて。

そうだそうだ。その病気を俺に見られたと思ったので、奴め、空っとぼけて、自分とよく似た別人がある様に見せかけたのだ。泥棒をする程の彼だから、お芝居もうまいに違いない」

愛之助は、そう結論を下した。だが、その為に彼は品川を非難する気にはなれなんだ。平凡な常識家と軽蔑していた彼が、今までと違った偉い男に思われさえした。

青木、品川の両人場末の活動写真を見ること

それから一月ばかり、別段のお話もなく過去《すぎさ》った。

云うまでもなく、青木は品川に九段坂の出来事を話すことはしなかったけれど、あの様な結論を下したものの、まだ何となく疑念が残っていたので、名古屋へ帰る前に、一度品川を訪ねて見た。

九段坂事件の三日あとである。

「どうだい近頃は、相変らず退屈しているのかね」

品川は隔意《かくい》のない明るい調子であった。

どうも変だ。この快活で平凡な男が、蔭であんな悪事を働いているのかと思うと、余りのお芝居の巧みさに、怖くなる程であった。

暫《しばら》く話したあとで愛之助はふとこんなことを云って見た。

「この間の日曜日にね、九段のお祭りを見に行ったよ。そして娘曲馬団を見物した」

彼は云いながら、じっと相手の表情を注意した。

ところが、驚くべし、品川は顔の筋一つ動かさないで、見事な平気さで、答えたのである。

「そうそう、此間中《このあいだじゅう》招魂祭だったね。例のいかもの食いかね。久しいもんだ」

で、結局青木の疑念ははれなかった。うやむやの内にいとまを告げて、間もなく名古屋へ帰った。

さて、九段坂以来一ケ月たった或日《あるひ》である。十一月の末だ。青木愛之助は上京して、二日目に、買物があって、ある百貨店へ出掛けた。百貨店はクリスマス用品の売出しで、非常に賑わっていた。

買物を家《うち》へ届ける様に頼んで置いて、一階へとエレベーターに這入った。普通の箱の三四倍もある、この百貨店自慢の大エレベーターである。

「混み合いますから、おあとに願います」

エレベーター・ボーイが、そう云って殺到する乗客を押し出した程の、身動きもならぬ満員であった。

ふと気がつくと、又もや人込みの中の品川四郎である。

彼は箱の向側の隅に、肥満紳士と最新令嬢の間にはさまって、小さくなっていた。

愛之助は地下鉄でサムを見つけたクラドック刑事の様に目を見はった。

彼は人のうしろに顔を隠して相手に悟られぬ様にしながら、じっと品川の挙動を注意した。

肥満紳士、気の毒に、やられているなと思ったりした。

一階につくと、人波に押されて箱を出た。振向いて、若し品川と顔を見合わせたら、先方が極りを悪がるだろうと遠慮して、愛之助は何気なく出口の方へ歩いて行った。

するると、うしろから彼の名を呼ぶものがある。

「青木君じゃないか。オイ、青木君」

振向くと、アア何という図々《ずうずう》しい奴だ。品川四郎がニコニコして、そこに立っていたではないか。

「オオ、品川君か」青木は初めて気がついた体で「ひどく混雑するね」と、これは皮肉をこめて云ったものだ。

「いい所で逢った。是非《ぜひ》君に見てもらい度《た》いものがあるんだ。君の畑のものなんだ。それで実はお訪ねしようと思ったのだけれど、こちらへ来ているかどうか分らなかったものだから」

品川は青木と肩を並べて、出口の方へ歩きながら、突然そんなことを云い出した。

「ホオ、それは一体何だね」

愛之助は相手の人を呑んだ態度に、あきれ果てていた。

「イヤ、見れば分るんだがね」と品川、「実に驚くべき事件なんだ。これが僕の思っている通りだとすると、前代未聞の椿事《ちんじ》だ。だが、ひょっとすると、僕の誤解かも知れぬ。そこで君に確めて貰《もら》おうと思うのだがね。来てくれるかい。少し遠方だが」

青木は最初てれかくしを云っているなと思った。だが、相手の調子が中々真剣である。それに内容が甚《はなは》だ好奇的で、彼の猟奇心をそそることしきりであった。

「何だか知らないが、遠方と云って、どの辺だね」

愛之助は聞返さないではいられなかった。

「ナニ、東京は東京だがね。少し場末《ばすえ》なんだ。本所《ほんじょ》の宝来館《ほうらいかん》という活動小屋なんだ」益々意外な返事である。

「ヘエ、活動小屋に何かあるのかね」

「何があるものか、活動写真さ」品川は笑いながら「活動写真は活動写真だが、それが少し変なんだ。日活現代劇部の作品でね、『怪紳士』*24というつまらない追駈《おっか》け物なんだが」

「怪紳士、フン、探偵劇だね。それがどうかしたのかね」

「マア見れば分るよ。予備知識なしに見てくれる方がいい。その方が正確な判断が出来る。来てくれるだろうね。こういうことの相談相手は君の外にはないのだから」

「何だか、妙に気を持たせるね。だが、別に用事もないんだから、行くことは行ってもいいよ」その実、猟奇者青木愛之助は、もう行きたくてウズウズしていたのである。

そこで二人は、品川の呼んだタクシーに乗って、本所の宝来館に向ったのだが、車中で左《さ》の様な会話が取交された。

「君が活動写真に興味を持っていたとは知らなかった」青木が不思議そうに云った。事実品川四郎は小説や芝居などには、縁の遠い様な男だったからである。

「イヤ、ある人に教わって、久し振りで見たんだ。君はよく実際の出来事はつまらないと云っているが、こいつばかりは君も驚くに相違ない。事実は小説よりも奇なりって云う、僕の持論を裏書きする様な事件だよ」

「活動写真の筋がかね」

「マア、見れば分るよ。ところで、その絵を見る前に、君の記憶を確めて置き度いのだが、今年の八月二十三日に君は東京にいた筈だね」品川は次々と奇妙なことを云い出すのである。

「八月と、八月は二十日まで弁天島《べんてんじま》にいた。弁天島を引上げると同時に東京へ来た。そして確か十日ばかりいた筈だから、二十三日は、無論東京にいた訳だよ」

愛之助は相手の意味は分らぬけれど、兎《と》も角《かく》も答えた。

「しかも、丁度二十三日に僕と逢っているのだよ。日記帳をくって見て、それが分った。僕達はあの日帝国ホテルのグリルで飯を食った。君が僕をあすこの演芸場へ引ぱって行ったのだ」

「そうそう。そんなことがあったっけ。セロの演奏を聴いたのだろう」

「そうだ。僕はなお念の為、あれが二十三日だったということを、ホテルに聞合わせて確かめたから、この点は間違いがない」青木愛之助の好奇心は、愈々《いよいよ》高まった。品川は一体全体、何の必要があって、八月二十三日を、かくも重大に考えているのであろう。

「さて、そこで、これを読んでくれ給《たま》え」

品川は、ポケットから、一通の手紙を出して、愛之助に渡した。開いて見ると、左の様な文面である。

拝復

御尋ねの場面は、京都四条《しじょう》通りです。撮影日附は八月二十三日です。これは撮影日記によって御答えするのですから、万々《ばんばん》間違いはありません。

右御返事のみ。

齋《さい》藤《とう》久《く》良《ら》夫《お》

品　川　四　郎　様

「齋藤久良夫というのは、確か日活の監督だね。知っているのかい」愛之助は手紙を品川に返して、云った。

「そうだよ。『怪紳士』を作った監督だよ。知っている訳じゃない。突然手紙で尋ねてやったのだ。感心にすぐ返事をくれたよ。ところで、この手紙が証拠第二号だ。つまりこの手紙によって、『怪紳士』のある場面が、八月二十三日に、京都四条通りで撮影されたことが、確実になった訳だ」

品川はまるで裁判官か探偵の様な言い方をした。八月二十三日というものを、あらゆる方面から研究して、動きの取れぬ様にしようとかかっている。だが、それは一体全体何の為にだ。

「オヤ、こいつは面白くなって来たぞ」

愛之助は薄々《うすうす》事情を悟ることが出来た。なる程、これは品川の云う通り、一大椿事に相違ないと思った。彼の好奇心はハチ切れそうにふくれ上った。

「ところで、八月二十三日に君とホテルへ出かけたのは、おひる少し過ぎだったね。二時頃だと思うのだが」

品川はまだ八月二十三日にこだわっている。

「そう、その時分だった」

「それから夕食を一緒にやったんだから、君と別れたのは日暮れだった」

「ウン、日が暮れていただろう」

「これ丈けの事実をよく記憶して置いてくれ給え。この時間の関係が非常に重大なんだ。アア、それから念の為に云って置くが、京都東京間を一番早く走る汽車は特急だね、それが十時間以上かかるということだ」事の仔細を悟ってしまった青木には、品川のこのくだくだしい説明が、うるさかった。それよりも、早く問題の「怪紳士」の写真が見たくてたまらなかった。

「アア、ここだここだ」品川が車を止めた。降りると、広くガランとした大通りに、誠に田舎びた、粗末な活動小屋が建っていた。

二人は一等の切符を買って、二階席の畳の上に、ジメジメした座蒲団を敷いて貰って坐った。幸《さいわい》なことに、丁度これから問題の「怪紳士」が始まる所であった。

写真が映り始めた。浅草の本場へは、二週間も前に出た、時期おくれの写真である。探偵劇にろくなものはない。主人公の所謂《いわゆる》怪紳士は、つまりルパンなのだが、燕尾服《えんびふく》を着た学生みたいな男であった。それと刑事とがお極《きま》りの活劇を演じるのだ。

無論愛之助は、写真の筋なんか見ようともしなかった。筋を見ないで画面を見た。京都四条通りの風景が現われるのを、今か今かとかたずを呑んだ。

「サア、よく見ていてくれ給え」隣の品川が愛之助の膝をついて合図をした。

ルパン追撃の場面である。二台の自動車が京都の町を疾駆した。ルパンが自動車を飛降りて刑事をまこうとした。燕尾服のルパンがステッキ片手に、白昼の町を走る。背後に、現われて来たのは、見覚えのある南座だ。四条通りだ。

自動車が走る。小僧さんの自転車が走る。舗道を常の様に市民が通行している。その間を縫って異形《いぎょう》の怪漢が走って行く。

と、突然画面の右の隅へ、うしろ向きの大入道《おおにゅうどう》が現われた。活劇を見物している市民の一人が、うっかりカメラの前へ首を出したのであろう。

愛之助はある予感に胸がドキドキした。果して、その大入道が、振返ってカメラを見た。スクリーンの四分一位の大きさで、一人の男の顔ばかりが、ギョロリとこちらを見た。

ほんの一瞬間であった。邪魔になると注意でもされたのか、その顔は、こちらを見たかと思うと、忽《たちま》ち画面から消えてしまった。

その刹那《せつな》、愛之助はギョッとして息が止まった。大抵は予期していたのだけれど、彼の隣の見物席に坐っている、品川四郎の顔が、畳一畳程の大きさになって、前のスクリーンへ現われた感じは実以《じつも》て異様なものであった。

偶然「怪紳士」の画面に顔を出した、見物人というのは、品川四郎その人であったのだ。

この世に二人の品川四郎が存在せること

その場面は八月二十三日京都四条通で撮影されたことが分っている。と同時に、その同じ日に、品川と愛之助とは、東京の帝国ホテルで一緒に昼飯を食った。両方とも間違いはない。すると品川四郎は、同日に東京と京都と両方にいたことになる。だが両都の間には特急十時間の距離がある。京都市街の撮影を見物して、同じ日の昼飯を東京で食うなんて、全然不可能な事だ。

そこで、この日本に、品川四郎とソックリの男が、もう一人別に存在するという結論になる。九段でスリを働いたのも、そのもう一人の方の品川四郎に相違ないのだ。

「君はどう考えるね。僕はあれを見てから、この世がひどく変てこなものに思われて来たのだよ」

活動小屋を出て、名も知らぬ場末の町を歩きながら、品川四郎が途方に暮れた体《てい》で、愛之助に話しかけた。

「それについて、僕は思当ることがあるのだが、君はこの秋の九段のお祭を見に行きやしまいね」

愛之助は念の為に確めて見た。

「イイヤ、僕はああ云うものには、大して興味がないのでね」

案の定、先日の九段の男は品川ではなかったのだ。そこで、愛之助は例のスリの一件を詳しく話して聞かせ、最後にこう附け加えた。

「どうしても君としか見えなかったものだから、実を云うと、僕は君を疑っていたのだよ。内々《ないない》スリを働いているんじゃないかとね。ハハハハハ滑稽だね、それで遠慮をして、その後逢った時にも、態《わざ》とそのことを話さなんだのさ」

「ヘエ、そんなことがあったのかい。すると愈々《いよいよ》、もう一人の僕がいる訳だね」

品川は少々怖くなった様子である。

「双生児《ふたご》かも知れないぜ。君は知らなくても、君には赤ん坊の時分に分れた双生児があるのじゃないかい」

「イヤ、そんなことはあり得ないよ。僕の家庭はそんな秘密的なんじゃない。双生児があればとっくに分っている筈だ。それに双生児だって、あんなソックリのがあるだろうか」

「双生児でないとすると、全くの他人で、双生児以上によく似た二人の人間が、この世に存在し得《う》るかどうかという問題になるね」

「だが、僕にはそんなことは信じられん。同じ指紋が二つないと同様、同じ人間が二人ある筈がない」

品川四郎はあくまで実際家である。

「だって君、いくら信じられんと云っても、動かし難い証拠があるんだから仕方がないよ。スリの一件と今の活動写真だ。それに僕はそういうことが全然あり得ないとは思わない。夢みたいな話だがね、僕の書生時代にこんな経験があるんだよ」

渇望していた怪奇に今こそありついた青木愛之助は、もう有頂天《うちょうてん》であった。

「大学の近くの若竹亭[*25]ね（寄席の）学生時代僕はあすこへちょいちょい行ったものだが、行く度に必ず見かける一人の紳士があった。いつも極った隅っこの方にキチンと坐って聴いている。連れはなく独りぼっちだ。その紳士の顔なり姿なりが、……………、…………………………写真にソックリなんだ。髪の刈り方から、口髭《くちひげ》の具合、いくらか頰のこけたところまで、全く生写《いきうつ》しなんだ。で、僕はよく思ったことだがね、…………生活なんて、まるで我々の窺い知ることの出来ないものだが、案外日本でもスチブンソンの『自殺倶楽部』やマークトウエンの『乞食王子』みたいなことがないとも限らぬ。あの紳士はひょっとしたら真実その……忍び姿じゃあるまいかとね。そして、僕は高座よりは、その紳士の動作にばかり目をつけていたものだ。これは無論僕の妄想で、よく似た別人に極っているが、そんな……に生写しの人さえいるんだから、世の中に全く同じ顔の人間がいないとは、断言出来ぬと思うよ」

「そう云えばね、僕も実は経験がないでもないのだよ」

品川四郎は、少し青ざめた頰を、ピリピリと痙攣させながら、内密話《ないしょ》の様な低い声で云うのだ。

「もう三年にもなるかな、大阪の道頓堀《どうとんぼり》でね、人にもまれて歩いていると、うしろから肩を叩く奴があるんだ。そして、ヤア何々さんじゃありませんか、暫くでしたね、というんだ。無論僕の名前じゃないのだよ。で、人違いでしょうと云っても中々承知しない。そして、ホラ、何々会社で机を並べていたじゃありませんかなんて、僕に思い出させようとするんだが、僕はその何々会社なんて、名も知らないのだ。結局不得要領《ふとくようりょう》で分れたが、それがやっぱりこの世のどこかにいる、もう一人の僕のことだったかも知れないね」

「ホウ、そんなことがあったの。若しそうだとすれば、その男はきっと僕が九段で味ったと同じ、変てこな気持がしたに相違ないね」

当人の品川はしょげているのに反して、青木愛之助はひどく嬉しそうである。

「君は呑気なことを云っているが、僕にして見れば、随分不愉快なことだよ。考えて見給え、この俺とソックリそのままの奴が、この世のどこかに、もう一人いるんだ。実にいやな気持だよ。若しそいつに出会ったら、いきなりなぐり殺してやり度《た》い位だよ。それればかりじゃない、もっと恐ろしいことがある。君の話によると、奴はどうも悪人らしい。スリを働く位ならいいが、もっとひどい犯罪、例えば人を殺すという様なことが起ったら、僕はそいつと生写しなんだから、どんな拍子で、嫌疑をかけられないとも限らん。僕はそいつの犯罪を止めだてすることは勿論、予知さえ出来ないのだ。随《したが》って僕の方にアリバイの成立たぬ場合もあるだろう。考えて見ると、非常に恐ろしいことだよ。相手がどこの何者だか分らぬだけに恐ろしいのだよ。

それから、こういう場合も考えて見なければならない。つまり、僕の方ではその男を知らないけれど、その男の方では僕を知っているという場合だ。僕は雑誌に写真が出るから、先方は僕よりも、ずっと気づき易い立場だからね。しかも、そいつが悪人なんだ。悪人が自分と寸分違わぬ男を発見した時、どんなことを、どんな恐ろしいことを考えるか。君、これが分るかね。そいつは、若し僕に妻があれば、その妻をだって、盗むことが出来るんだよ」

二人は車を呼ぶことも忘れて、夢中に喋りながら、場末の町を行先も定めず歩き続けた。

品川四郎はそうして次から次へと、不気味な場合を考え出しては喋っている内に、「二人の品川四郎」という不可説なる怪奇が、徐々に、非常に恐ろしい事に思われ出したらしく、彼の目が怪談を聞いている人の様に、不思議な光を放って来るのであった。

愛之助不思議なポン引《ぴき》紳士にめぐり合うこと

青木も品川も、この奇妙な事件にすっかり惹《ひ》きつけられてしまった。前にも云った通り、猟奇者青木は、猟奇倶楽部なんかでは経験の出来ない生々しい怪奇であったが故に。又実際家品川は、それが現実の不可思議であり、しかも直接彼自身の問題であったが故に。

彼等は出来るならば、そのもう一人の品川四郎を探し出したいと思った。だがそれは迚《とて》も不可能な事だ。新聞に懸賞尋《たずね》人《びと》広告でも出して見たらと考えたけれど、先方がスリを働く様な犯罪者なんだから、広告を見たら却《かえ》って警戒するばかりだ。

「君、今度若しそいつに出っくわす様なことがあったら、尾行して住所をつきとめてくれ給えね。僕も無論心掛る積りだけれど」

「いいとも、君の為でなくて、僕自身の好奇心丈《だ》けでもそれはきっとやるよ」

で、結局、彼等両人が盛り場を歩いたりする時、行違う人に注意を怠《おこた》らず、気長にその男を尋ね出すしか方法はないのであった。

まるで雲を掴む様な話である。併《しか》し読者諸君、「世間は広い様で狭い」とはよく云った。それから二ケ月程たったある日のこと、彼等は遂にそのもう一人の品川四郎を見つけ出したばかりか、いとも不思議な場面に於《おい》て、両品川が一種異様の対面（アア、それが如何《いか》に奇怪千万な対面であったか）をする様なことになったのである。

だが、それを語る前に、余談に亙《わた》るけれど、順序として、青木愛之助のある変てこな経験について、（それが決して興味のないことではないのだから）少々紙面を費やすのをお許し願わねばなりません。

事の起りは彼等が宝来館で「怪紳士」の映画を見物した翌十二月、青木愛之助が、ふと銀座裏のある陰気なカフェに立寄ったことから始まる。

もうボツボツ避寒《ひかん》の季節だから、上京でもあるまいと二の足を踏んだけれど、虫が知らすというのか、何となく東京の空が恋しくて、つい上京してしまった。その滞京中の出来事である。

歳末の飾り美々《びび》しい銀座街の夜を一巡《ひとめぐり》歩いて、

「こんな、つまらない町へ、毎晩散歩に出掛けてくる青年少女諸君もあるんだなあ」と今更《いまさ》ら不思議に感じながら、併し、猟奇者青木愛之助は、その裏の方の小暗い隅には何かしら隠されている様な気もして、未練らしく横町を暗い方へ暗い方へとさまよって行った。

とある裏町を歩いていると、ふと目についたのは一軒の小さなカフェである。目についたと云っても、決してその家《うち》が立派であったり、賑《にぎや》かであったり、その外《ほか》の目立つ特徴があった為ではない。表通りの名あるカフェに引きかえて、余りにも淋しく、陰気で、影が薄かったからだ。

ひどくしょんぼりしている有様を可哀想に思ったので、愛之助は何という事もなく、ツカツカとその家へ這入って行った。十坪程の土間に、離れ離れに三四脚のテーブルが置かれ、常緑樹の大きな鉢植えが、その間々に、八幡《やわた》の藪不知《やぶしらず》の竹藪の感じで並んでいる。キザな流行の赤や紫にしている訳ではないが、電燈は蠟燭《ろうそく》の様に、というよりも寧ろ行燈《あんどん》の様に薄暗く、シーンと静まり返って、一人の客もなければカウンターに給仕の姿も見えぬ。墓場みたいなカフェである。その癖、暖房の装置はあるのか、ホンノリと暖か味が通《かよ》って不愉快な程寒くはない。

青木は、大声に給仕を呼ぶのも野暮《やぼ》だと思ったので、先ず椅子につく為に、片隅の鉢植の葉蔭へ這入って行った。そしてドッカリ腰をおろした時、彼は意外にも、その同じテーブルに一人の先客がいることを発見した。薄暗い中でも薄暗い、部屋の隅っこだったのと、その客が非常に静かにしていたので、つい気附かなんだのである。

「失礼」と云って席を換えようとすると、その客は「イヤ、どうかその儘《まま》。僕も丁度相手がほしくっていた所ですから」と手でとめるのだ。見ると、中年の洋服紳士で、どことなく人《ひと》懐《なつ》っこい男である。それに中々凝った仕立ての、安くない服を着ている。青木はブルジョアの癖として、そんなもので相手の身分を想像し、安心して彼のお相手をする気になった。

やがて、いないと思った給仕が、どこからか影の様に現れて、注文の品々を運んで来た。決してまずい料理ではない。酒も上等のものが揃っている。そこへ持って来て、人懐っこい話相手。愛之助はすっかり上機嫌になってしまった。

「居心地の悪くない家《うち》ですね」

「でしょう、僕はここが非常に気に入っているんですよ」

という様なことから、二人の間に段々話がはずんで行った。愛之助は酒に強くないので、チビチビ嘗《な》めた二杯のウィスキイで、もう酔ってしまって、ボンヤリと、いい気持になっていた。そこで、彼は例によって「退屈」について語り始めたものである。

相手の紳士は、同感と見えて、成程成程と肯きながら聞いていたが、暫くすると、非常に婉曲《えんきょく》な云い廻しで、愛之助の身分を尋ねるのだ。青木は酔っていたものだから、知らず識《し》らず相手の調子に乗せられて、彼の身の上を語っていたが、流石《さすが》にふと気づいて、変な顔をして尋ねた。

「オヤオヤ僕は自分のことばかり喋っていましたね。ところで今度はあなたの番だ。ハハハハハハ御商売は」

すると相手の紳士は、一寸とりすまして見せて、意外なことを云うのである。

「私はね、これで一種のサンドイッチマンですよ。これからあなたにビラを配ろうという訳なんです」

何とまあ立派なサンドイッチマンであろう。

「イヤ決して冗談ではありません」と紳士は続けるのだ。「私は実は、あなたの様な猟奇……

者《しゃ》ですかね、つまり好奇心に富んだお方を、こうしてカフェなどを歩き廻って探すのが役目でしてね。それ丈けでちゃんと月給を頂いているのですよ。体のいいサンドイッチマン、も一つ言葉を変えて云えば」と内しょ声になり「つまる所妓夫太郎《ぎゅうたろう》なんです」

青木は紳士の云うことが余り変なので、面喰《めんくら》った形で、マジマジと相手の顔を眺めていた。

「ある秘密な家《うち》がありましてね」と紳士が説明する。「そこへは上流社会の方々、富豪とか大官とか、…………さえも、(殿方も御婦人もですよ) ひそかに御出入なさるのです。と云えば大抵お分りでしょう。こういうことは、普通なれば金壺眼《かなつぼまなこ》のお婆さんか、辻待《つじまち》の人力車夫《りきしゃふ》が、紹介の労を取るのですが、ホラ、相手方が職業者ではない、身分のある御婦人《じん》です。随《したが》ってポン引《びき》の風采《ふうさい》が斯《か》くの次第。ハハハハハその秘密な家はただ場所を提供して謝礼を頂くに過ぎませんが、絶対安全を保証する代りには、謝礼金もお安くありません。そこでお客様を選ぶのにこんな手数がかかるという訳です。お分りになりましたか。失礼ですがあなたなれば、充分資格がおありです。御風采といい、御身分といい、それから珍らしい猟奇者でいらっしゃるのだから」

聞くに従って、愛之助は酒の酔が醒めてしまった。この世の裏側の恐しさではない、世にも不思議なポン引紳士にめぐり合った嬉しさにだ。そこで彼は真面目になって、一膝のり出して細々《こまごま》とした談判にとりかかるのであった。

平家建《ひらやだて》の家に二階座敷のあること

相手方がどんな人物か、予《あらかじ》め知ることは出来ない。双方名前も、年も、身分も知らず、偶然その晩落合った者が一組を作るのだ。そして、一日一組以上の会合は絶対に避けることになっている。部屋代は一夜五十円で、それを相手方と折半《せっぱん》で負担する。（この折半という所に値打がある。相手方も大枚《たいまい》のお金を支出するのだ）二度目からは同じ相手方を選ぶとも、新らしい籤《くじ》を抽《ひ》いて見るとも、そこは各自の自由である。というのが、ポン引紳士の所謂「秘密の家」の略規《りゃくき》であった。

その家には、もう一人、ポン引貴婦人がいて、その婦人が同性のお客様を勧誘しているということだ。

「では一つ御案内願いましょう」

愛之助は酔いにまぎらせて、勇敢に出た。

「承知しました。ところで、固い様ですが部屋代は前金で御願いします。これは決してあなたをお疑い申す訳ではなく、刑事などがうまくばけて探りを入れるのを避ける為です。部屋代前金と云えば、刑事さんのポケットマネーじゃ。ちと骨でしょうからね」

「成程成程、念には念を入れる訳ですね」

愛之助はそこで所定の金額を支払った。

さて、カフェから自動車で二十分も走ると、もう目的の場所についた。案外にもそれは、麴町区《こうじまち》のとあるひっそりとした住宅街《まち》だ。二丁も手前で車を降りて、人通りのない淋しい町を歩いた。

「ここですよ」

紳士が指さすのを見ると、小さな門構えの中流住宅で、貸家の上りで生活しているといった構えだ。門から玄関まで一間《けん》あるかなし、家は古風な平家建である。

ポン引紳士は、その門の前に立ってキョロキョロと左右を見廻し、人通りがないと見定めると、「サア早く」と愛之助を押す様にして玄関に這入った。

「入《い》らっしゃいまし」

敷台に三つ指ついて出迎えたのは、主婦であろう、四十がらみの品のよい丸髷《まるまげ》婦人だ。変なことに、その婦人が重箱みたいな白木の箱を持っていて、青木が敷台に上ると、手早く彼の下駄をその箱に入れ、それを片手に抱えて先に立つ。

それから、二間《ま》ばかり通り過ぎると、茶の間らしい部屋に出た。主婦は黙ってそこの押入れの襖《ふすま》を開く。ハテナ、押入れの中に秘密の部屋でもあるのかしらと思って見ると、そうではない、やっぱり普通の押入れで、行李《こうり》などが入れてある。

主婦は襖を開いて置いて、それが合図なのであろう。一種異様の咳払《せきばら》いをした。すると、これはどうだ。押入れの天井にポッカリと穴があいて、そこから真赤な電燈の光りが射して来た。天井板と見せかけて、その実上《あ》げ蓋《ぶた》になっているのだ。

「だが、この家は平家建てだ。二階がある筈はないが」

と思っていると、天井からスルスルと縄梯子《なわばしご》が下り、それを伝って、一人の小女《こおんな》が降りて来たが、召使《めしつかい》であろう。彼に一礼してその場を立去った。

「お危《あぶの》うございますが、どうかこれを」

と主婦が云うままに、青木はその縄梯子を昇った。

上って見ると、そこに奇妙な部屋がある。床は畳だけれど、天井も四方も一様の新しい板壁で、桝《ます》をふせた様に窓も床の間も押入れもない。その癖、部屋の真中には新しい…………………、大きな丸胴の桐の火入れには、桜炭が赤々と燃え、銀瓶がたぎっている。天井からは小型ではあるが贅沢《ぜいたく》な装飾電燈が下っている。その電燈の色が血の様に真赤なのは、何か理由があるのであろうか。

分った分った。平家建ての屋根裏に、こんな密室を新しく作ったのだ。実に名案である。外から見たのでは、普通の平家建だから、下の部屋部屋に異状がなければ、とがめる者もあるまい。まさか屋根裏に窓のない部屋があろうなどと誰が想像するものか。しかも二階への通路は前述の通り用心深く出来ているのだ。

「これならば、全く安全ですね」

青木がお世辞《せじ》を云うと、彼に従って上って来た主婦は愛想よく微笑しながら、囁《ささや》き声で、

「でも、万一のことがあるといけませんから、ここに秘密戸がつけてあるのでございますの」

と云って、一方の板壁のどこかを押すと、ギイと音がして、そこがくぐり戸みたいに向うへ開くのだ。

「この中に低音電鈴が仕掛てございますの。若しものことがありました時は、下からそれを鳴らしますから、ジーという音が聞えましたらば、御召物や何かを持って、この中へ隠れていて頂きます、イイエ、そんなことがある筈はございませんけれど、万々一の用心ですわ」

青木は不必要と思われる程の用心深さに、ホトホト感心してしまった。

「では少々御待ち下さいませ、じきに御見えなさいますでしょう。それから、この縄梯子は上から引いて、上げ蓋を元通りになすって置いて下さいませ。御見えになりましたら、下からさっきの様な咳払いを致しますから」

主婦はお茶を入れると、そう云い残して下へ降りて行った。青木は云われるままに上げ蓋を元通りに直して置いて、……………の座蒲団に坐った。……………ばかりである。

青木は女についてのいかもの食いでは、相当経験を持っている。港町の異国婦人、煙草屋の二階の素人娘、生花《いけばな》師匠の素人弟子、紹介者は、凡て誠しやかな甘言を以て、世の好事家《こうずか》を誘い込むのであるが、上べはどんなにとりすましても、多くはあばずれの職業婦人に過ぎ

ないのだ。

「今夜も又その伝かな」と思う一方では、密室のからくりの余りの周到さに、ついポン引紳士の言葉を信じる気にもなる。少くとも彼には今夜の様な物々しいのは初めてだ。ポン引紳士の堂々たる風采《ふうさい》といい、この家の上品な構えといい、念にも念を入れた密室の仕掛けといい、どことなく従来経験したものとは違っている。

彼《か》の紳士は「富豪や大官や………」がお客様だと云った。それは又富豪夫人、大官令嬢、………等々を意味するものでなくてはならぬ。と考えて来ると、愛之助は年にも似げなく、初心《うぶ》な身震いを禁じ得ないのであった。

待つ間程なく、例の異様な咳払いが聞えて来た。「来たな」と思うと、一陣の臆病風がサッと彼の心を寒くした。だが、ここまで来ては躊躇《ちゆうちよ》している訳にも行かぬ。愛之助は、オズオズと上げ蓋に近づいて、ソッとそれを開き、目をつぶる様にして縄梯子を投げおろした。下でも躊躇の気配がする。それを主婦がうしろから小声で勇気づけている様子だ。

暫くすると、縄梯子がピンと伸びた。昇って来る。女の身で、縄梯子を。だが、あとで聞いた所によると、贅沢に慣れた上流階級の人達には、男にも女にも、恋の冒険を象徴するかの如きこの野蛮な縄梯子がひどく御意《ぎよい》に召しているとのことであった。

先ず見えたのは、美しく櫛目の通った丸髷だ。それから艶々《つやつや》した紅色の顔、（というのは電燈が赤いからで）成熟した中年婦人の胸、等、等、等、等……

愛之助暗闇の密室にて奇妙な発見を為《な》すこと

その人がどんな人柄であったか、どんな身分であったか、初対面の彼等が何を語り合ったか、赤色電燈の光が、かの鏡の壁にもまして、如何《いか》に……………たか、等々については、この物語の本筋に関係もなく、憚《はばか》り多き事柄なので、凡て略し、ただ当夜青木愛之助はいつもの様に失望しなかったとのみ申添えて置く。

だが、偶然にもその深夜に起った、低音電鈴事件については、お話の順序として、是非記して置かねばならぬ。

……………彼等が、……………ウトウトと夢路をたどりかけた時、突如、板壁の裏に仕かけた例の低音電鈴が、水の底からの様に、ジジジ……と不気味に鳴り渡った。危険信号だ。

愛之助はギョッとして、いきなりピョコンと飛起きた。警官の襲来を受けた犯罪者の驚愕《きょうがく》である。

「大変です。着物を持って……何も残さない様に……隠れるんです」

彼は邪慳《じゃけん》に相手を揺り起した。

恋愛遊戯にかけては大胆にもせよ、物慣れぬ良家の女子は、こんな場合ひどく不様《ぶざま》である。

……、……、……。狼狽の極脱いだ着物のありかが分らぬのだ。ふだんそんな姿を眺めたなら彼は余りの滑稽にふき出しもしたであろうし、又一方では、アペタイトをそそられもしたであろうが、だが今はそんな余裕もない。彼は手早く相手の衣服を掴み上げると、彼自身のと一緒に抱えて、相手の手を取り、引きずる様にして、例の隠し戸を開き、その奥の暗闇に逃げ込んだ。中は天井もなく、蜘蛛《くも》の巣だらけの太い梁《はり》が斜《ななめ》に低く這っている。迚《とて》も立っては歩けない。それに床も、鋸《のこぎり》目《め》の立った貫板《ぬきいた》が打ちつけてあるばかりで、其上《そのうえ》に鼠の糞《ふん》とほこりがうず高くたまっている。ひどい所だと思ったが、危険には換えられぬので、隠し戸を元の通りしめると、なるべく奥の方へ這って行って、身を縮めた。

真の闇である。両人とも囁き交す元気もない。お互いの烈しい動悸《どうき》が聞きとれる程だ。今にも鬼がやって来るかと、そうして待っている気持は、実に恐ろしい。一分、二分、闇と無言の内に時が迫る。今来るか今来るかとビクビクものの、耳元へ、幽《かす》かに咳払いの声、ソラ昇って行くから用心しろとの合図に相違ない。両人共、一層固く身を縮めた。女の震えているのがハッキリ分る。

それから二三度同じ咳払いの声が、隠れん坊の両人を縮み上らせたが、妙なことに一向人の来る気配もない。アア、縄梯子が上に引いてあるからだな。だが、それがなくとも外《ほか》にいくらも昇る手段はある。と考えている時、例の上げ蓋の辺でガタリと音がした。下から棒で突いているのだ。上げ蓋が開いたらしい。それからあの音は下から縄梯子を引きおろしたのかも知れない。案の定、やがて、ミシリミシリ縄梯子を昇る音だ。

愛之助は苦痛に耐えなかった。心臓が破裂しそうだ。彼は追いつめられた野獣の様に、闇の中でキョトキョトと視線を動かした。と、墨の様な闇中《あんちゆう》に、真紅《まつか》の紐《ひも》とも見える細い一筋の光線を発見した、オヤと思って見直すと、板壁に小さな節穴があって、そこから例の赤電燈の光が洩れていることが分った。

愛之助は本能的にその方へ這いよって節穴に目を当てた。今昇って来る奴の様子を見る為である。一方上げ蓋の方ではミシリミシリという音がやまった。梯子を昇り切ったのであろう。そいつはもう板壁一重《ひとえ》の向側にいるのだ。だが、節穴が小さいのでその辺までは視線が届かぬ。向側の板壁が丸く限られて見えるばかりだ。

人の近づく気配、板壁に映る不気味な影、着物の肩先、最後に女の半身の大写し、この家《や》の主婦の顔だ。

「お客様、お出になってもよろしいんでございますよ。本当に何とも申訳がございません。つい、それかと心配したのですけれど、何でもない人でございました。どうか御安心下さい」

「何のことだ。馬鹿馬鹿しい。それではさっきの咳払いは、単に縄梯子をおろせとの合図に過ぎなかったのか」

さて、この興醒《きょうざ》めな出来事に、両人共何となく面はゆい気持になって、……………………

……、……………夜のあけるのを待ち兼ねて、袂《たもと》を別った。

と云う一場の失敗談に過ぎないのだが、因果の関係というものは、どんな所につながっているか、考えて見ると不思議である。この馬鹿馬鹿しい間違《まちがい》が、実は両品川対面のいとぐちとなったのだ。若し青木愛之助が彼《か》のポン引紳士に出合い、この秘密の家に来て、偶然低音電鈴事件が起らなんだなら、あんなに早く、もう一人の品川四郎を発見することは、到底出来なかったに相違ない。なぜと云って、電鈴事件が起ったから、彼は隠し戸の奥の暗室へ這入ったのだ。そして、暗室へ這入ったればこそ、彼《か》の小さな節穴を発見し、それに不思議な興味を感じる様にもなったからである。

だが、彼がその奇妙な思いつきを発見したのは右の出来事の三日後であった。実に滑稽だった。併し、考えて見ると近来にない収獲だぞ。あの暗闇の中に、恐怖の為に冷汗をかいて震えた経験丈けでも、二十五円の値打はある。それに、あの家の用意周到な構造はどうだ。まるで探偵小説みたいだなどと楽しい反芻《はんすう》をやっている内に、ふとそれに気づいたのである。そして彼はその不思議な思いつきに有頂天になってしまった。

「素敵素敵、こいつはとても面白くなって来たぞ」

で、早速外出《そとで》の支度をすると、車を、例の秘密の家へと走らせた。念の為にポン引紳士を真似て、二丁程手前で車を降り、門を這入るにも、人通りのない折を待った。

主婦は彼を見ると驚いて云った。

「オヤ、もう御約束が出来まして」というのは、先夜の婦人と今日ここで落合う約束が出来たのかとの意味である。

「イヤ、そうじゃないんです。今日はあなたに一寸御相談がありましてね」愛之助はそう云って、ニヤニヤ笑った。

で、奥座敷に通される、襖を締切ってさし向いだ。

「奥さん、あなたは、こんなことをお金儲けの為にやっていらっしゃるのでしょうね」と愛之助は世間話から本題へ這入って行った。「でしょうね。そうだとすると、ここの現在の部屋代が数倍になる妙案があるのですよ。どうです。僕の妙案を御聞きになりますか」

「オヤ、それは耳よりでございますわね。でも、絶対秘密を売物にして、普通よりもお高い部屋代を頂いているのですから、そんなに慾ばって、一寸でも秘密が洩れる様なことがありましては」

と主婦は警戒する。

「イヤ、秘密に関係はないのです。実はね、あの隠し戸の外の暗闇でお金儲をしようという考えなんです。誤解しちゃいけませんよ。僕はこの妙案をさずけたからって、一銭だって割前は貰おうなんて云わないのだから」

「へエ、暗闇でお金儲けですって」

「分りませんか。あの密室の中に二人、外の暗闇に一人、一時《いちじ》に三人のお客様です。というのは、あすこの板壁に目につかぬ程の節穴があるからですよ。ね、お分りでしょう」

「マアそんなことが」と、主婦は呆れ顔だ。

「イヤ、驚くことはありません。外国にはこれを商売にしている家がいくらもある」と、そこで愛之助は、その外国の例について細々《こまごま》と説明した。

「でも、中の方々が気づくと大変ですわ」

「大丈夫、あの節穴は極《ご》く小さいのです。少し不便だけれど、大きくしては危険だからあのままでよろしい。まあやってごらんなさい。最初のお客様には僕がなります。イヤ笑いごとじゃありませんよ。でね、僕が先ずやって見て工合が悪い様だったら、僕限りでよしてしまえばいいでしょう。冗談でない証拠に暗室代を御払いします。これで一晩。悪くはないでしょう」

彼はそう云って、数枚の紙幣を主婦の膝の前に投出したのである。

愛之助両品川の対面を企てること

結局主婦は青木の為に口説き落されてしまった。

つまり彼は節穴の外の暗闇のお客様であって、そこから、赤い部屋の内部の、彼とは別の二人のお客様の、不思議な動作を盗み見る訳である。

青木愛之助がそこで、どの様な驚くべき光景を眺めたか、どの様な不健康な悦楽に耽ったか、それはしばらく陰のお話として、さて屋根裏部屋で、第一夜を経験してから約一ケ月の後、(その間に一度名古屋へ帰っている)彼がフラフラと品川四郎を訪ねた所から、お話が始まる。

読者も知る通り、活動写真とかその外《ほか》様々の意外な事実によって、通俗科学雑誌社長品川四郎は、彼と寸分違わぬ顔形の男が、この世のどこかに、もう一人存在することを信じない訳には行かなかった。

そのことは、品川と青木と二人丈けの秘密にしてあったけれど、雑誌社の編輯者達は、この頃、社長の品川四郎の様子が、何かしら常ならぬことを感づいていた。

「雑誌を止す気じゃあるまいか。親爺この頃ひどく熱がないね」

「氏はまるで雑誌のことなんか考えていないよ。何かしら氏の心を奪っているものがある。女かも知れない」

社員達はボソボソとそんなことを話し合った程である。

編輯所には神田区の東亜ビルの三階の数室を借りていたが、品川社長は、今日もお昼頃になってやっと出勤した。例の如くムッツリと黙り込んで、社長室へ入ると、そこの回転椅子に腰をかけて、何かしきりと考え事を始めた。

そこへ久方振りの青木愛之助が訪ねて来たのである。

青木は青ざめた、ひどく真面目な顔で、席につくと、うしろの編輯室との境のドアを気にしながら、

「あっちへ聞えやしないか」

とソワソワ尋ねる。

品川の方でも青木が這入って来たのを見ると、何かしらギョッとした様子で唇を白くしたが、

「大丈夫。ガラス戸だし、外の電車や自動車の音がひどいから。……で、一体何だね」

と声を低くした。

「この十五日の夜、君はどこで寝たか記憶しているだろうね」

青木は妙なことを聞くのだ。

「十五日と云えば、先週の土曜日だね。どこで寝たって、どこで寝る筈がないじゃないか、東京にいれば家で寝るに極っている」

「確かだね。変な場所へ泊りやしまいね」

「確かとも。だが、どうしてそんなことを聞くのだい」

「じゃね、昨夜《ゆうべ》だ。昨夜君はどこにいた。十一時から十二時頃までの間さ」

「十一時には、自分の居間の蒲団の中にいたよ。それから今朝までずっと」

「まさか君が嘘を云っているのじゃあるまいね」と青木はまだ疑わしそうに「それじゃ聞くがね、君は麴町の三浦《みうら》って云う家を知らないかね。そこの屋根裏の赤い部屋を」

「知らん。だが、君はそこであいつに逢ったとでも云うのかい」

品川四郎は思い切ってそれを云った。云ってしまって、真青になった。「あいつ」とは云うまでもなく、もう一人の品川四郎のことである。

「逢ったのだよ。しかも非常に変な逢い方なのだ」

「話してくれ給え。そいつは一体どこの何と云う奴だ、そこで何をしていたのだ」

品川は非常な剣幕《けんまく》で、青木の腕を掴まんばかりにして尋ねる。

青木はそこで、はやる品川を制して置いて、先夜ポン引紳士に廻り合ってから、節穴を発見したまでの、不思議な経験を手短かに説明して、

「お神《かみ》を説きふせると、その晩から、僕は赤い部屋の外側の暗闇の密室のお客様になった。そして、今日までに都合五組。それがどちらも商売人でない紳士と淑女の初対面なのだから、何とも云えぬ凄《すご》い感じなのだ。彼等が最初の間、どんなに気拙《きまず》くはにかみ合うか。そして、最後には、どんなに無恥に大胆になるか。その人間の気持の推移《すいい》を見るのは、どんなえぐった小説を読むよりも、もっと恐ろしいものだよ。僕はその意味丈けでも、数十金の価は充分あると思うのだ」

「それで、あいつがその赤い部屋へ現われたのは？」

品川は悠長にそんな話を聞いている余裕がない。

「昨夜《ゆうべ》なのさ。僕の隙見《すきみ》の第五夜だ。丸くぼかした視野の中に、君の、その顔が、ヒョッコリ現われた時には、僕はもう少しで叫声《さけびごえ》を立てる所だった」

「そして、あいつが、やっぱり外《ほか》の連中と同じことをやったのだね」

品川はチョビ髭の生えた大人の顔を、うぶな子供の様に真赤にして、どもりどもり云った。何ということだ。彼と寸分違わぬ男が、閨房《けいぼう》の遊戯を、彼の親しい友達に、すっかり見られてしまったのだ。彼と寸分違わぬ男がだ。品川が赤くなったのも無理ではない。

「そうだよ。しかもそれが並々の遊戯ではないのだ」

青木は意地悪く相手の顔をジロジロ眺めながら、

「君に君自身の醜態を隙見する勇気があるかね。若しあれば、今夜それが出来るのだが」

青木は実は、これが云い度《た》くて、態々ここへ出向いて来たのだ。意地悪ではない。猟奇者青木は、二人の品川四郎のこのいとも奇怪なる対面を想像した丈けでも、ウズウズと生唾が湧く程、食慾をそそられたからである。

「今夜、そいつが、その家へ来るのか」

品川は当事者である。青木の様に呑気《のんき》ではいられない。彼は唇を嘗《な》め嘗め、嗄《しゃが》れた声で云った。

「そうだよ。僕はそいつの帰るのを待ち兼ねて、お神に尋ねた。そいつの所も名も無論分らない。分らない様な営業方針になっているからだ。で、いつ頃から来始めたのかと聞くと、今月の十五日が最初で、昨夜が二度目、今夜も又来る約束になっているという話なのだ。君は僕と一緒にそこへ行って見る勇気はないか。僕は今夜こそ、あいつを尾行して、住所も名前も確めてやろうと思っているのだが」

品川は中々返事をしなかった。だが、長い躊躇のあとで、とうとう決心をして叫んだ。

「行こう。俺もそいつの正体を確めないではいられない」

両人奇怪なる曲馬を隙見すること

その夜十一時頃、青木と品川とは、已《すで》に三浦の、家の赤い部屋の外の暗闇に潜んでいた。お神は二人連れでは危険だからと云って中々承知しなかったが、青木が札びらを切って、やっと納得させせた。品川は色眼鏡とつけ髯《ひげ》で変装していた。全く同じ顔の客が二人来たのでは、お神の疑いを招くからである。

青木はたった一つの小さな節穴に目を当てて、今か今かと登場人物を待ち構えていた。品川は青木に代ってそこを覗く勇気はなく、ごみだらけの板敷の隅っこに蹲《うずくま》って、何かの黒い塊《かたまり》みたいに、身動きもしないでいた。

青木の目の前には、真赤な幻燈の様に、部屋の一部がまん丸に区切られて見えた。向う側の板壁、そこに貼った細《こま》かい模様の壁紙を背景にして、丸胴の桐の火鉢と、妖婦の唇の様に厚ぼったくふくれ上った、緋色《ひいろ》の緞子《どんす》の蒲団の小口とが視野に這入った。火鉢にかけた銀瓶がたぎって、白い湯気が壁紙の模様をぼかしていた。

「君、どんな奇態なものを見ても、声を立てて相手に悟られる様なことをしてはいけないよ。それ丈けは注意してくれ給えね」

青木は万一を気遣《きづか》って、繰返し念を押した。品川は聞えるか聞えぬ程の声で、ウンウンと肯《うなず》いていた。

暫くすると、例の縄梯子を上る音がミシリミシリ聞えて来た。

男か女か。……青木は呼吸《いき》をやめたい程の気持で、身動きもせず待ち構えた。心臓の鼓動が非常にやかましく耳につく。品川もそれを察して、墨の様な闇の中で、一層身をかたくした。

視野に現われたのは、見覚えのある婦人だ。三十余りの大柄なよく発達した肉体だ。黒っぽい金紗《きんしゃ》の衣類がネットリと纏《まと》いついている。艶々《つやつや》と豊かな洋髪の下に、長い目、低い鼻、テラテラと光った厚い唇、と云って決して醜婦《しゅうふ》ではない。どこかしら異常な魅力のある顔だ。酔っているらしく、相好《そうごう》がだらしなくくずれている。

彼女はそこへベッタリ坐ると、この寒いのに、火鉢に手を翳《かざ》そうともせず、「オオ熱い」と独言《ひとりごと》を云って、指環の光る両手でベタベタと頬を叩いている。

青木は疲れて来ると、穴から目を離して腰を伸ばすのだが、何の変化もないと知りながら、じき又元の姿勢に復《かえ》らないではいられぬ。待ち遠い時が、十分二十分とたって行った。

だが、とうとう、階下《した》から合図の咳払いが聞えた。婦人はハッとして視野から影を消すと、上げ蓋を開いて、縄梯子をおろす音、やがて、ミシミシと何者かがそれを上って来る気配。青木は左手を闇に伸ばして、蹲っている品川の肩をソッと叩いた。今来るぞという合図である。品川はビクリと身体を固くした。

青木の視野に、先ず婦人が戻って来た。

「大変待たせましたね」

アア、それは品川四郎その人の声ではないか。

「それ程でもなくってよ」

婦人の唇が動いて、トーキーみたいに喋る。

外套《がいとう》がポイと投げ出され、その襟《えり》の所丈けが視野に這入る。それから、黒い洋服の腕が、青木の前で、スーッと弧を描いたかと思うと、やがて男の全身が、彼も又酔っているのか、フラフラとそこへくずれた。向うを向いているけれど、間違いなく昨夜の男、即《すなわ》ちもう一人の品川四郎である。

青木も流石に胸がドキドキして来た。今こそ両品川の異様な対面が行われるのだ。だが、品川彼はソッと目を離して、闇の中に品川の腕を探り、それを摑むと軽く引いた。

はブルブル震えて立とうともしない。青木は摑んだ指先で「何をグズグズしているのだ」と叱って、グッグッと引っぱる。引っぱられるままに、品川の顔が節穴に近づく。真赤な光線が彼の汗ばんだ額を斜《ななめ》にサッと切る。そして遂に、彼の目は吸い寄せられる様に、小さな穴に、ピタリと喰っついてしまった。

青木は闇の中に目を据えて、次第にはずむ品川の呼吸を、若しや先方に悟られはせぬかと、ヒヤヒヤしながら聞いていた。

板壁の向うでは、低い囁き話と、時々身動きをするらしい物音が聞える。

暫くすると、はずんでいた品川の呼吸がピタリと止まった。アア、とうとう彼は向う側の品川の顔を見たのだ。両品川が正面切って向きあったのだ。

品川の右手が、青木の肩先をグッと摑んだ。「見た」という知らせである。死んだ様に止まっていた呼吸が元に復《ふく》すると、前にもましたはげしい息遣いで、彼の全身が波打った。アア、かくも不思議な対面が、又と世にあろうか。品川四郎は今、真赤な幻燈のまん丸な視野の中で、一間とは隔てず、自分自身の姿を凝視していたのだ。しかも、…………。

彼はまるで続飯《そくい》づけになった様に、いつまでたっても節穴から離れようとはしない。肩先を摑んだ彼の指の表情によって、彼の……………………、……………………、青木は板壁の向う側の光景を、目で見る以上に想像することが出来た。想像であるが故に、それは実際よりも……………、彼をさいなんだ。かれはそうした間接的な隙見の魅力というものを、初めて発見したのである。

長い長い間であった。しんしんと更《ふ》け渡る冬の夜、暗闇の屋根裏で、併し彼等は寒さをも感じなかった。……………………、殆ど彼等を無感覚にしてしまったのだ。

品川は遂に目を離して、青木の肩を引き寄せた。代って見よとの合図である。彼はもう、この上彼自身の奇怪な動作を見るに耐えなかったのであろう。

青木が代って、真赤な丸い幻燈絵が再び彼の前にあった。だが、それが何とまあ意外な光景であっただろう。貴婦人は曲馬団の女のつける様な、ギラギラと鱗《うろこ》みたいに光る衣裳をつけ、俯伏《うつぶし》の品川四郎の背中へ馬乗りになっていた。馬は勿論着物を、……………………。乗手の貴婦人も衣裳とは名ばかりで、近頃流行のレヴュウの踊子の様に、…………………。

そして、何と驚いたことには、馬の品川四郎は貴婦人の騎手を乗せて、首を垂れて、グルグルと部屋中を這い廻っているのだ。

馬の口からは真赤な腰紐が手綱《たづな》である。乗手はそれをグングンと引いて、ハイシイハイシイと腰で調子を取って行く。見事な調馬師だ。

その内哀れな痩馬《やせうま》は、とうとう力尽きて、ペシャンコに畳の上にへたばってしまった。……………、……………。立上った女騎手はそれを見て、さも心地よく声を上げて笑ったが、次には倒れた痩馬の上での、残酷な舞踏である。グタグタに踏まれて蹴られて、馬はもう虫の息だ。さい前からずっと下向きになっているので、…………馬の表情を見ることが出来なかったけれど、力なくもがく手足の様子で、この見知らぬ品川四郎の心持を察しることが出来た。

ハッと思うと、女曲馬師は、男の肩とお尻に両手をついて見事な大の字なりの逆立ちをやっていた。そして、それがグラグラとくずれたかと見る間に、彼女はポイと身を翻えして、…………、俯伏の男の頭の上へ、…………、…………。ゼンマイ仕掛けの、…………、…………。

斯様《かよう》にして真赤な光線に彩られ、桃色に見える二つの影絵は、あらゆる姿態を尽して、夢のようなデュエットを、果しもなく続けて行くのであった。

自動車内の曲者煙の如く消え失せること

「今度はいつ？」

着物を着て、すっかり、身じまいを終った婦人が、甘える調子で尋ねた。

「来週の水曜日。差支《さしつかえ》はない？」

節穴の視野の外で、男も外套を着ながら答えた。

「じゃ、きっとね。時間は今夜位」

婦人はそう云って、もう縄梯子に足をかけたらしく、例の特殊の音が聞えて来た。男女は降りてしまって、暫くすると、主婦の咳払いが幽かに聞えた。もう帰ったから降りて来ても大丈夫という知らせである。

青木、品川の両人は階下《した》に降りると、主婦への挨拶もそこそこに、大急ぎで表へ出た。云うまでもなく、もう一人の品川四郎を尾行する為だ。

半町程向うの町角で、二人は今別れて、男は右へ女は左へと歩み去る所であった。気づかれぬ様尾行して行くと、男は近くの電車通りへ出た。だがもう二時を過ぎているので電車のあろう筈はない。時たま徹夜稼ぎの円タクが、広い通りを我物顔に、ピュウピュウと走って行くばかりだ。男はその一つを捉《つかま》えて乗込んだ。

まさか尾行を感づいた訳ではあるまいが、この早業に、青木も品川もハッとして、隠れていた場所から電車道へ走り出した。と、うまい工合《ぐあい》に、そこへ一台の空自動車だ。二人は早速それに乗込むと、

「前の車だ。あれを見失わぬ様に、どこまでも尾行してくれ給え」

と命じた。

「大丈夫ですよ。この夜更けに、まぎれる車がないから、めったに見失うことはありゃしませんや」

運転手は心得顔にスタートした。

砥《と》の如き深夜の大道を、二筋《ふたすじ》の白い光が雁行《がんこう》して飛んだ。追駈《おっか》けである。

青木と品川は、車中に及び腰になって、傍目《わきめ》もふらず前方を見つめていた。数間の向うを怪物の車が走る。その後部のガラス窓にそれらしい中折帽が揺れている。

「アッ、しまった。奴気づいたらしいよ」

品川が叫んだ。先の車の中折帽がヒョイとうしろを振向いたのだ。白い顔がボンヤリと見えた。と思うと、突然、前の自動車の速力が加わった。またたく間に五間十間両車の距離が遠ざかって行く。

「追駈けるんだ。速力は大丈夫か」

「大丈夫でさあ。あんなボロ車。こっちは新型の六気筒ですからね」

走る走る。天地が爆音ばかりになってしまった。

だが十分程も全速力で走ると、とても敵わぬと思ったのか、先の自動車がバッタリ停車した。

「ここはどこだね」

「赤坂山王下《さんのうした》です。止めますか」

「止めてくれ給え、止めてくれ給え」

見ていると、男は車を降りて、賃銀を払うと、そこの横丁へ這入って行く。青木、品川は、云うまでもなく自動車を捨てて男のあとを追った。

だが非常に意外なことには、相手が横丁へ這入ったので、尾行する積りで、ヒョイとその角を曲ると、曲った所に当の男がこちらを向いて立止っていた。

二人はギョッとしてたじろぐ。それを見て男の方から声をかけた。

「あなた方、僕に何か御用がおありなんですか。さい前からあとをつけていらっした様ですが」

飛んでもない変てこなことが起った。よく見ると、まるで人違いなのだ。相手の顔には品川四郎の面影さえない。だが、三浦の家を出てから一度も見失ったことはないのに、いつの間に人が変ってしまったのか、狐につままれた感じである。仕方がないので詫言《わびごと》をして、念の為にあすこにいるあの自動車からお降りなすったのでしょうね。と確めると、そうだとの答えだ。

「変だね。まるで魔法使いみたいだね」

「変装すると云ったって、あんなに顔が変るものじゃないし。……服装はどうだね。赤い部屋で着ていた服はあれだったかい」

「それがハッキリしないんだ。赤い光りの下で、しかも小さな節穴から見たんだからね。似ている様にも思うけれど、オーバーコートの色合《いろあい》なんて、同じのがいくらだってあるからね」

二人は男に別れて、そんなことを話しながら、元の電車道の方へ歩いた。疑問の男をのせて来た自動車は、もう出発して、半丁も向うを走っている。

「ア、しまった」突然品川四郎が叫んだ。「オーイ、その自動車待て」

品川が駈け出すので、青木も理由は分らぬけれど、兎も角彼に習って、車を呼びながら走った。外の自動車で追っかけようにも、さい前彼等が乗って来たのは、とっくに出発して、問題の車のずっと前方に走って居た。

結局、十間も走るか走らぬに思いあきらめる外はなかった。

「どうしてあの車を追駈けたんだ」

小さく遠ざかって行く尾燈を目で追いながら、青木が尋ねた。

「運転手の顔を見てやろうと思ってさ」品川が答える。「あんなに一度も目を離さなかった男が、別人と変っているなんて、あり得ないことだ。ひょっとしたら、あの僕と同じ顔の男のだよ。座席を入れ変って、今の車の運転手になりすまして逃げて行ったのではないかと思ったのだよ。……だが、まさかそんな活動写真みたいな真似もすまいね。別に僕達を恐れて逃げ出さなければならない理由はないのだからね」

で、結局この追跡は不得要領に終った。彼等が自動車を見違えたのか、又は彼の男が故意に偽瞞《ぎまん》を行って彼等をまいてしまったのか、いずれとも断定し兼ねた。つまり狐につままれた感じである。その夜の出来事全体が飛んでもない幻を見ていたのではないかとさえ思われて来るのだ。

品川四郎闇の公園にて媾曳《あいびき》すること

青木愛之助はそれから一週間ばかり東京にいたが、もう一人の品川四郎の正体については、あやふやのまま帰郷しなければならなかった。

赤い部屋で男が「来週の水曜日」と女に約束をしたのを覚えていて、その水曜日を待って、態々《わざわざ》三浦の家へ出向いて見たが、どうしたのか男も女も影さえ見せなかった。主婦は「今夜という御約束なのに」と不審がっていた。

「やっぱり、あいつはあの自動車に乗っていたらしいね。運転手を身替りに立てたという君の想像が、当っているかも知れない。奴、まさか自分と同じ顔の男が追駈けたとは知るまいが、どうせ悪いことを働いている奴だ。こいつは危いと思って、例の家《うち》へ来るのを見合わせたのだよ」

青木が云うと、苦労性の品川は非常に心配そうな顔になって、

「それ丈けならいいんだが、……若しや奴は僕達を感づいてしまったのじゃあるまいか、あの時追駈けたのが奴と見分けられない程よく似た男だということを知ってしまったのじゃあるまいか。そうだとすると、これは飛んだ藪蛇《やぶへび》だよ。相手は悪者だ。僕を身替りに立てて、どんな企らみをするか知れやしない。僕はそれを考えると何とも云えぬ変な気持がする。怖

いのだよ」

と、二人の間にそんな会話が取り交されたことだが、この品川の心配が決して取越《とりこし》苦労ではなかったことが、後に至って思い合わされたのである。

それは兎も角、それから二ケ月ばかり別段のお話もなく過ぎ去った。その間、青木は一週間位ずつ二度上京しているが、もう一人の品川四郎はどこにもその影を見せなかった。あんな奇怪な人物がこの世に存在したことが、すっかり夢ではなかったかと思われた程だ。だが、品川はそれを逆に考えて、今頃どこかの隅であの男が、品川という絶好な身替りを種に、非常に大がかりな悪事を計画最中なのではないかと、それればかりを苦にしていた。

で、三月のある日、それは青木愛之助の住む名古屋での出来事だが、すっかり忘れていた怪人物が、又々彼の前に姿を現わしたのである。

友達とカフェーで夜を更かして、別れての帰り道であった。青木の家は鶴舞《つるまい》公園の裏手の郊外といった感じの場所にあったが、季節にしては暖い晩だったし、酔ってもいたので、車にも乗らず態と廻り道をして、彼は木立の多い公園の中をブラブラと歩いて行った。

噴水の側《そば》を通って、坂道を奥の方へ昇って行くと、森林といってもよい程、大木の繁った箇所がある。その真中に袋小路になって、ポッカリと五六坪の空地があり、そこに坂道を昇った人達の休憩所にと、二つ三つベンチが置いてある。四方を林で取囲まれた公園中での秘密境なので、若い市民達の媾曳《あいびき》場所には持って来いだ。猟奇者青木は、嘗つてそこで、媾曳の隙見という罪深い楽しみを味った経験を持っている。

　それは今も云った袋小路のつき当りにあるのだから、帰宅するのに、何もそこを通ることはないのだが、いたずらな運命の神様が彼を誘ったのか、青木はふとその空地の方へ行って見る気になった。

　もう十二時近くの夜更けで、公園に這入ってから殆ど人を見なかった程だから、そこも多分ガランとした空っぽの暗闇だろうと思ったが、闇の魅力、ひょっとして何か素ばらしい発見があるかも知れないという好奇心が、彼をそこへ連れて行った。

　ところが、坂を昇り尽して木立の間から、ひょいと見ると、これはどうだ、獲物がある。その方の係りの刑事は、公園の中の一定の場所へ行って、茂みの蔭に寝転んで待っていれば、どんな晩でも一組や二組の媾曳を検挙するのは訳はないとの話だが、成程成程、経験者の言葉は恐ろしいものだと思いながら、青木は立止って、丁度その刑事がする様に、大きな木の幹を小楯《こだて》に、暗中の人影に目をこらし、耳をすました。

　ボーッと白く二つの顔が見える。だが、服装も顔の形も全く分らない。ただ声だけが手に取る様だ。彼等は人がいないと安心して普通の声で話している。

「では暫くお別れです。今夜東京へ帰れば当分来られませんから」

　男の声が云う。

「宿でおっしゃったこと、お忘れなくね」女の声が甘える。「あの家へ御手紙を下さるわね。

せめて御手紙でも度々下さらなきゃ、あたし我慢が出来ませんわ」

「エエ、精々どっさりね。あなたも忘れちゃいけませんよ。じゃ、これでお別れにしましょう。もう汽車の時間だから」

ボーッとして白いものが、双方から近寄って、ピッタリと密着した。長い長い間密着していて、やっと離れた。

「あたし、家《うち》に帰るのが、何だか怖くって。……」

「あの人にすまんと云うのでしょう。又始まった。大丈夫ですよ。決して感づきゃしませんよ。先生僕が名古屋へ来ているなんて、まるで知らないのですからね。それに今夜は帰りが遅い筈じゃありませんか。サ、早く御帰りなさい。あの人より先に帰っていないと悪いですよ」

不良青年ではない。言葉の様子では相当の紳士である。相手の女も決してこんな場所で媾曳する様な柄ではない。女が「宿」と云った。そこで逢ってから、男が女を送って来たのか女が男を送って来たのか（地理の関係から云って、多分前の方だが）「宿」で分れ去るに忍びなかったものであろう。

「あの人にすまん」というのは、女に定まった亭主でもあるのか。「あの家へ手紙を下さい」と云ったのを見ると、自宅へ手紙が来ては悪い事情があるのだろう。どう考えても有夫姦《ゆうふかん》だ。

それに、男は東京から態々逢いに来ている。

「イヤハヤ、お安くない事だわい」

まだ何事も気附かぬ青木は、この思いがけぬ収獲に、ひどく嬉しがっていたのだが。……やがて男女が別れて、男が先に彼の方へ降りて来る様子に、ハッとして、思わず十数歩あと戻りした青木が、丁度常夜燈の下で、ひょいと振り向く出会頭《であいがしら》に、近づいた男の顔が電燈に照らされて、ハッキリ分った。それが、何という意外なことだ。東京にいるとばかり思っていた、かの品川四郎の顔ではないか。

「ア、品川君」

思わず口をついて出た。

「エ？」

相手も立止ったが、妙な顔をしてジロジロ青木の顔を眺めている。気拙《きまず》いのだなと思って、何も知らぬ体にして、

「どうしたんだ。今時分こんな所で」

と話しかけても、相手はやっぱりこわばった顔をくずさないで、変なことを云うのだ。

「君は誰ですか。人違いじゃありませんか」

「僕？　僕は君の友達の青木だよ。しっかりしたまえ」

「一体あなたは僕を誰だと思っていらっしゃるのですか」

「知れたこと、品川四郎だと思っているよ」

と云いさして、青木はふと黙ってしまった。久しく忘れていた、恐ろしい事実を思い出したからである。

「品川四郎？　聞いたこともありませんね。僕はそんなものじゃないですよ。……急ぎますから」

袖を払う様にして立ち去る相手の後姿を見守って、青木は呆然と立ちつくしていた。

彼奴《きやつ》だ、二月前自動車の中から魔法使いの様に消え失せてしまった、あのもう一人の品川四郎だ。何という意外な場所で再会したものであろう。

青木は殆ど無意識にその男の跡を追った。坂を降り切って、噴水のあたりまでも。だが、考えて見るとこの男は東京へ帰るのだ。停車場へ行くに極まっている。流石の猟奇者も、このままの姿で東京まで尾行する勇気はなかった。それに懐中も乏しいのだ。時計を出して見ると、彼の乗るに相違ない東京行急行の発車までには、やっと駈けつける時間を余すばかりだ。迚《とて》も一度帰宅して旅装をととのえる余裕はない。

青木は諦めて、無駄な尾行を止してトボトボと家路に向った。

公園を出て、広い新道路を五六丁も行くと彼の邸宅がある。考え考えその道の半程《なかほど》まで歩いた時、彼はふとある恐ろしい考えに襲われて、ギョッと立ち止ってしまった。

余りに意外な邂逅《かいこう》だった為か、その時まで、彼は彼《か》の男の声のことを忘れていたが、そう云えば、姿を見なくとも、あれは赤い部屋でおなじみの、もう一人の品川四郎の声に相違なかったではないか。本当の品川と非常によく似ている様で、どこか違った所のある、あの声に相違なかったではないか。どうして、そこへ気がつかなんだのであろう。と考えて来ると、それに関聯して、ふと相手の女の方の声を思い出した。

「イヤ、あれも聞き覚えのない声ではなかったぞ」

途端、稲妻の様に、ある戦慄《せんりつ》すべき考えが、ギラッと彼の頭の中にひらめいた。

「馬鹿な、そんなことがあってたまるものか。お前はどうかしているのだ。まるでアラビア夜話みたいに荒唐無稽な妄想じゃないか」

と思い直して見ても、さっきの女の、甘えた声の調子が、耳について離れない。まさかとは思うものの、まさかと思った品川四郎が、公園の暗闇から現われさえしたではないか。彼の全く知らぬ蔭の世界で、どんな意外な出来事が起っているか、分ったものではないのだ。

青木は突然走る様に歩き始めた。遥かに見えている彼の邸《やしき》の洋館の二階へ目を据えて、息をはずませ、暗闇の小石につまずきながら、恐ろしい勢いで歩き始めた。

夕刊の写真に二人並んだ品川四郎のこと

青木愛之助は此頃悪夢に悩み続けていた。友達の科学雑誌社長の品川四郎が離魂《りこん》病《びょう》みたいに二重にぼやけて、あっちにもこっちにも存在する。しかも顔から姿から声までも、一分一厘違わない二人の奴が、同じ部屋で対面さえしたのだ。彼は品川四郎と一緒になって、そのもう一人の品川四郎を追駈け廻すけれど、相手は、どこか化物じみた風で、巧みに身をかわし、姿をくらましてしまう。青木も品川も、数ケ月というもの、このいまいましい奴の探索にかかり果てている始末だ。

だが、これまでは別に害をする訳ではなく、ひどく不気味は不気味ながら、直接恐怖を感じる程のことはなかったのだが、最近に至って、ギョッとする様な途方もないことが起った。というのは、ある晩青木愛之助が、名古屋の鶴舞公園で、そのもう一人の品川が、どこかの奥さんとひそひそ話をしている所へぶつかった。しかも、相手の奥さんというのが、顔かたちはハッキリ見えなかったけれど、声の調子が、どうやら聞き覚えがあった。「若しや」と思うと、青木はもう真蒼《まつさお》になって、その実否を確める為に、我家へ走り出さずにいられなかった。

だが、彼の美しい細君は、別に変った様子もなく、にこやかに彼を迎えた。玄関を這入って、外套などをかけてある小さなホールで、ドキドキして立止っていると、一方のドアが開いて、サッと明るい電燈が漏れて、そこから芳江《よしえ》の小さい恰好のいい頭が覗いた。

「アラ、どうかなすって」

寧ろ彼女の方で、彼の変に蒼ざめた様子を疑った程である。

青木は黙って部屋に這入るとソファに埋まった。

彼は月々の東京行きに、三度に一度位の割合で細君を同伴しているので、細君と品川とは冗談を云い合う程の間柄になっている。品川の方で名古屋の彼の住居を訪ねたことも二三度はある。だから、もう一人の品川四郎がそれを利用して、つまり旧知の品川四郎として、芳江に近づき、彼女をある深みに陥《おとしい》れたというのは、想像されないことではない。

細君のことだから、彼にしてはもう不感状態になっているけれど、一般的に、彼女は充分美人であった。あのえたいの知れぬ幽霊男が、彼と寸分違わぬ品川四郎の存在を気づき、それを利用して何か悪事を企らむとすれば、さしずめ青木の細君などは、最も魅力ある獲物に相違なかった。

芳江の側から考えても、それは全くあり得ない事柄ではなかった。青木は彼の猟奇癖の為に、又飽《あ》き性《しょう》の為に、殆ど細君の存在を無視して暮して来た。月の内十日程も東京へ行っていたり、名古屋にいる時でも、多くは外《そと》で夜更かしをして、細君とむつみ語る機会は非常に稀《まれ》であった。芳江が愛に餓えていたのは誠に当然のことである。それに彼女は決して、昔の女大学風な固くるしい女性ではなかった。つまり彼女の方にも、充分隙があったのだ。悪魔はちょっと手を下しさえすればよかったのだ。

愛之助はソファに埋まったまま、なるべく芳江の方を見ぬ様にして、もう一度そんなことを考えて見た。だが、彼女は、どうしてこうも平気でいられるのかしら。

「あなた、なぜそんなに黙り込んでいらっしゃるの。怒っているの」

彼女は至極《しごく》無邪気である。

「そうじゃないんだが。女中達もう寝てしまった？」

「エエ、つい今し方」

「君、今夜どっかへ出掛けたの」

「イイエ、どっこも」

彼女はそう答えて、テーブルの上にふせてあった、赤い表紙の小説本に目をやった。実に自然である。愛之助は自分の細君が、こんなお芝居の出来る女だとは信じ得なかった。

「俺はどうかしているんだ。飛んでもない妄想にとらわれているのだ。さっきの男だって、本当に品川四郎の顔だったかどうか」思い出そうとすると、段々曖昧になって来る。

「今公園で、品川四郎君に逢った」

彼はそう云って、芳江の態度に注意した。

「品川四郎さん？　東京の？」

彼女は本当に驚いている。

「どうして、うちへいらっしゃらなかったのでしょう」

無論彼女はまだ、奇怪なる第二の品川四郎については何事も知らないのだ。

暫く話し合うと、愛之助はすっかり安心してしまった。こんな無邪気な女に何が出来るものかと、軽蔑してやりたい位だった。

一週間ばかり事もなく過ぎ去った。その間に芳江に対する疑惑を新たにする様な出来事は何も起らなんだ。注意していたけれど、例の男からの手紙も来た様子はなかった。

で、ある日、少々圧迫を感じる程も春めいてお天気のよい日であったが、愛之助は芳江と同行で東京行きの特急に乗った。午後の汽車は、ほこりっぽく、むしむしと暑くて、おまけに退屈だった。極り切った百姓家と畑と森と立看板とが、うんざりする程いつまでも続いた。細君には別に話もなかった。

沼津《ぬまづ》で東京の夕刊を買った。二面の大きな写真版。東京駅に着いたS博士《はかせ》と出迎えの何々氏。S博士というのは日本人にも有名な独逸《ドイツ》の科学者、旅行の途中上海《シャンハイ》から大阪を経て今朝東京へ着いたのだ。今晩講演会があると書いてある。愛之助は白髪の博士などに別段興味はなかったが、出迎えの何々氏何々氏の一番隅っこに、通俗科学雑誌社長品川四郎のモーニング姿が見えたので、これはと思ったのだ。品川は講演会の通訳をするらしい。

「どうも活動家だな」

とニヤニヤしながら、なおもその写真版を見ていると、妙なものを発見した。

「品川の奴、慾ばって二つも顔を出している」

と考えてギョッとした。一枚の写真に同一人が二つに写る訳はない。又しても、例の幽霊男だ。写真には博士と出迎えの人々の外に、うしろから無関係な群集の顔が覗いているのだが、その顔共の中に、ハッキリともう一人品川四郎が笑っている。

果して幽霊男の方では、品川四郎というものに気附いて、そのあとをつけ廻しているのだ。何かの悪事を企らんでいるのだ。

「芳江、一寸これをごらん」

愛之助は、まだ幾分細君を疑っていたので、この写真で彼女をためして見ようと、ふと意地悪く思いついたのである。

「マア、品川さんね。S博士の通訳をなさるのね」

「それはいいんだが、うしろの方から覗いている、この顔をごらん」

と云って、指で幽霊男を示した。

「そうね、そう云えば品川さんそっくりね。マア、よく似てるわ」

オヤオヤ、何とほがらかなことだ。

「実はね、品川四郎と一分一厘違わない男が、(しかもそれが悪者なんだ)どこかにいるのだよ、僕はそいつに度々逢ったことがある」

と、この機会に、読者の知っている大略を話して聞かせた。(赤い部屋の隙見の件は都合上省略したけれど)

外は暮れ始めた鼠色だった。大入道みたいな樹立が、モクモクと窓の外を走って行った。天井の電燈が外の薄闇とゴッチャになって、妙に赤茶けて見え、車内の人顔に異様な隈《くま》が出ている。その中で、彼はせいぜい凄味《すごみ》たっぷりに、時々じっと相手の目を見つめたりして、それを話したのだ。

「マア、気味が悪い。何か企らんでいるのでしょうか」

彼女は幾分蒼ざめて見えた。だが、誰にしたって怖がる話だ。少々蒼ざめたからと云って彼女を疑う理由にはならぬ。

彼女が若し、知らずしてこの第二の品川四郎と不義を重ねているのだったら、非常な狼狽《ろうばい》を隠すことは出来ない筈だ。狐忠信《きつねただのぶ》の正体を知った静御前《しずかごぜん》の様に、ギョッとしなければならぬ筈だ。が、そんな様子も見えぬ。

「やっぱり俺の思い違いだったか。ヤレヤレ」

と、そこで愛之助は一層安堵《あんど》を深くした訳であるが、この安堵が本当の安堵に終ったかどうか。

青木品川の両人実物幻燈におびえること

東京に着くと、愛之助は駅からS博士講演会場へ電話をかけ、品川に事の次第を告げ、彼の用事が終る時間を確めて置いて、その夜更け品川宅を訪ねた。

「僕はちっとも気がつかなんだ。併《しか》し、君の電話で驚いて、あの新聞の知合いの記者に電話で頼んで、やっと今、その写真の複写を取寄せた所だ。写真版じゃ本当のことは分らないからね」

愛之助が這入って行くと、品川は八畳の客間に待ち構えていて云った。紫檀《したん》の机の上に幻燈器械の様な妙な形の道具と、その側《そば》に一枚のピカピカ光る台紙なしの写真が置いてあった。見ると、例の夕刊の写真と同じものだ。

「この器械は?」

「エピディアスコープと云って、不透明なものが大きく映る幻燈器械だ。これで、この写真のもう一人の奴を拡大して見ようと思ってね」

それは彼の商売柄、雑誌社で取次販売をしている実物幻燈器械であった。

そんなことをして確《たしか》めるまでもないのだけれど、両人とも幻燈という様なものに、一種の魅力を感じている男であったし、拡大された相手の顔の皺《しわ》の一本一本に、穿鑿《せんさく》的な興味がないでもなかった。

電燈を消すと、鳥の子の無地の襖《ふすま》の上に、写真の両品川の顔の部分丈けが、ギョッとする程大きく映された。

本当の品川は真面目顔、もう一つの方はニヤリと笑って、無修正の、ボタボタと斑紋《はんもん》をなした陰影が、暗闇の二人に向って、ニューッと迫って来る感じだった。

「僕一つ笑って見るから、あの写真の顔と比べてくれ給え」

品川はそう云って、器械の後部の光線の漏れている所へ、自分の顔を持って行って、寄席の怪談のお化けみたいに、ニヤッと歯を出して見せた。

「そっくりだよ。まるで、そうしている君の顔が、そのまま向うの襖へ映っている様だ」

愛之助は云っている間に、ゾーッと頸《くび》のうしろが寒くなった。

「君。もう止そうよ。何だかいやな気持になって来た」

愛之助は幻燈というものに、常々一種異様の恐怖を持っていた。そこへ、影と実物と合わせて三つの、寸分違わぬ品川四郎だ。彼が子供の様におびえたのも無理ではない。

電燈をつけて見ると、当人の品川も蒼ざめていた。

「あいつ、俺の影みたいに、いつもつき纏っていやあがるんだね。エ、そうとしか考えられないじゃないか」

「初めは遠くから、少しずつ少しずつ、じりじりと近寄って来る感じだね」

「オイオイ、おどかしちゃいやだぜ」品川は思わずビクッとして云った、「まだ別に害を被《こうむ》った訳じゃないけど、もう捨てては置けないね。非常に危険な気がする。何を企らんでいるか分らない丈けに、そして、相手がどこの何者だかさっぱりえたいが知れぬ丈けに、余計恐ろしいのだ。僕は僕の雑誌にこの事を広告して見ようかと思うのだが」

「広告って？」

「この写真をのせてだね。こんな風に私と全く同じ人間がいる。私はこの第二の自分の存在について非常な危険を感じている。どうか名乗って出て欲しい。又この人物を知っている人は知らせて貰いたい。という文句を大きく書くのだ。そうして置けばいくらか予防になると思うのだ」

「君の雑誌には打ってつけの読物にもなるね。だが、君の心配する危険は已に始っているかも知れないぜ。というのは……」

と、愛之助は思い切って、先夜の鶴舞公園の一伍一什《いちぶしじゅう》を物語った。

「で、君は奥さんを、今でも疑っているのか」

それを聞くと、品川ははにかみとも恐怖ともつかぬ変な表情で尋ねた。

「いや、もう殆ど疑っていない。多分別の女だったのだろう。だが、場所が丁度僕の近所だからね。何か意味ありそうにも思われるのだ」

品川はふとおし黙って、何か考えていたが。「若しかしたら」と独言を云いながら、突然立って部屋を出て行ったかと思うと、一通の封書を手にして帰って来た。

「ちょっとこれを読んでごらん」

愛之助は妙なことを云うと思いながら、何気なく封書を受取って、中の書簡箋を拡げて見た。そこには女文字で次の様に記してあった。

道ならぬこととは知りながら、それ故《ゆえ》にこそ身も世もあらず嬉しくて、あの夜のこと、君のおん身振《みぶり》、君のおん言《こと》の葉《は》、細々としたる末までも、一つ一つ、繰返し心に浮べては、その度毎に今更らのように顔あからめ、胸躍らせて居ります。お笑い下さいまし。

わたくしあの様な愛を、あの夜というあの夜まで、嘗って夢見たことすらなかったのでございますもの。小娘の様に、本当に本当に、わたくし夢中でございますのよ。でも、又いつお目もじ出来ますことやら、西と東に所を隔てました上、あなた様は御多用の身、それに道ならぬ恋の悲しさは、わたくしからお側に参ることも叶わず、つろうございます。本当に恋というもののつらさもどかしさが、今初めて、しみじみと分りました様に思われます。お推《すい》もじ下さいまし。…………………

愛之助は非常な早さでそれを読んだ。遂には読むに耐えなくなって、末尾の三四行を飛ばして、名宛《なあて》を見た。

四郎さまみ前に　　　　　　　　御存じより

とある。明かに夫ある女から、品川四郎への恋文だ。

「僕はまるで心当りがないのだよ。併し、封筒の宛名は確かに僕だ。僕がどこかの細君と不義をしているのだ。余り思いがけないことなので、誰かの人の悪いいたずらと思っていたが、君の今の話を聞いて見ると、この手紙にはもっと恐ろしい意味があるのかも知れない。つまり、その鶴舞公園で話をしていた女から、偽の品川四郎への手紙が、本物の僕の所へ舞い込んだのかも知れない。なぜと云って、見給え、差出人の所も名も書いてないけれど、消印が確かに名古屋だ。……オヤ、君どうかしたのかい」

愛之助は唇の色を失って、顎の辺に鳥肌を立てていた。だが何も云わない。

「この手紙だね」

「………」

「オイ、どうしたというのだ。アア、君は、筆蹟を見ているのかい」

「似ている。僕は悲しいことに、この恋という字の風変りなくずし方を覚えていたのだよ」

「君の細君のかい。……だが君、女の筆蹟なんて、大抵似た様なものじゃないか。……女学校の御手本通りなんだからね」

「そうだ。今度に限ってあいつが東京へ一緒に行くと云い出した訳が分った。あいつはこちらで、君と……イヤもう一人の男と、存分逢う積りなんだ、その下心だったのだ」

そして、それ以上には、お互に云うべき言葉を見出し兼ねた。夜更けの八畳の座敷で、二人はぽつねんと向い合っていた。

「僕はもう帰る」

愛之助が非常に不愛想に云って立ち上った。

「そうか」

品川も白々しい気安め文句は口にしなかった。

玄関をおりて下駄を穿《は》くと、愛之助はひょいと振り向いた。上りがまちの障子《しょうじ》に凭《もた》れて品川が見送っている。

「一寸君に聞いて置くが」愛之助が無表情な顔で、途方もないことを口にした。「君は本当に品川四郎なんだろうね」

相手はギョッとして思わずうしろを振返った。そして、妙にうつろな笑い方をした。

「ハハハハハ、何を云ってるんだ。君は品川君だね。冗談はよし給え」

「アア、そうだった。もう一人の男じゃなかったのだね」

愛之助は、そう云ったまま、ふいと格子戸の外へ出て行った。

まるで悪夢につかれた人間のように、彼の足は蹌踉《そうろう》として定まらないのであった。

持病の退屈がけし飛んでしまうこと

別宅へ帰って見ると、よく掃除の行届いた小ぢんまりとした家の中に、芳江は婆やを相手に、つつましく留守番をしていた。

狭い家だから、夫婦の寝室は襖一重だった。二階の八畳の客間の方に愛之助の、六畳の次の間の方に芳江の床がのべてあった。

愛之助が床に這入って、仰向きになって煙草を吸っていると、その枕下の桑《くわ》の角火鉢《かくひばち》によりかかる様にして、芳江は何かと話しかけるのであった。

それは主に滞京中の遊楽予定についてで、久し振りの歌舞伎《かぶき》が楽しみだとか、福助[*26]が早く見たいとか、何日《いつ》の音楽会は誰さんのピアノが一番聴きものだとか、女の癖に東京風の牛《ぎゅう》鍋《なべ》が早くたべたいとか、とか、とか、とか、甚だ朗《ほがら》かで且饒舌《かつじょうぜつ》であった。

彼女の好みで旅行にさえ持って出る、部屋着の派手な黄《き》八丈《はちじょう》の羽織を着て、ウェーヴがくずれて、恰好のよい頭の形のままに、少しネットリとなった洋髪の下から、なめらかな頸《くび》筋《すじ》が覗いていた。

例の事件があってから、愛之助の妻に対する関心が、というよりは愛着が、日一日濃《こまや》かになって行くのは事実だった。だが、その為ではなく、こうして目の前に置いて見ると、こんな無邪気な女に不義などが出来るとは考えられなかった。

「あのね、一寸ペンと紙を持って来てごらん」

愛之助はふとそんなことを思いついた。

「なになさるの。お手紙？」

「マアいいから持って来て」

芳江が万年筆と書簡箋を持って来ると、

「そこへね、君、恋という字を書いてごらん」

アア、何というあどけない女だ。芳江はそれを聞くと、ためされているなどとは夢にも思わず、恥かしそうに、眼の縁《ふち》を赤らめて、夫婦の間の、あの特殊の、みだらな笑いを笑ったのである。

「ホホホホホホ、おかしいわ。あなたどうかなさったの」

「マア、兎も角書いてごらん」

「ホホホホホホ、先生の前でお習字をする様ね」

極めて素直に、彼女はペンを取って「恋しき」と書いた。そして、筆をとめて、愛之助を見上げて、例の笑いを笑って云った。

「次に何と書きましょうか」

愛之助には、彼女がこんなに素直なのは、彼の愛に餓えているからだ。彼女は今久し振りの夫婦の遊戯を楽しんでいるのだということが、分る様に思えた。だが答えはやっぱり意地悪く、

「四郎さまお許《もと》へ」

と云い放った。

「マア」

芳江はびっくりして、真面目な顔になった。そして、一刹那《せつな》目をうつろにして、「四郎さま」の意味を捉えようとして、頭の中を探し廻っている様子だった。

「無実に極っている。いくらなんでも、こんな巧みなお芝居が出来る筈はない」愛之助はすっかり安心した。恋という字のくずし方は確かに似ているけれど意味もない暗合にすぎないのだ、品川が云った通り、偶然同じ手本を習ったのだ。

「四郎さまって、一体誰のことをおっしゃるの？」

芳江は少し蒼《あお》ざめて、つめ寄る風で尋ねた。

「いいんだよ。もうすっかりよくなったのだよ。四郎さんかい。四郎さんなんて、どこにだって転がっているよ。小学校の読本にだって」

愛之助はすっかりいい気持になって云った。

それから暫くして、変なことだけれど、愛之助は電車に乗っていた。

電車は満員だった。身動きも出来ないで、吊皮《つりかわ》にぶら下っていた。人間の頭が、紳士や商人や奥さんやお神さんや令嬢や、重なり合って、ゴチャゴチャと目の前に押し寄せている。が、ふと見ると、その頭の間から、チラッと品川四郎の顔が覗いた。

「品川君、君、品川君だね」

愛之助は大きな声で呶鳴った。

すると、相手は返事をする代りに、ひょいと頭を引込めて、人ごみに隠れてしまった。

「ヤ、あいつだ。幽霊男だ。皆さんちょっとどいて下さい。あいつをつかまえなくちゃならないのですから」

だが迚《とて》も身動きが出来なんだ。

「つかまえてくれ。そいつを、つかまえてくれ」

愛之助が不作法にわめいたので、車内の顔という顔が、ハッとこちらを向いた。ゴチャゴチャと重なり合って、愛之助を見つめた。しかも、ゾッとしたことには、その顔がどれもこれも、一つ残らず、皆品川四郎の顔になっていた。

「ワッ」と叫んで、逃げ出そうとすると、何か邪魔になるものが、ドッシリ胸の上に乗っていた。はねのけてもゴムみたいに弾力があって、柔かくて重いものが、又戻って来る。ふと気がつくと、それは暖い芳江の腕であることが分った。

「どうなすったの、苦しそうだったわ」

「いやな夢を見た。……君が、胸の上にこの手をのせていたからだよ」

で、つまり、彼女は次の間の自分の床の中には寝ていなかった訳である。

だが、それから一時間程たって、ある瞬間、愛之助は相手をつき放して、部屋の隅へ飛びのいた。

芳江は、非常に唐突にガラリと変った夫の態度が呑みこめなくて、ボンヤリと蹲《うずくま》っていた。彼女は蒼ざめた夫の顔に、物凄い敵意を認めた。血走った目が怒りに燃えているのを見た。

彼女は一種の耐《こら》え難い侮辱《ぶじょく》を感じて、俯伏《うつぷ》して、身体を震わせて、泣き出した。

愛之助はそれを慰《なぐさ》めようともせずいきなり着物を着て、哀れな妻を残したまま、もう夜明けに近い戸外へ出て行った。

彼は人通りのない廃墟の様な町を、めくら滅法に歩いて行った。

「確かに、確かに、女は人種が違うのだ、どこか魔物の国からの役神《つかわしめ》なのだ。嘘をつく時には真から顔色までその通りになるのだ。泣こうと思えば、いつだって涙が湧いて出るのだ」

　今更らの様にそれを感じた。

「だが、うっかり尻尾を出してしまった。あの仕業は確かに確かに俺の教えたことでない。俺はそんな被虐色情者じゃない。あいつは、幽霊男に教わったのだ。そして彼女もいつの間にかサジズムを愛し始めたのだ」

　これは決して彼の妄想ではなかった。動きの取れない証拠があった。彼は例の赤い部屋での、幽霊男とある女性との遊戯を、まざまざと記憶していた。今夜の芳江の仕業は、そのある場面と寸分違わなかったではないか。彼女は彼を馬にしてまたがったではないか。そして、手綱代りの赤いしごきを、彼の首にまきつけようとしたではないか。彼が真蒼になって飛びのいたのも、無理ではなかった。

　流石の猟奇者愛之助も、退屈どころではなかった。これで、彼が細君に飽き飽きしたというのは思い違いで、実は心の底では深く深く愛していた事が分る。だが、彼にはこの心の変化が少なからず意外であった。こんなにも不義の相手が、即ち幽霊男が憎くなるなんて、変だと思わないではいられなかった。

「畜生奴《め》、畜生奴」

　彼は、遊び人かごろつきみたように、相手を八ツ裂きにすることを考えながら、ダクダクほとばしる血潮を幻《まぼろし》に描きながら、どこという当てもなく、グングン歩いて行った。

奇蹟のブローカーと自称する美青年のこと

愛之助は、家を飛び出したまま、一度も帰宅せず、友達を訪ねた上、倶楽部へ行って球を撞《つ》いたり、浅草公園の群集に混って、活動街《まち》を行ったり来たりして見たり、心の中《うち》では極度の焦躁を感じながら、外見《うわべ》は如何にも呑気らしくそんなことをやって居る内に、つい日が暮れてしまった。

そして、その夜の十時頃から次のお話が始まるのだ。

その時愛之助は、歩き疲れて、浅草公園の池に面した藤棚の下の柱に凭《もた》れて、ボンヤリ池に映るイルミネーションを眺めていた。藤棚の下に並んだ数脚のベンチには、影の様な浮浪者の一群がおとなしく黙り返って腰かけていた。彼等はどれもこれも、ひどく餓えて、それを、訴える力さえ失って、あきらめ果てて、ぐったりしている様に見えた。

その中に一人丈け、周囲の浮浪者達とは際立って立派な風采《ふうさい》の青年が混っていた。浅草青年というよりは寧ろ銀座青年という風采が、愛之助の注意を惹いた。そう云えば、愛之助にしたって、ちっとも浅草人種ではなかった。ましてそんな藤棚の下などに、ぼんやり佇《たたず》んでいるのは、どうも似つかわしくなかった。と云う訳で、この二人、愛之助と銀座型青年とは、期せずしてお互の存在を意識し合ったのである。

で、愛之助はチラとあることを頭に浮べた。と云うのは、彼が予《かね》て知っていた、アサクサ・ストリート・ボーイズのことだ。猟奇家の彼が、そういうものの存在を知らぬ筈はないのだから。

愛之助は、十二階[*27]を失い、江川娘玉乗り[*28]を失い、いやにだだっ広くなった浅草には、さして興味を持たなかった。強いて云うならば、廃頽《はいたい》安来節[*29]と、木馬館[*30]と、木馬館及水族館[*31]の二階の両イカモノと、公園の浮浪者群と、そしてこのストリート・ボーイ達とが、僅かに浅草の奇怪なる魅力の名残りをとどめているのだ、そういうものの醸《かも》し出す空気が、やっと二月《ふたつき》に一度位の程度で、彼の足を浅草へ向けさせた。

青年はじっと、愛之助を見つめていた。紺がかった春服を着て、同じ色の学帽の様な一種の鳥打帽子の、深いひさしの下から、闇の中に柔軟な線の、ほの白い顔が浮上っていた。美しい若者だ。

愛之助は決してペデラスト[*32]ではないので、嬉しくもなかったが、併し、別に不快を覚える程でもなかった。

「蛇の様に冬眠が出来るといいなあ」

突然、すぐ側でそんなかぼそい声が聞えたので、見ると、目の前のベンチに若い栄養不良な自由労働者がいて、隣りの少し年取った同じ様な乞食みたいな男に、話しかけていたのだった。

「冬眠で何だよ」無学な年長者が力のない声で尋ねた。

「冬中、地の底で、何にも食わないで眠っていられるんだ」

「何にも食わないでかね」

「ウン、蛇の身体は、そんな風に出来ているんだ」

そして、二人とも黙ってしまった。静かな池の中へポチャンと小石を抛《ほう》り込んだ様な会話だ。

池の向うの森蔭から、絶間なく木馬館の十九世紀の楽隊が響いて来た。風の都合で、馬鹿に大きな音になったり、或時《あるとき》は幽《かす》かになって、露天《ろてん》商人の呼声に混り合って、ジンタジンタ[*33]と太鼓の音ばかりが聞えたりした。うしろの空地では、書生節[*34]のヴァイオリンと、盲目乞食の浪花節とが、それぞれ黒山の聴手《ききて》に囲まれて、一種異様の二重奏をやっていた。二重奏と云えば、つまるところ、公園全体が一つの大きなオルケストラに相違なかった。ジンタ楽隊、安来節の太鼓、牛屋《ぎゅうや》の下足《げそく》の呼声、書生節、乞食浪花節、アイスクリームの呼声、バナナ屋の怒号、風船玉の笛の音《ね》、群集の下駄のカラコロ、酔っぱらいのくだ、子供の泣声、池の鯉《こい》のはねる音、という千差万別の楽器が作る、安っぽいが、しかし少年の思い出甘いオルケストラ。

「モシ！」

突然耳元で、囁く様に、古風に呼びかける声がした。振向くとさっきの美しい青年が、立って来て、いつの間にか彼の側《そば》へ寄っていた。

愛之助はハッと当惑した。[*35]浅草ウルニングの誘いには、一度こりていたからだ。

「ナニ？」

妙なことには、彼は女みたいなアクセントで聞き返した。丁度商売女とでも話をする様に。

「あなた、失礼ですが、何かお困りなすっているのではございませんか。どうにも出来ないことが、おありなさるのじゃございませんか。でも、それはどうにかなるのですよ。奇蹟を拵《こし》らえている所があるのです。そこでは、あなたの御入用《おいりよう》のものを、そうですね、多分、一万円位で御用立てすることが出来るかも知れませんよ」

青年は変な謎みたいなことを囁いた。それにしても一万円なんて馬鹿馬鹿しい金額だ。若しや可哀想に、気違いでもあるのかと、愛之助は相手の顔をまじまじと眺めた。

池に映った活動館のイルミネーションが、逆に顎《あご》の下から青年の顔をボーッと明るくしていた。美しい。だが変な美しさだ。お能の面の様に、完全に左右均等で、何かしら作り物の感じで、無表情で、底の方からにじみ出す凄味が漂っていた。やっぱり気違いだなと思った。

「アア、私はあれじゃないんです。女じゃないんです」青年は愛之助の気持を感づいて笑いながら云った。「それよりもずっと値打ちのある、あなたが想像もなすったことがない様な商売をしているんです。昔から神様にしか出来なかった、恐ろしい奇蹟のブローカーなんです。でも、あなたお困りじゃないのですか。奇蹟が御入用じゃなかったんですか」

「奇蹟って、なんです」

相手がストリート・ボーイではないと分って、安心したけれど、彼の話すことがまるで理解出来なかった。併し、気違いではなさそうだ。

「奇蹟をお尋ねなさるのですか。じゃ、あなたは御入用がないのです。本当に欲しいお方はそんな風にはおっしゃいませんから、さようなら」

青年はフラフラと、又元の浮浪者共の間へ戻って行った。

浅草の様な盛り場には、時々こんな不思議がある。浅草は東京という都会の皮膚に開いた毒々しい腫物《しゅもつ》の花だからだ。そこには常態でない凡てのものが、ウジャウジャとたかっている。だが、愛之助はまだ一度も、こんな変てこな男に出逢ったことはなかった。美しいけれど妙に不気味なお能の面の様な顔が、いつまでも忘れ難く目の底に残っていた。

この青年は何者であったか、ただ意味もなくここへ現われて消えてしまう人物ではない。この物語の後段に至って、彼はもう一度読者の前に姿を見せる筈だ。その時こそ、彼の所謂《いわゆる》奇蹟が何を意味するか、ハッキリ読者に分るであろう。

愛之助は何故ということもなく怖くなって、藤棚の下を出た。そして、当てもなく明るい活動街の方へ歩いて行った。

驚きは友を呼ぶものであるか。そうしてグラスウインドの中の彩色スティルの前を、群集にはさまって歩いていた時、沢山の動く頭の向うに、彼はハッとする様な顔を発見した。外《ほか》でもない品川四郎である。

愛之助は相手に気づかれぬ様、人波を分けてあとをつけた。確かに本物の品川ではない。科学雑誌社長があんな洋服を着ていたのを見たことがない。それに品川四郎が今時分浅草を歩いているなんて変だ。てっきり彼奴《きゃつ》に違いない。と思うと、愛之助はもうワクワクして来た。今度こそ見逃すものか。

幽霊男はワハワハと群集を縫って、細い道を曲り曲り、遂に雷門《かみなりもん》の電車通りへ出た。円タクの行列。男はその一つの誘いに応じて車内に姿を消した。愛之助も一台を選んで飛び乗った。又しても自動車の追っ駈けだ。だが、今度はいつかの赤坂見附《あかさかみつけ》みたいなヘマはしないぞ。と彼は前の車の鋭い監視を続けた。

血みどろの生首を弄《もてあそ》ぶ男のこと

殆ど一時間近くも走って、男の自動車は、郊外池袋《いけぶくろ》の、駅から十丁もある淋しい広っぱで止った、車を降りたのは確かに彼奴だ。愛之助はとうとう成功したのだ。彼は自分も車を捨てて、闇を這う様にして男のあとをしたった。

広っぱの一隅にこんもりした木立に囲まれて、ぽっつりと黒い一軒家が見える。洋館らしい二階建で、石の門がついている、男はその門を這入って、玄関の扉《ドア》を鍵で開いて、スッと屋内に姿を消した。その様子で見ると、家の中には誰も留守番がいないらしい。幽霊男は、この化物屋敷にたった一人住んでいるのだろうか。

暫く待ってもどの窓にも燈火《ともしび》の影さえささず、ひっそりとして屋内に人の気配もせぬ。彼奴、あかりもともさず、あのまま寝台《ベッド》へもぐり込んでしまったのであろうか。愛之助は思い切って石の門を這入り、家の横手に廻って、どこか覗ける箇所はないかと探して見た。

窓はあるけれどどれも内部が真暗で、顔をくっつけても何も見えぬ。尋ねあぐんで、ふとうしろを振向くと、庭の立木の一部が、異様にほの明るくボーッと浮出しているのに気づいた。どこからか非常に薄い光がさしているのだ。分った分った、二階にいるんだなと気がついて、少し建物を離れて見上げると、案の定二階のガラス窓の一つが、ぼんやり赤く見える。だが何という暗い光だ。電燈ではない。恐らく蠟燭《ろうそく》の光であろう。

電燈もない所を見ると、やっぱり空家かしら。では、幽霊男が入口の合鍵を持っていたのは何故《なぜ》だろう。彼は空家の中で、古風な蠟燭などともして、一体何をしようというのだろう。

併し考えて見ると、幽霊男には至極ふさわしい隠家《かくれが》だ。彼奴こんな化物屋敷に人目を忍んで、こっそり思いもかけぬ場所へ現れては、様々の悪事を行っているのだ。愈々《いよいよ》品川四郎の推察が的中して来た。この怪物、この化物屋敷の中で、品川四郎という分身を種に、どんな戦慄すべき陰謀を企らんでいるか分ったものではない。

夜の闇と、異様な静かさと、古めかしい洋館と、蠟燭の光とが、ふと、彼に妙なことを聯想させた。ジーキル博士とハイド氏！　品川四郎という男は、通俗科学雑誌などと真面目一方の仕事にたずさわって、謹直そうにしているが、彼の心にもう一人の悪魔が住んでいて、時々、ハイド氏になるのではないのかしら。品川はどう考えてもそんな恐ろしい男には見えぬけれど、それが却っていけないのだ。ジーキル博士は一点非のうち所のない高徳なる学究ではなかったか。しかも、一度彼の内なるハイド氏が姿を現わすと、何の関係もない往来の幼児を突き転ばし、その頭を踏みにじって、蠅《はえ》か蟻《あり》でもつぶす様に、殺してしまう兇悪無比の怪物と化し去ったではないか。

　愛之助は暗闇の中で、思わず身震いした。

「馬鹿な。貴様はどうかしているぞ。臆病者め。そんなことは小説家の病的な空想世界にしかないことだ。第一、この幽霊男と品川四郎と同一人だなんて、科学的にあり得ないことではないか。同一人がどうして、新聞の写真版に二つの顔を並べることが出来るか」

　又、一方では帝国ホテルで食事しながら、その同じ日、同じ男が京都の四条通を歩くなんて神変不思議の芸当が人間に出来るものでない。飛行機。……アア、飛行機というものがある。併し仮令《たとえ》旅客飛行機を利用したとしても、帝国ホテルから立川まで、大阪築港から京都四条までの道のりを考えると、とても同じ日中同一人物が京都に現われる可能性はない。まして、愛之助と品川とがホテルで会食したのは丁度昼過ぎだったのだから、一層この芸当は不可能な訳だ。

イヤ、イヤ、そんなことをクドクド考えるまでもない。愛之助は現に、例の麴町の赤い部屋で、品川四郎と、このもう一人の幽霊男とが、三尺と隔たぬ近さで、世にも不思議な対面をしたのを、ちゃんと目撃さえしているではないか。

愛之助が闇の庭に佇《たたず》んで、二階に耳をすましながら、頭では忙《せわ》しくそんなことを考えていた時、突然びっくりする様な物音が起った。

一寸の間、物の音か人の声か判断が出来なかった。だが、第二の短い悲鳴で、それが女の声であることが確められた。例の蠟燭の光の洩れている二階からだ。何かしら非常に残酷なことが行われた感じである。

しかも、声はそれっ切りで、又元の深い不気味な、静寂に帰った。いつまで待っても人声は勿論、カタリとも音さえせぬ。

愛之助はもうじっとしていられなかった。彼は柄にもない冒険を思い立った。玄関から這入ったのでは相手に悟られ、どんなひどい目に合うかも知れぬ。それよりもガラス窓を、幸《さいわい》、先ず外部から部屋の様子を見届てやろうと決心したのだ。

丁度その窓の外に、二間ばかり隔てて、大きな松の木が立っている。彼はいきなり、電燈工夫《こうふ》の様に、その幹へ這い上った。全身汗びっしょりになって、やっと、窓と同じ高さの枝に達することが出来た。

そこの太い枝に腰かけ、両手で幹につかまり、身体の安定を保ちながら、彼は二階の窓を覗いた。

ガラス戸は締め切ってあったが、ガラス一面にほこりが溜って半透明になっているのと、蠟燭の光が何かの蔭になっていたので、暫らくは何が何だか分らなんだが、よく見定めると、ワイシャツとパンツ丈けの男が、こちらに背中を見せて何かやっていることが分った。蠟燭は、その男の身体で隠されているのだ。それが幽霊男に相違ないことは、品川四郎そっくりの身体の恰好で明かだ。

部屋はやっぱり空家同然で、何の飾りつけも家具もなく、ただ男の向う側にテーブルの様な台の一端が見えているばかりだ。

男は時々身動きをする。それが、上身をかがめ首を垂れて、何かおがむ様な恰好に見える。一体何をしているのかしら。男の蔭になって見えぬテーブルの上に、その対象がのせてあるに相違ないのだが、この深夜、空家みたいな部屋で、何かを礼拝《らいはい》しているというのも変な話だ。それに、さっきの女の悲鳴は一体何を意味するのか。見た所、部屋には幽霊男一人丈けで、女なぞいそうにない。

眼が慣れて行くに従って、段々微細な点が分って来た。先ず、男がワイシャツを肘の上までまくり上げていることに気がついた。何かひどい力仕事でもした恰好だ。次に、そのワイシャツの袖口に点々として赤いしみのついていることが分った。血だ。よく見ると、むき出しの腕には川の様に恐ろしい血のあとが凝固している。

愛之助は、礼拝している物体を想像した。若しやさっきの悲鳴の主の死体が、そこに横《よこた》わているのではないだろうか。だが、どうも死体の様な大きなものではない。

　愛之助の好奇心は極点に達した。

「アア、あれはおがんでるんじゃない。接吻しているんだ」

　男の仕草がふとそんな感じを与えた。だが、一体全体何に接吻しているのだ。死体にか？

辛抱強く見ていると、遂に男が身体を動かした。今まで隠れていた小テーブルと、その上の物体があらわになった。

　同時に松の木がガサガサと音を立てて、烈しく揺れた。愛之助が驚きの余り、危く枝を辷《すべ》り落ちようとしたからだ。だが、彼は咄嗟《とっさ》に気を取り直して、身体の位置を安全にして、その物体を熟視した。

　そこには人間の、まだ若い女の、首丈けがテーブルにのせてあったのだ。しかも、今胴体から切離したばかりの様に、生々しく、血のりにまみれて。

　愛之助がそれを一目見た時、あんなにも驚いたのは、一刹那、若しやその首が妻の芳江ではないかと思ったからだが、すぐそうではない事が分った。見も知らぬどこかの娘さんだ。

　幽霊男は、見慣れぬ型の金属製の燭台《しょくだい》を手にして、それをさしつけ、さしつけ、つくづくと女の首に見入っていた。

　首は目を半眼にして、眉を寄せ、口を開き、歯と歯の間に舌の先が覗いている。猥褻《わいせつ》に近い苦悶の表情である。蠟燭の光が、赤茶けた光を投げ、異様な隈《くま》を作っている。血は白い歯を染めて、唇から顎へとほとばしり、テーブルに接する切口の所は、さかなの 腸《はらわた》みたいにドロドロして、その間から、神経であろうか、不気味に白い紐《ひも》の様なものがトロリとはみ出している。そんな微細なことがハッキリ分る筈はないのだが、愛之助はアリアリとそれを見た様に思った。

やがて、ゾッとする様なことが起った。幽霊男があいている方の手で、変なことを始めたのだ。彼は最初指先で、はみ出している女の舌を、チョイチョイと口の中へ押し戻す様な仕草を繰返していたが、舌が歯の間に隠れてしまうと、今度は歯と歯の中へ指を入れて、それをこじ開けて、一本の指が二本になり、三本になり、遂には手首から先を、死人の口の中へ押し込んでしまったのだ。すると、口の中に溜っていた血潮が、泡を吹いて、彼の手首を伝《つたわ》って、泉の様に毒々しく美しく溢《あふ》れ出して来るのが見えた。

次々と、ここには記《しる》し得ぬ程、惨虐で淫猥な所業《しわざ》が続けられた。そして幽霊男の生首遊戯はいつ果つべしとも見えぬのだ。

幽霊男が嘗つて赤い部屋で、又芳江に対してマゾッホであったと云って、それだから、彼がサドでないとは云えぬ。両者を兼ねるもの古今東西に其例《その》が乏しくはないのだ。按《おも》うにこの幽霊男は、軽微で上品な（変な云い方だが）マゾヒズムと、兇暴なサジズムとを兼備し、その上に、戦慄すべきラスト・マーダラアであったに相違ないのだ。

　ふと気がつくと、松の木の根本で、変な咳払いの様な音がしていた。そして、愛之助を仰天させたことには、その音が刻一刻高く大きくなって来ると共に、犬の鳴声である事が分った。悪魔は用心深く番犬を飼っていたのだ。どこかへ行っていたその番犬が帰って来て、不思議な樹上の人物を嗅ぎつけたのだ。見ると、幽霊男は、その声に気づいた様子で、こちらを振向き、恐怖の表情を真正面に見せて、窓の方へ歩いて来る。

「もう駄目だ」と思ったけれど、兎も角も逃げられる丈けは逃げて見ようと、愛之助はいきなり地上目がけて飛び降りた。飛び降りると弾力のある温かい肉塊が、非常な勢《いきおい》でぶつかって来た。存外大きな奴だ。

　愛之助は暫くその動物を持て余していたが、とうとう致命的な一撃を食わして、一目散に表門へと走った。

　だが、その時はもう遅かった。

　門へ来て見ると、ワイシャツの腕まくりをした、例の男が、先廻りして、ちゃんと待ち構えていた。手には小型の銃器が光っている。

「逃げると、怪我をしますよ」

　幽霊男は、落ちつき払って声をかけた。

「少し君に話したいこともありますから、一度家へ這入ってくれませんか」

　愛之助は相手の命ずるままに動く外《ほか》致し方がなかった。

男は愛之助の背筋へピストルを当てがって、あとから押す様にして、玄関を上り、階下の奥まった一室へと連れて行った。

家具のない、ほこりだらけの、だだっ広い部屋だった。

「僕をどうしようと云うのです」

部屋に這入ると、愛之助はやっと口をきいた。

「どうもしない。僕が行方《ゆくえ》をくらます間、ここにじっとしていて欲しいのです。それには、手足の自由が利いては危険だから、君の身体を縛って置くつもりです」

品川四郎と寸分違わぬ男が、声まで品川の声で宣告を下した。

哀れな青木愛之助は、間もなく手足をしばられて、ほこりだらけの板の間に転がっていた。その頭の所に、勝ち誇った幽霊男が立ちはだかっている。

「君の名は聞かないでも知ってます。青木君でしょう。僕は君の友達の品川君も知っているし、そればかりじゃない、君の細君の芳江さんまで知っていますよ。ハハハハハハハ、僕の名かい。やっぱり品川四郎さ。ハハハハハハハ、僕の身体のどっかに、品川四郎でない所がありますかね」

男の手やワイシャツの袖には、まだどす黒い血がついていた。

愛之助は、何とも形容出来ぬ気持だった。彼をこんなひどい目に合わせて、あざ笑っているのは、親友の品川四郎と寸分違わぬ男だ。しかも同時に彼に取っては憎んでも憎み足りない妻を盗んだ曲者であり、又惨虐比《たぐい》なきラスト・マーダラアなのだ。

「君、本当のことを云ってくれ給え。君は全く品川君じゃないのかい」愛之助はそれを尋ねないではいられなかった。

「サア、どうですかね。若し僕が品川だったら、どうしようとおっしゃるのです」と曲者はふてぶてしく答えた。

「若しや品川君だったら、僕は頼む。僕は決してさっき見たことも、絶対に他言はしない。ただ君と僕の妻との関係丈けは、本当のことを打明けてくれ給え。ね、品川君、頼みだ」

「ハハハハハハ、とうとう品川君にしてしまいましたね。だが、お気の毒だが、僕は品川じゃありませんよ。奥さんのことですか。サア、それは御想像に委せましょう。君、知ってるんでしょう」

愛之助は思わず歯を食いしばって、うめいた。

「じゃ、そうしておとなしくしているんですよ。さよなら」

幽霊男は云い捨てて、部屋を飛出すと、バタンとドアをしめて、外からカチカチと錠前をおろしてしまった。

愛之助は板の間に転がったまま、余りの出来事に考えを纏める力も失って、暫くは茫然としていた。幽霊男がこんなひどい人殺しだとは想像もしなかった。第一に九段坂のスリ、次は赤い部屋の奇怪な遊戯、鶴舞公園の不倫な私語《ささやき》、悪人には相違ないと思ったけれど、まさかこれ程の極悪人とは思わなんだ。品川四郎が嘗《か》つて、どんな大陰謀を企らんでいるかも知れぬと、恐れ戦《おのの》いたのは、考えて見ると決して杞憂《きゆう》ではなかった。

愛之助己《おの》が妻を尾行して怪屋に至ること

愛之助は怪屋の一室で夜を明かした。そして結局警察官に救い出されるまでのいきさつは、詳しく書いても一向面白くないことだから、極く簡単にかたづけると、扉《ドア》に鍵をかけて悪魔が立去ったあとには、暗闇と静寂の長い長い時があったばかりだ。愛之助はそこの板張りの床にへたばって、烈しい恐怖に震え、あらゆる妄想にさいなまれた。その中で最も際立っていたのは、天井からポトポトと何かの滴り落ちる幻聴であった。それが長い長い一晩中絶えては続いた。つまり、彼はその部屋の真上の二階に、さっきの生首の女の、切り離された胴体が、みだらに血みどろに横わっている光景を幻想したからである。

一夜の苦悶の間に、さして厳重ではなかったいましめは、いつしかとけてしまったけれど、仮令手足丈けは自由を得たところで、けだものの檻の様に鍵のかかった扉《ドア》と、鉄格子の窓にはばまれ、逃れ出すことは思いもよらなかった。

一睡もしなかった彼は、夜が明けると、外の広っぱに人通りがないかと、そればかりを待った。往来ではないので中々人通りはなかったが、やっとして十五六歳の少年が、窓の向うの生垣の外をハーモニカを吹き鳴らしながら通りかかった。

愛之助は悪魔がまだ同じ家にいると信じていたので、声をかけることを憚《はばか》り、手帳を破って手紙を書き、銀貨を包んで重りにして、窓から少年の足元へ投げた。

幸い彼の意志が通じて、少年はすぐ様附近の交番へ駈けつけてくれた。そして、間もなく警官がやって来たのだが、実に奇妙なことには、愛之助の申立てによって、警官が調べて見ると、その家は全くの空家で、どの部屋にも人の住んでいた形跡はなく、主人公の幽霊男も、例の血みどろの生首も、女の胴体も、影も形もなく、どこの床板にも一滴の血のあとさえ発見されなかった。

最も意外なのは、彼を救い出した警官が、一枚の扉《ドア》をも破る必要がなかったことである。つまり入口は勿論、愛之助が監禁されたと信じていた部屋の扉《ドア》にさえも、鍵がかけてはなかったのだ。彼は一晩中度々《たびたび》その扉《ドア》を開こうとしたが、いつも外から鍵がかけてある様に感じた。悪魔はいつの間に、又何が為に、それをはずして行ったのであろう、それとも、愛之助の方で逆上の余り、そんな風に誤信してしまったのか。

朝の陽光と共に妖怪が退散した感じで、昨夜のことは凡《すべ》て凡て、彼の夢か幻でしかなかったとさえ思われた。巡査も変な顔をして、彼をジロジロ眺めるのだ。

で、結局、この怪屋の怪事件は、うやむやに終ってしまった。警官には愛之助の物語った怪事よりも、愛之助自身の精神状態の方がよっぽど奇怪に見えた。随ってこの事件は、一精神異常者の奇怪なる幻想として、深く取調べることもなく葬《ほうむ》り去られたことに相違ない。

事実、愛之助が猟奇の果てに、ついにあの大罪を犯すに至った、心理的異常は、已にこの時に胚胎《はいたい》していたのかも知れぬ。彼は狐につままれた形で、昨夜の出来事が夢か現実かの判断もつかず、フラフラと別宅に立戻った。そして、そこには彼が不倫の妻と信ずる所の芳江が彼の不思議な朝帰りを待っていたのだ。

お話はそれから三日目の夜に飛ぶ。その間の愛之助夫妻の心理的葛藤を描写していては退屈だからである。

愛之助がその夜八時頃、附近の縁日を散歩した帰りがけ、何気なく電車通りを歩いていると、ハッと彼を驚かせたものがあった。

驚いたには驚いた。だが実を云うと、それは彼が待ちに待っていた事柄でもあった。つまり細君の芳江が、たった一人で、流しの自動車を呼止め、それに乗ろうとしていたのだ。彼の留守を幸《さいわい》の媾曳に極《きま》っている。

「とうとう捉《つかま》えたぞ」

愛之助はワクワクしながら、相手に悟られぬ様に別の自動車を呼止めて乗車した。云うまでもなく尾行である。自動車の追駈《おっか》けごっこはもう慣れっこになっているのだ。

彼は嫉妬に燃えていた。妻が段々立勝《たちまさ》って美しいものに見え出した。仮令姦婦《かんぷ》とは云え、その美しい自分の妻を、こうして尾行している、泥棒と探偵の様に追跡しているという事実が、彼の猟奇心を妙に擽《くすぐ》った。追跡そのものが、何かしら性慾的な事柄にさえ思われた。前を走る車の後部の窓から、妻の白い襟足がチラチラ見えた。

ところが、やがて三十分も尾行が続いた頃、愛之助はふと車外の家並《やなみ》に注意を向け、アア見覚えがあるなと気づくと、ある恐ろしい考えが、ギョッと胸につき上げて来た。車は確かに先夜と同じ町を通って池袋に向っている。もう停車場が向うに見える。

すると、媾曳の場所は例の不気味な空家に相違ない。彼は先夜の奇怪な出来事をまざまざと思出した。幽霊男の握っていた人切庖丁《ひときりぼうちょう》、血みどろの女の生首、そして奇怪極まる殺人淫楽。

妻は相手を信用し切っている様子だが、ひょっとすると、あの空家の中には、先夜の女と同じ運命が彼女を待構えているのではあるまいか。それは二人は本当に愛し合っているかも知れない。だが、いくら愛し合っていたところで、彼奴は、当前《あたりまえ》の人間ではないのだ。恐ろしいラスト・マアダラアなのだ。彼として見れば、いとしければこそ、その人の生血《いきち》がすすりたいのかも知れぬのだ。

案の定芳江の車は不気味な空家の前に止った。愛之助は広っぱの手前で車を捨てて、闇の中に蹲《うずくま》って見ていると、ほの白い妻の姿が、真黒な怪物みたいに聳《そび》えている空家の中へ、吸込まれる様に消えて行った。

云わずと知れた、家の中には例の怪物が、美しい餌食《えじき》を待構えているのだ。

烈しい嫉妬と、同時に妻の命を気遣《きづか》う心とがゴッチャになって、愛之助は前後を忘れ、我身の危険を忘れ、いきなり芳江のあとを追って空家の中へ踏み込んでしまった。

例によって戸締がしてないので、這入るのは造作もなかったが、洋館の廊下が真暗で、芳江がどの部屋にいるのか見当がつかぬ。だが、兎も角奥の方へと、手探りで、ソロソロ歩いて行くと、ふと低い話声が聞えて来た。意味は分らぬけれど、確かに芳江の声と、もう一つは例の怪物の（品川四郎そっくりの）声に違いない。

彼はその声をたよりに、足音を忍ばせながら、闇の中をたどって行ったが、ハッと思うと何かにつまずいて、ひどい物音を立ててしまった。

パッタリ止まる話声、同時に、ガタガタいう靴音、パッと射す光。愛之助は電燈の直射に会って、ど胆《ぎも》を抜かれて立《たち》すくんだ。すぐ目の前の扉《ドア》が開いて、電燈を背にして、例の怪物が立はだかっていた。

「オヤ、青木さんじゃありませんか。よっぽどこの家《うち》がお気にめしたと見えて、よく御訪ね下さいますね。マア、御這入り下さい」

男は怖い目で彼を睨みつけながら、言葉丈けは、不気味に丁寧な口を利いた。

愛之助も、併し負けてはいなかった。そこに妻の芳江が介在している。先夜とは訳が違うのだ。彼は云われるままに、ツカツカとその部屋へ這入って行った。そして、不義の妻はどこにいるかと血走った目で、キョロキョロ見廻した。

愛之助遂《つい》に殺人の大罪を犯すこと

だが、ガランとした部屋の中には、已に妻の姿はなかった。つい今まで話声がしていたのだから、どこへ逃げる隙《ひま》もない筈だ。窓には例の鉄格子がはまっている。たった一つの逃げ道は、隣室へ通じている扉《ドア》である。愛之助はその扉《ドア》の向側に、気のせいか衣《きぬ》ずれの音を感じた。しかも、部屋の構造から想像するに、そこは寝室に相違ないのだ。ベッドさえ置かれているかも知れぬと思うと、彼は一層カッとして、いきなりその扉へ突進した。

「オッと、そう刑事みたいに、他人の家を家探しするもんじゃありません」

幽霊男は素早く扉《ドア》の前に大手を拡げて、品川四郎の顔でニヤリと笑って、立ちすくむ愛之助を見据えた。

その落ちつき払った相手の様子が、一層愛之助を逆上させた。飛びかかって締め殺してやり度い程に思うのだが、腕力では迚《とて》も敵《かな》わぬことが分っている。彼は救いを求めでもする様にキョロキョロキョロキョロとあたりを見廻した。

と、キラリと彼の目を射たものがある。彼にとって何という僥倖《しあわせ》であったか、迂闊千万にもそこのテーブルの上に、一挺のピストルが置いてあるではないか。

彼は鉄砲玉の様にテーブルに飛びついて、殆ど無感覚になった手で、一生懸命そのピストルを摑むと、クルリと振向いて、筒口を曲者の胸に向けた。

「こいつは大縮尻《おおしくじり》だ。うっかりピストルを忘れていましたよ。ハハハハ」

怪物はビクともしない。平気で大手を拡げたままだ。

愛之助は敵の余りに大胆な様子に、ふとあることに気づいてギョッとした。

「さては、貴様。このピストルは空《から》だな」

「ハハハハ、よく気の廻るお人だ。空じゃありません。ちゃんと丸《たま》がこめてありますよ。だがあなたピストルを打ったことがありますか。打ち方を御存知ですか。それに、ホラ、あなたの手は中気病《や》みの様にブルブル震えているじゃありませんか。ハハハハ、ピストルなんて、持手によっては、そんなに怖《おそろ》しいもんじゃありませんよ」

「そこをのき給え。のかないと、本当に打つよ」

愛之助は、声を震わすまいと一生懸命になって叫んだ。

「お打ちなさい」

怪物はやっぱりニヤニヤ笑っている。相手に発砲の勇気がないとみくびっているのだ。

「打ってやろうか。引金を引っぱればズドンと行くのだ。だが、打ったら大変なことになるんだぞ。打っちゃいけない。打っちゃいけない」

併し、いけないと思えば思う程、引金にかけた指が独りでに曲って行った。誰か止めてくれと泣き出しそうになりながら、とうとう、引金が動いた。ワッ、しまった。と思った時には、ブスッという慄《ふる》え上る様な音がして、煙硝《えんしょう》の匂《におい》がパッと鼻をうった。

目をそらしたが、目の方で釘づけになった様に、相手を見つめて動かなんだ。

幽霊男は、まるで別人の様な、変な表情で、黙って突立っていた。両眼は開ける丈け開いて、愛之助の方を向いていたが、それが妙なことに、睨みつけられているという感じは少しもしなかった。

拡げた両手の先丈けが、摑みかかる様に、可愛らしく一寸《ちょつと》動いたかと思うと、やがてグッタリ両脇に垂れてしまった。

白いワイシャツの胸に、焼け焦げたみたいな小さな穴が開いていた。奥底が知れぬ様な黒い穴だった。見る見る、その穴から絵の具の様な真赤な動脈の血が、ブツブツと泡を吹いて湧き出し、細い川となってツーッと流れた。

同時に、男の大きな身体が、溶ける様に、或は、くずれる様に、ヘナヘナと俯伏《うつぶ》せに倒れて行った。

愛之助の目には、それらの咄嗟の出来事が、活動写真のスローモーションの様に、異様にのろのろと、しかも微細な点までもハッキリと映じた。

彼は邪魔ものがなくなったので、相手の身体を跨ぎ越して扉《ドア》に近づき、その向側に震えている妻の芳江を予期しつつ、勢《いきおい》こめてそれを開いた。

暗くてよくは分らぬけれど、人の気色《けはい》はない。

「芳江、芳江」

愛之助はしわがれた声で呶鳴った。手応えがない。

彼は部屋に踏込んで、隠れん坊の鬼の様に、隅から隅へと歩き廻った。そして、芳江のグニャグニャした身体の代りに、ポッカリと口を開いた、もう一つの出入口にぶつかった。

一方口《いっぽうぐち》で寝室だとばかり思込んでいたのは、飛んだ間違いで、その部屋には外《ほか》に出口があったのだ。

半狂乱の愛之助は、暗闇の部屋から部屋へと、人の気色を探して、うろつき廻った。ポケットにマッチを持っていたことに気づいたのは、やっとしてからであった。彼はマッチを一本一本擦っては、もう一度家中を探して見た。二階へも上って行った。だが、どこにも妻の姿はない。

逃げたのだ。どこへ逃げたのかしら。まさか家へではなかろう。どこへ、どこへ。

そんなことを考えながら、彼はいつか又、元の部屋へ帰っていた。そして、さっきのままの姿で俯伏している幽霊男の死骸を見た。

「アア、俺は人殺しだ」

ゾーッと氷の様なものが脊髄を這い上った。彼はその時になって、やっと彼の犯した罪を感じたのだ。

「アア、もう駄目だ」

頭の中で、あらゆる過去の姿が、地震の様にグラグラとくずれて行った。

彼は何を考える力もなく長い間突立っていた。

「だが、若しかしたら、こいつ死んだ真似をしていて、今にワッと飛び上って、俺をおどかす積りじゃないかしら」

ふと変なことを考えて、彼は死骸に近づき、その顔を光の方へ、ギュッとねじ向けて見た。だが、白茶けた羊皮紙の様な顔は、笑わなかった。笑う代りに、どうかしたはずみで、ガックリと顎が落ちると、開いた口の白い歯の間から、絹糸みたいに細い血が、ツーッと頬を伝って流れた。

それを見ると、愛之助はヒョイと手を放して、その辺に突当りながら、いきなり戸外へ飛出し、前の広っぱを人家の方へ、えらい勢で駈け出した。

殺人者自暴自棄の梯子酒を飲み廻ること

それから一時間程して、愛之助はフラリと別宅の格子戸の前に立った。どこで車を降りたのか、どこをどう歩いたのか、無我夢中であった。絶えず背後《うしろ》に追手を感じながら、若しや芳江が帰宅していないかと、とうとう家まで来てしまったのだ。

思切って、ソッと格子戸を開くと、すぐ見覚えのある芳江の草履《ぞうり》が目についた。ちゃんと帰っているのだ。

彼は何故《なにゆえ》か音を立てない様にして、玄関を上り、茶の間へ踏み込んだ。そこに立ちかけた芳江がいた。眼と眼を見合わせた二人の身体が、石になった様に、愛之助は立ちはだかったまま、芳江は片膝立てたまま動かなくなってしまった。

「お前いつ帰った」

長い後で愛之助が、吐息をつく様に云った。

「マア、あたし、どこへも出ませんわ」

芳江は何か幽霊でも見る様な、怖わそうな表情で、息をはずませて答えた。

「本当か。あくまで外出しなかったと云い張る積りか」

「あなたどうかなすったのじゃありません？　あたし、嘘なんか云いませんわ」

芳江は例の不気味な無邪気さで、ぬけぬけと答えた。

愛之助は妻の驚嘆すべき技巧に打たれた。それはいっそ恐ろしい程だった。突然横面を殴りつけられた感じで、取りつくしまがなかった。

彼は黙って二階の居間に上ると、手文庫から銀行小切手と実印とを取出し、それをふところにねじ込んで、そのまま表へ出た。芳江が玄関まで追《おい》かけて来て、何か云っているのを、背中に感じたが、振向きもしなかった。

反射的に大通りまで歩いて、反射的に手を上げて自動車を呼び止め、運転手が行先を聞くと、出鱈目《でたらめ》に「東京駅」と云った。

だが車が走っている間に気が変った。本当の品川四郎に一度逢って見たくもあり、逢わねばならぬ様に思われた。運転手に品川の自宅を告げた。

十時を過ぎていたので、品川はもう床についていたが、電報配達みたいに、やけに戸を叩く音に目を覚し、婆やの取次ぎで、寝間着姿で玄関へ出て来た。

「マア、上り給え。今時分どうしたのさ」

愛之助は、そう云う品川の顔を穴のあく程見つめていたが、

「君、品川君だね。生きているんだね」

と、突拍子もないことを口走った。

「エ、何を云っているんだ。ハハハハ、この夜更けに叩き起して、冗談はよし給え。それよりも、マア、上らないか」

品川は面喰って、ややムッとしながら云った。

「イヤ、それでいいんだ。君が生きていさえすればいいんだ。朝になったらすっかり分るよ。じゃ、左様なら」

その「左様なら」という言葉が、さも長《なが》の別れといった、いやに哀れっぽい調子だったので、品川は不審らしく、

「君、何だか変だね。まさか酔っているんじゃあるまいね。マア兎も角上り給え」

と勧めたが、愛之助はそれを半分も聞かず、表へかけ出して、待たせてあった車に飛込むと、早く早くとせき立てて、行先も告げずに発車させてしまった。

それから彼は、次々と行先を変えて、二時間ばかり、殆ど東京中を乗り廻した。しまいには運転手の方がへこたれて、「もう勘弁して下さい」と云い出す程も。

「ネエ旦那、車庫が遠いんですから、もういい加減にして下さいませんか」

運転手は車を最徐行にして、くどくどとそんなことを云っていた。

ふと窓の外を見ると、一軒の大きな酒屋が、今丁度戸締りをしているのが見えた。

「降りるよ。降りるよ」

愛之助は突然車を止めさせて、十円近くの賃銀を支払って、車外に出ると、いきなり今戸締りをしている酒屋へ飛込んで行った。

「一杯飲ませてくれ給え」

「もう店を締めますから」

小僧がジロジロ愛之助の風体を眺めながら、無愛想に云った。

「一杯でいいんだ。グッと引かけてすぐ帰るから、君頼むよ」

余り頼むものだから、奥の番頭が口添えをして、小僧がコップ酒を持って来た。

「イヤ、桝《ます》で呉れ給え。桝がいいんだ」

で、五合桝に八分目の酒を受取ると、角《すみ》に口を当てて、キューッとあおった。酒に弱い方ではなかったが、嘗つてこんな飲み方をしたことがないので、毒でも飲んだ様に不気味だった。いきなり顔が熱くなって来た。

もう一杯というのを、酒屋の方で迷惑がって、どうしても承知しないものだから、彼は仕方なくフラフラと歩き出した。何だか力一杯呶鳴ってみたい様な気持ちだった。

「俺は人殺しだぞ。たった今人間を殺して来たんだぞ」と。

だが流石に本当に呶鳴りはしなかった。その代りに、非常に古風な、学生時代に覚えた小唄を、溜息みたいにうなりながら、態とひょろひょろよろけて歩いた。

夜更けの街燈の目立つ、ガランとした町を二三町歩くと、一軒のバーが、まだ営業していたので、そこへ這入って、洋酒と日本酒をチャンポンに、したたか飲んだ。そして、何か愚図愚図訳《わけ》の分らぬことを呟きながら、女給に追い立てられるまで、腰を据えていた。

「そんなに呑みたいんなら、吉原土手《よしわらどて》へ行けばいい、あすこなら朝までだって呑めるんだから」

女給に毒づかれて気がつくと、所謂吉原土手は直《じ》き近くだった。

彼は又ひょろひょろしながら、妙な鼻歌を歌いながら、まだ起きているバーを探して歩き出した。

一軒の薄暗いみすぼらしいバーが目についたので、そこへ入って行った。

熱燗《あつかん》を頼んでグビグビやりながら、隅の方を見ると、一人の洋服青年が、こちらに顔を向けて、ニヤニヤ笑っていた。外《ほか》に客はないので、変だなと思って、混乱した頭をいじめつけて、記憶を呼起している内に、ハッと思い出した。いつか浅草公園の藤棚の下で出逢った、美しい若者だ。この辺を根城にしている不良青年かも知れない。

「アア、又御目にかかりましたね」

云いながら、青年は立上って、彼の隣に席を換えた。

「お相手しましょうか」

「ウウ、やり給え。僕はね、今日は非常に嬉しいことがあるんだよ。ネ、君、歌おうか」

「でも、あなたは些《ちっ》とも嬉しそうじゃありませんよ」青年が意味ありげに云った。「それ所かひどく屈託そうに見えますよ。あなたお酒でごまかそうとして在《いら》っしゃるのでしょう」

「で、僕の顔に、今人殺しをして来たとでも書いているのかい」

愛之助はやけくそな調子で云って、ゲラゲラと笑った。

「エエ存外そうかも知れませんね」青年は平気である。「だが、そんなことはなんでもないんですよ。僕、人殺しなんかより、十層倍も恐ろしいことを知っているんです。ネ、お分りでしょう。この間云った奇蹟。この東京のどっかでね。罪人を無罪にしたり、死人を生き返らせたり、生きている人を、全く分らない様に殺したり、自由自在の奇蹟を行っている、恐ろしい場所があるんです」と青年の声は段々低くなって、遂に囁きに変って行った。「あなた、今奇蹟が御入用じゃないんですか。だが、あなたはそれを買うおあしを持って在っしゃるかしら。此間《このあいだ》も云った通り一万円なんです。びた一文かけてもいけないんです」

「君は、僕が人殺しの罪人だとでも思っている様子だね」

「エエ、そう思ってます。人でも殺さなければ、あなたみたいな、そんな恐ろしい顔つきになるもんじゃありませんからね。でも、ビクビクなさらなくってもいいんです。僕はあなたの味方です。どうです。本当のことを僕に打開けて下さいませんか」

青年は彼の耳元に囁きながら、母親が子供にする様に、ソッと彼の背中を撫でていた。

青年のお面みたいな均整な容貌が、彼に何かしら不思議な影響を与えた。この青年こそ黄泉《よみじ》から派遣された彼の救主《すくいぬし》ではないかと思われた。張りつめていた心が、隅からほぐれて行って、縋《すが》りつき度い様な、甘い涙がこみ上げて来た。

「本当のことを云うとね、僕は今晩ある男をピストルで打殺《うちころ》したんだよ。その男の死骸は、今でもある空家に転がっているんだよ。だが、君は、真から僕の味方なんだろうね」

愛之助は網目に血走った眼を、物凄く相手の顔に据えて、果し合いでもする様な真剣さで、囁いた。「大丈夫です。僕の目を見て下さい。刑事の目じゃないでしょう。僕は犯罪者の味方なんです。犯罪者をお得意にする、奇蹟のブローカーなんですから。でも、僕はコソ泥棒なんか相手にしませんよ。僕の御得意は一万円という代金が支払える程の、大犯罪者ばかりです」

青年も大真面目で、夢の様なことを口走った。

「よし、じゃ本当のことを話そう。僕のやったことを詳しく話そう」

愛之助は意気込んで、酒臭い唇を、青年の恰好のよい耳たぶにくっつけた。


愛之助遂に大金を投じて奇蹟を買求めること

愛之助は廻らぬ呂律《ろれつ》で一通り事の次第を話したあとで、込み上げて来る涙を隠そうともせず、丁度泣き上戸《じょうご》の様に、メソメソしながら続けた。

「相手は殺人鬼なんだ。僕の妻が殺されかけていたんだ。で、僕の行為は一種の正当防衛に過ぎないのだ。併し、法律はそんなことを斟酌《しんしゃく》してくれない。第一証拠がないのだ。僕の妻はその空家へ行ったことを否定している。到底僕の為に有利な証言をしてくれる筈はない。それどころか、彼女にとっては、僕は恋人の敵《かたき》なんだ。一方姦通者の片割は死んでしまった。そして、奴らの関係を知っている者は、僕の外に一人もないのだ。つまり、ここに一つの殺人がある。殺された奴は恐ろしいラスト・マアダラアだ。けれども誰もそれを知らない。これっぱかりの証拠もない。そして、ただ殺人者として、この僕が死刑台に上る丈けなのだ」

「分りました。分りました」青年は愛之助のくり言をさえぎって云った。「で、つまるところ、あなたは殺人者として処罰せられることを免れさえすればいい訳でしょう。サア、取引です。一万円は高いと御思いですか」

「話してくれ給え。一万円で何を買うのか」

「奇蹟です。想像も出来ない奇蹟です。それ以上説明は出来ません。僕を不信用だと御思いなさるのでしたら、これでお別れです」

青年はそう云って、いつかの晩の様に、その場を立去りそうにした。

「サア、ここに小切手がある。いくらでも金額を書入れよう」

愛之助は、もうお金なんか、ごみか何ぞの様に思っていた。青年は小切手帳を見ると、胸のポケットから万年筆を抜いて彼に渡した。

「一万円かっきりでいいのです」

「サア、一万円。だが、明日の朝でなければ現金に変らない。それまでに、僕の犯罪が発覚するかも知れぬが」

「それは、運命です。兎も角もやって見ましょう。明朝の九時、これを現金にすれば、すぐ奇蹟の場所へ御連れします」青年は腕時計を見て、「今二時半です。あと六時間余りの辛抱です。ナアニ、お酒を飲んでいれば直《じ》きたってしまいますよ」

だが、まさかバーで夜を明かす訳にも行かぬので、怪青年の案内で、愛之助は吉原近くの木賃宿へ泊った。想像程汚い部屋ではなかったけれど、悪酔いの苦痛の上に、何かしらムズ痒くて、疲れ切っていながら、寝入ることが出来ず、ウトウトとすれば、何とも云えぬ恐ろしい夢にうなされ、我と我が叫声に目を覚まして、飛起きると、身体中不気味な汗に、ベットリ濡れているといった調子で、つい朝までまんじりともしなかった。

配達を待ち兼ねて、新聞を持って来て貰ったが、見るのが怖く、といって見ないではいられなかった。思切って社会面を開いたが、開いたかと思うと、いやな虫けらででもある様にポイと枕元へ放り出した。暫くすると、又手に取って、三面を開きかけて、もう一度放り出した。やっと目を通したのは、そんなことを四五度も繰返したあとだった。

ところが、そこには、池袋の怪屋のことも、幽霊男の死骸のことも、一行も出ていない。

「オヤ、何だか変だぞ、アア、そうそう、昨夜遅くの出来事が今朝の新聞にのる筈はなかったのだ」

と気がついて、愛之助はガッカリした。夕刊に出るまで辛抱しなければならぬかと思うと、耐《たま》らない気がした。

「エエ、なる様になれ。どうせばれるんだ。どうせ死刑台だ」

彼はそんなことを呟きながら、又ゴロリと仰向きになると、あぶら臭い蒲団の襟に顔を埋めた。泥の様にすて鉢《ばち》な気持である。

だが、やがて思いもかけぬ幸福の風が、彼の人臭い寝床を見舞った。十時に近い頃、昨夜の怪青年が、左右均等のお面の顔を、ニコニコさせて這入って来たのだ。

「吉報です。凡てうまく行きました。お金は何の故障もなく取れました。ホラ、一万円の札束です」

青年はポケットから、百円紙幣の束を出して、ポンポンと叩いて見せた。

間もなく二人は連立って木賃宿を出た。愛之助は太陽を恐れて昼間はいやだと云い張ったけれど、怪青年は一笑に附して、

「それがいけないんです。愚かな犯罪者は、夜暗い町を選んで、さもさも泥棒みたいにコソコソ歩くものだから、すぐ様やられてしまうんです。真昼間大手を振って歩いてごらんなさい。人相書を知っている者でも、まさかあいつがと見逃してしまいます。これが骨《こつ》ですよ。ですから、僕なんか、奇蹟の場所へ人を案内するのにも、出来る丈け真昼間を選んでいるのです。サア行きましょう。ちゃんと車が待っているのですから」

とせき立てるので、愛之助もついその気になったのだ。

宿を出て、まぶしい四月の太陽の下を、二三丁も歩くと、そこの大通りに、一台の立派な自動車が待っていた。その運転手も怪青年の一味のものらしく、彼等は目を見交わして、合図をして、肯《うなず》き合った。

やがて、車は愛之助と怪青年を乗せて走り出した。

「少しうっとうしいですが、目かくしをして頂かなければなりません。非常に秘密な場所だものですから、仮令御得意様にでも、その所在を知られたくないのです。これは私共の規則ですから、是非承知して頂き度いのです」

少し走ると青年が妙なことを云い出したが、どうでもなれと捨鉢の愛之助は無論この申《もう》し

出《いで》を承諾した。すると、青年はポケットから一巻きの繃帯を取出して、まるで怪我人みたいに、彼の目から頭部にかけて、グルグルと巻きつけてしまった。普通の目かくしでは、外から見て疑われる心配があるので、繃帯を使って怪我人と見せかけるのであろう。実に万遺漏《いろう》なき遣《や》り口《くち》である。そうして、全速力で三十分ばかり走ると、車が止り、愛之助は青年に手を引かれて、どことも知れぬ石畳みに下車した。

「少々階段を下らなければなりません。足下に注意して下さい」

青年の囁き声と共に、もう石段の降り口に達していた。非常に長い石段であった。降りては曲り、降りては曲りして、充分二丈程も地下に下った様子である。

やがて、広々とした平地《ひらち》に出た。そこはもう石畳みではなくて、ツルツル辷《すべ》る板張りの床になっていた。

「御辛抱でした」

青年の声がして、頭の繃帯がとられて行った。目かくしがとれて眺めると、さっき宿を出て歩いた道の、はれがましい白昼の明さに引かえて、そこは、陰々とした地底の夜の世界であった。

十坪程の簡素な板張りの、アトリエ風の洋室で、電燈はついていたけれど、物《もの》の怪《け》の様な非常に多くの陰影が群がって、一種異様な別世界の感じを与えた。というのは、その部屋の四方には、まるで五百羅漢の様に、等身大の男女の裸人形が立並んでいたからである。

「びっくりなすっている様ですね。併し、ここは人形工場じゃありません。そんな世の常の場所じゃありません、今に分ります。今に分ります」

怪青年は、彼自身人形と同じ様な、余りにも整い過ぎた顔に、妙な薄笑いを浮べながら云うのである。

人形共のうしろには、沢山の棚があって、そこに、化学者の実験室の様に、無数の薬瓶が並んでいた。その棚の二つの切れ目が、今這入って来た入口と、奥へ通ずる扉《ドア》である。その奥には一体全体どんな設備があるのか、抑《そもそ》も何者が住んでいるのか、愛之助は何かしら名《めい》状《じょう》し難い魔気という様なものに襲われ、戦慄を禁じ得なかった。

暫くそこに佇んでいると、突当りの扉《ドア》の握りが、さもさも用心深く、ジリジリと廻って、やがてその扉《ドア》が音もなく半ば開かれ、暗い蔭に、何者かの姿が、薄ぼんやりと現われた。

後篇　白蝙蝠《しろこうもり》

第三の品川四郎

　さて、それから、この可哀想な猟奇者はどうなったか。その変なラボラトリイでどんな奇怪な事が起ったか、等々は暫く後《のち》のお楽しみとして、ここではもっと別の方面から、事件全体の姿を眺めることにする。というのは、この二人《ににん》品川の怪事は、実は一猟奇者の身の上話という丈けではなく、一時は東京中を、いや日本中をさえ湧き立たせた所の、非常に大きな犯罪事件の謂わば序幕をなしたもので、それが今や、本舞台に移らんとしているからである。作者もこれまでの様に、ゆっくりゆっくりと筆を運んではいられなくなって来たのだ。

　青木愛之助の細君の芳江は、あの晩愛之助が何故《なぜ》あんな変な様子をしていたのか、まるで腑《ふ》に落ちなかった。読者も已に推察されている通り、彼女は全く無実であったのだ。ただ、愛之助が余り恐ろしい顔色をしていたものだから、それにつられて、ついこわばった表情になり、愛之助の誤解を裏書きする様な結果になってしまったのだ。愛之助の方で、それ程も、怪物の偽瞞《ぎまん》に物狂わしくなっていたのだ。

翌日の夕方頃まで待っても、愛之助が帰らぬので、昨夜《ゆうべ》の恐ろしい顔色といい、どうもただ事ではないという気がされて、もう居ても立ってもいられなくなった。

そこで芳江は、東京では夫君の最も親しくしている品川四郎を訪ねて相談して見ようと思立った。若しかしたら、品川の所に泊り込んでいないとも限らぬのだから。

で、支度をして、婆やに留守を頼んで、いつも乗りつけのタクシーの帳場まで、二丁ばかりの道を歩いて行くと、これはどうだ。まるで申し合わせた様に、向うからその品川四郎がやって来るのに、バッタリ出会ったのである。

「マア、品川さん」

「どちらへ」

「御宅へ御伺いしようと思って。実は青木が変な様子で外出したまんま、帰りませんものですから、若しやお宅にでもと思いまして」

「アア、そうでしたか。イヤ、御心配なさることはありませんよ。実は麻雀《マージャン》の手合わせがありましてね、池袋のある家に居続けなんです。僕も昨夜はそこで泊ったのですが、今日も仕事をすませて、これからそこへ行く所なんです。で、あなたを御誘いしようと思いましてね。皆《みん》な御存知の連中です。いらっしゃいませんか。青木君も歓迎するに極《きま》ってますよ」

「マア、そうでしたの。じゃ、あたし、どうせ出かけたのですから、このまま御ともしますわ」

という訳で、両人肩を並べて、タクシーの帳場に向ったことであるが、これは又どうしたというのだ、この品川は一体全体どの品川なのだ。

彼の言葉が一から十まで嘘っ八なことは、読者がよく知っている。だが、例の幽霊男の方は青木に殺されてこの世にはいない筈だ。では、本当の品川四郎が、こんな嘘をついて、芳江をおびき出そうとしているのだろうか。行先は池袋だ。池袋と云えば例のラスト・マーダラアの跳梁《ちょうりょう》した怪屋の所在地だ。この男はどうやら芳江をそこへ連込もうとしている様子であるが、まさか本物の品川がそんな真似をする筈はない。青木が池袋にいるなんて嘘を云う理由《わけ》がない。では、ここにいる男は、幽霊男でもなく、本当の品川四郎でもないとすると、奇怪奇怪、又しても全然別な第三の品川四郎が出現したのであろうか。変な云い方だが、品川という男、一体幾つ身体を持っているのか。(だが、読者諸君、あんまり馬鹿馬鹿しいと怒ってはいけない。この謎はじきにあっけなく解けるのだから)

途中何のお話もなく、車は池袋のとある一軒家に着いた。案の定それは例の怪屋であったが、芳江はそれとも知らず、品川そっくりの男のうしろから、そのうちへ這入って行った。

「マア、妙なうちですこと。まるで空家の様じゃありませんか」

芳江は家具も何もない、ひどくほこりの溜った、広い板床の部屋を見廻して、不気味そうに尋ねた。

「青木はどこにいますの」

品川そっくりの男は、うしろ手に、ピチンと扉《ドア》の鍵をかけて、ニヤニヤ笑いながら答えた。

「青木？　青木と申しますと」

「マア……」

芳江は唇の色を失って、立ちすくんでしまった。非常に恐ろしいことが、今自分の前に笑っているのは品川と非常によく似た別人だということが、薄々分って来たからである。

「あなた、どなたですの。品川さんじゃありませんの」

乾いた唇で、彼女はやっと云った。

「品川四郎。アア、あの好人物の科学雑誌社長のことをおっしゃっているのですか。違いますよ。僕はあの人の影なんです。影だから名前はありません。つまり第二の品川ですね。併し、本物よりはちっとばかり利口なつもりです」

怪物は叮寧《ていねい》な言葉で、絶えず微笑《ほほえみ》を浮べながら、事もなげに説明する。

「不思議ですか。不思議でしょう。双生児《ふたご》でもなければ、こんなによく似た男が二人いる筈はないと思うでしょう。ね、思うでしょう。そこですよ、そこに我々人間の大きな弱点があるのです。古来《こらい》の犯罪者達が、どうしてこの大きな弱点を見逃していたか、私は気が知れませんよ。これを利用しないのは嘘じゃありませんか。これを利用すれば、どんな大仕事だって、国家というものを根底からくつがえすことだって、或は全世界を一大動乱に導くことだって、造作はないのですよ。例えば、この僕が品川四郎ではなくても、彼の百層倍も××××とそっくりの顔をしていたと考えてごらんなさい。……ね、分るでしょう、それがどれ程恐ろしい意味を持っているか……」

彼は段々演説口調になりながら、この美しい聞手を前にして、いい気持ちになって、何事かを喋ろうとしていた。もう少し放って置けば、どんな恐ろしい秘密を打明けたかも知れないのだ。だが、折角の所で、とんだ邪魔が這入ってしまった。

一寸だめし五分だめし

その時、上の空で、悪魔の演説を聞いていた芳江が、何か見たのか、突然「ヒー」と云う様な、恥も外聞も忘れた悲鳴をあげて、一方の壁へ、蜘蛛の様にへばりついてしまった。

「オヤ、どうかしましたか」

男は態とビックリした様子で尋ねたが、彼女が驚くことは最初から予期していたのだ。

「アア、あの床の赤黒い痕ですか。御想像の通り血ですよ。ハハハハ、だが、血は血でも、人間のじゃありません。動物のでもありません。お芝居に使う紅ですよ。ホラこれです。ごらんなさい」

彼は云いながら、ポケットから小さな膠玉《にかわだま》を取り出して、ハシッと壁にぶっつけた。膠が破れて、濃い血のりが、その壁が生きた人間の胸ででもある様に、タラタラと流れた。

「ハハハハ、分りましたか。これは僕の大切な武器なんです。空のピストルと血のりの膠玉、この二つの道具で、イザという時には、僕は態と相手に撃たれて、胸のシャツの中でこれをつぶして、死んで見せるのです。その方が相手を殺すよりは、安全だし、興味も深いではありませんか。僕が死んだと思って狼狽する相手の様子を眺めてやる丈けでも。ね、ハハハハ」

男はさもさも面白そうに笑いつづけたが、やっと笑いやむと、又饒舌を続ける。

「と云った丈けでは分らないでしょうが、実は昨晩、丁度あの血の痕のついている辺で、僕はあなたの旦那様の為に殺されたのですよ。旦那様はね、目がくらんでいらしったものだから、僕の上手なお芝居にだまされて、本当に殺人罪を犯したと思って、気違いの様になってしまいなすった。そして、やけくそになって、吉原のバアを呑み歩いていらっしゃる所を、僕の部下のものが御連れして、今ある秘密な場所に、おかくまいしてあるのですよ。つまり、ここでその人殺しが行われた痕なのです。併しね、僕が撃たれたのはお芝居でしたが、この家ではお芝居ばかりが行われる訳でもないのです。もっと恐ろしいことも、紅でない血の流れることも、ないとは限りません」男はそこでニヤニヤと大きく笑った。「実を云いますとね、あなたの旦那様は、その本当の血の流れる所を御覧なすったのですよ。ホラ、見えるでしょう。あの庭の大きな松の木によじ登ってね。で、僕はその口留めをする為に、あの人に殺されることにしたのです。そう仕向けたのです。うまく成功しました。そこであの人の犯人と目ざす男は死んでしまい、密告をしようにも相手がなくなったばかりか、あの人自身殺人の大罪を犯したと信じ切って半狂乱の体《てい》なんです。何とうまい方法じゃありませんか。こんな膠玉が、すばらしい二重の効果を上げようとは」

怪物はそこまで云って、じっと芳江の表情を眺めていたが、薄気味の悪い調子で、

「アア、あなた震えていますね、怖いのですか。僕がこんなに何もかも打開けてしまうのが怖いのですか。こうして平気で種明しをする裏には、どんな下心があるかということを見抜いていらっしゃるのですね。あなたは本当に御察しがいい。御想像の通りですよ。しかし、そんなに壁にくっついていなくともよろしい。今すぐという訳ではないのです。大切《だいじ》の獲物をそうむざむざ殺してしまう様な僕ではありません。もっともっとあなたに聞かせて置くことがあるのです。サア、こちらへお寄りなさい」

怪物の触手《しょくしゅ》の様な猿臂《えんぴ》がニュッと延びて、芳江の柔い頸筋を摑み、ねばっこい力強さで、彼の身近に引寄せた。芳江は身体中の力が抜けて、叫ぶことも、抵抗することも出来ず、ただもう悪夢にうなされている気持だった。

「僕は最初からこんな悪党ではなかった。ただ、あの威張り返った科学雑誌社長さまを、からかってやれという位の気持で活動写真の群集に混って、この顔を大きく写して見せたり、

ある秘密な家で態と僕の変てこな姿を隙見させたりして喜んでいたのですが、そこへあなたの旦那様というものが出て来た。そして当の品川四郎よりも、僕というものの存在を不思議がり興味を持ち始めたのです。そこで、こいつ一つからかってやれと、あなたと声のよく似た娘を手に入れて、媾曳のお芝居をやって見せた所が、あの人はまんまと引っかかって来たのです。

ね、どうです。すばらしいじゃありませんか。僕もまさかこれ程うまく行くとは思っていなかった。それが、堂々たる科学雑誌の社長様と、探偵好きで猟奇家のあなたの旦那様と、全くおあつらえ向きの稽古台で、首尾よく成功したじゃありませんか。この調子なら何をやったって大丈夫だと、僕は非常な自信を得た。そこで、今までは夢の中で丈けやっていたことを、実行し始めたのです。どんな帝王でも真似の出来ない様な快楽に耽《ふけ》り始めたのです。そして、それが世間にバレた時には、ちゃんと罪を引受けてくれる人がある。僕は此の世に籍のない男です。品川四郎の影でしかないのです。つまり僕の罪は凡て品川四郎が負ってくれる訳なんです。なんとすばらしいではありませんか。

快楽って一体何だと御聞きなさるのですか。それは今に、今に分ります。……ところで、お話の続きですが」と彼は一層強く芳江を引寄せて、頬ずりせんばかりにして「そうして、あなたの贋物と媾曳きのお芝居をやっている内に、妙なもんですね、贋物ではあき足りなくなって来た。本当のあなたが欲しくなって来た。でね、あなたの旦那様をあんな目にあわせたのも、一つは僕の秘密をかぎつけられた為でもあったけれど、真底の気持を云うと、僕の邪魔者を追払って置いて、あなたを本当に僕のものにしたかったのですよ。アア、あなた冷い手をして震えてますね。頸筋に細《こまか》い美しい汗の玉が吹出してますね。何て可愛い人でしょう。サ、あちらの部屋に楽しい遊戯の席が準備してあります。行きましょう。……あなた想像できますか。その遊戯がどんな種類のものだか」

そして、哀れな小雀は、このえたいの知れぬ怪物の小脇にしめつけられたまま、別室へと連れられて行った。そこで何事が行われたかは、誰も知らない。だが恐らくは誰もが想像する通りであったに相違ない。我々は嘗つて青木愛之助が、松の梢から望み見た、あの血腥《ちなまぐさ》い遊戯を忘れることは出来ないのだ。

今様片手美人

右の出来事があってから、数日の後、気候を云うと、この物語の最初から已に半年程経過した五月も終りに近い、蒸し暑いある一日のことであった。

牛込《うしごめ》の江戸川《えどがわ》公園の西のはずれに、俗称大滝《おおだき》という、現在では殺風景のコンクリートの水門に過ぎないが、併しやっぱり大滝の様に水の落ちている箇所がある。武蔵野《むさしの》の西から流れて来た小川が、そこで滝になって、昔は桜の名所であった江戸川となり、大曲《おおまがり》を曲って、飯田橋《いいだばし》の所で外堀に流れ込んでいるのだ。

その大滝のそばには、数軒の貸舟屋があって、夏の夕涼に小舟を操る人も多く、郊外の一寸した名所になっているのだが、その日は今も云った晩春のむし暑い日であったので、もう近所の子供等《ら》が、舟を借り出して、浅い濁水に棹を操り、大滝の真下の渦巻き返す激浪と闘って打興じていた。中には、気早にも、もう素裸体《すっぱだか》になって、汚らしい水に飛び込む、野蛮人みたいな腕白《わんぱく》小僧達もあった。

大滝の巾十間、落差二丈もあるだろうか、巨大なビイドロの如き落口、白浪相噛《あいか》む滝壺、四隣を震わす轟々《とうとう》の音、小さいながらも、滝というものの美しさを凡て備えていた。高が水門と油断をして、滝壺へ舟を近づけ、つい命を奪われるものも、年に一人や二人はある。滝壺は非常に深くて、その底に何やら魔のものが棲《す》んでいるなどと、あらぬ怪談さえ生れて来るのだ。

だが、土地の子供は河童《かっぱ》だ、危険な箇所を心得ていて、恐れもしないで、泳ぎをやる。で、その時、一つの小舟から、クルクルと素裸体になった十五六歳の我鬼《がき》大将が、真黒な身体を逆さにして、ドボンと滝壺近くの深味へ飛込んだのである。

「待ってろよ。いいものを探して来てやるから」

少年は舟の上の仲間に、そう呶鳴って置いて、海豚《いるか》の様に身をくねらせて、水底《みずそこ》深くもぐって行った。舟遊びの人が落した財布などが、時として底の泥深く埋まっていることがあるからだ。

彼は水中に目を見開いて、底へ底へと下って行った。海底の様に藻《も》の林はないけれど、その代りに、木切れ藁束《わらたば》ドロドロの布屑《ぬのくず》、犬とも猫とも知れぬ小動物の白骨などが、濁った水底にブヨブヨと蠢いている様は、海などよりも一層不気味に物凄かった。

滝壺の真下を見やると、二丈の高さから落ちる幾百石《こく》の水がそのまま、深い底近くまで巨大な柱になって、余勢が尽きると、無数の真白な泡と砕け、沸々と水面に向ってたぎり昇っている恐ろしい有様だ。

だが、見慣れた少年は何とも思わない。それよりも水底《すいてい》の雑物《ぞうもつ》の間に、何か舟の仲間への御土産になる様な品物が落ちていないかと、息の続く限り、泥の間を泳ぎ廻っていた。

ふと見ると、五六間向うの泥の中に生えて、ヒラヒラしている白いものが目についた。幾百度と数え切れぬ程同じ水底にもぐっている少年だが、こんな変てこな感じのものに御目にかかったのは初めてだった。動物の骨ではない。もっと太くて、グニャグニャして、何となく生きている様に思われるのだ。

彼は好奇心を起して、そのものに近づいて行った。水の層をかき分ける毎に、そのものの姿はハッキリして来た。泥水の底のこと故《ゆえ》、あたり一帯、場末の電力の乏しい活動写真みたいに異様にドス黒い。その中に、クッキリと青白いそのものが、本当に泥から生えた感じで、五本に分れた先端が、水を摑んでもがいている。

生きた人間の、恐らくは女の、断末魔の苦悶の手首だ。それが、泥から一本、ニョッキリと生えてもだえているのだ。

少年の身体が敵に逢った海老《えび》みたいに、非常な速度で水中にもんどり打ったかと思うと、彼は七転八倒の有様で、水面に浮き上り、したたか飲んだ泥水を、ゲロゲロと吐き出した。そして、やっと口が利ける様になると、舟の上の仲間達に向って、

「人、人、人が死んでる」

と、どもりどもり呶鳴った。

少年自身が死人の様に青ざめている。

「本当？　死んでるの？」

「分らない。まだ動いていた」

「じゃ、早く助けてやろう。みんな、手伝って助けてやろうよ」

勇敢な一人が、意気込んで云った。河童少年達の間に、英雄的な気持が湧起った。

「助けてやろう、助けてやろう」

一同口々に叫んで、着物をかなぐり捨てて、競泳の様に、次々と、ドボンドボン飛込んだ。都合四人、赤黒くスベスベした身体が、泥水の中を斜《ななめ》に底に向って突き進んだ。

同勢に力を得た最初の少年は、負けぬ気になって、覚えの場所へもぐりつくと、白いヒラヒラしたものを、思い切って、グッと摑んだ。次につづいた一人も、争う様にそれを摑んだ。

ブヨブヨと薄気味悪い手触り。勢こめてグイと引っぱると、何の手応えもなく、スッポリと抜けた。

手ばかりで胴体はなかった。それが何かのはずみで、泥から生えた恰好になっていたのだ。

少年達は舟に戻った。青白い女の片腕は舟の胴の間に放り出された。鋭利な刃物で切断したのか、切口は見事である。桃色の肉にまかれて、白い骨が、ちょっぴりと覗いている。一本の指にキラキラ光るのは、細《こま》い細工の白金の指環である。ムッチリした指に深く食入っている。

それからの騒ぎは細叙するまでもない。子供達の知らせに、貸舟屋の小父さんが驚いて交番にかけつけた。所轄警察署から数名の係官が出張し、人を傭って水中を隈なく捜索させたが、右の一本の腕(左腕であった)の外には、何物も発見されなかった。

それの沈んでいた場所で投込まれたものか、ずっと上流に投棄《なげす》てられたのが、流れ流れて、水門を越して、滝壺に留《とま》っていたのか、諸説まちまちであったが、大滝附近に人殺しなど行われた様子のない所を見ると、恐らく後説が当っているであろうと、一巡査が貸舟屋の親父に語った。

生腕は所轄警察を経て、鑑定の為に警視庁へ廻された。翌日の新聞がこの記事で賑ったことは申すまでもない。行倒れや乞食の腕ではないのだ、艶《なまめ》かしい女の腕、しかも、指先に手入れの行届いていること、白金の指環などが、豊かな育ちの、若く美しい女を想像させるのだ。好奇的三面記事にはおあつらえ向きである。

ある新聞の編輯者は、「今様片手美人」という見出しをつけた。つまり片腕を切落された美婦人が、東京のどこかに、まだ生きているという、誠に奇怪な空想をほのめかしたものである。彼は恐らく涙香《るいこう》小史飜案する所の探偵小説「片手美人」の愛読者であったに相違ない。

名探偵明智小五郎

右の出来事の翌日、明智小五郎《あけちこごろう》は警視庁に馴染の波越《なみこし》警部（当時彼は捜査課の重要地位についていた）を訪ねて、人を避けた一室に対談していた。

これは偶然の一致である。明智小五郎は何も「美人片手事件」に特別の興味を持っていた訳ではない。当時世を騒がせていたもっと別な事件について、彼自身その捜査の主役を演じていたものだから、自然捜査課を訪れることもあったのだ。殊に波越警部とは「蜘蛛男《くもおとこ》」以来のなじみ故、お互に遠慮のない話もはずむのである。

そこへ、取次役の巡査が這入って来て、鬼警部の前に、恐る恐る一葉の名刺を差出した。

「××科学雑誌社長、品川四郎、ホオ、妙な人が尋ねて来たな。話でも聞かせろというのかな」

「裏に用件が書いてございます」

巡査が云った。

「大滝にて発見された婦人片腕事件につき是非是非御話し申上げ度《たく》。フン、例の片腕事件だ。何かあるかも知れんね。明智さん」

「その人、知っているの？」

「ウン、面識はある。親しい程ではないんだが。一度逢って見よう」

「じゃ、僕は遠慮しようか」

「イヤ、イヤ、却っていてくれる方がいいよ。又、君の智慧を借りることがないとも限らぬ。ハハハハハ」

とこれは鬼警部のてれ隠しである。彼は明智小五郎を畏敬《いけい》しながらも、刑事上りの老練家として、素人探偵の助力をたよることを、日頃から、いささか不面目《ふめんもく》に感じているのだ。

やがて巡査の案内で読者諸君に馴染の品川四郎が這入って来た。さも科学屋さんらしく、黒の上衣に縞《しま》のズボンの固くるしい服装だ。一応挨拶がすむと、彼は早速用件にとりかかった。

「実は行方不明の女があるのです。もう五日程になります。イヤ、女ばかりではありません、その婦人の亭主も、女よりも一日二日早く、どこかへ姿を消してしまったのです。青木愛之助といって私の友人なのですが、今朝の新聞を見るまでは、大したこととも思っていませんでした。青木という男はひどく気まぐれで、それに本宅は名古屋だものですから、黙って帰ってしまったのかも知れない位に考えて、実はまだ警察へもお届けしていない始末です。ところが昨日、問合わせてあった名古屋の実家から、まだ帰らぬという返事を受けとる、その今朝《こんちょう》、例の新聞記事です。どうも飛んだことが起ったのではないかと非常に心を痛めている次第です。と申しますのは、新聞に出ている、女の指にはまっているという指環ですが、あれがその、今云う青木の妻の芳江のものとそっくりなのです。で、若しやと思いまして、私その指環をよく見覚えているものですから、実物を一度拝見したくて、御伺いした訳なんですが」

「そうでしたか。よくお訪ね下さいました。早速御目にかけましょう」

耳よりな話に、警部は已に犯罪の手掛りを摑んだかの如く喜んで、自らそれを保管してある一室へ行って、一巡査に瓶詰めの片腕を持たせて帰って来た。

覆いの白布《しろぬの》をのけると、瓶の中に、防腐液につけた、不気味なものが指を上にして、生えた様に立っていた。

「ごらんなさい。この指環です」

品川は机の上に置かれた瓶に顔をよせて、暫く眺めていたが、防腐液が濁っていて、ハッキリ分らぬので、警部に断って、瓶を窓際に持って行き、蓋を取って、暫くの間綿密に検べていたが、見極めがついたのか、元の席に戻ると、やや蒼ざめた顔をして、

「やっぱりそうでした。間違いなく青木芳江の腕です」

と低い低い声で云った。

「見違いはありますまいね」

波越氏も真剣な調子である。

「決して。この特殊の彫刻は、青木君の好みで、態々彫らせたものですから、芳江以外の人がはめている筈はないのです」

品川氏はそう云って、又瓶の置いてある所へ立って行って、入念に検査していたが、やがて、深い溜息と共に、瓶の白布《はくふ》を元の様にかぶせて、

「恐ろしいことだ。恐ろしいことだ」

と独言を云った。その調子が何かしら意味ありげに聞えたので、警部は逃さず、

「思当ることでもおありなのですか」

と尋ねた。

「あるのです。実はそれも御話しする積りで伺ったのですが、余り変なことなので、私の言葉を信じて頂けるかどうかをあやぶむのです」

「兎も角伺いましょう。無論犯人についてでしょうね」

「そうです。突然申上げると、こいつ気でも違ったのか、夢でも見ているのかと、御疑いなさるか存じませんが、この事件の裏には、恐らく私と寸分違わない、誰が見ても私と同じな、もう一人の私が糸を操っていると信ずべき理由があるのです」

「何ですって、おっしゃる意味がよく分りませんが」

警部が変な顔をして聞き返した。傍《そば》に聞いていた明智小五郎も、この異様な話に興味を覚えたのか、品川四郎の顔を穴のあく程見つめている。

「イヤ、御分りがないのは御尤《ごもっと》もです。私だって、最初は自分の頭がどうかしたのかと疑った程です。併し、私はもう半年もの間、その、私と寸分違わない怪物の為に悩まされているのです。私だけではありません。今申上げた青木君もこのことはよく知っているのです。実を云いますと、もう長い間、私は、こんなことが起りゃしないか、起りゃしないかと、ビクビクものでいました。その私と同じ顔の男が、ひどい悪党であることがよく分っているものですから。今度の事件だって、そいつの深い企らみです。殺されたのは私の友人の細君、イヤ細君ばかりじゃない、青木君自身だって、今頃は生きているか死んでいるか分ったものではありません。両人共私と関係の深い人です。その下手人が私と寸分違わない男だとすると、どういう事になりましょう。さしずめ疑われるのはこの私です。ね、この私です。私はそれが恐ろしいのです。で、よく事情をお話して、悪人の先《せん》を越して、私自身はこの事件に何の関係もないということを、ハッキリ申上げて置く為に、急いで伺った様な訳なのです」

「伺いましょう。出来るだけ詳しく話して見て下さい。ここにいるのは、御承知かも知れませんが有名な民間探偵の明智小五郎氏です。御話の様な事件には、明智君もきっと興味を持たれることと思いますから」

品川氏は明智と聞いて、チラとその方を見て、一寸赤面した。何故か分らない。明智の優れた才能を知っていて、この思いがけぬ邂逅を喜んだのかも知れない。

彼は長い物語を始めた。それは凡て読者の知っていることだから、ここには省略するが、赤い場末の活動小屋で見た怪写真のこと、新聞の写真に顔を並べた二人の品川四郎のこと、赤い部屋の驚くべき対面のこと、そのもう一人の品川が青木の細君と道ならぬ関係を結んでいたらしいこと、青木がその為に非常に悩んでいたこと、一週間ばかり前（それが青木の顔を見た最後なのだが）彼が夜更けに突然訪ねて来て、

「君は確かに品川君だろうね。生きているんだね」

と妙なことを口走ったまま、ポイとどこかへ立去ってしまったこと、間もなく細君の芳江が行方不明になったこと、その時青木の住所の附近で、品川と芳江とが肩を並べて歩いているのを見かけたものがあること、等《とう》、等、等を詳細に物語り、そういう訳だから、この両人の行方不明事件の裏には、あの怪物がいるに違《ちがい》ない。しかも、その恐ろしい罪を本物の品川四郎に転嫁しようと企らんでいるに相違ないと結論したのである。

この奇怪千万な物語が、波越氏を、又明智小五郎をも、打ったことは確《たしか》である。波越氏の如きは、赤ら顔を、一層上気させて、熱心に聞入っていた。

物語を終って、聞手が事情を呑込んだと見ると、品川氏はホッと安堵の体で、「いつでも必要な時には呼び出して下さる様に」と言葉を残して暇《いとま》を告げて立去った。

「小説みたいな話だ。双生児《ふたご》でなくて、そんな寸分違わぬ男がいるなんて信じられん様な気がするがね」

波越氏は、品川の言葉に従って手配を運んだものかどうかと迷っている様子だ。

「非常に面白い。信じる信じないは別として、これは馬鹿に面白い事件らしいよ」

明智はいたずらっ子みたいな表情をして云った。

「面白いには面白いが」

「イヤ、僕の云うのは、君の意味とは違うのだよ。今の男は少くとも手品にかけては、玄人も及ばぬ手腕を持っているということだ」

「な、何だって」

明智が変なことを云い出したので、波越氏はちょっと面食《めんくら》った形である。

「マア、その腕の浸けてある瓶を検べて見るがいい。君は話に夢中になって、あの男の挙動を注意しなかった様だが、あいつ大変な奴だよ」

波越氏はそれを聞くと、ハッとした様に立上って、窓際に近づき、瓶の覆いの白布《はくふ》を取りのけて見た。同時に「アッ」という叫声。瓶の底に、一本の指が切離されて、フワフワと漂っている。

「指環が、指環が」警部はあいた口がふさがらぬ。

「実にうまい手品師じゃないか。指環の彫刻を検べると見せかけて、すばやく指を切って、指環だけ抜取ってしまったのだ。大切《だいじ》な証拠を抜取ってしまったのだ。指に食入っているので切らなければ抜けなかったのだよ」

「それを君は」警部は真赤になって呶鳴った。「知りながら黙っていたのか」

「ウン、あんまり見事な腕前に見とれてね、だが、安心し給え、指環はここにある」明智はそう云って、チョッキのポケットから白金の細い指環を出して見せた。

「いつの間に？」

「あの男を戸口へ見送りに立つ時さ。あいつ、まさかここにもう一人手品使いがいるとは知らなかったろう」

「アア、又君の酔狂《すいきよう》か。それはいいが、肝腎のあいつを逃がしてしまったじゃないか。指環よりも、あいつの方が大切だ、証拠湮滅《いんめつ》にやって来るからは、あいつこそ犯人かも知れない」

「僕はそうは思わぬ。指環のなくなったことはすぐ知れるのだ。それを顔をさらして盗みに来る奴が真犯人だろうか。まさかそんな無茶をする奴はあるまい。多分部下のものだよ。今騒ぎ立てたら、大物が逃げてしまう。マア、慌てなくてもいい。こいつはひどく面白そうだから、僕も一肌脱ぐよ。イヤ、あいつを追っかけるのは止し給え。この位の犯人になると、黙っていても向うから接近して来るものだよ。現に今の仕草だって、見方によれば我々に対する挑戦じゃないか」

如何《いか》にも犯人が警察に戦いを挑んだのは事実であった。だが、その外の点では、流石の明智も飛んだ思違いをしていたのだ。それ程犯人のやり方がずば抜けていたのだ。明智の思違いは間もなく分る時が来た。そんな議論をしている間《ま》に、三十分程無駄な時間が過ぎた。そこへさい前の取次巡査が、変な顔をして、又名刺を持って来た。

「品川四郎」今度のは科学雑誌社長の肩書がない。

「今の男じゃないか」

「そうの様です」

「そうの様ですって、顔を見れば分るじゃないか」

「エエ、併し……」

巡査は何故か妙な顔をして、答えかねている。

「兎も角、ここへ引っ張って来たまえ。逃がしちゃいかんよ」

警部は厳しい調子で命じた。

待つ程もなく、品川四郎がドアの所に現われた。取次巡査はそのうしろに、逃がすまいとがんばっている。

「何かお忘れものでも」警部は強《し》いて笑顔を作って云った。

「エ？」品川氏はどぎもを抜かれた形だ。

「君は三十分程前に、指環を抜取って帰ったばかりじゃありませんか。途中で指環を落したとでもいう訳ですか」

「エ、僕が三十分程前に、ここへ来ましたって。この僕が？」品川氏は何が何だか分らぬ様子であったが、間もなく部屋の空気や警部の表情から、ある恐ろしい事実を察して、サッと顔色を失い、その場へ棒立ちになってしまった。

「あいつだ、あいつに先《せん》を越されたのだ」

品川氏は空ろな眼で一つ所を見つめたまま、ぶつぶつと呟いていたが、やがて気を取直して、

「よく見て下さい。この僕でしたか、こんな服装をしていましたか」

云われて見ると、同じ黒の上衣、同じ縞ズボンではあったが、地質《じしつ》や縞柄が違っていた。真に夢の様な出来事である。あまりのことに主客とも一座しんと静まり返ってしまった。

「すると、あいつ、何から何まで本当のことを云ったのだな。僕達を瞞着《まんちゃく》する夢物語ではなかったのだな」

流石の明智小五郎も、この想像の外の奇怪事に、思わず席を立って、真蒼《まつさお》になって叫んだ。彼は嘗つてこの様な痛烈な侮辱を蒙《こうむ》った経験を持たなかったのである。

マグネシウム

滑稽なお茶番、だが考えて見ると、世の中にこれ程恐ろしいお茶番はない。結局、先の品川は大胆不敵な偽物であって、彼奴《きやつ》こそ当の殺人者であることが明かになった。

本物の品川は詳細なる陳述、並に証拠物件の提出によって、（証拠物件というのは、例の幽霊男の写っている夕刊の切抜、青木から品川に宛てた事件に関する手紙、愛之助の書斎で発見した日記帳などであった）警察当局者も、この摩訶《まか》不思議を信じない訳には行かなかった。

そこで、青木の日記帳で分った池袋の怪屋を検べたり、麴町の例の淫売宿の主婦を叩いて見たり、出来る限りの捜査を続けたが、幽霊男の方ではそんなことはとっくに予期していた所、どこを探しても、髪の毛一本の手掛りさえなかった。

約一ケ月の間、幽霊男は不気味な沈黙を守っていた。美人片腕事件で、線香花火の様に、パッと世間を騒がせて置いて、そのまま尻切れとんぼになってしまった。

波越鬼警部と明智小五郎の面前に、突如姿を現わして、不敵の挑戦を試みた程の彼、警察の捜査を恐れて鳴りをひそめたのではない。何かしら非常に大がかりな陰謀を企らんでいる、その準備時代なのではあるまいか。少くともここに一人、科学雑誌社長品川四郎は、それを確信していた。彼はなんでもない人に言葉をかけられた丈けでも、ビクッとして飛上る程、神経過敏になっていた。

果然、品川の予想は的中した。一ケ月の後、七月半ばのある夜のこと、幽霊男は、実に奇妙な場所で奇妙な仕草をしている所を、発見された。しかも、そんな奇妙な仕草をしながら、彼は一体何をしていたのか、どんな犯罪が行われたのか、少しも分らないという、非常に変《へん》挺《てこ》な事件なのだ。

その夜更け、A新聞社会部の記者と写真部員とが、肩を並べて、麴町区の淋しい屋敷町を歩いていた。A新聞では当時「大東京の深夜」という興味記事を連載していて、この二人の記者は今夜少し方面を変えて、富豪街探訪を志したのであった。

彼等が今さしかかった町は、富豪街中の富豪街、片側は何侯爵の森林みたいな大邸宅、片側は見上げる様な高い石垣の上に、ずっと一丁程もコンクリート塀の続いた、千万長者宮崎《みやざき》常《つね》右衛《え》門《もん》氏邸の豪壮な構えだ。

「この途方もない石垣の下の、溝の中に、菰《こも》を被って寝ている乞食婆さんという図はどうだい」

「フフン、こんなとこに乞食がいるもんか。それよりは、この高い塀を乗り越えている泥棒でも想像した方が、よっぽどいい景色だぜ」

彼等がそんな冗談を囁きながら坂を下って行くと、乏しい街燈の光の届かぬ暗闇に、何かしら蠢くものを発見した。鋭敏な新聞記者の神経にハッとある予感が来た。

「シッ、何かいる、隠れるんだ」

両人《ふたり》は石垣を這う様にして、前方をすかし見ながら、ソロソロと進んで行った。

泥棒だ。何とまあ、今その話をしていたばかりじゃないか。

丁度坂の下だから、石垣の一番高い箇所だ。その石垣の上に御丁寧にコンクリート塀が立っているので、全体の高さは二丈もある。その代りには最も光に遠く、彼等の仕事には屈強の場所だ。見ると塀の頂上から一本の縄が下り、それを伝《つたわ》って一人の覆面の男が今降りている所だ。下には二人の洋服姿の見張りの相棒が待構えている。

塀を降りる男は、何かべら棒に大きな荷物を背負っている。

「相手は三人だ。騒いじゃ危いぜ」

「だが、残念だなあ。この家《うち》へ知らせてやる間《ま》はないかしら」

「駄目駄目。門まで一丁もある」

二人の記者は蚊の鳴く様な声で囁き合っていたが、そこは商売柄、機敏に働く頭だ。

「オイ、妙案があるぜ」

と写真部員が相手の肩を叩いた。

それから二三秒の間ボソボソと囁き合っていたが、やがて何を思ったのか、泥棒達の方へと、ジリジリ近づいて行った。十間、五間、三間、もうそれ以上進めば相手に気づかれるというきわどい近さに迫って行った。

覆面の男はやっと地上に降り立って、大きな荷物を下の男の背中に負わせた所だ。

「上首尾だったね」

「ウン、だが、べら棒に重かったぜ」

「そりゃ重いさ。慾と栄養過多でふくれ上っているんだからね」

覆面の男が巧みな手つきで、縄をさばいて、手元にたぐり寄せた。

その時である。ボンと異様な音がして、その真暗な屋敷町が、一瞬間白昼の様に明るくなった。

云うまでもなく、写真部員がマグネシウムを焚《た》いたのだ。何ぜそんな事をしたか。泥棒を驚かせる為か。それもある。だが、彼は同時に、写真器のシャッターをも握ったのだ。つまり犯人の写真を撮ったのだ。

計画は図に当った。いくら何でも、そんな真夜中の往来に写真師が出現しようとは思わぬ。泥棒共はただ、異様な爆音と、目もくらむ火光に仰天してしまった。

中の一人は、用意のピストルを取り出して、暗闇に向って発砲しようとしたが、忽ち他の二人に押し止《とど》められた。手向いすれば一層騒ぎが大きくなる。その内には応援の人数もふえる訳だ。此際彼等の採るべき手段は、ただ逃げる事だった。自動車の待っている所まで、息の限り走る事だった。彼等は、荷物を背負った男を中にはさんで、両方から助ける様にして、一目散に駈け出した。

逃げる相手を見ると、写真部員は嬉しがって、彼らの背中から、又一発、ボンとマグネシウムを焚いた。

「追っ駈けようか」

「止せ止せ、ちゃんと現場《げんじょう》写真を撮ってしまったのだ。慌てることはない。それよりも、このことをここの家《うち》へ知らせてやろうじゃないか」

ということになって、門の方へ引返そうとした時、チラと記者の目を射たものがあった。

「オイ、奴さん達、何だか落して行ったぜ」

「ウン、走って行く奴の身体から、何か落ちた様だね。ハンカチかも知れない」

「そうじゃない。紙切れの様だ。兎も角拾って置こう」

記者は十間ばかり走って行って、賊の落した紙切れを拾って来た。

「何だか書いてある。証拠品になるかも知れない」

二人は一番近くの街燈の下まで戻って、その紙切れの文句を読んで見た。

首　相　大河原是之……………………4
内　相　水　野　広　忠……………………5
警視総監　赤松紋太郎……………………3
警保局長　糸崎安之助……………………6

岩淵紡績社長　宮崎常右衛門……………………1
素人探偵　明智小五郎……………………2
(作者申す、右の外《ほか》十数名の顕官、富豪、最高爵位の人々、元老《明智丈けは例外の素寒貧《すかんぴん》》などの名前が列記してあったのだけれど、管々《くだくだ》しければ凡て略し、名前の下に番号の打ってある六名丈けを記すに止めた、読者察せよ)

「こりゃ何だ。馬鹿馬鹿しい。高名者番附けじゃないか。つまらないいたずら書きをしたもんだ。元老、内閣諸公を初め、えらい人は洩らさず並べてある。だが、この人選は一寸うまく出来ているね」

「うまい、実にうまい。俺が考えたって、これ以上には選べないね。ピッタリ的にあたっている。それにしても明智小五郎は変だね。先生盗まれる様なものを持っているのだろうか」

「ハハハハ、お笑い草だ。じゃ早くこの家へ知らせてやろうよ」

写真部員が紙切れを捨てようとするのを、もう一人の記者が慌てて止めた。

「待て、その中に宮崎常右衛門の名前があるじゃないか。しかも下に(1)と番号が打ってある。オイ、ここはその宮崎の邸だぜ」

「何だって、それじゃ、この人名は泥棒の日程表か。して見ると、明日の晩は、(2)の番号の打ってある明智小五郎、あさっては(3)の警視総監の所へ這入ろうって訳かね。オイオイ、冗談じゃないぜ」

その紙切れは、二人の新聞記者の想像力を越えていた為に、ただ滑稽なものにしか見えなかった。だが、捨ててしまうのも、何となく惜しい気がしたので、一人がそれをポケットに押込み、やがて、彼等は宮崎邸のいかめしい門前に立戻ると、そこの呼鈴を滅茶滅茶に押し始めた。

赤松警視総監[*36]

その翌日の昼前、赤松警視総監は、登庁早々、刑事部長の報告を聞くや、事重大《こと》と見て、直接その任にある波越警部を自室に呼んだ。ピカピカ光る大《おお》デスクの上には、昨夜A新聞写真部員の機転で写し得た、宮崎邸の怪賊の現場写真と、例の高名者番附の紙切れがのっている。

「この写真に写っている、真中の男が、例の片腕事件の関係者の品川四郎という者に相違ないのかね」

総監は念を押す様に尋ねる。見ると、なる程、三人の内の洋服姿の一人は、正《まさ》しく品川四郎その人である。

「ハア、品川四郎か或はもう一人の男かです。併し、こんな悪事を働く奴は、無論そのもう一人の男だと思われます」

波越氏はうやうやしく云った。相手は閣下である。月に何度と数える程しか直接口を利いたことのない、えらい人だ。

「ウン、例の有名な幽霊男とか云う奴だね」

「そうです。あれ以来まるで消えてしまった様な怪物です」

「して、君はこのもう一人の男も見覚えているということだが」

「ハア、私ばかりじゃありません。高等係のものは誰でも知っています。有名な危険人物です」

「共産党員かね」〔後註、当時は共産党は合法政党ではなかった〕

「それが、党員とハッキリ分らない丈けに、始末が悪いのです。非常にはしっこい奴で、どうしても尻尾を出さないのです。表面では、K無産党に籍を置いて居ります」

「ハハハハハ、幽霊男と共産党の握手か。イヤハヤ、奴等もすばらしい武器を手に入れたものだ。ハハハハハ」

総監の豪傑笑いを打消す様に、警部はニッコリともせず答える。

「イヤ、実際恐ろしい武器です。私、長年この職に従って居りますが、こんな馬鹿馬鹿しい事件は想像したこともありません。考えれば考える程、頭が混乱するばかりです」

「で、こいつらの逮捕は」

「まだです。無論手配は致しましたが、奴等の巣はとっくに空っぽでした。併し、仮令《たとえ》逮捕したところが、どうにも仕様がありませんよ。家宅侵入罪の外は何の罪もないのですから」

「フン、するとやっぱり、何一品盗まれたものはないと云うのだな」

総監は云いながら、チラと卓上の写真に目をやった。そこには、一人の賊が、彼の身体と同じ程の大荷物を背負っている有様が、明瞭に現われていた。

「そうです。私、今朝程、宮崎さん御本人に御逢いして、充分聞訊して来たのですが、宮崎家には塵《ちり》程の紛失物もないということでした」

「だが、この荷物の恰好は、どうも品物の様には見えぬが」

「それです。私も無論それに気づきました。この写真ばかりではありません。A新聞の記者は賊共が『そりゃ重いさ、慾と栄養過多でふくれ上っているのだからね』と云っているのを耳にしたのです。その言葉から考えますと、どうしても人間としか考えられません。でその方も入念に検べたのですが、宮崎家の家族や召使でいなくなったものは一人もいないのです」

「その上に、この連名帳か。ワハハハハ、僕もやがて槍玉に上る訳だね」

波越氏は総監の高笑いを聞いて、変な顔をした。総監は一体何と思って、この怪事を笑い飛ばしているのだろう。

「波越君、僕は警察のことにかけちゃ素人だ。だが、時には素人の考えが、君達よりも却って、正しく物を見る場合がないとも限らんよ」

「とおっしゃいますと」

警部はいささか侮辱を感じて聞き返した。

「この事件についてだね。全然別の見方をすることは出来ないかと云うのだ。……分らんかね、例えばだ、その品川という人物と幽霊男とが、全く同一人だと考えたらどうかね」

「エ、しますと、最初から一切が作り話だったという……」

「そう、僕の考えは常識的に過ぎるかも知らんが、そんな寸分違わぬ人間が、この世に二人いようとは思われぬのだ、僕の五十余年の生涯の経験にかけて、そんな馬鹿馬鹿しい話を真に受けることは出来ん」

「併し、併し……」

「君は通俗科学雑誌の編輯者なんてものが、どんな心理状態にあるかを知っているかね。彼等は真面目な学者ではないのだ。謂わば小説家だ、珍奇な好奇的なことを集めて、それを読者に誇示して喜んでいる手合だ。この世間をアッと云わせようという心理、それが嵩《こう》じると、狂的な企てをもやり兼ねない。よく知らんけれど、外国の有名な犯罪者に、ちょいちょい何々博士という学者がいる……、彼等もつまりはアッと云わせたい方の学者なんだ。ね、そうは思わんかね」

「併し確かな証拠が、現に品川と幽霊男とは二三尺の間近で対面さえしているのです。それも品川自身の申立てばかりでなく、青木愛之助の日記帳に明記してあります」

「その日記帳は僕も見た。見たからこそ幽霊男の存在を信じなくなったとも云えるのだ。というのはあの対面のし方が非常に不自然だ。品川は節穴から覗いた。その時もう一人の男、青木だったね、その青木は同時に節穴を覗くことが出来なんだ」

「でも、……」

「まあ聞き給え。青木は前に一度節穴から品川の姿を覗いている。だから、その晩は、ただそこへ来た男の身体の一部分を見た丈けで、服装が同じな為に、例の第二の品川と信じてしまったのかも知れない。僕は当時日記を読んで、すぐそれに気附いたが、まだ確信に至らなかった。ところが今度の事件だ、番附みたいな連名帳だ。盗難品のない盗難だ。つまり、科学雑誌社長の創り出した奇抜な探偵小説だとは思わんかね。共産党員というのも、君達の神経過敏で、品川に傭われたつまらん男達かも知れん。奴がそんな危険人物として名前を売って居れば、お芝居が一層本当らしくなる訳だからね」

実に驚くべき推理であった。波越警部は、老警視総監のハゲ頭から、こんな恐ろしい推理が飛び出そうとは、夢にも思わなかった。なる程そういう考え方も不可能ではない。総監の推理が如何に適確周到なものであったかは、読者諸君が、もう一度この物語の前段「両人奇怪なる曲馬を隙見する」くだりを読み返してごらんなされば、忽ち首肯《しゅこう》出来ることだ。

だが、波越警部の頭には、幽霊男に対する信仰が強い根を張っていた。

「すると、あの三浦の屋根裏部屋での対面は、替え玉を使って、品川が青木に幽霊男を信じさせたお芝居だとおっしゃるのですか。又、昨夜の事件も、品川がA新聞の写真部員が来るのを予め知っていてやったとおっしゃるのですか」

「無論僕等には、そんな持って廻った狂言をやって喜ぶ男の心持は分らん。併し、全然見分けのつかぬ程似通《にかよ》った二人の人間を想像するよりは、まだ幾分可能なことに思われる」

「併し、活動写真に映った顔は？　夕刊新聞の写真版は？」

「そう、そんなものもあったね、だが、君、新聞社の写真部に懇意な者があれば、写真の群集の中へ一人の男の顔を、手際よくはめ込んで貰う位造作はないことだよ。群集の中に誰がいた所で、新聞価値に影響はないからね。活動写真の方は、なあに、監督の男と申合わせて、嘘の日附を書いた手紙を送って貰ったとすれば、忽ち謎がとける」

波越警部は、総監のこともなげな解釈を聞いて、あっけにとられてしまった。この老政治家は、何という想像力の持主であろう。豪傑政治家の粗雑な頭と軽蔑していたのは、飛んでもない思い違いであった。

「では、では、池袋の空家での婦人惨殺事件は？　青木の行方不明は？　大滝の片腕は？」

警部は最後の抗議を試みた。

「女の生首は人形であったかも知れない。片腕はどっかの病院の解剖死体の腕であったかも知れない。でなければ警察力を尽くして一ケ月の大捜索に、何の手掛りも得られぬ筈がないじゃないか。少くとも警視庁の立場としては、そう信じた方が有利の様だね。青木夫婦もだ。

まだどっかに生きているという考え方だね。ハハハハハハ」

総監は又笑った。波越氏にはこの変な笑い声がどうも気に食わぬ。その笑声《わらいごえ》の奥に何かしら、まだ解き明かされぬ物が潜《ひそ》んでいる様な気がする。

だが、論理の上では最早一言《もはやいちごん》もなかった。もっと有力な証拠を握るまでは、抗弁のしようがない。彼は遂に頭を下げた。

「驚きました。総監が一犯罪事件について、これ程綿密に考えていらっしゃるとは、実に我々長年事に当っている者として、恥入る外ありません」

正直な波越警部は、真から参った様子であった。

「ハハハハ、とうとう降参したな」総監は持前の豪傑に返って、磊落《らいらく》に云った。「だがね、波越君、僕を買いかぶってはいかんよ。実はつけ焼刃なんだ。智慧をつけてくれた人があるんだ」

「エ、何とおっしゃいます」

「明智小五郎さ。ハハハハ、あの男がね、数日前《ぜん》、こんな理論を組立てて見せてくれたのさ。それを少し修正して用いたまでだ」

「すると、」警部は更らにどぎもを抜かれて云った。「明智君もそう信じているのですか」

「イヤ、信じてはいない。信ずべき確証は何もないのだ。ただ、そんな風に裏から見ることも出来ると報告してくれた丈けさ」

「それで、明智君自身で、品川四郎の身辺につき纏《まと》って監視するというのだ。そして、この次幽霊男が姿を現わした時、本物の品川に怪しい点がなかったら、愈々《いよいよ》この現代の怪談を信じなければなるまいというのだ。僕はあの男の論理が気に入ったし、こんな迷宮事件は玄人《くろうと》がジタバタするよりも、一先《ひとま》ず信用の出来る局外者へ任せて置いた方が、好都合だと思ったものだから、彼の申出でを承認した訳だ」

「それで？」

「明智君は、どうして私に話してくれなかったのでしょう」

波越氏はやや憤怒《ふんど》の色を現わして、独語《ひとりごと》のように囁いた。

「それは君、怒っちゃいけない。君まで明智式の論理に染《そ》んで、油断をしてしまっては、却って危険だからだ。あの男はその気遣いの為に、態《わざ》と君を除外して、僕に丈け報告してくれた訳なんだよ。つまり、表裏《ひょうり》両道から敵を攻めるという戦法なんだよ。ところが、昨夜の事件で、愈々この二つの論理の正否を確める時が来た。あの事件は今朝の新聞に小さくしか出ていないから、明智君は知らずにいるかも知れない。で、君自身品川の所へ出かけて、一つ様子を見て貰い度《た》いと思うのだよ」

つまり、総監が波越氏を呼びつけた用件というのは、この事であったのだ。

現場不在証明《アリバイ》

午後一時、波越警部は、神田区東亜ビル三階の科学雑誌編輯部のドアをノックした。

給仕の案内で、応接間に通る、次に一社員が現われて御用件を承る長髪を綺麗になでつけ、眼鏡をかけた壮年社員だ。

彼は用件を聞いて引きさがると、自身お茶を運んで来て、うやうやしく警部の前に置いた。そして、室《へや》を去る時、何故か鼻下のチョビ髭に手を当てて、オホンと奇妙な咳《せき》をした。どうも自然に出た咳ではなさそうだ。

やがて社長の品川氏が現われた。警部は彼の表情から何事かを読取ろうと、目をこらしたが、品川氏はただにこやかに微笑しているばかりだ。決して心に秘密を持つ人の顔ではない。

警部が昨夜の顚末《てんまつ》を手短に物語ると、品川氏は忽ち笑いを納めて、震え声になった。

「とうとう現われましたか。相棒がそんな危険分子だとすると、今度は又何か、ひどく大がかりな悪企みを始めたんじゃありますまいか」

だが、彼はただ驚き恐れるばかりで、彼自身の昨夜のアリバイを語ろうとはしない。老練な波越氏は、心の中で、

「オヤ、変だぞ、若しこいつが一人二役を勤めている悪人だったら、何はおいても、第一に

アリバイの云い訳をする筈だが、そんな気《け》ぶりのないのは、やっぱり明智君の考え過ぎかな」と思った。で、仕方なくこちらから切り出して、

「昨晩は御宅で御寝《やす》みだったのでしょうね」

と尋ねて見た。

「エエ、無論宅で寝みましたが……、アアそうですか。成程成程、私、ウッカリして居りました」

品川氏は一寸不快な顔になって、ツカツカとドアの所へ立って行き、それを開いて編輯所の方へ声をかけた。

「山田君、山田君、一寸来てくれ給え」

呼ばれてやって来た山田という社員は、さい前《ぜん》警部の前にお茶を運んで、立去り際《ぎわ》に妙な咳をした男であった。

「山田君、この方の前で正直に答えてくれ給え。君昨夜《ゆうべ》寝たのは何時頃だったね」

「ブリッジで夜更かしをして、もう東の方が少し明るくなってましたから、四時近かったかも知れません」

「ブリッジの相手は？」

「何ですって」山田社員は妙な顔をした。「極《きま》っているじゃありませんか、あなた御自身と社の村井、金子両君です。両君とも帰れなくって、御宅へ泊ったのを御忘れですか」

「ブリッジを始めたのは何時頃だったかしら？」

「サア、九頃でしょう」

「それから夜明けまで、僕は座をはずした様なことはなかったね」

「エエ。便所へ立たれた外は」

そこで、品川氏は警部の方へ向き直り、得意顔に云った。

「御聞きの通りです。御望みなれば、なお村井、金子両君の証言を御聞かせしてもよろしい。それに、この山田君は、僕同様独身者で、僕の宅に同居しているのですから、この人に知られない様に、家を抜け出すなんて迚《とて》も出来やしません」

「イヤイヤ、決してあなたを疑《うたぐ》っている訳じゃないのです」波越警部は少からずテレた形で、

「ただ、念の為に一寸御尋ねしたまでです」

と苦しい云い訳をしたが、内心では、

「家に同居している社員などの証言では、どうも少し」

と半信半疑であった。

それから暫らく雑談を交わしたあとで、警部は編輯所を辞して、東亜ビルの玄関を出た。

「この足で品川の留守宅を訪ねて、傭人《やといにん》を検べて見るかな」と考えながら、半町も歩いた時、突然うしろから呼びかけるものがあった。

振向くと、さっきの山田という社員が、追駈《おいか》けて来たのだ。そして、

「御一緒に警視庁へ参りましょう」と、変なことを云う。

「エ、警視庁に何か御用がおありですか」

「ハア、その高名者番附とかを一度拝見したいと思いましてね」

波越氏はハッとして、相手の横顔を凝視した。

「君は誰です」

「分りませんか」

人通りの少い横丁へ曲ると、山田社員は、眼鏡をはずし、ふくみ綿をはき出し、チョビ髭を払い落し頭の毛をモジャモジャとやった。

「アア、明智君」

波越警部は、びっくりして叫んだ。

顔料はまだそのままだが、顔の形は明智小五郎に相違ない。彼は警部の驚き顔を無視して話し始める。

「さっきの僕の証言は嘘じゃない。昨夜奴《やっこ》さん確かにどこへも出なかった。僕は君達の会話を立聞きしていたが、あのA新聞の記者が偽写真でも作ったのでなければ、幽霊男の存在は確実になった訳だ」

「偽写真でないことは一見すれば分るよ」警部は面喰って答える。「それに、昨夜二時頃、マグネシウムを焚いたことは、宮崎家の召使にも気づいたものがあって、間違いはない。

……だが驚いたね、君、あすこの社員なのかね」

「ウン、まだ入社して半月にもならない。だが、紹介者がいいので、社長すっかり信用してしまって、僕が宿に困っている体《てい》を装うと、当分家へ来て居給えという事になったのさ」

「で、愈々君も疑いがはれた訳だね」

「ウン、この目で見ていたんだからね。だが実に不思議だ。どうして、そんな同じ顔の人間が出来たのだろう。古今東西に例のないことだ。君にしたって、僕が品川の一人二役を疑ったのを無理だと思うまい」

「思わないとも。実はさっき、そのことを総監から伺って、君の明察に感じ入った程だ」

「恐ろしいことだ」明智は心から、恐ろしそうに云った。彼の如き人物には珍らしい言葉である。

「波越君、これは決してただ事ではないよ。数百年数十年の伝習が作り上げた人間の常識だ。その常識をのり越えて突然全く新しい事柄が起るというのは、考え得られぬことだ。この事件の奥には何かしらゾッとする様な恐ろしい秘密がある。僕はこの頃、身の毛もよだつ、ある幻想に悩まされているのだよ。科学を超越した悪夢だ。人類の破滅を予報する前兆だ」

併し、この明智の暗示的な物の云い方は、波越警部には通じなかった。彼は全く別のことを云った。

「幽霊男と共産党の握手か。と云って総監に笑われたが、君この点をどう思うね」

「僕はまともに考える。彼奴《きゃつ》の大陰謀の一つの現われではないかと思う。宮崎常右衛門氏の紡績会社は、確か争議中だったね」

「アア、君の考えもそこへ来たね。争議中だ。男女工一団となって、まるで非常識な要求を持出している。だが、その意味で宮崎家を襲ったとすると、家人に少しの危害も加えず、何一品持出していないのが不思議だね」

「それが、重大な点だ。奴等は何かしら運び出した。併し邸内には紛失したものがない。この不気味な矛盾。……恐ろしいことだ」

「で、君はあの番附みたいな連名帳を信じるかね。第二に襲われるのは君自身だという」

それを聞くと、何故か明智は真蒼になった。

「エ、何だって、じゃ連名帳に僕の名があるのか。それが二番になっているのか」

「そうだよ。そして、君の次が赤松警視総監だ」

波越氏はそう云って、快活に笑って見せようとしたが、明智の異様な恐怖の表情を見ると、つい笑いが引込んでしまった。

白い蝙蝠《こうもり》

偶然の一致であったか、或はそこに深い因果関係が潜んでいたのか、不穏を伝えられていた岩淵紡績会社の労働争議は、マグネシウム事件の翌日午後に至って、遂に総罷業《そうひぎよう》と化した。

宮崎常右衛門氏の巨万の富は、殆ど岩淵紡績の事業によって築かれたものであった。同氏の優れた経営手腕、及び難き精励刻苦の賜《たまもの》であったことは、勿論《もちろん》だが、階級憎悪に燃えた労働者達にとって、そんなことは問題外であった。極言すれば、彼等の窮極の目的は、会社の運命がどうなろうと、搾取者《さくしゆしや》宮崎常右衛門を、彼等同然の一素寒貧《すかんぴん》に引落すことであった。総罷業は見事な統制を以《もつ》て、已に五日間継続せられた。諸新聞の争議記事は、一日一日と大きくなって行った。

宮崎氏が、奇怪なマグネシウム事件を、何かの前兆として非常な恐怖を抱いたのは、誠に無理もないことであった。彼の身辺には私服制服の警察官ばかりでなく、態々傭《やとい》入れた武道達者の青年達が、絶えずつき従って、万一に備えた。邸《やしき》の表門裏門に見張りのついたことは申すまでもない。

さて、罷業五日目の夕方のことである。

重役会議を終えて帰宅した常右衛門氏は、心配に蒼ざめた家族達の出迎えを受けて、彼の私室に這入って行った。

美しく分けた白髪、身体に比べて大きな赤ら顔、だが連日の心労に、額の皺に痛ましいやつれが見える。

彼は服を着換えることも忘れて、そこの大ソファに、グッタリ身を沈め、小間使の差出す冷い飲物を受けた。

「あなた、御風呂が立って居りますが、のちに遊ばしますか」

夫人も従って来て、気遣わしげに、主人の表情を読む。

「ウン」

常右衛門氏は、生返事をして、何をか考えている。空ろな目はテーブルの上の一通の手紙に注がれたままだ。

夫人も小間使も、手持無沙汰《てもちぶさた》の数秒間。

やがて、常右衛門氏の空ろな目が、ハッと正気に返った様に、鋭い光をたたえる。

「オイ、この手紙は誰が持って来たんだ」

変な型の封筒、見慣れぬ筆蹟、しかもたった一通だけ、テーブルの真中に置いてあるのだ。

「サア、青山じゃございませんかしら」

「青山なら、書斎の方へ持って行く筈だ。それにたった一通というのはおかしい」

宮崎氏は毎配達時間、必ず十数通の手紙を受取る。殊に此頃は手紙の分量が多い。それがたった一通、書斎でもないこの部屋にあるのは変だ。しかも郵便として配達されたものでない証拠には、切手も消印も見えぬのだ。

手紙を取上げて裏を見ると、果して、差出人の名前がない。宮崎氏は何故かひどく躊躇したあとで、結局それを開封した。そして、中身を一目見るか見ないに、サッと額をくもらせ、

喉《のど》のつまった様な声で、

「青山は？　青山を呼ぶんだ」

と命じた。

呼ばれた書生の青山は、その手紙については何も知らなかった。青山ばかりではない。夫人も令嬢も召使一同も、今朝掃除を済ませてから、この部屋へ這入ったものは一人もないことが分った。そして、掃除の際に、そんな手紙なぞなかったことは云うまでもない。

宮崎氏がかく穿鑿《せんさく》立てをしたのも無理ではなかった。その手紙の文面は左《さ》の様な、非常に不気味なものであったから。


我々の要求は君の娘の生命《いのち》と引換えだ。明日正午まで待つ。君の職工達に回答を与えよ。無論無条件に彼等の要求を容《い》れるのだ。明日正午が一分でもおくれたら、君の娘の命はないものと思え。如何なる防禦も無効だ。兇手は物理的原則を無視して働くのだ。

これを単なるおどしと思ったら、後悔するぞ。例えばこの手紙が、どうして、君の私室に運ばれたか。それを考えた丈けでも、我々の、超物理的手段は、充分、察せられるであろう。

文章の終りに妙な紋章が描いてあった。直径一寸ばかりの黒い月形の中に、羽を拡げた蝙《こう》蝠《もり》が白く浮出している。不気味な白蝙蝠だ。何者とも知れぬ悪魔団の紋章だ。

宮崎氏はこの種の脅迫状に慣れていた。殊に争議以来は、毎日一通位はこの種の脅迫状が舞込む。で、同氏はこの手紙に対しても、いつもの無関心を装おうと力《つと》めたが、不思議なことに、今度に限って、空威張りの嘲笑を浮べる下から、どうにも出来ぬ恐怖のわななきがこみ上げて来た。

如何に検べて見ても、その手紙が私室に這入った径路が分らぬ。留守中窓は密閉してあった。廊下から来るには、誰かの部屋の前を通らねばならぬ。第一表門裏門には、多数の見張番がついている。その中をどうして忍込むことが出来たのであろうか。召使共は長年目をかけた、気心の知れたものばかりである。不可能事が易々と行われたのだ。手紙の主が超物理的と誇るのも、万更《まんざ》ら出鱈目ではない。

宮崎氏は熟慮の結果、万一の危険に備える為に、こうした奇妙な犯罪にかけては特殊の手腕を有すると聞く、素人探偵明智小五郎の助力を乞うことに心を極めた。大実業家の自負心も、愛嬢の生命には換えられぬのだ。

その夜、我が明智小五郎は、富豪の懇篤《こんとく》なる招きを受けて、宮崎邸の門をくぐった。

つまり宮崎氏は怪賊の挑戦に応じたのである。

恐ろしき父

文面の「明日正午」という、その正午を過ぎると、だが、常右衛門氏も流石に不気味でたまらなかった。夫人や当の令嬢には、明らさまに話した訳ではないが、邸内の空気や、常右衛門氏のそぶりで、彼女等にも大体の察しはついていた。

一時間、二時間と時は過ぎて行ったが、主人夫妻召使などの、心配や恐れは、増すばかりであった。何時《いつ》？　誰が？　何処から？　凡てが不明なのだ。摑み所のない敵。どこにどう防備を施したらいいのか、まるで見当もつかぬ。それが人々を実際以上に怖がらせた。

午後三時、令嬢雪江《ゆきえ》さんの私室には、雪江さんを中にして、真面目な二人の護衛兵、父常右衛門氏と、探偵明智小五郎とが雑談を交わしていた。病身の母夫人は昨夜一睡もしなかった疲れの為に、別室に引取っていた。

雪江は妙齢十九歳、宮崎氏の一粒種だ。どちらかと云うとお父さん子で、厳格な程作法正しい母夫人には、遠慮勝ちだが、お父さんには平気で甘える。生意気な口も利く。常右衛門氏は、この年に比べて子供子供した娘と冗談を云い合うのが一つの楽しみになっていた。それが、今日は青ざめて、黙り込んで、時々、さも恐怖に耐えぬものの如く、キョロキョロとあたりを見廻す様は、日頃快活な丈けに一層いたましく見える。

常右衛門氏は、暫く話をしているかと思うと、急に立上って、イライラと部屋の中を歩き廻る。又腰かけたかと思うと、無闇に煙草をふかし始める。実業界の巨人も、この目に見えぬ敵には、いたく悩まされている体《てい》だ。

「ハハハハハハ、明智さん、わしは少し気にし過ぎている様《よう》ですね」

明智がじっと彼を見つめていたので、常右衛門氏はテレ隠しの様に言った。

「いや、御無理はないのです。こういう事に慣れている私でも、今度丈けは何だか変な気持です。私はいくらかあいつの遣り口を知っているからです。……併し、あいつだって人間です。いくらなんでも、この防備をくぐり抜ける力はありますまい。不可能事です」

「果して、不可能事でしょうかね」

「超自然の力でも持たぬ限りは」

「その超自然力を、賊は持っていると広言しておる」

「虚勢です。考えられぬことです」

併し、明智はなぜか、ひどく困惑の体で、却って宮崎氏の顔色を読もうとする如く、じっと相手を見つめた。

「虚勢。如何にも、虚勢でしょう。……だが、あれは、どうしたというのだ」

裏門の方に、騒がしい人声、それが段々高まって来る。

書生の青山が飛込んで来た。

「裏門の側《そば》で怪しい奴を捕えました。ピストルを持っているそうです。明智さんを御呼びしてくれということでした」

それを聞くと主客共に立上がった。

「明智さん、見て来て下さい。厳重に検べて下さい。ここはわしが引受けます」

明智は立去ろうとして、なぜか一寸躊躇した。本能的にある不安を感じたのだ。併し、行かぬ訳には行かぬ。彼は常右衛門氏をじっと見つめて、

「では、お嬢さんを御願いします。側を離れない様にして下さい」

くどく念を押して、彼は書生の案内でドアの向うに消えた。あとに残った父と娘とは、真青な顔を見合わせて、暫らく黙り込んでいたが、とうとう、雪江さんが、たまらなくなって幼児の様に叫んだ。

「お父さま、私、こわい」

彼女は、今にも倒れそうに気力がない。

「心配することはない、こうしてわしがついているではないか。それに、この部屋のまわりは、刑事や書生で取巻いているといってもよい程だ。現に、賊は裏門を這入らぬ内に、捕まってしまったじゃないか。ハハハハハハ、ナアニ、少しも心配することはないのだよ」

「でも、私、なんだか。……お父さま!」

雪江は、目でいつもの合図をした。十九歳の雪江は、今でも時々父に甘えて、その腕に抱《いだ》

かれる癖があった。この目使いはその合図なのだ。

常右衛門氏は、それを見ると、なぜか幽かに狼狽の色を現わした。そして、一向彼女の要求に応じる気色《けしき》もない。

雪江は妙に思った。こんな際にあれを云い出したのが悪かったのかしらと考えたが、こんな際であればこそ、父の力強い腕に抱かれたかった。彼女は思切って、ツカツカと父の側に寄り、父のアームチェーアに、柔い肉体を無理にも押し込む様に腰かけた。麻の着物を通して、父のよく肥った肉体と、娘のすべっこい肌とが密着した。雪江は怖さに熱苦《あつくる》しいことなどを考えている余裕はなかったのだ。

常右衛門氏は娘の肌を感じると、不思議なことに、益々狼狽の色を示した。まるで、一度もそんな経験を持たなかったかの様に。

無邪気な箱入娘は、次には、彼女の青ざめた、併しふくよかな頰を、父の口の前へ持って行った。小さい時分、何かにおびえると、父は彼女の頰に接吻して力づけてくれた。その習慣が今でも残っているのだ。

常右衛門氏の狼狽は極度に達した。娘のこの無邪気な仕草が呑み込めなくて、途方にくれた体である。だが、次の瞬間、彼の頰にサッと血が昇って、目が燃える様に輝いた。

白髪《しらが》の常右衛門氏の両手がぎごちなく延びて、娘の柔かな身体を抱きしめた。

「アラ！」

どうした訳か、雪江はそれを求めて置きながら、父の抱擁《ほうよう》におびえて小さく叫んだ。何かしら父の触感がいつもと違ったからだ。その刹那、父が嘗つて見も知らぬ他人みたいに思われたからだ。

常右衛門氏は、雪江の幽かな抵抗を感じると、一層物狂わしくなった。彼は乾いた唇をカサカサ云わせながら、娘をしめつけた腕にグッと力をこめた。そして、逃げる雪江の唇へ、彼の唇を持って行った。

父の情慾に燃える目と、娘の恐怖におびえ切った目とが、一寸《いっすん》の近さで、まじまじと睨み合った。

余りの激情に声を立てる力もなく、不気味に黙り合ったまま、彼等は死にもの狂いに摑み合った。

惨憺《さんたん》たる格闘の末に、雪江は辛うじて、父の手を逃れ、髪も着物も乱れた様で、よろよろとドアの方へ走った。

だが、常右衛門氏は、已に彼女の先廻りをして、ドアをうしろに立ちはだかっていた。

「のいて下さい。あなたは誰です。一体誰です」

雪江は父を睨みつけながら、一生懸命に云った。

「誰でもない。お前のお父さんだよ」

「違います。違います。……お父さまじゃない。……アア、怖い」

雪江は気が違いそうだった。確かに父の顔を持った男が、どこかしら父ではないのだ。ハッと思う間に、世界一杯の白髪鬼が、恐ろしい形相《ぎょうそう》で飛びかかって来た。彼女はもう振ほどく力はなかった。気を失った様に、たわいなく、されるがままになっている。

再び身動きもならぬ抱擁、顔に降りかかる男の息、父とは違ういとわしい匂《におい》、そして、ヌメヌメと不気味な唇の触感。…………

不可思議力

裏門の騒ぎというのは、職工風の男が、ジロジロ邸内を覗き込んでいるので、見張りの刑事が引捕《ひっとら》えて検べようとすると、いきなりピストルを取出して手向いをした。勇敢な一刑事は賊に組みついたが、一振りではね飛ばされてしまった。

賊はピストルを構えて、グングン邸内へ這入って来る。騒ぎが大きくなった。家中《うちじゅう》の男子が現場へはせつけた。相手は一人だけれど飛び道具を持っているので、うかつに近寄れぬ。人々は彼を遠巻きにして騒ぎ立てた。

そんなことで、結局、賊に縄をかけるのに、二十分程もかかったが、やがて、三人の刑事が賊の縄尻を取って、警視庁へと引上げて行った。

明智小五郎は、それを見送りながら、ふとある恐ろしい疑いに打たれた。

「あいつは、一体何の為に、態々捕まりに来たんだろう。若しかすると……」

彼は大急ぎで元の部屋に引返した。

廊下に一人の書生が見張り番を勤めている。さっき裏門へ駈けつける時、この書生丈けは持場を離れぬ様にと、固く命じて行ったのだ。

明智は、それを見て少し安堵を感じながら、ドアを開いた。そして、一歩室内に這入ったかと思うと、直ぐに又飛び出して来て、張番の書生の肩を掴んだ。

「君、宮崎さんはどこに行かれたのだ」

「洗面所です」

「今か」

「エエ、つい今しがたです。アア、帰って来られました」

廊下の向うに常右衛門氏の姿が見えた。

「その間、この部屋へ誰も這入ったものはあるまいね」

「エエ、決して」

宮崎氏が二人の側まで来て声をかける。

「アア、明智さん、賊は捕まった様ですね」

「エエ、併し……」

「併し？」常右衛門氏はけげん顔だ。

「お嬢さんは大丈夫ですか」

「御安心下さい。雪江の方は別状ありません。ごらんなさい。あの通り元気ですよ」

宮崎氏はドアの方へ歩いて行って、それを開けた。明智もあとに続く。

「オヤ、オヤ、不作法なお嬢さんだぞ」

宮崎氏が笑い顔で云った。雪江は籐《とう》のアームチェーアに寄りかかって、グッタリ眠っている。

「明智さん。可哀想に余程《よほど》疲れたと見えて、居眠りをしています」

「居眠りですって。あなたは、あれを居眠りだとおっしゃるのですか」

明智が驚いて聞返した。

「居眠りでなくって、外《ほか》に……」

だが、云っている内に、宮崎氏にも娘の変な様子が分って来た。彼は真青になってツカツカと部屋の中へ這入って行った。

「オイ、雪江、雪江、しっかりしなさい。お父さんだ」

肩を揺っても、グニャグニャと前後に動くばかりで、何の手答えもない。

明智もアームチェーアの側に立って、雪江の様子を眺めていたが、突然常右衛門氏の腕を掴んで、囁き声で云った。

「静かに。何か聞えます。ホラ、あの音は何でしょう」

耳をすますと、ポタ、ポタ、ポタと、雨漏りの様な変な音が断続して聞えて来る。

部屋中を見廻したが、どこにも水の垂れている様子はない。しかも、物音は、つい鼻の先でしているのだ。

「アッ、血だ」

雪江の籐椅子のうしろに廻っていた明智が叫んだ。

見ると、丁度雪江の身体の下の、椅子の底から、真赤な血の滴《したた》りが、床に落ちては、はね返っている。床には小さな血の水溜りが出来ていた。

雪江の身体を引起して見ると、案の定、背中の、丁度心臓のうしろに当る箇所に、血まみれの短刀の柄ばかりが見えていた。彼女はその短刀の一突きで絶命したのだ。

「白蝙蝠だ」

短刀の白鞘《しらざや》に刻まれた奇怪な紋章を発見して、明智が呟いた。

「不思議だ。わしが洗面所へ行っていた間は二分か三分です。しかも、書生は、誰もこの部屋に這入ったものはないと云っている。どうして、いつのまに。……」

常右衛門氏は、娘の死を悲しむことも忘れて、賊の余りの早業にあきれるばかりだ。

見張りの書生が呼ばれて這入って来た。

「この部屋へ誰も這入らなかったことは確かだろうな」

「ハア、ドアの方に向って廊下に立っていたのですから、見逃す筈はありません。決して間違いはございません」

書生は室内の激情的な光景を見て、真青になって答えた。

「物音も聞かなかったのだね」

明智が尋ねる。

「ハア、ドアが閉ってましたし、二三間向うから見張っていましたので、何も聞きませんでした」

「この部屋は壁もドアも厚く出来ているので、一寸位の物音は外へ漏れないのです」宮崎氏は説明して「お前大急ぎで、医者と警察の人を呼んで来るんだ。それから奥さんには、アア、今でなくてもよろしい。なるべくおそく知らせる方がいい」と命じた。

「あの書生は信用出来る男ですか」

彼が立去るのを見て、明智が尋ねた。

「愚直な程です。同郷人で、永年《ながねん》目をかけている男です」

「お嬢さんに何か、つまり、一種の感情を抱いていたという様な……」

「イヤ、そんなことは決してない。あれは婚約の恋人を持っている。その娘は国にいるのですが絶えず手紙の往復をして、非常にむつまじいのです」

「すると、全く不可能なことが、有り得ないことが行われたのです」

「だが、不可能なことが、どうして行われ得《う》るでしょうか。賊は我々の気づかぬ出入口を持ていたかも知れない」

「そういう出入口はこのたった一つのドアの外《ほか》には全然有り得ないのです。私は予《あらかじ》めここを充分検べて置きました。窓は鉄格子がはまっている。壁にも戸棚にも何の仕掛けもない。ドアさえ守れば大丈夫だということを見極めて、御嬢さんを守る為に、この部屋を選んだ訳です」

明智は困惑の極、救いを求める様に宮崎氏の顔を眺めた。この変な、名探偵にも似合しからぬ仕草は、已に二度目であった。

「つまり、あなたは、この犯罪は全く解決不可能だと考えられるのですか」

宮崎氏は不満の色を浮べて云った。

「そうです。……併し、若し、そういうお答えでは満足出来ないとおっしゃるならば……」

「エ、すると何か……」

宮崎氏は果し合いでもする様な、恐ろしい目つきで、名探偵の顔を凝視した。

「恐ろしいことです。いや、寧ろ滑稽《こっけい》なことです。併し、同時に算術の問題の様に、簡単明瞭な事実です。唯一《ゆいいつ》にして避くべからざる論理的帰結です」

「それは？」

「それは、つまり……」明智は三度《みたび》、救いを求める様なみじめな表情になった。「信じられぬ。私は、その理論の指しているものを信じることが出来ないのです。怖いのです」

「云ってごらんなさい」

「私の留守中、娘さんに近づき得た人物は、天にも地にもたった一人であったと申上げるのです」

「たった一人？　それは、つまり、わしのことでしょう」

「そうです。あなたです」

宮崎氏は妙な顔をして、目をしばたたいた。

「すると君は、娘を殺した犯人は、娘の実の父親であるわしだとおっしゃるのか」

「不幸にして、僕はそれを信じることが出来ません。併し、あらゆる事情、あらゆる論理が、その唯一の人を指しています」

「君は、本気で云っているのですか」

「本気です。軽蔑して下さい。僕はこの明々白々な理論を肯定する勇気がないのです。そこには、人間力の及ばない不思議な力がある。この力が何物であるかをつきとめ得ない以上は、僕は無力です」

明智は訳の分らぬことを云って、不甲斐《ふがい》なくも渋面《じゅうめん》を作った。口惜《くや》しさに今にも泣き出そうとする子供の表情だ。

「君はどうかしたのじゃありませんか。何を云われるのか少しも分らん」

宮崎氏は、皮肉な微笑を浮べて、この有名な素人探偵の苦境を見下《みおろ》した。

「だが、僕は、この不可思議力の本体をつき止めないでは置きません。その上で、あなたの前に頭を下げて今日の無礼を謝するか、それとも、宮崎常右衛門氏に縄をかけて、断頭台に送るか」

常右衛門氏はこの暴言を黙って聞いていたが、明智には答えないで、呼鈴を押して、書生を呼んだ。そして、書生の青山が這入って来たのを見ると、

「この気違いを叩き出すのだ」

と命じた。

「明智先生をですか」

「そうだ。この人は気が狂ったのだ。わしが娘の下手人だなんて、途方もない暴言を吐くのだ。一刻も邸内へ置く訳には行かぬ」

宮崎氏はいとも冷静に云い放った。

「そのお手数には及びません。僕はこれでおいとまします」

明智は一礼してドアの外に出た。彼はただ一人ぼっちになりたかった。そして、極度に混乱した思考力を落ちつけ、この一連の犯罪事件を、もう一度隅から隅まで吟味《ぎんみ》して見たいと思った。あとはやがて到着する警察の人々に任せて置けばよい。彼はそれどころではないのだ。この化物みたいな、恐ろしい不可思議力の本体をつきとめること、彼の頭はただその一《いち》事《じ》で一杯になっていたのだ。

ある得べからざる事柄が、易々と行われた。

先夜幽霊男の一味が、宮崎邸から人間程の大きさの荷物を担ぎ出した。しかも、邸内には何一品紛失したものがない。あり得べからざる事だ。

唯一の出入口であるドアの外には、信用出来る書生が張番をしていた。その部屋の中で令嬢雪江が惨殺された。彼女の身辺に近づき得たたった一人の人物は、外ならぬ彼女の実の父親である。父親が娘を殺す。他《た》に特別の理由が発見されぬ限り、あり得べからざることだ。

この二つの不可能事が可能である為には、そこに何かしら途方もない秘密が伏在しなければならぬ。理論をおしつめて行くと、たった一つの結論に達する。その外には絶対に解釈のしようがない。だが、それは想像するさえも身の毛のよだつ程恐ろしいことだ。

明智はとるべき手段に迷った。どこから手をつけていいのか分らなかった。そこで、彼は窮余の一策として、得意の変装術で、洋装の老人に扮し、街頭をさまよい始めたのである。或時は盛り場から盛り場へとさすらい、或時は宮崎邸のまわりをうろつき、又或時は例の池袋の怪屋の附近を歩き廻った。目ざすは品川四郎とそっくりの幽霊男である。この男さえ発見すれば、そして、ひそかに尾行することが出来たならば、怪賊の本拠をつきとめ、そこに隠されていることも不可能ではないのだ。

宮崎邸に殺人事件があってから、一週間ばかり、彼はそうして、辛抱づよく歩き廻った。そして、ある日のこと、遂に目ざす幽霊男にめぐり合う幸運を掴むことが出来たのである。とあるレストランで夕食を認《したた》めていた時、背後に異様な気配を感じて、ヒョイと振向くと、そこに品川四郎の顔があった。すんでのことで、うっかり挨拶しそうになったのを、彼はやっと噛《か》み殺して、そ知らぬ振りで席を立った。

本物の品川四郎かも知れない。そうでないかも知れない。彼はそれを確める為に、レストランの電話室に這入った。客席からは可成《かなり》隔っているので、相手に聞かれる心配はない。本物の品川四郎の電話番号を告げて、胸をドキドキさせながら待っていると、果して品川は在宅であった。受話器の向うに、まがいもない科学雑誌社長の声が聞える。二言三言《こと》話して電話を切ると、彼は又元の席に戻って、幽霊男の食事の終るのを待った。無論尾行する積りなのだ。

やがて尾行が始まった。

怪物はレストランを出ると、夜店の並んだ賑かな町を、ブラブラと歩いて行く。食後の散歩であろう。若し捕えようと思えば、町の群集は凡《すべ》て味方だ、造作もないことである。併し、明智は一幽霊男の逮捕で満足はしない。賊の本拠を確かめたいのだ。あせる時ではない。気永にあとをつける一途《いっと》だ。

幾度も幾度も町を曲って、怪物は果てしもなく歩いて行く。悪人の用心深さで、彼は町角を曲る毎に、尾行者はないかとうしろを振返る。その都度《つど》明智が素早く身を隠すと、彼は安心して歩いて行く。だが、何度目かの曲り角で、明智が物蔭に隠れようとする所を、一寸の差で見つけられてしまった。変装はしているものの、相手は脛《すね》に傷持つ犯罪者だ。うさんなみぶりを見逃す筈はない。とうとう尾行を発見された。

それは電車通りで、空《あき》自動車が右往左往していた。奴さんきっとタクシーを呼止めるぞ。と見ていると、案の定、一台の車が彼の前に止った。おくれてはならぬと、明智もあとから来た車を呼止める。

「あの車のあとをつけるのだ」

命じながら乗込もうとした明智は、何を思ったのか、咄嗟に思い返して、その車をやり過してしまった。

前の車も已《すで》に発車した。だが、これはどうしたことだ。確かにその車に乗った筈の幽霊男が、町を横切って走っているではないか。つまり彼は乗車すると見せかけて、車内を通って、反対側に飛降りてしまったのだ。自動車の籠抜《かごぬ》けだ。明智は早くもそれを感づいて、うっかり空自動車のあとを追う愚《ぐ》を免れたのである。

何という素早さ。怪物は道路の向う側で、もう別の自動車を呼止めた。さっきのとは反対の方角に走っている車だ。明智もおくれじと一台の車に飛乗った。幽霊男も今度は籠抜けではない。そこで、自動車の追っかけが始まった訳である。

走りに走っている内に、いつか見覚えのある町を通っていた。初めは何気なく窓外を眺めていた明智も、それが余りに彼の熟知せる道筋と一致しているのに気づいて、「オヤ、これは変だぞ」と思わないではいられなかった。

やがて、先の車は、案の定、その家の前で停車した。その家とは外ならぬ、本当の品川四郎の住居《すまい》なのだ。

幽霊男は車を降りて、格子戸をあけた。婆やが出迎える。彼は婆やに何か口を利いて、事もなく奥へ消えてしまった。

「ナアンだ。さっきから尾行していたのは、それじゃ本当の品川だったのか」

とがっかりしたが、又思い返すと、どうも腑に落ちぬ所がある。品川なれば何ぜ自動車の籠抜けなぞをしたのか。又、さっき電話口へ出たのは一体何者であったのか。とは云え、若し幽霊男だとすれば、まさか、こんな品川の家なぞへ逃げこむ筈はないのだ。流石の明智も、狐につままれた感じである。

兎も角検べて見ようと、案内を乞うと、応接間へ通された。科学雑誌社員時代に親しみのある応接間だ。畳を敷いた日本座敷に椅子テーブルを並べた、洋風まがいの部屋である。品川四郎はそこの大《おお》ソファに腰かけて、客を待受けていた。

「アア、やっぱりあなたでしたね。お分りでしょう。明智小五郎です。僕は大変な失策をやったのです、あなたを例の幽霊男だと誤解してしまって。……しかし、さっき電話口へ出たのはあなたではなかったのですか」

「ヘエ、電話ですって。それは何かの間違いでしょう。僕に電話はかかった覚えはありませんよ」

そんな話をしている時、実に途方もないことが起った。と云うのは、襖の外に、もう一人品川四郎の声が聞えて来たのである。

「俺は夕方から外出なぞしないじゃないか。今俺が帰って来たなんて、お前は奥の間で俺が調べものをしていたのを知らないのか。その帰って来た俺というのはどこにいるんだ」

叱られているのは婆やだ。だが、何という変挺《へんてこ》な叱り方であろう。

明智はさてはとギョッとして、矢庭《やにわ》に立上り、目の前の品川に飛びかかろうとした。

だが張合のないことには贋《にせ》の品川は平気で笑っている。何というふてぶてしさだ。

そこへ、襖の外の声の主《ぬし》が、血相をかえて飛込んで来た。見ると、一人は自分と寸分違わぬ男、もう一人は見も知らぬ老人だ。

「君達は一体全体何者だ」

彼は居丈高《いたけだか》に呶鳴りつけた。

「オヤ、これは不思議。貴様、俺の留守宅に忍込んで主人面をしていたんだな。貴様こそ一体何者だ。イヤそれは聞かなくても分っている。貴様だな長い間俺を悩まし続けた怪物は」

今帰宅したばかりの贋の品川が、平然として呶鳴り返した。

分った分った。図々しい幽霊男は、明智の追跡に耐えかねて、咄嗟の思いつきであったろう。本当の品川の家へ逃げ込んだのだ。何という大胆不敵な、併し奇想天外の思いつきで、本当の品川と贋の品川とを並べて見ても見分けのつかぬ二人の品川が、お互に相手を贋物だと云い合っているのだ。

その内に、本当の品川が、やっと明智の変装姿を見分けた。

「アア、明智さんじゃありませんか。一体これはどうしたということです。あなたの前にいるのが、例の幽霊男ですよ」

すると、贋の品川も劣らず、まくし立てる。

「オヤ、あなたは明智さんですか。すると、さっきから、私のあとをつけていらっしたのは、僕を幽霊男だと誤解されたのですね。僕こそ正真正銘の品川四郎です。この男は僕の留守を幸いに、僕に化けて何か又悪事を企らんでいたのですよ。サア、こいつを捕えて下さい」

聞いている内に、どちらの云い分が本当だか分らなくなって来る。

「では、君はどうして、籠抜けなぞをして、僕を撒《ま》こうとしたのです」

「私は近頃臆病になっているのです。それに老人の変装で、あなたということが、ちっとも分らなかったものですから、又白蝙蝠一味のものが、何か悪企みを始めたのかと誤解したのです。本当に僕が幽霊男なら、こんな所へ来る筈がありません。外《ほか》にいくらも逃げ場所はある筈です」

云われて見ると、一応は尤《もっと》もである。明智は二人の品川を間近く眺めながら、その内の一人が白蝙蝠の首魁《しゅかい》であることは分り切っているのに、さて、どちらをそれと定めかねて、俄かに手出しをすることが出来ないのだ。

だが、この馬鹿馬鹿しいお芝居は長くは続かなかった。明智はふと一案を思いついて、前から家にいた品川を片隅に引っぱって行き、もう一人の品川に聞えぬ様に、囁き声で、山田の変名で雑誌社に勤めていた頃の細《こまか》い出来事を、一つ一つ尋ねて見た。品川はテキパキとそれに答える。もう間違いはない。この男こそ品川四郎だ。

だが、そこにほんの一寸した隙があった。二人が問答に気をとられている間《ま》に、アームチェーアにおさまっていた幽霊男は、ソッと席を立ち、足音を盗んで、襖の外へ消えて行った。

名探偵誘拐事件

科学雑誌社長品川四郎と寸分違《たが》わぬ泥棒があった。というお伽噺《とぎばなし》みたいな事実が、いつの間にかべらぼうに大きな、途方もない事件に変化して行った。

事件がすっかり落着してから、内閣総理大臣大河原是之《おおかわらこれゆき》氏は、(同氏もこの事件の被害者の一人であって、大切な一人息子を失いさえしたのだが)ある昵懇《じっこん》の者に述懐《じゅっかい》したことがある。

「明智小五郎君は、日本国の、イヤ世界全人類の恩人である。若し彼が此度の大陰謀を未然に防いで呉れなかったならば、この日本は、イヤイヤ、英国にせよ、米国にせよ、仏蘭西《フランス》も伊太利《イタリー》も独逸《ドイツ》も、或は露西亜《ロシア》でさえもが、その皇帝を、その大統領を、その政府を、その軍隊を、その警察力を、即ち国家そのものを、失わなければならなかったであろう。新聞記事をさし止め、風説の流布《るふ》を厳禁したので、一般世人は何事も知らなかったが、彼等白蝙蝠団の陰謀は、例えば、コペルニクスの地動説、ダーインの進化論、或は銃砲の発明、電気の発見、航空機械の創造等に比すべく、吾人《ごじん》人類の信仰なり生活なりを、根底よりくつがえす底《てい》のものであった。

労働者資本家闘争の如き、さては虚無主義も、無政府主義も、この大陰謀に比べては、取るにも足らぬ一些事に過ぎない。彼等は爆薬よりも、電気力よりも、もっともっと戦慄すべき現実の武器を以て、全世界に悪魔の国を打ち建てんとし、しかもそれが必ずしも空論ではなかったのだから。

併し、事は未然に発覚し、今や白蝙蝠一味のものは、刑場の露と消えた。彼等の死と共に、彼等の本拠、彼等の製造工場は、跡方《あとかた》もなく焼きはらわれ、百年に一度、千年に一度の大陰謀も、遂に萌芽《ほうが》にして刈られてしまった。人類の為《ため》慶賀此上《このうえ》もなきことである」

大体この様な意味であった。

これを伝聞した人々は強情我慢の大河原首相をして、この言を為《な》さしめた、大陰謀の内容に想到し、転肌《うたた》の寒きを覚えたのである。が、それは後《のち》の御話。

さて、前章では、明智小五郎に尾行された偽品川が、窮余の一策として、本物の品川の住《すま》居《い》に逃げ込み、その一室に顔を並べた寸分違わぬ両人が、我こそ品川四郎であると、互に主張して下《くだ》らず、流石の名探偵も、為すべき術《すべ》を知らなかったことを記したが、やがて段々取調べて行く内に偽品川の方は、はげそうになる化けの皮に、その場に居たたまらず、隙を見てこっそり逃出してしまった。

夢中になって、本物の品川を訊問《じんもん》していた明智小五郎が、ふと気がつくと、もう一人の品川の姿が見えぬ。「さては、あいつが偽物であった」と、一飛びに表へ駈け出して見ると、一丁ばかり向うを走って行く人影。そこで、又しても追跡である。

曲り曲って、大通りに出ると、怪物の姿を見失ってしまった。丁度そこに客待ちをしていた自動車の運転手に尋ねると、運転手はいやにうつむいて、帽子のひさしの下から、その男なら、今向うへ走って行く自動車に乗ったというので、明智は当然その客待ち車に飛び乗って、追跡を命じる。型の如き自動車の追駈けだ。

十分も走ると、淋しい屋敷町にさしかかった。すると、どうしたことだ。明智の車がいきなり方向転換をして、もっと淋しい横丁へ辷《すべ》り込んだ。

「オイ、何をするんだ。先の車は真直に走って行ったじゃないか」

明智が呶鳴ると、運転手がヒョイと振向いた。

「ア、貴様は」

「ハハハハハハ、一杯喰ったね。イヤ、動いては為にならぬぜ。ほら、これを見給え」

クッションの上から、ニュッとピストルの筒口だ。悲しいことに明智は何の武器も用意していなかった。

あとで分ったことだが、あの咄嗟の場合、賊は機敏にも、さっき乗り捨てた一味の者の自動車に、運転手に化けて乗込み、借り物の外套で身を包み、借り物の帽子をまぶかにして、じっと網にかかる明智を待構えていたのだ。実に驚くべき早業だ。

怪物はピストルを構えたまま、運転台を降りて、客席に這入って来た。

「いくら、わめいた所で、こんな淋しい町で助けに来る奴はありゃしない。だが、念の為に鳥渡《ちょっと》我慢して貰おう」

ピストルで身動きも出来ぬ明智の鼻の先へ、パッと飛びついて来た白いもの、いつの間に用意したのか、麻睡薬《ますいやく》をしみ込ませたハンカチだ。

明智がじっとしている筈はない。一方の扉を蹴開《けひら》いて、反対側へ飛降りようとした。

「アア、馬鹿だね君は、求めて痛い思いをするのか」

云いながら、賊はゆっくり狙《ねら》いを定めて、今飛降りようとする明智の右足を撃った。バンという変な音。だが、タイヤが破れた音程《ほど》高くはない。一体ピストルなんて、そんな大きな音を立てるものではないのだ。

車から半身乗り出して、ぶっ倒れたまま、苦悶《くもん》している明智の顔の前に、又もや丸めたハンカチ、厭《いや》な匂、併し、今度はもう抵抗する力もない。賊の為すに任せて、押しつけられた麻睡薬に明智は不甲斐なくも、意識を失ってしまった。

偽品川は、グッタリした探偵の身体を抱き上げて、クッションの上に横たえ、出血している足の傷口には、明智のハンカチで繃帯をしてやりながら、独言の様に呟く。

「明智君、君が追駈けてくれたお蔭で、非常に手数が省けたぜ。これで、連名帳の順序を変更しなくて済んだというものだ。君、まさか忘れやしないだろう。あの連名帳に打ってあった番号を。第一は、岩淵紡績社長宮崎常右衛門。それから第二番目は、素人探偵明智小五郎。つまり今度は君の番だったのさ。ハハハハハハハ」

賊は低く笑いながら、元の運転席に戻ると、何事もなかった様に落ちついた顔色で、ハンドルを握り、スターターを踏んだ。

車は、人通りもない淋しい屋敷町を、まっしぐらに、いずことも知れず走り去った。

トランクの中の警視総監

それから一週間程たったある日のこと、明智小五郎は、一台の古めかしい人力車に、極大《ごくだい》トランクを運ばせて、警視庁を訪れた。

「ヤア、明智君じゃないか。君のホテルを訪ねてもいないし、どこへ行ったのかと心配していた所だ。何だか収獲があったらしいね。その大トランクは、君、一体何だい」

玄関の大ホールで、出逢頭の波越警部が声をかけた。

「非常に重大な証拠物件だ。あとで話すよ。だが、とりあえず、赤松総監に御目にかかり度《た》いのだ。いらっしゃるかい」

「ウン、今僕は総監室で話をして出て来たばかりだ。刑事部長さんもいたよ」

「じゃ、一つ巡査君に、このトランクを運ぶ手伝いを頼んでくれ給え。総監室へ持込んで貰い度いのだ」

「心得た。オイ君、一寸この車夫の御手伝いをしてやってくれ給え」波越氏は、ホールに居合わせた二人の警官に命じて置いて「残念だが、僕は行啓《ぎょうけい》の御警衛のことで、急用があるんだ。総監室で詳しく話して置いてくれ給え。間に合ったら、僕も話を聞きに帰って来るから」

波越警部と別れた明智小五郎は、大トランクを追って、総監室へ上って行った。

「我々は君を探していた所だったよ。明智君」

総監は、彼の顔を見ると、磊落《らいらく》に云った。

「例の白蝙蝠事件が、一向にはかどらないのでね。だが、妙な物を持込んで来たじゃないか。そのトランクは何だね」

「何か御用談中ではなかったのですか」

明智が、総監と向い合って腰かけている刑事部長を見ながら尋ねた。

「イヤ、我々の話は今すんだ所だ」

「それでは、甚《はなは》だ恐れ入りますが、総監お一人にお話し致したいことがありますので、暫く……」

「オイオイ、明智君、ここにいるのは、君も知っている刑事部長さんだよ。失礼なことを云っては困るね」

「ですが、実は非常に重大な事柄だものですから、総監にお話し申上げるさえ、躊躇《ちゅうちょ》する程なんです。失礼ですけれど、暫くお人払いを……」

明智はひどく云いにくそうだ。

「明智君、今日はいやに勿体《もったい》ぶるんだね」刑事部長は笑いながら立上がった。「併し、僕はあちらに用事もあるから、又あとで来ます。じゃ明智君どうか」

彼は云い捨てて、総監室を出て行った。

「サア、聞こう。その重大事件というのは一体何事だね」

赤松総監は、この天才探偵の、奇抜な所業をひどく面白がっているのだ。

「完全にお人払いが願い度いのです」

明智は強情である。

「では」総監は益々面白がって「オイ、君、一寸あちらへ行って居給え」

総監室の入口に陣取っていた受附係が追払われた。あとは文字通り二人切りだ。

「ドアの鍵をお持ちでしょうか」

「鍵？　君はドアに鍵をかけようというのかね。そいつはどうも」総監は笑い出して「確かその、受附の机の抽斗《ひきだし》に這入っていた筈だが」

明智は鍵を探し出して、内部から入り口のドアに鍵を卸した上、鍵穴には鍵を差したままにして席に戻った。

「このトランクの中の品物を、ごらん願い度いのです」

「ひどくかさばったものだね。開けて見給え」

トランクというのは、内地の旅行などには滅多に使用せぬ、鎧櫃《よろいびつ》の様な極大型《ごくだいがた》のもので、人一人這入れる程の大きさである。

「びっくりなさらない様に、非常に意外なものが這入っているのですから」

明智はトランクの鍵を廻しながら、まるで手品師が秘密の箱をあけて見せる時の様な表情で云った。

その刹那、赤松総監の頭に「死体」という観念がひらめいた。すると、トランクの蓋《ふた》をすかして、その中に丸くなっている、不気味な血だらけの肉塊が、まざまざと見えて来る様に思われる。流石の総監も、少々顔の筋を固くしないではいられなかった。

カチンと錠前のはずれる音がして、トランクの蓋は一寸二寸と、ゆっくり開かれて行った。先ず現われたのは、旭日章《きょくじつしょう》のピカピカ光った警察官の制帽であった。それから、制帽の下の丸々と肥った顔、口髭、金ピカの肩章、高級警察官の黒い制服、窮屈そうに斜めになった帯剣。

それは確かに、窓の外にあかあかと陽の照っている、昼間であった。又、赤松総監は決して夢を見ている訳ではなかった。だが、夢か幻でなくて、こんな恐ろしいことが起り得るであろうか。さしもの豪傑政治家も、アッと云ったまま、目はトランクの中の人物に釘づけになり、身体は強直したかの様に動かなくなってしまった。

明智小五郎はと見ると、トランクの蓋を開け切って、じっと、獲物を狙う蛇の様な目で、総監の表情を見つめている。

二人はそうしたまま、三十秒程、見事に出来た生人形[*37]の様に、動きもせず物も云わなかった。

「ハハハハハハハ、明智君、人の悪いいたずらをしちゃいけない」総監はやっと元気を取戻して、泣き笑いの表情で、強《し》いて大声を出した。「僕の似顔人形を作って、おどかそうなんて」

如何にも、トランクの中の人物は、赤松警視総監の似顔人形であった。肥った身体、丸い顔、愛嬌のあるチョビ髭、クリクリと丸い目、帽子も制服も帯剣も靴も、凡て凡て総監そっくり、髪の毛の数まで同じかと疑われるばかりだ。

「人形だとおっしゃるのですか」明智は毒々しい声で云った。

「もっとよく見てごらんなさい」

総監は悪夢にうなされた気持で、余りにもよく出来た、自分と寸分《すんぶ》違わぬ生人形に見入った。

見ている内に、警視総監の心臓でさえも、ギョクンと喉の辺まで飛上る様な、恐ろしい事実が分って来た。

そいつは生きていたのだ。人形ではなかったのだ。確かに呼吸《いき》をしている。窮屈に曲げた腹部が、静かに波打っているではないか。パチパチと、瞬きさえしているではないか。

総監は余りの出来事に、採るべき手段を考える力もなく、放心の体で、トランクの中のもう一人の総監を眺めていた。

人形の丸い頬が、ピクピクと痙攣を始めた。ハッと息を呑む間に、その痙攣が、だんだんひどくなって行ったかと思うと、唇がキューッとめくれて、白い歯並が現われ、その顔がいきなり、ニタニタと笑い出したのである。

それを見ると、五十歳の赤松総監が、子供の様な泣き顔になって、タジタジとあとじさりをした。

と、同時に、トランクの中の男が、ビックリ箱を飛び出す蛇みたいに、突然ニョッキリと立上がったかと思うと、諸手《もろて》を拡げて総監に飛びかかって行った。

頭から足の先まで、そっくり同じ、二人《ににん》総監の取組合《とっくみあ》いだ。しかも、それが夢でもなければ、お芝居でもない。白昼、警視庁総監室での出来事だ。腹を抱えてゲラゲラ笑い出したい程滑稽で、しかも同時に、ゾーッと総毛立つ程恐ろしい事柄である。

飛びかかって行った方の、つまり偽総監が、余りの事に手出しも出来ぬ本物の総監を、うしろに廻って、羽交締《はがいじ》めにしてしまった。

だが、流石は百戦練磨の老政治家だ。総監はそれ程の恐怖に直面しながら、はしたなくわめき出す様なことはしなかった。彼はじっと心を落ちつけて、羽交締めにされたまま、ジリジリとデスクの側に近づくと、僅かに動く右手の指で、ソッと卓上の呼鈴を押そうとした。

「オッと、そいつはいけない。赤松さん、その呼鈴は命とかけ換えですぜ」

明智が素早く見て取って、ピストルを構えながら、総監を威嚇《いかく》した。

「明智君、これは一体どうしたことだ。君はいつの間に僕の敵になったのだ」

「ハハハハハハハ、私が明智小五郎に見えますかね。もっと目をあけてごらんなさい。ほらね」

明智が顔をモグモグやって見せる。

「アッ、貴、貴様は一体何者だッ」

明智は左手でポケットから、大型の麻のハンカチを取出して、総監の目の前で、ヒラヒラ振って見せた。驚くべし、そのハンカチの片隅には、見覚えのある不気味な白蝙蝠の紋章。

「ウヌ、畜生ッ」

総監は全身の力を奮い起して、背後の敵をふりほどこうとした。だが、怪物の羽交締めは、いっかな解けぬ。もう絶体絶命だ。大声で呶鳴って人を呼ぶ外はない。と思う顔色を見て取った、偽の明智小五郎は、間髪を容れず、振っていたハンカチを丸めて、総監の口へ、グイと押込んでしまった。咄嗟の猿轡《さるぐつわ》だ。

瞬く間に、手足を縛られて、トランクの中に丸くなったのは、今度は本物の赤松総監であった。あばれようにも、声を立てようにも、もうどうすることも出来ぬのだ。

「分りましたか。赤松さん、我々のプログラムは予定通り、着々進行している訳です。第一は、宮崎常右衛門、第二は、明智小五郎、第三は、赤松警視総監とね。つまり今日はあなたの順番が来た訳なんですよ」

偽の明智小五郎が宣告を与えた。

妙な例え話だけれど、林檎《りんご》の皮をむかずして、中味丈《だ》けを幾つかに切離すことが出来るか。それは出来るのだ。針と糸があれば易々と出来るのだ。だが、顔から形から寸分違わぬ人間が、思うがままに生れて来る、この白蝙蝠団の大魔術は、林檎の問題ではない。どんな針と糸を持って来たとて、そんな馬鹿馬鹿しいことが、出来っこはないのだ。

怪談か、でなければお伽噺だ。若しもこれらのものが、現実の出来事であったとすれば、その背後に、思考力を遙かに飛び越えた、何物かが存在しなければならない。だが、昔から偉大なる発見なり発明なりは、それが公表される瞬間まで、全世界の常識が不可能と考え、怪談お伽噺と嗤う底《てい》の事柄であったことをも一考して見なければなるまい。

それは兎も角、トランクの蓋が閉じ、カチンと錠前が卸された。現内閣の巨星、正《しょう》四位勲三等警視総監赤松紋太郎《もんたろう》氏は、今やトランク詰めの一個の生きた荷物となり終ったのである。蓋をしめる時、明智が念の為に麻睡薬をかがせたので、荷物はもうコトリとも動きはしない。

不思議な仕方で事務の引継ぎを了した新警視総監は、総監の大きな腕椅子に、ドッカと腰を卸し、卓上にあった旧総監私用の葉巻煙草を切って、大様《おおよう》に紫の煙を吐いた。

偽明智は、生きた荷物のトランクに腰かけて、言葉丈けは鄭重《ていちょう》に、新総監に話しかけた。

「では、閣下、このトランクは一先ず私のホテルに保管して置くことに致しましょうか」

新総監はこれに対して、着任最初の口を開いた。

「アア、そうしてくれ給え。ところで、その荷物を運び出す為には、ドアを開かなくてはなるまいね」

何とまあ、声まで赤松紋太郎氏そっくりである。

「ハハハハハハ、如何にも左様でございましたね」

明智は云いながら、立って行って鍵を廻し、ドアの締りをはずした。さて、新総監が呼鈴の釦《ボタン》を押すと、さっきの受附係が這入って来る。

「君、誰かに手伝わせてね、このトランクを表まで運び出すんだ。そして、アア、明智君、車が待たせてあるのかね」

「ハア、人力車が待たせてあります」

「では、その人力車に積んで上げるのだ。分ったかね」

受附係は委細かしこまって引退《ひきさが》って行った。

斯様《かよう》にして、何の造作もなく新旧警視総監の更迭《こうてつ》が行われ、とりすました明智小五郎は、本物の総監を積み込んだ人力車を従えて、いずこともなく立去ったのである。

慈善病患者

実業界の大立者《おおだてもの》宮崎常右衛門氏が、真赤な偽物で、実は白蝙蝠団の一員であったとすれば、その人望と、巨万の資産の運用とによって、一種の産業動乱を捲き起すことは、さして難事ではない。

既に現われた一例を上げるならば、偽宮崎氏が殆ど無謀に近い職工達の要求を、無条件に承認したことは、業界一般の一大打撃となり、囂々《ごうごう》たる世論を惹起《ひきおこ》し、同業組合の内紛を醸し出したばかりではない。当時の生産品市価を以てしては、採算不可能、全紡績事業は成立の見込み立たずということになり、極言すれば、日本の同業者は全滅するの外なきに立至ったとさえ云い得るのだ。無論、当の宮崎氏が、世の非難の的となり、同業者の怨腑《えんぷ》となったことは云うまでもない。令嬢が殺害されたのは同情すべきだが、併し事後に至って、何も職工達の要求を容れることはない。寧ろ工場を閉鎖すべしというのだ。ところが滑稽なことには、その宮崎氏は実は泥棒なのだ。事業界の地位を失おうが失うまいが、会社が儲かろうが儲かるまいが、そんなことは、てんで問題ではない。彼は有産社会から鬼畜呼ばわりをされながら、鋼鉄張りの神経で、どこを吹く風かと空《そら》うそぶいていた。

又、この事件で打撃を蒙ったのは独り同業者ばかりではなかった。日本の全産業界に、嘗つて前例のない、労働者横暴時代がやって来るのではないかと疑われた。というのは、岩淵紡績争議が終って、まだ一週間もたたぬ間に、全国各地の様々な製造工業に、已に五つの争議が起っていた。彼等は岩淵紡績の実例で味をしめ、増長したのだ。そこへつけ込んで、争議で飯を食っている連中の、煽動《せんどう》よろしきを得たのである。

すると、妙なことに、それがどんな地方で起った争議であっても、職工の要求書が提出されると同時に、岩淵紡績の場合と同じ様な脅迫状が、事業首脳者の私宅に、誰が持って来たともなく現われるのだ。令嬢なり、令息なり、令夫人なりの命を頂戴するという例の文句である。

目前、宮崎氏令嬢の実例で、怖気《おじけ》をふるっている資本家達は、結局職工の要求を容れることなる。でなければ、工場閉鎖だ。

この勢で、ドシドシ争議が起り、ドシドシ労働者の言分が通って行ったならば、極度の物価騰貴《とうき》を招来するか、然《しか》らざれば生産工業全滅である。

神経過敏な論説記者は、已にそれを憂《うれ》える論調を示し、世論は漸次《ぜんじ》高まりつつあった。商工会議所が動き始めた。雑談的にではあったが、ある日の閣議で、このことが、閣僚達の熱心な話題となった。

白蝙蝠の紋章は、今やブルジョアの恐怖と憎悪の象徴であった。又、一見有利の立場に見える労働者も、白蝙蝠団の真意を推《すい》し兼ねて、一種空恐ろしい感じを抱かないではいられなかった。何と云っても、相手は泥棒人殺しの団体なのだ。その暴力を借りて争議の成功をおさめたとあっては、労働階級の名折れだという、正義派も現われて来た。学者論客は、筆を揃えて、悪虐白蝙蝠団の全滅を見るまでは、全国の労働者よ、断じて軽挙妄動《けいきょもうどう》すべからずと忠告した。

この社会の攪乱者《かくらんしゃ》、殺人鬼の団体を、何故放任して置くのか。政治家は睡《ねむ》っているのか。警察は何をしているのだ。と、結局非難攻撃の的は警察だ。中にも、白蝙蝠の本拠東京の警視庁だ。

ところが、何と途方もないことには、その怪賊退治の責任者、当の警視庁の最高指揮者は、いつの間にか真赤な偽物に、しかも誰にも見分けることの出来ない、双児《ふたご》の様な怪賊の一員と変っていた。つまり白蝙蝠団は、彼等にとって唯一の大敵である警視庁を、早くも占領してしまったのだ。

偽赤松紋太郎氏は、官邸に於《お》いては、前総監夫人と寝室を共にし、登庁しては、部下の首脳者達の目を巧みにあざむき、偽物とは云い条、その手腕あなどり難きものがあった。

偽総監の机上には、決裁すべき重要書類の外に、市民からの非難攻撃の投書が山と積まれた。彼は毎日定刻に登庁して、書類に盲目判を捺《お》すのと、この興味深き投書を読むのが仕事であった。当時総監室を訪れた庁内の人達は、彼がさも愉快そうに、ニタニタ笑いながら、総監罵倒の投書文に読み耽《ふけ》っているのを目撃して、この老政治家の太っ腹に驚嘆したものであるが、その実何も驚くことはなかったのだ。彼は警察当局者の無能を、真からおかしがって、投書家と一緒になって、笑っていたに過ぎないのだから。

彼が庁内の事情に馴れて来るに従って、日夜頭を悩ましたのは、部長だとか課長だとか、各署の署長などを、如何なる名目によって更迭すべきか、又如何に更迭せば、最も警察能力を低下せしめ得るかという、重大問題であった。偽総監の陰謀がどんな形を取って現われたか、又その結果、殆ど無警察同然となった帝都に、どの様な戦慄すべき禍《わざわい》が醸《かも》されるに至ったか。等々《とうとう》は、だが、のちのお話である。

さて、警視総監の次に、白蝙蝠団の魔手の伸びる所は、彼等のプログラムに従えば、内閣総理大臣大河原是之氏の官邸であった。

大河原伯爵一家は、先年夫人を失ってから、養子の俊一《しゅんいち》氏と実子美禰子《みねこ》さんの二人の外に肉親はなく、他《た》は召使ばかりの淋しい家庭であった。夫人との間に長く子がなかった為に、親戚の俊一氏を養子に迎えたが、それから数年の後、ひょっこりと美禰子さんが生れた。そこで、美禰子さんは養子俊一氏とめあわせることにして、面倒な相続問題を未然に防いだ。幸い当人同志も、この結婚に異存はなく、目下は許嫁《いいなずけ》の間柄である。

美禰子さんは容貌は美しく、智慧《ちえ》はたくましく、誠に立派な伯爵令嬢であった。おそく生れた一粒種で、極度に甘やかされたせいか、たった一つ妙な欠点（或は長所）を持っていた。それは普通の程度を越えて恵《めぐみ》深いことであった。どうして、それが欠点かと云うと、彼女の慈悲心は、余りにも突飛な形式で現われることが多かったからだ。

例えば、彼女はある時、道端の乞食に、自分の着ていた、仕立卸しの高価なコートを脱いで、着せかけたままサッサと帰って来たことがある。イヤ、もっとひどいのは、婆さんの乞食を、自動車の中へ拾い上げて、邸宅に連れ戻り、当時まだ在世であった母夫人に、この乞食を家で養ってくれとねだったことさえあった。

美禰子さんの並外れた慈悲心は、同族間ばかりでなく、新聞雑誌のゴシップを通して、広く世間一般の話題にも上り、亡き伯爵夫人は、この気違いめいた令嬢の美徳を、たった一つの苦労にしていた程である。

若し、大河原伯爵家に、怪賊白蝙蝠の乗ずべき隙があったとすれば、この令嬢の奇癖《きへき》が唯一のものであったかも知れない。それ程この大政治家の生活には、油断も隙もなかったのだ。それればかりではなく、白蝙蝠の一味は、従来のやり口でも分る通り、(例えば、偽の品川が態々本物の品川の住宅に逃げ込んで、寸分違わぬ二つの顔を並べて、明智小五郎を揶揄《やゆ》した如き)強いて奇想天外な手段を選び、その奇怪なる着想を見せびらかす、所謂犯罪者の虚栄心を、たっぷり所有していたのである。

で、ある日のこと、伯爵令嬢美禰子さんが、本邸の書斎で、物思いに耽りながら(というのは許嫁の俊一氏が当時関西の方へ旅行をしていたからで)うっとり窓の外を眺めていると、広い庭園の森の様な木立ちの奥から、フラフラと現われて来た、奇妙な人物があった。

一見、令嬢と同じ位の年頃の女であったが、明かに乞食以上のものではないらしく、身に纏っているものといったら、着物というよりはボロ、ボロと云うよりは、糸屑といった方がふさわしい代物であった。足ははだしだし、髪の毛は、さんばらにして、幽霊みたいに顔の前に垂れ下っていた。

普通の娘なら、そんな闖入者《ちんにゅうしゃ》を見たら、奥へ逃げ込むか、人を呼ぶかする筈だが、美禰子さんは普通の娘ではなかった。無論最初は恐れを為して、窓をしめようとさえしたけれど、その次の瞬間には、持前の異常な慈悲心が、ムクムクと頭をもたげて来た。

美禰子さんは、乞食娘が近づいて来るのをじっと待構えていた。こんな際に使用する最も慈悲深い言葉を頭の中で探しながら。

乞食は、やがて、窓の下にたどりついて、そこに突立ったまま、ジロジロと令嬢を眺め、見かけによらぬ美しい声で云った。

「お嬢さま、なぜお逃げなさらないのです。怖くはないのですか」

アアこの娘は境遇の為にひがんでいるのだ。それであんな皮肉な云い方をするのだ。と令嬢は心の中で考えた。そこで、出来る丈けやさしい声で、先ず、

「お前、どこから這入っておいでなの」

と尋ねて見た。

「門から……、だって、寝る所がなければどんなとこだって構ってはいられませんわ。あたし、昨夜《ゆうべ》は、お庭の隅の物置小屋で寝たんです」

案外上品な言葉を使っている。この娘は生れつきの乞食ではないらしいぞ。と又令嬢は考えた。

「お腹がすいているのでしょう。で、誰か身寄りのものはありませんの。お父さんとかお母さんとか」

「なんにもありません。みなし子です。そして、お腹の方はおっしゃる通りペコペコですわ」

「じゃ、人に知れるといけませんから、この窓から這入っていらっしゃい。今あたしが、何かたべるものを探して来て上げますわ」

「誰も来やしませんか」

「大丈夫、この家《うち》には、今あたし一人で、あとは召使のものばかりですから」

これは事実であった。父伯爵は首相官邸にいるのだし、秘書も、三太夫《さんだゆう》も、皆んなその方へ行って、令嬢の慈善行為をさまたげる様な手ごわい召使は一人もいないのだ。令嬢自身も、いつもは官邸の方にいて、お父さまの身のまわりなど気をつけていて上げる分相応の役目を持っていた。

暫くすると、どこから探し出して来たのか、美禰子さんは、ビスケットの鑵《かん》とお茶の道具を持って帰って来ると、乞食娘を、汚いとも思わず、立派な椅子にかけさせ、その前のテーブルに、ビスケットの鑵を置いて、奇怪千万なお茶の会を開いたのである。

乞食はよっぽど腹が減っていたと見えて、早速ビスケットを五つ六つ一かたまりに頬張ったが、その時、額に垂れ下っていた髪の毛を、うるさそうに掻き上げたので、初めて彼女の顔がハッキリ眺められた。

何という美しい乞食であろう。汚い着物に引きかえて、顔丈けは、汚れてもいなければ、栄養不良の為に憔悴《しょうすい》してもいなかった。目鼻立ちのよく整った、真白な肌。だが、美禰子さんがあんなにもびっくりしたのは、乞食娘が思いもよらぬ美人であったことではない。

「マア、お前……」

さっき乞食の出現にビクともしなかった令嬢が、思わず立上って、ドアの方へ逃げ出しそうにした程だ。

「アア、嬉しい。お嬢さまにも、やっぱりそう見えるのですわね」乞食娘は、さもさも嬉しそうに叫んだ。「あたし、もう本望だわ。こんな見る影もない乞食の子が、総理大臣で伯爵様のお嬢さまと、そっくりだなんて」

事実、この二人、伯爵令嬢と乞食娘とは、一方は断髪で光った着物、一方はさんばら髪であらめの様なボロ、という点を別にすると、背恰好から顔形まで、双児といってもよい程、そっくりであった。

「あたし、勿体ないことですけれど、もうずっと前からお嬢さまとあたしと、生き写しの様によく似ていらっしゃることを知っていました。若し、あのお嬢さまに御目にかかって、一言でもお話が出来たらと、もうそれが、あたしの一生の望みだったのです。その望みが叶って、あたし、こんな嬉しいことはありゃしませんわ」

乞食は、目に一杯涙を溜めていた。

「マア、世の中に、こんな不思議なことってあるもんでしょうか」

美禰子さんも、それまでよりも、十倍も慈悲深い心持になって嘆息する様に云った。

境遇では天と地程も違った、この二人の娘は、忽ちにして、姉妹《きょうだい》の様に仲よしになってしまった。

美禰子さんが聞くに従って、乞食娘は詳しい身の上話をした。その内容をここに記す必要はないけれど、彼女の身の上は誠に憐むべきものであった。

言葉は上品だし、顔は美しいし、気質もそんなにひねくれてはいない様だ。

美禰子さんは、もう新しいお友達が、一人ふえでもした様に、有頂天になってしまった。

しめっぽい、身の上話がすむと、乞食娘も高貴の令嬢とお友達みたいにしている嬉しさに、段々快活になって来たし、令嬢の方でも気のつまる涙話にあきて、はしゃぎ始めた。

「アア、いいことを思いついたわ。マア、すてきだわ。ネエお前、あたし今、それはそれは面白い遊び方を考え出したのよ」

美禰子さんが、目を輝かせて叫んだ。

「アラ、あなた様と、わたくしとが、何かして遊ぶんですって」

乞食はびっくりして聞き返す。

「エエ、そうよ。あたしね、子供の時分『乞食王子』って云うお伽噺を読んだことがあるのよ。それで思いついたのだわ。あのね……」

と何かボソボソと囁く。

「マア、勿体ない。そんなことが……」

乞食娘は、余りのことにボーッとしてしまって、辞退する言葉も知らぬ体に見えた。

アア、美禰子さんの、並みはずれた慈悲心が、飛んでもない悪戯を考え出してしまった。

その結果、あんな大事件が起ろうなどとは、夢にも思わないで。

乞食令嬢

伯爵令嬢が奇抜ないたずらを思いついた。この乞食娘に自分の着物を着せ、自分は乞食のボロを身につけて、「乞食王子」という小説の真似をして見ようと云うのだ。美禰子さんの極端な慈悲心が、この哀れな乞食娘に一時でも伯爵の娘になった夢を見せてやり度いと思ったのだ。

二人は鏡の前で、お互の着物のとり換えっこをした。乞食娘は令嬢が態々持って来てくれた洗面器で汚れた手を洗い、顔にお化粧をした。

「お前、髪を短くしてもいいかえ」

乞食が肯くと、令嬢は髪の形まで自分のと寸分違わぬ断髪に切り縮めてやった。可成り手間取ったけれど、素人細工にしてはうまく出来上った。

今度は令嬢の番だ。彼女は乞食のボロを身につけ、髪をモジャモジャにして鏡を見た。

「アラ、そんな美しい乞食ってございませんわ。お顔にこの眉墨を薄く塗って上げましょうか。そうすれば、もう本物ですわ。誰が見たって華族様の御令嬢だなんて思いませんわ」

乞食は図に乗ってそんなことまで云い出したが、美禰子さんは却って面白がって女学校の仮装会のことなど思出しながら、乞食の云うがままに、顔一面眉墨を塗らせさえした。

二人はすっかり扮装を終って、肩を並べて鏡の前に立った。

「どう見たって、分らないわね。私がお前で、お前が私だって云うことは」

「マア、勿体ない。私はもう死んでも本望でございますわ。一度でも大臣様のお嬢様になれたかと思うと」

「お前、そんなに嬉しいかえ」

令嬢になった乞食よりも、乞食になった美禰子さんの方が却って嬉しそうだ。彼女は暫く鏡を見つめていたが、何を思ったか、クスクス笑い出して、

「お前、もっとおすまししてね、あちらの、書生や小間使なんかのいる部屋をね、見廻って来てごらん。そして、若し少しも疑われないで帰ってお出《い》でだったら、そうね、何か御褒美《ごほうび》上げてもいいわ」

乞食娘は、まさかそんなことと、尻ごみしていたが、令嬢がドアを開けて突き出す様にするものだから、しぶしぶ廊下へ出て、ひっそりとした邸内を、勝手元の方へ歩いて行った。

廊下を曲ると、向うから書生がやって来るのに出会った。それを見た乞食娘はいきなりキァッと悲鳴を上げて、書生目がけて走って行った。逃げようとしてとまどいしたのかしら。

それにしてはどうも様子がおかしい。と見るまに、実に驚くべきことが始まった。

「お前、早く来ておくれ。大変なのよ。私の部屋にね、乞食女が這入って、部屋をかき廻しているのよ。早く、早く、あれを追い出しておくれ」

美禰子さんに扮装した乞食娘が途方もないことを訴えた。

「エ、乞食が？　お嬢さまのお部屋に？　飛んでもない奴だ。ここに待っていらっしゃい。すぐに摑み出してやりますから」

書生は何の疑う所もなく、廊下を一飛びに走って、令嬢の部屋へ来て見ると、真黒な顔をした汚い乞食女が、図々しくも令嬢の椅子に腰かけて、悠々とお茶を飲んでいるではないか。

「コラッ、貴様一体何者だ。ここをどこだと思っている。グズグズしていると警察へ引渡すぞ」

書生が恐ろしい見幕で呶鳴っても、ふてぶてしい乞食女は平気なものだ。

「アラ、何を怒っているの。一寸いたずらをして見た丈けなのよ。怒ることはないわ」

書生はあきれ返ってしまった。

「馬鹿。一寸いたずらに人の部屋へ這入ってこられて耐《たま》るもんか。サア出ろ、出なければこうしてくれる」

彼はいきなり乞食女（その実令嬢美禰子さん）の頸筋を摑んで、えらい力で、窓の外へ投《ほう》り出してしまった。

美禰子さんはひどく憤慨《ふんがい》して書生の無礼を叱ったが何の利目もない。いたずらが過ぎたのだ。二人の扮装が余りによく出来たので、書生にさえ見分けがつかぬのだ。と気附くと、令嬢は怒ることをやめて、おとなしく説明を始めたが、書生はどうしても承知しない。気違い扱いにして取合おうともしない。無理はないのだ。仮令乞食の顔が令嬢に似ていた所で、本物の令嬢は廊下に待っている。まさか伯爵令嬢が乞食の扮装をしようなどと誰が想像するものか。その上令嬢になり切った乞食娘の方では、そんな着物のとり換えっこをした覚えはない。顔が似ているのをいいことにして、そいつは飛んでもない云いがかりをつけるのだと、誠しやかに云い張るものだから、一層相手が気違い乞食に見えて来るのだ。

結局可哀想な美禰子さんは、何と弁解しても聞き入れられず、書生や門番の手で、荒々しく門外へ放り出されてしまった。

そうなると深窓に育ったお嬢さんには、何の思案も浮ばぬ。ただ腹が立つ。激昂の余り云い度いことも充分には云えない。どうしようどうしようと門前に立ち尽している内に、自然頭に浮んで来るのは、慈悲深き父伯爵のことだ。そうだ。お父さまなら、まさか娘を見違えはなさるまい。父さまにお会いしよう。それがいい。それがいい。と心を極めて遠くもあらぬ首相官邸へと、トボトボ歩き出した。

道行く人が振返って眺めて行く。何となく艶《なま》めかしい乞食だからだ。併し、美禰子さんにしては夢にも考えたことのない屈辱の道中だ。いきなり地面へ泣き伏したい程の気持を、やっと励まして歩いて行く。

二三丁歩いた時分、けたたましい警笛に飛びのいて見送ると、見覚えのある自邸の自動車。誰かしらと怪しむ内に、車は遠く隔《へだた》って行った。美禰子さんは気附かなかったけれど、その車には伯爵令嬢になりすましたさっきの乞食が乗っていたのだ。行先は同じ首相官邸。機敏な彼女は先廻りをして、美禰子さんが父伯爵に会うことを妨げようとする積りだ。

暫くして美禰子さんの乞食女が官邸門前にたどりついた時には、旨を含められた門番の親父が手ぐすね引いて待ち構えていた。

彼は門を入ろうとする乞食娘を突飛ばして置いて呶鳴った。

「案の定うせおったな。お前のことは、もうちゃんとこちらへ分っているのだ。一足でも門内に入れるこっちゃないぞ」

突き倒された美禰子さんは、余りのことに立上る力もなく、そのまま地面に顔をつけて、くやし泣きに泣き入ってしまった。

ふと思いついた「乞食王子」のいたずらが、こうまであのお伽噺の筋そのままに進展しようとは、思いもかけぬ所であった。だが、或はこうなるのが当然の運命かも知れぬ。世の中に私とあの娘の様に、まるで瓜二つの人間が存在することを、誰が信じるものか。対決をさせて見た所で、両方が同じことを主張すれば、現に令嬢の地位にいる方が勝利を得るは知れたことだ。それ故にこそ、お話の中の王子さまは、あんなにも御苦労なされたのではないか。と考えると、愈々望みが絶えた様な気がして、美禰子さんはただ泣く外にせん術《すべ》を知らぬのであった。

いからである。

さて、お話の速度を少し早めなければならぬ。同じことをいつまで書いていても際限がな

美爾子嬢はそれからどうなったか。白蝙蝠団の陰謀は見事図に当って、彼女は仮初《かりそめ》の扮装が仇《あだ》となり、とうとう乞食の群に身を落す運命となった。乞食となり下った伯爵令嬢の不思議にも痛ましき身の上、それを細叙したならば、恐らく一篇の異様な物語が出来上ることであろうが、今はその暇《いとま》がない。

其翌日、美爾子さんの許婚の俊一氏が大阪のホテルで奇怪な死をとげた。無論これも白蝙蝠団の魔手が伸びたので、彼等は令嬢すり替えを看破《かんぱ》し得るものは、許婚の俊一氏の外にはない。この邪魔者を先ず除かないでは、最後の目的である大河原伯爵に対する陰謀に、安心して着手することが出来ぬと考えたのだ。

さて、引続いて起った二つの事件から十日程たって、俊一氏の葬儀も終った頃、大河原首相官邸に突発した奇怪千万な出来事。

ある夕方、非常に長引いた閣議が終って、引上げて行く閣僚達を見送った首相はいつになく疲労を覚えたので、私室に入って、グッタリと椅子に凭《もた》れていた。養子俊一氏の変死が、

伯爵の私生活に悲しい空虚を作った。彼は首相としての激務に僅かの隙を見出すと、知らぬ間にその空虚へ陥っているのを発見した。

その上彼には、もう一つ変な心懸りがあった。ついさっき、閣議の始まる前に、野村秘書官が囁いた彼の一身に関するある重大な事柄だ。彼はそれを聞いた時、秘書官が気でも違ったか、或は白昼の夢を見ているのではないかと疑った。何を馬鹿なことを云っているかと叱りつけようとした。だが、野村の態度なり言葉なりが、長年人を見慣れた伯爵には、どうしても出鱈目とは思えなかった。

現実の出来事には嘗つて恐れを抱かぬ大政治家も、この妙な悪夢の様な感情を、如何に処分すべきかに困惑した。馬鹿馬鹿しいと一笑に附し去るはたやすい。併し、野村秘書官がまさか気が違ったのではあるまい。俺はあの男の指図した奇妙なお芝居を演じなければならぬのだろうか。

伯爵が思案に耽っている所へ、丁度彼が今幻《まぼろし》に描いていた人物が這入って来た。令嬢の美禰子さんだ。

「お紅茶を持って参りました」

美禰子さんがしとやかに云った。

伯爵は何故かギョッとした様に、彼《か》の娘を見つめた。

「お前美禰子だね。美禰子に違いないね」

「マア、何をおっしゃってますの、お父さま」

令嬢は鈴の様に笑って見せた。

伯爵は娘の手から紅茶の容器を取って、口へ持って行きながら、

「お前、これをお父さまに飲ませるのだね」

と底力のある声で、念を押す様に云った。

すると今度は美禰子さんが、サッと青ざめて、非常な狼狽の様を示したが、流石に一瞬間で元の冷静を取戻した。

「マア、変なことばっかり。お父さま、今日はよっぽど、お疲れの様ですこと」

伯爵はやっぱり美禰子さんを見つめたまま、唇の隅に薄気味悪い微笑を浮べながら、紅茶茶碗に口をつけた。

厚い唇の前で、紅茶茶碗が段々斜めになり行く。喉仏がゴクリゴクリと上下に動く。またたく内に、伯爵はそれをすっかり飲みほしてしまった。

美禰子さんは、キョロキョロと部屋の中を見廻しながら、何故か落ちつかぬ様子で、伯爵の前の椅子に腰かけていた。顔は真青になり、押えても押えても、小刻みに震えて来るのをどうすることも出来ない体である。

丁度そこへ、野村秘書官が這入って来た。彼は伯爵が既に紅茶を飲みほしたことを知ると、素早く令嬢と妙な目くばせをして、すぐ何気ない体《てい》を装いながら、伯爵の前へ進んで行った。

「唯今内務大臣から御使《おつかい》です。至急御披見が願い度いということでした」

差出す一通の書状。伯爵はそれを開封して読み始めたが、二三行を進まぬ内に、彼の額に妙な曇りが現われ、手紙を持つ手が力なく垂れて行った。

「どうかなさいましたか、閣下、御気分が悪いのですか」

「お父さま。お父さま」

秘書官と令嬢とが同時に駈け寄って、伯爵の巨軀《きょく》を支える様にしたが、伯爵は已に昏々《こんこん》と不自然な眠りに陥っていた。

秘書官はそれを見ると入口に走って、邸内の人々を呼ぶのかと思うと、そうではなく、却って内部からドアに鍵をかけてしまった。

伯爵はいつの間にか椅子を辷り落ちて、床の上に横わっていた。

「うまく行ったわねえ」

令嬢美禰子さんが、お芝居の毒婦の様な言葉を使った。

「君の腕前には感心しましたよ。四人目がかたづいたと云うものです」

野村秘書官が云った。四人目とは白蝙蝠団の人名表の第四番目を意味するのだ。

ああ、何という奇怪千万な事実であろう。賊は内閣総理大臣を斃《たお》すのに、先ずその令嬢の入れ替えを行い、次に養子の俊一氏を亡きものにし、いつの間にか野村秘書官まですり換えてしまったのだ。本物の野村氏は、多年伯爵の恩顧《おんこ》を受けた清廉潔白の士、犯罪団に引入れられる様な人物ではない。ここにいる秘書官は、野村氏と寸分違わぬ別人に極っている。

「サア、手を貸して下さい」

偽秘書官が偽令嬢をうながして、たわいなく眠りこけた伯爵の身体を一隅の押入れの前まで引張って行った。秘書官が鍵でその戸を開く。伯爵の身体がその中へ押し込まれる。

「あとは僕一人で大丈夫。あなたは窓の外を見張っていて下さい」

彼はそう云い捨てて、真暗な押入れの中へ、姿を消した。そこには予《か》ねて持込んで置いた寝棺の様な箱がある。その中には白蝙蝠団から派遣された偽の大河原伯爵が忍び込んでいるのだ。偽伯爵が箱を出る。偽秘書官と二人で本物の伯爵を箱に入れる。蓋をして鍵をかける。これで難なく総理大臣のすり替えが完結するのだ。本物の伯爵をとじこめた箱はそのまま押入れに隠して置いて、機を見て持出す手筈になっている。

暗《やみ》の中でゴトゴトやっていた偽秘書官が、やがてそこを立出でると、あとに随って現われたのは、不思議不思議、今麻睡薬で眠りこけた伯爵が、ケロリと目覚めて出て来たとしか見えぬ、どこからどこまで大河原首相そのままの人物だ。

「マア、お父さま」

美禰子さんが、驚歎の叫びを発して、その人物に近づいて行った。

「ウン、美禰子か」

偽伯爵は、登場早々もうお芝居を始めた。

「で、閣下、唯今の内務大臣への御返事は如何致しましょうか」

偽秘書官がしかつめらしく云った。偽物三幅対《さんぷくつい》だ。

「そうだな。手紙の返事はよろしいが、一つ警視総監に電話をかけてくれ給え、もう退庁していたら官邸へかけるのだ。そして、総監が心酔している民間探偵の明智小五郎を同道して、すぐここへ来る様に。ア、待ち給え。一寸重大な事件が起ったので、腕利きの部下を五六名同道する様に云ってくれ給え。相手は中々手強い奴だと云ってね」

首相自ら斯くの如き異様な命令を発するとは、嘗て前例のないことだ。併し、どうせ相手は偽総監、偽素人探偵だ。同類からの電話なら飛んで来るに極っている。

だが、伯爵は何の為に総監や明智を呼ぶのであろう。二人丈けならまだ分っているが、屈強の警官数名を伴ってこいというのは、どうも変だ。一体全体ここで何を始める積りであろう。令嬢美禰子さんは不思議に思わないではいられなかった。そんな事は予定の筋書になかったからだ。

併し、野村秘書官は、何の不審をも抱かぬ体で、ドアをあけて、電話室へ立去ったが、間もなく引返して来て、

「総監はすぐお出でになります」と報告した。

三十分程たって、伯爵と秘書官とが、別の応接室で待受けている所へ、ドヤドヤと警視総監の一行が乗り込んで来た。

テーブルを囲んで椅子についたのは、伯爵、野村秘書官、赤松警視総監、明智小五郎の四人、同道した警官達は玄関の外に待っているのだ。

明智小五郎は入口に立って廊下を見廻し、誰もいないことを確めると、ドアを密閉して席に戻りながら、

「アア、令嬢の美禰子さんは？」

と伯爵と秘書官を見て云った。

「やっぱり心配になりますかね。芳江さんは非常な元気で、あちらの部屋にお在《い》でですよ」

野村秘書官がニヤニヤして答えた。オヤオヤ令嬢美禰子さんがいつの間にか芳江さんと呼ばれている。芳江と云えば、この物語の前段に度々顔を出した青木愛之助の愛妻の名前ではなかったか。しかも彼女は「片手美人」事件で已に世になき筈の人だ。

「ところで、至急の用件というのは何だね、伯爵」

警視総監が、日頃とはまるで違った、失礼千万な言葉で伯爵に尋ねた。無論彼は伯爵が已

に替え玉と代っていることを、野村秘書官から聞いていたのだ。

「ウン、実は非常な犯罪者がこの邸内にいるのだ。それを即刻捕縛して貰いたいと思ってね」

伯爵が落ちついて云った。

「犯罪者？　泥棒かね。そんなものを捕えるのに、総監自身御出馬というのは変な話だね。オイ、オイ伯爵、もうちっと自重してくれないと、化《ばけ》の皮がはげるぜ」

「泥棒なんかで君を呼びはしない。国事犯だ。イヤ、国事犯と云った丈けでは足らぬ。共産党よりも、革命よりも、もっと恐ろしい犯罪だ」

「オイ、伯爵、おどかしっこなしだぜ。いたずらもいい加減にし給え。態々呼びつけて置いて」

警視総監は笑い出した。

「イヤ、冗談を云っているのではない。兎も角、君の引連れて来た部下をこの部屋へ呼び集めてくれ給え」

「本当かね。オイ」

赤松総監は救いを求める様に野村秘書官を見た。

「本当だよ。僕達で少し相談した事があるんだ。やっぱり団の仕事の内なのだ。マア、警官達を呼ぶがいい」

「それじゃ、書生に命じてくれ給え」

やっと総監が納得したので、野村秘書官はすぐ様呼鈴の釦《ボタン》を押した。

間もなく、五名の腕節《うでぷし》の強そうな巡査が這入って来た。

「大河原さん。で、その犯罪と申しますのは？」

赤松氏が警官の手前、言葉を改めて尋ねた。

「犯罪というのは今も申す通り、非常に重大な国事犯です。政府を顛覆し、全国に一大擾《じょう》乱《らん》を捲き起そうという、驚くべき陰謀です」

それを聞くと総監は変な顔をした。伯爵は白蝙蝠団のことを云っているとしか考えられなかった。

「で犯人がこの官邸に潜伏しているとおっしゃるのですね。それは一体どこです」

「ここです。この部屋です」

総監と明智とは、キョロキョロと室内を見廻した。だが、別に人の隠れる場所もない。

「赤松さん。警官達に捕縄《ほじょう》の用意をさせて下さい、そして犯人を捕縛することを命じて下さい」

伯爵が威丈高に云った。

「誰をですか」

「斧村錠一《おのむらじょういち》と青木愛之助の両名をです」

横合から野村秘書官が呶鳴った。

それを聞くと、赤松総監と明智小五郎とがスックと座を立って、真青な顔で一座を見廻しながら思わず身構えをして叫んだ。

「それは一体誰のことです。そんな奴がここにいるのですか」

野村秘書官も二人に対抗する様に立上った。そして、片隅に並んでいた警官達を手招きしながら呶鳴った。

「諸君、警視総監と明智小五郎を逮捕するのだ。こいつらは総監でも明智探偵でも何でもない。斧村、青木という白蝙蝠の団員だ。サア何を躊躇しているのだ。早く取り押えるのだ」

だが、警官達は、流石にためらった。これが果して偽物であろうか。数ケ月来彼等の大長官として事《つか》えて来たこの人物が、白蝙蝠団員などと、どうして信じることが出来よう。

「アハハハハ、君は気でも違ったのか。大河原さん。この熱病やみを放逐《ほうちく》して下さい。こんなことを喋らせて、あなたは平気なのですか」総監がわめく。

「私も野村君と同意見です。警官諸君、大河原の命令じゃ。この二人のものを捕縛しなさい」

「待て、待って下さい。この私が赤松でないとおっしゃるのか。これは面白い。どうして私が赤松でないか、その理由を明かにして下さい」

「君は斧村錠一だからだ」

野村秘書官が答える。

「斧村錠一？　聞いたこともない名前だ。だが、若しそんな男がいた所で、その斧村がどうして、赤松と同じ顔をして、しかも警視庁の総監室に納まっていることが出来るのだ。いつの間に斧村が赤松に変ったのだ。狐《きつね》や狸《たぬき》じゃあるまいし、そんな寸分違わぬ人間が、この世に二人いてたまるものか。気違い沙汰も大抵にするがいい」

赤松氏は、さっきぞんざいな口を利いたことは棚に上げて、プンプン怒って見せた。これが最後の手段なのだ。仮令正体がばれた所で、この一点丈けは誰にも説明がつかぬ。従ってあくまで云い張れば、相手はどうすることも出来まいと、高を括っているのだ。

「オイ斧村、君は僕を誰だと思っているのだね」

「僕は斧村じゃない。だが、君は野村君に極っているじゃないか」

「本当の野村秘書官に、君達の陰謀が看破出来ると思うかね」

赤松氏はグッと行詰った。一体全体、これは何事が起ったのだ。野村秘書官は無論偽物と変っている筈だ。しかもその偽物を勤めている男は最も信頼すべき団員の一人、竹田《たけだ》という共産主義者の筈だ。そいつがどうして、こんな馬鹿馬鹿しい裏切りを始めたのであろう。大河原首相とても同じこと、偽令嬢と偽秘書官が麻酔剤を飲ませて、ちゃんと偽物とのすり替えが出来ている手順ではないか。それが思いもかけずこの始末は、どうしたと云うのであろう。

では野村秘書官は偽物ではないのかと思うと、今の言葉ではそうでもないらしい。本物でもなく、代役の竹田でもないとすると、この男は全体誰なのだ。

「君は誰だ。君は誰だ」

赤松氏はしどろもどろになって叫んだ。

悪魔の製造工場

「僕は明智小五郎だよ」

野村秘書官は、そう云いながら巧妙な鬘《かつら》や附眉毛《つけまゆげ》や含み綿を取除いてつるりと顔を撫で下した。

「どうだね。君達の工場の人間改造術と僕の変装術と、どちらが便利だね。ハハハハハ」

驚くべし。そう云って笑ったのは、まぎれもない名探偵明智小五郎だ。額の皺から、唇の曲線から、目の大きさから、声の調子に至るまで、一瞬間までそこにいた野村秘書官の面影は、どこを探しても発見することは出来なかった。

「僕は君達の巣窟にとらわれていた。だから君達白蝙蝠の陰謀は何から何まで知っているのだ。青木芳江が大河原令嬢になりすまして、伯爵に麻酔剤を飲ませることも分っていたので、あの女の持っている麻酔剤を、無害の粉薬とすり替えて置いて、伯爵に御願いして、態と寝入った振りをして頂いたのだ。そして、伯爵の身体を押入れの箱の中の偽物と入れ替えると見せかけて、暗闇を幸《さいわい》、入れ替えをしなかったのだ。だからあの箱の中には今でも君達の仲間がとじこめられている訳だよ」

一座の人々は、名探偵のこの劇的出現に、アッと驚きの声を上げた。

赤松氏は、思わず横にいた偽の明智小五郎を見た。寸分違った所はない。明智小五郎と明智小五郎が相対して睨み合っているのだ。だが、誰よりもびっくりしたのは、偽の明智になりすました青木愛之助であった。彼が若し、真からの悪党であったなら、本物の明智に対して、貴様こそ偽物だと云い張ったであろうが、そうすれば、この全く瓜二つの両人の真偽判別は一寸不可能であったかも知れないのだが、読者も御承知の通り、青木という男はただ極端な猟奇者という丈けで、根はごく小心者だったから、そこまで我慢がし切れず、第一番にその部屋を逃げ出そうとしたのである。

青木が逃げ腰になると、悪党の斧村錠一も一人踏止《ふみとど》まる勇気はなく、彼のあとについて、入口へと駈け出した。

「何をボンヤリしているのだ。諸君、そいつを捕えるのだ」

明智が叫んだけれど、余りの驚きに、夢に夢見る心持で、警官達は賊を追おうともしない。止めだてするものがないのを幸、二人の賊は、忽ち入口に達して、サッとドアを開き、いきなり廊下へ飛び出そうとした。だが、飛び出そうとした両人は何を見たのかギョッとそこへ棒立ちになってしまった。

「総監閣下どうも止むをえません。無礼の段はお許し下さい」

廊下から太い声が皮肉な調子で聞えた。見ると、ドアのすぐ外に立ちはだかった御馴染の波越鬼警部。その手にはピストルの筒口が気味悪く光っている。抜目のない明智小五郎は、万一の用意にソッとこの親友を呼び寄せて置いたのだ。

かくして白蝙蝠の一味、斧村、青木、竹田（例の箱の中に潜んでいた大河原伯の偽物）の三人は、何の造作もなく逮捕せられ、五名の警官がその縄尻を取って別間に引下がった。

傲岸《ごうがん》不屈当代比類なき大政治家ではあったが、流石の大河原伯爵も、こんな変挺《へんてこ》れんな、どんな悪夢の中にも滅多に出て来ない様な、奇怪事に出くわしたのは生れて初めてだった。彼は悪人原《ばら》が捕縛されるのを目にしながらも、何だかまだ現実の出来事と信じ切れない、不思議な夢心地で、当然心配しなければならぬ令嬢美禰子さんのことさえ思い浮ばぬ程であった。

「あり得べからざることです。この恐ろしさは個人的な恐怖ではありません。人類の恐怖です。世界の恐怖です」

明智が語り続けるのを、伯爵がさえぎって云った。

「信じ得ない。それは神の許さぬことだ。奴等も君と同じ様な一種の変装術を用いているのではないか」

「決して。彼等は真から容貌が変っているのです。例えば青木夫妻の如き人間が、どうして私の変装術を真似ることが出来ましょう。私は少くも十年間の絶え間なき研究と練習を積んで、やっと随意に顔の皺まで変える術を会得したのです。素人の彼等に出来ることではないのです。彼等のは私の様に変通自在ではありません。決定的のものです。一度容貌を変えたなら、そのまま永久に続くのです」

「夢だ。私も君も夢を見ているのだ」

「イヤ、夢ではありません。私は彼等の製造過程をある程度まで説明することが出来ます。それよりも一度彼等の工場を御目にかけ度いと存じます。この様な比喩《ひゆ》を申上げるのは失礼かも知れませんが、閣下は多分寛政《かんせい》以前に飛行機を製作した岡山の表具師幸吉*38のことを御聞及びでございましょう。彼は鳥の真似をして、張り子の翼で屋根の上から飛降りたのです。無論人々はこの頓狂な行いを見て、大笑いをしました。町奉行は彼を追放の刑に処しました。飛行機ばかりではありません。ラジオでもテレビジョンでも、昔のユートピア作者達がそれを描いた時にはいつもいつも大笑いでした。一顧の価値なき痴人の夢とけなしつけられたのです」明智がここまで喋った時、邸内のどこかで帛《きぬ》を裂く様な女の悲鳴が聞えた。伯爵も明智も座に居合わせた波越警部も、ハッと聞き耳を立てた。

「行って見よう。波越君」明智は警部と一緒に部屋を飛出した。見ると廊下を走って来る書生の姿。

「大変です。お嬢さまのお部屋で」皆まで聞かず、書生の案内で令嬢の部屋へ駈けつけた。甲高い罵り声、ドタンバタンと何かがぶつかる物音。ただ事でない。

明智がいきなりドアを開いた。見ると部屋の真中に、小犬の様にもつれ合う二つの肉団。一人は伯爵令嬢の美禰子さん。一人は見も知らぬ女乞食だ。しかも不思議なことに、悲鳴を上げているのは、令嬢ではなくて、不気味な女乞食の方である。

それを見た波越鬼警部は、いきなり飛込んで行って、乞食娘の横面をガンとくらわせた。か弱い乞食娘は一たまりもなく、ぶっ倒れる。

「引括ってしまえ」警部が部下の巡査に命令した。

「待ち給え、波越君。乱暴なことをしちゃいけない。君が今なぐったのは誰だと思う。伯爵の令嬢だぜ」

明智が注意しても、警部にはまだ事の仔細が分らぬ。

「馬鹿を云い給え。お嬢さんをなぐるものか。この乞食娘だ。こいつがお嬢さんに失礼を働いていたからだ」

「君がお嬢さんというのは、あいつのことかね」

明智が指さす所に、真青になって突立っているのは、どう見ても伯爵令嬢だ。

「あいつって、あれがお嬢さんでないと云うのか」

「君は、白蝙蝠団の魔術を忘れたのかね。あれは君、青木愛之助の細君の芳江という女だよ。

……ホラ、逃げ出した。何よりの証拠だ」

窓から飛出そうとする、美禰子さんに化けた芳江を、一人の巡査がとり押えた。

なるほど顔を見れば美禰子に違いないのだけれど、その汚い乞食娘が令嬢だと聞いた時には、父親の大河原伯爵さえ、容易に信じ得なかった程である。

「悪魔の製造工場が、この世に送り出した、贋物の人物が六人あります。その内三人は御覧の通り始末をつけました。あとの三人というのは、青木愛之助の友人の、科学雑誌社長品川四郎と、岩淵紡績社長宮崎常右衛門と、伯爵の秘書官野村弘一《こういち》ですが、偽野村秘書官は、波越君の手で、警視庁の地下室に抛《ほう》り込んでしまいました。偽宮崎常右衛門は、警視庁の別の一隊が逮捕に向いましたから、今頃はもう引括られている時分です。残る偽品川四郎は、白蝙蝠団の首領ともいうべき人物ですが、こいつを逮捕することと、それから、気掛りなのは、賊の巣窟にとじこめられている、本物の警視総監と宮崎氏と、野村秘書官です。我々は一刻も早く、この三人を救い出さなければなりません」

明智が説明した。

「無論、即刻その手配をしなければならぬ。と同時に、この驚嘆すべき陰謀が、新聞記者に洩れ、世間に拡がるのを、極力防止することが、絶対に必要だ。ところで、賊の巣窟にさし向ける人数は？」

大河原伯爵は極度に緊張した面持で尋ねた。

「賊は六人です。その中半数《うち》は全く犯罪の意志がないのですから、正確に云えば、三人です。殆ど抵抗力はありません。賊と同数か、或いは二三人余分の人数があれば結構です」

そこで協議の結果、刑事部捜査課長と、波越警部と、腕利きの刑事六名、明智小五郎の九名が、賊の逮捕に向うこととなった。

三台の自動車が、警視庁を出発し、明智の指図に従って、郊外池袋に疾駆《しっく》した。

車が止ったのは、読者諸君は記憶されるであろう、嘗て青木愛之助が幽霊男を尾行して、むごたらしい殺人の光景を隙見した、あの奇妙な一軒家である。

相変らず、人気のない空家みたいな古洋館だ。入口の戸を押せば、難なく開く。これがあの怪賊の隠家かしら。それにしてはあんまり明けっぱなしな、不用心な隠家ではないか。

一同はドカドカと、薄暗い、ほこりだらけの屋内へ這入って行った。

幾つかの部屋を通り過ぎて、裏口に近い一室に出ると、そこに地下室への階段が開いている。

明智が先頭に立って、昼間でも真暗だものだから、用意の懐中電燈を振りながら、降りて行く。降り切った所は、物置の様な煉瓦造りの小部屋になっている。西洋のセラーという奴だ。空樽、炭俵、椅子のこわれたの、色々のがらくた道具が、滅茶苦茶に抛り込んである。

この洋館にこの地下室、別段不思議もない。

「サア、愈々賊の隠家の入口へ来ました。武器の用意をして下さい」

明智が囁く様な声で云った。武器というのは、兇賊逮捕の為、特に用意されたピストルのことを意味するのだ。

「だが君、地下室はこれ丈けの部屋で、別に抜け道もない様だが、ここが隠家の入口とは、どういう意味だね」

捜査課長が、不審そうに尋ねた。

「それがこの隠家の安全な訳です。地下室の奥に又別の部屋があろうとは、誰も想像しませんからね。併し、この壁は行止りではないのです」

明智は小声で説明しながら、正面の壁の煉瓦の一つを取はずして、その穴へ手を入れて何かしたかと思うと、驚くべし、壁の一部分が、扉《ドア》の様に、ソロソロと開いて行って、ポッカリと大きな穴が出来た。

穴の奥から、幽かに光が漏れて来る。

明智を先頭に、一同ピストルを手にして、闇の細道を、奥へ奥へとたどると、突き当りに、又扉《ドア》がある。明智は一同を闇の中へ待たせて置いて、単身、その扉《ドア》を開けて入って行った。

広い部屋に、人形が一杯並んでいる。嘗って青木愛之助が、目隠しをされて、連れて来られたのも、この同じ部屋であった。

「青木君じゃないか。どうしたんだ、何か急用が起ったのか」

部屋の向うから、一人の男が飛出して来て声をかけた。品川四郎だ。云うまでもなく、贋物の例の幽霊男の方である。

明智は相手が何を云っているのか、すぐには理解出来なかったが、ふと気がつくと、非常に滑稽な間違いが起っていることが分った。

幽霊男は、彼を「青木君」と呼んだ。青木愛之助の意味だ。いくら蠟燭の光りでも、人の顔を見違える程暗くはない。決して見違いではないのだ。青木と呼ぶのが当然なのだ。なぜと云って、青木愛之助は、今では元の姿を失って、明智小五郎に改造されている。明智を青木と感違いするのは無理もないことだ。それに、幽霊男は、贋明智の青木が逮捕されたとは知る由もなく、一方本物の明智がこの空家を逃げ出したのも、まだ気附いていないのだから、今外から這入って来たのが、贋の明智即ち青木愛之助だと思い込んでいるのは、当然のことなのだ。

それと悟ると、明智はおかしさを堪え、咄嗟《とっさ》の機転、賊の屢々《しばしば》用いたトリックを逆用して、さも青木らしく装いながら、

「大変です。警察がこの隠家を悟ったらしいのです。イヤ、悟ったばかりではない。もうとっくに、敵の廻しものが、姿を変えてここへ這入り込んでいるのです」

と惶《あわただ》しく囁いた。

「え、警察の廻しものが？」贋品川はサッと顔色を変えた。「そいつはどこにいるのだ」

「ここにいるのです」

「ことというと？」

「この部屋にです」

「オイ、冗談を云っている場合ではないぜ。この部屋には、君と僕の外に誰もいないじゃないか。それとも、あの人形共の中に、そいつがいるとでも」

幽霊男は、不気味そうに、群がるはだか人形を見廻した。

蠟細工の人形共は、黒い目をパッチリ開いて、まるで生きている様に、ジロジロとこちらを眺めている。その中に本当の人間が混っていても、ちっとも見分けがつかぬ程だ。

「人形に化けているのじゃありません。もっとうまい変装ですよ」

明智はニヤニヤ笑いながら云った。

「もっとうまい変装？　君は一体何を云っているのだ」

首領は、云い知れぬ恐怖を感じ始めた。何かえたいの知れぬ、不気味千万なことが起りかけているのを予感して、おびえた目で相手を凝視した。

「ハハハ……、分りませんかね」

明智の方でも段々正体を現わして行く。

「つまり、君は、その廻し者が、この部屋にいるというのだね。ところで、この部屋にいる人間は、たった二人、僕と君だ。すると……」

贋品川はどもった。

「やっと分りかけて来ましたね」

「あり得ないことだ。君は気でも違ったのか」首領は真青になって呶鳴った。「あいつは奥の部屋に監禁してある。たった今、部屋の中をゴトゴト歩き廻っているのを、ちゃんと確めて来たばかりだ。あいつが外から帰って来る筈がないのだ。君は青木だ。もう一人の奴ではない」

「ところが、青木でない証拠には、ホラ、僕は君を逮捕しようとしているのですよ。ホラね」

明智は、そう云いながら、相手の背中をコツコツ叩いた。贋品川は、それが指ではない、もっと固いもの、例えばピストルの筒口の如きものであることを感じて、はッとした。

「サア、諸君。這入ってもよろしい」

明智が大声に呼ぶと、待構えていた警官達が、ドヤドヤと入って来た。白蝙蝠団の首領は何か様にして苦もなく縄をかけられてしまった。

残る二人の団員も、騒ぎを聞きつけて、コソコソ逃げ出す所を、有無を云わせず取押えてしまった。その内の一人は、嘗つて、屢々《しばしば》浅草公園に現われた、お面の様な美しい顔の青年であった。

一同は三人の虜《とりこ》を引つれて、なおも奥へと進んで行った。途中に、厳重な戸締りをした小部屋があって、耳をすますと中から、コトコトと人の歩いている様な音が聞えて来た。

贋品川は、それを聞きつけて、妙な顔をした。彼はその部屋の中に、本物の明智がいると信じ切っていたのだ。

「あの音かね」明智はクスクス笑いながら説明した。「あれは君、君達が実験用に飼っている兎だよ。兎が僕の靴をはいて飛び廻っているのだよ」

賊の巣窟には、不可思議な外科病院があって、そこの実験用に家兎《かと》を飼養してあった。その一匹が靴をしばりつけられて、明智の代理を勤めていたのだ。

賊はあいた口が塞がらぬ。

「サア、今度は君達の番だ。自分の作った牢屋の中で、暫く静かにしているのだ」

明智は刑事達を指図して、三人の賊をその小部屋にとじこめ、外から鍵をかけ、入口には念の為一人の刑事を見張番に残して置いた。

人間改造術

トンネルみたいな廊下を一曲《ひとまが》りすると、鉄格子で区切られた十坪程の広い部屋があった。部屋の中には、病院の様にズラリと寝台が並び、三人の顔を繃帯《ほうたい》で包まれた人物が、寝台に横わっている。その枕元には、電気治療機の様なもの、メスの棚、薬瓶の棚、その他訳の分らぬ、ピカピカ光った、様々の不気味な器具が所狭く並べてある。

その中を、急《せわ》しそうに歩き廻っている三人の男。その一人は、モジャモジャの白髪、顔を埋めた白髯、ロイド眼鏡の奥からギロギロ光る目、何となく不安な、気違いめいた様子の老人で、外科医の様な白い手術着を着ている。牢獄病院の院長といった恰好だ。外の二人は同じく手術着を着ているが、まだほんの青年で、助手の格である。

明智は、贋品川から取上げた鍵で、鉄格子を開いて、一同を奇妙な病院の中へ案内した。二人の助手は、警官の姿に驚いて部屋の隅へ逃げ込み、小さくなっていたが、院長の白髪老人は、ビクともせず、一同の前へ立ちふさがって、恐ろしい声で呶鳴りつけた。

「オイオイ、お前方は何者だ。無闇に這入って来てはいかん。大切な仕事の邪魔になるのを知らんか」

「イヤ、大川《おおかわ》博士、邪魔をしに来たのではありません。私達は先生の驚くべき御事業を、参観に参った者です。御高説を拝聴に参ったものです」

明智が鞠躬如《きっきゅうじょ》として云った。

「ウン、左様か。それならば別段叱りはせぬが、お前達はわしの学説を聞きに来たというが、多少でも医学を心得ておるのか」

「イヤ、医学者ではありません。この方々は警視庁のお役人です。つまり役目柄、先生の御発明がどんなものであるかを、一応伺って置きたいと申しますので」

「アア、役人か。役人がわしの仕事を見に来るのは当り前だ。なぜやって来ぬかと、不思議に思っていた位だ。よろしい。素人にも一通り分る様に説明して上げよう」

実に変てこな問答である。一同何の事か少しも分らないで、目をパチパチやっていたが、明智が小声で説明するのを聞いてやっと仔細が分った。

大川博士と云えば、十年程以前までは、大学教授として、世にも聞えた人であったが、教職を辞して、一種奇妙な研究に没頭しているという噂が伝わったまま、世間から忘れられてしまった。どこで何をしているのか、誰も知るものはなかった。

彼の研究は、人間の容貌を随意に変える方法つまり「人間改造術」とも称すべきもので、医学と美容術を混ぜ合わせた一種異様の題目であったが、この気違いめいた仕事を、気味悪がって、顧みる者もなかった時、ふと博士と知合い、その手腕を信じ、博士を助けて「人間改造術」を完成せしめ、大芝居をうって見ようと、途方もない考えを起した男があった。

彼は窮乏のどん底にあった博士に、生活費と研究費を供給した。十年に近い年月、うまずたゆまずそれを続けた。

一年程以前、大川博士のこの奇怪なる研究は、幸か不幸か見事に完成した。ある人間を全く違った人間に作り変えること、又、ある人間と寸分違わぬ人間を作り出すこと、凡て自由自在である。

だが、研究の完成と同時に、精根を使い果したのか、或は悪魔の仕事が神の怒りにふれたのか、大川博士は気が違ってしまった。彼は狂人なのだ。併し、気違いながらも、不思議なことに、人間改造の施術《しじゅつ》は忘れぬ。完成した大発明を、黙々として実行する、一種の機械となり終った。

博士に資金を供給した男にとって、この博士の発狂は、却って仕合せであった。彼は早速一軒の古洋館を買い入れ、その地下室を拡張して、悪魔の製造工場を作った。奇怪なる牢獄病院を設けた。

大川博士は地下室の牢獄にとじこめられた。だが、その牢獄には人間改造施術のあらゆる器具薬品が用意され、実験台となる生きた人間まで供給された。狂博士は、嬉々《きき》として施術に従った。彼は彼の施術が如何なる用途に供されるかは少しも知らずただ技術の為の技術に没頭して、牢獄病院の院長の地位に甘んじていた。

博士に資金を供給し、博士の発明を利用した男とは、云うまでもなく贋品川四郎、即ち白蝙蝠団の首領であった。彼は我と我身を、最初の実験台として、科学雑誌社長品川四郎に変身する施術を受け、それが出来上ると、この物語の前段に詳記した通り、或時は映画に、新聞の写真版に顔をさらし、或はスリを働き、或は他人の妻を盗むなど、種々様々の奇怪な実験を行い、大川博士の施術が完全に世人を欺《あざむ》き得るや否やをためした上、愈々大丈夫と見極めがつくと、ここにその目的の記載を憚るが如き、彼の最後の大陰謀にとりかかったのである。

悪事の加担者を得ることは、何の造作もなかった。少しの危険もなく、一夜にして天下の大富豪となり、一国の宰相となることを否む者はなかった。

その時明智がこんな詳しい話をした訳ではない。ただ大川が狂せる大発明家であることを簡単に説明したに過ぎぬ。彼はそれに続けてこんなことを云った。

「大川博士の完成したものは、悪魔の技術です。一刻もこの世の日の目を見せてはならない、地獄の秘密です。この施術室は直ちに破壊されるでしょう。博士は本当の牢獄につながれるでしょう。明日からは見ようとしても、見ることの出来ない不思議です。我々はこの機会に魔術の正体を覗き、魔術師の学説を聞いて置き度いと思うのです」

誰も不賛成を唱えるものはなかった。一同白髪の狂博士が導くままに、並ぶ寝台の枕元へと、近づいて行った。

博士は色々の施術具や薬品を示しながら、雄弁に彼の不思議な「人間改造術」を説明した。何を云うにも、施術の腕の外は、気違い同然の老人故、どこか地獄の字引でも探さなくては分らぬ様な変な片言が交ったりして、要領を得ぬ部分は多かったが、その大要は左の如きものであった。

「警察のお役人なれば変装術と云うものを御案内じゃろう。鬘を冠ったり、つけ髭をしたり、眼鏡をかけたりする、あり来りの方法だ。それが若し、鬘も、つけ髭も、眼鏡も使わず、生地のままの人間の顔を、真から変えることが出来たら、どうじゃ、子供だましの変装術なんて、全く不用になってしまう。わしの方法は、その生れつきの人間の顔をまるで違ったものに改造する。本当の意味の変装術だ。
男でも女でもよい。非常に醜い生れつきのものは、一生涯恥かしい思いをせにゃならぬ。恋には破れ、人にはさげすまれ、遂には世を呪うことになる。それを救う方法としては、これまでは、ただ様々の化粧法があったばかりだ。化粧とはつまり塗り隠すことで、到底生地から美しくなるものではない。眼は大きくならず、鼻は高くならず、口は小さくならぬのだ。ところが、わしの改造術は、この不可能事を為しとげた。つまりわしの方法こそ本当の意味の化粧術だ」

大川狂博士の演説はこんな風に始まった。

人間の容貌の基調を為すものは、骨格と肉附である。容貌を変改する為には、先ず骨格からして改めて行かなくては嘘だ。骨を継ぎ、骨を削る、今日の外科医学で、それは不可能なことではない。分り易い例で云えば、[*39]歯根膜炎の手術、蓄膿症《ちくのうしょう》の手術の如き、日常茶飯事の様に骨を削ることを実行しているではないか。ただ容貌を変える丈けの為に、骨を削り骨を継ぐ様な大胆な外科医がないまでのことだ。それを大川博士はやってのけたのだ。

肉附を変えることは一層容易である。栄養供給の多寡《たか》によって、適当に肥痩《ひそう》せしめるのも一法だが、もっと手っとり早い方法がある。それは現に隆鼻術に行われている、パラフィン注射だ。頬をフックラさせる為には、含み綿の代りに、その部分へパラフィンを注射すればよい。額でも顎でも凡て同じことだ。

だが従来の隆鼻術でも分る様に、パラフィン注射は変形し易い。長い間には、パラフィンが皮膚の内部で、だんごみたいに固まって、変な形になる。又温度を加えると、グニャグニャして、指で押えると、へこんだりする。そんな方法ではいけない。

大川博士のやり方は、縦横に織りなされる皮膚組織内に、ごく細いパラフィン線を、別々に幾度にも注入して、パラフィンの肉質化を計り、永久に同じ形状を保たしめる。決してだんごになったり、溶けて流れたりしないのである。

肥満せる肉は、口腔内からの脂肪剔出《てきしゅつ》手術によって、巧みに変形せしめることが出来る。かくして、骨格と肉附とを随意に変形すれば、それ丈《だけ》で、もうその人の容貌は著《いちじる》しく変ってしまうのだが、それでは無論不充分だ。次に頭髪の変形変色が必要である。生え際を変える為には殖毛術、脱毛術が応用されねばならぬ。髪の癖を直す為には特殊の電気装置があり、染毛剤の利用、毛髪の色素を抜出して、適宜の白毛を作る施術が行われる。

眉と髭についても同様に、脱毛、殖毛、変色の方法がある。

眼瞼《まぶた》の変形、二重眼瞼の創作等は、現に眼科医によって行われている所だが、大川博士は、その手術を更らに拡張して、睫《まつ》毛の殖毛術、目の切れ目の拡大縮小、つぶらな目、細い目、自由自在に変形することが出来る。

鼻は、前述の改良隆鼻術と、軟骨切除によって随意に変形し、口も目と同様広狭自在である。これらの手術には、大川博士は電気メス、ボビー・ユニット[*40]を用いている。

口腔内部、殊に歯の変形は、容貌変改上極めて重大である。歯を抜き或は植え、歯並を変形する手術は、現に歯科医によってある程度まで行われているが、大川博士はそれを更らに広く深く究めたのである。

皮膚の色沢については、ある限度までは、電気的又は薬品施術によって、改めることが出来るが、それ以上は、やはり外用の化粧料を俟《ま》たねばならぬ。

之を要するに大川博士の「人間改造術」は、その個々の原理には別段の創見《そうけん》がある訳ではない。ただ従来何人《なんぴと》も手を染めなかった、綜合医術を創始したまでである。整形外科と、眼科と、歯科と、耳鼻科と、美顔術、化粧術の最新技術に更らに一段の工風《くふう》を加え、それを組合わせて、容貌変改の為に綜合的技術を完成したまでである。だが、既成医術を、かくまで網羅的にただ容貌変改の為に綜合利用せんとしたものは、未《いま》だ嘗つて前例がない。しかも、個々に離れていては、左程に目立たぬ各種医術が、一つの目的に集中せられた時、かくまで見事な成果を齎《もた》らそうと、何人がよく想像したであろう。

実在の人間をモデルにして、それと全く同じ容貌を創造する為には、最もモデルに近き身長、骨骼、容貌の人物が、素材として探し出される。大川博士は丁度指紋研究家が指紋の型を分類した様に、人間の頭部及《および》顔面の形態を、百数十の標準型《けい》に分類した。模造人間を作る為には、モデルと素材とが、この同一標準型に属することが必要である。例えば明智小五郎の贋物を作る為には明智と最もよく似た容貌風采の人物（青木愛之助がそれであった）を探し出し、博士自ら、モデルの身辺に近づいて、丁度画家がモデルを眺める様にそれを眺め、病院に帰って、幾種かのモデルの写真を前に置いて、手術にとりかかるのである。謂わば一種の人間写真術だ。

くだいて云えば、大体右の如き事柄を、大川博士は一種異様の、奇怪な、気違いめいた表現で物語った。人々がそれを聞いて、何とも云えぬ、悪夢にうなされている様な、変てこな気持ちになったことは云うまでもない。

大団円

「ではここにいる三人も、先生の手術を施された訳ですね」

明智が尋ねた。

三人というのは、本物の赤松総監と、宮崎常右衛門氏と、野村秘書官だ。贋物をこの世に送り出した上は、本物の方は、全く違った人間に改造してしまわねば危険だ。賊がそこへ気づかぬ筈はない。

「ウン、まだ着手したばかりだ。皮膚の色艶を変える為に、薬を塗った所が、あばれて仕方がないので、睡眠剤を注射した所だ」博士が答える。

「顔の繃帯を取って見てもよろしいでしょうか」

「イヤ、そいつはいけない。今繃帯をとっては、元の木阿弥だ。薬剤の効力がなくなってしまう。とってはいけない」

薬剤の効力が失せるのは、こっちの望むところだ。博士が何と云おうとも、繃帯をとらなければならぬ。

明智は刑事達に目くばせして、博士が邪魔をせぬ様、つかまえさせて置いて、構わず繃帯をめくり始めた。

「コラッ、いかんと云うのに、コラッ、やめぬか」

白髪の老博士は、刑事に掴まれた両手を振りほどこうと、じだんだを踏みながら、恐ろしい見幕で呶鳴った。

「静にしろ。そうでないと、痛い目を見せるぞ」

刑事が呶鳴り返した。

「うぬ、もう我慢が出来ぬ」

博士はけものの様に唸りながら、刑事に武者《むしゃ》振《ぶ》りついて行った。

恐ろしい格闘が始まった。狂人は却々《なかなか》手強く、刑事が二人がかりでも、取静めることが出来ぬ。

だが、滅多無性にあばれ廻っている内に、博士の足が辷った。倒れる拍子に、寝台の鉄の手すりで、いやという程後頭部を打った。

博士はウームとうめいて、ぶっ倒れたまま、暫らく起上る力もなかったが、刑事達がはせ寄って抱き起すと、やっと顔を上げて、いきなりヘラヘラ笑い出した。半狂人が全くの気違いになってしまったのだ。

一方、三人の綳帯はとり去られ、睡眠剤の効力も薄らいだのだが、今の格闘騒ぎに意識を恢復《かいふく》した。彼等の顔にはまだ何の変化も現われていない。元のままの総監と、富豪と、秘書官であった。

丁度その時、

「賊が逃げた、早く来てくれ」

というけたたましい叫び声。

賊をとじこめて置いた、さっきの小部屋の方角だ。見張りの刑事が叫んでいるのだ。

一同ハッとして、その方へ駈け出そうとした時、意外にも、三人の賊がこちらへ走って来る。外へ逃げた所で、助からぬと観念したのであろうか。

ソレッとばかり、刑事の一団が、賊に向って殺到した。

あとで分ったのだが、あの小部屋の扉《ドア》は、中からも鍵がかかる様になっていて、しかもその合鍵をもう一本、賊が持っていたのだ。彼等はお互に縄を解《ほど》き合って、その鍵で扉《ドア》をあけて、見張りの刑事を突飛ばして逃げ出したのだ。

それにしても、なぜ彼等は外へ逃げないで、奥の方へ走って来たのか。

アア、分った。彼らには最後の切札が残されてあったのだ。

見よ。贋品川は、死にもの狂いの形相すさまじく、穴蔵の片隅に立はだかって、黒い円筒形のものを振りかざしているではないか。

尾尻の様な口火がチョロチョロ燃えている。

「サア、この穴蔵を逃げ出せ。そうでないと、皆殺しだぞ」

賊が引つった唇で、わめいた。

あっと驚く人々、中には已に入口へと駈け出すものもあった。

「イヤ、逃げ出すことはありません。オイ、君、僕がそのおもちゃに気づかなかったと思っているのかい。ピチピチ燃えているね。だが燃えるのは口火の先っぽばかりだぜ。火薬の方は、水びたしで、まる切り駄目になっているのを知らないのかね」

明智があざ笑った。彼は先にこの穴蔵を逃げ出す以前、この危険物に気づいて、ちゃんと処理して置いたのだ。

「ホラ見給え。口火の火の色が段々あやしくなって来たぜ。オヤ、いやに煙が出るじゃないか。ジューッと云ったぜ。見給えもう火は消えてしまった」

賊は紫色にふくれ上って、じだんだを踏んだ。

「この悪魔の巣窟を爆発させるというのは、いい思いつきだ。実際こんないまわしい場所は、木葉微塵《こっぱみじん》に破壊してしまうに越したことはないよ。だが今はまあ思い止まるがいい。人間まで捲きぞえを食っては耐らないからね」

か様にして、白蝙蝠の一味は悉々《ことごと》く逮捕せられた。狂博士の助手を勤めていた二青年も例外ではない。

全く気違いになった大川博士は、悪魔牢獄病院から、精神病院の檻の中へと移された。賊の巣窟は「人間改造術」の器具薬品と共に、さる夜《よ》火を失して、灰燼《かいじん》に帰した。悪魔の陰謀は跡方もなく亡びてしまったのだ。

で、この一篇の物語は、何の証拠もない、荒唐無稽の夢を語るものと云われても、一言もないのだ。

容貌を自由自在に変える術。

生地のままの変装術。

そんなものがこの世に行われたならば、人間生活にどんな恐ろしい動乱がまき起ることか。思うだに戦慄を禁じないではないか。

夢物語でよいのだ。

夢物語でよいのだ。

この物語は一ケ年に亘って月刊雑誌に連載されたものです。そういう場合の通例として、作者は月々筆を取って物語を進めて行きました。随って、月々の心変り、筋の運びの冗漫、其他幾多の欠陥ある事をお詫びしなければなりません。又、物語を前後篇に分ち、後半を改題し、小見出しの体裁、筋立て、文脈に至るまで一変しているのは、雑誌の販売政策上、編輯者の注文に応じなければならなかったからです。素人探偵明智小五郎の登場も、同じ注文によるものです。

「猟奇の果」もうひとつの結末

（前篇の末尾より続く）

老科学者人体改造術を説くこと

「オオ、お客さんか。こちらへお入りなさい」

その人物は手術着のような白衣を着た白髪白髯の老人であった。薄暗くてよくは分らぬが、顔中白ひげに覆われたむく犬のような怪老人である。

愛之助は何かしら催眠術でもかけられたような気持で、フラフラと奥の部屋へは入って行った。やはり薄暗い部屋であったが、見た所化学実験室と外科手術室とを兼ねたような感じの部屋であった。大きな琺瑯《ほうろう》塗りのベッドがあり、ピカピカ光るメスの類が並んだガラス戸棚が見え、一方の隅には複雑な電気装置があり、試験管やフラスコなどのゴタゴタ並んだ大テーブル、種々様々のガラス瓶の行列した薬品棚。

「マア、おかけなさい」

白衣の老人は検微鏡の置いてある机の前に腰かけて、前の椅子をさし示した。愛之助は無言のままそこにかける。

「あんた、生れ変りたいのだね」

「エッ、生れ変るといいますと？」

愛之助がびっくりしたように聞返すと、老人はニヤリと笑った。

「そう。あんたは自分を消してしまいたいのじゃろう。イヤ、何も秘密をうちあけるには及ばん。わしはあんたの身の上など聞きたくはない。何も訊ねないで御希望に応じるのがわしの商売です。あんたからはもうちゃんと莫大な前金を頂いておる。わしはただ黙ってあんたを生れ変らせて上げればよいのじゃ」

愛之助は何か途方もない狂人の国にまぎれこんで来たような感じがした。こちらも気違いの気持になって考えて見ると、どうやら老人の言う意味が分るような気がする。だが、そんな馬鹿馬鹿しいことが、いったいこの世にあり得るのだろうか。

「生れ変ることが出来たら、誰だって生れ変りたいでしょうね。しかし、あなたのおっしゃる意味はどういう事でしょうか」

「つまり、あんたという人間がこの世から無くなってしまうんだ。死ぬのだね。そして、全く別の一人の人間がこの世に生れて来るのだ。その代価が一万円。どうです、廉《やす》いものじゃろう」

「そんなことが、本当に出来るのですか」

「ウン、出来る。厄介じゃが一つ説明するかな。ここへ来る客人は皆、わしの説明を聞くまでは手術を承知しないからね。あんたもそうじゃろう」

「手術といいますと？」愛之助はビクッとして顔色を変えた。

「ハハハハハハハ、怖がっているね。イヤ無理はない。最初は誰でも死刑台へでものぼるような顔をするものじゃ。よろしい、素人分りのするように一つ説明しましょう」老人はやおら居ずまいを直して語りはじめる。「あんたは泥棒や探偵の用いる変装術というものを御存知じゃろう。鬘《かつら》をかぶったりつけ髭をしたり眼鏡をかけたりするあり来りの方法だ。それが若し鬘もつけ髭も眼鏡も使わず、生地のままの人間の顔を、真から変えることが出来たらどうじゃ。子供だましの変装術なんて全く不用になってしまう。わしの方法は、その生れつきの人間の顔をまるで違ったものに改造する、本当の意味の変装術だ。男でも女でもよい。非常に醜い生れつきのものは、一生涯恥しい思いをせにゃならぬ。恋には破れ、人にはさげすまれ、遂には世を呪うことになる。それを救う方法としては、これまではただ様々の化粧法があったばかりだ。化粧とはつまり塗り隠すことで、到底生地から美しくなるものではない。目は大きくならず、鼻は高くならず、口は小さくならぬのだ。ところがわしの改造術はこの不可能事を為しとげた。つまりわしの方法こそ本当の化粧術だ」

怪老人の講義はこんな風にして長々とつづいた。その要点を記せば、次のような意味になる。

人間の容貌の基調をなすものは骨格と肉附である。容貌を変改するためには先ず骨格から改めて行かなくては嘘だ。骨を削り、骨を継ぐ。今日の外科医学ではそれは不可能なことではない。分り易い例で云えば、歯根膜炎や蓄膿症の手術の如き、日常茶飯事のように顔面の骨を削ることを実行しているではないか。ただ容貌を変えるだけのために、骨を削り骨を継ぐような大胆な外科医がないまでのことだ。それを怪老人はやってのけたのである。

肉附を変えることは一層容易である。栄養供給の多寡によって肥痩せしめるのも一法だが、もっと手っとり早い方法がある。それは現に隆鼻術に行われているパラフィン注射だ。頰をふっくらさせるためには、含み綿の代りに、その部分へパラフィンを注射すればよい。額でも顎でも凡て同じことだ。

だが、従来の隆鼻術でも分るように、パラフィン注射は変形し易い。長い間にはパラフィンが皮膚の内部で団子みたいに固まって変る形になる。又温度を加えるとグニャグニャになって、指で圧《おさ》えるとへこんだりする。そんな方法ではいけない。

怪老人のやり方は、縦横に織り成された皮膚組織内に、ごく細いパラフィン線を別々に幾度も注入して、パラフィンの肉質化を計り、永久に同じ形状を保たしめる。決して団子になったり溶けて流れたりしないのである。

肥満せる肉は口腔内から脂肪剔出手術によって巧みに変形せしめることが出来る。かくして骨格と肉附とを変形すれば、それだけでもうその人の容貌は著しく変ってしまうのだが、それでは無論不充分だ。次に頭髪の変形変色が必要である。生え際を変えるためには殖毛術、脱毛術が応用されねばならぬ。髪の癖を直すためには特殊の電気装置があり、染毛剤の利用、毛髪の色素を抜出して適宜の白毛を作る施術が行われる。眉と髭についても同様に脱毛、殖毛、変色の方法がある。

瞼の変形、二重瞼の創作等は現に眼科医によって行われている所だが、怪老人はその手術を更らに拡張して、睫毛の殖毛術、瞼の切れ目の拡大縮小、つぶらな目、細い目、自由自在に変形することが出来る。

鼻は前述の改良隆鼻術と、軟骨切除によって随意に変形し、口も目と同様広狭自在である。口腔内部殊《こと》に歯の変形は容貌改変上極めて重大である。歯を抜き或は殖《う》え、歯並みを変形する手術は現に歯科医によってある程度まで行われているが、怪老人はそれを更らに広く深く究めたのである。

皮膚の色沢については、ある限度まで電気的又は薬品施術によって改めることが出来るが、それ以上はやはり外用の化粧料にまたねばならぬ。

之を要するに怪老人の「人間改造術」はその個々の原理には別段の創見があるわけではない。ただ従来何人《なんぴと》も手を染めなかった綜合医術を創始したまでである。整形外科と眼科と歯科と耳鼻科と、美顔術、化粧術の最新技術に更らに一段の工夫を加え、それを組合せて、容貌変改の綜合的技術を完成したまでである。だが、既成医術をかくまで網羅的に、ただ容貌変改のために綜合利用せんとしたものは、未《いま》だ嘗って前例がない。しかも個々に離れていては左《さ》ほど目だたぬ各種医術が、一つの目的に集中せられた時、かくまで見事な成果を齎《もた》らそうとは、何人も想像しなかったところである。

実在の人間をモデルにしてそれと全く同じ容貌を創造するためには、最もモデル近き身長骨格容貌の人物が素材として探し出される。怪老人は丁度指紋研究家が指紋の型を分類したように、人間の頭部及《および》顔面の形態を百数十の標準型に分類した。模造人間を作るためにはモデルと素材とがこの同一標準型に属することが必要である。ある人物の贋物を作ろうとする時には、先ずその人物と同一標準型の別人を探し出し、怪老人自からモデルの身辺に近づいて、丁度画家がモデルを眺めるようにそれを眺め、ラボラトリーに帰るとモデルの写真を幾つも前に並べて、贋物の方の手術にとりかかるのである。謂わば一種の人間写真術だ。

怪老人は大体右のような事柄を、一種異様の気違いめいた表現で講演したのである。これを聞かされた青木愛之助が、悪夢にうなされているような何とも云えぬ変な気持になったことは云うまでもない。

猟奇の果の演出者最後の告白を為すこと

愛之助は怪老人の長口舌《ちようこうぜつ》を聴いている内に、当然あることに思い当っていた。講演が終るのを待ち兼ねて、それを訊ねないではいられなかった。

「それで分りましたよ。だから品川四郎が二人いたのですね。第二の品川四郎を作り出したのはあなただったのですね」

「イヤ、名前は禁物じゃ。わしはあんたの名前も聞こうとは思わぬ。名前も身分も何も聞かないで御依頼に応ずるというのがわしの営業方針でね。品川四郎なんて無論わしは知りませんよ」

「アア、そうですか。そうでしょうね。そうあるべきですね」愛之助はしきりに感心しながら、「じゃ品川の写真を見せれば、お分りになるでしょう。しかし、残念ながら今あの男の写真を持っていないので………」

「ウン、写真があれば、どういう手術をしたかということを思出すじゃろう」と云《い》さして怪老人はじっと愛之助の目を覗きこむようにしながら「しかしね、あんた。写真には及びませんよ。よろしいか。一つあんたに見せるものがある。よくわしの顔を見ていなさい。よいかな」そして、老人はクスクス笑い出した。ギョッとするような笑い方であった。

愛之助は気が遠くなるような気がした。何かしら驚天動地の怪事が勃発する前兆のようなものが、じかに心臓の中へ躍り込んで来た。

老人は目尻に皺をよせてニヤニヤしながら、長い髯《ひげ》を手で掴んで、キュウキュウと左右にふり動かしていたが、すると髯全体がゴムのように伸びはじめた。イヤ、伸びたのではない。離れたのだ。皮をはぐように、髯の根元が顎から離れて来たのである。

顔中の鬚《ひげ》を取り去ってしまうと、今度はモジャモジャの頭髪に手がのびた。それが左の方からクルクルとむけて行った。白髪の下から黒い若々しい髪の毛が現われて来た。

愛之助はヒョイト立上って、いきなり逃げ出そうとした。鬘とつけ髯の下から現われて来る顔を見たくなかったからだ。しかし見てしまった。もう逃げ出す力もない。ヘナヘナと元の椅子に腰をおろした。

怪老人の顔の下から新らしく生れた別人の顔がニヤニヤ笑っていた。笑っている口がどこまでも無限に拡がって行くような感じであった。

「ハハハハハハ、どうです。品川四郎というのはこんな顔じゃなかったかね」

老人の声が品川四郎の声に変っていた。顔も品川と寸分違わなかった。三人目の品川四郎が忽然としてここに現われたのである。

「オオ、あんたは？　君は？」

それ以上口を利くことも出来なかった。愛之助は恐ろしい悪夢の中に悶えていた。

「オイ、青木君、どうだね。これが猟奇の果というものだぜ」

三人目の品川四郎が、品川四郎の声で、品川四郎の心易《こころやす》さで話しかけた。

「ウ、猟奇の果だって？」

「そうさ。これが猟奇の行きつまりというわけさ。どうだい、堪能したかい」

「堪能だって？」

「君の持病の退屈が救われたかというのさ」

「退屈だって？」

「フフフフフフ、君は退屈を忘れていたね。退屈病患者の君が退屈を忘れていた。これは一大奇蹟だぜ。その奇蹟料が一万円は廉かろう」

「エ、一万円？」

「さっきのポンピキ青年に君が渡した一万円さ。人間改造術なんて嘘っぱちだよ。あんなお能の面のような顔の青年を傭って、怪老人の改造術をまことしやかに見せかけたというわけだよ」

「ウウ、そうか。すると君も……………」

「ウン、正真正銘の品川四郎、科学雑誌社長の品川四郎兼スリの品川四郎、君の奥さんをたぶらかした品川四郎、生首接吻の品川四郎、ハハハハハハハ、どうだね、正に一万円は廉いものだぜ」

愛之助はポカンと口を開いたまま阿呆のように黙りこんでいた。

「種あかしが必要かね。どうも必要らしいね。いいか、君は退屈病患者だ。あらゆる猟奇をやりつくして、あとには本物の犯罪が残っているだけだった。人殺しが残っているだけだった。だが君はそこまで進む勇気が無かった。無くって仕合せさ。でなければ今頃は刑務所か首吊台だぜ。その出来ないことを見事にやって見せた。君のため又僕のためにね。君はそれで暫く退屈を忘れ切ることが出来たし、僕は僕でまた、君のような利口なやつをだましおおせる楽しみを、つくづく味わったのだからね」

愛之助の目はまだ空ろであった。彼は信ずべからざる事柄を信じようとして苦悶していた。

「何もかもトリックさ。という意味はね、先ず九段のスリだ。あれは僕だった。態と君の傍へ行って呼びかけさせ、人違いらしく見せかけたのさ。石垣の中にあった財布は別にスリを働いたものじゃない。古道具屋に頼んで買い集めた古財布にすぎなかった。

東京のホテルで君と昼飯を食っていた僕が、同じ日京都で活動写真に撮られていたというのも嘘だよ。あれは心易い映画監督に頼んで、ああいう手紙を書かせたのさ。態々京都へ行って群集に混って映画に入ったのは別の日なんだよ。これも同じ監督の好意でね。考えて見れば僕という男も酔狂《すいきょう》さね。

麹町の例の覗き一件は、僕の最大の力作だった。最初君が一人で覗いた時に、馬になってはい廻ったのはかく云う僕だ。露出狂というやつかね。大芝居だったよ。それとも知らず、君が僕を誘い出して、二人で覗いた時のは、僕の替え玉だ。相手の女が同じなので、雰囲気を作るのはわけは無かった。顔は違うけれどからだの恰好が僕とそっくりの男を傭ったのさ。思出して見たまえ。あの男は上手にふるまって、決して君に顔を見せなかった。君はからだの一部分や後姿ばかり見て、服装も同じだし、相手の女も同じものだから、うまく錯覚を起してくれたのさ。そこへ持って来て、僕が覗いた時には僕とそっくりの奴と面と向いあったように装い、震え上って見せたものだから、いよいよ君はだまされてしまったというわけだよ。

それから新聞写真に品川四郎が二人顔を並べていた一件だね。これもわけはない。新聞社の写真部員を買収して、群集の中へ僕の顔をうまく貼りつけて、写真銅版の原版を作らせたのさ。群集の中に何者がいようと、ニュース・ヴァリウは変らないからね。新聞社にとっちゃ何の痛痒《つうよう》もない。だから写真部員も僕の買収に応じてくれたのだよ。

池袋の怪屋、これがクライマックスだったね。あれはただの空家にすぎない。それを僕がちょっとの間借りておいて、いろいろ細工をしたのだよ。君に殺された男？　ウン、あれもかくいう僕さ。とうとう君の念願の人殺しをさせて、最上のスリルを味わせて上げたという次第だ。ハハハハハハ、ボンヤリしてしまったね。信じられないかい。あのピストルは空砲、僕のワイシャツの胸には血紅の入ったゴム袋が忍ばせてあったのだよ。君が発砲すると、そのゴム袋が開らいてドクドク血のりがふき出すという仕掛けさ。あんな子供だましが成功したのは凡て雰囲気だよ。イリュウジョンを作り出す僕の芸の力だったのさ。聊《いささ》か自惚《うぬぼ》れてもよさそうだね」

それは実に驚嘆すべき遊戯であった。青木愛之助の猟奇の癖もさることながら、品川四郎の執拗深刻な悪戯《いたずら》に至っては、むしろこの方が病的といってよかった。彼は猟奇の演出に狂人の凝り性を遺憾なく発揮したのである。たしかに一万円は廉いものである。世の猟奇の徒はかくの如き理想的な演出者を、どんなにか渇望していることであろう。

「あの時の生首の接吻かい。ハハハハハハ、無論手品さ。切断された首ではなくて、あの台の下にからだを隠して、首だけがのっかってるように見せかけたのだよ。血みどろのね」

「待ってくれ。ちょっと、品川君、若し君の云うことが本当だとすると、僕には腑に落ちないことがある」愛之助は夢から醒めて、愕然として叫んだ。「君は態とそれに触れなかったが、一番大切なことがある。分っているだろう」愛之助の青ざめた顔がピクピクと痙攣していた。果然自失から醒めたのである。醒めざるを得ないような重大問題に気づいたのである。

「分っている。君の奥さんのことだろう。僕が奥さんをどうかしていたということだろう。名古屋の鶴舞公園の闇の中の囁き、それから君の奥さんが僕宛てに送って来たラヴ・レターだね」

品川四郎が言葉を切っても、愛之助は何も云わなかった。云えないのだ。ただ死にもの狂いの目で相手を睨《にら》みすえていた。

「無論トリックだよ。君の奥さんの貞節は保証するよ」

「証拠がほしい」愛之助は額に汗の玉を浮べて、プツリとただ一こと要求した。

「証拠？　よろしい。先ずラヴ・レターの方だが、これは簡単だ。無論偽筆だよ。僕が君の奥さんの筆くせを真似て書いたのさ。例によって子供だましだよ。それから、鶴舞公園であいびきしていた男は、君に呼びかけられて人違いらしく答えたけれど、正に僕だった。僕と同じ人間がこの世に二人いる筈は無いのだからね。だが安心したまえ。相手の女は君の奥さんじゃなかった。後姿と声だけが奥さんに似ている別人なんだよ。僕は随分苦労をしてその女を探し出した。あるカフェの女給なんだがね」

「証拠を見せたまえ」愛之助はまだ信じ切れなかった。

「よろしい。証拠はちゃんと用意してある。待ちたまえ、今見せるから」

品川はテーブルの上の呼鈴に指をかけた。どこかでブザーの音がした。部屋の一方のドアが静かにひらいた。そして、ドアの向うにスラッと背の高い女が、うしろ向きに立っているのが見えた。

「アッ、芳江……」愛之助はガタンと椅子から立上って、その方へ駈け出そうとした。

「君、よく見たまえ。あれは芳江さんじゃない。……ホラ、ね」

女はゆっくりこちらに向きを変えて、しずしずと部屋の中へは入って来た。後姿は芳江とそっくりであったが、顔はまるで違う。愛之助の愛妻とは似てもつかぬ、しかしこれも亦《また》一個の美人であった。

愛之助は緊張がとけてガックリと椅子に倒れこんだ。

女はその間近かまで近づいて来た。そして、さもしとやかに一礼すると、愛くるしい靨《えくぼ》を見せて、恰好のよいルージュの唇で、嫣然《えんぜん》と頰笑《ほほえ》むのであった。

自作解説

I 「探偵小説十年」より

ハッキリは云えないけれど、多分一月号からだと思う。当時横溝《よこみぞ》君が文藝倶楽部の編輯者となって間もなくだったが、同君から度々の依頼を受けて、辞退し切れず書き始めた。初めは余りチャンバラにしない積りであったが例によって何の定まった筋もなくやりかけたものだから、段々困って来て、五六回目にはすっかり気の抜けたものになってしまった。すると横溝君は、私が困っているのを見て、一そ題も替えて、『蜘蛛男』風のものにして下さいと申出てくれたので、私もその方が都合がよかったものだから、早速御意に従って追駈けの冒険物に変えて行った。が、それも思う様に行かず、結局支離滅裂に終った。これを単行本にした時、案外売れたのは不思議であった。ひょっとしたら、講談社の雑誌に書き始めたので、私の本を読んでくれる読者が増したのではないかと考えたりした。

（昭和七年五月）

II 桃源社版『江戸川乱歩全集』の「あとがき」より

博文館の「文芸倶楽部」昭和五年一月号から十二月号まで連載した。私は自分の作品の筋をよく覚えているものと、ほとんど忘れているものとある。「猟奇の果」は忘れている方の一つで、校訂のために三十年ぶりに通読して、こんなことを書いていたのかなあと、後にしるすような意味で、ふしぎな感じがした。したがって、この解説文は少し長くなりそうである。

この小説は私の多くの長篇の中でも、畸形児のような珍妙な作品である。前篇と後篇にわかれていて、それがまるで調子のちがった話になっている。当時の「文芸倶楽部」編集長は多分横溝正史君だったと思う。連載をはじめるとき、横溝君から依頼を受けたかどうかは記憶がないが、中途で改題するときには、たしかに同君に相談し、半ば同君の勧めによって、調子を変えるようになったのだと覚えている。

前篇「猟奇の果」の方は「闇に蠢《うごめ》く」や「湖畔亭」などと同じような心構えで書きはじめたのだが、題材が充分醱酵《はっこう》していなかったので、なんだかモタモタして、ほとんど効果が出ないうちに、終局に近づいてしまった。全く同じ顔の人間が二人いたというのは、実は科学雑誌社長の猟奇の果の手のこんだいたずらにすぎず、最後にその種あかしをするという、私の短篇「赤い部屋」に類する着想であった。ポーの「ウィリアム・ウイルソン」テーマを、逆にトリックとして使った探偵小説をこころざしたのである。ところが、それがうまく書けないで、もう種あかしをしないでは、間《ま》が持てなくなった。しかも、そういう結末だということは、書き方がまずかったために、読者に感づかれてしまっている。私は途方にくれた。第一、一年連載という約束が、半年で終りそうになったのだから、編集長の横溝君にも迷惑をかけるわけで、私は困ってしまって、横溝君に電話で相談した。

横溝君は作家でもあったのだから、私の行きつまっている気持はよくわかる。そこで、こういうことを提案してくれた。とにかく半年でやめられては困るから、ここで一つ気を入れかえて、題名も変えて、もっと派手な小説にしてはどうか、つまり、講談社の雑誌に書いているような、ルパン式の冒険ものにしてはどうかというのである。私も、そうすれば、調子は一変するけれども、書きつづけられないことはないと思ったので、結局、横溝君のサゼッションに従って、題名も「白蝙蝠」と改め、最初の「いたずらだった」という落ちを、「人間改造術」という着想に変え、荒唐無稽な童話ふうのものにしてしまったのである。

私はこの小説の校訂をして、三十年ぶりで自作を読み、殊に後半の方はすっかり忘れていたので、私という人間は、こんなに早くから「人間改造術」のことを考えていたのかと、苦笑を禁じえなかった。「人間改造術」は「一人二役」や「隠れ蓑願望」の最も極端な形なのである。私を評する人が「彼の作品は大部分が一人二役かその変形にすぎない」と言ったのは当っている。私は生来「隠れ蓑願望」の異常に強い男なのだ。一人二役のいろいろなトリックを考えたのもそのためだし、「覗き」心理の作品の多いのもそのためである。

「隠れ蓑願望」のうちでも「人間改造術」ほど理想的なものはない。私はこの術に惹《ひ》かれることが強いので、「猟奇の果」でそれを書いたことを忘れてしまって、そのあと二度も同じ術について詳説している。その一つは昭和十二年に「講談倶楽部」に連載した「幽霊塔」で、これは黒岩涙香の飜訳の筋をいくらか変えて、わたし流の文体で書いたものだが、その終りの方に「容貌改造術」の場面があり、私はそれを原作よりも科学的にして、「猟奇の果」と同じような整形外科手術のことを書いたものである。もう一つは、戦後昭和二十五年度の「宝石」にのせた「探偵小説に描かれた異様な犯罪動機」のうちの「逃避」の犯罪の例として、アメリカの「大統領探偵小説」の梗概を詳しく紹介した（「続幻影城」に収む）。この合作小説に惹かれたのが、やはり整形外科手術による「人間改造術」であった。その部分をアントニー・アボットが、いかにも科学的に書いているので、私はいよいよこの術の可能性を信じるようになった。今から二十五年も前に、アボットはコンタクトレンズによる眼球変装術を書いているが、これなんか私の全く気づかないところであった。

そういうわけで、この「猟奇の果」には、私の好みの「人間改造術」が早くも現われていること、また、前半では、失敗ながら、ポーの「ウィリアム・ウィルソン」テーマの逆を書こうとしていること、この二つが組み合わされて、変てこな、畸形な、不具者のような小説になっていることが、三十年後の私自身には、かえって面白く感じられたのである。

（昭和三十七年四月）

解題

現代読者の読みやすさを考慮して、会話の『……。』は一律に「……」に替え、「々」(「々々」とする場合を除く)以外の踊り字を廃したが、表記、送り仮名の不統一、当て字などは、執筆時の気分を反映したものとして、統一・訂正を差し控えるよう努めた。

【孤島の鬼】

月刊誌「朝日」(博文館 [初])に昭和四(一九二九)年一月から翌五年二月まで連載されたのち、昭和五年五月、改造社([改])より刊行された。本書は、平凡社版『江戸川乱歩全集』第五巻(昭和六年七月 [平])を底本に(竹中英太郎の挿絵一点を含め)新字新仮名遣いに改め、数多い誤脱や句読点の混乱を初出、初刊本を参照して訂正し、句読点は基本的に改造社版を優先させた。さらに、適宜、新潮社版『江戸川乱歩選集』第九巻(昭和十四年八月 [新])、春陽堂版『江戸川乱歩全集』第一巻(昭和三十年二月 [春])、および桃源社版『江戸川乱歩全集』第二巻(昭和三十六年十一月 [桃])と対校し、没後の版も若干参考にした。

戦前の四種は総ルビだが相互に異同があり、読み方に迷うものは良いと思われるものを採用した。初出は宇野浩二の影響か読点が非常に多いが、版を改めるに従って漸減傾向にある。また地の文、会話とも「気がつかなんだ、知らなんだ」といった黒岩涙香調の言い回しが頻出するが、しだいに「気がつかなかった、知らなかった」式に書き替えられ、桃源社版でほぼ一掃された。改造社版は雑誌連載第八回以降（「北川刑事と一寸法師」以降）付されはじめた梗概的前文を省略し、第六章までナンバーだけだったのに新たに小見出しをつけているが、以降の版もおおむねこれを踏襲している。また改造社版には竹中英太郎の挿絵一点が新たに付されているが、必ずしも著者の題意に沿っていない。新潮社版は「丈け」を「だけ」、「為」を「ため」にひらくなどのほか、表記をいくらか統一し、句読点を改善する以外は基本的に平凡社版に従っている一方、時局柄好ましくなかった部分を大幅に削除している。春陽堂版はこれら削除部分を復元する方針だったが、大きな脱漏が発生し、後続の配本に追録を挟み込んだ。なお春陽堂版は新仮名遣い（ただし、平仮名では拗音や促音の区別はない）、新送り仮名とし、漢字をひらき、読点を多くしている。桃源社版は春陽堂版よりさらに漢字をひらき、漢字を平易なものとし、送り仮名をさらに送っているだけでなく、作中の年代などの数字を少なからず改変し、ことに「人外境便り」以下三章は微細ながら、入念に推敲が施されている。なお『即興詩人』からの引用は不正確なので、岩波書店版『鷗外全集』第二巻（昭和四十六年十二月）によって出典に合わせてある。以下、主な校異を示す。

11ページ1行目

はしがき

［初］一

11ページ8行目

妻の腰の左側

［初］［改］［平］［新］［春］［桃］妻の腰の右側

14ページ10行目

内に、主人公

［初］［改］［平］［新］内に一人は主人公

［春］うちに一人は主人公

［桃］うちに、主人公

15ページ1行目

思出の一夜

［初］二

［新］思ひ出の一夜

［春］［桃］思い出の一夜

15ページ8行目【以下同じ】

活動写真

［春］［桃］映画

20ページ3行目

ホテルのカウンタア

［春］ホテルのカウンター

［桃］ホテルのフロント

20ページ4行目

ベッド

［新］【字数分空白】

20ページ13行目

最初の夜を

［新］【字数分空白】

20ページ15行目

着物を脱いで、肌を露すことなど思いも及ばなかった。

［新］【字数分空白】

20ページ16行目
已に度々交わしていた
［新］【字数分空白】
22ページ9行目
夢の様で、
［春］［桃］ナシ
24―25ページ
【挿絵】
［初］【竹中英太郎の別な挿絵】
［改］【竹中英太郎のまた別な挿絵】
［新］［春］［桃］【挿絵ナシ】
26ページ9―10行目
その絵が（中略）ここに掲げて置くが、
［新］［春］［桃］ナシ
27ページ4行目
異様なる恋
［初］三

32ページ14行目―33ページ9行目
諸戸は私の傍に突立って、じっと（中略）
それから暫くの間、
［新］その時、諸戸は私の傍に突立つて、
長い間ぢつと私の顔を見下してゐたが、ぶ
つきら棒に、彼の不思議な愛情について告
白したのであつた。【改行】暫くの間、
33ページ10行目
両腕を組合せて、その上に顔をふせて、
［春］両腕を組合せて、
［桃］両腕を組み合わせた上に顔をうずめ
て、
35ページ10行目
怪老人
［初］不思議な老人【連載第二回全体（四
―六章）の見出しとも見える】
38ページ15行目

僅々八九ヶ月
［初］［改］［平］［新］僅々二三ヶ月
［春］僅々二三カ月
［桃］僅々八、九カ月
39ページ5行目、53ページ5行目
九ケ月
［初］［改］［平］［新］［春］三月
［桃］九カ月
39ページ6行目、41ページ12行目
大正十四年
［初］［改］［平］［新］［春］大正十年
41ページ11行目
入口のない部屋
［初］五
43ページ7―8行目
（S・K商会は非常に自由な制度だった）
［春］［桃］ナシ

49ページ7行目
一円
［桃］一円〔註、今の四百円ほど〕
52ページ3行目
裁判所
［春］［桃］検事
53ページ1行目
恋人の灰
［初］六
59ページ5行目
当時の流行歌
［初］［改］［平］［新］流行の書生節
61ページ8行目
内隠し
［春］［桃］内ポケット
70ページ13行目
四日ばかり

〔平〕〔新〕〔春〕〔桃〕一週間ばかり
70ページ14行目
五日目には、
〔平〕〔新〕〔春〕〔桃〕一週間したら
71ページ9行目
二日目には
〔平〕〔新〕〔春〕〔桃〕三日目には
71ページ12行目
約束の五日目
〔平〕〔新〕〔春〕〔桃〕約束の一週間
71ページ13行目、14行目
三日
〔平〕〔新〕〔春〕〔桃〕四日
73ページ8行目
人力車
〔春〕〔桃〕自動車
75ページ3行目

人力車の宿
〔春〕〔桃〕車のガレージ
77ページ2行目
明正午限り
〔初〕「明正午限り」
77ページ3行目
「五日目」は、七月の第一日曜に当っていた
〔平〕〔新〕〔春〕一週間が過ぎて、七月の第一日曜のことであった
〔桃〕【同右。促音は小さい】
78ページ3行目
(送り先は知っている筈だ)
〔春〕〔桃〕ナシ
81ページ4―5行目
深山木は波打際へ駈けて行って、いきなり猿股一つになると、何か大声にわめいて、海の中へ飛込んで行った

［桃］深山木はいきなり猿股一つになると、何か大声にわめいて、波打ち際へ駈けて行き、海の中へ飛び込んだ

84ページ16行目

一番近かった。

［初］［改］［平］［新］一番近いので、

89ページ13行目

乃木大将【以下「乃木大将」「乃木将軍」はすべて】

［新］ナポレオン

98ページ5行目

意外な素人探偵

［春］［桃］【97ページ7―8行目の間へ移動】

126ページ8行目

海水浴なんか

［初］［改］［平］［新］［春］［桃］海水なんか

139ページ14行目

ホラ、ナポレオン、乃木将軍、非常に聯想的じゃないか。

［新］ナシ

140ページ5行目

「弥陀の利益」

［春］［桃］弥陀の利益

147ページ1―4行目

仮名や当て字沢山の（中略）全部私が書入れた

［桃］仮名ばかりの、妙な田舎なまりのある文章で、文章そのものも、なんともいえない不思議なものであったが、読者の読みやすいように、田舎なまりを東京言葉になおし、漢字を多くして、次に写しておく。括弧や句読点も、私が書き入れた

147ページ5行目
歌の師匠
〔桃〕助八さん
148ページ9行目、10行目、11行目
十七
〔桃〕十八
148ページ12行目
悲しい長い間
〔改〕〔平〕〔新〕〔春〕〔桃〕悲しい間
149ページ2行目、156ページ2行目、164ページ6―8行目、167ページ7行目
〔桃〕**【註記はすべて文語調が口語体に改められている】**
151ページ7行目
吉《きっ》ちゃんがおとなしい
〔初〕〔平〕〔新〕吉《きち》ちゃんがおとなしい
〔改〕〔春〕吉《きっ》ちゃんがおとなしい
〔桃〕**【ルビなし、以下同じ】**
151ページ7行目
吉ちゃんと云っても
〔初〕〔新〕吉《きち》ちゃんと云っても
〔改〕〔平〕吉《きっ》ちゃんと云っても
〔春〕**【ルビなし、以下同じ】**
153ページ5行目
吉ちゃん
〔初〕〔改〕吉《きっ》ちゃん**【以下同じ】**
〔平〕吉《きち》ちゃん**【次以降「吉《きっ》ちゃん」】**
〔新〕吉《きち》ちゃん**【以下同じ】**
160ページ4―5行目
秀ちゃんの顔も、吉ちゃんの顔も、
〔改〕〔平〕〔新〕秀ちゃんの顔も
〔春〕吉ちゃんの顔も
〔桃〕吉ちゃんの顔も
162ページ9行目

恐ろしき恋
〔春〕【160ページ11―12行目の間に移動】
164ページ2行目
柔かいし、二つの丸い乳…………
〔新〕柔かいし、…………
〔春〕柔かいのです。
〔桃〕やわらかいし、二つの丸い乳がふくらんでいるし。それから……
166ページ2行目
ゴツゴツと
〔春〕オズオズと
166ページ5行目―167ページ6行目
〔新〕削除
167ページ7行目
〔註、この
〔初〕〔改〕〔平〕〔新〕〔春〕〔註、
168ページ10―12行目

〔春〕削除
169ページ2―3行目
夏になりましたので、汗が流れて仕方がありません。
〔初〕〔改〕〔平〕〔新〕〔春〕十月になりましたので、窓から吹く風が、寒くなつて来ました。
〔桃〕夏になりましたので、あせがながれてしかたがありません。
174ページ8―11行目
〔桃〕削除
182ページ9行目
一両
〔春〕〔桃〕千円
185ページ6―10行目
〔新〕北川氏はなほある重大な点について明確な知識を得ようとしたが、【改行ナシ】

185ページ12行目
それ以上は
［新］ある点になると
189ページ6行目
一里
［春］［桃］二里
190ページ16行目
四五人
［平］［新］［春］［桃］四人
191ページ11行目
欧州大戦
［春］［桃］世界大戦
192ページ3行目
兎だとか
［春］［桃］猫だとか
193ページ4—14行目
［新］削除

199ページ7行目
十何年ぶりで
［春］［桃］十年ぶりで
202ページ13—14行目
いざとなれば、君の味方をしてもいい。君と君の愛した
［春］［桃］いざとなれば、君の愛した
204ページ12行目
大正十四年七月二十九日
［初］［改］［平］［新］［春］大正十年七月二十九日
［桃］大正十四年八月十九日
204ページ13行目
鹿島立ち
［桃］旅立ち
204ページ15—16行目
七月の末で、暑中休暇に間もなかった

［桃］八月の末で、暑中休暇のさなかだった

205ページ9行目
海上五里
［春］［桃］海上三里

205ページ11行目
七月三十一日
［桃］七月二十一日【八月の誤植】

207ページ6行目
数丈
［桃］数十尺

220ページ16―17行目
［桃］【平仮名書き】

221ページ3―4行目
我々のとは少し違って、必ずしも（中略）赤くなった。
［春］我々のとは少しちがつているのだけれど。
［桃］われわれのとは少しちがっているのだけれど。

221ページ9行目
字は下手だった
［初］［改］［平］［新］字は書けなんだ
［春］字は書けなかつた
［桃］字はへただった

226ページ2行目
讖《しん》を為す
［初］箴《いましめ》を為す
［平］纖《せん》を為す
［春］讖をなす
［桃］ほんとうになる

233ページ2行目
今や
［初］［改］已に

241ページ11―13行目
併し、丈五郎に（中略）くれぐれも祈ります
［春］［桃］削除
244ページ11行目
神と仏
［初］「神と仏」
246ページ3行目
もう八月に入っていたので
［桃］八月の暑いさいちゅうに
253ページ3―4行目
島に来たときからあこがれていた
［初］島に来るとからあこがれてゐた
［改］［平］［新］島に来るときからあこがれてゐた
［春］島に来るときあこがれていた
［桃］島に来て以来、あこがれていた

262ページ15行目
夏至と冬至の外は、
［桃］ナシ
276ページ16行目
肘
［春］［桃］膝
282ページ3行目
八間位
［初］十間位
［春］八間ぐらい
［桃］三十間ぐらい
290ページ13行目
諸戸は私の腹の所に手をまわして
［春］諸戸は私の腰のところまで手をまわして
［桃］諸戸は私の腰のところへ手をまわして

301ページ13―17行目
丈五郎は無論（中略）興行師に売出した。
［新］削除

302ページ11行目
人間獣
［春］人間
［桃］殺人鬼

303ページ7―9行目
変だけれど、（中略）曲りくねっているんだ。
［新］削除

305ページ6―8行目
赤坊の時分に、（中略）ないから、
［新］だから、

305ページ12行目―308ページ17行目
［新］私がそれに答へようとしてゐた時、
突然ゾツとするやうな事が起つた。

［春］【305ページ12行目―306ページ2行目までアリ。以降、308ページ17行目まで不注意により脱落】

309ページ3行目
諸戸は私を摑んでいる手をゆるめて、私は反抗を中止して、じっと聞耳を立てた。
［新］ナシ
［春］諸戸は私を摑んでいる手をゆるめて、じっと聞き耳を立てた。
［桃］【同右。促音は小さい】

309ページ4行目
意外な人物
［新］［春］［桃］意外の人物

315ページ11行目―316ページ12行目
【年代のみ】
［桃］　［初］［改］［平］［新］　［春］
明治十年　明治十五年　明治十五年

十二年	十八年	十八年
二十年	二十年	二十年
二十三年	二十七年	二十七年
二十五年	二十九年	三十四年
三十三年	四十年頃	四十年頃
三十八年	四十二年	四十四年
四十年	四十三年	大正四年
四十一年	大正元年	五年

327ページ1行目
大正二年
［春］大正六年
327ページ17行目
大正十三年頃に至って、やっと
［初］［改］［平］［新］大正十五年に至って、やっと
［春］昭和初年に至つて、やつと
［桃］やっと大正十三年ごろになって、

329ページ3行目
百万円
［春］百万円（今の四、五億円）
［桃］百万円（註、今の四億円ほど）
329ページ4行目、5行目
癒合双体
［初］［改］［平］［新］融合双体

【猟奇の果】

月刊誌「文藝倶楽部」（博文館　［初］）に昭和五（一九三〇）年一月から十二月まで連載されたのち、昭和六年一月、博文館（［博］）より刊行された。本書は、平凡社版『江戸川乱歩全集』第七巻（昭和六年十二月　［平］）を底本に、『孤島の鬼』に準ずる要領で校訂した。初出誌、初刊本のほ

か、適宜、春陽堂版『江戸川乱歩全集』第五巻（昭和三十年三月〔春〕）、および桃源社版『江戸川乱歩全集』第七巻（昭和三十七年四月〔桃〕）と対校した。

初出誌は第七回より「猟奇の果」続篇と傍題され、第七、第八回は「白蝙蝠」と改題されていた。博文館版は雑誌連載による重複を調整し、総題を『猟奇の果』としたうえ、「前篇　猟奇の果」「後篇　白蝙蝠」と分かっている（短篇「蟲」を併録）。前後篇の間に作者の断わり書きが挟まれたが、平凡社版と春陽堂版ではこれを篇末に移し、桃源社版では割愛された。春陽堂版では伏せ字部分を、おそらくは記憶に基づいておおむね埋めているが、どこまで原稿が復元されているか詳らかにしない（その間の、昭和二十三年の日本正学館版、同二十七年の文芸図書出版社版は未確認）。桃源社版もこれを踏襲している。貨幣価値の変動などに対応した若干の注記があるが、初出以来、伏せ字の復元以外、内容的に重要な加筆・削除・訂正はない。ただし、日正書房版『猟奇の果』（昭和二十一年十二月〔日〕）は前篇相当部分のあと、後篇の「人間改造術」を改稿した一章に新たな一章を加え、全く別な結末を用意している。この二章は末尾に添えておいた。以下、主な校異を示す。

337ページ1行目

前篇　猟奇の果

〔日〕ナシ

337ページ3行目

彼は余りにも退屈屋で且つ猟奇者であり過

ぎた。
［初］これは、ある気の毒な猟奇者の伝である。【改行】彼は余りにも退屈屋で且つ猟奇者であり過ぎた。
［日］【337ページ3―10行目まで削除】
［春］［桃］彼はあまりにも退屈屋でかつ猟奇者であり過ぎた。

337ページ9行目
卿等
［桃］君たち

339ページ7―14行目
［日］削除

340ページ3行目
愛妻の芳江
［初］［博］［平］［日］［春］愛妻の君江

348ページ12行目
何百円
［春］［桃］何百円〔註、今なら何万円〕

350ページ2行目【以下ほぼ同じ】
活動写真
［春］［桃］映画

351ページ4行目
十一月
［初］［博］［平］［日］［春］［桃］十二月

353ページ4行目【以下同じ】
活動小屋
［春］［桃］映画館

354ページ4行目
活動写真の筋がかね
［博］活動写真の筋が【脱字】ね
［平］活動写真の筋がだね
［日］活動写真の筋だがね
［春］映画の筋がだね
［桃］映画の筋がかね

360ページ12―13行目
…………、……………………………写真
［日］ある高貴な方の写真
［春］［桃］天皇陛下の写真
360ページ14―15行目
…………生活なんて、まるで我々の窺い知ることの出来ないものだが、
［平］…………生活なんてまるで、我々の窺ひ知ることの出来ないのだが、
［日］ナシ
［春］宮中生活なんて、まるで我々のうかがい知ることの出来ないものだが、
［桃］宮中生活なんて、まるでわれわれのうかがい知ることのできないものだが、
360ページ17行目
真実その……忍び姿
［日］真実その方の忍び姿

［春］［桃］真実、陛下のお忍び姿
361ページ1行目
そんな……
［日］そんなお方
［春］［桃］そんな天皇
365ページ3―4行目
キザな流行の赤や紫にしている訳ではないが
［春］キザな流行の赤や紫にしているわけではないが
［桃］ナシ
367ページ3行目
妓夫太郎
［春］牛太郎
［桃］ポンピキ
367ページ6行目
大官とか、…………さえも、

［日］大官とかが
［春］［桃］大官とか……さえも、
368ページ4行目
五十円
［春］［桃］五十円〔今の二万円ぐらい〕
370ページ9―10行目
その癖、部屋の真中には新しい…………
…………、
［日］その癖、【以下、伏せ字前後は大半削除】
［春］［桃］そのくせ部屋のまん中には新しい蒲団が敷いてある。
371ページ14行目
……の座蒲団に坐った。……………ばかりである。
［春］派手な蒲団の枕もとの座蒲団に坐った。

［桃］【同右。促音は小さい】
373ページ3行目
如何に…………たか、
［春］いかに効果的であつたか、
［桃］いかに効果的であったか、
373ページ8行目
…………彼等が、………ウトウトと
［春］［桃］彼らが興奮の疲れに、ウトウトと
374ページ1行目
…………………………………、
…………、…………、…………。狼狽の極
［春］肌もあらわな長襦袢《ながじゅばん》姿で這いまわつている。狼狽の極
［桃］肌もあらわな長襦袢姿で這いまわっ

ている。あわてふためいて、

376ページ1―2行目

さて、この興醒めな（中略）袂を別った。

［春］さて、この興ざめな出来事に、両人とも何となく面はゆい気持になつて、もう床にはいる気にもなれず、夜のあけるのを待ちかねて、袂を別つた。

［桃］さて、この興ざめな出来事に、両人ともなんとなく面はゆい気持になって、もう床にはいる気にもなれず、夜のあけるのを待ちかねて、袂を別った。

376ページ8―9行目

不思議な興味を感じる

［平］［日］［春］不思議を感じる

［桃］関心をもつ

376ページ12行目

二十五円

［春］［桃］二十五円〔二万円〕

377ページ14行目

隠し戸の外の暗闇

［日］隠し戸の暗闇

［春］［桃］隠し戸の中の暗闇

378ページ1行目

密室の中に二人、外の暗闇に一人

［春］［桃］密室に二人、暗闇の中に一人

378ページ9行目

でね、

［平］［日］［春］［桃］でも、

380ページ5行目

ソワソワ

［平］ソロソロ

［春］［桃］ヒソヒソ

380ページ16行目

十一時から十二時頃

［初］十一時から二時頃
382ページ17行目―383ページ1行目
無論分らない。分らない様な営業方針に
［博］［平］［日］無論分らない様な営業方針に
［春］［桃］むろんわからないような営業方針に
386ページ13―14行目
凝視していたのだ。しかも、…………。【改行】彼は
［平］［春］［桃］凝視していたのだ。【改行】しかも、彼は
386ページ15行目
彼の…………、…………
……、
［平］彼の、………、………、
［春］彼の息づかいによつて、

［桃］彼の息づかいによって、
386ページ17行目
……………、彼をさいなんだ。
［平］………、かれはさいなんだ。
［春］一層刺戟的であつた。
［桃］一層刺戟的であった。
387ページ3行目
……………、殆ど彼等を無感覚に
［春］［桃］この異常な興奮が、ほとんど彼らを無感覚に
387ページ8―10行目
馬は勿論着物を（中略）踊子の様に、……
……。
［春］馬はもちろんまつぱだかだ。乗手の貴婦人も衣裳とは名ばかりで、全身の曲線がまる出しだ。

［桃］馬はもちろんまっぱだかだ。乗り手の貴婦人も衣裳とは名ばかりで、全身の曲線がまる出しだ。

387ページ16行目

［平］…………、…………、…………。

［春］［桃］馬からおりて、

388ページ1行目

［春］［桃］ので、馬の表情を

ので、…………馬の表情を

388ページ6―7行目

…………。ゼンマイ仕掛けの、（中略）……。

［春］［桃］大きなお尻をのせて、ゼンマイ仕掛けの、奇態な運動をはじめた。

396ページ16行目

有夫姦

［春］［桃］姦通

408ページ14行目

そこには女文字で次の様に記してあった。

［春］［桃］ナシ

417ページ3行目

活動街

［春］［桃］映画館街

420ページ9行目、447ページ1行目

一万円

［春］一万円〔註、今の三百万円ほど〕

［桃］一万円〔註、今の四百万円ほど〕

424ページ14行目

立川

［桃］立川〔註、当時の空港〕

大阪築港

［桃］大阪築港〔同上〕

428ページ1―17行目

血は白い歯を染めて（中略）相違ないのだ。
［日］削除
438ページ14―15行目
「打って（中略）いけない」
［日］［春］［桃］【カギカッコなし】
444ページ9行目
十円
［初］二十円
［春］十円〔今の三千円ぐらい〕
［桃］十円〔今の四千円ぐらい〕
448ページ1行目
。僕のやったことを詳しく話そう
［平］［日］［春］［桃］ナシ
454ページ2行目
第三の品川四郎
［初］奇怪、奇怪、第三の品川四郎のこと
458ページ2―3行目
彼の百層倍も××××と
［博］彼の百層倍　××××と
［平］彼の百層倍××××と
［春］［桃］彼の百層倍も偉い人物と
458ページ8行目
一寸だめし五分だめし
［初］小雀の青木芳江を一寸だめし五分だめしのこと
459ページ14行目
ここでその人殺しが行われた
［初］こゝでうその人殺しが行はれた
［春］［桃］ここはその人殺しが行われた
462ページ10行目
今様片手美人
［初］今様片手美人のこと
467ページ2行目
ある新聞の編輯者は、

〔初〕……編輯者は、
〔平〕ある新聞の編輯者は
〔春〕〔桃〕ある新聞の編集者は
467ページ5行目
名探偵明智小五郎
〔初〕さて、名探偵明智小五郎登場のこと
467ページ13行目
××科学雑誌社長
〔春〕〔桃〕科学雑誌社長
482ページ3―4行目
《明智丈けは例外の素寒貧》
〔桃〕ナシ
484ページ1行目
月に何度
〔春〕〔桃〕年に何度
484ページ8行目
〔後註、当時は（中略）〕

〔初〕〔博〕〔平〕〔春〕ナシ
〔桃〕〔註、当時は（中略）〕
485ページ7行目
品物の様には見えぬが
〔平〕品物の様に見えるが
〔春〕〔桃〕品物のように見えるが
491ページ1行目
現場不在証明《アリバイ》
〔博〕〔平〕〔春〕〔桃〕ルビなし
497ページ13行目【以下同じ】
常右衛門氏
〔春〕〔桃〕宮崎氏
533ページ9行目
慈善病患者
〔初〕二人《ににん》令嬢
535ページ5―6行目
雑談的にではあったが、（中略）話題とな

った。
［春］ある日の閣議では、このことが閣僚
たちの熱心な話題となつた。
［桃］ある日の閣議では、これが討議の題
目となった。

535ページ13行目
この社会の攪乱者
［博］［平］［春］［桃］紡績会社の攪乱者

537ページ1行目【以下同じ】
俊一氏
［桃］俊一
美爾子《みねこ》
［初］美彌子《みねこ》
［平］美彌子《みやこ》
［桃］美爾子【ルビなし】

539ページ8行目
どんなとこ
［初］［博］［平］［春］どんなこと
［桃］どんなところ

551ページ6行目、8行目、552ページ4行目、8行目、553ページ2行目、554ページ9行目、555ページ1行目、15行目、556ページ2行目、557ページ1行目、5行目、558ページ1行目、559ページ7行目
秘書官
［初］［博］［平］［春］［桃］秘書

554ページ4行目、11行目
秘書官
［初］［博］［平］［春］秘書

554ページ13行目
しかも彼女は「片手美人」事件で已に世に
なき筈の人だ。
［初］どうも何だか変な具合である。

558ページ11行目

君達の陰謀
［平］君　陰謀
［春］［桃］君の陰謀
562ページ6行目
私も君も
［平］私も
［春］［桃］皆が
562ページ14―15行目
伯爵も明智も（中略）聞き耳を立てた。
［春］［桃］ナシ
562ページ16―17行目
見ると廊下を走って来る書生の姿。
［春］［桃］ナシ
563ページ6行目
【ここより連載最終回。小見出しナシ。あえて付けるなら、「悪魔の製造工場（承前）」とすべき】

［博］［平］［春］［桃］【小見出し】靴をはいた兎
564ページ7行目
秘書官野村弘一
［平］［春］［桃］秘書野村弘一
567ページ7行目
贋明智の青木
［初］［博］［平］贋青木の明智
［春］［桃］にせ青木の明智
571ページ12行目
明智が鞠躬如として云った。
［春］明智が丁寧な言葉でいつた。
［桃］明智が丁寧な言葉でいった。

（本巻担当／新保博久）

註　釈

【孤島の鬼】

＊1　**電気石**　電気石グループ鉱物の総称。透明で美しいものは宝石として利用され、オパールとともに十月の誕生石となっている。

＊2　**どこから私ゃ来たのやら**　ハウプトマン作、楠山正雄《くすやままさお》脚色の戯曲「沈鐘」の劇中歌、「森の娘」（大正七年、作詞：島村抱《しまむらほう》月《げつ》、楠山正雄　作曲：中山晋平《なかやましんぺい》）の冒頭部分。舞台やレコードでは松井須磨子《まついすまこ》が歌った。「書生節」（＊34参照）ではなく、「カチューシャの歌」などと同じ部類にはいる流行歌だから、江戸川乱歩が戦後の版で、初稿の「流行の書生節」を「当時の流行歌」と書き替えたのは適切といえよう。

＊3　**「本当にかしこい人殺しは……」**　いうまでもなく、江戸川乱歩の愛読するG・K・チェスタトン作品でブラウン神父が語ったことば。『ブラウン神父の知恵』の中の「銅鑼《どら》の神」に出てくる。「頭のいい犯人はいつでも寂しい場所をねらうものだろうか」、それより「みんながなにかほかのものに見とれているということが確認できればいい」（中村保男訳、創元推理文庫）

＊4　**乃木《のぎ》大将**　乃木希典《まれすけ》（嘉永二～大正元）陸軍大将。日露戦争時第三軍司令官となり、旅順攻略にあたった。「鼻欠けの乃木大将」に似た作品とは、フランソワ・オ

ーギュスト・レネ・ロダン（François Auguste René Rodin、一八四〇〜一九一七、フランスの彫刻家。代表作は「考える人」など）の、『鼻のつぶれた男』（一八六四）と思われる。

＊5　**曲馬団**　馬の曲乗りを見世物にする一座のことで、日本にも演劇的要素がおびた伝統的な曲馬があったが、明治四年にフランスのスリエ、同十九年にイタリアのチャリネ（＊7参照）一座が来日し、それ以降は西洋の曲馬に影響された演目が取り入れられ、次第にサーカスに発展していった。

＊6　**師範《しはん》学校**　初等学校教員の養成を目的とした学校で、高等小学校卒業生が主に進学した。ここで言及されているのは東京府立豊島師範学校で、昭和十八年東京第二師範学校と改称、同二十一年に小金井に移転し同二十四年に都内の各師範学校と共に東京学芸大学に改編された。池袋の跡地は現在の西池袋一丁目、東京芸術劇場が建っている。

＊7　**チャリネ**　正しくはジュゼッペ・チャリーニ（Giuseppe Chiarini）。イタリア最大のサーカス一家出身で、男女二十人の芸人と黒人と中国人二十余人、馬、虎、獅子、象、駝鳥《だちょう》、猿などの一座をつれて明治十九年と明治二十二年の二回訪日し、日本の見世物、軽業、曲馬に大きな影響を与えた。ブラジル国王ドン・ペドロの調馬師となり、リオ・デ・ジャネイロで死んだ。

＊8　**小倉**　九州小倉地方で産した綿織物。丈夫なことから男袴、帯、学生服、作業服などにつかわれた。のちに岡山、埼玉地方でもつくられた。

＊9　**「子供世界」**　不詳。同名の雑誌は戦後発刊されているが、戦前は存在を確認できなかった。博文館の「幼児世界」「少年世界」などの雑誌をモデルにした架空の誌名とも思われるが、他の二点と違ってこれだけを実在のものにしなかった理由がわからない。あるいは単行本か。

＊10　**「太陽」**　明治二十八年一月に博文館から創刊された総合雑誌。昭和三年二月を最後に廃刊した。

＊11　**「思出《おもいで》の記」**　主人公の菊池慎太郎が家が没落するも苦学して大学へ進み、妻を娶《めと》って雑誌編集者、作家となるまでを描いた、徳冨蘆花《とくとみろか》の半自伝的小説（明治三十四年）。

＊12　**一両**　「一円」のことをふざけて言ったと思われる。ちなみに大正・昭和の端《はざ》境《かいき》期、一円で買えた例に、うな重二杯・封切り映画三本・江戸前寿司四～五人前・カステラ一斤・ガソリン五リットル・カレーライス十杯・キャラメル十個・牛肉三～五百グラム・桐下駄一足・半玉芸者二時間・卵三個・化粧石鹸十個・国鉄入場券十枚・喫茶店のコーヒー十杯・砂糖二キロ・塩十キロ・週刊誌八冊・食パン六斤・ビヤホールのジョッキ四杯・汁粉七杯・新聞一か

月・「中央公論」一冊・もりそば十杯・大福五十個・たいやき六十個・タクシー東京市内均一（円タク）・電球二個・天丼二杯・豆腐二十丁・都電都バス乗車十四回・とんかつ五皿・上等日本酒半升・銭湯二十回・バター五百グラム・ビール大瓶二本半・NHKラジオ受信料一か月・庖丁一本・味噌四〜五キロ・名刺二百枚・もなか百個・山手線初乗り二十回・ハガキ六十六枚・ゆかた一反・ちょうちん一個・理髪二回・ロウソク五十本などがある（週刊朝日編『値段史年表』による）。

＊13 **ハンタア**　ジョン・ハンター（John Hunter 一七二八〜九三）、イギリスの外科医、解剖・生理・病理学者。主幹動脈における圧力説を初めて提唱し、数百の動物を解剖して比較解剖学に寄与した。また動物の組織を移植することに成功した。

＊14 **鹿島立《かしまだ》ち**　旅だつこと。その語源は、鹿島神宮の武甕槌神《たけみかづちのかみ》が葦原中《あしはらのなか》つ国を平定したからとも、鹿島神宮の神に旅の安全を祈願したことからとも、また鹿島神宮の神職が各地を回って吉凶を告げたことからとも、さまざまな説が立てられている。

＊15 **百日《ひやくにち》鬘《かずら》**　盗賊・囚人などに扮する時用いる月代《さかやき》の長くのびた鬘《かつら》のこと。

＊16 **八幡《やわた》の不知藪《やぶしらず》**　千葉県市川市八幡に、かつては迷いこんだら出られないといわれた「八幡の藪知らず」と呼ばれる藪があったところから、はいると出口のわからない

藪、迷路を形容してこう呼ぶ。また単なる迷路だけではなく、見世物として不気味な光景や幽霊を生人形で再現した場面をあちこちにちりばめた迷路のこともいう。明治十年ごろから見世物の一つとして流行した。乱歩は随筆「旅順海戦館」のなかで、「藪知らずで今も私の印象に残っているのは、酒呑童子のいけにえか何かの若い女が赤い腰まき一枚で立っている姿。案内人が見物の顔色を見ながらその腰まきをヒョイとまくると、内部に精巧な細工が施してある。……もう一つは、汽車の踏切りの轢《れき》死《し》の実況を現したもので、二本の鉄路、藪畳、夜、そこにバラバラにひきちぎられた首、胴体、手足が、切り口からまっ赤な血のりを、おびただしく流して、芋か大根のように転がっているのだ」と書いている。

＊17　**「即興詩人」**　原題「Improvisator-en」といい、デンマークの作家アンデルセンが一八三五年に発表した長編小説。ローマの詩人アントニオの生涯を描く。森鷗外の翻訳は明治大正期に広く読まれた。

＊18　**虞初新志《ぐしょしんし》**　中国の清《しん》時代の張潮《ちょうちょう》が編纂した小説集、全二十巻。

＊19　**岩屋《いわや》ホテル**　岩窟《がんくつ》ホテルという呼び名の方が一般的。埼玉県比企《ひき》郡吉見《よしみ》町の吉見百穴《ひゃっけつ》近くで明治から大正にかけて高橋峰吉が野菜の貯蔵庫として一人で二十一年かけて掘ったもので、ホテルとして使われたことはない。一般公開されていたが、崩壊の危険のため昭和六十三年閉鎖された。岩屋島の命名のヒントはこれかもしれない。

＊20　**めんない千鳥**　子供の遊びで、目隠しをした鬼役の子供が、手を打ち鳴らす他の子供を捕まえる。

【猟奇の果】

＊21　**招魂祭**《しょうこんさい》　幕末からはじまった明治維新の犠牲者、志士を追悼するための神道《しんとう》の儀式がはじまりで、初めは京都で行われていたが、東京招魂社、のちの靖国神社が整備されてからはそこで行われるようになった。戦前は十月二十三日に行われた。

＊22　**村山槐多**《むらやまかいた》　（明治二十九〜大正八）、洋画家、詩人。代表作は「カンナと少女」「湖水と女」、詩集「槐多の歌へる」など。後述の探偵小説は『悪魔の舌』という作品である。江戸川乱歩は槐多の絵を愛好し、自宅応接間には「二少年図」を飾っていた。

＊23　**マッカレイの小説**　アメリカの小説家ジョンストン・マッカレー（Johnston McCulley 一八八三〜一九五八）の『双生児の復讐』（一九二七）。一九五五年に乱歩名義で『暗黒街の恐怖』（のち『第三の恐怖』）として児童向きにリライトされたこともある。原著者の代表作は『快傑ゾロ』だが、日本では「地下鉄サム」シリーズの多くの短編が「新青年」に訳出されて親しまれた。あとに出てくるサムとクラドック刑事はその登場人物。

＊24　**「怪紳士」**　この題名のルパン映画は存在しないが、しかしこのタイトルは保篠《ほしの》

龍緒《たつお》が『強盗紳士アルセーヌ・ルパン』（Arsène Lupin, gentleman-cambrioleur）を大正七年に翻訳出版したさいの邦題である。また、ルパンのモデルと言われている「素人強盗ラッフルズ」の数ある映画化作品の内、ロナルド・コールマンが主演した「ラッフルズ」（一九三〇）が、日本において昭和六年に公開された際にも用いられたタイトルにもなった。〈住田忠久氏の御教示による〉

＊25 **若竹亭** 本郷区東竹町二番地（文京区本郷二丁目）に明治初年から昭和初期まであった寄席で、落語と女義太夫《おんなぎだゆう》を興行して周辺の学生でにぎわい、ドウスル連も結成された。馬場《ばば》孤蝶《こちょう》、徳田秋声《とくだしゅうせい》も常連客の一人であった。また乱歩は随筆「『昔ばなし』」で「私の昔ばなしは、大正中期の本郷の『若竹』、同じころの浅草の『金車』にとどめをさす。独身時代、これという情熱の対象もなかったような時期には、当時酒が呑めなかったので、毎晩寄席へ行った」と書いている。

＊26 **福助《ふくすけ》** 歌舞伎俳優五世中村福助（明治三十三〜昭和八）のことで、大正五年福助を襲名、美貌の女形として知られた。

＊27 **十二階** 正式名称は凌雲閣《りょううんかく》。明治二十三年にバルトン設計により眺望を楽しむ施設として建設され、大正十二年関東大震災で倒壊するまで浅草の名物として知られた。「押絵と旅する男」の舞台としても登場する。

＊28　江川《えがわ》娘玉乗り　明治時代に浅草六区で大いに人気を博した曲芸一座。親方の江川作造は幕末から軽業を演じていたが、南洋に一座で興行にいった際に玉乗りをならい、帰国後少女にこれを演じさせて江川玉乗一座を旗揚げした。六区の大盛館で興行していたが、関東大震災のために途絶えた。乱歩は随筆「活弁志願記」でこれを見物したと書いている。

＊29　安来節《やすき》　島根県安来郡の民謡だが、「安来節」が東京に登場したのは大正九年の末、出雲から公演に来た安来一座が好評を博し、浅草の安来節常設館、駒形劇場、常磐座、御国座などで公演された。曲の中ごろに浪曲、歌舞伎、活弁、講談などさまざまな形式で独自のアレンジが加えられ、彼女らが舞台で金切り声をあげて紅褌をひらめかすと客席からは「アラ、イッチャッタア」という掛声がかかり、大いに喜ばれた。さらに震災後も公演数が伸びたものの、昭和初期になるとブームは去った。しかし「小原節」などが一座に加わったり、歌い手の写真を小屋の前に貼り出したりして浅草での公演は続けられていた。乱歩は随筆「浅草趣味」で「僕の大好物」といっている。

＊30　木馬館《もくばかん》　浅草四区、水族館の隣にあった劇場で、一階では回転木馬が楽隊の演奏とともに回っていた。さらに二階では安来節の興行もおこなわれていた。乱歩は前掲「浅草趣味」で「平林延原両兄が…横溝正史兄がのっ」たと書いている。戦後しば

らく回転木馬と安来節が復活したが、現在は木馬亭という浪花節の興行館になっている。

＊31　**水族館の二階**　東京浅草公園内、ひょうたん池と浅草寺境内の間に明治三十二年に水族館が開業し、その二階を演芸場に改造したが、六区から離れていたため客足が伸びず、新しい試みとして昭和四年に榎《えの》本健一《もとけんいち》がレビュー劇団「カジノ・フォリー」を旗揚げしたのが水族館二階劇場であった。川端康成《かわばたやすなり》が「浅草紅団」で言及して人気が沸騰し、踊り子のズロースが金曜日に落ちるという噂が流れた。

＊32　**ペデラスト**　(pederast)　男性の同性愛者という意味の英単語。

＊33　**ジンタ**　明治・大正期の職業的吹奏楽隊またはその吹奏楽の俗称のこと。軍楽隊出身者を元にしてさまざまな吹奏楽隊が組織され、各種の催し物につかわれた。さらには通俗化して各種宣伝、曲馬団、活動写真の伴奏等に重宝されたが、吹奏楽が主体のジンタは昭和初期にはバイオリンにとってかわられて衰退した。

＊34　**書生節**　明治初年にはやった「書生節」と、明治四十年ごろからはやった「書生節」の二種類がある。（1）明治三〜十四年ごろに流行した歌で、上の句は「書生書生と軽蔑するな」で、それに「今の太《だ》政官《じょうかん》はみな書生」や「末は太政官のお役人」、「仏蘭西《フランス》ナポレオン元は書生」などの下の句をつけた。その後、自由民権運動を

母体とした壮士《そうし》節になり、政府批判の政治色が濃くなった。(2)明治四十年ごろに苦学生のブームがおこり、学生のアルバイトとして歌の読売が流行し、壮士節が書生節とよばれるようになるこのころからバイオリンをつかうようになり、さらにこのブームにのった不良分子が横行したり、これを本業とするものも出てくるようになった。書生節は大正時代には演歌や流行歌という名称にとってかわられるようになり、以後はさらに演歌、歌謡曲へと発展した。

＊35　**浅草ウルニング**　ウルニング(Urning)とはドイツ語で男性同性愛の性行為での女性役の意で、ここの一節は浅草に出没する男娼のことと思われる。

＊36　**赤松《あかまつ》警視総監**　警視総監は警視庁の最高責任者で、戦前は他の府県の警察部長とはちがって内務省に直接所属していたが、内閣が交代する事などにつれて解任された。赤松も正四位勲三等　だが、『蜘蛛男』事件によれば、政党出身のザックバランな政治家の警視総監だった。

＊37　**生《いき》人形**　活人形とも書く。江戸時代末から見世物としてつくられるようになった、等身大の写実的な人形細工をいう。有名な生人形師に安本亀八、松本喜三郎などがいた。生人形の興行は、浅草花屋敷の見世物として昭和期まで存続した。そのほか展覧会や呉服店の陳列などにも利用されたが、マネキン人形にその地位をとってかわられるようになった。

＊38 幸吉《こうきち》 備前《びぜん》岡山の経師屋《きょうじや》幸吉は寛政元年（一七八九）に羽ばたき飛行機で空を飛んだと菅茶山《かんちゃざん》の「筆のすさび」などに記録されているが、役人に呼びだされて羽根を取り上げられ追放されたという。

＊39 歯根膜炎《しこんまくえん》 歯と骨の間をつなぐ軟組織の膜に、歯のう蝕や歯周病からの感染により炎症が生じる疾病。急性単純性根尖性歯周炎、また時として急性化膿性根尖性歯周炎のことを指す。通常根管治療などにより治癒《ちゆ》するが、歯槽骨内に膿瘍を生じたりという重篤な症状に発展した場合、歯肉を切開し骨内を掻爬《そうは》する場合があった。

＊40 ボビー・ユニット アメリカのボビー社から発売された電気メスであるボビー式電気メス（Electro-Surgical Unit, Bovie Model）のこと。

（平山雄一）

解説

不思議な双生児的二長編

新保博久

江戸川乱歩の数ある長編のなかでも、『孤島の鬼』が最高傑作と衆目のほぼ一致するのはいうまでもない。私事にわたるのを許してもらえば、昭和四十年に享年七十で死去した乱歩の没後最初の全集である講談社版（昭和四十四年）で初めて読んだ高校時代、文字どおり息もつかせぬおもしろさに部屋の電灯をつける手間も惜しまれ、読み終わったとき手もとの灯り以外は真っ暗になっていたのを今なおありありと思い出す。

この『孤島の鬼』と、客観的に見てさすがに失敗作（だが妙に魅力のある）というしかない『猟奇の果』を取り合わせたのは、本文庫版全集で全小説をほぼ発表年代順に編成し、各巻の厚さを平均させた結果にすぎない。だが改めてこの二長編を並べて読むと、『孤島の鬼』に登場する、きれいな秀《ひで》ちゃんと、きたない吉《きっ》ちゃんの双生児さながら、対照的なようでも奇妙に相似する点も見出されるのだ。

『孤島の鬼』『猟奇の果』がそれぞれ連載された「朝日」「文藝倶楽部」はともども、乱歩がフランチャイズの発表機関と意識していた「新青年」と同じ発行元・博文館の僚誌であった。「朝日」は講談社の百万雑誌「キング」に対抗し満を持して創刊された綜合娯楽雑誌、片や「文藝倶楽部」は老舗としての看板雑誌である。そしてこれら二長編は、デビュー当初、珠玉のような本格推理また幻想怪奇の短編で一作ごとに注目を受けていた乱歩が、初めて講談社系の大衆雑誌に進出した長編『蜘蛛男』（昭和四〜五年）に前後して、新たに長編作家への脱皮を告げた記念碑的作品となった。

乱歩は後年、『孤島の鬼』について、「……この読みものを、従来ほど潔癖にならず完結して、いくらか慣れたことが、後に記す『蜘蛛男』を書かせる一つの動機となった」（昭和三十六年刊『探偵小説四十年』）と回想している。「朝日」編集長に就任した森下雨村《もりしたうそん》が、大正十二年（一九二三）「新青年」編集長時代に、乱歩がいきなり投稿してきた「二銭銅貨」を一読、たちまち才能を認めて厚遇してくれた恩人だったからこそ、苦手意識の強かった長編をあえて引き受けたのだろう。また雨村の跡を追うように、「新青年」から「文藝倶楽部」編集長へと移籍した横溝正史《よこみぞせいし》が乱歩の無二の親友であってみれば、こちらの依頼にも冷たくはできなかったにちがいない。戦前はとくに人嫌いで偏屈、筆を渋りがちだったという伝説のある乱歩ながら、反面、恩義や友情に報いるには苦手な長編執筆も辞さない、篤実な人柄であったと窺わせるのだ。

ことに『孤島の鬼』は、前半三分の一は密室殺人と犯人の意外性を盛り込んだ本格推理、中盤は事件の背景を明らかにする怪奇小説ふう、終盤は暗号解読と宝探しの冒険小説と、万華鏡のように彩りを変えながら、語り手の蓑浦《みのうら》（金之助という名前だと掲載誌の「前号までの筋」に明記されているが、本文中にはついに一度もフルネームは出てこない）の殺された婚約者・木崎初代への、そして蓑浦に対する諸戸《もろと》道雄《みちお》の道ならぬ思慕が一貫して縦糸をなし、「余韻嫋々《よいんじようじよう》たるフィナーレ」（中島河太郎《なかじまかわたろう》）に至るまで、ほとんど間然するところがない。三段構えのプロット構成は、昭和十一年の少年もの第一作『怪人二十面相』（本全集第十巻『大暗室』に収録）でも再び試みられ、成功を収めたものだ。

　最初の密室トリックは、東京に定住して作家専業となる以前の乱歩が東京と、父のいる大阪とを往復しては転職を繰り返していた時代の末期に住み、「屋根裏の散歩者」（大正十四年）などを書いた大阪府北河内郡守口町六九四（現在の守口市八島町九）の「二戸一棟」（大野正義《おおのまさよし》「江戸川乱歩と守口・門真《かどま》」、ぎょうせい刊『ふるさと文学館』第三十二巻【大阪Ⅰ】所収）の家から着想したものだろう。もう一つのトリックである意外な犯人は、エラリー・クイーンの有名な長編（一九三二）に先んじたもの（ルパンものに先例はあるが）なのに、昭和十二年そのクイーン長編が初訳されたとき、「作者の陰謀の深さ恐ろしさに、快い戦慄を禁じ得られないことであらう」と手放しで絶賛している。

　しかしそうしたトリックさえも小ざかしいとすら思わせるほど印象強烈なのは、何といっても中盤に登場する手記の無気味さだろう。本全集では初出に近い形を採ったが、この個所に関しては漢字を減らして舌足らずな感を強めた桃源社版全集での最終改稿版（昭和三十六年）のほうに軍配を上げざるをえない。熱心な読者には、桃源社版に基づく創元推理文庫版、角川ホラー文庫版などとぜひ読み比べていただきたいと思う。

『孤島の鬼』は乱歩自身、「結局あんなものしか出来なかった」と卑下しているようでいて、そのじつ愛着が深かったらしく、戦後にかなりの斧鉞《ふえつ》を加えている。そのさい年代の不整合も極力排除しようとしており、なるべく原型に近い形を優先させた本文庫版全集でも、年代に関しては最も矛盾の少ない桃源社版に従ったが、それでも完全にはつじつまは合っていない。もともと乱歩は作中時間を厳密に調整するのが不得手な作家で（読者としても時刻表トリックなどは苦手だった）、「はしがき」で「二月ばかり間を置いて起った」二つの事件という、初代殺害が六月二十五日、深山木幸吉殺しが七月五日なのだが、これは文章をいじらないと整合させられないので、本文庫版でもそのままにしてある。

最大の改変は、大正十年に設定されていた事件を桃源社版では十四年に改めたことで、戦前の版では初代は殺されたとき数え年十三歳だった計算になってしまう。そのため事件の発生年代を遅らせ、初代の出生を早めたのだろう。その改訂版によっても、初代十八歳、蓑浦二十五歳、諸戸道雄三十一歳（それぞれ数え年）という記述を信じれば大正十一年の事件であり、十四年では合わない（だが七月五日を第一日曜としている点では十四年に合致する）。

また、同じ改訂時に初代の妹・緑を十七歳から十八歳に変えているのは、初代と同い年になりかねない。ほかにも多くの時間的齟齬《そご》があるが、そういった些末《さまつ》な点は作品の価値を減ずるものではないだろう。それより気になるのは、昭和四年＝一九二九年に発表されたのに、四年ほど前の事件として大正十年＝二一年と最初に設定した理由だ。前半の東京を描くのに、大正十二年の関東大震災以前の面影を盛り込みたい意図があったのかもしれない。

ところで、作中のハイライトというべき手記を書いた秀《ひで》ちゃんと、双生児の吉《きっ》ちゃんは、講談社版にはルビがなかったので私は長いことヒデちゃんヨシちゃんだと思い込んでいたが、豊臣秀吉の秀吉を二つに分けたものだろうか。そのかみ、徳川家康に大坂の陣に至らせる口実を与えた、京都方広寺を再興のさい豊臣秀頼が刻んだ鐘銘「国家安康」が「家康」の名を分断したものだと言いがかりをつけられた故実を思い出させる。乱歩が、これら歴史上の人物の誰にどう好悪を抱いていたか、書き残されたものに見あたらないので想像の域を出ないが、乱歩が戦後、徳川期の爛熟《らんじゅく》した文化に魅せられて日本有数の和本コレクションを築いたこと、また、明智小五郎という探偵の名が「明智光秀と桂小五郎をつなぎあわせたもの」（晶文社刊『乱歩おじさん』平成四年）と推測する松村喜雄《まつむらよしお》説を信じるなら、アンチ信長＝秀吉、親・家康派だったと考えられないでもない（桂小五郎こと木戸孝允は倒幕派だが）。

名前のモデルの話ついでにいえば、蓑浦に金之助という名前が予定されていたのは、『孤島の鬼』は鷗外全集の随筆からヒントを得てかかれた↓鷗外といえば夏目漱石↓漱石の本名は金之助」という一読者の説があるそうだ（戸川安宣《とがわやすのぶ》『江戸川乱歩『孤島の鬼』に見る『金之助』の謎」、「本の雑誌」平成二年九月号）。言われてみれば、木崎初代の本姓である樋口というのも、同時代の女性作家を連想させる。

私も妄想をたくましくすれば、諸戸という名字はモロー博士に由来するのではないか。さらに言うなら、『孤島の鬼』で第一の探偵役である深山木幸吉《みやまぎこうきち》は、『パノラマ島綺譚』の島所在のモデルともいわれる三重県鳥羽《とば》の真珠島で、真珠養殖に成功した御木本幸吉《みきもとこうきち》から連想して命名したのかもしれない。乱歩の縁戚で「乱歩おじさん」と親しみを込めて呼んだ松村喜雄は、花屋治《はなやおさむ》の別名で出席した鼎談《ていだん》「裸の江戸川乱歩」（「瑠伯《ルパン》」昭和五十五年夏季創刊号）で、「『孤島の鬼』には同性愛らしいものが使用されている。鳥羽の海を念頭において書いたらしいが、岩田準一《いわたじゅんいち》の影響臭いですね」と述べている。鳥羽出身の画家・民俗研究家だった岩田準一と乱歩との交流については、準一の孫にあたる岩田準子《じゅんこ》の小説『二青年図』（新潮社刊、平成十三年）に相当のフィクションを交えて描かれたものだ。

『猟奇の果』では、後半から明智小五郎の冒険談となる。これは連載開始時の予定になかったことで、冒頭の印象からすれば、大正十五年に初めて長編に挑んだ「闇に蠢く」「空気男」などと同じく、それ以前の短編の延長版といった調子で、ともかくも手慣れた世界でなら筆を起こせるという苦肉の策に見える。おそらく『孤島の鬼』は一年連載という約束で、それを終わらせてからゆっくり構想にかかろうとしたところ、予定外に二ヵ月延引してしまった。

たぶん、その完結後まで猶予してもらいたいと要求しただろう著者に、「乱歩さん、そら困るがな」という横溝編集長の悲鳴が聞こえるようだ。『猟奇の果』第一回掲載号に、旧作「人間椅子」（大正十四年）が再録されているのは、そのぶん余計に原稿料を払って新作を早く書かせようとした懐柔策とも思われる。金銭で釣られるほど、乱歩が強欲だったというわけではない。戦後の乱歩に顕著なように、自身と家族の生活にさえ心配がなくなれば、余った金は他人のため、探偵小説界のため濫費《らんぴ》して顧《かえり》みない性格だった。多額の原稿料を歓迎したのは、そんなにもらった以上、いやでも原稿を書かざるをえない状況に自身を追い込む手続きだったようで、さすがに正史は親しいだけによく心得ていたのだろう。

小稿のはじめに触れた講談社版全集は、初めて乱歩の全小説（少年ものを除く）を編年体に並べ、巻数順に刊行した点で画期的だったが、出版当時、小林信彦《こばやしのぶひこ》は第三巻（『孤島の鬼』）までに重要な作品がほぼつくされるのではないかと予測しながら、講談社版「三巻所収の『蜘蛛男』を再読し、この（乱歩さんのいわゆる）〈通俗長篇〉の面白さに自信を失った」そうだ。「あわてて、第四巻を求めたが、『猟奇の果』や『魔術師』がつまらなかったので、いささか安心（?）した。それでも、『猟奇の果』の初めの方で九段の見世物をならべてみせるあたりの〈なつかしさ〉は、作品の出来とは別に、やはり大したものである」（カッコ内は原文、文春文庫版『回想の江戸川乱歩』所収）

同じ文章で小林氏は、『猟奇の果』の主人公の青木愛之助という名は、乱歩がデビュー以前から私淑《ししゆく》し文体にも影響を受けた純文学作家・宇野浩二《うのこうじ》の、中編小説「二人の青木愛三郎」（大正十一年、現在は中央公論社版『宇野浩二全集』第三巻所収）から借りたのだと推理している。「二人の青木愛三郎」を初めて収めた作品集の表題作が「青春の果」（同年）であったことを思えば、小林説はますます説得力をもつ。

ところで『猟奇の果』連載第一回分を見ると、地の文で「愛之助」とすべきところ（346ページ）で二カ所「私」になっており、初稿では一人称で書かれていたのが、ここだけ直し洩らしたと推測される。作品研究のうえでは、こういう誤植はむしろありがたい。ありがたくない誤植としては、「九段坂以来一ヶ月たった或日」（351ページ4行目）が「十二月の末」となっており、これは桃源社版に至るもそのままだ。靖国神社の秋の招魂祭は現在では十月十八日だが、戦前は十一月だったのだろうか。しかし「時候としては蒸し暑」（341ページ15行目）いころだという。また、次の事件の端緒となるのが「翌十二月」（364ページ5行目）。結局私は靖国神社へ二度足を運んで、大正二年以降戦前までは十月二十三日だったと確認した（二度行く必要はなかったのだが、最初に行ったのが資料のある靖国偕行文庫の休館日だったので）。これで「十二月の末」は「十一月の末」の誤植だと、ほぼ確信できたが、昭和初期「百貨店はクリスマス用品の売出し」をやっていただろうか。念のため、もと広告代理店勤務の奈良泰明《ならやすあき》氏を煩《わずら》わせて調べていただくと、明治時代から歳暮キャンペーンとクリスマスの飾りつけはセットになっており、十一月末でおかしくないとのこと。印刷工なり編集者が「クリスマス」とあるのに引っかかって、原稿の「十一月」を「十二月」と誤ってしまったのだろう。

長々と誤植発見の自慢話をしたかったかのようだが、全集を名乗る以上これでも手ぬるいくらいながら、一字直すのも恣意的《しいてき》にではなく、この程度のリサーチは行なったと知っていただきたいのである。しかし、「この世に二人の品川四郎が存在せること」の章から連載第二回だが、前回で愛之助と四郎が八月二十三日に夕食をともにしたのに、昼食に変わってしまっているのは直せなかった。「右」を「左」に、あるいは数字を一カ所訂正するぐらいでは済まず、そこまで手を入れるのは越権行為だろうから。

だいたい『猟奇の果』の場合、そんな細かい点を整合させても、構成そのものが破綻している。とはいえ、「前半に関する限り、これはスリル満点の甚《はなは》だ面白い話」という評価もあり、「私は戦前に、この作の前半に基づいて、後半を別な形で懸賞募集してみたら、ずいぶんと面白い小説が生まれて来るのではなかろうかと想像してみたことがある」（大内茂男《おおうちしげお》「華麗なるユートピア」、「幻影城」昭和五十年七月増刊に発表、講談社刊『乱歩【下】』などに再録）というのに賛同する向きもあるだろう。

戦後、乱歩作品は粗悪な仙花紙本《せんかしぼん》でおびただしく再刊されたが、昭和二十一年十二月、日正書房から出版された奇妙な『猟奇の果』がある。後編の「白蝙蝠」を欠き、代わりに二章を加えて結末をつけたものだ。あまり人に知られていないものなので、本文庫版では「もうひとつの結末」として、とくに収録した。『猟奇の果』は乱歩が昭和三十七年に三十年ぶりに読み返したと述べている（では、春陽堂版全集では誰が伏せ字を埋めたのか？）のだから、別人が結末を代作したとも怪しまれたのだが、近年発見された発信書簡の写しのなかの昭和二十一年十月二十九日付、横溝正史宛ての手紙に、「……（日正書房とは）前の行きがゝりあり、往年前金をとつてゐるので、小生は原稿無理して作り出してやりました。二百枚余りのものです」と書き送っているのが、どうもこの本のことらしい。日正書房の社主・戸田《とだ》城聖《じょうせい》は創価学会の二代目会長であり、乱歩は信者というわけではなかったが、戸田氏の人柄には感ずるところがあったらしく多少の交際があった（乱歩の令息・平井隆太郎氏の談話による）。紙不足の折から、再刊させてやるにふさわしい短い作品がすべて売約済みだったので、変則的な処置に応じたとすれば、乱歩の真筆である可能性が高い。晩年の乱歩はその一件を忘却しきっていたか、秘匿《ひとく》しておきたかったのかもしれない。いずれにせよ、連載開始当初の構想に近い結末となっているが、さて一般に流布《るふ》している『猟奇の果』より優れているといえるかどうか。

後半を「白蝙蝠」と改題して、どうにか一年間の連載を果たしおおせた『猟奇の果』の最大の弱点は、はなから長丁場を持ちこたえる素材でなかったことだ。そもそも、青木愛之助が生活に不自由なく猟奇的遊蕩にふける身分であっては、『孤島の鬼』の蓑浦とはうらはらに、彼がどんなひどい目にあっても、とうてい読者の共感は得られない。これを軌道修正するためには明智小五郎、すなわち読者が無条件に喝采《かっさい》できるヒーローの登場が必要であった。横溝正史が明智の出馬を要請したのは、正史じしん作家であったからというより、むしろ優れた編集者でもあったから直観的にそれを見抜いたからではないか。

乱歩当人としては、この改題継続は「実ニイヤイヤデアル」と『貼雑年譜』に記しているのもっともで、とりわけ忘れてしまいたい作品であったのも無理はない。美人片手事件など何の意味があったのか、結局誰の片腕であったのかも分からない。「恐ろしき父」前後の父親の心理描写はアンフェアでもある。人間改造術にしても、どうして声までそっくりになるのか説明し忘れている。前編と後編、まるでトーンが違って、無理やりくっつけた双生児のような長編であると同時に、人間改造テーマに落とし込んだ点でも、はからずも『孤島の鬼』と双生児的性格をもつようになった。しかし『孤島の鬼』とは、完成度において比べるべくもない。

と、難点を数え上げるのは容易でも、単なる失敗作とは切り捨てられない不思議な魅力もある。著者自身、やけくその八方破れとなって、取りつくろう余裕のあった他の長編では見せなかった素顔をここかしこに覗かせているせいかもしれない。著者にとっては忘れたい作品であったとしても、読者には一読、忘れがたい印象をもたらすことは確かなのである。

（しんぽひろひさ・ミステリー評論家）

私と乱歩

深夜の田舎は恐怖一色で塗りつぶされた

横尾忠則《よこおただのり》
（美術家）

ぼくは中学生になるまで本を読むという習慣が全くなかった。小学校の頃は「漫画少年」という雑誌や「子供マンガ新聞」などを購読していたが、童話や小説のたぐいは一切読んだことがなかった。

それが中学生になって購読し始めた「少年」で初めて江戸川乱歩の小説を読んだのである。その切掛けは山川惣治《やまかわそうじ》という絵物語の作家の挿絵の魅力に惹かれたからだ。以前山田風太郎《やまだふうたろう》さんのお宅にお邪魔した時、居間に椛島勝一《かばしまかついち》の挿絵集が置いてあったので不思議に思ったぼくはその理由を聞いた。山田さんは少年の頃挿絵画家に夢中だったそうだ。特に斎藤五百枝《さいとういおえ》の絵が好きだったとおっしゃった。山田さんが小説を読むようになられた切掛けはぼくと同様やはり挿絵からだった。小説家山田風太郎はこうした挿絵が取りもつ縁で誕生したというから、挿絵の功績は実に大きいといわざるを得ない。ぼくは小説家にはならなかったが画家の道の扉を開いたのは間違いなく山川惣治や鈴木御水《すずきぎょすい》という挿絵画家の存在と無縁ではなかったかと思う。

「少年」には『青銅の魔人』が連載されていた。この時ぼくは初めて江戸川乱歩の名を知った。田舎少年のぼくにはいきなり舞台が銀座というのは眩しく感じた。映画でしか知らない東京の街は現実というより幻想に近かった。そんな場所で繰り広げられる奇妙な物語はほとんどあちらの世界の出来事でしかなく、どう考えてもぼくの街の土地の延長で起こっている事件とは考えられないほど架空性が強かった。

にもかかわらず物語はぼくの身近かで起きているような身体感覚を抱かされるのだった。田舎の家は実に暗い。谷崎潤一郎《たにざきじゅんいちろう》の『陰翳礼讃』ではないが本当に家の中に魔物でも棲んでいるのではないかと思わせるほど不気味に暗く、夜なんか台所の土間を覗いたり、廊下の端にある便所へはとても一人では行けず、高校生になってまでも母親について来てもらっていた位だ。

そんな環境の中のぼくの内面に江戸川乱歩の物語を持ち込んだものだから恐怖は極限に達していた。住み慣れたわが家でさえこんなに怖いんだから、物音ひとつしない深夜の田舎は内も外も恐怖一色で塗りつぶされているように感じられた。ぼくは一人っ子で特に怖がりだった。だから探偵小説などぼくの生理に合わないはずだった。

それが江戸川乱歩に取り憑かれてしまったのだから運命としかいいようがない。なぜ運命かというと現在のぼくの絵画作品の中に頻繁に明智小五郎の助手の小林少年が登場するからだ。子供の頃の想像力は年を取るに従って益々ぼくの中で拡大し成長していくのである。

中学時代読んだのは「少年」連載の『青銅の魔人』の他に『虎の牙』だった。『妖怪博士』も、「少年」ではなかったが、読んだと記憶する。そんなわけでぼくが十代で読んだ乱歩はこの三篇だけである。今では物語の内容は思い出そうとしても思い出せないが、あの何ともいえない神秘的で不思議な怪奇性とエロチシズム（少年向けだから直接的なエロティックな表現はないはずなのに）、それから本能に訴えてくる「純粋」という観念。

人は十代でその人格のほぼアウトラインが決まるように思う。小説はもうひとつの創造された人生で、この創造の人生も実人生とどこかで深く関わっているように思われる。それも特に若い頃に体験した小説などによって。でも乱歩と南洋《みなみよう》一郎《いちろう》の密林冒険小説しか知らないぼくの人格はそういう意味で子供、子供しているように思う。この時代に内外の文学を多読していたぼくの知人達とぼくの貧弱な読書体験では人格に大きな差ができてしまっているに違いない。これも運命だと解釈すればそれはそれでいいのであると納得せざるを得ない。

その後他の江戸川乱歩の小説を読むようになったのはそんなに昔ではない。10年か20年ほど前のような気がする。乱歩の代表作はほぼ読んでいるが、まだ未読のものも多く、これからの人生の愉しみにとっておくのもいいだろうと考えている。乱歩が好きなら他の推理作家も読むのかというと、それは全く読まない。推理小説が好きだというのではなく江戸川乱歩が好きなのだ。彼と同時代の推理作家も読んでみたいと思うのだが、まだ実行に移していない。せいぜい谷崎潤一郎の犯罪小説ぐらいだ。

ぼくが乱歩が好きなのは超自然現象が一切物語に関与しないからだ。超自然現象で何でも片づけてしまう小説はどうも好きになれないのである。あくまでも論理的で合理的で理性的だからこそ現実が恐ろしく見えるのである。確かにぼくは超自然的な現象は否定しない。これも現実の一部と考えられるからだ。でも我々が住んでいるこの世界はあくまでも肉体が認識する現実世界である。乱歩の小説には一見シュールレアリズム的世界と接近する場合もあるが、例えば『人間椅子』のようにあり得ない物語ではない。

シュールレアリズムは文学的で潜在意識的でその表現世界の領域は広いように思われるが、どうも普遍的でないように思う。非常に個人的な世界だ。若い頃ぼくもシュールレアリズムをアートの世界への門として活用したことがあるが、こういう不可思議な世界を好む資質にはどこか機能のなさを露呈しているようなところがある。自分のことを思えばそのことがよく分かる。

監修／新保博久
　　山前　譲
資料提供／平井憲太郎
　　　ミステリー文学資料館
註釈／平山雄一
写真協力／東京書籍メディアフロー
挿絵／竹中英太郎
編集協力／高橋栄
撮影／若林直樹
　菊池一郎
カバーオブジェ・コラージュ／勝本みつる
オブジェ撮影／松浦文生
カバーデザイン／間村俊一

『江戸川乱歩全集』は、江戸川乱歩の全小説および主要評論と随筆を収録するものです。作品中に、今日の観点から見れば考慮すべき表現・用語も含まれていますが、作品が古典的に評価されていること、執筆当時の時代を反映した乱歩独自の世界であるとの観点から、おおむね底本のままとしました。

（編集部）

光文社文庫

江戸川乱歩全集　第4巻
孤《こ》島《とう》の鬼《おに》
著　者　江《え》戸《ど》川《がわ》乱《らん》歩《ぽ》

2003年8月20日　初版1刷発行
2009年6月30日　3刷発行

発行者　駒　井　稔
印　刷　慶昌堂印刷
製　本　榎本製本

発行所　株式会社　光　文　社
〒112-8011　東京都文京区音羽1-16-6
電話　(03)5395-8149　編集部
8113　書籍販売部
8125　業務部
振替　00160-3-115347

落丁本・乱丁本は業務部にご連絡くだされば、お取替えいたします。
ISBN978-4-334-73528-9　Printed in Japan

お願い　光文社文庫をお読みになって、いかがでございましたか。「読後の感想」を編集部あてに、ぜひお送りください。

このほか光文社文庫では、どんな本をお読みになりましたか。これから、どういう本をご希望ですか。

どの本も、誤植がないようつとめていますが、もしお気づきの点がございましたら、お教えください。ご職業、ご年齢などもお書きそえいただければ幸いです。

光文社文庫編集部